Rainer M. Schröder

Die Bruderschaft vom Heiligen Gral

Das Amulett der Wüstenkrieger

Herzlichst
Rainer M. Schröder
2006

Weitere Bücher von Rainer M. Schröder im Arena Verlag:

Die Bruderschaft vom Heiligen Gral. Der Fall Akkon
Die Lagune der Galeeren
Das Geheimnis des Kartenmachers
Die wundersame Weltreise des Jonathan Blum
Das Geheimnis der weißen Mönche
Mein Feuer brennt im Land der fallenden Wasser
Die wahrhaftigen Abenteuer des Felix Faber
Felix Faber – Übers Meer und durch die Wildnis
Das Vermächtnis des alten Pilgers
Das geheime Wissen des Alchimisten
Der Schatz der Santa Maravilla
Das unsichtbare Siegel
Rotes Kap der Abenteuer
Jäger des weißen Goldes
Das verschwundene Testament der Alice Shadwell
Land des Feuers, Land der Sehnsucht
Insel der Gefahren

Rainer M. Schröder

Die Bruderschaft vom Heiligen Gral

Das Amulett der Wüstenkrieger

Roman

Arena

In Liebe
meiner Frau Helga,
dem heiligen Gral
meines Herzens

In neuer Rechtschreibung

1. Auflage 2006

Lektorat: Frank Griesheimer
Umschlagillustrationen und Vignetten im Innenteil: Klaus Steffens
Karten: Georg Behringer
Gesamtherstellung: Westermann Druck Zwickau GmbH
ISBN 3-401-05879-7
ISBN 9-783-401-05879-5

www.arena-verlag.de

»Alles hat seine Stunde.
Für jedes Geschehen unter dem Himmel
gibt es eine bestimmte Zeit:
eine Zeit zum Gebären und eine Zeit zum Sterben,
eine Zeit zum Pflanzen und eine Zeit zum Ernten,
eine Zeit zum Töten und eine Zeit zum Heilen,
eine Zeit zum Niederreißen und eine Zeit zum Bauen,
eine Zeit zum Weinen und eine Zeit zum Lachen,
eine Zeit für die Klage und eine Zeit für den Tanz,
eine Zeit zum Umarmen und eine Zeit, die Umarmung zu lösen,
eine Zeit zum Suchen und eine Zeit zum Verlieren,
eine Zeit zum Behalten und eine Zeit zum Wegwerfen,
eine Zeit zum Zerreißen und eine Zeit zum Zusammennähen,
eine Zeit zum Schweigen und eine Zeit zum Reden,
eine Zeit zum Lieben und eine Zeit zum Hassen,
eine Zeit für Krieg und eine Zeit für den Frieden.«

(Aus der Heiligen Schrift, Buch Kohelet)

Prolog

Die Mächte der Finsternis

18. Mai 1291

1

Im Laufschritt eilte Sjadú mit seinem Gefolge, das sich so wie er dem mächtigen Fürsten der Finsternis buchstäblich mit Leib und Seele verschrieben hatte, durch die brennende Hafenstadt. Wilder, satanischer Jubel erfüllte seine Brust beim Anblick des Untergangs von Akkon*, der letzten bedeutenden Bastion der Kreuzritter im Heiligen Land. Wohin der Blick seiner dunklen Augen auch ging, er fiel auf Bilder des Todes, des Blutrausches, der Schändung und der Zerstörung. Überall um ihn her gellten Schreie, klirrten Waffen aufeinander, floss das Blut in Strömen. Tod und Verderben hatten hinter den eingestürzten Mauern und Wehrtürmen Einzug gehalten und fuhren reiche Ernte ein.

»Brenne, Akkon! Brenne mit deinen verfluchten Kirchen, Klöstern und Ordensburgen bis auf die Grundmauern nieder! Und ersaufe in deinem eigenen, dreifach verfluchten Christenblut!«, rief Sjadú und stieß die Streitaxt in seiner Rechten jäh in die Luft, als wollte er mit einem gewaltigen Hieb die tief hängende, schmutzig graue Wolkendecke über der Hafenstadt aufschlitzen und den Himmel spalten. »Heute ist der Tag der Abrechnung mit den Gralshütern gekommen!«

Die sieben bewaffneten Männer hinter ihm lachten beifällig, leckten sich wie nach Blut dürstend über die Lippen und konnten es sichtlich nicht erwarten, blank zu ziehen und einem dieser verhassten Gralsritter ihre Klinge in den Leib zu stoßen.

---

* Eine Karte von Akkon zur Zeit der Eroberung im Mai 1291 und Zeichnungen von anderen Stätten und Landstrichen, in denen die Handlung des Romans angesiedelt ist, finden sich im Anhang am Ende des Romans.

Der Widerschein der lodernden Feuer tanzte über die breite, stark gewölbte Klinge der Streitaxt, die Sjadú mit drohender Geste gen Himmel reckte. Auch der kalte Stahl seines Schwertes fing den zuckenden Feuerschein auf und schien zu glühen. Das geriffelte Griffstück und die breite Parierstange der schweren Waffe, deren Enden als Fratzenköpfe mit aufgerissenen Mäulern und einem züngelnden Schlangenkopf an Stelle der Zunge gearbeitet waren, ragten unter seinem wehenden Kaftan hervor.

Das weite arabische Obergewand aus grauschwarzer Wolle trugen er und seine Gefolgsmänner zur Tarnung. Auf den typischen Turban der muslimischen Krieger, die Akkon wochenlang belagert hatten und die stark befestigte Hafenstadt nach dem gelungenen Sturmangriff im Morgengrauen nun in Blut und Asche versinken ließen, hatten die Männer jedoch verzichtet. Stattdessen trugen sie ein bis auf die Schultern locker herabfallendes Kopftuch, das gegenüber dem Turban den Vorteil hatte, viel vom Gesicht seines Trägers zu verbergen, ohne jedoch Misstrauen zu erwecken. Denn es gehörte in allen arabischen Ländern zur gewöhnlichen Bekleidung und wurde überall von Fellachen* und Beduinen zum Schutz vor der sengenden Sonne getragen. Eine doppelte Kordel, die über der Stirn um den Kopf herumlief, sorgte für einen sicheren Sitz.

Nur Khutriel, den Urakib als Boten zu Sjadú geschickt hatte, stach mit seinem sandfarbenen Obergewand und dem palmgrünen, blutbefleckten Turban in der Gruppe der Männer in schwarzgrauer Fellachenkleidung hervor. Er hatte die Sachen einem getöteten Mameluken** vom Leib gezerrt und sie sich in großer Eile übergeworfen.

---

* Landbevölkerung, Bauern.

** Eigentlich Bezeichnung für hellhäutige Sklaven von zumeist türkischer Abstammung, die Militärdienst leisteten. Die Mamelukendynastie in Ägypten und Syrien, eine Militär-Aristokratie, war aus solchen einstigen Sklavenkriegern hervorgegangen. Sie übernahm in Ägypten 1250 die Macht und hielt sich bis 1517.

Im fahlgrauen Licht des über der See heraufziehenden Unwetters eilte Sjadú durch die Straßen. Sein Ziel war eine scheinbar verlassene Kirchenruine auf der Südwestflanke des Montjoie. Der busch- und baumbestandene Hügel mit dem Kloster St. Sabas auf seiner flachen Kuppe erhob sich im Süden der befestigten Halbinsel und unweit des Hafens zwischen dem Viertel der Venezianer und dem der Genueser aus dem umliegenden Häusermeer.

Der Bote seines Unterführers Urakib hatte ihm vor wenigen Augenblicken die Nachricht überbracht, der er schon seit Jahrzehnten entgegengefiebert hatte. Urakibs Männer hatten Abbé Villard gestellt, den gerissenen alten Gralshüter, zusammen mit seinen beiden blinden Dienern Bismillah und Dschullab sowie vier offenbar frisch geweihten Rittern der geheimen Bruderschaft. Bei den vier neuen Gralshütern sollte es sich um einstige Templer handeln, wie ihm berichtet worden war! Und jetzt saßen sie in der besagten Kirchenruine in der Falle! Damit lag der Triumph zum Greifen nahe!

Beißende Rauchschwanden waberten wie schmutziger Nebel durch die Gassen und über die Marktplätze. An zahllosen Stellen loderten Brände, hatten die Sarazenen und Mameluken Akkon doch wochenlang mit ihren Riesenschleudern und Katapulten unter Beschuss genommen. Ein dichter Hagel von ochsenkopfgroßen Tontöpfen, gefüllt mit griechischem Feuer*, war in den Tagen und Nächten vor dem Sturmangriff auf die eingeschlossene Stadt niedergegangen. Hatte man die Feuersbrünste bis zum Fall der doppelten Wehrmauern am Morgen noch zu löschen versucht, gab es jetzt niemanden mehr, der sich damit aufhielt. Wo Mauern und brennende

* Der Überlieferung nach vermutlich eine Mischung aus Schwefel, Harz, Erdöl, Asphalt, Steinsalz und gebranntem Kalk. Da im Altertum die Kriegstechniken höchster Geheimhaltung unterlagen, lässt sich die genaue Zusammensetzung nicht mehr nachweisen. Diese leicht entzündliche Flüssigkeit, bei der es sich um eine frühe Form von Napalm handelte, war mit Wasser nicht zu löschen, ja brannte sogar noch unter Wasser unerbittlich weiter.

Dachstühle unter lautem Bersten einstürzten, da stieg dichter Funkenregen wie glühende Fontänen aus den feurigen Trümmern auf und setzte Nachbarhäuser in Brand. Für das einst stolze und mächtige Akkon und jeden, der nicht rechtzeitig hatte fliehen können, war das unabwendbare Ende gekommen.

Überall in den Straßen und auf den kleinen Plätzen zwischen den einzelnen Vierteln stießen sie auf die grässlich zugerichteten Leichen von gefallenen Kreuzrittern und Turkopolen*. Johanniter, Deutschritter und Templer hatten zusammen nicht einmal zweitausend Mann gezählt und die Stärke ihrer leicht bewaffneten Hilfstruppen hatte unter zwanzigtausend gelegen. Dennoch hatten sie sich der hereinbrechenden Flut von mehr als hundertvierzigtausend bis an die Zähne bewaffneten Mameluken tollkühn entgegengestellt, jedes Torhaus und jede Gasse standhaft bis zum letzten Atemzug verteidigt und den unausweichlichen Tod im Kampf gesucht, so wie sie es bei ihrer Aufnahme in einen der Ritterorden geschworen hatten.

Von diesen Ordensrittern hatten sich die legendären Templer im Kampf gegen die erdrückende Übermacht der muslimischen Soldaten in ganz besonderem Maße ausgezeichnet. Die gefürchteten Kriegermönche mit dem blutroten Tatzenkreuz auf dem weißen Umhang waren an diesem Tag ihrem Ruf als unbestrittene Elite unter den Kreuzrittern einmal mehr gerecht geworden. Und noch immer wehte ihr schwarz-weißes Ordensbanner, der Beaucant, stolz vom Turm des höchsten Gebäudes von Akkon. Bei diesem letzten befestigten Ort der Hafenstadt, den die Mameluken auch nach Stunden des Kampfes noch immer nicht eingenommen hatten, handelte es

* Muslimische Hilfstruppen, die – zumeist nach ihrem Übertritt zum christlichen Glauben – für die Kreuzfahrer kämpften. Sowohl in der Kavallerie als auch als Fußtruppe kamen sie zumeist nur leicht bewaffnet zum Einsatz.

sich um die wehrhafte Ordensburg der *Armen Ritter Christi vom Tempel Salomons zu Jerusalem*, wie der offizielle Name der Templer lautete. Sie lag nahe der Hafenanlagen auf der Südspitze der Halbinsel. Weniger als eine Hundertschaft von Tempelrittern hatte sich dort im Festungsturm der Eisenburg, wie das befestigte Ordenshaus mit den goldenen Löwen über dem Portal im Volksmund nicht ohne Grund genannt wurde, verschanzt und leistete erbitterten Widerstand*.

In den dunklen, von Fliegen und anderem Geschmeiß umschwirrten Strömen von Blut, die sich über Straßen, Höfe und Marktplätze ergossen, lagen aber auch Frauen, Kinder und Alte, die zu hunderten niedergemetzelt worden waren. Zwar hatte der Großteil der Bevölkerung, die fast vierzigtausend Seelen gezählt hatte, Akkon schon in den ersten Wochen der Belagerung per Schiff verlassen. Aber es waren doch noch mehrere tausend Einwohner zurückgeblieben, die gegen jede Vernunft auf ein Wunder gehofft oder nicht genug Geld besessen hatten, um den Preis für eine der wenigen, letzten Schiffspassagen nach Zypern bezahlen zu können. Und wer das blindwütige Morden, Plündern, Brandschatzen und Vergewaltigen an diesem Tag überlebte, auf den wartete das Elend der Sklaverei.

Sjadú labte sich an diesen Bildern fast apokalyptischen Grauens. Mitgefühl jedweder Art war ihm so fremd wie einem Raubtier. Nichts ließ sein Herz höher schlagen, als zu sehen, wie Christen gleich jeden Alters oder Geschlechts hingeschlachtet wurden. Dies hatten sie als Judasjünger, die den Fürsten der Finsternis anbeteten, mit den muslimischen Kriegern gemein. Aber das war auch schon alles, was es an Gemeinsamkeiten zwischen ihnen gab, und schützte die Mo-

---

* Die Tempelritter leisteten nach der Eroberung von Akkon noch bis zum 28. Mai 1291, also geschlagene zehn Tage, erfolgreich Widerstand. Dann erst gelang es den Mameluken, den Festungsturm durch Untergraben zum Einsturz zu bringen. Dabei kamen alle Tempelritter sowie einige hundert zivile Bewohner der Stadt, die dort Zuflucht gefunden hatten, und zahlreiche Mameluken zu Tode.

hammedaner nicht vor ihrem abgrundtiefen Hass. Denn auch die Muslime gingen vor Gott, den sie Allah nannten, willfährig in die Knie und versagten sich der Herrschaft des Schwarzen Fürsten der Welt. Wenn die Zeit reif war, würde es deshalb auch ihnen an die Kehle gehen!

Aber noch mussten sie als Judasjünger all ihre Kräfte darauf richten, die Vorherrschaft der Christen auf Erden zu brechen. Der Fürst der Finsternis verfügte über gewaltige Macht und keiner übertraf ihn als Meister der Zerstörung und des Bösen. Aber das Große Werk, nämlich seine unbestrittene Herrschaft von Nacht zu ewiger Nacht auf der Erde, wartete noch auf seine Vollendung. Bevor es jedoch zu diesem heiß ersehnten Triumph kommen konnte, musste es ihnen erst einmal gelingen, den Sieg über ihre ärgsten Widersacher und Todfeinde, die geheime Bruderschaft der Gralsritter, zu erringen.

Und sie mussten um jeden Preis den Heiligen Gral in ihren Besitz bringen, dessen Schutz sich die geweihten Ritter der geheimen Bruderschaft zu ihrer heiligsten Aufgabe erkoren hatten. Der Heilige Gral war der wundertätige Kelch des letzten Abendmahls, das Jesus mit seinen Jüngern in der Nacht vor seiner Kreuzigung gefeiert hatte, und seitdem göttlicher Kelch ewigen Lebens und ungeheurer Macht. Erst wenn die satanische Zeremonie seiner Zerstörung vollzogen war, würde das Große Werk seinen triumphalen Abschluss finden und der Schwarze Fürst zum alleinigen Herrscher der Welt werden.

Und jetzt, nach über zwölf Jahrhunderten erbitterten, aber vergeblichen Kampfes mit dem zähen Feind, waren sie ihrem Ziel so nahe wie nie zuvor. Mit ein wenig Glück konnte er, Sjadú, erhabener Erster Knecht des gewaltigen Fürsten der Finsternis, diesen verfluchten, machtvollen Heiligen Gral noch heute in seinen Händen halten! Niemand aus menschlichem Fleisch und Blut würde ihm dann jemals die Stellung streitig machen können, der erhabene Erste Knecht und allseits gefürchtete Vertraute des Schwarzen Fürsten und Weltenherrschers zu sein! Eine Vorstellung, die ihn berauschte.

»Wir sollten besser einen westlichen Bogen um das Viertel der Venezianer schlagen, wenn Ihr mir diesen Ratschlag erlaubt, erhabener Erster Knecht unseres Fürsten«, schlug der stämmige, hellhäutige Khutriel an Sjadús Seite vor, als zu ihrer Linken der brennende Palast des Patriarchen auftauchte. Ein devoter Ton war jedem angeraten, der mit Sjadú redete und einen Vorschlag machte. Denn der Erste Knecht war für seinen maßlosen Jähzorn und seine eisige Unnachsichtigkeit bekannt und gefürchtet. Er verzieh keinen noch so kleinen Fehler und strafte mit grausamer Härte. Und als Erster Knecht hatte er nicht nur den Fuß des Schwarzen Fürsten geküsst, sondern auch als einziger Mensch von seinem Atem getrunken. Das gab ihm eine Macht, von der niedere Knechte wie Khutriel nur träumen konnten. Sogar der brutale Urakib, der immerhin einer der drei Unterführer des Ersten Kreises war und damit die höchste der sieben Stufen vor dem Thron des Schwarzen Fürsten erreicht hatte, beugte vor Sjadú voller Furcht den Nacken.

»Warum?«, fragte Sjadú kurz und scharf.

»Weil wir sonst dem Hafen zu nahe kommen, das könnte gefährlich werden und uns zudem Zeit kosten. In den Straßen rund um den Hafen gibt es wegen der marodierenden Mamelukentruppen nämlich kaum noch ein Durchkommen, zudem ist es von dort nicht weit bis zur belagerten Eisenburg der Templer. Dagegen ist es auf der Westseite der Stadt eher ruhig«, erklärte der ortskundige Khutriel, um dann noch hastig hinzuzufügen: »Aber natürlich liegt die Entscheidung ganz bei Euch, erhabener Erster Knecht.«

Sjadú gab mit einem knappen Nicken sein Einverständnis, den Umweg zu wählen, und folgte Khutriel, der in die nächste Seitengasse zu ihrer Rechten einbog. Ihn drängte es, so schnell wie möglich zu dieser ungeweihten Kirche namens St. Joseph von Arimathäa* zu kommen, wo sein Unterführer Urakib den alten Gralshüter Abbé Villard von Saint-Omer und dessen Ritter gestellt hatte. Der Heilige Gral und der bevorstehende Triumph über die geheime Bruderschaft der Gralsritter, beherrschten vollkommen sein Sinnen und Trachten.

In ihm brannte das kalte Feuer kontrollierter Mordlust und Rachsucht, das bei seinem Aufstieg zum erhabenen Ersten Knecht eine entscheidende Rolle gespielt hatte.

»Ein drittes Mal wirst du mir nicht entkommen, Abbé Villard!« Seine Lippen formten die Worte so leise, dass nicht einmal Khutriel an seiner Seite etwas davon mitbekam. »Diesmal wirst du unter meiner Klinge fallen und sterben, Abbé!« Sjadú hatte lange auf diesen Tag gewartet, gute zweihundert Jahre, um genau zu sein.

---

* Christlicher Legende nach soll Joseph von Arimathäa, ein angesehener Ratsherr in Jerusalem, es gewesen sein, der Pontius Pilatus die Genehmigung abgerungen hat, den Leichnam Jesu vom Kreuz nehmen und ihn in einer Felsenhöhle in der Nähe der Hinrichtungsstätte zu Grabe legen zu dürfen. Kirchlicher Überlieferung nach soll er auch den heiligen Kelch des Abendmahls an sich genommen, darin Blut aus dem gekreuzigten Leib Christi aufgefangen und das heilige Gefäß aufbewahrt haben.

2

Ganz ohne Zwischenfall gelangte Sjadú mit seinen Männern jedoch auch trotz des Umweges nicht auf die Südwestflanke des Hügels. Auf einem kleinen Platz, den zwei sich kreuzende Straßen zu Beginn des Genueser Quartiers bildeten, stießen sie mit einer gut zwanzigköpfigen Gruppe von plündernden Mameluken zusammen. Ihr Anführer, für einen Araber geradezu ein Bär von einem Mann, pries schon aus zehn, zwölf Schritten Entfernung Allah und dankte ihm, dass er ihnen nach so langer Belagerungszeit endlich den Sieg über die räudigen Christenhunde geschenkt habe und ihnen dabei die wunderbare Gnade erweise, im Blut so vieler Feinde baden zu können.

Worauf Sjadú in seiner Ungeduld mit nicht minder großer Verachtung erwiderte: »Dein Allah ist ein so armseliger Krüppel von einem Gott wie der stinkende Heiland der Christen! Ihr seid allesamt lebensuntaugliches Geschmeiß, das nicht zum Herrschen, sondern nur zum Dienen und Kriechen im Staub taugt!« Und noch während er den lästerlichen Fluch aussprach, schleuderte er dem Mann seine Streitaxt entgegen.

Der bärenstarke Mameluckenkrieger riss geistesgegenwärtig den linken Arm mit seinem schon von Schwerthieben übel zugerichteten Rundschild hoch und die Klinge der Streitaxt bohrte sich mit einem dumpfen Laut tief in das bemalte Holz.

»Wer immer diese Ungläubigen sind, die Allah zu lästern wagen, sie haben für die Schändung seines heiligen Namens den Tod verdient! Macht sie nieder!«, schrie der Anführer der muslimischen Krieger und schleuderte seinen kurzen Wurfspeer. Doch bevor die fast dreifache Übermacht der Mameluken sich auf Sjadú und seine sieben Gefolgsleute stürzen konnte, geschah etwas Unfassbares, das sie mitten im Angriff erstarren ließ. Denn die heranfliegende Lanze, die Sjadús ungepanzerter Brust gegolten hatte, bohrte sich nicht in seinen Leib, sondern wurde von einer unsichtbaren Macht im Flug abgebremst und verharrte nur eine Fingerbreite vor der blitzschnell ausgestreckten Hand des Judasjüngers in der Luft. Dort schwebte der Wurfspeer, als wäre er plötzlich allen irdischen Gesetzen enthoben. Der hölzerne Schaft zitterte sichtlich, als wirkten mächtige, geheimnisvolle Kräfte auf ihn ein.

Ungläubiges Entsetzen überkam die Mameluken und zeichnete sich auf ihren Gesichtern ab.

Fast gleichzeitig löste sich wie von Geisterhand die schwere Streitaxt mit einem Ruck aus der tiefen Kerbe des Rundschildes, erhob sich kurz in die Luft und spaltete im nächsten Moment den Schädel des bärenstarken Kriegers. Tot stürzte er vor die Füße seiner Kameraden.

Nun tippte Sjadú auch schon kurz mit den Fingerkuppen gegen die blutbespritzte Eisenspitze der schwebenden Lanze. »Töte diese stinkende Brut!«, zischte er. Und die Lanze drehte sich folgsam in der Luft, flog auf die noch immer vor Schreck wie gelähmten Soldaten zu und durchbohrte einen von ihnen. Der Stoß fiel so heftig aus, dass die Lanzenspitze auf dem Rücken des Mannes wieder hervortrat.

Jetzt löste sich schlagartig der lähmende Bann, der die muslimischen Krieger befallen hatte.

»Der Sheitan*! . . . Das ist der leibhaftige Sheitan mit seinen Dshin-

---

* Arabische Entsprechung von Teufel, Satan.

ni[*]!«, gellte einer der Mameluken mit sich überschlagender Stimme. Gleichzeitig ließ er seinen blutbefleckten Krummsäbel fallen und stürzte in panischer Todesangst davon.

Alle anderen folgten ihm unter schrillem Wehgeschrei und angstvollen Anrufungen Allahs auf dem Fuße. Nicht einer dachte mehr daran, sich diesem Mann im Kampf zu stellen, der über derart teuflische Kräfte verfügte.

Sjadú schickte den kopflos davonstürzenden Mameluken ein kurzes, verächtliches Auflachen hinterher, trat mit schnellem Schritt zu den beiden getöteten Männern hinüber und bückte sich im Vorbeigehen nach seiner Streitaxt. Der blutige Zwischenfall war ihm kein einziges Wort wert. Er hatte ihn schon vergessen, noch bevor sie die Straßenkreuzung hinter sich gelassen hatten.

»Wir sind gleich da!«, versicherte Khutriel. »Jetzt ist es nicht mehr weit bis zur Kirche des Arimathäers!«

Sjadú ersparte sich eine Erwiderung. Er verabscheute jedes unnötige Gerede, außerdem wuchs seine innere Anspannung, je näher sie ihrem Ziel kamen.

Wenige Minuten später führte Khutriel sie den Hügel Montjoie hinauf. Der ansteigende Weg, der dem Kloster St. Sabas entgegenstrebte, war steinig und breit genug für ein schweres Fuhrwerk. Als sie hinter einer Baumgruppe hervortraten, fiel der Blick ungehindert auf die Klosterpforte und jenseits der hohen Mauer auf die Abtei, die lichterloh in Flammen stand. Einige Schritte weiter aufwärts und auf der Höhe von mehreren heckenartigen Büschen wandte sich Khutriel plötzlich scharf nach rechts. Hinter dem engen Durchlass zwischen den mannshohen Sträuchern kam zu Sjadús Überraschung ein

[*] Ein Dshinn (arabisch, Mehrzahl: Dshinni) ist im Volksglauben der Muslime ein böser Geist, ein Dämon, eine Art Teufel. Im Koran sowie in zahlreichen Volkserzählungen (etwa in »1001 Nacht«, dessen arabische Erstfassung spätestens schon im neunten Jahrhundert schriftlich vorlag) spielen sie eine große Rolle.

schmaler Pfad zum Vorschein, auf dem Unkraut wucherte. Ein deutliches Zeichen dafür, dass er selten begangen wurde. Wer mit den Örtlichkeiten nicht bestens vertraut war, der konnte nur durch einen glücklichen Zufall auf diesen versteckten Weg stoßen.

Khutriel ging eiligst voraus und Sjadú blieb ihm dicht auf den Fersen. Der schmale Trampelpfad schlängelte sich in einem Abstand von gut fünfzig Schritten zur Klostermauer ein gutes Stück um die Abtei herum, durchquerte dabei einen kleinen, recht verwilderten Zypressenhain und führte hinter den Bäumen hinunter auf einen ebenen, staubigen Platz, der einen Teil der Südwestflanke des Hügels einnahm. Hier stand die unscheinbare Kirche St. Joseph von Arimathäa, abseits der Betriebsamkeit umliegender Viertel und zudem auch noch im Schutz von alten immergrünen Bäumen. Einzig die Eisenburg der Templer mit ihren in luftiger Höhe thronenden Löwen ragte jenseits der Baumspitzen in den Himmel auf. Dort tobte noch immer der Kampf.

»Hier halten sie sich versteckt?«, fragte Sjadú mit argwöhnischem Blick auf die nicht fertig gestellte Kirche.

Khutriel nickte. »Ja. Euch dies auszurichten, hat Urakib mir jedenfalls aufgetragen«, schränkte er vorsichtshalber ein. Er wollte nicht der unglückselige Bote sein, der seinen Kopf verlor, falls sich die Nachricht als falsch herausstellte und Urakib die Gralshüter inzwischen hatte entkommen lassen!

Die gedrungen wirkende Kirche St. Joseph von Arimathäa war als doppeltes Oktagon errichtet worden. Auf einem achteckigen Grundriss erhoben sich die Außenmauern des schmucklosen Gotteshauses. Einzig leichte Strebepfeiler gliederten die schlichten Backsteinwände. Eine flache Kuppel überspannte das innere Oktagon, das sich mit seinen acht Rundbogenfenstern in seinem Zentrum aus dem Dach erhob und wie ein zu kurz geratener Wehrturm aussah. Fast alle Kirchenfenster sowohl des inneren wie des äußeren Oktagons waren mit Brettern und Holzplatten vernagelt oder nachlässig zugemauert, als wäre kein Geld mehr für Kirchenglas vorhanden gewesen, darunter auch das dreibogige Fenster der Apsis*. Das schlichte Portal mit der schweren Kirchentür verbarg sich hinter einem Baugerüst, das bis auf halbe Gebäudehöhe reichte und sich halb um die Kirche herumzog. Es sah jedoch nicht so aus, als wäre in letzter Zeit noch an dem Bau gearbeitet worden. Die Bretter vor den Fenstern machten einen stark verwitterten Eindruck, als hätte seit Jahren, wenn nicht sogar seit Jahrzehnten keiner mehr Hand angelegt.

Sjadú suchte den kleinen Vorplatz nach Leichen ab, denn er wusste von Khutriel, dass es zum Kampf mit den Gralsrittern gekommen war. Doch außer einigen großen dunklen Flecken vor dem Baugerüst, bei denen es sich zweifellos um Blut handelte, vermochte er keine Spuren des Gefechtes zu entdecken. Wenn es Tote gegeben hatte, lagen diese wohl versteckt im angrenzenden Gebüsch oder im Innern der Kirche.

Die schwere Kassettentür hinter dem schmalen Durchgang aus Stützbalken und Querstreben wurde aufgestoßen und Urakib erschien im dunklen Rundbogen des Kirchenportals. Der Judasjünger und Unterführer des Ersten Kreises war ein hoch gewachsener, kräftig gebauter Mann mit den kantigen Gesichtszügen eines Hauklotzes. Eine hässlich breite Hasenscharte spaltete seine Oberlippe rechts unter der Nase. Er trug noch immer den schwarzen Umhang mit dem weißen Kreuz der Johanniterritter. In dieser Verkleidung hatte er mit seinen Männern in den letzten Tagen der Belagerung in

* Halbrunder Raum, meist auch von einer gewölbten Halbkuppel überdacht, der zum Altarbereich gehört.

den Mauern von Akkon die Spur der Gralshüter aufgenommen und schließlich ihr Versteck gefunden.

»Gepriesen sei der einzig Wahre, der Schwarze Fürst der Welt von Nacht zu ewiger Nacht!«, rief Urakib erleichtert, als er seinen Boten mit Sjadú und dessen Begleitern heraneilen sah. »Gut, dass Ihr endlich hier seid, erhabener Erster Knecht!« Und schnell wich er ins Kircheninnere zurück, um dem mächtigen Anführer der Judasjünger Platz zum Eintreten zu machen.

Wortlos drückte Sjadú seinem Unterführer im Vorbeigehen die bluttriefende Streitaxt in die Hand und nahm das Innere der Kirche mit wenigen raschen Rundblicken in sich auf. Sofort huschte ein widerwillig anerkennendes Lächeln über sein Gesicht. Der alte Abbé, auf ewig verflucht sollte er sein!, war von Anfang an ein ebenbürtiger Feind gewesen und verstand sich darauf, perfekte Verstecke für seine geheime Bruderschaft und den verfluchten Heiligen Gral zu schaffen. Und diese Kirche war ein weiteres beeindruckendes Beispiel für seine Gerissenheit!

In der Kirche St. Joseph von Arimathäa herrschte Dämmerlicht, obwohl es noch nicht Abend war. Es fielen nämlich nur wenige dünne Streifen Tageslicht durch einige Ritzen der zugemauerten oder mit Brettern verschlossenen Fenster. Der Innenraum bot dem Eintretenden einen völlig kahlen, ja verlassenen Anblick. Der Mangel an Licht verstärkte diesen Eindruck noch. Wer immer sich als gläubiger Christ hierhin verirrte, der musste augenblicklich das Verlangen verspüren, das Gotteshaus umgehend wieder zu verlassen. Dies war kein Ort, der zu Andacht und Gebet einlud, sondern vielmehr das unbestrittene Reich tiefer Schatten, modriger Luft und scheinbar völliger Verlassenheit, die einen gewöhnlichen Menschen wohl erschauern lassen musste, wie Sjadú annahm. Er dagegen liebte das Kalte, Verlassene und Tote wie auch den Geruch von Moder und Verwesung.

Überall lagen Werkzeug und Baumaterial herum, auf dem sich der Staub von Jahren niedergelassen hatte, und hingen die eingerissenen Netze großer Spinnweben in klebrig grauen Schleiern herab. Zwischen den teilweise noch eingerüsteten Säulen fanden sich Berge von Bauschutt sowie große Fässer, Schulterkiepen und Kübel, die mit erstarrtem Mörtel gefüllt waren. Alles in allem sah es so aus, als hätten die Bauarbeiter an einem schon sehr weit zurückliegenden Tag urplötzlich ihre Arbeit eingestellt, alles stehen und liegen gelassen und Hals über Kopf das Weite gesucht.

Sjadú gefiel das Düstere und Kahle der Kirche ungemein. Es gab weder Kirchenbänke noch fiel das Auge irgendwo auf Kreuze, Heiligenbilder, Statuen von Märtyrern, Mosaiken mit biblischen Szenen oder andere christliche Symbole. Eine ganz besondere Beruhigung für ihn als Judasjünger war, dass die Kirche noch keine priesterliche Weihe erfahren hatte, er nirgendwo Weihwasser zu fürchten brauchte und dass nicht einmal im Halbrund des Altarraums ein Kruzifix zu finden war. Der völlig nackte Raum verschwand halb hinter einer von der Decke herabhängenden, löchrigen Bahn schmutzigen Segeltuchs. Dort brannten auf einem Mauervorsprung drei dicke Kerzen und dort stand auch einer von Urakibs Männern und blickte schweigend zu ihnen herüber.

»Wen von den Gralshütern hast du gefangen?«, fragte Sjadú knapp und mit kühler Schroffheit, um seine innere Erregung zu verbergen. »Ist der Abbé unter ihnen?«

Urakib wich dem stechenden Blick Sjadús aus. »Nein, der weißhaarige Abbé der Bruderschaft ist uns leider nicht ins Netz gegangen«, sagte er kleinlaut. »Wir hatten gar keine Gelegenheit dazu, weil er sich überhaupt nicht vor der Kirche gezeigt hat. Aber wir wissen jetzt, dass er und auch seine vier neuen Gralshüter, diese Tempelritter, unter der Kirche ihr Versteck haben. Der Zugang muss sich irgendwo unten in der Krypta* befinden. Bagheel hat sie beobachtet, wie sie da unten verschwunden sind. Dort haben wir an der Hinterwand des Tabernakels auch eine Öffnung mit drei Hebeln gefunden. Ich bin sicher, Ihr werdet wissen, wie der geheime Mechanismus zu bedienen ist!«

Eine Welle der Enttäuschung überkam Sjadú und Zorn stieg heiß wie bittere Galle in ihm auf. Die Nachricht des Boten hatte bei ihm den Eindruck erweckt, dass Abbé Villard in der Falle saß! Und in der Falle sitzen bedeutete für ihn, dass ein Entkommen so gut wie unmöglich war. Doch was er nun hörte, ließ ihn zweifeln, ob diese Falle überhaupt rechtzeitig zugeschnappt war oder ob der Abbé und seine Anhänger vielleicht längst über alle Berge waren!

Aber Sjadú dachte nicht daran, sich seinen Zorn anmerken zu lassen. So reagierte er auf die bitter enttäuschende Auskunft seines Unterführers nur mit der kühlen Frage: »Wen hast du dann gefangen genommen?« »Einen von den beiden blinden Dienern des Abbé, diesen Dschullab! Er hängt da drüben hinter dem Fetzen Segeltuch!« Urakib deutete zum Altarraum hinüber. »Er lebt, aber er will nicht reden.«

»Das wird sich schnell ändern. Ich habe bisher noch jeden zum Reden bekommen«, sagte Sjadú und ging auf den Altarraum zu. »Aber sag, wo sind deine anderen Männer?«

Urakib schluckte bei dieser Frage sichtlich. »Tot!«, würgte er beschämt hervor. »Nur Bagheel, Khutriel und ich haben das Gefecht mit den Gralsrittern überlebt.«

»Was redest du da?«, zischte Sjadú ungläubig. »Ihr wart doch wie üblich zu siebt! Und zwei von euren sechs Gegnern waren blind! Außerdem weiß ich von Khutriel, dass der andere Blinde sich mit den

---

* Unterirdischer Kirchenraum, der häufig als Begräbnisstätte für bedeutende kirchliche oder weltliche Würdenträger diente sowie zur sicheren Aufbewahrung von Reliquien (etwa Gebeinen von Heiligen) benutzt wurde.

vier neuen Gralshütern schon gleich nach dem ersten Klingenkreuzen hier in die Kirche abgesetzt und nur dieser Dschullab den Durchgang zur Kirchentür verteidigt hat!«

Urakib wurde nun so bleich wie ein Leichentuch. »Aber die vier Neuen müssen schon im Besitz der geheimnisvollen Kräfte geweihter Gralshüter gewesen sein!«, verteidigte er sich. »Es war erschreckend, wie die vier Tempelritter und auch der Blinde die Klinge geführt haben! Jedenfalls sind meine Männer ihnen nicht gewachsen gewesen!«

Blitzschnell hob Sjadú die Rechte und schlug ihm mit dem Handrücken hart ins Gesicht. »Wage es nicht noch einmal, so etwas zu sagen! Gralshüter sind uns Judasjüngern nicht überlegen! Du und deine Männer, ihr habt schlichtweg versagt! Ihr habt euch täuschen lassen, nicht euer Bestes gegeben und damit Schande über euch und die ganze Gefolgschaft des Schwarzen Fürsten gebracht! Passiert das noch einmal, schneidest du dir besser gleich selber die Kehle durch!«

»Verzeiht, erhabener Erster Knecht!«, stieß Urakib hervor, fiel vor ihm auf das rechte Knie und senkte den Kopf, als wollte er Sjadú seinen entblößten Nacken zum tödlichen Schlag darbieten. »Gebietet über mein Leben und straft mich mit dem Hieb Eurer Klinge, wenn der Tod es ist, den ich Euch für das Versagen meiner Männer schulde!« Er hielt ihm die blutbeschmierte Streitaxt hin.

Sjadú ignorierte die ihm dargebotene Waffe. Stattdessen stieß er ihm seinen Stiefel grob in die Seite, sodass der Unterführer der Länge nach auf die Steinplatten stürzte. »Das nächste Mal bezahlst du mit deinem Blut!«, drohte er kalt, trat über ihn hinweg und winkte Bagheel mit herrischer Geste heran. »Bring zwei Kerzen! Ich will mir den geheimen Mechanismus in der Krypta ansehen!«

Urakib sprang hastig auf die Beine, riss Bagheel die Kerzen fast aus den Händen und beeilte sich dem Ersten Knecht den Weg hinunter in die Krypta zu leuchten.

Die Treppe führte nicht auf geradem Weg in die Tiefe, sondern wurde auf halber Strecke von einem Absatz unterbrochen und machte dahinter einen scharfen Knick nach links. Der Lichtschein der Kerzen fiel auf den Absatz und das letzte Dutzend Steinstufen. Und dann lag die kühle Gruft vor ihnen.

Sjadú erfasste mit einem Blick die drei schlichten, steinernen Sarkophage an der hinteren Längswand und das Halbrund der Altarnische am Kopfende der etwa fünfzehn Schritte breiten und knapp halb so tiefen Krypta. Drei Stufen führten zum Altarraum hinauf. In verblüffendem Gegensatz zum oberen Bereich der Kirche war dieser Teil mit seiner kunstvollen Holztäfelung, dem mächtigen Altarblock aus schwarzem Marmor sowie einem dreiteiligen Passionsgemälde und dem darüber hängenden Kruzifix vollkommen fertig gestellt und musste auf einen Gläubigen wie eine spirituelle Oase in einer kalten, unbehausten Steinwüste wirken. Auf der Marmorplatte des Altars, der die doppelte Dicke einer kräftigen Männerfaust hatte, standen zwei schwere eiserne Kerzenleuchter. Ihre ungewöhnlich breiten und klobigen, quadratischen Füße waren mit der Altarplatte fest verschraubt. In einer ölgefüllten Wandleuchte aus dunkelrotem Glas brannte mit ruhiger Flamme das ewige Licht, das in keinem geweihten Altarraum fehlen durfte.

Zwei lebensgroße Statuen, die auf breiten Sockeln ruhten, fassten das kostbar vertäfelte Halbrund der Altarnische rechts und links ein, als sollten sie den heiligen Bezirk bewachen. Beide Skulpturen bestanden aus grauem Gestein, bei dem es sich wohl um Granit handelte. Die linke Statue stellte einen Mann in einem langen, priesterähnlichen Gewand dar, der wie ein zu Stein erstarrter Wachposten mit der linken Hand den Schaft einer senkrecht stehenden eisernen Lanze umfasst hielt. Sjadú nahm an, dass sie den heiligen Joseph von Arimathäa darstellte. Bei der Figur auf der anderen Seite des Halbrunds handelte es sich um eine Frau. Es war jedoch keine Darstellung der Gottesmutter, sondern die einer älteren und vor allem wohlhabenden Frau, wie der vornehme Umhang und der angedeutete Schmuck verrieten. Ihre aufrechte Haltung mit dem leicht in den Nacken gelegten Kopf war die einer selbstbewussten Frau, und aus ihren Gesichtszügen sprach Entschlossenheit. Vermutlich handelte es sich um Maria Magdalena.

Sjadú hasste es, solch einen geweihten Raum zu betreten, und sein Herz begann zu rasen. Aber wie die Dinge lagen, blieb ihm nichts anderes übrig, als sich dazu zu überwinden.

Mit einem Würgen in der Kehle trat er an den schweren Altarblock, und Urakib setzte schnell die Kerzen in den beiden Leuchtern in Brand, damit der erhabene Erste Knecht bei seiner Untersuchung des geheimnisvollen Mechanismus möglichst viel Licht hatte. Aber sofort wich er vom geweihten Altar wieder zurück.

Die goldene Tür des Tabernakels stand weit auf. In seine Hinterwand war eine zweite kleine Geheimtür eingelassen, die ebenfalls offen stand. Und in dieser versteckten Nische ragten drei gut daumendicke und handlange Eisenhebel aus dem Mauerwerk.

Sjadú berührte sie nicht und er nickte gnädig, als Urakib ihm auf seine Frage hin hoch und heilig versicherte, keinen der Hebel angefasst, geschweige denn bewegt zu haben. Er war zu gut mit den raffinierten Tricks und Schutzmechanismen vertraut, mit denen die Gralsritter den Heiligen Gral zu schützen suchten. Sie hatten zu allen Zeiten die besten und einfallsreichsten Baumeister und Techniker in ihre Dienste genommen und raffinierte Verstecke ersonnen, denen sogar er widerwillig Bewunderung zollen musste. Und er hatte nur ein einziges Mal den törichten Fehler begangen, die Funktionsweise eines solchen Hebelsystems durch reines Ausprobieren der verschiedenen Kombinationsmöglichkeiten herausfinden zu wollen. Er war kläglich gescheitert. Das war ihm eine Lehre gewesen. Und da sich einer der Gralshüter in ihrer Gewalt befand, der zweifellos in das Geheimnis eingeweiht war, gab es erst recht keinen Anlass, unvorsichtig zu sein und ein unnötiges Risiko einzugehen.

Sjadú wandte seine Aufmerksamkeit nun dem Altar zu und untersuchte dessen Oberfläche. Dies kostete ihn große Überwindung und kalter Schweiß trat ihm auf die Stirn. Wer von dem unterirdischen Versteck und dem Geheimfach mit den drei Hebeln hinter dem Tabernakel nichts ahnte, der hätte kaum etwas Auffälliges entdeckt. Doch er fand sehr schnell die haarfeine Linie im scheinbar fugenlos glatten Marmor, die den schweren Marmorblock in zwei Teile schnitt.

Ihm entfuhr ein kurzes, grimmiges Auflachen. Der tonnenschwere Altar bestand aus zwei Blöcken, die vermutlich auf einem raffinierten System von Rollen ruhten und den Zugang zum Versteck freigaben, wenn man die richtige Stellung der drei Hebel kannte. Aber nein, das allein würde wohl nicht reichen. Er war sicher, dass die schwere eiserne Lanze in der Hand der Statue eine wichtige Rolle im geheimen Schutzmechanismus spielte, und seine Ahnung sagte ihm, dass dies auch auf die beiden Kerzenleuchter zutraf, deren Füße kaum ohne guten Grund so klobig ausgefallen und mit der Altardecke verschraubt waren.

»Nun, das werden wir schnell herausfinden«, murmelte Sjadú, flüchtete förmlich aus dem geweihten Altarraum und begab sich wieder nach oben.

Als er Augenblicke später hinter den stockfleckigen, rissigen Vorhang trat, erkannte er Dschullab sofort wieder. Der blinde Gefolgsmann von Abbé Villard hing hinter dem Segeltuch von der Decke herab. Die Beine pendelten in Kniehöhe über dem Boden. Man hatte ihm die Hände auf dem Rücken gefesselt, ein langes Seil an die Fessel gebunden und ihn daran hochgezogen. Dabei waren ihm die Arme aus den Schultergelenken gerissen worden. Er musste ungeheure Schmerzen haben, doch kein noch so schwacher Laut kam über seine Lippen.

»So sieht man sich wieder, Gralsdiener«, sprach Sjadú ihn voller Hohn an. »Obwohl, das Vergnügen des Wieder-Sehens ist ja leider nur einseitig.«

Die blinden, milchig trüben Augen von Dschullab richteten sich auf den Judasjünger. »Ich sehe mehr, als du jemals in deinem jämmerlichen Leben als Teufelsknecht vor die Augen bekommen wirst!«, gab er verächtlich, aber vollkommen ruhig zur Antwort und spuckte ihm dann so treffsicher ins Gesicht, als verfügten seine Augen über ihre volle Sehkraft.

Sjadú wischte sich den Speichel von der Wange. »Wenn du glaubst, mich mit solchen Lächerlichkeiten provozieren zu können, dann hast du noch immer nicht begriffen, mit wem du es zu tun hast«, erwiderte er mit kalter Beherrschung. »Ich weiß, dass du ein tapferer Mann bist und wohl auch unter der grausamsten und längsten Folter nichts verraten wirst, Dschullab. So ist das auch bei meinen Leuten. Aber dennoch wirst du reden und mir alles verraten, was ich wissen will, glaube mir. Denn für deinesgleichen gibt es etwas viel Schlimmeres und offenbar wirklich Unerträgliches – und das ist die Folter, die andere, völlig Unschuldige für euch erleiden müssen und die ihr sofort beenden könnt, sowie ihr zu reden beginnt! Euer lächerlicher Christenglaube erlaubt es euch nicht, andere für euch Todesqualen erleiden zu lassen, ist es nicht so?«

Damit wandte er sich von ihm ab und erteilte seinen Männern den Auftrag, schnellstens einige Christen in der Stadt aufzugreifen und zu ihm zu bringen.

»Es werden ja jetzt schon überall Überlebende zusammengetrieben, um in die Sklaverei verkauft zu werden! Notfalls kauft ihr einer Mamelukenbande ihre menschliche Beute ab!«, befahl er und warf einem Mann seines Vertrauens einen Beutel mit Goldstücken zu. »Aber ich will nur Frauen und Kinder! Je jünger, desto besser! Wir wollen unserem blinden Gralsdiener doch etwas bieten, was ordentlich an sein barmherziges Christenherz rührt. Mal sehen, wie viel Blut er auf sein Gewissen zu laden gewillt ist, bevor er redet!«

Die Männer lachten höhnisch und eilten davon, um auszuführen, was der erhabene Erste Knecht ihnen aufgetragen hatte.

»Gottes Fluch treffe dich! Du wirst bis in alle Ewigkeit im Fegefeuer brennen!«, stieß Dschullab in ohnmächtiger Verzweiflung hervor. Niemals würde er einen anderen Menschen leiden lassen, wenn es in seiner Macht stand, es zu verhindern. Der heilige Abbé und sein Bruder Bismillah würden es verstehen und billigen. Dennoch zerriss es ihn innerlich, dass ihm keine andere Möglichkeit blieb, als dem skrupellosen Teufelsknecht Sjadú den Zugang zum unterirdischen Heiligtum der Gralshüter zu verraten.

3

Gute siebzig Ellen* unter der Krypta der Kirche kniete Abbé Villard von Saint-Omer mit seinem blinden Gefährten Bismillah vor dem marmorweißen Altar des innersten Heiligtums der Gralshüter im Heiligen Land. Seine Vorgänger hatten es vor mehreren hundert Jahren in den verzweigten Höhlen unter dem Montjoie gebaut. Und nun war dessen Ende als sicheres Versteck der Gralsritter gekommen. Schon bald würden hier ihre Schwerter aus den Scheiden fliegen und die scharfen, doppelschneidigen Damaszenerklingen auf die ihrer Todfeinde treffen!

Dichtes eisgraues Haar fiel dem alten Gralsritter wie ein gesponnes Vlies auf die hageren Schultern, die unter dem weißen Umhang mit dem blutroten Tatzenkreuz der Templer deutlich hervorstachen. In demselben silbrigen Weißgrau leuchtete im Licht weniger Öllampen auch sein Vollbart, der ihm bis auf die Mitte der Brust wallte. Sein ledrig verwittertes Gesicht mit den zahllosen tief eingegrabenen Linien und Furchen besaß viel Ähnlichkeit mit einem alten, von Wind und Wetter zerschundenen Stück Treibholz. Es waren die äußeren Spuren der Last der Verantwortung, die er zu viele Jahre hatte tragen müssen. Aber noch mehr waren sein Herz und seine Seele ermüdet. Sie trugen die Spuren und Wunden von zweihundert Jahren Einsamkeit als oberster Gralshüter und waren gezeichnet davon, die rasche Vergänglichkeit jener Gefährten hinnehmen zu müssen, die sein Le-

* Eine Elle entspricht etwa 0,5 Meter.

ben für eine kurze Wegstrecke mit ihrer kostbaren Kameradschaft und Treue begleitet und den Schutz des heiligen Kelchs mit ihrem Leben bezahlt hatten. Ein Ausdruck tiefer Müdigkeit, aber auch großer Gelassenheit lag in seinen zerfurchten Zügen.

Abbé Villard spürte die Nähe der Judasjünger, die von der Bruderschaft auch Iskaris, nach dem Jesusverräter Judas Iskariot, genannt wurden, so deutlich wie Tiere das Nahen einer Naturkatastrophe. Doch er dachte nicht an Flucht. Seine Mission war erfüllt, sein Lebensweg an seinem Ende angelangt. Und zu groß war die innere Erschöpfung, die ihn nach zwei Jahrhunderten in seinem Amt als Gralshüter bis in die letzte Faser seines Körpers erfüllte.

»Du solltest jetzt gehen, Bismillah«, brach Abbé Villard die Stille ihres Gebetes. »Noch ist Zeit genug, um durch die Katakomben der frühen Christengemeinde zu entkommen.«

Bismillah, der den braunen Umhang eines Turkopolen trug, richtete den Blick seiner milchig trüben Augen auf den Abbé. »Wie könnt Ihr glauben, dass ich Euch jetzt verlasse, Herr! Die Iskaris werden bald hier sein und es wird zum Kampf kommen.«

Der Abbé nickte. »Ja, so wird es sein.«

»Wie könnte ich da jetzt die Flucht ergreifen? Ich stehe bis zu meinem letzten Atemzug zu meinem Treueschwur und werde mit Euch kämpfen! Keine Macht der Welt kann mich in dieser Stunde, wo sich unser Schicksal erfüllen wird, von Eurer Seite wegbringen! Es ist schon bitter genug, dass mein Bruder . . .« Bismillah brach mitten im Satz ab, weil ihm die schändlichen Worte vom Verrat nicht über die Lippen kommen wollten.

»Quäle dich nicht mit unsinnigen Vorwürfen«, sagte Abbé Villard sofort und legte ihm seine Hand besänftigend auf die Schulter. »Dein Bruder ist ein tapferer Mann, dessen Treue und Mut jenseits aller Zweifel liegen. Keinem von euch kann ich genug für das danken, was ihr in der langen Zeit eurer Bruderschaft für mich und unsere Gemeinschaft getan habt!«

»Er hat ihnen den geheimen Mechanismus verraten, statt den Tod zu wählen! Ich spüre es so deutlich, wie ich Euren Atem spüre, und ich weiß, dass auch Ihr es spürt! In wenigen Minuten wird Sjadú mit seinen Männern das Heiligtum stürmen und entweihen!«, murmelte Bismillah mit gesenktem Kopf, als schämte er sich für den Verrat seines Bruders. »Nie hätte ich es für möglich gehalten, dass ausgerechnet mein Bruder derjenige sein würde, der den Iskaris den Weg in die heilige Grotte weist, nachdem dieses Versteck hunderte von Jahren eines der bestgehüteten Geheimnisse der Gralshüter gewesen ist!«

»Gewiss, er hat ihnen die Funktion des geheimen Mechanismus erklärt und ihnen den Weg durch die Gänge hierhin ins Heiligtum gewiesen«, räumte Abbé Villard ein. »Aber er wird es nicht aus Angst vor Schmerzen und Tod getan haben, sondern weil ihm Sjadú und seine Teufelsknechte keine andere Wahl gelassen haben, dessen bin ich mir ganz sicher. Und wir beide wissen doch nur zu gut, über welch teuflische Mächte Sjadú und seine Männer verfügen. Also gräme dich nicht und denke gut von deinem Bruder, so wie ich es tue. Zudem: Akkon ist gefallen, das Heilige Land für die Kreuzritter verloren und der Heilige Gral auf dem Weg nach Paris. Und damit hat dieser Ort, sosehr er uns auch am Herzen liegen mag, keine weitere Bedeutung mehr. Mag Sjadú ihn also nur betreten und mit seiner Gegenwart beschmutzen, es wird nicht der Triumph sein, den er sich erhofft hat! Und dass es dazu nicht gekommen ist, verdanken wir zu einem wesentlichen Teil der Tapferkeit und Selbstaufgabe deines Bruders.«

Bismillahs Züge glätteten sich ein wenig und er nickte mit stummer Dankbarkeit für die Worte, die der Gralshüter für seinen Bruder gefunden hatte. Und jeder versank wieder in seinen eigenen Gedanken, die sich sehr ähnlich waren.

Schon bald wird auch dieser wunderbare Ort den Weg allen menschlichen Schaffens gehen und aufhören zu existieren, ging es Abbé Villard durch den Kopf, während er seinen Blick noch ein letztes Mal durch das unterirdische Heiligtum schweifen ließ. Und obwohl er in seinem starken Glauben stets die rasche Vergänglichkeit aller von Menschenhand erschaffenen Werke akzeptiert hatte, regte sich nun doch eine Spur stillen Bedauerns in seiner Brust. Denn dies war ein Ort von wahrlich ergreifender Schönheit, mit dessen Ausbau christliche Handwerker und Künstler schon zur Zeit von Joseph von Arimathäa und Maria Magdalena in dem verzweigten Labyrinth unterirdischer Gänge und Höhlen begonnen hatten.

Die heilige Grotte, wie Abbé Villard das Heiligtum der Gralshüter auch nannte, war ein Gewölbe mit einer Deckenhöhe von mehr als zwanzig Ellen. Es besaß die Form einer Rotunde* mit einem Durchmesser von gut vierzig Schritten. Hinter dem äußeren Kreis des Umgangs strebten acht geriffelte, hellgraue Doppelsäulen mit korinthischen Kapitellen der gewölbten Decke entgegen. Diese schlanken Doppelsäulen, die ein Mann gerade noch umfassen konnte und die durch Rundbögen miteinander verbunden waren, bildeten wie der Umgang einen perfekten inneren Kreis um das Heiligtum der Grotte. Denn in seinem Zentrum und damit genau unter der Mitte des Deckengewölbes erhob sich auf einem dreistufigen Sockel der Altar. Er bestand aus leuchtend weißem Marmor, der wie poliertes Perlmutt glänzte. Zwei goldene, fünfarmige Kerzenleuchter rahmten ein ebenfalls goldenes, gut anderhalb Ellen hohes Kruzifix ein. Kunstvolle Mosaiken bedeckten Wände und Decken. Sie stellten groß ange-

* Rundbau.

legte Wandgemälde aus Stein dar, wie nur begnadete Künstler sie zu schaffen vermochten.

Rechts und links von der Tür, die aus dem Vorraum in das Heiligtum führte, zeigte das Mosaik lebensgroß eine Prozession der Märtyrer und Heiligen. Sie mündete, von beiden Seiten kommend, auf eine Darstellung des letzten Abendmahls: Jesus in der Mitte seiner Jünger, mit dem Kelch in seinen erhobenen Händen. Und über seinem Kopf schwebte ein weißer Vogel.

Das Mosaik des Deckengewölbes zeigte einen dunkelblauen Sternenhimmel, in dessen Mitte ein schlichtes weißes Kreuz prangte. Hunderte von weißen, spitz gezackten Sternen umgaben das Kreuz in konzentrischen Kreisen. In den vier Ecken, den Kuppelzwickeln, fanden sich, ebenfalls in weißen Mosaiksteinen, die Symbole der vier Evangelisten: der Engel für Matthäus, der Löwe für Markus, der Stier für Lukas und der Adler für Johannes.

In einer rechts gelegenen Ausbuchtung lag das Baptisterium, in das man steigen und untertauchen musste, um beim Eintritt in die Kirche das heilige Sakrament der Taufe zu empfangen. Gespeist wurde das Becken von einem kräftigen, unterirdischen Wasserlauf. Er sprudelte aus der offen liegenden Felswand, die sich wie ein krummer Rücken dem Becken zuneigte und über die sich das klare Wasser ergoss. Links vom Becken stand noch die schmale Geheimtür offen, durch die die vier frisch geweihten Gralsritter vor wenigen Minuten die Grotte mit dem Heiligen Gral verlassen hatten. Dahinter erstreckte sich ein langer Felsgang, der in einer zum Meer hin offenen Höhle an der Südspitze von Akkon endete. Und dort würde das Beiboot der zyprischen Handelsgaleere *Calatrava* auf sie warten, deren Kapitän den gut bezahlten Auftrag erhalten hatte, die vier Ritter nach Zypern zu bringen. Von da an waren sie dann auf sich allein gestellt, um einen sicheren Weg ins ferne Paris zu finden und den heiligen Kelch in der dortigen Templerburg einem Eingeweihten zu übergeben. Ein geheimes Versteck wartete in der mächtigen Stadtburg schon auf den Kelch des ewigen Lebens.

Obwohl er wusste, dass er sich lange in seinen Entscheidungen geprüft und alles getan hatte, was in seiner Macht stand, beschlich ihn nun doch die quälende Sorge, ob er in den letzten Wochen auch wirklich alles bedacht und mit den vier Templern die richtige Wahl getroffen hatte. Würden sie der gewaltigen Aufgabe gewachsen sein, die er auf ihre Schultern gelegt hatte?

Gewiss, jeder von ihnen war ein herausragender Kämpfer, der mit Recht die weiße Clamys, den Mantel der Tempelritter, trug und dem Orden der gefürchteten Kriegermönche alle Ehre gemacht hatte. Aber würden die vier Männer in den schweren Prüfungen, die zweifellos auf sie warteten, sich auch als jene verschworene Gemeinschaft erweisen, die sie bilden mussten, um den Iskaris und anderen Gefahren gewachsen zu sein? Immerhin hätten ihre Charaktere gar nicht unterschiedlicher sein können!

Abbé Villard rief sie sich einzeln vor sein geistiges Auge. Und er sah sie so deutlich vor sich, als würden sie vor ihm stehen.

Da war Gerolt von Weißenfeld, der drittgeborene Sohn eines unbedeutenden Raubritters aus der südwestlichen Eifel. Ein kräftiger, blond gelockter Mann mit einem freundlich offenen Gesicht und ein begnadeter Schwertkämpfer von gerade mal neunzehn Jahren, der aber schon seit drei Jahren im Heiligen Land gekämpft und sich den Eintritt in den Eliteorden mit Schwert und Lanze redlich erstritten hatte. Um ihn machte er sich am wenigsten Sorgen, Gerolt war ein ruhiger und um Ausgleich bedachter Mann, der auch im ärgsten Kampfgetümmel Übersicht und ruhig Blut bewahrte und die besten Anlagen für einen natürlichen Anführer hatte.

Ähnlich verhielt es sich mit dem Levantiner Tarik el-Kharim ibn Suleiman al-Bustani, in dessen Adern eine gute Portion Beduinenblut floss. Seine christlichen Vorfahren kamen aus Ägypten und sein Großvater Said hatte sich beim sechsten Kreuzzug im Dienst des Königs Ludwig IX. von Frankreich nicht nur wiederholt durch besondere Tapferkeit ausgezeichnet, sondern auch einen Mordanschlag auf den König verhindert. Um ein Haar hätte er dafür mit seinem eigenen Leben bezahlt, hatte der vergiftete Dolch des gedungenen Meuchelmörders ihn doch im Handgemenge schwer verwundet. König Ludwig hatte ihn daraufhin nach seiner Gesundung in den erblichen Ritterstand erhoben. Tarik el-Kharim, eine schlanke und sehnige Gestalt mit leicht getönter Haut und krausem schwarzem Haar, war in jeder Hinsicht ein würdiger Nachkomme seines Großvaters. Er war ein Mann des Frohsinns und der unerschütterlichen Zuversicht, zugleich aber ein ausgezeichneter Bogenschütze und leichtfüßiger Schwertkämpfer, den jeder Gegner fürchten musste.

Der dritte Ritter im Bunde war der Franzose Maurice von Montfontaine. Und bei ihm waren gewisse Bedenken, was seine Charakterstärke anging, wohl nicht ganz abwegig. Denn der zweiundzwanzigjährige Edelmann Maurice, ein bestechend gut aussehender Ritter von edler Geburt mit verwandtschaftlichen Beziehungen zum französischen Königshaus, zeichnete sich nicht nur durch seine elegante Schwertkunst aus, sondern auch durch sein äußerst hitziges Temperament. Er ließ sich leicht zu einer unbedachten Handlung hinreißen und ihm saß die Klinge locker, vor allem wenn er sich in seiner Ehre verletzt wähnte. Zudem trug er noch immer die auffahrende Arroganz seiner edlen Herkunft in sich. Nicht einmal die eiserne Disziplin der Templer hatte ihm dies austreiben können. Seine Jugendjahre waren von Maßlosigkeit und wilden Exzessen geprägt gewesen. Dass er sein Erbe erst mit Frauen, Wein und Glücksspiel durchgebracht, ein Duell nach dem anderen provoziert, die Rettung seines

Seelenheils schließlich einige Zeit vergeblich als Novize in einem französischen Benediktinerkloster gesucht und erst nach langen Irrungen zu seiner Bestimmung im Orden der Templer gefunden hatte, warf ein bezeichnendes Licht auf sein komplexes, zerrissenes Innenleben. Und ob er die inneren Anfechtungen und die Neigung zu sündhaftem Leben, die seine Jahre vor dem Eintritt in den Orden geprägt hatten, endgültig überwunden hatte, das allein konnte nur die Zukunft zeigen. Er betete zu Gott, dass es so sein möge!

Auch als er an den Schotten McIvor von Conneleagh dachte, der mit seinen achtundzwanzig Jahren der älteste der vier Gralsritter war, regten sich Sorgen in seiner Brust. Dieser Bär von einem Krieger aus dem schottischen Hochland, der eine Eisenklappe über dem ausgestochenen linken Auge und einen kurzen Zopf im Nacken trug und dessen Züge so derb und kantig waren wie seine ganze Gestalt, erweckte äußerlich den Anschein eines in sich ruhenden, kampferprobten und gänzlich unerschrockenen Mannes. Und wahrlich, keiner vermochte den schweren Bidenhänder, das Langschwert, das mit beiden Händen ergriffen und geführt werden musste, mit einer derartigen Geschicklichkeit zu führen wie er. Und seine Gutmütigkeit im Kreise der Kameraden stand seiner Tapferkeit in nichts nach. Doch auch er führte in seinem Innern noch immer einen erbitterten Kampf mit seinem ganz eigenen Dämon, der sich tief in seiner Seele festgekrallt hatte und der nicht so leicht zu besiegen war wie ein Feind auf dem Schlachtfeld. Nach dem Verlust seiner großen Liebe hatte er nämlich seinen Jugendfreund, der ihn aus verletzter Eitelkeit verraten, die Frau seines Herzens in den Freitod getrieben und sie damit beide um ihr Glück gebracht hatte, zu einem Messerkampf herausgefordert. Ein grotesk ungleicher Kampf, dessen Ausgang von vornherein festgestanden und dazu geführt hatte, dass McIvor von seiner Familie verstoßen und geächtet worden war. Das Blut, das er damals in seinem wilden Zorn vergossen hatte, hatte mehr als nur seine Klinge befleckt und ihn in die Rastlosigkeit getrieben. Die Schandtat seiner Jugend quälte ihn noch immer, obwohl seitdem gute zehn Jahre verstrichen waren. Und sie ließ ihn immer wieder in düstere Gemütsstimmungen versinken und um sein Seelenheil fürchten. Eine Furcht, die eines Tages ihn und seine Kameraden in eine bedrohliche Situation führen und ihn dazu veranlassen konnte, als Gralshüter einen nicht wieder gutzumachenden Fehler zu begehen ...

Mit Macht befreite sich Abbé Villard aus dem dunklen Strudel seiner sorgenvollen Gedanken. Sie brachten nichts. Die Entscheidung war längst gefallen und alle vier hatten ihr schweres Amt angetreten. Nun lag alles in ihren Händen – der Heilige Gral und der Kampf mit den Mächten der Finsternis. Und wer war er überhaupt, dass er den Ratschluss des Allmächtigen in Zweifel zog? Das Auge Gottes, wie er den geheimnisvollen weißen Falken nannte, hatte ihm diese vier Männer unmissverständlich offenbart. Und dass der göttliche Segen wahrhaftig auf ihnen lag, hatten die beiden Weihen hier im Heiligtum bewiesen. Niemals wäre es ihnen gelungen, die Gralsschwerter aus dem Felsen im Wasserbecken zu ziehen, wenn es nicht so gewesen wäre. Auch wären ihnen die besonderen Kräfte, die göttlichen Gnadengaben, versagt geblieben, wenn sie nicht berufen gewesen wären. Ein jeder von ihnen hatte in Ausübung seines heiligen Amtes Gewalt über eine besondere Kraft der Natur erhalten. Eine göttliche Kraft, die jedoch erst noch in ihnen wachsen musste. Aber das stand auf einem völlig anderen Blatt. Alles, was ihm jetzt noch zu erhoffen blieb, war ...

»Die Iskaris!«, rief da Bismillah plötzlich leise und ließ ihn aus seinen Gedanken auffahren. »Sie kommen, Herr!«

4

Im nächsten Augenblick wurde auch schon in der Rundung der umlaufenden Wand die Geheimtür aufgestoßen, durch die man vom Vorraum mit dem Sarkophag des Joseph von Arimathäa in das Heiligtum der Gralshüter gelangte. Doch nicht Sjadú, der Erste Knecht des Fürsten der Finsternis, stürmte an der Spitze seiner Gefolgschaft mit blank gezogener Klinge in die heilige Grotte, sondern die Vorhut bildeten zwei raugesichtige Schergen, deren Verlust bei einem Gegenangriff Sjadú wohl am leichtesten verschmerzen konnte.

Abbé Villard und Bismillah hatten jedoch keinen Sinn darin gesehen, ihre Todfeinde schon an der Tür in ein Gefecht zu verwickeln, sondern waren am Altar geblieben. Sie wussten, was sie erwartete, und keiner von ihnen fürchtete sich vor dem Unausweichlichen. Für sie hatte der Tod keinen Schrecken, davor bewahrte sie ihr unerschütterlicher Glaube an die Liebe und Barmherzigkeit Gottes.

Die Iskaris, zehn an der Zahl, drängten sich durch den gerade mannsbreiten Eingang und fächerten sich sofort zu einer halbkreisförmigen Angriffslinie auf. Einer der nachdrängenden Männer hob augenblicklich seine Lanze, als er den weißhaarigen Gralsritter vor den Stufen des Altars erblickte, und schleuderte ihm seine Waffe entgegen. Töricht, wie der Mann war, hoffte er, derjenige zu sein, der sich rühmen konnte, den legendären Abbé Villard von Saint-Omer niedergestreckt zu haben.

Abbé Villard rührte sich nicht von der Stelle. Er hob nur die linke Hand und die Lanze wurde mitten im Flug von ihrer Bahn abgelenkt, schoss mehrere Schritte links von ihm vorbei und prallte gegen den Felsen, aus dem sich das klare Quellwasser in das Becken ergoss.

Mit zwei schnellen, katzengleichen Sätzen war Sjadú bei dem Mann, der die Lanze geschleudert hatte. »Du hirnloser Trottel! Hast du vergessen, mit wem du es zu tun hast? Und wer hat dir erlaubt, den ersten Streich zu führen?«, schrie er ihn an und schlug ihm den Knauf seines Schwertes so brutal ins Gesicht, dass der Mann zu Boden geschleudert wurde und bewusstlos liegen blieb. Und mit wild funkelnden Augen blickte Sjadú in die Runde seiner jäh erstarrten Männer. »Keiner von euch rührt mir den alten Gralsritter an! Er gehört mir! Es wird allein mein Schwert sein, das ihn in Stücke schneidet! Ihr könnt euch den Blinden vornehmen. Der wird euch schon Schwierigkeiten genug machen. Aber ihr greift erst an, wenn ich es euch sage!«

»Ja, erhabener Erster Knecht«, murmelten die Männer verstört.

»Du hast dich wahrlich nicht verändert, Sjadú, und bist in den achtzig Jahren, die wir uns nicht mehr gesehen haben, deinem bösartigen Charakter treu geblieben«, sagte Abbé Villard in ruhigem Ton.

»Und auch der Gestank, den ihr Judasjünger verbreitet, ist so ekelhaft wie eh und je«, warf Bismillah ein und verzog angewidert die Nase. Iskaris strömten oft einen abstoßenden, an Verwesung erinnernden Geruch aus.

Sjadú schenkte dem Blinden weder eine Antwort noch einen Blick. Seine Augen fixierten allein den ergrauten Gralshüter, als er nun durch einen der Rundbögen auf ihn zutrat, dann aber in Kenntnis der Kräfte, über die der alte Ritter wohl noch immer verfügte, gut zehn Schritte vor ihm stehen blieb.

»In der Tat, gut achtzig Jahre sind seit unserer letzten Begegnung vergangen, Villard. Es war damals eine sehr unbefriedigende Begegnung, für uns beide, wie ich wohl annehmen darf«, sprach er ihn an, und ein falsches Lächeln trat auf sein Gesicht, das von makelloser Ebenmäßigkeit und Schönheit war. Auch der meisterlichste aller Bildhauer oder Maler hätte kein Abbild eines Menschen mit so vollkommenen Zügen und Proportionen erschaffen können. Im Fall von Sjadú war es jedoch ein Trugbild, eine perfekte Maske, hinter der sich das abgrundtief Böse und Schlechte der Welt verbarg. »Aber diesmal wirst du mir nicht entkommen. Längst ist die Zeit vorbei, in der du mir ein ebenbürtiger Gegner warst. Deine Stunde hat geschlagen, alter Mann.«

»Das wird sich zeigen«, erwiderte Abbé Villard gelassen, obwohl er insgeheim wusste, dass Sjadú Recht behalten würde. Im Stundenglas seines Lebens rannen in diesen Minuten die letzten Rinnsale Sand durch den engen Hals. Aber das hieß nicht, dass der oberste der Iskaris leichtes Spiel mit ihm und Bismillah haben würde. Sie würden ihr Leben mit dem Schwert in der Hand teuer verkaufen, und wenn das Ende des Gefechtes gekommen war, würden nicht nur ihre Leichen im Blut liegen, dessen war er so gewiss, wie er an Gott glaubte und an das Leben nach dem Tod. »Aber wenn du gekommen bist, um den Heiligen Gral in deinen Besitz zu bringen, so kommst du wieder einmal zu spät. Mir scheint, dass dies deine Bestimmung ist.«

Diese Worte wirkten auf Sjadú wie ein Kübel eisigen Wassers, der sich über ihn ergoss. Und erst jetzt wurde ihm wohl bewusst, dass auf dem Altar kein Kelch stand. Und außer dem Abbé und dem Blinden sah er auch keinen von den vier neuen Gralshütern, deren Namen ihm Dschullab bereitwillig genannt hatte, als er einem der herbeigeschleppten jungen Mädchen seinen Dolch an die Kehle gesetzt hatte. Nun bemerkte er auch die offen stehende Tür neben dem Wasserbecken auf der anderen Seite der Rotunde.

Das Gesicht des Judasjüngers verlor schlagartig jegliche Schönheit und verzerrte sich vor maßloser Wut, weil er offenbar wieder einmal zu spät gekommen war, um des Heiligen Grals habhaft zu werden.

Mit sich überschlagender Stimme schrie er zwei Namen und befahl diesen Männern, auf der Stelle die Verfolgung der Gralsritter aufzunehmen. »Holt sie ein und haltet sie auf, solange ihr könnt, und wenn es euch das verfluchte Leben kostet!«, rief er. »Auf keinen Fall dürfen wir ihre Spur verlieren!«

Die beiden Iskaris rannten in einem sicheren Bogen um den Abbé und seinen blinden Gefährten herum und verschwanden im nächsten Moment durch die hintere Tür in den Katakomben, die die erste Christengemeinde noch zur Zeit ihrer Verfolgung dort angelegt hatte.

»Sie müssten schon Flügel haben, wenn sie meine Ritter jetzt noch einholen wollten«, sagte der Abbé spöttisch. »Du hast auch diesmal verloren, Sjadú.« Und damit zog er sein Schwert aus der Scheide. Augenblicklich zog auch Bismillah an seiner Seite blank.

»Sie werden mir nicht entkommen – so wie auch du mir diesmal nicht entkommst, Villard!«, schrie Sjadú in wildem Zorn und entblößte sein halb verfaultes Gebiss, das in einem krassen Gegensatz zu seinen vollkommenen Gesichtszügen stand. »Urakib, du nimmst dir mit den anderen den Blinden vor! Hackt ihm die Arme ab und schneidet ihn in Streifen!«

Sofort stürzten sich die restlichen Iskaris auf Bismillah, der mit unglaublicher Behändigkeit zu einer der Doppelsäulen zurückwich, um sich in diesem seinem letzten Gefecht zum Ruhme Gottes zumindest den Rücken so lange wie möglich freizuhalten. Und es würde für die Iskaris alles andere als ein leichter Kampf werden, auch wenn sie ihn in erdrückender Überzahl angriffen! Seinen Augen mochte die Sehkraft fehlen, aber er war alles andere als blind, was die genaue Wahrnehmung seiner Umgebung betraf. Er *sah* nur auf andere Art und Weise, nämlich mit der Oberfläche seiner Haut. Dank der göttlichen Gnadengabe, die ihm bei seiner Weihe geschenkt worden war, vermochte er jede kleinste Bewegung um sich herum auf Grund der Luftveränderungen wahrzunehmen und genau zu lokalisieren.

Sein Schwert flog blitzschnell hoch und parierte den Streich, den der erste heranstürmende Iskari noch aus dem Lauf heraus nach ihm führte. Für seinen völlig unbedachten Vorstoß erhielt jener sogleich die tödliche Quittung. Denn kaum waren ihre Klingen laut klirrend aufeinander getroffen, als Bismillah nach der Parade sein Schwert kurz zurückriss, das Handgelenk leicht abknickte und ihm seine Waffe mitten in die Brust rammte.

»Sag dem Höllenmeister, wenn er dich gleich auf ewig ins Fegefeuer wirft, dass ein Blinder dich nach dem ersten Streich in den Tod geschickt hat!«, rief Bismillah trocken dem zu Boden stürzenden, röchelnden Judasjünger zu. »Und sag ihm, dass noch mehr von euch gleich folgen werden!« Aber er wusste auch, dass die anderen Iskaris nun gewarnt sein und denselben Fehler, nämlich seine Kampfkraft zu unterschätzen, nicht begehen würden. Den nächsten tödlichen Hieb zu setzen würde erheblich schwieriger sein.

Der Abbé hatte sich indessen gegen den wuchtigen Schlag gewappnet, der ihn jeden Augenblick treffen musste. Doch diesen Schlag würde Sjadú nicht mit dem Schwert ausführen, sondern er würde wie aus dem Nichts mit der unsichtbaren Kraft kommen, die der Fürst der Finsternis ihm verliehen hatte, als der Erste Knecht dessen Atem getrunken hatte.

Und so geschah es auch. Die Luft vor ihm schien sich plötzlich zu einem wagenradgroßen Ball zu verdichten, hinter dem sich Sjadús Gestalt leicht verzerrte, als blickte er durch schwach bewegtes Wasser. Der Ball, den nur ein erfahrener Gralshüter zu erkennen vermochte, raste auf ihn zu und zielte auf seine Brust. Doch noch bevor dieser ihn treffen und zu Boden werfen konnte, warf Abbé Villard ihm ein ähnlich verdichtetes Luftgebilde entgegen. Der Zusammenprall erschütterte sie beide ähnlich stark und ließ sie einen Schritt zurückwanken.

Sofort versuchte es Sjadú ein zweites Mal, wobei er die Druckwelle in Form eines schmalen Rammbockes bildete, der den Unterleib des Gralshüters zum Ziel hatte. Doch auch diesen fast unsichtbaren Angriff vermochte der Abbé mit einer konzentrierten Gegenattacke abzuwehren. Zur selben Zeit steigerte sich links von ihm das Aufeinanderprallen von Schwertklingen zu einem wütenden, metallischen Crescendo, das im Gewölbe so laut widerhallte, als lieferten sich Dutzende von Kriegern ein unerbittliches Gefecht.

Ein ärgerlicher Ausdruck huschte über das Gesicht des Ersten Knechtes, als er sah, dass er Abbé Villard auf diese Weise nicht überwältigen konnte. Nun riss er den Mund weit auf, hauchte gegen seine flache linke Hand und streckte sie ihm mit breit gespreizten Fingern entgegen. Augenblicklich schossen Flammen zwischen seinen Fingern hervor, die sich in Sekundenschnelle zu einer Feuerwand von doppelter Mannesbreite vereinten und nach dem Gralsritter griffen.

Doch Abbé Villard wusste auch diesen teuflischen Angriff noch rechtzeitig abzuschmettern, bevor die Flammen ihn umhüllen und seine Kleidung in Brand setzen konnten. Die lodernde Feuersbrunst prallte nur zwei, drei Schritte von ihm entfernt gegen die unsichtbare Barriere, die er Kraft seiner göttlichen Gnadengabe vor sich aufgebaut hatte. Die Flammenwand zerbarst in unzählige einzelne, kleine Feuerzungen wie ein explodierender Feuerwerkskörper. Die Feuersplitter stiegen wie Funkenregen bis zur Gewölbedecke hoch und erloschen beim Niedersinken.

Sjadú fluchte unterdrückt, fasste sich aber schnell wieder und schenkte dem Abbé ein widerwillig anerkennendes Grinsen. »Nicht schlecht, alter Gralshüter! Du weißt dich noch immer deiner verfluchten Christenhaut zu erwehren.«

»Ich weiß, was ich einem Speichel leckenden Knecht des Schwarzen Fürsten schuldig bin«, erwiderte Abbé Villard mit trockenem Spott. »Du sollst doch nicht sagen können, ich hätte es dir leicht gemacht. Du musst schon mehr aufbieten, wenn du mich am Boden liegen sehen willst!«

»Das werde ich, und zwar in deinem eigenen Blut!«, antwortete Sjadú grimmig. »Also warum lassen wir nicht die neckischen Spiele und fechten es von Mann zu Mann aus? Ich denke mal, ein Ritter wie du stirbt gewiss lieber durch eine Klinge als auf irgendeine andere Art!«

»Mir soll es recht sein. Doch es wird sich zeigen, wer hier durch wessen Klinge stirbt«, erwiderte Abbé Villard scheinbar gleichmütig. Insgeheim war er jedoch froh, dass Sjadú sein Glück nun mit dem Schwert versuchen wollte. Denn die drei Abwehrmaßnahmen hatten ihn doch mehr Kraft gekostet, als er sich hatte anmerken lassen. Ein, zwei weitere Angriffe dieser Art hätten ihn mit Sicherheit dermaßen erschöpft, dass er kaum mehr auf den Beinen hätte stehen können.

»Dann lass die Schwerter sprechen!«, stieß Sjadú hervor, kam mit federnden Schritten auf ihn zu und griff an.

Abbé Villard parierte die ersten Schläge mit Leichtigkeit, gab sich jedoch keinen Illusionen hin. Ihr erstes Klingenkreuzen hatte nichts zu bedeuten und war nicht mehr als ein gegenseitiges Abtasten. Der Iskari versuchte ihn mit leicht durchschaubaren Attacken und Finten zu beschäftigen, während er ihn mit höchster Wachsamkeit beobachtete, um herauszufinden, wo seine Schwächen lagen und auf welcher Körperseite er seine Deckung mehr als anderswo vernachlässigte.

Zur selben Zeit musste Bismillah seinen ersten feindlichen Treffer hinnehmen. Während er einen Hieb abwehrte, der seinem Kopf gegolten hatte, machte ein anderer Iskari zu seiner Linken einen raschen Ausfallschritt und wollte ihm sein Schwert in den Unterleib rammen. Bismillah spürte den Angriff kommen und wich nach rechts aus, doch ganz vermochte er der feindlichen Klinge nicht auszuweichen. Sie fuhr ihm über der Hüfte in den Leib und fügte ihm eine tiefe Schnittwunde zu.

Bismillah spürte im ersten Moment der Verwundung keinen nennenswerten Schmerz, wusste jedoch, dass er sich schnell einstellen und ihn schwächen würde. Er vergeudete keinen weiteren Gedanken daran, denn dass er früher oder später unter den Schwertern der Iskaris fallen würde, war nun mal unabwendbar. Und so konzentrierte er sich darauf, dass der Blutzoll, den die Anbeter des Bösen für sein Leben zahlen sollten, so hoch wie nur möglich ausfiel. Und noch bevor der Mann, der ihm die Verwundung zugefügt hatte, zurückspringen konnte, sauste sein Schwert herab und trennte dem Iskari die Schlaghand glatt vom Arm.

Der Mann brüllte auf und taumelte zurück. Bei jedem anderen wäre das Blut nun wie in Fontänen aus dem Armstumpf geschossen. Doch das dunkle, fast schwarze Blut der Iskaris quoll nur zäh und dickflüssig wie kochendes Pech aus der Wunde. Und das versetzte sie in die Lage, auch bei schweren Verwundungen noch um ein Vielfaches länger zu kämpfen, als es gewöhnlichen Sterblichen bei ähnlichen Verletzungen möglich war.

Bismillah registrierte, dass sich der Mann in Richtung des Wasserbeckens entfernte, vermochte seinem Tun jedoch nicht länger zu folgen, weil er sich auf die restlichen Angreifer konzentrieren musste. Mindesten einen von ihnen wollte er noch in den Tod schicken, bevor sein irdisches Leben erlosch und er vor Gottes Angesicht trat.

Indessen beendete Sjadú im Kampf mit dem Gralshüter die fast spielerische Phase des Abtastens mit der Klinge. Er drang nun mit aller Kraft und Schnelligkeit auf seinen Gegner ein und bedrängte ihn mit einem rasanten Hagel von Schlägen und Stichen.

Abbé Villard sah sogleich, dass Sjadú in den achtzig Jahren seit ihrem letzten Aufeinandertreffen viel dazugelernt und seine Schwertkunst auf ein meisterliches Niveau gesteigert hatte. Lange würde er dessen wilden und doch ungemein präzisen Angriffen nicht gewachsen sein. Sein Körper war alt, erschöpft und von den Anstrengungen der letzten Wochen gezeichnet. Und während er sein Bestes gab, um sein Ende noch eine kurze Zeitspanne hinauszuzögern, dachte er an das, was er noch unbedingt tun musste, bevor Sjadú ihn so stark verwunden konnte, dass er zu seiner allerletzten Aufgabe nicht mehr fähig war.

»Ist das alles, was du zu bieten hast?«, höhnte Sjadú, während er ihn mit seinen Schlägen vor sich hertrieb.

Abbé Villard gab keine Antwort und parierte im Zurückweichen einen blitzschnellen Aufwärtsstich, der aus einer Finte des Judasjüngers erfolgte. Er vermochte jedoch nicht zu verhindern, dass Sjadús Klinge ihn noch leicht an der linken Kopfseite traf und ihm eine lange Schnittwunde zufügte. Er spürte, wie das Blut warm aus dem klaffenden Spalt strömte und ihm am Hals hinunterrann.

Im nächsten Moment bemerkte er aus den Augenwinkeln den Iskari, dem Bismillah die Schwerthand abgeschlagen hatte. Der Mann hatte die Lanze, die sein Kamerad beim Eindringen in das Heiligtum auf ihn geschleudert hatte, aus dem Wasserbecken gezogen. Nun hielt er sie in seiner erhobenen linken Hand und holte zum Wurf aus.

»Bismillah!«, schrie er seinem blinden Getreuen hastig zu. »Lanze von rechts!«

Die Warnung kam jedoch zu spät. Denn als der Iskari die Lanze aus nächster Nähe schleuderte, hatte Bismillah aus dem Schutz der Doppelsäule weichen müssen, weil er von links stark bedrängt wurde. Noch bevor er sich aus der Flugbahn der Lanze retten konnte, bohrte sie sich ihm auch schon schräg von links in den Rücken. Noch im Fallen warf er sich unter Aufbietung seiner letzten Kraft einem der Iskaris zu seiner Linken mit ausgestrecktem Schwert entgegen und rammte ihm seine Klinge zwischen die Rippen. Mit dem tödlich getroffenen Feind stürzte er auf die kalten Steinplatten und begrub ihn unter sich.

»Zwei tote Iskaris und eine abgeschlagene Schwerthand, kein schlechtes Ergebnis für einen Blinden«, röchelte Bismillah und flüsterte mit letzter Kraft: »In deine Hände, mein Herr und Gott, gebe ich meine Seele. Gelobt seist du auf ewig!« Ein letztes Mal hob sich seine Brust in einem schwachen Atemzug, dann trug ihn der Tod ins Jenseits.

Auch Abbé Villard hatte nicht mehr lange zu leben. Sjadú hatte ihm inzwischen eine weitere Verwundung zugefügt. Sein Schwert war ihm eine Handlänge tief in die linke Schulter gefahren und der feurige Schmerz breitete sich schnell in seinem Körper aus. Ihm blieb nicht mehr viel Zeit für das, was er jetzt noch tun musste.

Deshalb entzog er sich hastig Sjadús Waffe, indem er zur hinteren Doppelsäule zurückwich, die sich rechts vom Mosaik des letzten Abendmahls zur Decke erhob. Er ließ sein Schwert fallen, als hätte er nicht mehr die Kraft, um noch länger die Waffe zu halten und sich den gegnerischen Angriffen zu erwehren. Und er griff nun nach der schlanken Öllampe in der Säulennische, zu der er geflüchtet war, als suchte er, von Schwäche übermannt, daran Halt.

Sjadú lachte triumphierend auf. »Du lässt einfach dein geweihtes Schwert fallen und gibst schon auf, obwohl du noch auf den Beinen stehst?«, höhnte er. »Und du willst ein Tempelritter und Gralshüter sein, der doch gelobt hat bis zum letzten Atemzug zu kämpfen? Du verdirbst mir ja die Freude. Aber wenn du willst, dass ich dich wie ein Schwein absteche, soll es mir auch recht sein!«

Abbé Villard ging nicht darauf ein, sondern riss mit einem kräftigen Ruck das handlange Bronzegefäß zu sich, kippte es in seinem gut getarnten Scharnier um neunzig Grad herab. Augenblicklich klappte unter der Öllampe ein gut beinlanges Viertel der geriffelten Säule auf. Darunter kam nun ein Hohlraum zu Tage. Eine kräftige Eisenkette, die vom Deckengewölbe durch den Schacht der Säule herabfiel, lief in der Öffnung um eine gut geölte Eisenrolle und endete in einem breiten Griffstück.

Erschrecken blitzte in Sjadús Augen auf, als er den Gralshüter nach dem versteckten Mechanismus greifen sah. Er ahnte, dass es sich dabei um eine letzte raffinierte Schutzvorrichtung der Gralshüter handeln musste, die zweifellos dazu diente, im schlimmsten aller Fälle eingedrungene Feinde zu vernichten. Noch im Tod betrog ihn der alte Gralsritter um den Triumph seines Sieges über ihn!

»Verrecke, du Hund!«, schrie er und stürzte sich auf ihn.

Doch seine blutbefleckte Klinge bohrte sich ein, zwei Sekunden zu spät in den hageren Leib des weißhaarigen Gralshüters.

Abbé Villard blieb noch Zeit genug, um das Griffstück zu packen und alle Kraft in den Zug zu legen, mit der er die Kette über die geschmierte Rolle zog. Damit betätigte er hoch oben im Deckengewölbe einen doppelten Hebelmechanismus. Dieser ließ fast gleichzeitig die inneren Eisenträger von zwei tragenden Doppelsäulen in sich zusammenfallen und öffnete die schwere Metallplatte einer Schleuse. Und damit war das Werk der Vernichtung unwiderruflich in Gang gesetzt. Denn die Fluten des unterirdischen Wasserlaufes füllten über dem Heiligtum eine große Höhle, bevor sie durch einen Felsspalt abwärts flossen und im Heiligtum in das große Becken sprudelten. Und genau unterhalb der Schleusenöffnung hatten die Baumeister die Stärke der Decke und der sie tragenden Säulen so dünn bemessen, dass die herabstürzenden Wassermassen das Gewölbe aufreißen und letztlich zum Einsturz bringen mussten. Nun musste es sich beweisen, wie gut ihre Berechnungen waren!

»Möge Gott allen Verführten seine Gnade und Barmherzigkeit gewähren!«, rief Abbé Villard, kurz bevor ihm Sjadús Schwert bis an die Parierstange in den Leib fuhr. »Doch Fluch und ewige Verdammnis den tückischen Verführern des Schwarzen Fürsten!«

Der mit maßloser Wut und Kraft geführte Stoß schleuderte den Gralsritter rücklings gegen die Wand mit dem Mosaik, das Jesus im Kreis seiner Jünger am Abend vor seiner Kreuzigung zeigte. Von der Klinge durchbohrt, blieb er auf der Seite liegen. Sein letzter brechender Blick ging zur Gewölbedecke hoch, wo ein Riss, begleitet von einem durch Mark und Bein gehenden Bersten, in gezackter Bahn durch das Mauerwerk ging. Mosaiksteine lösten sich zu dutzenden vom Mauerwerk und regneten herab. Und schon schoss Wasser unter gewaltigem Druck aus dem Spalt, um ihn mit jeder Sekunde weiter aufzureißen. Das Wasser stürzte donnernd und mit zerstörerischer Gewalt aus der Decke.

Abbé Villard lächelte zufrieden, schloss die Augen und hauchte sein Leben im Bewusstsein aus, dass kein Mensch diesen Ort, der jetzt zum Grab seiner sterblichen Überreste wurde, jemals wieder betreten würde.

»Raus hier! Das Gewölbe stürzt ein!«, brüllte Sjadú, von der panischen Angst ergriffen, gleich von Trümmern und Wasserfluten erschlagen und begraben zu werden. Und dann rannte er auch schon zur Tür, durch die man in den Vorraum und dahinter in den Felsgang gelangte, der nach oben in die Kirche führte.

Einer seiner Männer beging den Fehler, vor ihm an der Tür zu sein.

Sjadú stach ihn rücksichtslos mit dem Schwert nieder, trampelte über seinen Körper hinweg und hetzte wie von Furien gejagt durch den kreuzförmigen Vorraum mit dem mächtigen Sarkophag des Arimathäers und hinein in den engen, roh behauenen Felsgang. Er sah sich nicht einmal um. Denn jede Sekunde, die er jetzt vergeudete, konnte seinen Tod zur Folge haben. Das durchdringende Bersten, Prasseln von Gesteinsbrocken und das anschwellende Tosen des herabstürzenden Wassers hinter ihm vermischte sich mit den angsterfüllten Schreien der Männer, die ihm dicht auf den Fersen folgten. Ihm war, als ächzte und bebte der Fels um ihn herum, und Todesangst packte ihn.

Er hetzte durch den Gang, achtete nicht auf die vorspringenden spitzen Kanten, die sein Gewand aufrissen und ihm blutige Kratzer zufügten. Nur nach oben! Nur nach oben! Nur dieser eine Gedanke beherrschte ihn und trieb ihn vorwärts.

Von kaltem Angstschweiß bedeckt, erreichte er endlich die Wendeltreppe, stolperte auf den ersten Stufen, rappelte sich wieder auf und eilte dem Licht entgegen, das aus der Krypta durch den breiten Spalt im geteilten Altarblock herabfiel.

Mit schmerzenden Lungen und jagendem Herzen gelangte er in die Gruft, stürmte die abgewinkelte Treppe hoch in den Kirchenraum und rannte im Zickzack um den Bauschutt herum zur rettenden Tür. Deutlich hörte er das Kreischen und Gurgeln von Wasser, das aus der Tiefe der felsigen Höhle aufstieg. Es klang so schrecklich, als wäre dort unten ein riesiges Ungeheuer erwacht, das sich mit brüllendem Zorn aufrichtete und dabei alles um sich herum in einen Trümmerhaufen verwandelte. Der Boden wankte plötzlich so stark unter seinen Füßen, dass er um ein Haar das Gleichgewicht verloren hätte und zu Fall gekommen wäre.

Gerade als er durch das Kirchenportal hinaus auf den sandigen Vorplatz stürzte, sackte der Grund rund um die Krypta tief ab und brachen die ersten Mauern des Gotteshauses ein.

Sjadú blieb erst stehen, als er das andere Ende des Vorplatzes erreicht hatte, wo der schmale, mit Unkraut überwucherte Pfad zur Klosterstraße führte und er sich in Sicherheit wusste. Als er sich umdrehte, stürzte die Kirche gerade wie ein von Kinderhand aus Bauklötzen errichtetes Spielzeughaus in sich zusammen. Eine gewaltige Staubwolke erhob sich aus den Trümmern und stieg in den grauen Himmel, der über der brennenden Hafenstadt lag wie ein Bett aus Asche. Und aus dem äußeren Rand dieser gewaltigen Wolke aus Sand, Mörtel und kleinem Gestein tauchten zwei seiner Männer auf. Es waren der stämmige Khutriel und sein Unterführer Urakib. Hustend und nach Atem ringend, wankten sie auf ihn zu. Auf ihren Gesichtern stand eine Mischung aus Angst und Fassungslosigkeit über das, was soeben geschehen war, und dass sie der tödlichen Falle der Gralshüter nur um Haaresbreite entkommen waren.

»Wo sind die anderen?«, schrie Sjadú ihnen entgegen.

»Es gibt . . . keine anderen . . . mehr«, stieß Urakib hervor. »Der Blinde . . . hat zwei von uns niedergemacht . . . Bagheel ist gar nicht erst aus . . . aus seiner Bewusstlosigkeit erwacht . . . und . . . und auch die andern haben es . . . nicht mehr geschafft.« Und damit sank er in den Dreck des Weges, weil ihn die Kräfte verließen und ihm die Beine den Dienst versagten.

Für einen langen Moment stand Sjadú schweigend und mit hasserfüllter Miene zwischen den Sträuchern, starrte auf den wüsten Trümmerhaufen der eingestürzten Kirche und kämpfte gegen das fast unbändige Verlangen an, seiner Wut über den Misserfolg und den Verlust so vieler Gefolgsleute durch einen Akt blindwütiger Gewalt Luft zu verschaffen. Aber nach dieser Katastrophe konnte er keinen der beiden Männer entbehren.

Was er sich jedoch nicht versagen konnte, war Urakib seinen Stiefel derb in die Seite zu treten. »Los, hoch mit dir! Na, wirst du wohl auf deine elenden Beine kommen?«, herrschte er ihn an. »Wir haben keine Zeit zu vertrödeln! Wir müssen herausfinden, wohin die vier Gralshüter mit dem verfluchten Kelch verschwunden sind.«

Hastig erhob sich Urakib aus dem Dreck und hielt sich an Khutriels Schulter fest.

»Sie können Akkon nur mit einem der letzten Schiffe verlassen haben. Vermutlich führte der geheime Gang hinunter an die Felsküste. Sie werden es nicht gewagt haben, sich irgendwo auf der Landseite aus der Stadt zu stehlen, dazu wimmelt es dort zu sehr von Muslimen. Und alle Schiffe haben erst einmal Kurs auf Zypern genommen.«

»Das vermute ich auch, erhabener Erster Knecht«, pflichtete ihm Urakib beflissen bei.

»Das beruhigt mich ungemein«, erwiderte Sjadú mit beißendem Spott. »Hört zu! Ihr beide trommelt in den Küstenstädten alle unsere Leute zusammen, die dem Fürsten der Finsternis Gefolgschaft geschworen haben. Fangt oben in Tyrus und Sidon an, dann reitet nach Cäsarea und Jerusalem, so schnell ihr könnt.«

Sie nickten eifrig.

»Und vergesst nicht, jemanden zu Semjasa nach Askalon zu schicken, damit er die Knechte unseres Herrn im Süden alarmiert! Insgesamt dürfte eine gute Hundertschaft zusammenkommen. Das sollte genügen, um den Flüchtenden auf die Spur zu kommen. Sorgt dafür, dass in alle Winde Späher ausgeschickt werden, die nach den vier Gralsrittern Ausschau halten. Rund um das Mittelmeer, in jedem großen Hafen, vor allem an den Küsten von Italien, Frankreich und Spanien, will ich einen unserer Männer postiert wissen. Er soll sich die Passagiere eines jeden einlaufenden Schiffes vornehmen! In die kleinen Häfen werden sich die Tempelritter nicht trauen, weil sie dort zu viel Aufmerksamkeit erregen würden. Und unsere Leute sollen in jedem Dorf, in jeder Herberge und jeder Hafentaverne Erkundigungen nach vier zusammenreisenden Männern einziehen! Aber richtet den Knechten aus, dass sie vorsichtig vorgehen und nicht gleich mit der Tür ins Haus fallen sollen, wenn sie irgendwo einkehren und ihre Fragen stellen! Andernfalls werde ich sie zur Rechenschaft ziehen!«

Urakib und Khutriel versicherten ihm die Botschaft des erhabenen Ersten Knechtes Wort für Wort auszurichten und ihren Gefolgsleuten einzuschärfen, was sie zu tun und zu lassen hatten.

»Ich werde mich sofort nach Zypern begeben, um dort die Suche nach den vier Gralshütern zu organisieren. Ihr haltet mit mir über Boten Verbindung!«, trug Sjadú ihnen noch zum Schluss auf, bevor er sie davonschickte. »Wir müssen die vier Ritter und den Heiligen Gral finden – um jeden Preis!«

»Gepriesen sei der einzig Wahre, der Schwarze Fürst der Welt von Nacht zu ewiger Nacht!«, verabschiedeten sich Urakib und Khutriel mit dem Gruß der Judasjünger von Sjadú und eilten davon. Sjadú verharrte noch einen Augenblick an dem Ort seiner Niederlage und starrte düster auf den Trümmerhaufen vor seinen Augen. Plötzlich ballte er die Fäuste und sein Gesicht verzerrte sich zu einer dämonischen Fratze.

»Der Heilige Gral muss ihnen entrissen werden, und wenn dafür noch so viele niedere Knechte ihr Leben lassen müssen!«, stieß er heiser hervor. »Nur wenn wir den Kelch des ewigen Lebens in unsere Gewalt gebracht haben, kann das Große Werk in der Schwarzen Abtei gelingen und der Fürst der Finsternis die Weltherrschaft antreten, so wie es ihm gebührt!«

Erster Teil

In den Mauern von al-Qahira

1

Stechende Schmerzen in den Füßen holten Gerolt von Weißenfels in der Kerkerzelle von Emir Turan el-Shawar Sabuni aus seinem unruhigen, von Alpträumen heimgesuchten Schlaf, als das erste Sonnenlicht auf das Häusermeer von Cairo fiel, das die Araber al-Qahira nannten. Im Traum hatte er noch einmal den fürchterlichen Sturm in der Nacht ihrer Flucht aus Akkon durchlebt, der die *Calatrava* weit nach Südwesten abgetrieben und die zyprische Handelsgaleere für die Schiffe des Emirs zu einer leichten Beute gemacht hatte. Das folgende Gefecht war kurz und blutig gewesen. Und nur weil sich der Emir von ihnen eine hohe Lösegeldsumme erhoffte, waren sie am Leben geblieben.

Gerolt richtete sich in der noch dunklen, feuchten Zelle auf, brachte sich mit dem Rücken zur Wand in eine sitzende Position und rückte die eisernen Fußeisen zurecht, die im Schlaf nach oben gerutscht waren und ihm mit ihren scharfen Kanten schmerzhaft ins Fleisch schnitten.

»Besser, das verdammte Fußeisen holt mich aus dem Schlaf als eine Ratte, die mir über die Brust läuft«, versuchte er sich leise murmelnd zu trösten, schob die Eisen hinunter auf den Fuß und rieb sich die wund geriebenen Stellen.

Wie in den vergangenen fünf Tagen ihrer Einkerkerung in den stinkenden, von Ungeziefer bevölkerten Kellergewölben des Palastes von Emir Turan, so galten auch an diesem neuen Morgen seine ersten quälenden Gedanken dem Heiligen Gral und ihren Kameraden und Ordensbrüdern Tarik el-Kharim und McIvor von Conneleagh. Den bulligen Schotten hatte der Emir bei ihrer Ankunft in Cairo sogleich in die Sklaverei verkauft, als dieser ihm freimütig erklärt hatte, dass er von seiner Familie verstoßen worden und daher für ihn kein Lösegeld zu erwarten sei. Zum Glück war aber wenigstens Tarik durch einen tollkühnen Sprung vom Schiffsdeck in den Nil die Flucht gelungen. Zumindest nahmen Maurice und er an, dass der Levantiner am Leben war und sich in Freiheit befand. Jedenfalls war ihnen nicht zu Ohren gekommen, dass man ihn inzwischen lebendig oder tot wieder eingefangen hatte. Anderseits: Was kam ihnen in diesem entsetzlichen Kerker schon groß zu Ohren? Höchstens die Schmähungen ihrer Wärter Said und Mahmud sowie die Verwünschungen des fetten, kahlköpfigen Eunuchen und Palastverwalters Kafur, dessen Seele offenbar so schwarz war wie seine Haut als Nubier und der sie lieber qualvoll hingerichtet als gegen ein hohes Lösegeld in die Freiheit entlassen sehen wollte. Dennoch überwog ihre Zuversicht, was Tarik betraf. Denn wenn die Häscher des Emirs Tarik gefasst hätten, hätte man ihn sicher zu ihnen gebracht. Und im Falle seines Todes hätte Kafur oder Said es sich wohl nicht entgehen lassen, diese bittere Nachricht brühwarm und mit triefendem Hohn an sie weiterzugeben.

Aber was war mit dem Heiligen Gral, den sie doch vor den Iskaris und anderen Feinden zu schützen geschworen hatten? Lag er wenigstens noch immer gut versteckt unter den Ballaststeinen im Kielraum der *Calatrava*, die der Emir als reiche Beute und sichtbaren Beweis seiner Kriegskunst in den Hafen von Cairo hatte bringen lassen? Dann bestand noch Hoffnung – falls es ihnen gelang, dem Kerker zu entkommen . . .

Nur mit Mühe befreite sich Gerolt von all diesen quälenden Sorgen und er richtete seinen Blick nun auf Maurice, der links von ihm in dem verrotteten Gemisch aus Stroh, Sägemehl und Palmzweigen lag und noch schlief. Eine Kakerlake sprang gerade aus seinem pechschwarzen Haar. Und sogar mit dem Dreck und den Spuren von Blut, die sich auf dem Gesicht seines Freundes und Gefährten fanden, sah er noch immer blendend aus. Die langen schwarzen Wimpern unter den elegant geschwungenen Brauen, die klassische Nase, der reizvolle Mund mit dem schwarzen Oberlippenbart, den er sich sogar als Templer bewahrt hatte, und die wohlproportionierten Züge, all das vereinigte sich zu dem Bild eines wahrhaftigen Edelmannes. Kein Wunder, dass ihm die Frauen von Jugend an zu Füßen gesunken und bei ihm schwach geworden waren. Aber was hieß früher! Er brauchte doch nur an die junge und bildhübsche Beatrice Granville zu denken, die sie in den letzten Wochen der Belagerung von Akkon kennen gelernt hatten, die mit ihnen an Bord der *Calatrava* gesegelt war und die der Emir zusammen mit ihrer kleinen, achtjährigen Schwester Heloise nun im Harem seines Palastes gefangen hielt. Sie war zweifellos schon bei ihrem ersten Zusammentreffen in Akkon dem umwerfenden Charme von Maurice verfallen. Und nur Gott allein wusste, welche Gefühle er ihr entgegenbrachte!

Gerolt wandte den Kopf nach rechts und richtete seinen Blick auf die gegenüberliegende Kerkerzelle, die von ihrem vergitterten Verlies durch einen breiten Mittelgang getrennt war. Dort ertrug ein Araber, der offenbar zum Volk der Beduinen gehörte, schon seit Wochen ärgste Kerkerhaft. Ihm hatte man nicht nur Fußeisen angelegt, sondern ihn auch mit einer kurzen Kette an die Wand gekettet, sodass er sich kaum bewegen und nicht mal ganz aufrichten konnte. Das Einzige, was sie von diesem Mitgefangenen, der nur noch Lumpen am Leib trug und völlig verdreckt war, bisher erfahren hatten, war sein Name: Dshamal Salehi. Der Aufseher Said ließ an ihm seine sadistischen Neigungen aus und ergötzte sich daran, ihn Durst und Hunger erleiden zu lassen. Gerolt vermochte nur vage die Umrisse des Mannes auszumachen, fiel durch den vergitterten Luftschacht im Mittelgang doch erst schwaches, fahles Licht. Zusammengekauert und wie tot lag Dshamal Salehi an der Wand. Wer er wohl sein mochte? Was hatte ihn zum Feind des Emirs gemacht? Und warum teilte er ihnen von sich nicht mehr als nur seinen Namen mit, obwohl er mittlerweile doch wusste, dass sie fließend und ohne Akzent Arabisch sprachen und er ihrer bescheidenen Hilfe gewiss sein konnte?

Gerolt seufzte leise und erhob sich dann, weil er seine vom Schlaf auf dem harten Steinboden verkrampften Glieder strecken musste. Er tat es so leise, wie es ihm nur möglich war. Doch das Rasseln der kurzen Kette, die seine Fußeisen verband, holte Maurice aus dem Schlaf. Maurice war sofort wach und hob den Kopf. »Na, ist das Lösegeld für uns schon eingetroffen?«, fragte er spöttisch und zerquetschte mit einem blitzschnellen Fausthieb eine weitere dreiste Kakerlake, die gerade seinen Oberschenkel hochkroch. »Wird mir richtig schwer fallen, mich von diesem Luxusgemach und unseren höflichen Kammerdienern Said und Mahmud zu trennen, von dem schwarzen Teufel und wandelnden Fettkloß Kafur ganz zu schweigen.«

Gerolt verzog das Gesicht zu einer Grimasse. »Nicht einen lausigen Dirham* wird der Emir von unseren Familien zu sehen bekommen«, gab er leise zur Antwort.

Maurice tippte sich an die Stirn, als wäre ihm etwas in Erinnerung gekommen, was ihm entfallen war, und grinste schief. »Richtig! Ich

---

* Der Dirham ist eine arabische Silbermünze und steht in einem wechselnden Verhältnis zur Goldwährung des Dinar. Etwa 13 bis 25 Dirham entsprachen zur Zeit der Mamelukenherrschaft einem Dinar, dessen Goldgehalt etwa 4,5 Gramm betrug. Diese Gewichtseinheit wurde Mithkal genannt. Zur Kaufkraft: Für einen Dirham bekam man im Cairo des Jahres 1291 ein Huhn. Eine Dienerin kostete auf dem Sklavenmarkt etwa 25 Dinar.

vergaß, dass wir den Emir ja nur in dem Glauben gelassen haben, wir wären ein hohes Lösegeld wert, um dem Tod oder der Sklaverei zu entgehen. Wie konnte ich nur vergessen, dass wir beide in der Heimat ja mit einer Schar reizender älterer Brüder gesegnet sind, die nicht einen lumpigen Sou für uns zu zahlen bereit sein werden.«

Gerolt machte eine müde, abwehrende Handbewegung, als wollte er sagen: »Bitte erspar mir deine Bitterkeit.«

Maurice runzelte die Stirn und fuhr dann fort: »Mir scheint, dass wir entweder so lange an diesem garstigen Ort verbleiben müssen, bis uns das Fleisch von den Knochen fällt. Oder wir müssen uns schleunigst etwas einfallen lassen, wie wir der Gastfreundschaft des Emirs ein Ende bereiten können. Immerhin hocken wir jetzt schon fünf Tage hier und der Emir hat uns noch nicht einmal das Schreiben an unsere Brüder aufsetzen lassen. Womöglich ist er an Lösegeld schon gar nicht mehr interessiert, weil Kafur ihn inzwischen überzeugt hat, dass die öffentliche Hinrichtung von zwei Tempelrittern mehr wert ist als ein paar pralle Beutel voller Goldstücke!«

»Dann ist unser Kopf ernstlich in Gefahr!«, stellte Gerolt trocken fest. »Aber es ist auch möglich, dass er mit anderem beschäftigt ist und das Warten nichts zu bedeuten hat.«

Maurice warf ihm einen skeptischen Blick zu.

»Außerdem haben wir ja noch einige Trümpfe im Ärmel«, fuhr Gerolt leise fort und setzte sich an seine Seite.

»Als da wären?«, fragte Maurice, obwohl er die Antwort kannte. Aber wer tagelang zu zweit in einem Kerker saß, dem war alles willkommen, was half, um das zähe Verstreichen der Stunden ein wenig erträglicher zu machen und die Hoffnung zu stärken, auch Gespräche, die sie vorher schon viele Male geführt hatten.

»Zuerst einmal Tarik«, antwortete Gerolt. »Ich bin mir sicher, dass er den Häschern des Emirs entkommen ist. Er ist unter der Sonne der

Levante geboren, fällt daher in dieser Riesenstadt mit ihren bestimmt zweihunderttausend Einwohnern nicht auf, kann sich daher völlig frei bewegen und trägt zudem den größten Teil der Goldstücke und der Edelsteine bei sich, mit denen Abbé Villard uns auf die Reise geschickt hat. Ich vertraue darauf, dass ihm etwas einfällt, wie er uns hier herausholen kann.«

»Und was ist, wenn ihm das nicht gelingt?«, wollte Maurice wissen. »Meinst du, wir können mit den Goldstücken und Edelsteinen, die wir einschmuggeln konnten und in den Mauerritzen versteckt haben, vielleicht Mahmud oder Said bestechen uns laufen zu lassen?«

»Das weiß ich nicht. Es käme auf einen Versuch an«, antwortete Gerolt. »Außerdem können uns vielleicht die göttlichen Gnadengaben helfen, mit denen wir bei unserer zweiten Weihe im Heiligtum gesegnet worden sind.«

Sie schwiegen für einen Moment und kehrten in Gedanken zu jener geheimnisvollen Zeremonie am unterirdischen Altar zurück, als sie erst aus dem heiligen Kelch getrunken hatten, dem Quell ewigen Lebens, und Abbé Villard ihnen die Hand aufgelegt und ihnen diese göttlichen Kräfte zugesprochen hatte. Und ihnen war, als könnten sie ganz deutlich die Worte hören, die der weißhaarige Gralshüter bei jedem von ihnen gesprochen hatte.

Mit Gerolt hatte der Abbé den Anfang gemacht: »Allmächtiger Heiliger Geist, erfülle den von Dir berufenen Gralshüter Gerolt von Weißenfels mit Deinen göttlichen Gnadengaben! Was sich bewegt und sich doch nach seinem Willen im Dienste seines heiligen Amtes nicht bewegen soll, das möge in Stillstand verharren! Und was sich nicht bewegt und sich nach seinem Willen im Dienste seines heiligen Amtes doch bewegen soll, das möge seinem Befehl folgen! So geschehe es!«

Daraufhin war er zu Tarik el-Kharim getreten und hatte ihm offenbart: »Wo Wasser steht oder strömt und dem Mensch zum Feind wird, da sollen die Fluten im Dienstes seines heiligen Amtes sein Freund sein wie das Meer dem Fisch und ihm keinen Schaden zufügen! Jedes Meer, jeder Fluss und jeder See soll sich seinem Willen beugen! So geschehe es!«

McIvor von Conneleagh war der Nächste gewesen, dem er eine besondere Gnadengabe hatte zuteil werden lassen: »Wo Glut und Flammen brennen, da soll ihm im Dienste seines heiligen Amtes das Feuer nicht das kleinste Haar versengen. Und wo kein Feuer ist und nach seinem Willen doch Feuer sein soll, dort sollen im Dienste seines heiligen Amtes Flammen lodern, so es sein Wille ist! So geschehe es!«

Und zum Schluss war er zu Maurice von Montfontaine getreten und hatte feierlich verkündet: »Wo Erdreich, Felsen und Gestein ihm den Weg versperren, da soll ihm im Dienste seines heiligen Amtes alles Feste weichen und ihn passieren lassen, so es sein Wille ist. Und wo Erdreich, Felsen und Gestein nicht fest gefügt sind, da soll es im Dienste seines heiligen Amtes nach seinem Willen zu einer festen Mauer werden! . . . So geschehe es! . . . Im Namen des Vaters und des Sohnes und des Heiligen Geistes!«

Sie hatten kaum glauben können, dass jeder von ihnen in Ausübung seines heiligen Amtes als Gralshüter fortan über die Fähigkeit verfügen sollte, ein Element der Natur nach eigenem Willen zu beherrschen, so wie Abbé Villard es vermochte. Obgleich er, anders als sie, Macht über alle vier Elemente besaß. Aber er hatte sie auch gleich gewarnt, dass sich ihnen die besonderen Kräfte versagen würden, wenn sie diese aus schnöden, eigennützigen Motiven einzusetzen versuchten, und dass sie sich erst langsam in ihnen zu ihrer vollen Stärke entfalten würden.

Maurice brach ihr nachdenkliches Schweigen mit einem schweren

Seufzer. »Tja, mit unserer Macht über die vier Elemente ist es leider noch nicht so gut bestellt, dass sie uns von Nutzen sein könnte, um aus diesem Kerker zu entkommen«, sagte er bedrückt. »Vielleicht müssen erst noch Jahre vergehen, bis ich in der Lage bin, solch einem dicken Mauerwerk meinen Willen aufzuzwingen und ungehindert durch die Wand zu gehen, wie der Abbé es mir prophezeit hat.«

»Der Tag wird kommen!«, versicherte Gerolt.

»Mag sein. Aber zur Zeit schaffe ich es gerade mal, meine Hand bis zum Handgelenk in die Mauer zu stecken. Und das kostet mich alles an Kraft und Konzentration, was ich aufbringen kann. Da bist du um einiges weiter. Immerhin kannst du schon Dinge von geringem Gewicht kraft deines Willens bewegen.«

Gerolt lachte trocken auf. »Ja, die federleichte Haarschleife von Beatrice konnte ich aufziehen sowie neuerdings mit großer Mühe auch einen Brotfladen und einen Wasserkrug einige Handlängen weit über den Boden schieben«, sagte er und spielte auf die Hilfe an, die er dem schweigsamen Beduinen in der gegenüberliegenden Zelle in den vergangenen Tagen mehrmals hatte angedeihen lassen, um ihn vor dem Tod durch Hunger und Durst zu bewahren. »Aber wenn das auch nur kleine Fortschritte sein mögen, so zeigen sie doch, dass die göttliche Saat der Gnadengaben in uns aufgegangen ist und beständig wächst.«

Maurice verzog missmutig das Gesicht, bekam am Haaransatz über dem rechten Ohr eine Laus zu fassen und zerquetschte sie zwischen den Fingern. »Wenn das Wachstum aber so langsam fortschreitet . . .« Mitten im Satz brach er ab, denn in dem Moment hörten sie aus der Richtung der Kellertreppe mehrere Stimmen, das Rasseln eines Schlüsselbundes und Schritte, die schnell lauter wurden.

Schwere Gittertüren wurden aufgeschlossen und wieder zugeschlagen und der Lichtschein einer Leuchte drang durch den Vorraum zu ihnen in den Zellentrakt. Und dann tauchte vor dem Gitter ihrer Zelle der feiste, glatzköpfige Kafur in Begleitung der beiden Wärter Said und Mahmud auf. Der fettleibige, dunkelhäutige Eunuch steckte an diesem Tag in einem Gewand aus blutrot schillernder Seide, das sich über seinem voluminösen Leib wölbte, als stünde er kurz vor der Niederkunft von Drillingen. Er hielt in seiner schwammigen Rechten ein armlanges, biegsames Bambusrohr, das er nun mit herrischer Geste laut ratternd über die Gitterstäbe zog. Mit der Linken wedelte er ein stark mit Rosenwasser parfümiertes Spitzentuch vor seiner Nase herum.

»Schau an, der Zeremonienmeister unseres edlen Gastgebers gibt uns mal wieder die Ehre seines Besuches«, begrüßte Maurice den Eunuchen. »Was bringt ihr uns denn heute für Köstlichkeiten?«

Gerolt warf ihm einen mahnenden Blick zu. Er kannte Maurice mittlerweile gut genug, um Sorge zu haben, dass sein Ordensbruder sie mit seiner lockeren Zunge und seinem hitzigen Temperament noch einmal in ernste Schwierigkeiten bringen würde.

Aber Maurice war nicht zu bremsen. »Jetzt weiß ich, was mir die letzten beiden Tage gefehlt hat, nämlich der Anblick deiner liebreizenden Gestalt und der süße Klang deiner nachtigallgleichen Stimme!«, fuhr er fort. »Wo du eintrittst, da geht wahrlich die Sonne auf!«

Gerolt hielt die Luft an und bemerkte zugleich, dass der Wärter Mahmud im Rücken des Eunuchen ein schadenfrohes Grinsen zeigte. Dabei kam die breite Zahnlücke in seinem Oberkiefer zum Vorschein.

Zorn sprühte aus den Augen des Eunuchen. »Dir werde ich die Zunge herausreißen lassen, wenn du es noch einmal wagst, spöttische Reden zu führen, du Auswurf einer räudigen Hündin!«, drohte er und ließ seine Bambusrute erneut auf die Gitterstäbe klatschen. »Los, auf die Beine, ihr stinkenden Christen! Stellt euch an die

Wand! Und wer sich von der Stelle rührt, den lasse ich bis aufs Blut auspeitschen!«

»Kein Wort mehr!«, zischte Gerolt seinem Gefährten zu, während sie Kafurs Befehl Folge leisteten. »Reiz ihn bloß nicht noch mehr! Als ob unsere Lage nicht schon schlimm genug wäre!«

»Amen«, murmelte Maurice.

Kafur bedeutete Said mit einer knappen, herrischen Geste, die Zellentür aufzuschließen. Der Wärter, ein Mann von ebenso grobschlächtigem Aussehen und breitschultriger, stiernackiger Statur wie Mahmud, beeilte sich das schwere Schloss aufzuschließen. Er stieß die Tür auf und trat schnell zurück.

»Sieht nicht so aus, als bekämen wir unsere Ration Wasser und Brot zugeteilt«, raunte Gerolt mit Blick auf Mahmud. Dieser schleppte sich zwar mit einem großen Krug ab, aber in der Rechten des Wärters sah er keine Fladenbrote, sondern es hing ein dicker Leinenbeutel von dessen Arm herab.

Der Eunuch gab Mahmud einen Wink, worauf dieser in die Zelle trat, den bauchigen Tonkrug abstellte und den dicken Leinenbeutel daneben legte. Dann kehrte er zu Kafur und Said in den Gang zurück und zog die Gittertür hinter sich ins Schloss.

»Ihr stinkt schlimmer als ein Koben voll dreckiger Schweine! Zwar verpesten Ungläubige wie ihr immer die Luft, weil ihr euch so selten wascht und wie die Tiere haust. Aber ihr beide übertrefft sogar noch den Gestank eines Misthaufens!«, rief Kafur voller Verachtung.

»Ich fürchte, damit hat er nicht ganz Unrecht«, murmelte Gerolt. Immerhin hatten sie sich seit mehr als einer Woche nicht mehr gewaschen. Und der faulige, mit Kot und Urin durchtränkte Dreck des Kerkers hatte ein Übriges getan.

»So stinkend könnt ihr nicht vor euren Gebieter, den hochwohlgeborenen Emir, treten!«, fuhr Kafur fort. »Also runter mit den dreckigen Lumpen, die ihr am Leib tragt! Dann wascht euch gründlich von Kopf bis Fuß mit dem Duftwasser und zieht die Gewänder an, die sich dort im Beutel befinden! Schrubbt euch vor allem eure Füße, damit ihr nicht die kostbaren Teppiche des Emirs beschmutzt. Wehe euch, wenn ihr auch nur einen Krümel Dreck auf dem Weg durch die Gemächer hinterlasst! Bis wir oben im Palast sind, zieht ihr die Sandalen an, die in die Gewänder gewickelt sind!«

»Der Emir will uns sehen!«, flüsterte Maurice. »Das wurde aber auch Zeit!«

Gerolt war über diese Nachricht nicht weniger erfreut. Denn das bedeutete, dass Kafur ihn nicht umgestimmt hatte und der Emir daran festhielt, sie gegen ein hohes Lösegeld freikaufen zu lassen. Damit konnten sie wenigstens gewiss sein, dass er sie in den langen Monaten des Wartens gut genug behandeln ließ, um sie den Überbringern des Lösegeldes in einem annehmbaren Zustand präsentieren zu können. Überbringer, die jedoch niemals in Cairo eintreffen würden. Aber das stand auf einem anderen Blatt.

Nur zu bereitwillig legten sie ihre völlig verschmutzte Kleidung ab, griffen nach den beiden Schwämmen, die nebst einer Bürste oben im Krug auf dem stark nach Rosenessenzen duftenden Wasser schwammen, und reinigten sich von ihrem gröbsten Dreck. Derweil bedachte sie der Eunuch wie gewohnt mit Schmähungen, die ihrem Stand als Kreuzritter, insbesondere aber ihrem christlichen Glauben galten.

Gerolt spürte, wie sehr Maurice an sich halten musste, ihm die obszönen Flüche und Bemerkungen nicht mit gleicher Münze heimzuzahlen. »Nur ruhig! Unsere Stunde wird kommen!«, raunte er ihm zu und reichte ihm eines der beiden schlichten, grauwollenen Gewänder, die bis zu den Fersen herabfielen, am Hals weit ausgeschnitten waren und über weite Ärmel verfügten. Ein solches *djalabeja* war wie die tunikaähnliche *ebai* ein überaus bequemes und angenehm zu tragendes Kleidungsstück, zumal es auch der enormen Hitze des Landes Rechnung trug. Deshalb war es seit unzähligen Generationen im Orient die traditionelle Kleidung fast aller Einheimischen.

»Ja, gebe Gott, dass es so sein wird!«, presste Maurice leise zwischen den Zähnen hervor. »Und wenn er mir dann über den Weg läuft, werde ich ihm den fetten Wanst aufschlitzen wie einem Fisch, den man zum Ausnehmen aufschneidet!«

Kaum hatten sie die Gewänder übergezogen und waren in die Bastsandalen geschlüpft, als Kafur auch schon erneut sein Bambusrohr auf die Gitter knallen ließ. »Stellt euch mit dem Rücken zur Wand! Und die Hände gekreuzt auf den Rücken!«, befahl er. »Los, Beeilung, ihr zweibeinigen Ratten!«

Wortlos folgten sie seinem Befehl.

Augenblicke später trat Said hinter sie und fesselte ihnen die Hände mit fester Kordelschnur auf dem Rücken.

»Bewegt euch! Raus aus der Zelle!«, forderte Kafur sie nun auf.

Die Fußeisen mit der kurzen Verbindungskette ließen nur kurze, demütigende Trippelschritte zu. Doch darauf nahm Kafur keine Rücksicht. Er trieb sie mit schmerzhaften Rohrhieben, die er auf ihre Schultern, Arme und Beine niedersausen ließ, zu größerer Schnelligkeit an. Dabei verhöhnte er ihre Ungeschicklichkeit, die seinen Worten nach sogar jedem alten Weib die Schamesröte ins Gesicht getrieben hätte.

Als Gerolt im Vorbeitrippeln einen kurzen Blick in die Zelle des Beduinen warf, hob dieser den Kopf und sah zu ihm auf. Ihm war, als nickte ihm Dshamal Salehi kaum merklich mitfühlend zu.

2

Bewacht von Said und Mahmud, trieb Kafur sie durch den Vorraum des Kerkergewölbes. Sie nahmen jedoch nicht die steile Treppe, die hinauf in den Hinterhof mit den Stallungen, Wirtschaftsgebäuden und Unterkünften der Bediensteten führte, sondern bogen in den scharf rechts abbiegenden, kleineren Gang ein, der nach wenigen Schritten in eine zweite Treppe überging. Diese brachte sie auf direktem Weg in das Innere des Palastes von Emir Turan el-Shawar Sabuni, der unter den Emiren von Sultan el-Ashraf Khalil, dem obersten Herrscher des Mamelukenreiches, eine besonders mächtige Stellung genoss. Oben am Ende des Aufgangs mussten sie die Sandalen auf dem Absatz zurücklassen und barfuß weiterstolpern.

Gerolt und Maurice gingen fast die Augen über vor Staunen, als Kafur sie durch mehrere Vorgemächer führte. Nicht einmal Maurice, der in einem herrschaftlichen Schloss aufgewachsen war, hatte in seinem Leben derart prachtvolle und lichtdurchflutete Räume zu Gesicht bekommen. Den Boden bedeckten farbenprächtige Teppiche aus feinster Seide, die nach den Maßen der Räume angefertigt worden waren und sich unter ihren rauen Fußsohlen anfühlten, als wandelten sie über ein Bett aus Daunen. Die Teppichknüpfer hatten kunstvolle Ornamente und verschlungene Blumenranken sowie Suren aus dem Koran in die Teppiche eingearbeitet. Nicht weniger atemberaubend waren auch die kostbaren Wandbehänge und -bespannungen aus perlmuttfarbenem Damast und blassgoldener Seide, die großen Sitzkissen aus feinstem Leder, die Verzierungen an den Decken, die goldenen Kerzenleuchter und herabhängenden Kandelaber, von denen einige wohl an die fünfzig verschnörkelte Öllampen trugen, die hohen Bodenvasen aus dünnem kobaltblauem Glas, die aus edelstem Marmor gearbeiteten Säulen, die elegant geschwungene Rundbögen trugen, sowie das feine Schnitzwerk der Türen und Fensterläden aus Edelhölzern.

Einige Schritte vor einer wandhohen, doppelflügeligen Tür befahl Kafur ihnen stehen zu bleiben und zu warten. Und den beiden Wärtern schärfte er ein: »Lasst sie nicht eine Sekunde aus den Augen! Ihr bürgt mir mit eurem Kopf für sie!«

»Ihr könnt ganz unbesorgt sein, Kafur. Sie werden sich nicht von der Stelle rühren, sonst ziehe ich ihnen eins über den Schädel!«, versicherte Said und hob den mit Eisennägeln beschlagenen Prügel, mit dem er sich bewehrt hatte. Und sein Gesichtsausdruck verriet, dass er nur darauf wartete, von dem Prügel Gebrauch machen zu können.

Der fette Eunuch verschwand hinter der Tür.

Als Gerolt den Kopf nach links wandte, fiel sein Blick in einen angrenzenden Raum, dessen Tür weit offen stand. Dort bedeckten unterschiedlich große Regale die Wände vom Boden bis zur Decke hinauf. Und schon ein Blick genügte, um zu erkennen, dass der Emir in diesem Raum ein fast überbordendes Sammelsurium von Beutestücken aufbewahrte, darunter auch eine große Zahl Waffen aller Art. Und sofort fielen ihm ihre vier Gralsritterschwerter mit den goldenen, fünfblättrigen Rosenknospen an den Enden von Parierstange und Knauf ins Auge, die der Emir ihnen nach der Eroberung der *Calatrava* hatte abnehmen lassen.

»Da hängen unsere Schwerter!«, raunte Gerolt und stieß Maurice leicht mit der Schulter an.

Der Kopf seines Freundes fuhr sofort herum. »Gut zu wissen, wo wir sie uns holen müssen!«, zischte er.

»Ihr verfluchten Ungläubigen habt das Maul zu halten!«, fuhr Said sie augenblicklich an und versetzte jedem von ihnen einen Schlag mit dem Prügel zwischen die Schulterblätter. »Und schon gar nicht sollt ihr in unserer Gegenwart in eurer hässlichen Christensprache reden, die abstoßender als das Grunzen von Schweinen klingt!«

»Lass sie doch, Said«, sagte Mahmud eher gelangweilt. »Was können sie denn schon groß miteinander reden? Sie staunen doch bloß über die Beutesammlung unseres mächtigen Herrn.«

»Sie werden genau das tun, was ich sage! Schreib dir das hinter die Ohren, Mahmud!«, fauchte Said. »Ich stehe schon drei Jahre länger im Dienst des Emirs als du und deshalb wird gemacht, was ich sage!«

»Und ich dachte, wir beide tun, was Kafur uns befiehlt«, gab Mahmud spitz zurück.

Bevor Said Gelegenheit zu einer Erwiderung bekam, ging die Tür zum Gemach des Emirs auf und Kafur winkte die beiden gefangenen Ritter mit einer herrischen, zugleich aber auch weibischen Geste herein.

»Los, bewegt euch! Ihr fallt sofort auf die Knie und berührt mit der Stirn den Boden, wenn ihr des erhabenen Emirs angesichtig werdet! Und erst wenn er euch die Erlaubnis dazu erteilt, hebt ihr den Kopf! Ihr bleibt aber weiterhin auf den Knien, bis er euch gestattet euch ganz aufzurichten! Und ihr sprecht nur, wenn der Emir eine Frage an euch richtet oder euch ausdrücklich dazu auffordert! Die kleinste Verfehlung und ihr lernt die Bastonade* kennen!«, sagte er warnend.

Gerolt und Maurice traten in das große, quadratische Gemach, das noch prunkvoller als die vorherigen Räume ausgestattet war und von

* Auspeitschen bis aufs Blut mit einem dünnen, biegsamen Holz, etwa einem Bambusrohr. Vorzugsweise auf die nackten Fußsohlen.

dem zwei große Terrassentüren auf den parkähnlichen Garten hinausführten. Wie befohlen gingen sie gleich hinter der Tür in die Knie und beugten sich so weit vor, bis sie mit der Stirn den Teppich berührten, was mit auf den Rücken gefesselten Händen wenig elegant ausfiel.

Gerolt bemerkte aus den Augenwinkeln, dass zwei in schwarze Seidengewänder gekleidete Wachen mit gleichfalls schwarzseidenen Turbanen auf dem Kopf mit gezückten Krummsäbeln rechts und links von der Tür Aufstellung genommen hatten. Einfache Schergen und Kerkerwärter wie Said und Mahmud hatten offenbar keinen Zutritt zu den Privatgemächern des Emirs, nicht einmal als Bewachung.

Turan el-Shawar Sabuni ließ sie mehrere lange Minuten in dieser ebenso demütigenden wie unbequemen Haltung verharren. Nicht ein Wort fiel in dieser Zeit. Nur das Zwitschern der Vögel im Garten, das Plätschern von Wasserspielen und genüssliches Schmatzen drangen an ihr Ort. Der schwere Duft von Jasmin und anderen stark duftenden Gewächsen kam mit der schon warmen Morgenluft aus dem Garten durch die offen stehenden Terrassentüren. Es versprach, wieder ein heißer Sommertag zu werden. Nur würden sie davon unten im Kerker nicht viel zu spüren bekommen.

Nach einer kleinen Ewigkeit vernahmen sie plötzlich ein schnelles, zweifaches Fingerschnippen. Sofort sauste Kafurs Rohrstock auf Gerolts Arme nieder und der Eunuch rief fast feierlich: »Euer Gebieter, der edle Emir Turan el-Shawar Sabuni und Schrecken aller Feinde, möge Allah ihm ein langes Leben und noch viele ruhmreiche Siege über die Ungläubigen schenken, hat euch Unwürdigen in seiner großen Güte die Erlaubnis erteilt, den Kopf zu heben!«

Gerolt und Maurice richteten sich auf den Knien auf.

Der Emir saß ein halbes Dutzend Schritte von ihnen entfernt, jedoch nicht auf einem landesüblichen Sitzkissen, sondern auf einem zusammenklappbaren Scherensessel aus Rosenholz, bei dem es sich allem Anschein nach auch um ein besonderes Stück Kriegsbeute handelte. Denn die aufwändigen Schnitzarbeiten an den Füßen und Armlehnen sowie die Ornamente und Symbole auf den Messingbeschlägen waren eindeutig Arbeiten südeuropäischer Handwerksmeister. An seiner rechten Seite ruhte auf einem niedrigen, dreibeinigen Gestell eine große, aus Gold gehämmerte Platte. Auf ihr standen flache, ebenfalls goldene und mit Weintrauben und anderen Früchten gefüllte Schalen sowie eine kugelförmige Kristallkaraffe mit einer limonengrünen Flüssigkeit und ein goldener Pokal.

Turan el-Shawar Sabuni war ein Mann von ausgesprochen athletischem Körperbau. Doch die breiten Schultern und die kräftige Brust konnten genauso wenig wie sein weites Gewand aus safranfarbenem Seidenstoff, dessen Säume mit Rubinen besetzt waren, darüber hinwegtäuschen, dass er sich gern der Völlerei hingab. Denn unter dem Gewand zeichnete sich schon die beachtliche Rundung eines Bauches ab. Unter dem weißen Turban, der seinen hohen Rang als Emir bekundete, lag ein narbenreiches Gesicht mit dunklen Augen unter dichten Brauen, recht groben Zügen und einer unnatürlich gekrümmten Nase, die wohl im Kampf zertrümmert worden und schlecht zusammengewachsen war. Das kräftige, derbe Kinn schimmerte durch einen schwarz gefärbten, aber nicht sonderlich dichten Bart hindurch. Alles in allem ging von dieser Gestalt eine Furcht einflößende Strenge aus, zumal wenn man ihr auf Gedeih und Verderb ausgeliefert war.

Noch immer sprach der Emir sie nicht an, sondern verzehrte weiterhin unter lautem Schmatzen eine Weintraube nach der anderen. Sein Blick ging dabei mit verkniffener Miene hinaus in den weitläufigen Garten, der mit Wasserbecken, Zierteichen, Pavillons und mit von blühenden Kletterpflanzen dicht umrankten Laubengängen angelegt war. Er schien ihre Gegenwart gar nicht zur Kenntnis zu nehmen, sondern über irgendetwas Unerfreuliches nachzusinnen, was nichts mit ihnen zu tun hatte.

Gerolt und Maurice wagten einen vorsichtigen Blick nach rechts zu werfen. Dort standen zwei Stehpulte mit schräger Schreibplatte. Pergamente, Federkiele, Tintenfass und mit Streusand gefüllte Gefäße, nichts fehlte. Das beruhigte sie mehr, als sie sich eingestehen wollten. Er hatte sie kommen lassen, damit sie die Bittbriefe um Lösegeld an ihre Familien in seiner Gegenwart verfassten!

Plötzlich warf der Emir die Dolde, von der er eben noch gedankenversunken eine Traube nach der anderen gepflückt hatte, mit einer ärgerlichen Geste zurück in die Schale und sprang abrupt auf. Sogar Kafur zuckte bei der unerwarteten Bewegung seines Gebieters zusammen.

»Fünfhundert Dinar sind der Preis für einen halbwegs namhaften Kreuzritter! Und für einen Templer, der sich ja für die unerreichte Krönung der Ritterschaft hält, sind wohl tausend Dinar angemessen!«, verkündete er grimmig, während er mit finsterer Miene vor ihnen auf und ab ging. »Das wäre unser Handel gewesen! Aber nachdem euer Ordensbruder, diese feige Ratte namens Ibrahim, sich vor einigen Tagen des Nachts an Bord der *Calatrava* geschlichen und die Galeere in Brand gesetzt hat, werdet ihr für seinen hinterhältigen Anschlag bezahlen!«

Gerolt und Maurice hatten Mühe, ihre freudige Überraschung vor dem Emir zu verbergen und sich nicht triumphierende Blicke zuzuwerfen. Der Mameluke sprach gewiss von Tarik, der sich den falschen Namen Ibrahim gegeben hatte! Und wenn es ihm gelungen war, sich auf die Galeere zu schleichen und das Schiff in Brand zu setzen, dann bedeutete das nur eines: Er hatte das Feuer als Ablenkung gelegt, um in dem Chaos unbemerkt den schwarzen Ebenholzwürfel mit dem Heiligen Gral in seinem Innern aus dem Kielraum zu retten! So musste es gewesen sein! Tarik und der heilige Kelch befanden sich in Sicherheit. Andernfalls hätte der Emir zweifellos erwähnt, dass man ihn dabei getötet oder gefangen genommen hatte.

»Ich werde diesen ungläubigen Bastard noch zu fassen kriegen, verlasst euch darauf!«, fuhr der Emir zornig fort, als hätte er ihre Gedanken erraten. »Aber das tut jetzt nichts zur Sache. Ihr werdet jedenfalls für seine Schandtat teuer bezahlen. Ich verlange von jedem von euch fünftausend Dinar in Gold! Wird meine Forderung nicht erfüllt, lasse ich euch erst auf die Folter binden und dann öffentlich auf den Scheiterhaufen stellen, wie ihr es mit Ketzern aus euren eigenen Reihen zu tun pflegt!«

Maurice riss den Mund auf, um zu protestieren, erinnerte sich jedoch noch rechtzeitig der Drohung, die Kafur ausgesprochen hatte, und schnappte nur laut nach Luft.

Turan el-Shawar Sabuni wies sofort mit ausgestreckter Hand auf ihn und fragte mit scharfem Hohn: »Gefällt dir der Preis etwa nicht, Tempelritter? Ist dein Leben deiner Familie etwa keine lumpigen fünftausend Dinar wert? Dann können wir uns alles Weitere gleich sparen! Sprich, Ungläubiger!«

Maurice schluckte erst krampfhaft, bevor er ihm antwortete. »Gewiss, meine Familie ist wohlhabend und mein Wohl liegt meinen Eltern sehr am Herzen«, log er. »Aber Ihr solltet bedenken, dass eine solch hohe Summe auch für sie nicht leicht aufzubringen sein wird. Uns Landedelleute drücken schwer die vielen Abgaben und Steuern, die unser König erhebt. Und ein zweifellos so gerechter Emir wie Ihr wird uns doch nicht für die Tat eines anderen bluten lassen, Ordensbruder hin oder her. Wenn Ihr von zweitausend Dinar gesprochen hättet, das wäre sicherlich ein Lösegeld, das meine Familie schnell aufbringen und auf den Weg zu Euch schicken könnte.«

Turan el-Shawar Sabuni furchte die Stirn. »Willst du Wurm, der Staub frisst, wenn ich es befehle, vielleicht mit mir feilschen wie mit einem Krämer im Basar?«

»Nichts liegt mir ferner, edler Emir!«, versicherte Maurice hastig und sah sich in Gedanken schon auf der Folterbank liegen. »Ich dachte nur, Ihr könntet vielleicht der Überlegung etwas abgewinnen, dass zweitausend Dinar schon sehr bald in Euren Schatzkisten liegen können, während eine erheblich höhere Summe womöglich lange auf sich warten lassen kann. Und die Zeit ist manchmal ein garstiger, unberechenbarer Gesell.«

Gerolt krümmte sich innerlich und wünschte, Maurice hätte sich den letzten Satz verkniffen. Denn er trug die unterschwellige Botschaft in sich, dass es schon bald mit der Macht des Emirs zu Ende sein könnte. Palastrevolten gab es im Reich der Mameluken fast so häufig, wie Kaninchen Junge warfen. Und dann geriet man als Günstling des gestürzten Sultans sofort auf die Liste der Vogelfreien.

Aber zu ihrer beider Glück entging dem Emir der Hintersinn. Stattdessen kratzte er sich eine Weile mit nachdenklicher Miene am Kinnbart. »Dreitausend Dinar in Gold, wenn das Geld in spätestens sechs Monaten hier eintrifft!«, platzte er schließlich heraus. »Kommt das Geld eurer Familie später, müssen eure Überbringer den Weg noch einmal machen und weitere tausend Dinar bringen!«

»Ihr seid ein weiser Emir«, schmeichelte ihm Maurice. »Mit schnellen Boten wird der Termin gewiss einzuhalten sein!«

»Dann schreibt jetzt eure Briefe! Es steht alles bereit!«, knurrte der Emir, als bereute er schon, sich nun doch auf einen Handel mit den Tempelrittern eingelassen zu haben. »Kafur, löse ihnen die Fesseln und lies dann, was sie geschrieben haben. Du verstehst dich ja ein wenig auf die Sprache der Franken! Und dann zurück mit ihnen in den Kerker!« Damit wandte er ihnen den Rücken zu und verschwand durch eine der Terrassentüren im Garten.

Gerolt und Maurice stellten sich an die Stehpulte und beide brachten rasch einen inständig abgefassten Bittbrief an ihre jeweiligen Familien auf das Pergament. Und keiner von ihnen versäumte es, Formulierungen in den Text einzubauen, die bei Kafur den Eindruck erwecken mussten, dass sie mit ihren Angehörigen auf bestem Fuße standen und diese über ausreichende finanzielle Mittel verfügten, um das geforderte Lösegeld aufzubringen.

Der Eunuch gab dann auch ein zufriedenes Grunzen von sich, als er sich ihre Briefe vornahm und gewissenhaft jeden Satz studierte. Dann jedoch wurde er wieder ruppig und ließ es sich nicht nehmen, sie auch auf dem Weg zurück in ihre Zelle mit Stockschlägen zu traktieren.

Als Kafur sich mit Said und Mahmud im Gefolge wieder aus dem Kellergewölbe entfernt hatte, beredeten die beiden Kreuzritter leise, was sich im Gemach des Emir abgespielt hatte.

»Nicht einen roten Fils* wird er zu sehen bekommen«, sagte Gerolt leise. »Aber immerhin wissen wir jetzt, dass wir zumindest die nächsten sechs Monate unseres Lebens sicher sind.«

»Ach was, so lange werden wir in diesem Rattenloch nicht bleiben!«, erwiderte Maurice zuversichtlich. »In ein paar Tagen, höchstens in einigen Wochen sind wir in Freiheit!«

»Setze nicht zu viele Hoffnungen auf Tarik!«, warnte Gerolt.

»Hast du vergessen, was wir vier einander in der Nacht auf den Zinnen der Zitadelle von Akkon bei unserer Ehre als Templer ge-

* Der *fils* ist eine kleine arabische Münze aus Kupfer von sehr geringem Wert, etwa vergleichbar mit dem Cent der heutigen Zeit. Daher rührt auch die arabische Redensart: »Er hat keinen roten Fils mehr in der Tasche!«.

schworen haben? ›Füreinander in fester Treue!‹«, erinnerte Maurice ihn.

»Natürlich habe ich das nicht vergessen und Tarik bestimmt ebenso wenig. Nur haben wir noch einen zweiten Schwur geleistet, hinter dem jener erste immer zurückstehen muss«, erwiderte Gerolt ernst. »Dass Tarik die *Calatrava* in Brand gesetzt und vermutlich den Heiligen Gral aus dem Kielraum geholt hat, ist eine wunderbare Nachricht. Aber vergiss nicht, dass Abbé Villard es uns zur Aufgabe gemacht hat, *den Kelch* so schnell wie möglich nach Paris zu bringen!« Er betonte die beiden Worte nachdrücklich. »Und er hat nicht davon gesprochen, dass wir auf dem Weg dorthin unbedingt *zu viert* zusammenbleiben müssen!«

Maurice runzelte die Stirn. »Was willst du damit sagen?«

»Nicht dass Tarik kein mutiger Mann wäre und uns einfach so im Stich lassen würde«, fuhr Gerolt fort. »Aber wer weiß, ob er nicht die Gefahr für den Heiligen Gral hier in Cairo, dem Herzen des Mamelukenreiches, so hoch eingeschätzt hat, dass ihm gar keine andere Wahl blieb, als so schnell wie möglich von hier aufzubrechen und sich an der Küste nach einer heimlichen Passage umzuschauen. Genügend Gold und Edelsteine hat er ja, um jeden noch so gierigen Kapitän bestechen zu können. Dieser Möglichkeit müssen wir klar und nüchtern ins Auge sehen, auch wenn uns das ganz und gar nicht schmeckt.«

Maurice schwieg. Und er schwieg lange. Schließlich atmete er tief durch und räumte widerstrebend ein: »Du hast Recht. Mit dieser bitteren Möglichkeit, dass er Cairo vielleicht schon längst verlassen hat, müssen wir rechnen. Und deshalb müssen wir selbst etwas unternehmen, um einen Weg aus dem Kerker zu finden!«

Gerolt zog die Augenbrauen hoch und sah ihn fragend an.

»Ich denke da an die Goldstücke, die wir hier versteckt haben«, erwiderte Maurice. »Und an Mahmud. Dem gefällt es offenbar gar nicht, wie Said ihn ständig abkanzelt und herumkommandiert. Und er liebt den Palmwein, wie du wohl bemerkt haben wirst.«

Gerolt nickte. In den vergangenen Tagen hatte sich Mahmud zweimal des Nachts mit einem Krug Palmwein zu ihnen in das Gewölbe hinuntergeschlichen und sich einen ordentlichen Rausch angetrunken. »Schön und gut, aber wie soll uns das weiterhelfen? Meinst du, er würde für ein paar Goldstücke seinen Kopf riskieren? Was ist, wenn er ablehnt oder uns verrät?«

»Es gibt vielleicht eine andere Möglichkeit, wie wir Mahmud für unsere Zwecke einspannen können«, sagte Maurice mit einem breiten Grinsen. »Ich habe da schon eine Idee!«

3

Durch das feine hölzerne Gitterwerk der *mushrabien*[*], die den Erker des Obergemachs auf allen drei Seiten umgaben, fiel mildes Morgenlicht in den kahlen Raum. Mehrere helle Lichtfinger, in deren Bahnen feine Staubpartikel schwebten, trafen auf den quadratischen Würfel aus schwarzem Ebenholz. Er ruhte auf einem alten, dreibeinigen Schemel, über den Tarik el-Kharim ein einfaches, aber sauberes Tuch gebreitet hatte. Die aus Gold gearbeiteten und mit Smaragden verzierten Winkel des Würfels funkelten im Schein der frühen Morgensonne. Und die kostbare Einlegearbeit aus Elfenbein in Form einer fünfblättrigen Rose, die die vordere Seite schmückte, schien von innen heraus zu leuchten. Der schwarze Ebenholzwürfel, dessen Kanten nicht ganz zwei Handlängen maßen, barg in seinem Innern den Heiligen Gral, den Kelch des letzten Abendmahls.

Tarik kniete, in stiller Anbetung versunken, vor dem Schemel auf dem nackten, harten Boden. Gerade hatte er sein Morgengebet beendet und sich bekreuzigt, als der Muezzin[**] der nahen el-Hakim-Moschee von der Höhe des Minaretts herab seine muslimischen Glaubensbrüder zum Gebet rief. Sein eigentümlicher, lang gezogener

[*] Gitterfenster vor Fassaden und Balkonen, die den Bewohnern der Privathäuser Einblick auf die Straße gewähren, ohne dabei jedoch selber von dort gesehen zu werden, was insbesondere strenggläubigen muslimischen Frauen wichtig ist, die im Haus auf den Gesichtsschleier verzichten.

[**] Gebetsrufer, der die muslimischen Gläubigen fünfmal täglich zum Gebet auffordert.

Singsang vereinigte sich augenblicklich mit den Stimmen der Gebetsrufer anderer Moscheen, die fast gleichzeitig mit ihm in allen anderen Stadtvierteln zu ihrem Dienst in luftiger Höhe erschienen waren.

»Gott ist groß! Ich bezeuge, dass es keinen Gott außer Gott gibt. Ich bezeuge, dass Mohammed der Prophet Gottes ist . . . Kommt zum Gebet! . . . Kommt zur Erlösung! . . . Beten ist besser denn schlafen!«, sang der Muezzin und die Rufe sanken aus allen Himmelsrichtungen auf das gewaltige Häusermeer herab, erreichten jede versteckte Gasse, jeden Hinterhof und drangen in jedes Gemach.

Tarik empfand den muslimischen Gebetsruf nicht als befremdlich. Was trennte Christen eigentlich von den Muslimen? Glaubten nicht auch jene an den einen, wahren Gott? Gut, sie nannten ihn Allah und hielten Mohammed für seinen einzig maßgebenden Propheten. Aber ihre heilige Schrift, der Koran, bezeugte auch Abraham, Jesus und sogar Maria große Hochachtung und räumte ihnen einen wichtigen Platz im Glauben ein.

Warum also führten sie seit Jahrhunderten einen erbitterten, blutigen Krieg gegeneinander und schlachteten einander im Namen des Gottes ab, der doch bei allen Unterschieden letztlich ein und derselbe sein musste? Wie war es nur zu diesem blinden, hasserfüllten Irrsinn auf beiden Seiten gekommen?

Er verscheuchte diese irritierenden Gedanken, die laut zu äußern wohl schon manchem Christen das Leben gekostet hatten. Sie führten zu nichts. Er hatte ganz andere, viel drängendere Probleme zu bedenken. Doch bevor er sich ihnen widmete, ertappte er sich einmal mehr dabei, dass er darüber grübelte, wie der schwarze Würfel wohl zu öffnen war. Abbé Villard hatte ihnen das Geheimnis des Mechanismus nicht verraten. Mit Bedacht, nämlich um sie vor der Versuchung zu bewahren, den Holzquader zu öffnen und den heiligen Kelch herauszunehmen.

Tarik fragte sich, wie der Heilige Gral bloß aussehen mochte. Weder er noch seine drei Gefährten hatten ihn bei ihrer Weihe im unterirdischen Heiligtum zu Gesicht bekommen. Mit geschlossenen Augen hatten sie aus dem wundertätigen Kelch getrunken, den der Heiland beim letzten Abendmahl seinen Jüngern gereicht und mit dem der heilige Joseph von Arimathäa das Blut Christi am Kreuz aufgefangen hatte. Aus gutem Grund, wie Abbé Villard ihnen vor der Reichung des Sakramentes erklärt hatte: »Noch habt ihr nicht die Kraft und Reife langjähriger Gralshüter in euch, um der ungeheuren Leuchtkraft des Kelches gewachsen zu sein. Widersteht der Versuchung, die Lider auch nur einen Spalt zu öffnen. Ihr würdet auf der Stelle erblinden!« Das waren seine Worte gewesen. Und wie sehr er damit Recht gehabt hatte, war sofort und im wahrsten Sinne des Wortes für sie sichtbar geworden, als sie den heiligen Kelch an die Lippen gesetzt hatten. Denn trotz geschlossener Augen hatten sie eine ungeheure Helligkeit von fast schmerzhafter Gewalt wahrgenommen.

Tarik erschauerte, als er daran dachte, was geschehen würde, wenn es den Iskaris, den Anbetern des Bösen, eines Tages gelang, den Heiligen Gral in ihren Besitz zu bringen. Unvorstellbares Unheil würde über die Menschheit kommen, wenn sie den Kelch während einer teuflischen Messe in ihrer Schwarzen Abtei, wo immer diese auch sein mochte, für immer zerstörten!

Schnell unterdrückte er jeden weiteren Gedanken an das Unvorstellbare. Genau wie Gerolt, Maurice und McIvor hatte er in Akkon das heilige Amt eines Gralsritters angetreten. Dieser Aufgabe, so erdrückend sie manchmal auch sein mochte, würde er sich in jeder Weise und mit unbeugsamem Willen als würdig erweisen! Dieser Schwur galt bis in den Tod! Und nachdem es ihm vor drei Nächten gelungen war, den Kelch aus dem Kielraum der *Calatrava* zu holen und an diesen sicheren Ort zu bringen, war nun seine nächste Aufgabe, alles in seiner Macht Stehende zu tun, um McIvor, Maurice und Gerolt zu befreien.

Das Auge Gottes, wie Abbé Villard den geheimnisvollen weißen Falken genannt hatte, hatte ihm nachts am Ufer des Nils in einer verstörenden Vision offenbart, dass er die Weiterreise nach Paris nicht allein wagen, sondern die Vereinigung mit seinen Gefährten suchen sollte. Doch noch wusste er kaum etwas über ihren Verbleib, vor allem was den Schotten anging, der in die Sklaverei verkauft worden war. Er hoffte, dass er an diesem Tag endlich in Erfahrung brachte, welches Schicksal McIvor ereilt hatte.

Deshalb konnte er es auch nicht erwarten, gleich Maslama Bashar auf dem Platz vor der Zitadelle zu treffen und zu erfahren, was seine Erkundigungen ergeben hatten. Der zwielichtige Bursche, dem seine Freunde den Spitznamen Maslama al-Far, also ›Maslama die Ratte‹, gegeben hatten und der als einzigen Beruf das Stehlen erlernt hatte, kannte sich bestens in Cairo aus und hatte ihm zusammen mit seinen beiden seltsamen Kumpanen beim Brandanschlag auf die *Calatrava* schon gute Dienste geleistet. Zudem war dieser Mann der Einzige, dem er, bei aller gebotenen Vorsicht, ein gewisses Maß an Vertrauen schenken konnte – dank des Goldes, das er ihm für seine Hilfe zahlte.

Tarik nahm den schwarzen Würfel vom Schemel und verstaute ihn wieder in dem Beutel aus altem, schmutzigem Segeltuch, in dem sich auch Abbés Geleitbrief sowie die vier Gralsrittersiegel befanden, die sie vor dem Gefecht mit der Flotte von Emir el-Shawar Sabuni aus dem Griffstück ihrer Gralsschwerter geschraubt hatten.

Den Sack unter dem Arm, stieg er die steile Holztreppe ins Erdgeschoss hinunter und begab sich in die Vorratskammer, die neben dem Küchenraum lag. Dort befanden sich vor der hinteren Wand mehrere bauchige, amphorenähnliche Gefäße aus Ton, die zur Kühlung halb in den Boden versenkt waren. In den größten der irdenen Behälter stellte er den Segeltuchbeutel, der das Gefäß nicht ganz zur Hälfte füllte. Dann griff er zu dem Sack Hirse, den er gekauft hatte, und füllte den Tonbehälter mit den Körnern fast bis zum Rand auf.

Tarik beglückwünschte sich in Gedanken, dass er auf der Suche nach einer unauffälligen Unterkunft und einem sicheren Versteck für den Heiligen Gral dieses reichlich heruntergekommene, leer stehende Haus gefunden hatte. Zu dem zweistöckigen, schmalbrüstigen Wohnhaus, das zu einem Paradies für Spinnen und Ungeziefer geworden war, gehörte ein kleiner, nicht weniger verschmutzter Innenhof mit einem baufälligen Stall und einer *sahridsh,* einer Zisterne, in der fauliges Wasser stand. Und nicht nur das schadhafte Dach, sondern das ganze Anwesen bedurfte dringend und von Grund auf umfangreicher Ausbesserungsarbeiten.

Aber es diente seinen Zwecken. Zudem lag es für ihn äußerst günstig, nämlich oberhalb des Viertels Barjawan zwischen dem Hafenviertel von al-Maks und dem nördlichen Stadttor *Bab al-Futuh,* dem imposanten »Tor der Eroberungen«. In diesem Gassengewirr schenkte ihm niemand sonderlich Beachtung. Wegen der Nähe des Hafens gab es in diesem Viertel, in dem mit Getreide, Zucker, Öl, Seife, Wachs, Seilen und Metallen gehandelt wurde, ein unablässiges Kommen und Gehen. Fremde Gesichter gehörten hier zum Alltag. Und der Vermieter hatte auch nicht wissen wollen, woher er kam, wie er hieß und welchen Geschäften er nachging. Ihm war es allein um die Höhe des Mietpreises gegangen. Und da sie sich nach dem unvermeidlichen Feilschen handelseinig geworden waren und der Besitzer gleich drei Monatsmieten im Voraus einkassiert hatte, hatte ihm der Mann ohne weitere Fragen höchst zufrieden die Schlüssel ausgehändigt und war seiner Wege gegangen.

Tarik verließ das Haus durch das schwere Hoftor, verriegelte hinter sich das Schloss, das wohl das einzige war, das sich bei diesem Anwesen in einem guten, frisch geölten Zustand befand, und eilte die Gasse hinunter, die ihn wenig später auf die breite Qasaba führte. Diese geschäftig pulsierende Lebensader schnitt auf einer Strecke von mehr als einer Meile von Nord nach Süd durch das Häusermeer. Dies erlaubte es den beständigen Nordwinden, ungehindert durch das Herz von al-Qahira zu wehen und in den heißen Sommermonaten ein wenig Linderung zu bringen. Die gut fünfzehn Schritt breite Straße führte auf ihrem schnurgeraden Weg nach Süden zum dortigen Stadttor *Bab al-Zuwayla* vorbei an prunkvollen Palästen mit funkelnden Kuppeln, Wasser speienden Brunnen, öffentlichen Bädern, prächtigen Moscheen mit lanzengleich aufragenden Minaretten, Gebetsschulen und festungsähnlichen Karawansereien.

Zu beiden Seiten der Qasaba ging es hinein in die dämmrigen Labyrinthe der einzelnen *haras*, der Stadtviertel mit ihrem verwinkelten Gassengewirr, wo die dicht gedrängten Wohn- und Geschäftshäuser oftmals acht, neun Stockwerke in die Höhe stiegen. Dort lagen auch die *suqs*, die Irrgärten der Basare eines jeden Viertels, die zumeist von einem ganz bestimmten Gewerbe oder Handwerk geprägt wurden, das sich dort konzentrierte. Hier spannten sich Schatten spendende Stoffbahnen, geflochtene Bastmatten oder Überdachungen aus Brettern über den Gassen. Nicht selten war es darunter sogar am helllichten Tag so dunkel, dass man den Abend für gekommen halten konnte und Lichter entzünden musste. Und viele Gassen endeten nach einem zickzackartigen Verlauf als Sackgasse, sodass mancher Gang in der Stadt große Umwege nötig machte.

Schon zu dieser frühen Morgenstunde herrschte ein lärmendes und buntes Treiben auf der Qasaba und in den abzweigenden Gassen. Inzwischen hatte Tarik sich daran gewöhnt, dass es in dieser Stadt, die mindestens dreimal größer als Paris* oder London sein sollte, zuging wie in einem aufgestocherten Ameisenhaufen. Und dass der Blick fast bei jedem Schritt sowohl auf das Elend der Armen und Verkrüppelten als auch auf den Prunk und die Verschwendungssucht der Reichen und Mächtigen fiel.

Was war das für ein vielfältiges Gedränge, Geschiebe und Gelärme! Zerlumpte Bettler klapperten aufdringlich mit ihren schmutzigen Holzschalen und auch allerlei Straßenmusikanten baten um Almosen; farbenprächtig gekleidete *almeh,* Tänzerinnen, die sich zur Musik von Flöten, Pauken und der *qanun,* einer Art von Zither, aufreizend in den Hüften wiegten, verführerische Gesten machten und sich zu obszöner, wilder Raserei steigerten, lockten Schaulustige an; Kameltreiber bahnten sich ihren Weg mit ihren Lasttieren; Esel und Maultiere, mit gebündeltem Feuerholz, schweren Säcken oder Holzkiepen voll luftgetrockneter Lehmziegel beladen, trotteten geduldig hinter ihren Besitzern her; Lastenträger quälten sich mit schwerem Gewicht auf dem Rücken voran; Sänftenträger hoher Herrschaften verlangten mit barschen Rufen den Weg freizugeben; Boten und Hausbedienstete eilten durch die Menge; halb nackte Straßenkinder spielten Fangen in dem Durcheinander; fliegende Händler mit Handkarren und Bauchläden boten ihre billigen Waren lauthals feil; und überall traf man auf *saqqas*, Wasserträger, die auf dem Rücken ein Gefäß aus porösem Ton trugen, damit das kostbare Nass kühl und frisch blieb, und die sich für einen kühlen Trunk auf der Straße mit einem Stück Brot oder einer Frucht bezahlen ließen und die Natura-

---

* Die Einwohnerzahl von Paris und London am Ende des 13. Jahrhunderts schätzen Historiker auf maximal 70 000 bis 90 000. Dagegen sollen innerhalb der Mauern von Cairo um die 200 000 Menschen gelebt haben, für jene Zeit so beeindruckend wie die Millionenstadt New York in heutiger Zeit für jemanden, der aus einer beschaulichen Kleinstadt kommt.

lien in einen Beutel an der Hüfte steckten. Und während die einen Frauen tief verschleiert gingen, zeigten genauso viele andere offen ihr Gesicht.

An diesem Tag schenkte Tarik dem um ihn herumwogenden Treiben jedoch kaum Beachtung. Nur als er einmal einer Abteilung Soldaten ausweichen musste, fand er sich in unmittelbarer Nähe einer dreiköpfigen Gauklergruppe wieder. Die Männer zeigten raffinierte Zaubertricks mit Seilen, doppelbödigen Kästen und Messern und warben dabei recht eindrucksvoll für eine besondere Vorstellung in größerer Besetzung, die sie am Abend im Innenhof einer nahe gelegenen Karanwanserei gaben.

Tarik schaute eine Weile zu, setzte seinen Weg aber schon bald fort. Außerdem drängte sich wieder die Sorge um Gerolt, Maurice und McIvor in seine Gedanken. Zwar hatte er mittlerweile herausgefunden, dass der Emir Gerolt und Maurice in den Kerker seines Sommerpalastes auf der Nilinsel Rhoda hatte bringen lassen. Und er hatte die herrschaftliche Residenz auch schon von seinem kleinen Ruderboot aus mehrfach in Augenschein genommen. Aber bis auf die Tatsache, dass der Palast von einer hohen Mauer umgeben war und der ummauerte Stichkanal, der vom Nilufer ins Innere der Anlage führte, von einem massiven Wassertor verschlossen war und Tag und Nacht von Leibgardisten bewacht wurde, hatte er nichts wirklich Hilfreiches in Erfahrung gebracht.

Und wohin mochte es McIvor verschlagen haben? Vielleicht hatte man ihn an den Besitzer eines der Steinbrüche verkauft, mit denen die Bergzüge des Mokattam, die bis an die Zitadelle reichten, durchzogen waren. Oder an den Betreiber eines Bergwerkes im Hinterland. Ein so bärenstarker Mann wie McIvor war sicher rasch verkauft und irgendwohin verschleppt worden. Deshalb ruhten alle Hoffnungen Tariks nun auf Maslama al-Far und er beschleunigte seine Schritte, je näher er dem *Midan al-Rumeila* kam.

Der große, sandige Platz erstreckte sich unterhalb der Zitadelle mit ihren gewaltigen, bedrohlich und unheimlich wirkenden Mauern, die Saladin vor mehr als hundert Jahren auf einem Felsvorsprung des Mokattam hatte errichten lassen. Das *Bab as-Silsila,* das »Kettentor«, das von zwei mächtigen Türmen flankiert wurde, mündete mit seiner breiten Rampe in das freie Feld. Die große, offene Fläche zu Füßen der Festung wurde hauptsächlich als Marktplatz für Pferde, Esel und Kamele genutzt. Hier fand man auch die *mocaris*, die Besitzer von Mauleseln, die ihre Lasttiere stunden- oder tageweise vermieteten. Und mit dem Geld, das Maslama von Tarik für seine bisherigen Dienste erhalten hatte, war er dem gefährlichen Leben auf der Straße entkommen und hatte sich seinen Traum erfüllt, ein *mocari* mit einer stattlichen Herde Maulesel zu werden.

Tarik brauchte ihn auf dem Platz nicht lange zu suchen. Die vertrauten Töne einer kleinen Trommel aus Ton wiesen ihm den Weg. Die Trommel gehörte Maslamas Kumpan Ali Omar, der auf den nicht sehr originellen, aber doch zutreffenden Spitznamen Ali al-Tabba, »Ali der Paukenschläger« hörte.

Und dann sah er das seltsame Trio auch schon vor sich. Zwei der Männer hockten im Schatten eines Sonnenschirms aus geflochtenen Palmzweigen. Bei der kleinen, schmalbrüstigen Gestalt mit dem Buckel unter dem Gewand handelte es sich um den zahnlosen Ali Omar, der sich seine Trommel zwischen die Beine geklemmt hatte und die knöchrigen Finger über das gespannte Fell fliegen ließ. Neben ihm döste ein spindeldürrer Mann mit einem hageren, ausgemergelten Gesicht. Das Weißblond seiner Haare und Augenbrauen wies ihn auf den ersten Blick als einen Albino aus. Sein Name war Zahir Namus, was »Zahir die Mücke« bedeutete. Der Mann, der mit einer hohen

Fistelstimme sprach, hatte sich jahrelang als heulender und bettelnder Derwisch* durch die Lande geschlagen, bis er sich mit Maslama und Ali zusammengetan hatte, um vom Stehlen und gelegentlichen Almosen zu leben.

Maslama die Ratte, ganz der stolze Besitzer, stand bei seinen Maultieren. In einem provisorischen Gehege, das aus in den Boden gerammten Pflöcken und locker gespannten Seilen bestand, wartete ein gutes Dutzend Tiere geduldig und mit gleichmütigem Blick darauf, fremden Herren für Stunden oder auch Tage zu dienen. Gerade zogen zwei Kunden mit drei von ihren Artgenossen davon.

Als Maslama al-Far sich umwandte und dabei mit zufriedener Miene das Mietgeld in seine Geldbörse steckte, sah er, wer da zielstrebig auf ihn zukam. Sein Gesicht verzog sich zu einem breiten Lächeln und er breitete die Arme als, als wollte er Tarik gleich an seine Brust drücken wie einen verloren geglaubten Sohn.

»*Allahu akbar!* Groß ist der Barmherzige!«, rief er freudestrahlend. »Wenn es nicht schon heller Tag wäre, würde ich glauben, jetzt erst sei die Sonne aufgegangen!«

»Allahu akbar!«, erwiderte Tarik den Gruß, wie es Sitte war, um dann spöttisch hinzuzufügen: »Mit süßen Worten, Sanftmut und Freundlichkeit führt man selbst einen Elefanten an einem Haar.«

Maslamas Lächeln wurde noch breiter. »Wer die hohe Kunst des Schmeichelns erlernen will, sollte bei einem Meister wie dir in die Lehre gehen, mein Freund!«

Tarik lachte auf. Wie schnell man doch zum Freund selbst von Strauchdieben und einem Galgenstrick wie Maslama wurde, wenn man kleine Dienste großzügig zu bezahlen vermochte!

---

* Angehöriger eines islamischen (Bettel-)Ordens mit mystisch schwärmerischer Glaubensausrichtung, deren Mitglieder sich durch Musik, heulenden Gesang und wilde religiös-ekstatische Tänze in eine Art von Trance versetzten.

Der einstige Hungerleider war von kräftiger, aber etwas gedrungener Gestalt, die in auffallendem Gegensatz zu seinem schmalen und spitz zulaufenden Gesicht stand. Die Augen lagen dicht beieinander. Dazwischen ragte die Nase kurz und scharf wie ein dünner Keil hervor und der Unterkiefer floh wie abgehackt nach hinten und ging direkt in einen langen Hals über. Kein Wunder, dass man ihn Maslama die Ratte nannte!

»Wie laufen deine Geschäfte als frisch gebackener Mocari?«, erkundigte sich Tarik, denn es gehörte sich nicht für einen Araber, sofort den Grund seines Kommens anzusprechen, auch wenn es wie in diesem Fall offensichtlich war.

Natürlich fing Maslama sofort zu lamentieren an. Kein Händler im Orient gab jemals zu, dass er gute Geschäfte machte, denn dies könnte den möglichen Profit des nächsten Handels schmälern. Tarik übte sich in Geduld, machte das übliche Geplänkel bereitwillig mit und begnügte sich mit kurzen Einwürfen. Erst nach einer Weile glaubte er nun endlich zur Sache kommen zu können.

»Allah, der Allmächtige, wird es in seiner himmlischen Weisheit schon zum Guten richten«, leitete Tarik den Übergang ein.

»*Inshallah!* ... So Gott will!«, sagte Maslama und gab sich demütig.

»Doch nun erzähl, was du inzwischen erfahren hast!«, forderte Tarik ihn auf. »Hast du Neues zu berichten?«

Maslama schenkte ihm ein verschlagenes Grinsen. »Mit der Erinnerung ist es so eine Sache, mein Freund. Manchmal entfallen mir im Eifer des harten Geschäftslebens diese und jene Informationen, die doch für einen wie dich womöglich von großer Wichtigkeit sein können. Der Kopf ist ein gar wunderliches Rätsel, Allah ist mein Zeuge!«

Tarik verstand und zog einen vorbereiteten Geldbeutel unter seinem Obergewand hervor. »Werden fünf Dinar deiner Erinnerung auf die Sprünge helfen und deine Zunge lockern?«, fragte er.

Mit einer flinken Bewegung schnappte sich Maslama den Beutel und ließ ihn verschwinden. Gleichzeitig hellte sich sein Mienenspiel auf. »Fürwahr, jetzt entsinne ich mich wieder!«

»Dann sprich, aber bitte nicht so laut, dass dich alle auf dem Platz hören können!«

»Du wirst mit mir zufrieden sein«, begann Maslama, nun mit gedämpfter Stimme. »Gestern habe ich mich überall in der Stadt umgehört, wo regelmäßig Sklavenmärkte abgehalten werden. Und im *khan** des Gazi Abdul Gaharka bin ich fündig geworden.« Er legte eine dramatische Pause ein, um die Spannung zu steigern.

Tarik hielt die Luft an und unterdrückte den Impuls, ihn zum Weiterreden zu drängen. Nur keine zu große Aufregung und Ungeduld zeigen! Ein durchtriebener Mann wie Maslama würde das sonst zu nutzen wissen, indem er immer höhere Forderungen stellte.

»Vor vier Tagen wurde dort ein Mann verkauft, auf den deine Beschreibung zutrifft«, fuhr Maslama schließlich von selbst fort. »Ein rotgesichtiger Klotz von einem Franken!«

Falsch, McIvor ist Schotte, du Strolch!, korrigierte Tarik ihn im Stillen, schwieg jedoch.

»Er trägt, wie du es mir beschrieben hast, über der rechten Augenhöhle eine Kappe aus Eisen. Deshalb hat man ihm den Namen ›Eisenauge‹ verpasst. Er soll ein Tempelritter sein, der zu den Gefangenen von Emir Turan el-Shawar Sabuni gehörte«, berichtete Maslama und fragte dann argwöhnisch: »Aber sag, was hast du mit einem verfluchten Kreuzritter zu schaffen?«

»Mit dem Kerl haben ich und meine Familie noch eine Rechnung zu begleichen«, log Tarik und machte eine wegwerfende Handbewegung. »Aber das ist eine zu lange Geschichte, um jetzt davon anzu-

---

* Aus dem Persischen kommende, arabische Bezeichnung für Herberge, Karanwanserei im 13. und 14. Jahrhundert. Die Mehrzahl von *khan* lautet *khanat*.

fangen. Vielleicht später einmal. Doch jetzt sag, wer ihn gekauft hat! Ist er an den Besitzer eines Steinbruchs oder eines Bergwerks gegangen?«

»Nein, viel schlimmer!« Maslama zeigte sein hässlichstes Grinsen. »Und wenn du nach Rache dürstest, wie du sagst, empfehle ich dir einen Besuch im *Bayt al-Dhahab*. Es wird bestimmt vergnüglich für eine nach Vergeltung sinnende Seele!«

Tarik runzelte die Stirn. *Bayt al-Dhahab* bedeutete »Haus des Goldes«. »Du sprichst in Rätseln. Erleuchte meinen Geist! Um was für eine Art von Haus handelt es sich?«

»Es ist wohl der verruchteste und blutrünstigste Ort von ganz al-Qahira. Wirklich sehenswert, natürlich nur sofern man auf der richtigen Seite der Arena steht«, antwortete Maslama spöttisch. »Es ist eine ehemalige Herberge, die sein neuer Besitzer, der plattnasige Amir ibn Sadaqa, vor einigen Jahren zu einer Stätte blutiger Wettkämpfe umgebaut hat. Im einstigen Innenhof befindet sich jetzt eine kleine Arena, in die er seine Sklaven als Gladiatoren schickt, so wie man es früher in Rom gemacht hat. Es gibt auch Kämpfe zwischen beißwütigen Hunden, die er erst lange hungern lässt, und Hähnen, die er mit sichelscharfen Klingen an den Füßen aufeinander hetzt. Und in den Vorkämpfen können auch Freiwillige aus den Reihen der Besucher mit Fäusten und Prügeln aufeinander losgehen. Und bei jedem dieser Kämpfe wird viel Geld auf Gewinner und Verlierer gesetzt, womit Amir ibn Sadaqa vermutlich am meisten verdient. Jedenfalls ist das *Bayt al-Dhahab* mit Sicherheit der grässlichste Ort, den du dir für diesen verdammten Templer nur wünschen kannst! Denn natürlich wird Amir, dieser gerissene Fuchs, den Ungläubigen nicht lange am Leben lassen. Dafür weiß er zu gut, was seine Gäste bei ihm zu sehen wünschen!«

Es verlangte von Tarik große Selbstbeherrschung, sich sein Erschrecken über diese Nachricht nicht anmerken zu lassen. McIvor, verkauft an den skrupellosen Betreiber einer Stätte für blutige Gladiatorenkämpfe!

So ruhig, wie es ihm nur möglich war, fragte er: »Hat der Kerl schon einen dieser Kämpfe bestehen müssen? Lebt er überhaupt noch oder ist deine Auskunft schon ohne jeden Wert für mich?«

»Davon ist mir nichts zu Ohren gekommen!«, gab Maslama schnell zur Antwort und versuchte ihn zu beruhigen, indem er versicherte: »Vermutlich wird er erst kräftig die Trommel für diesen besonderen Kampf rühren, damit sein Haus auch richtig voll wird. Ich bin sicher, du wirst deinen Spaß noch haben!«

»Das hoffe ich sehr!«, sagte Tarik. »Und was hast du über den Haushalt des Palastes von Emir Turan el-Shawar Sabuni in Erfahrung bringen können?«

Nun erschien wieder der misstrauische Ausdruck in den kleinen, eng beieinander liegenden Augen des Arabers. »Erlaub mir die Frage, mein Freund, wieso interessierst du dich für die Gewohnheiten eines solch mächtigen Mannes? Willst du vielleicht eine Revolte gegen ihn anzetteln?«

Tarik lachte spöttisch auf. »Ein einfacher Mann wie ich? Für wen hältst du mich?«

»Eine gute Frage, die ich mir schon mehr als einmal gestellt habe«, erwiderte Maslama. »Denn ein einfacher Mann würde sicherlich nicht danach fragen, was hinter den Mauern eines Palastes vor sich geht.«

»Meine Familie und ich haben mehr als nur eine offene Rechnung zu begleichen«, sagte Tarik ausweichend. »Aber so viel will ich dir verraten: Es geht um eine junge, aus Damaskus verschleppte Frau, die mir einst versprochen war und unseren Vermutungen nach an ebendiesen Emir verkauft worden ist und nun zu seinem Harem gehört.«

Maslama hob die Augenbrauen. »Es geht also nicht nur um Blutrache, sondern auch noch um die Schenkel eines jungen Weibes!«, sagte er anzüglich und schnalzte mit der Zunge. »Bei den Feuern der Hölle und Allahs himmlischem Thron! Wenn eine Frau und die Glut der Leidenschaft mit im Spiel sind, dann wird es immer vertrackt . . . und teuer!« Er zwinkerte ihm viel sagend zu. »Unter gewissen Umständen könnte ich dir vielleicht nützliche Informationen beschaffen. Ich entsinne mich da eines Hilfskochs, der mal im Palast angestellt war. Aber bei so einer Angelegenheit riskiert man schnell seine Haut, wenn nicht gar seinen Kopf!«

Grimmig sah Tarik ihn an. Natürlich wollte der Bursche den Preis hochtreiben. Aber er hatte weder die Zeit noch die innere Ruhe, um lange zu feilschen. Deshalb wechselten noch einmal fünf Dinar ihren Besitzer.

»Sieh zu, dass du diesen Koch ausfindig machst und irgendwie über ihn an Bedienstete des Emirs herankommst!«, trug Tarik ihm auf. »Lass dir von ihm berichten, was im Palast geschieht. Jede Kleinigkeit über den Tagesablauf kann für mich wichtig sein! Und sollte es dir gelingen, dass er dir eine genaue Skizze vom Palast, seinen Gemächern, dem Harem und den Gartenanlagen macht, werde ich dafür sorgen, dass du bald ein Dutzend Maultiere mehr zum Vermieten hast!«

Maslamas spitzes Rattengesicht leuchtete auf. »Das ist ein Wort! Ich werde dich nicht enttäuschen, Allah ist mein Zeuge!«, versprach er.

Tarik ließ sich von ihm noch den Weg zum *Bayt al-Dhahab* erklären. Dann machte er sich auf den Weg zurück ins Zentrum von al-Qahira. Bei Einbruch der Dunkelheit würde er das *Bayt al-Dhahab* aufsuchen. Er hoffte bis dahin schon einen groben Plan geschmiedet zu haben, wie er den Schotten aus den Klauen dieses Amir ibn Sadaqa befreien oder ihn dem Mann unter irgendeinem Vorwand abkaufen konnte. An Gold und Edelsteinen mangelte es ihm ja gottlob nicht. Doch ihn quälte der niederschmetternde Gedanke, dass es auch für den besten aller möglichen Pläne vielleicht schon längst zu spät war.

4

Völlig unbeteiligt, aber mit gleich bleibend hartem Schlag ließ der schwarzafrikanische Sklave das zwei Finger breite Schlagholz auf den nackten Rücken des störrischen Gefangenen niedersausen. Jeder Hieb der Züchtigung wurde von einem scharfen Klatschen begleitet und hinterließ auf dem Leib des Mannes einen langen geröteten Streifen. Mittlerweile bildeten diese Striemen ein hässliches Muster aus sich kreuzenden und überschneidenden, blutunterlaufenen Spuren. Noch war die Haut darunter nicht aufgeplatzt, was bei der üblichen Bastonade mit einem dünnen Rohrstock längst der Fall gewesen wäre. Doch sein Herr Amir ibn Sadaqa zog es vor, die Bestrafung widersetzlicher Sklaven mit einem solchen dünnen, nachfedernden Schlagholz vornehmen zu lassen, das die Haut des Unglücklichen schonte, ohne dabei jedoch weniger Schmerzen zu verursachen. Seine Kundschaft liebte es nun mal nicht, wenn seine Kämpfer schon von Peitschenhieben schwer gezeichnet in die Arena stiegen. Blut sollte fließen, und je mehr vergossen wurde, desto besser gefiel es ihnen. Aber es sollte vor ihren Augen fließen und aus Wunden, die sich die Männer im Kampf mit ihren Waffen gegenseitig zufügten.

»... siebzehn ... achtzehn ...« Der Sklave zählte jeden Schlag laut mit. So ausdruckslos wie seine Miene war auch der Klang seiner Stimme. »Neunzehn ... zwanzig.« Er trat von dem Bestraften einen Schritt zurück, ließ das Schlagholz sinken und wartete stumm und gleichmütig auf weitere Anweisungen seines Herrn. Er nahm an, dass es mit zwanzig Hieben bei diesem bulligen Franken nicht getan sein würde. Aber was ging es ihn an, wenn dieser Gefangene, der Eisenauge genannt wurde, nicht begreifen wollte, dass man nicht ungestraft den Zorn eines Mannes wie Amir ibn Sadaqa weckte? Er würde es schon noch begreifen und für seine Dummheit derweil mit Schmerzen bezahlen. Letztlich fügten sich doch alle dem Willen ihres Herrn, dessen Härte und Grausamkeit keine Grenzen kannten.

Amir ibn Sadaqa saß in dem muffigen Gewölbe, das einst zu den weiträumigen Stallungen der Karawanserei gehört hatte, drei Schritte vor dem Kopf des Gezüchtigten auf einem bequemen, weich gepolsterten Stuhl mit breiten Armlehnen. Er war ein Mann von sehr gedrungener Gestalt. Sein rundes Gesicht mit der kurzen, platten Nase und den leicht schräg stehenden Augen hatte mongolische Züge. Er trug wie stets einen edlen schwarzen Kaftan mit reicher Goldstickerei. Und in der goldenen Seidenschärpe, die sich unter dem Obergewand mehrfach um seine Leibesmitte wand, steckte ein kurzer Scimitar*, dessen Scheide und Griffstück reich mit Edelsteinen besetzt waren.

»Nun, was ist, Eisenauge? Hat dir das Feuer auf deinem Rücken endlich den törichten Widerstand aus deinem Hirn gebrannt?«, fragte er höhnisch. »Oder brauchst du noch einen Satz Hiebe, um zu Verstand zu kommen?«

McIvor von Conneleagh war, als hätte man ihm heißes Öl über den Rücken gegossen. Hilflos und mit dem Kopf nach unten, hing er über dem hüfthohen Holzbock, an den man ihn mit Armen und Beinen gefesselt hatte. Vier muskulöse Sklaven waren nötig gewesen, um ihn zu bändigen, aus der Zelle zu schleppen und auf den Bock zu binden.

---

* Arabischer Krummsäbel.

Zwei von ihnen hatten in dem Handgemenge blutige Nasen davongetragen und sie hatten es ihm mit brutalen Faustschlägen vergolten. Aber das hatte ihm nicht halb so viel ausgemacht wie die Demütigung, dass sie ihm nicht einmal einen Lendenschurz gelassen, sondern ihn splitternackt vor Amir ibn Sadaqa gezerrt und auf das Holzgestell gebunden hatten.

»Mach den Mund auf, Templer!«, herrschte Amir ibn Sadaqa ihn an, als er keine Antwort erhielt. »Oder hat es dir die Stimme verschlagen?« Sein Blick ruhte auf dem Kreuzritter, zu dessen Kauf er sich gratulierte und von dem er sich einen wahren Geldsegen erwartete. Eisenauge würde ihm die Leute scharenweise ins *Bayt al-Dhahab* treiben. Jeder würde den Ungläubigen kämpfen und letztlich verlieren sehen wollen, dessen war er gewiss. Was für einen Glücksgriff er da gemacht hatte! Und im Geiste überschlug er schon, was ihm der Tempelritter wohl einbringen würde.

Der hässliche und Furcht einflößende Kerl, der Ende zwanzig sein musste, besaß die Gestalt eines Hünen. Über dem rechten Auge trug er eine verbeulte Eisenkappe. Sie wurde von einem breiten, mit silbrigen Fäden durchwirkten Lederriemen an ihrem Platz gehalten. Eine weißliche Narbe zog sich von der rechten Stirn quer über die Nase und bis zum kantigen Kinn hinunter. Die vordere Hälfte seines Schädels, der mit seinen Narben viel Ähnlichkeit mit einer von Beilhieben zerkratzten Eisenkugel besaß, war völlig kahl geschoren. Und das rötliche, strohdicke Haar der hinteren Kopfhälfte war im wulstigen Nacken zu einem handlangen Zopf zusammengeflochten. Dieser wirkte durch die dichte Umwickelung mit einem schmalen Lederband, das wie der Riemen der Augenklappe gleichfalls von einem Geflecht silbriger Fäden durchzogen wurde, wie ein metallener Sporn, der ihm aus dem Hinterkopf ragte.

»Ich höre, Eisenauge!«, bellte Amir ibn Sadaqa ungeduldig. »Wozu hast du dich entschieden? Willst du nun für mich kämpfen oder dich jeden Tag aufs Neue auf den Bock legen lassen? Ich kann warten!«

McIvor machte sich insgeheim bittere Vorwürfe, dass er auf dem Sklavenmarkt in der Karawanserei des Gazi Abdul Gaharka die Beherrschung verloren, den Besitzer des Steinbruchs mit seinem Holzjoch niedergeschlagen und mit seinem Gewaltausbruch einen richtigen Aufruhr hervorgerufen hatte. Erst damit hatte er dieses Mongolengesicht auf sich aufmerksam gemacht. Hätte er die Ruhe bewahrt, wäre ihm das *Bayt al-Dhahab* wohl erspart geblieben und er wäre jetzt einer unter vielen Sklaven gewesen, die im Steinbruch schufteten. Eine Flucht von dort wäre vermutlich um ein Vielfaches leichter gewesen, zumal er dann bestimmt auch noch im Besitz der restlichen Goldstücke gewesen wäre, die er in dem Seidengürtel unter seinem Gewand versteckt hatte. Nun bezahlte er bitter für seinen Fehler!

Seine Widerstandskraft war zwar noch längst nicht gebrochen, aber nun gewann doch sein nüchterner Verstand Oberhand über seinen Stolz. Er tat sich keinen Gefallen damit, wenn er sich Tag für Tag über den Bock legen ließ und seine große Leidensfähigkeit unter Beweis stellte. Damit schwächte er nur seinen Körper und verminderte seine Chancen, irgendwann eine sich ihm bietende Gelegenheit zur Flucht zu ergreifen. Er musste an sein heiliges Amt als Gralshüter denken! Wer weiß, was aus Gerolt und Maurice geworden und ob Tarik im Nil seinen Verfolgern entkommen war. Er musste vom schlimmsten aller Fälle ausgehen und damit rechnen, dass er womöglich der Einzige war, der den Heiligen Gral retten und nach Paris bringen konnte. Das setzte jedoch voraus, dass er bei Kräften blieb und die Möglichkeit erhielt, sich mit den Örtlichkeiten dieser umgebauten Herberge und den Sicherheitsmaßnahmen ihres Besitzers vertraut zu machen. Aber das konnte er nicht, wenn er nur seine Zelle und dieses Gewölbe zu sehen bekam. Daher blieb ihm keine andere Wahl, als seinen Widerstand aufzugeben.

Unter Stöhnen und fast unterwürfig erklärte er: »Ich habe es mir überlegt. Eure Argumente haben mich überzeugt.«

»Heißt das, du wirst fortan tun, was ich dir befehle, und für mich kämpfen?«, vergewisserte sich Amir ibn Sadaqa.

»Ja, das werde ich«, stieß McIvor gepresst hervor und er legte Resignation in seine Stimme, als er hinzufügte: »Kämpfen ist mein Leben, ich habe nichts anderes gelernt.«

»Prächtig! Ich sehe, jetzt verstehen wir uns!«, rief Amir ibn Sadaqa zufrieden. »Du wirst reichlich Gelegenheit erhalten, deine Fähigkeiten bei mir unter Beweis zu stellen. Und wenn du deine Sache gut machst, so nach einem halben Dutzend Siegen, werde ich dich zur Belohnung in die Freiheit entlassen.«

McIvor glaubte ihm kein Wort, aber das behielt er besser für sich. »Ihr werdet Eure Siege bekommen!«, versprach er.

Amir ibn Sadaqa sprang vom Lehnstuhl auf und klatschte gebieterisch in die Hände. »Du kümmerst dich um ihn, Komo!«, befahl er dem Schwarzen. »Reibe seinen Rücken mit Salbe ein und bring ihm neue Kleidung.«

»Jawohl, *Sihdi.*[*] «

»Und bereite eine einfache Tunika für ihn vor, auf die du vorn mit roter Farbe das Tatzenkreuz des Templers malst!«, rief Amir ibn Sadaqa seinem schwarzafrikanischen Sklaven noch zu. »Jeder soll sofort sehen, wer da heute Abend zum ersten Mal in meine Arena steigt und schon übermorgen den Hauptkampf bestreitet!«

---

[*] *Sihdi* ist eine Ehrenbezeugung und bedeutet im Arabischen *Herr*.

5

Der glühende Sonnenball, der den ganzen Tag lang brennende Hitze über das Land am Nil geworfen hatte, war gerade im Westen im Wüstensand versunken und der letzte Flammenschein fiel so rasch wie ein Strohfeuer in sich zusammen, als Tarik sich dem *Bayt al-Dhahab* in einer Mietsänfte näherte. Vor wenigen Minuten hatten ihn die vier barfüßigen Träger im Laufschritt durch das *Bab al-Kharg* getragen, das im Südwesten der alten, inneren Stadtmauer eingelassen war. Das Gebiet, das sich hinter diesem Tor gen Süden erstreckte, hatte früher einmal zur einstigen Hauptstadt Fustat gehört. Doch schon längst hatte eine zweite, viel mächtiger aufragende und raumgreifende Mauer diesen Ort mit umschlossen und dem Moloch al-Qahira einverleibt.

Tarik befand sich in einem Zustand großer innerer Anspannung. Ihm waren die Stunden bis zum Einbruch der Dämmerung so quälend langsam verstrichen wie selten zuvor. Bald würde er wissen, ob McIvor noch lebte und ob ihm beim Besuch des *Bayt al-Dhahab* eine Idee kam, wie er seinem Ordensbruder und Freund zur Freiheit verhelfen konnte. Bisher hatte sich der zündende Gedanke noch nicht eingestellt, aber das würde gewiss geschehen, wenn er sich in der Herberge des Amir ibn Sadaqa erst einmal umgesehen hatte.

Er hatte jedenfalls beschlossen sich gleich bei seinem ersten Auftritt im »Haus des Goldes« den Anschein eines sehr wohlhabenden Mannes zu geben. Deshalb hatte er sich in den Basaren von Cairo noch einmal von Kopf bis Fuß neu eingekleidet und von allem nur das Beste gewählt, angefangen von den Stiefeln aus weichestem Leder bis hin zum stattlichen Turban. Dieser war aus demselben bernsteinfarbenen und prächtig schimmernden Seidenstoff gefertigt wie sein Kaftan und beide waren mit aufwändiger Goldstickerei versehen. Als weiteres Zeichen seiner Würde und seines Wohlstandes trug er ein breites Gürtelband aus Goldbrokat, in dem ein edler Zierdolch steckte. Dessen Scheide war zwischen den Goldbändern, die kleine Rauten bildeten, mit Perlmutt belegt.

Als Tarik kurz den Vorhang der Sänfte zur Seite schob und einen Blick nach draußen warf, sah er, dass sie ihr Ziel gleich erreicht hatten. Denn schräg vor ihnen erhellte der Schein von einem guten Dutzend Fackeln die Mauern eines klotzigen Gevierts, bei dem es sich ohne Zweifel um das berüchtigte *Bayt al-Dhahab* handeln musste. Maslama hatte ihm eine gute Beschreibung geliefert. Zudem sprach schon das hohe Tor, das einen goldenen Anstrich trug, dafür, dass er sein Ziel erreicht hatte.

Allerlei niederes Volk aus Stadt und Umland strömte ins Haus, zumeist Tagelöhner, Fellachen, Kameltreiber, Bootsleute und einfache Handwerker, denen man oft schon am Schmutz auf ihrer Kleidung ansah, welcher Arbeit sie nachgingen. Aber er war keineswegs der Einzige, der sich mit einer Sänfte an diesen zwielichtigen Ort tragen ließ. Maslama hatte nicht übertrieben! Bei seinem Eintreffen entließen schon vier andere Sänften ihre zahlungskräftigen Gäste. Und als er beim Aussteigen kurz den Weg zurückblickte, den er gekommen war, bemerkte er noch weitere, die sich dem »Haus des Goldes« eiligst näherten. Maslama hatte berichtet, dass bei Amir ibn Sadaqa viele reiche Kaufleute, durchreisende Händler und hohe Mamelukenoffiziere verkehrten. Sogar einige Emire und der Großwesir von Cairo sollten sich gelegentlich an den blutigen Kämpfen ergötzen.

Vielen dieser Männer ging es jedoch nicht allein um das grausame Spektakel in der Arena, sondern sie wussten auch noch die anderen Dienste zu schätzen, die Amir ibn Sadaqa finanzkräftigen Kunden in seinen intimen Logen zu bieten hatte.

Tarik entlohnte die Träger und wurde sogleich von den Wachen vor dem Tor, die in goldfarbene Gewänder gekleidet waren, respektvoll begrüßt.

»Der Rest ist für dich und deine Leute«, sagte Tarik gönnerhaft und drückte dem Kassierer einen ganzen Dirham in die Hand, obwohl der Zutritt zum *Bayt al-Dhahab* nur die Hälfte dessen kostete.

»Möge Allah es Euch vergelten, Sihdi!«, bedankte sich der Mann und winkte schnell einen anderen Bediensteten heran, der weiter hinter ihm im Tordurchgang stand. »Harun wird sich Eurer annehmen, Sihdi!«

Tarik nickte knapp, wandte sich dem herbeieilenden Bediensteten namens Harun zu, ein schmächtiges Bürschchen von kaum mehr als sechzehn Jahren, und fragte, bevor dieser ihn ansprechen konnte, recht herrisch: »Ist mein Obergemach bereit, Harun?«

Ein verwirrter, fast angstvoller Blick trat auf das schmale Gesicht des jungen Mannes. »Sihdi, verzeiht mir meine Unwissenheit, aber ich kann mich Eures Namens nicht entsinnen und auch nicht, von welchem Obergemach Ihr sprecht!«, entschuldigte er sich, demütig in Ton und Haltung.

»Der Name, den du dir allmählich merken solltest, ist Salak Musallim ibn Kathir«, antwortete Tarik. »Und mein bevorzugtes Obergemach ist das in der Mitte auf der Ostseite!« Und damit deutete er vage auf die Obergemächer zu seiner Linken.

»Allah schenke Euch den Großmut und die Nachsicht, Eurem untertänigsten Diener zu erlauben, sich kurz zu entfernen und nachzusehen, ob es für Euch bereit ist, Sihdi!«, erbat der junge Mann.

Tarik seufzte und verdrehte die Augen. »*Inshallah!* Möge Allah dich erhören. Und nun beeil dich!«

Harun eilte mit wehender Robe davon.

Tarik nutzte die Gelegenheit, um sich in aller Ruhe umzublicken, während er mit der gleichgültigen Geste eines Mannes, der mit diesem Ort bestens vertraut war, in den Innenhof der einstigen Karawanserei trat.

Es war noch immer ein beachtliches Anwesen. Aber dass man es nicht länger als Karawanserei nutzte, verwunderte nicht, wenn man die gewaltige Größe derartiger Herbergen im Herzen von Cairo kannte, wo jeder Khan mit Leichtigkeit hundert Kamele sowie dieselbe Zahl von Maultieren mit ihren Lasten und ihren Treibern unterbringen konnte. Und seit al-Qahira sich prachtvoll entfaltet und Fustat den Rang als Handelszentrum abgelaufen hatte, lag die Herberge auch viel zu weit vom Kern der Stadt entfernt, wo nun mal die wichtigen Geschäfte getätigt wurden.

Die kreisrunde Arena, die Amir ibn Sadaqa in der Mitte des Innenhofes hatte errichten lassen, vermochte Tarik vom Tor aus nicht zu sehen. Zu dicht drängten sich die Menschen auf allen vier Seiten um die Kampfstätte. Am hinteren Ende entdeckte er jedoch ein erhöhtes Podest. Auf ihm standen ein großer Gong, der an einem gebogenen, armdicken und galgenähnlichen Rundholz hing, sowie zwei große Schiefertafeln, auf denen die Wettquoten mit Kreide angezeigt wurden. Dem Geschrei und den Anfeuerungsrufen aus der Menge nach zu urteilen, fand gerade einer der Vorkämpfe statt. Allem Anschein nach ein Boxkampf zwischen zwei Männern aus dem Publikum, die sich um das Preisgeld von fünf Dirham gegenseitig blutig prügelten.

Tarik setzte seinen verstohlenen Rundblick schnell fort. Auf der rechten und linken Längsseite, wo sich früher die Stallungen, Wirtschaftsräume und die Gewölbe zur Einlagerung der von den Karawanen mitgeführten Waren befunden hatten, erstreckte sich über einer Länge von gut fünfzehn, zwanzig Schritten jeweils eine dreistufige Tribüne aus dicken Brettern. Wer dort einen Platz ergattert hatte, der konnte über die Köpfe der Leute, die sich im Hof um die Arena drängten, ungehindert hinwegsehen.

Aber die besten Plätze fanden sich im Haus im Obergeschoss, in das man über eine breite Steintreppe mit ausgetretenen Stufen gleich rechts hinter dem Tor gelangte. Dort oben hatte Amir ibn Sadaqa das Mauerwerk zwischen den einzelnen Rundbögen herausbrechen und hölzerne Logen von unterschiedlicher Größe einbauen lassen. Sie ragten wie Erker ein Stück in den Hof hinaus. In diese kleinen, privaten Obergemächer konnte man von unten nicht hineinschauen. Denn die Fenster der einzelnen Erker waren mit Mushrabien versehen, deren hölzernes Gitterwerk aber so geschickt gearbeitet war, dass man von innen einen guten Blick auf das Geschehen unten in der Arena hatte, wie Maslama versichert hatte. Und bei Bedarf ließen sich Teile von ihnen aufklappen, um die Sicht nach unten völlig freizugeben.

Nun kehrte Harun leider schon wieder zurück. Der Bursche dienerte linkisch und teilte Tarik unter unzähligen Versicherungen des Bedauerns mit, dass sein bevorzugtes Obergemach leider schon vergeben und besetzt sei.

»Gibt es irgendwelche Probleme, Harun?«, fragte im nächsten Moment eine barsche Stimme hinter Tarik, die sich dann geradezu süßlich an den teuer gekleideten Gast wandte: *»Ahlan wa-marhaban*! ... Herzlich willkommen in meinem bescheidenen Haus der Zerstreuungen nach einem harten Tagwerk! Und sprecht nur frei heraus, wenn Euch mein unwürdiger Diener Anlass zu Klagen gibt! Der nichtsnutzige Bursche muss noch viel lernen.«

Als Tarik sich ohne Hast umdrehte, hätte er auch ohne die Begrüßung auf den ersten Blick gewusst, dass kein anderer als Amir ibn Sadaqa vor ihm stand. Maslama hatte ihn trefflich beschrieben. Allein der Hinweis auf die mongolischen Gesichtszüge hätte schon genügt.

Der Besitzer des *Bayt al-Dhahab* schnitt das ängstliche Gestammel seines jungen Dieners mit einer schroffen Bewegung ab, und als Tarik zu dessen Gunsten einräumte, bei seinem letzten Besuch seine Wünsche vielleicht nicht deutlich genug ausgesprochen zu haben, zeigte sich große Erleichterung auf Haruns Gesicht. Tarik schloss mit den versöhnlichen Worten: »Aber unter Allahs Sonne, gepriesen sei er für seinen göttlichen Ratschluss, gehen nun mal nicht immer alle Wünsche des Menschen in Erfüllung.«

Amir ibn Sadaqa schenkte ihm ein öliges Lächeln. »Eure Zunge spricht große Worte der Weisheit!«, schmeichelte er ihm. »Aber erlaubt mir, dass ich Euch nach Eurem Namen frage, der mir leider entfallen ist, wie ich zu meiner großen Schande gestehen muss.«

»Salak Musallim ibn Kathir«, stellte Tarik sich vor und sagte verständnisvoll: »Doch von Schande kann überhaupt keine Rede sein, werter Amir ibn Sadaqa. Ihr führt ein großes Haus mit vielen Gästen, das seinesgleichen sucht und Euch zu großer Ehre gereicht. Da kann sich auch der hellste Kopf nicht all die Namen der vielen Besucher merken, die das unvergleichliche Vergnügen haben, Euren Wettkämpfen beizuwohnen.«

Der Halbmongole neigte ob der Schmeichelei in scheinbarer Bescheidenheit den Kopf. »Ihr tut mir zu viel der Ehre an, Salak Musallim ibn Kathir! Eure großmütige Nachsicht steht Eurer Weisheit wahrlich in nichts nach.«

Tarik schüttelte den Kopf. »Nein, Eure Verdienste sprechen für sich und sie sprechen eine beredte Sprache!«, versicherte er.

Nun war Amir ibn Sadaqa vollends eingenommen von seinem Gast. »Ihr seid zu gütig. Aber nun zu Euch, mein Freund! Erlaubt mir, dass ich Euch persönlich zu einem Gemach begleite, das dem von Euch gewünschten nur geringfügig nachsteht!«

Tarik nickte gnädig und folgte ihm über die Freitreppe ins Obergeschoss, mit einigem Abstand gefolgt von Harun. Und während sie auf dem dämmrigen Gang an den Türen der ersten Erker vorbeigingen, fragte er beiläufig: »Was habt Ihr denn heute an besonderen Kämpfen zu bieten?«

Amir ibn Sadaqa blieb kurz stehen, schenkte ihm ein breites Lächeln und sagte geheimnisvoll: »Ihr werdet es sicherlich nicht bereuen, heute den Weg hierher gemacht zu haben, Salak Musallim ibn Kathir.«

»Macht es nicht so spannend!«, forderte Tarik ihn auf. »Oder wollt Ihr vielleicht nicht, dass ich meine Wette setze?«

Amir ibn Sadaqa lachte kurz auf. »Beim Haupte des Propheten! Ihr sollt es jetzt schon erfahren: Beim letzten Vorkampf schicke ich einen Ungläubigen in die Arena, und zwar einen verfluchten Kreuzritter vom Orden der Templer, den ich vor wenigen Tagen frisch erstanden habe und dessen Kriegername ›Eisenauge‹ ist. Ich werde ihn gegen ›Abuna den Wolf‹ in den Kampf schicken. Und wenn er den besiegt, wird er übermorgen den Hauptkampf bestreiten!«

Unsägliche Erleichterung überkam Tarik und er musste an sich halten, um nicht einen Stoßseufzer von sich zu geben. Die göttliche Vorsehung hatte es gefügt, dass es für eine Befreiung seines Freundes noch nicht zu spät war.

»Ihr habt einen Templer dazu gebracht, für Euch zu kämpfen?«, fragte Tarik.

»Es hat eine gewisse Überredungskunst gebraucht, wenn Ihr versteht, was ich meine«, erwiderte der Halbmongole sarkastisch.

Tarik nickte verstehend und zwang sich zu einem abfälligen Lächeln. »Es wird gut sein, ihn sterben zu sehen«, sagte er, zog seinen

Geldbeutel hervor und entnahm ihm zehn Golddinar. »Hier! Ich setze die Summe auf Abuna den Wolf!«

Ein so hoher Wetteinsatz ließ die Augen seines Gegenübers freudig aufleuchten. Trotzdem fragte Amir ibn Sadaqa vorsichtig: »So viel, obwohl Ihr den Templer noch gar nicht in Augenschein genommen habt?«

»Ich werde so lange zehn Golddinar gegen den verfluchten Kreuzritter wetten, bis ich ihn tot in seinem Blut liegen sehe!«, bekräftigte Tarik grimmig. »Und wenn er noch so viele Kämpfe bestreiten sollte, was ich bezweifle! Zudem wird mich der Verlust eines solchen Wetteinsatzes so wenig schmerzen wie eine lästige Motte, die ins Feuer fliegt!« Damit hatte er deutlich genug zu verstehen gegeben, dass derartige Summen für ihn kaum mehr als ein *bakshish*[*] bedeuteten.

Augenblicke später führte Amir ibn Sadaqa ihn in ein Obergemach, das nur zwei Türen neben dem von ihm gewünschten lag. Es war höchst luxuriös mit großen, weichen Liegekissen ausgestattet, die Platz für drei Personen boten, sowie mit zwei bequemen Scherensesseln und kleinen *skamlat,* niedrigen Beistelltischen. Das Licht der verglasten Öllaternen rechts und links an der Wand ließ sich durch kleine Vorhänge dämpfen. Und durch das grobe Gitter der Mushrabien hatte man einen ausgezeichneten Blick auf das Kampfgeschehen unten in der Arena.

»Verlangt, wonach Euch gelüstet!«, sagte Amir ibn Sadaqa noch augenzwinkernd, bevor er sich zurückzog. »Harun wird Euch alles bringen, was die Sinne eines lebensfrohen Mannes in helles Entzücken zu versetzen vermag!«

Kaum hatte der Mann sich entfernt, als Harun ihn auch schon nach seinen Wünschen fragte.

---

[*] Geringes Trinkgeld.

»Bring Palmwein, Datteln und geröstete Mandeln«, bestellte Tarik und setzte sich in einen der Scherensessel. »Und bring auch Wasser und Brot!«

»Sehr wohl, Sihdi«, sagte er, blieb jedoch in der Tür stehen, als hätte der Gast noch etwas vergessen. Schließlich räusperte er sich und fragte: »Wollt Ihr die Kämpfe in Gesellschaft verfolgen? Sagt mir Eure Vorlieben und ich werde Euch ein Mädchen bringen, das keinen Eurer Wünsche unerfüllt lassen wird.« Es klang noch sehr steif, als hätte er diesen Spruch erst vor kurzem gelernt und noch nicht sehr häufig über die Lippen gebracht.

Tarik winkte ab. Doch Harun zog sich noch immer nicht zurück, sondern fuhr nun verlegen fort: »Wenn Euch der Sinn jedoch mehr nach einem geschickten und gelehrigen, gleichwohl zarten Jungen steht . . .«

Maslama hatte Tarik auch auf diese Angebote vorbereitet. »Nein, mir ist heute nicht nach dergleichen. Ich will mich ungestört auf die Kämpfe konzentrieren«, sagte er und steckte Harun einen Dirham zu, den dieser freudig unter seiner Kleidung verschwinden ließ.

Wenig später brachte Harun das Gewünschte und zog sich leise zurück. Nun begann für Tarik das Warten – und das Bangen um das Leben seines Freundes.

6

Gerolt und Maurice befanden sich mitten in den Gebeten der Komplet[*], als Schritte und schwacher Lichtschein auf der Treppe zum Hinterhof sie aufhorchen ließen. Maurice sprang sofort auf, hastete mit schnellen, kurzen Schritten und klirrender Fußkette ans Gitter und presste sein Gesicht an die dicken Eisenstäbe, um einen Blick in den Vorraum des Kerkergewölbes zu werfen.

»Kannst du erkennen, wer es ist?«, fragte Gerolt leise. Es waren eindeutig die Schritte von nur einer Person, die da zu ihnen in den Zellentrakt herabstieg.

Angestrengt spähte Maurice durch das Gitter. »Ich glaube, es ist unser Mann!«, raunte er. »Ja, es ist Mahmud! . . . Endlich ist er wieder mal allein!«

»Er konnte ja nicht wissen, dass du so sehnsüchtig darauf gewartet hast, ihn einmal ohne Said oder den fetten Eunuchen zu sehen«, bemerkte Gerolt verdrossen.

Maurice wandte ihm kurz den Kopf zu und erwiderte mit hochgezogenen Brauen: »Das klingt ja so, als hättest du noch immer Vorbehalte gegen meinen Plan.«

»Ich bin mir einfach nicht sicher, ob es so klug ist, was du da vor-

---

[*] Letzte der sieben Horen (Gebetszeiten, Stundengebet), mit der – auch heute noch – Mönche und andere fromme Christen am Abend den Tag beenden. Das Herzstück des monastischen Tagesplans bildet das Stundengebet: »›Sieben Mal am Tag sing ich Dein Lied‹, sagt der Prophet. Diese Siebenzahl erfüllen wir dann, wenn wir in der Morgenfrühe (Vigil) sowie zu den Stunden der Laudes, Terz, Sext, Non, Vesper und Komplet unseren schuldigen Dienst leisten« (aus der Regel des heiligen Benedikt, Kapitel 16).

hast«, räumte Gerolt ein. Was Maurice vorgeschlagen hatte, war in seinen Augen so viel versprechend wie ein mit geschlossenen Augen geführter Schwerthieb gegen einen Gegner, dessen genaue Position man nicht kannte. Sein Freund war jedoch zu sehr von seiner Idee begeistert gewesen, als dass er ihn davon hätte abbringen können.

»Lass mich nur machen!«, sagte Maurice zuversichtlich. »Sieh du zu, dass du die Goldstücke bereithältst!«

»In Ordnung.« Gerolt fuhr mit der Hand hinter sich in den kleinen Haufen Kerkerstreu, zog zwei Goldmünzen darunter hervor und barg sie in seiner Hand. Noch am Abend ihrer Einkerkerung hatten sie ihre fünfeckigen Goldstücke sowie mehrere Rubine und Smaragde, die sie unter ihrer Kleidung hatten einschmuggeln können, in der hintersten Kerkerecke in einigen Ritzen im Mauerwerk versteckt. Mit den spitzen Knochen einer halb verwesten Ratte, die sie in ihrer Zelle gefunden hatten, war es nicht schwer gewesen, den porösen Mörtel zwischen den Steinen tief genug herauszukratzen.

Maurice gab ein leises Auflachen von sich. »Mahmud hat sich mal wieder mit einem Krug Palmwein zu uns verzogen, um sich unbemerkt von Said und Kafur einem stillen Besäufnis hinzugeben!«

Wie zur Bestätigung kam aus dem Vorkeller ein gieriges Schlürfen, gefolgt von einem lauten Rülpsen.

»Gib mir eines der Goldstücke!«

Gerolt erhob sich und reichte es seinem Gefährten. Dann kauerte er sich wieder an die Wand, gespannt, wie Mahmud reagieren würde.

Maurice schickte nun einen scharfen Zischlaut durch das Zellengitter, um den Wärter auf sich aufmerksam zu machen. Er musste mit ihm sprechen, bevor sich der Mann dem Suff hingegeben hatte und nicht mehr ansprechbar war. »Mahmud!«, rief er gedämpft.

»Halt das Maul, Kreuzritter!«, kam es ungnädig aus dem Vorraum zurück.

»Wir haben mit dir zu reden!«

»Ich wüsste nicht, was ich mit euch Ungläubigen zu reden hätte!«

»Bei unserer Ehre als Templer, es wird dein Schaden nicht sein, Mahmud!«, rief Maurice lockend. »Wir wollen dir einen Vorschlag machen. Du brauchst uns nur für einen kurzem Moment dein Gehör zu schenken.«

»Ihr führt doch irgendwas im Schilde«, knurrte Mahmud, erhob sich jedoch und kam zu ihnen. Vorsichtig näherte er sich ihrer Zelle. »Aber mich legt ihr nicht aufs Kreuz. Sagt mir, was ihr zu sagen habt, aber entfernt euch vom Gitter!«

»Wir führen nichts im Schilde! Wir sind keine Dummköpfe und wissen nur zu gut, dass du ein wachsamer Wärter bist, der sich nicht übertölpeln lässt!«, versicherte Maurice, während er dem Befehl Folge leistete. »Und warum sollten wir uns auch in Gefahr bringen, wo wir doch sicher sein können, gegen Lösegeld freizukommen?«

»Das wird sich zeigen«, brummte Mahmud. »Und nun spuckt schon aus, warum ihr mich unbedingt sprechen wolltet!«

Maurice ließ nun das Goldstück sehen, hielt es ihm mit Daumen und Zeigefinger hin, aber außer Reichweite des Wärters. »Weißt du, was das ist?«, fragte er leise. »Das ist ein Stück byzantinisches Kaisergold, auch Händler- und Reisegold genannt. Es besteht also aus purem Gold!«

Mahmud riss Mund und Augen auf, denn er konnte kaum glauben, was er da zwischen den Fingern des Gefangenen sah. Noch nie in seinem Leben hatte er ein solch kostbares Goldstück gesehen, geschweige denn in seiner Hand gehalten. Doch er wusste, welchen Wert es besaß. Während gewöhnliche Goldmünzen nur einen sehr geringen Anteil* des kostbaren Edelmetalls aufwiesen, bestand diese

* Ein Golddinar enthielt nur 4,5 Gramm des Edelmetalls. Diese arabische Gewichtseinheit trug die Bezeichnung *mithkal*.

hier aus reinem Gold. Jedenfalls wenn es stimmte, was der Kreuzritter gesagt hatte.

»Ja, du siehst richtig, Mahmud«, fuhr Maurice fort. »Das hier sind fünfzig Mithkal reines Gold. Jeder Geldwechsler wird es mit Freuden in mindestens tausend Dirham oder gut vierzig Golddinar eintauschen. Und das dürfte mehr sein, als dir der Emir wohl in vielen Jahren an Lohn zahlt! Es kann dir gehören, wenn du bereit bist uns eine kleine Gefälligkeit zu erweisen.«

Ein heiseres Lachen stieg aus Mahmuds Kehle, während ein gieriger Ausdruck in seine Augen trat. »Nicht einen Furz muss ich euch erweisen, du Ratte! Ich werde mir das Gold nehmen und ihr werdet es nicht verhindern können!«, stieß er hervor.

»Gewiss, das steht in deiner Macht«, räumte Maurice gelassen ein. »Nur wäre das töricht, denn von dem Gold würde dir nicht einmal ein lumpiger Fils bleiben!«

Der Wärter furchte die Stirn. »Warum?«

Gerolt hielt sich bei diesem Wortwechsel völlig zurück, kauerte schweigend an der Wand und überließ seinem Freund das Wort.

»Weil du das Goldstück nur behalten kannst, wenn wir darüber Stillschweigen bewahren. Du bist doch ein heller Kopf, Mahmud. Und deshalb wirst du wissen, dass Kafur dir das Gold sofort abnehmen wird, wenn er von uns erfährt, dass du es uns abgenommen und vor ihm geheim gehalten hast. Wenn du Glück hast, kommst du mit ein paar Hieben davon, aber wahrscheinlicher ist, dass dich der Eunuch mit der Bastonade bestrafen lässt«, gab Maurice zu bedenken. »Also, willst du nun das Gold allein für dich oder willst du zusehen, wie Kafur es einsteckt und dich dafür noch büßen lässt?«

Mahmud nagte eine Weile unschlüssig auf seiner Unterlippe. Der Verlockung des Goldes vermochte er aber nicht zu widerstehen. »Was verlangt ihr als Gegenleistung?«, krächzte er.

»Nicht, was du denkst!«, sagte Maurice rasch. »Wir verlangen nichts, was dich deinen Kopf kosten könnte, sondern nur einen bescheidenen Gefallen.«

»Und was soll das sein?«, fragte der Wärter argwöhnisch.

»Lass dir etwas erklären, damit du weißt, was mein Herz und meine Seele quält, seit wir Gefangene deines Emirs sind«, begann Maurice mit betont schmerzerfüllter Stimme. »An Bord des Schiffes, das uns von Akkon nach Zypern bringen sollte und das dein tapferer Emir erobert hat, segelte auch eine junge Frau mit ihrer kleinen Schwester in Begleitung ihres Vaters, der beim Kampf mit den Soldaten deines Gebieters getötet wurde. Beatrice Granville ist der Name dieser holden Schönen. Sie war mein Augenstern, die Sonne meines Herzens und der Quell tiefster Herzenswonnen . . .«

Gerolt verzog das Gesicht zu einem spöttischen Lächeln, während er den süßlichen Worten seines Freundes zuhörte. Maurice machte seine Sache wirklich gut, sehr gut sogar! Vermutlich, weil er seine Gefühle für Beatrice nicht vorzutäuschen brauchte. Zwar hatte er als Kriegermönch neben Armut und Gehorsam auch Keuschheit und Ehelosigkeit gelobt, aber die Jahre als Templer hatten ihn dennoch nicht davon kuriert, den Verlockungen junger, weiblicher Schönheit zu erliegen. Doch insgeheim räumte Gerolt ein, dass es einem Mann bei einer so anmutigen, bildhübschen Frau wie Beatrice Granville auch besonders schwer fallen musste. Sogar er selbst hatte seine liebe Not gehabt, ihrem Zauber nicht zu verfallen.

»Kurzum, diese schönste aller lieblichen Blumen im Garten weiblicher Zierden war mir versprochen«, fuhr Maurice indessen fort, die Stimme ebenso von Sehnsucht wie von Trauer erfüllt. »Doch wie das ungnädige Schicksal es wollte, gelangte sie zusammen mit ihrer Schwester Heloise in die Gefangenschaft deines Emirs, der sie in diesen Palast bringen ließ. Und nun wartet sie im Harem darauf, dass man auch sie freikauft. Währenddessen droht ihr das bittere Schicksal, eine von den vielen Frauen des Harems zu sein, die der Emir nach Gutdünken in sein Schlafgemach befehlen kann.«

»Was soll daran bitter sein?«, entgegnete Mahmud spitz. »Es ist eine hohe Ehre, dem Emir Lust zu bereiten und die Zahl seiner männlichen Nachkommen zu mehren!«

»Mag sein, und es ist dein gutes Recht, es so und nicht anders zu sehen«, sagte Maurice mit einem schweren Seufzer. »Aber mein blutendes Herz empfindet es anders . . .«

»Kommt endlich zur Sache!«, drängte Mahmud nun, seinen Blick verlangend auf das Goldstück gerichtet. »Was genau willst du, dass ich dafür tue?«

»Dass du mir die große Freude bereitest, Beatrice zu mir zu bringen, damit ich noch einmal in ihr Gesicht sehe und ihre Hände fassen kann!«, offenbarte Maurice.

»Ich soll sie aus dem Harem hier zu euch in den Kerker bringen?«, stieß Mahmud erschrocken hervor. »Unmöglich!«

»Nichts ist unmöglich!« Maurice wedelte mit dem Goldstück. »Es gibt immer einen Weg, wenn man nur entschlossen und wachen Geistes ist.«

Mahmud lachte grimmig auf. »Du weißt nicht, wovon du redest! Wie soll ich das anstellen? Als Wärter des Kerkers habe ich keinen Zugang zum Harem!«

»Aber wie ich dich einschätze, gibt es bestimmt unter der weiblichen Dienerschaft die eine oder andere, die dir sehr zugeneigt ist«, mutmaßte Maurice. »Ein so kraftstrotzender Mann wie du wird sich doch nicht allein mit den Freuden des Palmweins zufrieden geben, sondern so manche Schöne unter den weiblichen Bediensteten mit seiner Männlichkeit beglücken.«

Die Vermutung erwies sich als richtig, zeigte sich doch ein eitles

Lächeln auf dem Gesicht des Wärters. »Nun ja, es gibt da schon eine Haremdienerin, die mir sehr zugetan ist und mir nichts abschlagen kann«, prahlte er. »Aber dennoch . . .«

Maurice gab ihm keine Zeit, seinen Einwand auch nur halbwegs auszusprechen. »Dann ist der Rest doch ganz einfach! Deine Holde bringt ihr heimlich die einfache Kleidung einer Dienerin. Solch ein Gewand und ein weites Kopftuch dürften genügen, um mit ihr unerkannt aus dem Harem in den Hinterhof zu gelangen. Am besten wählen sie den Weg durch den Garten, und zwar in den heißen Mittagsstunden. Denn ich nehme an, dass der Emir, Kafur und wohl auch die meisten anderen, Wachen und Bedienstete eingeschlossen, sich dann in kühle Räume zurückziehen und sich dem Schlaf hingeben.«

Mahmud wiegte den Kopf. »So könnte es gehen«, räumte er nach kurzem Nachdenken ein. Die Verlockung des Goldes war wohl einfach zu groß, um sich nicht auf den Handel einzulassen. Zumal ihm der Gedanke widerwärtig war, dass Kafur sich das Gold unter den Nagel reißen könnte. »Also gut, ich werde sehen, was sich machen lässt. Aber es kann etwas dauern. Und jetzt gib das Gold her! Leg es auf den Boden und stoß es zu mir ans Gitter.«

Maurice glaubte zu wissen, was sich im Kopf des Wärters abspielte. »Du kannst natürlich das Gold nehmen, deinem Herrn den Dienst aufkündigen und dich schnell aus dem Staub machen, bevor wir davon Wind bekommen. Aber wenn du das tust, streichst du nur die Hälfte des Goldes ein, das du von uns erhalten kannst, sofern du zu deinem Wort stehst und Beatrice zu uns bringst.«

»Ihr habt noch ein zweites Goldstück?«, stieß Mahmud ungläubig hervor.

Maurice nickte. »So ist es. Zeig es ihm, Gerolt!«

Dieser zog das zweite Stück Kaisergold unter dem Dreck hervor und hielt es hoch. »So rein und schwer wie das andere!«

»Du bekommst es, nachdem ich einige Minuten mit meiner Liebsten habe reden und sie trösten können!«, versprach Maurice und schob ihm nun das Goldstück zu. »Und wir werden über alles Stillschweigen bewahren, das schwören wir dir bei unserer Ehre als Tempelritter! Du magst uns verachten und Ungläubige nennen, doch uns ist der Schwur auf unseren Gott so heilig wie der eines frommen Muslim, der bei Allah, dem Propheten Mohammed und den Gebeinen seiner Ahnen schwört!«

Rasch bückte sich Mahmud nach dem fünfeckigen Stück Edelmetall und wog es prüfend in seiner Hand. In seinen Augen stand ein fiebriger Glanz, als er wohl im Geiste überschlug, was für ein gesichertes Leben er mit *zweien* solcher Stücke Kaisergold zu führen vermochte. Er würde nicht länger ein kleiner, unbedeutender Kerkerwärter sein, sondern sich von dem Geld eine eigene Existenz aufbauen können, einen kleinen Laden vielleicht, oder sich einen kleinen Hof mit einem fruchtbaren Stück Land kaufen! Was für paradiesische Aussichten!

»Ich werde euch beim Wort nehmen!«, flüsterte er heiser vor Erregung und verschwand. Dass er sich dem Rausch des Palmweins hatte hingeben wollen, war vergessen. Sie hörten, wie er nach Krug und Laterne griff und schnellfüßig die Treppe hochlief.

Maurice ließ sich neben Gerolt in den Dreck fallen und versetzte ihm einen Stoß in die Rippen. »Na, wie habe ich das gedeichselt?«

»Du warst so überzeugend, dass selbst ich dir die Geschichte von deinem Augenstern geglaubt hätte«, antwortete Gerolt. »Manchmal habe ich den Eindruck, dass du mit Worten noch besser umzugehen weißt als mit Schwert und Lanze, und das will etwas heißen!«

Maurice lachte vergnügt. »Egal, wie die Dinge stehen, ein wahrer Edelmann vergisst nun mal nicht seine Herkunft und Erziehung, mein Bester«, sagte er. »Das unterscheidet uns vom groben Schlagetot, obwohl natürlich auch dieser niemals seinen miefigen Stallgeruch verleugnen kann.«

Gerolt glaubte nicht, dass Maurice in diesem Moment daran gedacht hatte, dass ihm, Gerolt von Weißenfels, als drittgeborener Sohn eines grobschlächtigen Schlagetots ebendieser miefige Stallgeruch niederer ritterlicher Herkunft anhaftete. Dennoch saß der Stich und fand treffsicher die offene Wunde. Und so fiel seine Erwiderung bissiger aus, als es sonst der Fall gewesen wäre.

»Deine edle Herkunft und blumige Zungenfertigkeit werden uns aber kaum hier herausbringen! Stattdessen werden wir zwei Goldstücke loswerden, ohne damit wirklich etwas zu erreichen! Ich glaube jedenfalls nicht daran, dass Beatrice Granville die Möglichkeit und den Mut hat, uns aus unserer desolaten Lage zu befreien.«

Dieser Einwand beeinträchtigte die Hochstimmung seines Gefährten jedoch nicht im Geringsten. Maurice bewahrte sich sein zufriedenes Lächeln und erwiderte zuversichtlich: »Unterschätze mir nicht die Frauen! Ich habe jedenfalls die Erfahrung gemacht, dass sie für jede Überraschung gut sind, im Guten wie im Schlechten! Oder wie Tarik, unser unübertroffener Meister arabischer Spruchweisheiten, jetzt wohl sagen würde: ›Manchmal geschieht es, dass auch ein dummes Kind aus Versehen mit einem Pfeil ins Ziel trifft!‹«

Gerolt verzog das Gesicht zu einer freudlosen Miene. »Ich glaube, dass er viel eher sagen würde: ›Aus Bambusrohr kannst du keinen Zucker gewinnen!‹«

»Und wennschon, Gerolt«, entgegnete Maurice, der sich seine gute Laune nicht trüben lassen wollte. »Zumindest werden wir Beatrice Granville wieder sehen, und das wird an diesem tristen Ort wahrlich ein Lichtblick sein!«

Ja, und das dürfte dir an deiner Idee vermutlich auch das Wichtigste sein, dachte Gerolt im Stillen, verkniff sich diese Bemerkung jedoch. Ihre Lage war schlimm genug und da war eine Verstimmung und Trübung ihrer Freundschaft wahrlich das Letzte, was sie gebrauchen konnten!

7

Der Gang in die Arena wurde für McIvor zu einem demütigenden Spießrutenlaufen.

Amir ibn Sadaqa hatte es sich nicht nehmen lassen, den letzten Vorkampf des Abends persönlich und in marktschreierischer Art vom Podest herab anzukündigen. Und kaum hatten seine Gäste erfahren, wen er gegen Abuna den Wolf in den Ring schickte, da brach die Menge in ein ohrenbetäubendes Geschrei aus. Wildes, schadenfrohes Gejohle über das Schicksal des Templers vermischte sich mit hasserfüllten Flüchen und gellenden Schmähungen. Ob arm, ob reich – alle Zuschauer waren von derselben brennenden Erwartung gepackt, gleich einen verhassten Kreuzritter von einem ihrer Männer geschlagen und aus möglichst vielen Wunden blutend in den Sand der Arena sinken zu sehen.

Die Männer drängten sich an die hüfthohe Barriere und quetschten einander fast zu Tode, als McIvor barfüßig und in einer Tunika mit aufgemaltem Templerkreuz aus der Tiefe der Säulenhalle trat, von seiner Bewachung freigegeben wurde und durch den vom Publikum abgetrennten, schmalen Gang zum Rund der Kampfstätte schritt. Die Männer bespuckten ihn von allen Seiten, versuchten einander mit ihren Schreien zu übertönen und drohten ihm mit den Fäusten, als ob sie am liebsten selbst gegen ihn angetreten wären.

McIvor ging hoch erhobenen Hauptes und mit stoischer Miene durch die tobende Menge. Nicht ein einziges Mal zuckte er zusammen oder zögerte gar im Schritt, wenn jemand ihn mit seinem Speichel im Gesicht traf. Er tat, als würde er weder das wilde Geschrei noch das ekelhafte Angespucktwerden bemerken. Doch unter der starren Maske kühler Beherrschung sah es anders aus. Der Gang in die Arena wurde ihm lang. Denn in seiner Heimtücke hatte Amir ibn Sadaqa ihm, um seine Beweglichkeit im Kampf erheblich einzuschränken, eine Eisenmanschette um den rechten Fuß schließen lassen, deren gerade mal unterarmlange Kette in einer dicken Eisenkugel endete. Vom Gewicht her hätte er die Kugel leicht aufheben und tragen können, aber die wenigen Kettenglieder verwehrten ihm diese Möglichkeit. Deshalb blieb ihm nichts anderes übrig, als die Kugel hinter sich herzuziehen.

Seine Waffe hatte er noch nicht erhalten. Die würde man ihm erst kurz vor Beginn des Kampfes in den Ring reichen. Und er fragte sich schon jetzt, von welch geringer Qualität die Klinge wohl sein würde, die Amir ibn Sadaqa ihm zugedacht hatte. Seine einzige Hoffnung war, dass dem Mann nicht daran gelegen sein konnte, ihn schon bei seinem ersten Kampf sterben zu lassen. Er würde die Sensationslust seiner Kundschaft anheizen und sie zum Wiederkommen bringen wollen, um ihn endlich in Stücke geschlagen zu sehen. Und wenn es stimmte, was man ihm gesagt hatte, dann ging es allein im Hauptkampf um Leben und Tod. In den Vorkämpfen galt dagegen die Regel, dass jeder, der zum Weiterkämpfen zu stark verwundet war, aufgeben, seine Niederlage eingestehen und den Ring lebend verlassen konnte. Ob sein Gegner ihm aber diese Möglichkeit ließ, stand auf einem anderen Blatt.

Als McIvor ungefähr die Mitte der Arena erreicht hatte, die seiner Schätzung nach gute zehn Schritte im Durchmesser maß, mit einer dicken Schicht schmutzigen, blutdurchtränkten Sandes bedeckt war und im Schein von sechs am Rand aufgesteckten Fackeln lag, ging das Geschrei der Menge plötzlich in tosenden Jubel über.

Abuna der Wolf hatte seinen Auftritt!

Die Männer feierten ihn wie einen antiken Helden und ließen ihn schon jetzt hochleben, als gebe es an seinem Sieg über den Ungläubigen nicht den geringsten Zweifel.

McIvor musterte ihn und versuchte seine Kampfkraft und Behändigkeit einzuschätzen. Ein leichter Gegner würde der Mann gewiss nicht sein, das sah er ihm sofort an. Abuna der Wolf war für einen Araber nicht nur ein ungewöhnlich großer Mann, sondern er schleppte auch kaum ein unnützes Gramm Fett mit sich herum. Er trat mit nacktem Oberkörper an, wohl damit sein Gegner schon durch die stark hervortretenden Muskeln seiner Brust und seiner Oberarme den nötigen Respekt vor ihm bekam. Seine stämmigen Beine steckten in schwarzen, kniehohen Stiefeln und um die Hüften hatte er sich einen breiten Schurz aus demselben schwarzen Leder geschlungen. Bis auf die breite Stirn und das vorspringende Gebiss war sein Gesicht eine grobe, nichts sagende Fläche ohne jede Feinheit. Was ihm wohl zusammen mit dem gefletschten Überbiss den Namen »Abuna der Wolf« eingetragen hatte, war sein merkwürdig grauschwarz geflecktes, struppiges Haar. Mit ein wenig Phantasie erinnerte es an das gesträubte Nackenfell eines Wolfes. In der Rechten hielt er einen Scimitar mit besonders langer und breiter Klinge.

McIvor begegnete dem Blick seines mäjestätisch in den Ring tretenden Gegners, ohne die Miene zu verziehen. Und er reagierte auch nicht, als dieser ihm vor die Füße spuckte.

Erst jetzt erhielt McIvor seine Waffe. Aber sie wurde ihm nicht über die brusthohe Bande der Arena gereicht, sondern ein Bediensteter schleuderte das Schwert mit verächtlicher Geste vor ihn in den Sand.

Im selben Augenblick ließ ein anderer Diener auf das Zeichen seines Herrn hin mit einem dicken, stoffumwickelten Klöppel den fast mannshohen Messinggong erdröhnen. Es war das Zeichen, den Kampf zu beginnen! Ein anderer Diener drehte eine große Sanduhr um, deren Inhalt eine Viertelstunde brauchte, um durch den engen Hals in die untere Glashälfte zu laufen. War dann der Kampf noch nicht entschieden, wurde er für unentschieden erklärt und abgebrochen. Dieser Ausgang brachte Amir ibn Sadaqa eine Wettmöglichkeit mehr, an der er verdienen konnte.

McIvor vermochte sich gerade noch schnell genug nach seiner Waffe zu bücken und sich in Stellung zu bringen, um den Angriff seines augenblicklich heranstürzenden Gegners noch rechtzeitig abwehren zu können. Der wuchtige Schlag gab ihm einen Vorgeschmack dessen, was ihn erwartete.

Mit lautem, scharfem Klirren, das von einem erregten Aufschrei aus der Menge begleitet wurde, trafen die Klingen aufeinander. In der Hast war McIvor die Parade nicht gänzlich gelungen. Die Schneide des Krummsäbels glitt an seinem Schwert entlang und verfehlte zwar seine Schulter, doch sie fügte ihm am rechten Oberarm eine Schnittwunde zu.

Für seinen Treffer wurde Abuna der Wolf mit wildem Geschrei, Gepfeife und stürmischem Applaus belohnt. Siegesgewiss bleckte er die Zähne, während McIvor zurücksprang und dabei seine Eisenkugel mit einem schmerzhaften Ruck hinter sich herzerrte.

»Jetzt wirst du Blut lassen, du verfluchter Kreuzritter!«, rief Abuna so laut, dass jeder ihn hören konnte. »So viel Blut, dass ich mir nachher die Hände darin waschen kann!«

»Kläff nur weiter, du Straßenköter!«, gab McIvor verächtlich zurück, denn ein wutentbrannter Krieger wurde seiner Erfahrung nach oftmals zu einem kopflosen Gegner, der sich zu unbedachten Angriffen verleiten ließ und leicht Fehler machte. Und höhnend fuhr er fort: »Du willst ein Wolf sein? Dass ich nicht lache! Du bist doch so schwerfällig auf den Beinen wie ein alter Ochse!«

Wie ein gereizter Stier ging Abuna der Wolf nun auf ihn los. Doch McIvor dachte gar nicht daran, mit ihm die Klingen zu kreuzen. Obwohl ihn die Eisenkugel stark behinderte, gelang es ihm doch, sich seinem Gegner immer wieder ruckartig zu entziehen. Es kostete ihn viel Kraft in seinem rechten Bein, aber er wusste, was er sich zumuten konnte. Schon oft hatten Gegner seine Ausdauer und Behändigkeit unterschätzt.

Diese Erfahrung machte jetzt auch Abuna der Wolf. Er versuchte ihn zu stellen und irgendwo an die Bande zu drängen, wo er ihn festnageln und zum Kampf zwingen konnte. Aber trotz der Kugel am rechten Bein vermochte es McIvor doch immer wieder, ihm geschickt auszuweichen und ihn kreuz und quer durch die Arena hinter sich herspringen zu lassen.

Die Menge reagierte mit lautem Unmut und einer neuerlichen Flut von Flüchen und Schmähungen und es mehrten sich die Rufe, die ihn der Feigheit bezichtigten. Aber darauf gab McIvor nichts. Er sah die kochende Wut im Blick seines Gegners und den Schweiß auf seinem Gesicht. Abuna der Wolf mochte so muskelbepackt sein, wie er wollte, doch es fehlte ihm sichtlich an Schnelligkeit und Geschick.

Nun war für McIvor der Zeitpunkt gekommen, ihm zu zeigen, wie man die Schwäche seines Gegners nutzte. Er gab sich den Anschein, wieder einmal einen Satz nach hinten aus der Mitte der Arena machen zu wollen. Doch es war eine Finte, und als Abuna nachsetzte, da sah er zu spät, dass der Templer ihn nur getäuscht hatte und blitzschnell den Schwertarm vorstreckte. Er versuchte noch auszuweichen, doch da bohrte sich die Klinge des Schotten auch schon in seine linke Schulter.

Der Mann brüllte auf und rettete sich nun seinerseits mit einem hastigen Sprung zurück. Bestürzung lag in seinem Blick, dass er sich so hatte übertölpeln lassen.

»Du solltest im Kampf nicht schlafen, du tollpatschiges Weib!«, verspottete McIvor ihn. »Aber ich nehme an, dass du jetzt wach geworden bist. Also, bringen wir es zu Ende!«

Und während er ihm mit seinem Spott noch Salz in die klaffende Wunde rieb, nutzte er den Moment der Verstörung bei Abuna, um ihn mit einem Hagel präziser Schläge zu bedrängen und vor sich herzutreiben. Der Kerl durfte keine Zeit bekommen, sich von dem Schock zu erholen und den Kampf mit klarem, kühlem Kopf fortzusetzen.

Abuna der Wolf war alles andere als mittelmäßig im Führen eines Säbels, aber zwei weitere Verwundungen musste er dennoch hinnehmen, auch wenn sie nicht schwer genug ausfielen, um ihn zu Boden gehen zu lassen. Doch inzwischen rann ihm das Blut schon ordentlich über die Brust, und es würde nicht lange dauern, bis er vom Blutverlust zu geschwächt war, um einen ernst zu nehmenden Gegner abzugeben.

Mittlerweile war das wilde Gejohle der Menge erstorben und dumpfem Schweigen gewichen.

Wenig später gelang McIvor ein derart kraftvoller Hieb gegen den Krummsäbel seines Gegners, dass die Klinge des Scimitars kurz über der Parierstange zerbrach. Und bevor jener wusste, wie ihm geschah, setzte ihm McIvor seine Schwertspitze auch schon auf die Brust.

»Ich denke mal, damit hat es sich ausgeheult, du armseliger Wolf!«, sagte er kalt und zog seine Waffe dann zurück. Der Kampf war entschieden. Und in der Annahme, dass sein Gegner glücklich genug war, dass er ihm seine Klinge nicht in die Brust gerammt hatte, und dass er seine offensichtliche Niederlage anerkannte, wandte er sich von ihm ab.

Das hätte er besser nicht getan. Denn Abuna der Wolf, der mit dem Rücken ganz nahe an der Bande stand, wollte sich noch nicht geschlagen geben. Gegen einen Ungläubigen vor einem so großen, einheimischen Publikum verloren zu haben, das durfte nicht sein! Und so ließ er das nutzlose Endstück seines Scimitars fallen, riss eine der Fackeln aus ihrer Halterung und schlug mit beiden Händen zu.

Die brennende Fackel traf McIvor zwischen die Schulterblätter und schleuderte ihn der Länge nach bäuchlings in den Sand. Beim Sturz rutschte ihm das Schwert aus der Hand, deren Griff sich gelockert hatte, und blieb außer Reichweite liegen.

Sofort brach Jubel rund um die Arena aus, denn das Ende des Kampfes war noch nicht gekommen! Ihr Held hatte wieder die Oberhand gewonnen, wenn auch durch einen Akt der Heimtücke. Und wer auf ihn gewettet hatte, verzieh ihm den gemeinen Angriff in den Rücken und jubelte besonders laut.

»Stirb und fahr zur Hölle, Kreuzritter!«, schrie Abuna mit unbändigem Hass und Mordlust in der Stimme.

McIvor wusste instinktiv, dass ihm keine Zeit mehr blieb, um seine Waffe wieder an sich zu reißen und sich auch noch schnell genug herumzuwerfen. Und er reagierte ohne einen Wimperschlag Verzögerung, indem er sich auf den Rücken rollte. Die Kugel zerrte an seinem wundgeriebenen Bein und jagte ihm einen stechenden Schmerz bis in die Hüfte hoch.

Er sah Abuna über sich stehen. Der Mann hatte die lodernde Fackel mit beiden Händen an ihrem dicken Stab gefasst, wollte sie wie eine Keule benutzen und ihm damit den Kopf zerschmettern. Und schon sauste sie mit wehender Flamme auf ihn zu!

Im Bruchteil einer Sekunde raste eine Flut von Gedanken durch sein Gehirn. Und während Abuna der Wolf über ihm mitten im Schlag für einen winzigen Augenblick zu erstarren schien, hörte er die Stimme des weißhaarigen Abbé Villard, wie er ihm im unterirdischen Heiligtum von Akkon die zweite, geheimnisvolle Weihe erteilte und mit feierlicher Stimme seine besondere göttliche Gnadengabe als Gralshüter auf ihn herabrief: »Wo Glut und Flammen brennen, da soll ihm im Dienste seines heiligen Amtes das Feuer nicht das kleinste Haar versengen. Und wo kein Feuer ist und nach seinem Willen doch Feuer sein soll, dort sollen im Dienste seines heiligen Amtes Flammen lodern, so es sein Wille ist!«

In den Tagen seit ihrer überstürzten Flucht aus der eroberten Kreuzfahrerfestung hatte er keine Gelegenheit erhalten, seine außergewöhnliche Fähigkeit auf die Probe zu stellen. Er wusste nicht, wie weit er schon jetzt in der Lage war, einem verzehrenden Feuer zu widerstehen. Doch nun würde er erfahren, ob die Saat der zweiten Weihe in ihm Wurzeln geschlagen hatte und ihm die nötige Kraft zugewachsen war, um von seiner Segensgabe wirkungsvoll Gebrauch machen zu können.

Und in einem Reflex streckte er der auf seinen Kopf zufliegenden Fackel die Arme entgegen, presste dabei beide Handwurzeln fest aneinander und fing den mörderischen Schlag mit dem weit geöffneten Kelch seiner Hände auf.

Der brennende Schmerz blieb aus, als das lodernde Ende der Pechfackel in seine offenen Handflächen krachte. Er spürte nur den Schmerz des Schlages, dessen Wucht seine Arme halb einknicken und ihn bis in die Schultern erbeben ließ. Doch die Flammen, die über sein Gesicht leckten, fügten ihm nicht den geringsten Schmerz zu. Er spürte sie auf seiner Haut nur wie einen sanften, harmlosen Windhauch, der ihn umwehte.

Fassungslosigkeit und Erschrecken zeichneten Abunas Gesicht, als er sah, dass McIvor den Kopf der brennenden Fackel mit beiden Händen fest umfasste, ohne vor unerträglichem Schmerz aufzubrüllen, und sie ihm dann mit einem Ruck entriss. Entsetzt über das unglaubliche Geschehen, taumelte er zurück.

Der Menge entfuhr im Chor ein gewaltiger, erstickter Aufschrei, der so klang, als wäre er der zugeschnürten Kehle eines Riesen entwichen.

»Dieser Teufel hat nicht nur ein Eisenauge, sondern er muss auch Hände aus Eisen haben!«, schrie jemand mit vor Staunen und Bestürzung atemloser Stimme. Nur ein einziger Zuschauer dieses Kampfes wusste, dass die Menge soeben Zeuge der außerordentlichen Fähigkeit eines geweihten Gralshüters geworden war.

Sofort sprang McIvor auf die Beine. »Du willst mit Feuer spielen, du Wölfchen?«, schrie er, über den hinterhältigen Angriff seines schon geschlagenen Gegners von kaltem Zorn erfasst, und packte die Fackel schnell an ihrem anderen Ende. »Das kannst du haben, du feiger Hund!«

Abuna der Wolf versuchte sich vor ihm in Sicherheit zu bringen und rannte in panischer Angst auf den Ausgang der Arena zu. Doch McIvor schnitt ihm den Weg ab. Den ersten Keulenschlag der Fackel führte er gegen den Lederschurz des Flüchtenden. Abuna gab einen verzweifelten, gellenden Aufschrei von sich, krümmte sich und fiel vornüber auf die Knie. Mit dem zweiten Hieb traf McIvor ihn seitlich am Kinn, und bewusstlos sackte der Mann in den Sand der Arena.

McIvor schleuderte die Fackel von sich. Und in die atemlose Stille, die sich plötzlich über die Wettkampfstätte gelegt hatte, rief er voller Verachtung in Richtung des Podestes, von wo aus Amir ibn Sadaqa den unglaublichen Kampf verfolgt hatte: »Das nächste Mal schick nicht wieder so eine feige Hyäne gegen mich in die Arena, sondern einen Mann mit Ehre im Leib, der aufrecht zu kämpfen weiß und eines Templers würdig ist!«

Mit diesen Worten verließ er den Ring und schritt durch den Gang.

Diesmal trafen ihn weder Flüche noch Speichel. Erst als er in der Säulenhalle verschwunden war und dort sofort von vier bewaffneten Wachen in Empfang genommen wurde, brach hinter ihm der Tumult los.

8

»Allmächtiger!« Tarik schlug drei Kreuze, als er sah, dass McIvor dem heimtückischen Angriff seines Gegners dank seiner Schnelligkeit und der besonderen Gnadengabe eines Gralshüters entkommen war und den Kampf nun endgültig für sich entschieden hatte. Eine kaum in Worte zu fassende Erlösung durchströmte ihn. Sein Freund war gerettet, zumindest vorläufig.

Erst jetzt fand er die innere Ruhe, sich einen kräftigen Schluck von dem Palmwein zu können, den er bis dahin nicht angerührt hatte. Auch hatte er nichts von den Datteln und Mandeln hinunterbekommen, die Harun ihm zusammen mit dem Wein in seinen Verschlag gebracht hatte. Die Angst um den Schotten sowie die brutalen Kämpfe davor waren ihm auf den Magen geschlagen.

Nicht dass ihm der Anblick von Strömen von Blut nicht vertraut gewesen wäre. Er war ein Kriegermönch, hatte viele blutige Gefechte durchgestanden und war mit dem Grauen eines Schlachtfeldes nur zu vertraut. Aber er verstand nicht, wie Männer sich dazu hergeben konnten, aus purer Lust am Prügeln und Töten und wegen des Siegerlohns einer Hand voll Münzen aufeinander loszugehen. Und noch weniger Verständnis brachte er für die kreischende Menge auf, die sich an diesem abscheulichen Spektakel ergötzte und dafür bezahlte.

In den Vorkämpfen, die Tarik über sich hatte ergehen lassen müssen, war reichlich Blut geflossen. Und neben einigen gebrochenen

Knochen hatte es auch einen Toten gegeben. Die Streitaxt eines Kämpfers hatte seinem Gegner die Brust gespalten und er war unter dem Toben der Zuschauer im Sand der Arena verendet.

Tarik wünschte, er bräuchte seinen Fuß nie wieder in das *Bayt al-Dhahab* zu setzen. Aber er wusste nur zu gut, dass er sich die Erfüllung dieses Wunsches leider versagen musste, wenn er McIvor aus der Gefangenschaft befreien wollte. Ein erster, wenn auch noch sehr nebulöser Gedanke, wie er es womöglich anstellen konnte, begann sich schon in seinem Kopf zu formen. Aber für einen halbwegs ausgereiften Plan fehlte noch so einiges.

Doch bevor er weiter über einen Befreiungsversuch nachsann, wollte er erst einmal versuchen sich eingehender im *Bayt al-Dhahab* umzusehen. Hierfür erschien ihm der Hauptkampf als die beste Zeit, würden dann doch alle Augen auf die beiden Kämpfer in der Arena gerichtet sein. Auch die der Bediensteten und Wachen, wie er hoffte. Deshalb wartete er, bis der Gong ertönte und der Zweikampf auf Leben und Tod im Innenhof begann.

Gerade hatte er sich erhoben und die Hand auf den Knauf der Tür gelegt, als in dem Verschlag zu seiner Rechten wütende Stimmen laut wurden. Eine davon gehörte ohne Zweifel dem Besitzer des *Bayt al-Dhahab,* die schon im nächsten Moment die beiden anderen Stimmen zum Schweigen brachte.

Vorsichtig öffnete Tarik die Tür und spähte in den halbdunklen Gang hinaus. Und da sah er den Halbmongolen, der in der offen stehenden Tür des benachbarten Erkers stand. Er kehrte ihm seinen Rücken zu und ließ eine wütende Schimpfkanonade über den schmächtigen Diener Harun niedergehen.

»Du elender Taugenichts!«, fauchte er ihn an und versetzte ihm links und rechts eine schallende Ohrfeige, die der junge Mann klaglos hinnahm. »Wie oft habe ich dir gesagt, dass du aufpassen sollst, du verfluchter Tollpatsch! Hast du es noch immer nicht gelernt, wie man einen hohen Gast wie den hoch geschätzten Obereunuchen Kafur zu behandeln hat? Schüttest ihm Wein auf sein kostbares Gewand! Auspeitschen lassen sollte ich dich für deine unverzeihliche Ungeschicklichkeit! Du wirst mit deinem Lohn dafür büßen! Aber das ist nicht Strafe genug! Von heute an hast du hier oben nichts mehr zu suchen, sondern du wirst unten mit Naiman arbeiten. Du wirst die Zellen der Sklavenkrieger säubern, ihre Abortkübel leeren und was sonst noch an schmutzigen Arbeiten dort unten anfällt! Und du wirst Yusuf nach den Kämpfen zur Hand gehen!«

»Herr, bestraft mich hart, aber nicht das!«, wagte Harun nun aufzubegehren, sank demütig auf die Knie und sprudelte flehentlich hervor: »Verzeiht mir, Herr! Aber ich kann das nicht, die Arena von den zerfetzten Tierkadavern zu säubern und die Toten wegzubringen! Yusuf ist alt und sieht kaum noch etwas. Ihm macht es nichts aus, aber ich . . .«

Weiter kam er nicht, denn Amir ibn Sadaqa schnitt ihm das Wort ab. »Schweig, du nichtsnutziger Tölpel!«, herrschte er ihn an und schleuderte ihn mit einem wütenden Stiefeltritt vor die Brust rücklings zu Boden. »Du wirst tun, was ich dir befehle! Allah allein weiß, welcher Teufel mich geritten hat, als ich deinem Vater auf dem Sterbebett versprochen habe dich in meine Dienste zu nehmen. Du bist eine Schande für deine toten Eltern! Und jetzt verschwinde oder ich überlege es mir doch noch anders und lasse dich auf den Bock binden, du glubschäugiger Esel!«

Harun rappelte sich auf und stürzte den Gang hinunter.

Nun drehte sich Amir ibn Sadaqa in der Tür herum und wandte sich an den Gast, dem Harun das Gewand mit Palmwein beschmutzt hatte und bei dem es sich offensichtlich um einen Eunuchen von Rang und Namen handelte. Seine Stimme war anfangs gedämpft, als er mit dem Mann redete. Doch auf einmal wurde sie lauter und nahm einen ungehaltenen Tonfall an.

»... bei aller Wertschätzung, derer ich Euch ausdrücklich versichere, aber so pflege ich keine Geschäfte zu machen, Kafur!«, hörte Tarik ihn gereizt sagen. »Ihr wisst, dass Ihr immer bei mir Kredit habt. Aber wenn Ihr schon nicht das Geld aufbringen könnt, das ihr bei Wetten leider verloren habt, dann erwarte ich von Euch zumindest, dass Ihr mir Dinge von Wert bringt, die Eure Schulden halbwegs abdecken.«

Der Eunuch namens Kafur im Nebengemach erwiderte etwas, ohne dass Tarik jedoch mitbekam, was er ihm auf den scharfen Vorwurf antwortete.

»Ach was, das Ding ist nie und nimmer fünf Dinar wert, geschweige denn die zehn, mit denen Ihr bei mir in der Kreide steht!«, blaffte Amir ibn Sadaqa im nächsten Moment und Tarik bemerkte, dass er mit sichtlichem Unwillen eine merkwürdige, kantige Scheibe an einer Schnur entgegennahm und in seinen Händen hin- und herdrehte. »Das Ding ist nicht aus massivem Gold und Silber, wie Ihr mir einreden wollt, sondern nur mit dünnen Schichten davon überzogen. Hier, seht doch, an den Kanten ist der eiserne Untergrund deutlich sichtbar! Und was soll ich mit so einem heidnischen Tand, den ein Fellache in irgendeinem Grab aus der Pharaonenzeit gefunden hat? Vielleicht ist es sogar nur die Arbeit eines abergläubischen Beduinen! In jedem Dorfbasar findet man derlei billige Grabbeigaben und Amulette in Mengen! Aber um unserer langjährigen Freundschaft willen und meiner Wertschätzung für Euch werde ich es annehmen und Euch fünf Dinar dafür gutschreiben. Aber das nächste Mal bringt Ihr wieder etwas, das sein Geld wert ist! ... Ja, schon gut, Kafur! Ich weiß, ich weiß, der Hauptkampf interessiert Euch jetzt mehr als Eure Schulden. Gebe Allah Euch das Glück, wenigstens diesmal auf den richtigen Mann gesetzt zu haben! *Salam!*« Und mit diesem Gruß, der grimmig und keineswegs nach »Friede sei mit dir!« klang, schloss er die Tür und entfernte sich kopfschüttelnd.

Schon als Tarik Zeuge geworden war, wie Amir ibn Sadaqa den linkischen Harun zurechtgestaucht, geohrfeigt und davongejagt hatte, war ihm blitzartig eine Idee gekommen. Zumindest erschien sie ihm einen Versuch wert und zusammen mit einem anderen Einfall, der schon nach McIvors Sieg in seinem Kopf vage Gestalt angenommen hatte, ließ sich daraus vielleicht ein Plan zur Befreiung seines Freundes schmieden. Aber dafür benötigte er unbedingt auch noch das Vertrauen von Amir ibn Sadaqa. Und nach der Auseinandersetzung, die der Mann soeben mit dem Eunuchen Kafur gehabt hatte, hielt er die richtige Gelegenheit zu diesem Vorstoß für gekommen.

Er ließ ihn sich erst einige Schritte entfernen, dann schlug er laut die Tür hinter sich zu, als käme er erst jetzt aus seinem Gemach, und eilte ihm nach.

Amir ibn Sadaqa hörte hinter sich das Schlagen der Tür, blieb auf dem Absatz der Freitreppe stehen und sah sich um.

»Ihr wollt schon gehen? Sagt nur, der Sieg des Ungläubigen hat Euch den Geschmack am Hauptkampf verdorben?«, erkundigte er sich.

»Nein, dem ist nicht so, obwohl ich doch zugeben muss, mir einen anderen Ausgang des Kampfes gegen den Kreuzritter gewünscht zu haben«, antwortete Tarik. »Nicht dass ich die Fähigkeiten Eures Mannes herabwürdigen möchte, aber er hat doch nicht das geboten, was ich von ihm erwartet habe. Von seinem Griff zur Fackel will ich erst gar nicht reden.«

Amir ibn Sadaqa machte eine verlegene Geste. »Der Bursche hat die Nerven verloren. Ein peinlicher Ausrutscher, den er zu büßen haben wird, das könnt Ihr mir glauben«, seufzte er, um dann schnell, ganz der gewiefte Geschäftsmann, schon für den nächsten Wettkampfabend in seinem Haus zu werben: »Aber ich darf Euch Hoffnung machen, den Templer das nächste Mal wohl sterben zu sehen. Ich werde ihn übermorgen im letzten Kampf der Nacht gegen ›Wakil die Echse‹ in die Arena schicken, einen meiner besten Sklavenkrieger. Ich werdet bestimmt schon von ihm gehört haben. Wakil ist ein Assassine* und seine bevorzugte Waffe ist natürlich das Messer.«

Tarik neigte mit leicht gerunzelter Stirn den Kopf, als versuchte er sich zu erinnern. Dabei blickte er auf die seltsame Scheibe, die Amir ibn Sadaqa achtlos in der Hand hielt. Sie war etwas größer als die Handfläche eines kräftigen Mannes, mochte so dick wie sein kleiner Finger sein und besaß die Form eines Oktagons. Die eine Seite war vergoldet, die andere versilbert. Und beide Seiten überzog ein wildes Durcheinander von Linien, arabischen Zeichen und rätselhaften, zerstückelten Symbolen. Man konnte fast den Eindruck haben, die scharfen Krallen eines wild gewordenen Hahns hätten die dünnen Schichten aus Gold und Silber zerkratzt. Zu dem Oktagon gehörte eine Schnur zum Umhängen aus geflochtenem Kamelhaar, die durch ein Loch in der Scheibe lief.

»Ich glaube in der Tat, seinen Namen schon mal gehört zu haben . . .«, sagte er vorsichtig, um sich keine Blöße zu geben, und tat dann so, als würde er erst jetzt den Gegenstand in den Händen seines Gegenübers bemerken. »Aber sagt, was haltet Ihr da Außergewöhnliches in Euren Händen?«

»Außergewöhnlich nennt Ihr das?«, fragte Amir ibn Sadaqa verblüfft.

Tarik nickte. »Erlaubt Ihr, dass ich einen Blick darauf werfe?«

---

* Die Assassinen waren eine schiitische Sekte (hervorgegangen aus der Spaltung der Muslims in sich feindlich gesinnte Sunniten und Schiiten nach dem Tod des Propheten Mohammed). Die Angehörigen dieses geheimen religiösen Ordens waren bekannt und gefürchtet für ihre heimtückischen Mordanschläge auf die Heerführer und Herrscher jener Völker, mit denen die Schiiten verfeindet waren. Bei ihren Attentaten nahmen sie als gedungene Meuchelmörder häufig ihren eigenen Tod in Kauf.

Der Mann zuckte die Achseln. »Interessiert Ihr Euch für derlei Tan. . .« Noch im letzten Moment korrigierte er sich mitten im Wort »Tand«, das ihm unwillkürlich auf der Zunge gelegen hatte. ». . . für derlei Talismane?«

»Oh ja!«, beteuerte Tarik und erweckte den Eindruck, von dem Stück ganz begeistert zu sein. Einen Mann wie Amir ibn Sadaqa fing man am besten im Netz seiner Geldgier. »Ich habe eine Schwäche für heidnische Glücksbringer, Amulette und Fetische, insbesondere wenn sie aus alter Zeit stammen. Und das scheint mir hier der Fall zu sein.« Er räusperte sich. »Verzeiht, aber wärt Ihr unter Umständen bereit, mir das gute Stück zu verkaufen?«

Sofort witterte Amir ibn Sadaqa ein lukratives Geschäft. »Nun, eigentlich hatte ich es ja meiner eigenen Sammlung zugedacht«, log er schamlos. »Aber es fiele mir schwer, einem guten Gast wie Euch einen solchen Wunsch abzuschlagen. Und wenn der Preis stimmt . . .« Er ließ den Satz offen.

»Sagt mir, was Ihr dafür haben wollt!«, forderte Tarik ihn auf.

»Also, ich selbst habe ihn für zehn Golddinar erstanden«, sagte Amir ibn Sadaqa dreist. »Was aber weit unter Wert ist. Denn der Mann, der mir das Stück brachte, war mir noch eine Gefälligkeit schuldig.«

»Natürlich, ich sehe ja selbst, dass zehn Dinar dem Wert dieser Grabbeigabe nicht gerecht werden. Wärt Ihr mit fünfzehn einverstanden?«, bot Tarik an.

»Das ist zweifellos ein sehr ehrenwertes Angebot, mein Herr«, sagte Amir ibn Sadaqa und spielte den Zaudernden. »Aber ich fürchte, für diese Summe möchte ich mich lieber doch nicht von dem schönen Stück trennen. Denn wenn ich es recht bedenke . . .«

»Klingen zwanzig Dinar besser in Euren Ohren?«, fragte Tarik und seufzte insgeheim, weil er das Geld für solch einen Tand verschleudern und morgen wohl einen weiteren Edelstein versetzen musste, um seine zur Neige gehenden Barbestände wieder aufzufüllen.

»Ich will nicht länger mit Euch feilschen und mich mit zwanzig Dinar zufrieden geben«, lenkte Amir ibn Sadaqa nun ein. »In Allahs Namen, für zwanzig Golddinar soll es Euch gehören!«

Tarik zückte seinen Geldbeutel und zählte ihm zwanzig Goldstücke in die Hand. »Aber da ich nun das Vergnügen habe, mit Euch Geschäfte zu machen, möchte ich die Gelegenheit nutzen, um Euch noch einen anderen Handel anzubieten.«

»Was für ein Handel wäre das? Worum geht es?«

»Ihr hattet heute die große Hoffnung in mir geweckt, einen solchen Ungläubigen wie diesen Templer vor meinen eigenen Augen sterben zu sehen. Doch diese Freude ist mir leider nicht vergönnt gewesen«, begann Tarik. »Und da ich mich auf der Durchreise nach Damaskus befinde und al-Qahira in drei Tagen schon verlassen muss, bietet sich mir übermorgen nur noch eine letzte Gelegenheit, seinem Tod in Eurer Arena beizuwohnen.«

Amir ibn Sadaqa nickte. »Wakil wird gewiss halten, was ich Euch versprochen habe!«, versicherte er, obwohl er insgeheim schon den Entschluss gefasst hatte, dem Assassinen den Befehl zu erteilen, nur bis zu einem Unentschieden zu kämpfen. Wakil würde wissen, wie er das zu machen hatte, ohne dass seine Zurückhaltung offensichtlich wurde.

»Nichts liegt mir ferner, als Euer Wort in Zweifel zu ziehen. Aber das Leben ist leider voller Unwägbarkeiten und ich wäre mir gern absolut sicher, dass der Templer übermorgen den Tod findet. Und deshalb wollte ich Euch anbieten, übermorgen Abend einen Mann aus meinem Gefolge gegen den Kreuzritter in den Kampf zu schicken«, schlug Tarik ihm vor.

Amir ibn Sadaqa lachte belustigt auf. »Beliebt Ihr zu scherzen? Bei

Allahs himmlischem Thron und den heiligen Suren des Korans, die aufgebrachte Menge würde mich zu steinigen versuchen und mir das Haus verwüsten, wenn ich es wagte, gegen den Ungläubigen keinen halbwegs ebenbürtigen Gegner in die Arena zu schicken!«

»Ich verstehe Eure Bedenken«, sagte Tarik schnell, »aber der Mann, den ich im Auge habe, ist seit einigen Jahren meine persönliche Leibwache und er hat schon so manches Mal seine tödliche Kunst unter Beweis gestellt. Er ist ein unübertrefflicher Meister mit dem Messer, und das wäre auch die Waffe, mit der Euer Templer kämpfen müsste. Und bei Allahs geheiligten Wahrheiten, ich übertreibe nicht, wenn ich Euch beteure, dass nicht einmal der Sheitan persönlich ihm mehr hätte beibringen können!«

Das gab seinem Gegenüber zu denken. »Und wer ist dieser angeblich so teuflische Messerstecher?«

Tarik rief sich den Namen in Erinnerung, den jemand dem Mann spöttisch zugerufen hatte, den er als Kämpfer im Sinn hatte. »Malik . . . Malik al-Ablak«, antwortete er.

»Malik der Buntgefleckte? Was für ein merkwürdiger Name. Noch nie von ihm gehört!«

»Was Euch auch nicht verwundern darf, ist doch das ferne Damaskus unsere Heimat«, erklärte Tarik mit einem nachsichtigen Lächeln.

»Ich weiß nicht. Euer Angebot in Ehren, aber es passt nicht ganz zu meinen Plänen, mein werter Freund.«

Tarik ahnte, was der Mann mit McIvor vorhatte. Aber er hielt noch einen Trumpf bereit, der bei dem geldgierigen Amir ibn Sadaqa einfach stechen musste. Und so sagte er: »Ich will es mich auch einiges kosten lassen, dass Ihr mir die Freude gewährt, den Templer unter dem Messer meines Mannes verrecken zu sehen. Ich biete Euch hundert Golddinar, wenn Ihr auf meinen Vorschlag eingeht! Zudem habt Ihr noch den Vorteil, dass keiner von Euren teuer eingekauften

Kämpfern stirbt, falls dem Templer ein glücklicher Stich gelingt, was Allah verhüten möge.«

Es war, als ginge ein Blitz durch die Augen von Amir ibn Sadaqa und brächte sie zum Glühen vor Habgier. Hundert Golddinar! Das war mit Sicherheit mehr, als er an Gewinn erwarten durfte, wenn er den Kreuzritter noch zwei- oder dreimal kämpfen ließ. Denn nach dem heutigen Sieg des Ungläubigen würden viele beim nächsten Kampf auf ihn setzen, Kreuzritter hin oder her. Und hundert Golddinar waren womöglich noch nicht alles, was er aus diesem reichen Geldsack herauspressen konnte!

»Nun ja, bei genauerer Überlegung klingt Euer Angebot nicht uninteressant«, deutete er an. »Ich könnte mir unter gewissen Umständen vorstellen Euch den erbetenen Gefallen zu erweisen. Aber darüber sollten wir nicht hier und jetzt reden. In wenigen Minuten ist der Hauptkampf vorbei, und wie es aussieht, wird es einen klaren Sieger und eine Seele mehr im Paradies geben. Und das bedeutet, dass ich die Auszahlung der Siegerwetten überwachen muss.«

»Ich verstehe. Und wann werdet Ihr Zeit haben, um alles Weitere zu bereden?«, erkundigte sich Tarik.

»Morgen gönne ich meinen treuen Gästen Ruhe von den Aufregungen einer solchen Nacht«, sagte Amir ibn Sadaqa. »Da ist Zeit in Fülle, um alles mit der gebotenen Ruhe und Gewissenhaftigkeit zu besprechen. Am Vormittag bin ich jedoch mit anderen Dingen beschäftigt. Also warum kommt Ihr nicht am frühen Abend, wenn die Schatten lang und kühl werden?«

»Ich werde hier sein, wenn die Sonne über den Pyramiden steht!«, versicherte Tarik, bedankte sich und erkundigte sich dann noch schnell, wo der Abort für Gäste des Obergemachs zu finden war.

Amir ibn Sadaqa wies ihm den Weg und hastete dann davon, um die Auszahlung der Wetten zu überwachen.

Niemand beachtete Tarik in dem Gedränge, als er sich scheinbar auf den Weg zum Abort machte. In Wirklichkeit hielt er Ausschau nach Harun. Als ihm der junge Bursche endlich über den Weg lief, sprach er ihn an.

»Warte! Ich habe mit dir zu reden!« Er packte ihn an der Schulter und zog ihn in eine dunkle Nische des umlaufenden Säulengangs. »Keine Angst, ich will dir nur Gutes! Hier, nimm und lass es schnell verschwinden!« Er drückte ihm einen Dinar in die Hand.

Verstört blickte Harun ihn an. »Was . . . was wollt Ihr von mir, Sihdi?«, stammelte er, ließ die Münze jedoch rasch unter seinem Gewand verschwinden.

»Ich habe gesehen, wie dein Herr dich geohrfeigt und dir einen Stiefeltritt wegen einer kleinen Ungeschicklichkeit versetzt hat«, sagte Tarik leise. »Und wenn ich in deiner Haut stecken würde, dann würde es mir wie bittere Galle aufstoßen, solch einem Mann zu Diensten sein zu müssen. Habe ich Recht?«

Harun nickte zaghaft.

»Und ich könnte mir denken, dass dir nichts lieber wäre, als mit einem Beutel voller Golddinare von hier fortzukommen«, fuhr Tarik fort.

Erneute nickte Harun.

»Gut, und du wirst dafür nichts tun müssen, womit du deinen Kopf riskieren würdest!«, versicherte Tarik ihm. »Bist du interessiert mir für zehn Golddinar einige kleine Gefälligkeiten zu erweisen?«

»Ihr . . . ihr sprecht in Rätseln!« Die Stimme des jungen Mannes war kaum mehr als ein zitternder Hauch.

»Ja oder nein?«, drängte Tarik. »Wir haben nicht viel Zeit!«

»Ja, Sihdi . . . wenn ich dabei wirklich nicht meine Haut aufs Spiel setze!«

»Das wirst du nicht, ich verspreche es dir!«, beteuerte Tarik. »Und jetzt sage mir, zu welcher Stunde du dich von hier entfernen und dich mit mir treffen kannst, damit ich dir genau erklären kann, was du für mich tun sollst.«

»Morgen zur Mittagsstunde!«, kam Haruns Antwort ohne langes Überlegen.

»Gut, dann treffen wir uns morgen zur Mittagsstunde am *Bab al-Kharg*. Ist dir das recht?«

Harun nickte eifrig und ein hoffnungsvoller Ausdruck hatte die bekümmerte Miene des jungen Mannes vertrieben. »Ja, Sihdi. Ich werde da sein!«

»Dann geh schnell wieder an deine Arbeit, damit uns niemand zusammen sieht!«, sagte Tarik. »Und bewahre Stillschweigen, wenn du Amir ibn Sadaqas Knute entkommen und stolzer Besitzer eines gut gefüllten Geldbeutels sein willst!«

Harun wagte nun ein vorsichtiges Lächeln. »Bei der Ehre meines Vaters, mein Mund wird schweigen, als wäre er ohne Zunge und wie zugenäht!«, beteuerte er.

Wenig später trat Tarik in die noch immer drückend warme Nacht hinaus, winkte eine der schon wartenden Mietsänften heran und ließ sich in die Polster fallen. Er war höchst zufrieden mit dem Erreichten. Amir ibn Sadaqa hatte den goldenen Köder geschluckt und würde ihm nicht mehr vom Haken kommen. Und er zweifelte nicht daran, dass er den jungen Harun morgen als wichtigen Komplizen gewinnen würde. Damit standen die ersten beiden Ecksäulen seines Plans zur Befreiung des Schotten. Jetzt fehlte nur noch die dritte. Und das war es, was ihn mit großer Unruhe erfüllt. Denn noch ahnte sein angeblicher Leibwächter und meisterlicher Messerstecher nichts von der Rolle, die er ihm zugedacht hatte. Und ohne diesen Malik al-Balak war sein Plan zum Scheitern verurteilt!

9

Der Khan al-Khalili zählte zu den größten und beeindruckendsten Karawansereien von al-Qahira, wenn ihr nicht sogar der Ruhm gebührte, die weitläufigste und stattlichste der ganzen Stadt zu sein. Sie bot ihren Gästen eine eigene kleine Moschee, lag mitten im Zentrum auf der Ostseite der Qasaba und damit in unmittelbarer Nähe von allen wichtigen Basaren.

Eine für die heiße Sommerzeit viel zu spät aufgebrochene Reisegruppe dunkelhäutiger, wettergegerbter Nabatäer zog gerade mit ihren gut zwei Dutzend schwer beladenen Kamelen durch das Tor, als sich Tarik in der ersten Stunde nach Sonnenaufgang dem Khan näherte. Er ließ die Karawane passieren und trat dann in den weitläufigen Innenhof.

Sogleich lief ihm ein Stallknecht über den Weg. Der Mann kam von einem der Brunnen und schleppte schwer an zwei großen, mit Wasser gefüllten Holzkübeln. Schweiß rann ihm über das Gesicht.

»Ihr sucht die Schausteller und Gaukler?«, knurrte der Mann abfällig und ohne im Schritt innezuhalten. »Das arbeitsscheue Gesindel findet Ihr da drüben hinter den Salzsäcken im Stroh, wo sie ihren Rausch ausschlafen! Und dabei haben sie gestern noch nicht einmal was von ihren albernen Kunststücken zum Besten gegeben!« Dabei deutete er mit dem Kopf schräg über den Hof auf ein Gewölbe, wo sich zwischen zwei Säulen ein mächtiger Stapel Säcke bis zum Ansatz des Rundbogens auftürmte.

Tarik dankte ihm, doch der Stallknecht kehrte ihm schon längst den Rücken zu und entfernte sich in die andere Richtung, um die Tränken der Tiere zu füllen, für die er zu sorgen hatte.

Hinter der mehrreihigen Mauer aus Salzsäcken stieß Tarik auf die Männer, nach denen er suchte. Die siebenköpfige Gruppe lag inmitten eines wilden Durcheinanders aus Musikinstrumenten, Kleiderbeuteln und umgekippten Tonkrügen im Stroh. Das laute Schnarchen und der übel riechende Atem von Männern, die sich in der Nacht zuvor dem Wein und anderen berauschenden Getränken hingegeben hatten, schlugen ihm wie eine Brandung entgegen, die stinkenden Seetang an den Strand warf. Suchend glitt sein Blick über die gekrümmten Leiber hinweg, doch er vermochte nicht auszumachen, wer von ihnen der Mann war, mit dem er sprechen musste.

Der erste der Schausteller lag mitten im Durchgang zwischen den Sackreihen, neben seinem Kopf eine Lache Erbrochenes. Im Dämmerlicht des Gewölbes hatte der Mann, dessen Leibesmitte sich wie eine Tonne wölbte, einige Ähnlichkeit mit einem an Land geworfenen Fisch, der hier verendet war und dessen Bauch die Gase der Verwesung aufgedunsen hatten.

Tarik beugte sich zu ihm hinunter und rüttelte ihn kräftig an der Schulter. Mit einem gereizten Grollen wachte der Mann schließlich auf, öffnete träge die verquollenen Augen und blickte zu ihm auf. »Was willst du?«, krächzte er missmutig. »Es ist ausgemacht, dass wir hier so lange liegen können, wie es uns passt. Also lass uns in Ruhe und kümmere dich um deine Kamele oder was weiß ich!«

»Von mir aus kannst du hier bis in alle Ewigkeit liegen bleiben«, sagte Tarik. »Ich will nur wissen, wer von deinen Kameraden Malik ist.«

Der Mann mit dem aufgedunsenen Leib gab ein ärgerliches Schnauben von sich, sah aber an Tariks Kleidung, dass er es nicht mit einem einfachen Bediensteten des Khanbesitzers zu tun hatte. Und so richtete er sich widerwillig halb auf, blickte sich um und deutete dann auf eine Gestalt, die weiter hinten im Stroh lag und ihnen den Rücken zukehrte.

»Das da ist Malik!«, knurrte er. »Der mit dem ärmellosen Lederwams!« Und damit sackte er wieder zurück auf sein schmutziges Lager, als hätte ihn diese kurze Anstrengung seine letzte Kraft gekostet.

»Möge Allah dich für deine freundliche Auskunft mit einem paradiesischen Platz im Himmel belohnen, guter Mann«, murmelte Tarik und begab sich zu Malik hinüber.

Dieser war wegen der Störung seines Schlafs nicht weniger missmutig. »Ihr wollt mit mir reden?«, fragte er übellaunig. »Ich kenne Euch nicht. Schickt Euch Ahmed?«

»Niemand schickt mich. Ich komme in eigenen Geschäften und habe etwas mit dir zu besprechen.«

»So, habt Ihr das? Na gut, dann kommt später noch mal wieder«, murmelte Malik gleichgültig und streckte sich wieder im Stroh aus. »Vielleicht so in zwei, drei Stunden.«

»Nein, ich muss jetzt mit dir reden!«, beharrte Tarik. »Genügt das hier, damit du aufstehst und dir anhörst, was ich zu sagen habe?« Er hielt ihm einen Silberdinar vor die Augen.

Malik wurde auf einmal hellwach und setzte sich auf. »Ihr wollt mir einen Silberdinar nur dafür geben, dass ich mir anhöre, was Ihr auf dem Herzen habt?«, stieß er ungläubig hervor. »Das glaube ich nicht! Wo ist der Haken?«

»Es gibt keinen Haken. Hier, nimm!« Tarik drückte ihm die Münze in die Hand. »Das Geld gehört dir, wenn du die Güte hast, mit mir hinaus auf den Hof zu kommen, damit wir ungestört reden können. Der Silberdinar ist dir sicher, auch wenn dir nicht gefällt, was ich dir vorzuschlagen habe.«

»Beim Barte des Propheten, das ist ein Angebot, wie es mir gefällt!«

Er steckte den Dinar ein, kam nun schnell auf die Beine und folgte Tarik aus dem Gewölbe.

Sie begaben sich zu einer Steinbank links vom Tor, an die sich ein langer, aus Stein gemeißelter Wassertrog anschloss. Hier stillte Malik erst einmal seinen Nachdurst und schlug sich dann zwei Hände voll Wasser ins Gesicht, um sich mit dem noch kühlen Nass den letzten Rest Schläfrigkeit zu vertreiben.

Tarik nahm die Gelegenheit wahr, ihn eingehend zu mustern. Der Schausteller und Gaukler mochte Mitte zwanzig sein, hatte ein ansprechendes Gesicht und war von schlanker, sehniger Gestalt, der ein aufmerksamer Beobachter sofort die gespannte Kraft seines Körpers und die Behändigkeit seiner Glieder ansah. Eine minderwertige Perle, die schon viel von ihrem bescheidenen Schimmer verloren hatte, steckte in seinem linken Ohrläppchen. Ja, er war genau der Mann, den Amir ibn Sadaqa als Gegner für McIvor akzeptieren würde. Aber zuerst einmal musste er Malik dazu bringen, sich auf dieses Unternehmen einzulassen.

»So, und nun verratet mir, wer Ihr seid und was Euch so wichtig ist, dass Ihr mir allein schon fürs Zuhören einen Silberdinar gebt!«, forderte ihn der Schausteller auf, während er sich noch wassertriefend zu ihm auf die Steinbank setzte.

»Salak Musallim ibn Kathir ist mein Name«, stellte sich Tarik vor. »Doch hab ein wenig Geduld und überlass das Fragen vorerst mir!«

Malik zuckte die Achseln. »Soll mir recht sein.«

»Du bist in eurer Truppe doch der Mann, der gestern in einem Gewand aus bunten Flicken drüben mit zwei anderen vor dem Eingang der Basare von Sagha Kunststücke vorgeführt hat und so geschickt wie kein anderer mit dem Messer umzugehen weiß, nicht wahr?«

Malik nickte mit einem breiten Grinsen. »Genau der bin ich! Ich spiele in dem Stück, das wir aufführen, den Meuchelmörder!«, erklärte er stolz, um grimmig hinzuzufügen: »Wenn man uns denn lässt! Aber es ist wahr, dass mir bisher noch keiner mit dem Messer das Wasser reichen konnte. Das habe ich von meinem Vater, der darin ein noch größerer Meister war, möge Allah seiner Seele barmherzig sein und ihm eine Schar himmlischer Jungfrauen schenken!«

»Und wie läuft das Geschäft?«, fragte Tarik.

Ein verdrossener Ausdruck vertrieb den Stolz von Maliks Gesicht. »Wie soll es schon laufen?«, erwiderte er missmutig und sang ihm nun das Klagelied einer übers Land ziehenden Schaustellergruppe. »Die Leute lassen sich gern von uns unterhalten, machen bei unseren Kunststücken große Augen und johlen vor Vergnügen, wenn wir uns vor ihnen zum Narren machen. Aber wenn es hinterher darum geht, in ihren Geldbeutel zu greifen und ein bescheidenes Scherflein in den Korb zu werfen, den wir kreisen lassen, dann ist es plötzlich mit dem Spaß vorbei. Ein lausiger Fils ist dann alles, was sie uns für unsere Mühen zugestehen, wenn sie denn überhaupt etwas herausrücken.«

»Ein hartes Leben, das ihr führt«, sagte Tarik mitfühlend.

»Das könnt Ihr laut sagen!«, bekräftigte Malik. »Und das wenige, das Abu Bakr, unserer Anführer, uns lässt, müssen wir dann auch noch unter sechs Leuten aufteilen. Da bleibt kaum noch etwas übrig. Gestern gab es überhaupt nichts.«

»Wieso das?«

Malik verzog das Gesicht. »Weil sich gestern Abend eine Gruppe von Imamen* und Mullahs im Hof breit gemacht und endlose Belehrungen von sich gegeben hat. Die wollten nicht, dass wir in ihrer Gegenwart unsere Darbietungen zeigen! Und dann diese Blutsauger

* Der Begriff Iman hat in arabischen Ländern recht unterschiedliche Bedeutungen: Priester, Heiliger, Nachfolger des Propheten sowie geistlicher und weltlicher Führer. Ein Mullah ist ein islamischer Religionslehrer und/oder geistlicher Führer.

von Khanbesitzern. Die zahlen uns natürlich auch nichts dafür, dass wir ihren Gästen Unterhaltung bieten«, führte Malik seine Klagen weiter. »Sie halten sich schon für besonders wohltätig, wenn sie uns in ihrem Khan kostenlos auf einem dreckigen Strohlager nächtigen lassen und uns nach unserer Vorstellung ein paar Krüge vom billigsten Palmwein spendieren! Der Teufel soll dieses geizige Pack holen!«

Diese bittere Klage war Musik in Tariks Ohren. Sie war der fruchtbare Boden für die goldene Saat der Versuchung, die er für Malik bereithielt. »Ja, die Not ist so lästig wie ein aufdringlicher Bettler«, sagte er mitfühlend. »Und wie die Motte am Kleid und der Wurm im Holz, so nagen Undank und Kummer am Herzen des Menschen!«

»Fürwahr! Aber jetzt habe ich genug von mir geredet«, erwiderte Malik voller Ungeduld. »Sagt endlich, was Ihr von mir wollt!«

»Ich brauche einen Mann von deinem Können als Gaukler und Messerkämpfer und biete dir für einige Minuten deiner Kunst mehr, als du wohl mit deinen Kameraden in fünf Jahren verdienen kannst«, antwortete Tarik und sagte ihm in groben Zügen, wofür er ihn am späten Abend des folgenden Tages brauchte.

Kaum hatte Malik begriffen, worum es ging, als er regelrecht vor ihm zurückzuckte und mit einer Mischung aus Erschrecken und Empörung hervorstieß: »Ich soll gegen einen Kreuzritter in die Arena steigen? Euch muss der Sheitan geritten haben!«

»Nein, ich sehe nur ein einträgliches Geschäft für uns beide, dessen bescheidene Risiken in einem prächtigen Verhältnis zu dem Geldsegen stehen, der uns beide erwartet, wenn wir es nur richtig anstellen!«, widersprach Tarik.

»Was habt Ihr mit einem verfluchten Templer zu schaffen?«, fragte Malik argwöhnisch. »Dass er als elender Sklavenkämpfer im Dreck verreckt, ist genau das Schicksal, das dem Christenhund gebührt!«

»Das mag sein«, räumte Tarik ein und griff nun zu der Lügengeschichte, die er sich zurechtgelegt hatte. »Aber sein schmachvoller Tod in der Arena des *Bayt al-Dhahab,* sosehr er ihn verdient hat, wird weder mir noch dir auch nur einen roten Fils in die Börse bringen. Nun hat Allahs wundersame Fügung, gepriesen sei seine grenzenlose Güte, es aber so gewollt, dass ich Kenntnis von Informationen erlangt habe, die eine Menge Gold wert sind.«

Malik bedachte ihn mit einem misstrauischen Blick. »Und worum handelt es sich bei diesen angeblich goldwerten Informationen?«

Tarik gab sich den Anschein, als wollte er erst nicht mit der Sprache heraus. Dann zuckte er jedoch mit den Schultern, als hätte er es sich anders überlegt. »Also gut, ich will es dir verraten, weil ich das Gefühl habe, dass du verschwiegen bist und die Quelle, die dir einen Batzen Gold einbringen kann, nicht wie ein schwachköpfiger Tölpel selbst verschüttest«, sagte er und fuhr mit gedämpfter, verschwörerischer Stimme fort: »Dieser Kreuzritter hält sich offenbar für einen besonders tapferen Mann. Deshalb hat er bei seiner Gefangennahme wohl auch behauptet, von seiner Familie verstoßen zu sein, die deshalb unter keinen Umständen bereit sei, für seine Freilassung auch nur einen Dinar zu bezahlen. Darum hat er zugelassen, dass man ihn auf dem Sklavenmarkt an den Höchstbietenden verkauft hat, eben an diesen Amir ibn Sadaqa. Wie ein Held will der Ungläubige in der Fremde sterben.« Er legte eine kurze Pause ein, um die Spannung bei Malik zu steigern. »Mir ist jedoch zu Ohren gekommen, dass dem ganz und gar nicht so ist! Seine Familie ist vielmehr erpicht darauf, ihn gegen ein hohes Lösegeld freizukaufen. Verstehst du nun, warum mir daran gelegen ist, den Ungläubigen in meine Hände zu bringen?«

»Das also steckt hinter Eurem Plan!« Der Argwohn auf Maliks Gesicht wich einem verschlagenen Ausdruck. »Aber was macht Euch so sicher, dass ich nicht zu Amir ibn Sadaqa gehe und ihm dieses Wissen verkaufe?«

»Weil ich dich nicht, wie ich gerade schon sagte, für einen dahergelaufenen Tropf halte, der sich mit einem Almosen von einigen schäbigen Silberstücken abspeisen lässt, während er doch von mir für ein bisschen mehr Aufwand fürstlich mit zehn Golddinar belohnt werden kann!«, erwiderte Tarik. »Oder sollte ich mich in dir womöglich getäuscht haben?«

Bei der Erwähnung der zehn Golddinar kam Leben in die bis dahin noch immer sehr müden Augen des Schaustellers und Gauklers. Doch er schwieg erst einmal und dachte sichtlich angestrengt nach. »Erklärt mir noch einmal ganz genau, welche Rolle Ihr mir in Eurem gerissenen Plan zugedacht habt!«

In diesem Moment wusste Tarik, dass er schon so gut wie gewonnen hatte. Er weihte Malik nun ausführlich in seinen Plan ein, berichtete ihm davon, dass er sich schon des Beistandes eines Mannes aus den Reihen der Dienerschaft des Amir ibn Sadaqa versichert hatte, erklärte ihm, als wen er sich ausgeben musste, falls Amir ibn Sadaqa vor dem Kampf Fragen an ihn richten sollte, und gab sich größte Mühe, in Tonfall und Wortwahl das Risiko herunterzuspielen, das Malik bei seinem Vorhaben einging.

»Ich habe alles durchdacht. Wir werden leichtes Spiel haben«, schloss er seine Ausführungen. »Die Menge wird dich feiern und den Tod des verhassten Kreuzritters bejubeln. Und wenn du in deiner Kunst so sicher bist, wie ich glaube, sollte dich nichts davon abhalten, noch einige Dinar über meinen Lohn hinaus einzustreichen. Dafür musst du nur kaltschnäuzig genug sein, um den Vorschuss, den ich dir morgen bei unserem Eintreffen im *Bayt al-Dhahab* aushändigen werde, auf deinen eigenen Sieg zu setzen. Dann werden aus den zehn Golddinar in wenigen Minuten fünfzehn oder gar noch mehr, je nachdem, wie die Quote der Wette auf den Tod des Templers angesetzt ist. Aber nach dem letzten Sieg des Ungläubigen werden viele auf ihn setzen, was deine Gewinnchance um einiges erhöhen dürfte.«

Dieser großen Verlockung vermochte Malik nicht zu widerstehen. Und nachdem er, um sein Gesicht zu wahren, noch einige unwesentliche Fragen gestellt hatte, erklärte er sich bereit sich auf das Unternehmen einzulassen.

Bevor sich ihre Wege trennten, verständigten sie sich noch darauf, am Abend desselbigen Tages gleich nach der Veranstaltung der Schaustellertruppe zu einer zweiten Besprechung zusammenzukommen. Denn Tarik ging davon aus, dass er Malik nach seinem Treffen mit Harun und Amir ibn Sadaqa noch über einige wichtige Details in Kenntnis setzen musste.

»Gebe Allah in seiner unermesslichen Güte, dass ich es nicht bereuen werde!«, seufzte Malik, als Tarik sich schon zum Gehen wandte.

»Das wirst du ganz sicher nicht!«, versicherte Tarik und meinte es auch so. »Morgen Abend wirst du im *Bayt al-Dhahab* nicht irgendein herumziehender Gaukler sein, dessen hohe Kunst seine Zuschauer nicht zu würdigen wissen, sondern du wirst der umjubelte Held der Menge sein, Malik al-Ablak!« Und mit diesen Worten verscheuchte er die Zweifel und die besorgte Miene von Maliks Gesicht und ließ es aufleuchten.

Der nächste Gang führte Tarik in den Basar zum Juwelier Mohammed el-Maluk, mit dem er schon einige Geschäfte gemacht hatte und der ihm jedes Mal einen ehrlichen Preis für sein Kaisergold und seine Edelsteine gemacht hatte. Diesmal bot er dem hageren Händler mit dem kurz gestutzten eisgrauen Bart zwei seiner makellosen Rubine an.

»Ihr überrascht mich jedes Mal aufs Neue mit den Kostbarkeiten, die Ihr mir bringt!«, staunte der Mann, nachdem er sie eingehend geprüft hatte.

Sie wurden sich auch diesmal nach langem Feilschen, das mehr dem gegenseitigen Vergnügen diente als dem eigenen Vorteil, handelseinig. Und so zog Tarik eine gute halbe Stunde später und nach mehreren genussvollen Bechern frisch aufgebrühtem *karkadeh*, einem leuchtend roten Hibiskustee, den Mohammed el-Maluk ihm zusammen mit einem Teller voll köstlichem Zuckerwerk servierte, mit drei prall gefüllten Geldbeuteln aus der Hinterstube des Ladens. Ein gut Teil davon würde ihm der gewissenlose Amir ibn Sadaqa abnehmen, aber von dem unerfreulichen Gedanken wollte er sich nicht betrüben lassen. Immerhin ging es um die Befreiung des Schotten!

Als Nächstes lenkte Tarik seine Schritte wieder einmal zum *Midan al-Rumeila*. Er hoffte, dass Maslama die Ratte inzwischen den einstigen Hilfskoch des Emirs in der Stadt ausfindig gemacht hatte. Aber auch an diesem Vormittag konnte der Mann ihm keine Neuigkeiten in dieser Sache berichten. Und weil Tarik insgeheim den Verdacht hegte, dass Maslama sich bislang gar nicht groß bemüht hatte, versprach er ihm zwei Goldstücke allein dafür, dass er ihn auftrieb.

»Das Geld gehört dir, unabhängig davon, ob der Mann sich willens zeigt, mir die gewünschten Informationen über den Haushalt des Palastes zu liefern und eine möglichst genaue Zeichnung von der Aufteilung des Anwesens sowie seiner Gartenanlagen anzufertigen!«, betonte er nachdrücklich, um ihm dann mit den folgenden Worten unmissverständlich zu verstehen zu geben, dass seine Geduld Grenzen hatte. »Aber wenn du dich nicht dazu im Stande siehst, werde ich eben gezwungen sein, mein Geld anderswo unter die Leute zu bringen. Es gibt bestimmt auch noch andere, die mir diese Informationen verschaffen können!«

Maslama versicherte nun überaus wortreich, dass auf ihn Verlass sei und er dem Hilfskoch gewiss noch auf die Spur kommen werde, auch wenn al-Qahira nun wahrlich kein kleines Dorf sei. Aber ihm sei da auf einmal eine viel versprechende Idee gekommen, wo der Bursche wohl stecken könne.

Tarik verließ ihn im Glauben, dass Maslama sich jetzt wirklich intensiv der Sache annehmen würde.

Als die Sonne ihren höchsten Stand am gleißenden Himmel erreicht hatte und er am *Bab al-Zuwayla* eintraf, wartete Harun schon im Schatten des Torhauses auf ihn. Unruhig trat er von einem Fuß auf den anderen und kaute nervös auf seinen Fingernägeln.

»Da seid Ihr ja, Sihdi!«, rief er erleichtert. »Und ich dachte schon, Ihr hättet es Euch womöglich anders überlegt!« Er brannte ganz offensichtlich darauf, sich den versprochenen Lohn für seine Komplizenschaft zu verdienen, um seinem tyrannischen Herrn endlich entkommen zu können.

»Es bleibt alles so, wie ich es dir gestern gesagt habe«, beruhigte ihn Tarik. »Wir haben einiges zu bereden, aber das sollten wir nicht hier tun. Dafür gibt es geeignetere Orte.« Er deutete mit dem Kopf kaum merklich in Richtung der dösenden Wachen und ging mit ihm in die ausgestorbene Seitengasse, die an der alten Stadtmauer entlang zum Kanal Khalij führte. Dort lud eine alte Sykomore direkt neben einer Nische im Mauerwerk zum Sitzen ein.

»Erzähl mir, was geschieht, wenn einer der Kämpfer den Tod in der Arena findet!«, forderte Tarik ihn auf.

Harun zuckte die Achseln. »Da gibt es nicht viel zu erzählen, Sihdi. Der alte Yusuf rollt dann den Karren in den Ring und zerrt zusammen mit Naiman, der jetzt meinen Platz als Diener im Obergemach übernommen hat, die Leiche auf die Ladefläche. Dann bringen sie ihn zur letzten Waschung.«

»Und worin besteht diese letzte Waschung?«, fragte Tarik.

Harun lachte kurz auf. »Sie karren den Toten hinunter an den Nil und kippen ihn dort in den Fluss. Die Krokodile lassen dann nicht lange auf sich warten.«

Tarik befragte Harun ausführlich nach jedem noch so kleinen Detail. Als sein Wissensdurst gestillt war, legte er ihm seinen Plan auseinander.

Die Fragen, die Harun nun stellte, beruhigten Tarik. Sie zeugten nämlich davon, dass er sogleich begriffen hatte, worum es ging und wo die kritischen Stellen des Vorhabens lagen. Harun mochte ein linkischer Diener sein, doch er verfügte über eine schnelle Auffassungsgabe und dachte mit. Zudem interessierte es ihn anders als Malik offenbar überhaupt nicht, warum er ausgerechnet einen Ungläubigen und dann auch noch einen Kreuzritter aus den Krallen seines Herrn befreien wollte. In seinem eigenen Elend hatte Hass auf den Fremden offenbar keinen Platz in seinem Herzen, was Tarik noch mehr für ihn einnahm. All das zusammen stärkte seine Zuversicht auf einen guten Ausgang seines Plans.

»Und wann werdet Ihr mir dieses Gewand bringen, mit dem der Templer morgen in die Arena steigen soll, Sihdi?«

»Morgen zur selben Mittagsstunde«, schlug Tarik vor. »Wirst du Schwierigkeiten haben, es unbemerkt ins *Bayt al-Dhahab* zu bringen und gegen das andere Kampfgewand auszutauschen?«

Harun schüttelte den Kopf. »Ich habe mich ja sowieso um die dreckigen Sachen der eingekerkerten Kämpfer zu kümmern. Da wird es nicht auffallen, wenn ich einen Kleidersack unter dem Arm habe. Und für die Wachen bin ich sowieso keines Blickes würdig. Die werden irgendwo im Schatten *tab** spielen, die faulen Hunde!«

»Seien wir ihnen dankbar dafür!«, sagte Tarik. »Und tröste dich da-

---

* Ein altes arabisches Würfel- und Geschicklichkeitsspiel, bei dem Steine und verschiedenfarbige Palmstäbchen benutzt werden. Die Spieler werfen sie gegen ein Brett oder eine Wand. Die farbige Anordnung, wie sie dabei zum Liegen kommen, gibt dann vor, welche Steine und Stäbchen bewegt und welche nicht berührt werden dürfen.

mit, dass sie dort wohl noch lange das harte Brot des Amir ibn Sadaqa kauen müssen und dass du es sein wirst, der angebliche Tölpel, der morgen Nacht mit zehn Golddinar in der Tasche dem Amir ibn Sadaqa den Dienst aufkündigt und ein neues Leben beginnt!«

Haruns Augen leuchteten. »Und das werde ich, Sihdi!«, beteuerte er. »Ich werde es nicht in Schänken oder solche Häuser tragen wie das *Bayt al-Dhahab,* sondern ich werde mir irgendwo, weit weg von hier, ein Stück Land und Vieh kaufen! Und auch noch genug übrig lassen, um den Brautpreis für die hübsche Tochter eines anderen Bauern bezahlen zu können.«

Geduldig und mit ein wenig Wehmut ihm Herzen, dass ihm solche Träume als Templer und Gralsritter verwehrt waren, hörte sich Tarik die Pläne des jungen Mannes an. Dann jedoch lenkte er ihn wieder auf das zurück, was nächste Nacht erst gelingen musste, damit sich seine Träume auch erfüllen konnten.

»Noch etwas ganz Wichtiges, Harun! Du musst den Templer natürlich genau in den Plan einweihen, damit er weiß, was auf ihn zukommt und wie er sich in der Arena zu verhalten hat. Aber vergewissere dich vorher gründlich, dass niemand in der Nähe ist, der euch hören könnte!«, schärfte Tarik ihm ein. »Und richte ihm folgende Worte aus: ›Füreinander in fester Treue‹. Und sag ihm, dass der Gruß vom Levantiner kommt.«

Harun nickte. »Füreinander in fester Treue. Gruß vom Levantiner!«, wiederholte er.

Mehrmals ging Tarik mit ihm noch einmal den Plan durch, bis er die Gewissheit hatte, dass Harun sich alles genauestens gemerkt hatte. Und in der beruhigenden Gewissheit, mit dem jungen Mann genau den Richtigen gefunden zu haben, schickte er ihn schließlich ins »Haus des Goldes« zurück.

Er selbst traf wie vereinbart einige Stunden später dort ein, wurde von Amir ibn Sadaqa wie ein alter Busenfreund willkommen geheißen und von ihm in ein kühles Gemach geleitet, in dem schon alles für ein üppiges Mahl vorbereitet war. Und der Wein, den er ihm förmlich aufdrängte, war ausgezeichnet, aber auch von besonderer Schwere.

Tarik merkte schnell, dass es dem Halbmongolen nur darum ging, ihn betrunken zu machen, um beim Feilschen eine möglichst hohe Summe aus ihm herauspressen zu können. Er machte gute Miene zum bösen Spiel und gab sich den Anschein, wenig Wein zu vertragen und schon schnell von seiner Wirkung erfasst zu werden.

»Zweihundert Golddinar!«, lautete Amir ibn Sadaqas unverschämte Forderung für das Privileg, seinen angeblichen Leibwächter Malik al-Ablak in den Kampf gegen den Kreuzritter schicken zu dürfen. Damit begann das zeitraubende Feilschen.

Doch als Tarik sich entschlossen zeigte, nicht mehr als hundertfünfzig Goldstücke zu zahlen und schon Anstalten machte, die Verhandlung abzubrechen und lieber darauf zu bauen, dass der Assassine den Ungläubigen hinschlachtete, da packte Amir ibn Sadaqa ihn dann doch eiligst am Ärmel, zog ihn zurück auf das Sitzkissen und nahm das Abgebot mit dem Gebaren eines großherzigen Menschen an.

Damit war Tarik am Ziel. Jetzt hing das Gelingen seines Plans ausschließlich davon ab, dass Malik, Harun und auch McIvor morgen Nacht keine Fehler unterliefen.

10

Mit mürrischer Miene saß Maurice an der Wand vor dem Gitter und verfolgte, wie Gerolt neben ihm Kraft und Willen darauf konzentrierte, um ihren vollen Trinkbecher aus gebranntem Ton über den breiten Mittelgang des Kerkertraktes hinüber in die Zelle ihres schweigsamen Mitgefangenen Dshamal Salehi zu bewegen. Erste feine Schweißperlen traten auf die Stirn seines Freundes, als er seine besonderen göttlichen Kräfte als Gralshüter in sich bündelte, um das Gefäß um die vorspringende Kante einer der Steinplatten herumzuführen, damit es an diesem Hindernis nicht ins Kippen geriet und das kostbare Wasser nicht über den Steinboden ergoss.

Der Beduine verfolgte aus seiner Zelle heraus das wundersame Geschehen, das ihm mittlerweile vertraut war, und sein ausgemergeltes Gesicht zeigte, wie auch in all den Tagen zuvor, nicht die geringste Regung. Stumm und bewegungslos kauerte er an seinem Platz und wartete, bis der Tonbecher wie von unsichtbarer Hand geführt durch zwei Eisenstäbe seines Zellengitters glitt und schließlich vor ihm in Reichweite zum Stehen kam. Mit zitternden Händen griff er nun nach dem Becher, hob ihn an seine rissigen Lippen und trank in kleinen Schlucken. Jedes Mal hielt er das Wasser lange im Mund, bevor er es seine Kehle hinunterfließen ließ. Er kostete sichtlich jeden kleinen Schluck aus.

Es dauerte eine Weile, bis der zerlumpte Beduine den Becher geleert und Gerolt ihn zurück in ihre Zelle geholt hatte. Ein Wort oder auch nur ein Zeichen des Dankes gab er jedoch nicht von sich, sondern wandte sogleich sein Gesicht ab und versank in seiner eigenen Gedankenwelt, aus der er die Männer im gegenüberliegenden Kerker weiterhin konsequent ausschloss.

»Deine mildtätige Seele in Ehren«, sagte Maurice verdrossen, als Gerolt sich nach der Anstrengung mit einem Seufzer gegen das Gitter lehnte und sich den Schweiß von der Stirn wischte. »Aber ich weiß nicht, warum du dir das immer wieder antust.«

»Weil ich nicht zulassen kann, dass der arme Kerl da drüben langsam verhungert und verdurstet«, erwiderte Gerolt. »Und weil ich mich auf diese Weise darin üben kann, meine besondere, mir als Gralshüter zugesprochene Kraft zu stärken. Jedes Mal fällt es mir ein klein wenig leichter, den Becher zu bewegen. Ich bin sicher, bald wird es mir gelingen, ihn sogar vom Boden zu heben und durch die Luft schweben zu lassen.«

Maurice schnaubte ärgerlich. »Schön und gut, aber nicht ein einziges Wort des Dankes ist diesem Beduinen in all den Tagen über die Lippen gekommen. Dabei weiß er, dass wir seine Sprache sprechen! Zum Teufel, er tut ja gerade so, als hätte er Anspruch darauf, dass wir ihn am Leben halten!«

Gerolt wusste, dass der Grund für die Gereiztheit seines Freundes eigentlich ein ganz anderer war, hielt es jedoch für ratsamer, ihn nicht darauf anzusprechen. Früher oder später würde Maurice sowieso wieder davon anfangen. Und so zuckte er die Achseln und versuchte ihn zu besänftigen.

»Geh nicht zu hart mit ihm ins Gericht, Maurice. Ich glaube nicht, dass Undankbarkeit der Grund für sein beharrliches Schweigen ist. Vermutlich wird er seine Gründe haben, warum er sich so verhält. Außerdem muss uns das nicht davon abhalten, ihm zu helfen. Hartherzigkeit schneidet letztlich immer ins eigene Fleisch, wie es schon in den Sprüchen Salomons steht. Also sparen wir uns weitere Worte darüber. Und vielleicht kommst du ja auf andere Gedanken, indem du dich auf deine Übungen konzentrierst, damit sich auch deine besondere Gnadengabe weiterentwickelt.«

Maurice fand den Vorschlag alles andere als reizvoll. »Wozu soll es gut sein, dass ich immer wieder versuche mit den Händen in die verfluchte Kerkerwand einzudringen?«, fragte er sauertöpfisch. »Ich komme einfach kein Stück tiefer hinein und es kostet mich bloß sinnlos Kraft! Der Abbé hat wohl aus gutem Grund darauf verwiesen, dass wir Geduld haben müssen und es seine Zeit dauert, bis sich die besonderen Kräfte in uns entfaltet haben.«

»Aber mit beständiger Übung kann man den Prozess bestimmt um einiges beschleunigen«, gab Gerolt zu bedenken und bemühte sich um einen freundschaftlichen Ton. Denn sein Freund reagierte sehr empfindlich auf Ermahnungen, wie er in den letzten Tagen festgestellt hatte, und Geduld in mühseligen Dingen gehörte nicht gerade zu seinen Stärken.

»Ach was! Die Vorsehung wird schon dafür sorgen, dass ich über meine besondere Fähigkeit zur rechten Zeit verfügen kann!«, erwiderte Maurice und fügte dann schmallippig hinzu: »Dass du schon weiter bist, wird womöglich damit zu tun haben, dass sich Dinge durch Luft doch erheblich leichter bewegen lassen, als mit der Hand durch harten Fels zu greifen!«

Gerolt bezähmte den Ärger, der nun in ihm aufstieg. Er war überzeugt, dass er seine Kraft allein deshalb schon besser einzusetzen wusste, weil er schon auf der *Calatrava* damit begonnen hatte, davon Gebrauch zu machen, und sich seitdem täglich mehrfach darin übte. Und dass auch sein Gefährte schon größere Fortschritte hätte erzielen können, wenn er sich mit ähnlicher Geduld seiner Fähigkeit gewidmet hätte. Aber er unterdrückte den Wunsch, ihm das auf den Kopf zuzusagen, denn das hätte zu einem handfesten Streit zwischen ihnen führen können, und das war die Sache nicht wert. Unter Umständen mussten sie noch lange in diesem elenden Kerker auf Hilfe von außen warten, und da würden verletzte Gefühle und Zwistigkeiten es ihnen noch viel schwerer machen, die Zeit zu überstehen.

Maurice schien zu spüren, dass er ihrer Freundschaft mit seiner spitzzüngigen Bemerkung keinen großen Dienst erwiesen hatte. Denn nach einer Weile des Schweigens rang er sich zu einer Art von Entschuldigung durch: »Gut möglich, dass ich damit völlig falsch liege und du einfach die besseren Anlagen hast. Wer weiß schon genau, wie diese göttlichen Kräfte in jedem von uns wirken und zur Entfaltung kommen. Und ich bin ja froh, dass du schon ein gutes Stück weiter bist als ich. Wer weiß, wann wir auf deine Künste dringend angewiesen sein werden. Womöglich schaffst du es ja schon bald, nach dem schweren Schlüsselbund unserer Wärter zu greifen. Dann würde ich vor dir auf den Knien liegen, das verspreche ich dir.«

Gerolt ahnte, wie schwer einem so stolzen und hitzigen Mann wie Maurice diese Worte fielen, und er nahm die Entschuldigung ohne eine Spur von Groll an.

»Das möchte ich nur zu gern erleben«, sagte er mit einem belustigten Auflachen. »Aber von solch einer Großtat kann ich wohl noch lange träumen, Maurice!« Denn Said und Mahmud hängten den schweren Eisenring mit mehreren, unterschiedlich dicken Schlüsseln stets im Vorraum an einen stark gekrümmten Haken, bevor sie zu ihnen kamen, um ihnen Wasser und Brot zu bringen. Ein solches Gewicht aus gut zehn, zwölf Schritten Entfernung über den Haken zu heben und über den Boden in ihre Zelle zu zerren, überstieg seine Kraft bei weitem.

Plötzlich sprang Maurice auf und begann wieder einmal, mit klirrender Fußkette unruhig in der Zelle auf und ab zu gehen. Und Gerolt ahnte schon, was gleich kommen würde.

Er täuschte sich nicht. Denn im nächsten Moment stieß Maurice schon wütig hervor: »Mahmud, dieser durchtriebene Wicht, hat uns hereingelegt! Schon gestern Mittag hätte er Beatrice zu uns bringen können. Zeit genug, das zu arrangieren, hat er doch wahrlich gehabt. Und jetzt verstreicht schon die zweite Mittagszeit, ohne dass der Bursche zu seinem Wort steht!« Dabei deutete er auf das Gitter aus Licht, das die senkrecht über Cairo stehende Sonne durch den Luftschacht auf den Steinboden des Mittelgangs warf. »Pest und Krätze über ihn!«

»Er wird sie schon herbringen«, widersprach Gerolt. »Nie und nimmer lässt er sich das zweite Goldstück entgehen. Es dauert eben etwas, um solch ein heimliches Treffen vorzubereiten und den richtigen Zeitpunkt dafür zu finden.«

Diese vorsichtig zu Geduld mahnenden Worte fielen bei Maurice jedoch auf taube Ohren. »Was gibt es denn da groß vorzubereiten? Wir haben ihm doch genau erklärt, wie er es anstellen soll! Nein, ich sage dir, der Schuft will uns reinlegen. Er hält uns hin, bis er sich in seinem trägen Schädel irgendeinen schmutzigen Dreh ausgedacht hat, wie er uns auch noch das zweite Goldstück abnehmen kann. Und dann macht er sich klammheimlich aus dem Staub!«

»Du siehst Gespenster.«

»Von wegen! Ich sehe das so klar, wie ich sehe, dass der Beduine uns trotz unserer Hilfe immer noch die kalte Schulter zeigt!«, zischte Maurice aufgebracht.

Gerolt unterdrückte einen schweren Seufzer. Seit Maurice dem Wärter das Goldstück vor anderthalb Tagen ausgehändigt hatte, konnte er den Moment nicht erwarten, dass der Mann Beatrice Granville zu ihnen brachte. Gerolt hatte sein Bestes versucht, ihn zu beruhigen und auf andere Gedanken zu bringen. Und bisher war es ihm noch jedes Mal gelungen, die Stimmung seines Freundes zu heben, indem er ihn dazu brachte, ihm von den amüsanten Erlebnissen seiner ausschweifenden Jahre vor Eintritt in den Templerorden zu erzählen. Aber seit heute Mittag war Maurice sogar daran die Lust vergangen.

Plötzlich hörte Gerolt, der noch immer am Gitter lehnte, Geräusche auf der Treppe. »Still!«, rief er Maurice zu, der bei seiner rastlosen Wanderung durch die Zelle gerade das hintere Ende erreicht hatte. »Da kommt jemand!«

Hastig trippelte Maurice zu ihm zurück. »Gebe Gott, dass es Mahmud mit Beatrice ist!«, flüsterte er aufgeregt und horchte wie Gerolt angestrengt in den Gang. Im nächsten Moment packte er ihn an der Schulter und drückte sie vor freudiger Erregung. »Da! Hast du das gehört? Das Geflüster war eindeutig eine Frauenstimme! ... Es ist Beatrice! ... Er bringt sie zu uns! ... Lob sei unserem Heiland und Erlöser, dass er mir die Eingebung geschenkt hat, mein Vertrauen in Mahmud zu setzen!« Und alles, was er eben noch an düsteren Prophezeiungen und Beschimpfungen über den Wärter von sich gegeben hatte, war mit einem Schlag vergessen.

»Ja, dein Vertrauen in Mahmuds Zuverlässigkeit war wirklich unerschütterlich!« Gerolt konnte sich diese Bemerkung nicht verkneifen.

Maurice überhörte sie geflissentlich. »Schnell! Gib mir den kleinen Stoffbeutel mit den Edelsteinen!«

Noch in der Nacht, als Mahmud versprochen hatte Beatrice in den Kerker zu schmuggeln, hatte sich Maurice einen Fetzen Stoff aus seinem Gewand gerissen. Darin hatten sie vier Rubine und ebenso viele Smaragde der Länge nach eingewickelt und die Enden der dünnen Rolle verknotet. Damit die kostbaren Edelsteine nicht herausfallen konnten, hatte Maurice anschließend noch mehrere lange Fäden aus seinem eingerissenen Gewand gezogen und damit die Rolle gut verschnürt. Es hatte Gerolt einiges an Überwindung gekostet, einen Großteil ihrer Edelsteine für das Vorhaben seines Freundes herzugeben.

Wortlos zog er nun die dünne Rolle aus dem Stroh hervor, drückte sie Maurice in die ausgestreckte Rechte und hielt auch schon das zweite Goldstück bereit, nach dem Mahmud zweifellos gleich verlangen würde.

Die Gittertür beim Treppenaufgang fiel ungewöhnlich leise ins Schloss, was ein Hinweis darauf war, dass es sich nicht um einen gewöhnlichen Besuch ihrer Kerkermeister handelte.

»Bei Gott, sie ist es!«, stieß Maurice hervor, als Mahmud im nächsten Moment mit einer Gestalt an seiner Seite im Mittelgang erschien, die das einfache Gewand einer Dienerin trug und ihr Gesicht hinter einem faltenreichen Tuch verbarg.

»Hier bringe ich sie euch!«, sagte Mahmud. »Und jetzt gebt das andere Goldstück her, so wie wir es ausgemacht haben!«

»Zügele deine übermütigen Kamele, Freund!«, wies Maurice ihn sogleich zurecht. »Zuerst will ich sehen, ob sie es auch wirklich ist!«

Mahmud stieß die Frau grob an. »Nun mach schon!«

»Ich bin es, Beatrice Granville«, kam es da zaghaft und mit zitternder Stimme hinter dem Kopftuch hervor, das sie nun zurückschlug.

Mahmud streckte fordernd seine Rechte aus.

»Du wirst dich noch ein Weilchen gedulden müssen!«, beschied Maurice ihn kühl. »Du kriegst das Gold schon, aber erst nachdem du mir eine halbe Stunde mit meiner Geliebten gegeben hast. Also warte im Vorraum! Oder glaubst du vielleicht, ein Edelmann wie ich könnte in deiner Gegenwart seiner Erwählten das blutende Herz ausschütten und ihr seine unverbrüchliche Liebe erklären?«

Mahmud zögerte und furchte ungehalten die Stirn. »Also gut, ich ziehe mich zurück. Aber das mit der halben Stunde schlage dir aus dem Kopf! Mehr als ein paar Minuten kann sie nicht bleiben. Dann muss ich sie wieder zurückbringen!«

»Ich werde dich schon wissen lassen, wann die paar Minuten um sind!«, sagte Maurice hochmütig und machte eine ungeduldige Handbewegung, damit er sich endlich entfernte, was Mahmud auch tat.

Als Maurice von seiner »Geliebten« gesprochen hatte, der er seine »unverbrüchliche Liebe« erklären wolle, hatte das anmutige Gesicht von Beatrice Granville einen noch verstörteren Ausdruck angenommen. Zugleich aber hatte sich auch eine verlegene Röte über ihr bleiches Gesicht gelegt.

Gerolt gestand sich insgeheim ein, dass diese Röte einen herrlichen Kontrast zu ihrem blond gelockten Haar gab, das unter dem Tuch hervorschaute und ihr zart geschnittenes Antlitz wie mit einem filigranen Rahmen aus honigfarbener Seide umschloss. Beatrice Granville konnte man wahrhaftig als eine bildhübsche Frau bezeichnen, die das Herz eines Mannes höher schlagen ließ!

»Mein Herr von Montfontaine! . . . Mein Herr von Weißenfels! . . . Dass ich Euch wieder sehe! Ich wollte es erst kaum glauben!«, stieß sie nun verwirrt hervor und versuchte sich zu fassen. »Aber was, in Gottes heiligem Namen, hat das zu bedeuten?«

»Seid guten Mutes und tut, was ich Euch sage, werte Beatrice!«, raunte Maurice ihr zu. »Ihr müsst das Spiel mitmachen, das wir dem Wärter vorgaukeln müssen, damit er uns in Ruhe miteinander reden lässt! Er soll glauben, dass Ihr so sehr in Liebe zu mir entbrannt seid, wie ich es angeblich bin! Also gebt mir Eure Hände!«

Recht bereitwillig, wie es Gerolt schien, tat sie, wozu er sie aufgefordert hatte, und Maurice nahm ihre Hände, presste sie mit einer sehr überzeugenden Geste inniger Liebe an seinen Mund und bedeckte sie mit Küssen.

»Mein Herr!«, keuchte Beatrice und rang nach Atem, sichtlich überwältigt von diesen intimen Liebesbezeugungen. Und ihre Röte vertiefte sich, wurde zu einem heißen Glühen. »Was tut Ihr?«

»Das, was sich wohl jeder Mann sehnlichst wünscht, der das große Glück hat, Euch zu begegnen und dann auch noch die zarte Haut Eurer madonnengleichen Hände berühren zu dürfen«, erwiderte Maurice mit schwärmerischer Stimme und laut genug, damit Mahmud im Vorraum es noch hören konnte.

»Ich denke, du hast jetzt genug Süßholz geraspelt!«, gemahnte ihn Gerolt leise. »Die wenigen Minuten, die Mahmud uns zugesteht, werden schnell um sein.«

Maurice warf ihm einen schnellen, indignierten Blick zu, um sich aber sofort wieder Beatrice zuzuwenden. »Spürt Ihr, was ich in meiner rechten Hand halte?«, fragte er flüsternd.

»Ja, mein Herr!«

»Es ist eine kleine Stoffrolle, in die vier Edelsteine gewickelt sind. Nehmt jetzt meine Rechte in Eure Hände und presst sie an Eure Brust, als hätte auch Euch die Sehnsucht nach mir übermannt!«, forderte er sie auf.

Ihre Augen wurden weit vor Verstörung ob seiner unziemlichen Aufforderung. »Mein Herr von Montfontaine, was Ihr da von mir verlangt . . .«, hauchte sie mit erstickter Stimme.

»Ihr müsst es tun!«, fiel Maurice ihr schnell ins Wort. »Hier geht es um unser Leben! Und denkt an Eure Schwester Heloise! Dies ist weder der Ort noch die Zeit, sich zu zieren und auf Schicklichkeit zu achten! Und nun nehmt meine Hand und tut, was ich gesagt habe. Gleich werde ich Euch sagen, was dann zu geschehen hat! Vergesst auch nicht, ein wenig Leidenschaft in Eure Geste zu legen. Der Kerl starrt die ganze Zeit zu uns herüber und ist argwöhnisch wie ein Kettenhund!«

Beatrice ließ einen schweren Seufzer vernehmen. »Wenn Ihr doch nur wüsstet, wie sehr ich mich nach Eurem Anblick verzehrt und mein Lager jede Nacht mit Strömen von Tränen benetzt habe!«, rief sie mit bebender Stimme, ergriff dabei seine rechte Hand und legte sie auf ihren wohlgeformten Busen, der ihr Gewand aufreizend wölbte.

»Oh Geliebte, nicht anders ist es mir ergangen! Aber ach, lasst mich besser nicht davon anfangen! Wie schnell Euer mutiges Herz schlägt, das so viel Ungemach so tapfer zu tragen weiß! Und wie köstlich das samtene Bett Eures Busens meine Hand umfängt!«, säuselte Maurice gut vernehmlich, um dann hastig mit gedämpfter Stimme fortzufahren: »Und nun schiebt meine Hand unauffällig ein wenig tiefer in den Ausschnitt Eures Gewandes.«

Scharf sog Beatrice die Luft ein.

»Ich weiß, was ich Euch damit zumute, aber es geht nicht anders!«, beteuerte Maurice leise. »Ich werde gleich meine Hand öffnen und die kleine Stoffrolle freigeben. Also legt Eure Rechte unter Euren Busen, damit sie nicht durchrutscht! Tut so, als könntet Ihr Euch vor Schmerz über unser Schicksal, das uns so bitter mitgespielt hat, nicht halten. Ja, so ist es richtig!«

Gerolt hegte den Verdacht, dass Maurice sich diese äußerst pikante Art der Übergabe nicht ohne gewisse Hintergedanken ausgedacht hatte und seine Hand länger als notwendig zwischen ihren vollen Brüsten verweilen ließ.

»Aber was . . . was soll ich denn mit den Edelsteinen tun?«, stammelte Beatrice verstört. »Wollt Ihr, dass ich mich und Heloise damit freikaufe? Ich habe zwar einen Brief an meine Verwandtschaft geschickt und darin inständig um die Zahlung des Lösegeldes gebeten, das der Emir fordert, aber ich glaube nicht, dass mein Onkel so viel Geld aufbringen kann.«

»Mit Freuden würden wir sie Euch zu diesem Zwecke überlassen, wenn wir sicher sein könnten, dass der Emir sich darauf einlässt. Aber so ehrenhaft wird er leider nicht sein, sondern er wird die Steine zu seiner rechtmäßigen Beute erklären, das ist gewiss!«, sagte Maurice. »Ihr müsst sie deshalb gut verstecken, damit Ihr sie zu einem günstigen Zeitpunkt zu Euren und wenn möglich auch zu unseren Gunsten einsetzen könnt.«

»Aber wie soll das gehen?« Beatrice war so gefangen in ihrer Verwirrung, dass ihr wohl gar nicht bewusst wurde, dass Maurice noch immer seine Hand mit sanftem Druck auf ihrer Brust ruhen ließ.

»In jedem Harem gibt es doch Streit und Eifersucht unter den Frauen, vor allem zwischen den Lieblingsfrauen ihres Gebieters und jenen, die nicht mehr in seiner Gunst stehen«, begann Maurice.

»Oh ja, die gibt es in der Tat! Erst gestern sind sich deswegen einige ganz entsetzlich in die Haare geraten, und zwar buchstäblich!«, beteuerte Beatrice.

»Eifersucht und Unzufriedenheit sind der beste Nährboden für eine erfolgreiche Bestechung, holde Beatrice!«, redete Maurice hastig weiter. Denn er sah, wie sich Mahmud von seinem Hocker erhob. »Versucht mit einer dieser abgehalfterten Frauen des Emirs Freundschaft zu schließen. Redet ihr nach dem Mund, schmeichelt ihr und bietet Euch als ihre Dienerin an. Dann sät den Verrat in ihr Herz und ködert sie mit den Edelsteinen. Ihr seid nicht nur eine Frau von ungewöhnlicher Anmut und Schönheit, sondern wisst Euch bestimmt auch Eures Verstandes zu bedienen. Und Ihr werdet schon Wege finden, wieder mit uns Kontakt aufzunehmen, wenn Ihr eine Verbündete unter den Haremsfrauen gewonnen habt und Euer Plan Gestalt angenommen hat. Also lasst Euch etwas einfallen! Denkt an eine Flucht durch den großen Garten, den Ihr doch sicherlich gelegentlich betreten dürft, nicht wahr?«

Beatrice nickte. »Ja, aber ich weiß nicht . . .«

Doch da schlurfte auch schon Mahmud heran und setzte ihrem Geflüster ein jähes Ende. »Das reicht! Länger kann ich es nicht verantworten! Sie muss zurück, und zwar sofort!«, erklärte er barsch. »Ich habe meinen Teil unseres Handels erfüllt, jetzt seid ihr an der Reihe. Also nun steht gefälligst zu eurem Ehrenwort und rückt das zweite Goldstück heraus!«

Erst jetzt zog Maurice seine Hand zurück. Und Gerolt erhob sich, um dem Wärter das zweite Stück Kaisergold auszuhändigen.

»Verzweifelt nicht und bewahrt tapfer, was ich Euch so Tröstliches ans Herz gelegt habe, meine geliebte Beatrice!«, rief Maurice ihr noch leise und doppeldeutig nach, als Mahmud sie schon davonführte. »Der Allmächtige wird alles zu einem guten Ende führen. Also habt Vertrauen in die göttliche Vorsehung. Aber besinnt Euch auch auf Eure Kraft!«

Ein letzter Blick auf den Rücken von Beatrice, dann wandte sich Maurice vom Gitter ab und sah Gerolt mit einem breiten Grinsen an. »Besser hätte es wirklich nicht laufen können!« Seine Augen glühten förmlich vor Begeisterung.

»In der Tat«, pflichtete Gerolt ihm trocken bei. »Ein echtes Meisterstück der Verführungskunst! Fast hättest du sogar mich noch zu Tränen gerührt!«

Maurice lachte ein wenig gezwungen auf. »Was redest du denn da für einen Unsinn? Das gehörte nun mal zu dem Theater, das ich Mahmud vorspielen musste!«, versicherte er. »Man muss die Waffen, die einem der Feind wissentlich oder ahnungslos zugesteht, nun mal zu nutzen wissen!«

Gerolt bedachte ihn mit einem spöttischen Blick. »Ich schätze mal, dass du mit der Waffe des glühenden Liebesgeflüsters Beatrice Granville mitten durchs Herz getroffen hast! Ein dafür sehr empfängliches Herz, wenn ich mir diese Bemerkung erlauben darf.«

Maurice schlug ihm betont derb auf die Schulter. »Ach was, das bildest du dir nur ein. Obwohl ich gar nicht verhehlen will, dass die Sache ihren Reiz hatte. Man verliert nun mal nicht den Geschmack an lieblichem Wein, nur weil man lange nicht mehr in eine Schänke eingekehrt ist und zum Krug gegriffen hat! Seien wir doch froh, dass es so gut gelungen ist. Jetzt haben wir wenigstens etwas in Gang gesetzt, das uns vielleicht die Freiheit bringen kann!«

Gerolt bezweifelte, dass sich diese Erwartungen erfüllen würden, wollte seinem Freund aber weder die Zuversicht rauben noch die gute Stimmung trüben. Und ein noch so kläglicher Strohhalm der Hoffnung war besser als gar keiner.

11

Festgefügt wie eine gewaltige graue Felsplatte aus den Bergen des Mokattam reichte die Wolkendecke von einem Ende des Abendhimmels zum anderen. Nicht ein einziger Spalt fand sich in dem Wolkengefüge und verhinderte, dass das heiß gebackene Land nach Einbruch der Dunkelheit ein wenig von seiner tagsüber gespeicherten Hitze abgeben konnte. Aber nicht allein wegen der immer noch drückenden Hitze stand Tarik der Schweiß auf der Stirn, als er mit Malik vor dem *Bayt al-Dhahab* aus der Mietsänfte stieg und durch das hohe Tor in das Geviert trat. Die Wachen und Bediensteten, die mittlerweile wussten, wer er war und wen er mitbrachte, machten mit devoten Verbeugungen Platz.

Tarik wimmelte den herbeieilenden Diener ab, der sich anbot sie zu Amir ibn Sadaqa zu geleiten. »Das ist nicht nötig, ich kenne mich aus und weiß, wo ich deinen Herrn zu finden habe«, teilte Tarik ihm mit, vergaß jedoch nicht ihm einen Bakshish in die Hand zu drücken.

»Der Teufel muss mich geritten haben, als ich Eurem Vorschlag zugestimmt habe«, murmelte Malik, während sie den Innenhof überquerten. Trotz der noch frühen Abendstunde und der Hitze hatten sich schon einige dutzend Liebhaber der Wettkämpfe im *Bayt al-Dhahab* eingefunden. Ihnen ging es wohl darum, sich durch ihr frühes Erscheinen einen der besten Plätze am Ring und auf den Holztribünen zu sichern. Denn es hatte sich wie ein Lauffeuer herumgesprochen, dass der Tempelritter es in dieser Nacht mit einem gefürchteten Messerkämpfer aus dem fernen Damaskus zu tun bekommen würde.

»Sag nicht, dir kommen auf einmal Bedenken!«, raunte Tarik und verbarg seine Sorge, Malik könne sich noch im letzten Moment eines anderen besinnen und alles zunichte machen. »Traust du es dir nicht mehr zu? Hast du etwa den Mund zu voll genommen?«

»Und ob ich es mir zutraue!«, erwiderte Malik gekränkt. »Die Frage ist, ob es sich auch der verdammte Kreuzritter zutraut! Wenn der Kerl einen Fehler macht und der Schwindel auffliegt, komme ich hier nicht mehr lebend raus!«

Tarik atmete innerlich erleichtert auf. »Sei unbesorgt, dieser Eisenauge wird keinen Fehler machen. Dafür weiß er zu gut, dass es in dieser Nacht um sein Leben geht. Und mein Mittelsmann hat ihn bestens vorbereitet. Du musst nur deine übliche Vorstellung geben, dann wird alles so gehen, wie wir es geplant und vorbereitet haben. Deine Sorgen sind also völlig unbegründet.«

»Möge Allah mir beistehen!«, seufzte Malik und folgte ihm zu den privaten Gemächern von Amir ibn Sadaqa.

Dieser wartete schon mit brennender Ungeduld darauf, sowohl den als überragenden Meister der Messerkunst gepriesenen Malik al-Ablak kennen zu lernen als auch die hundertfünfzig Golddinar in Empfang zu nehmen. Beim Anblick von Maliks buntem Gewand zeigte sich flüchtig ein sorgenvoller Ausdruck auf seinem Gesicht. Doch als er sah, wie geschmeidig sich Malik bewegte und wie kraftvoll sehnig sein Körper war, da fasste er sofort wieder Zutrauen zu dessen Fähigkeiten.

»Lasst uns das Geschäftliche am besten sogleich erledigen«, schlug der Wettkampfveranstalter mit einem falschen Lächeln vor. »Dann haben wir diese lästige Kleinigkeit hinter uns und können uns ungestört den Kämpfen widmen, die ich heute auf dem Programm habe.«

Tarik dachte jedoch gar nicht daran, schon jetzt die volle Summe zu bezahlen. Diesem verschlagenen Fuchs traute er jede üble Machenschaft zu. Und da er mit einem solchen Ansinnen schon gerechnet hatte, reichte er ihm nun eine der vorbereiteten Geldbörsen. »Hier sind fünfzig Golddinar, den Rest erhaltet Ihr, wenn mein Mann mit dem Templer in der Arena steht. Ich denke, das dürfte uns beiden Gewissheit geben, dass jeder seinen Teil des Handels einhält!«

Mit etwas säuerlicher Miene nahm Amir ibn Sadaqa die Geldbörse entgegen. »Nun, wenn das Euer Wunsch ist, werde ich nicht die Unhöflichkeit besitzen, Euch diesen zu verwehren. Aber der Gong wird erst angeschlagen, wenn ich das restliche Geld in den Händen halte.«

Tarik verbeugte sich leicht. »Nichts anderes hatte ich im Sinn, werter Amir ibn Sadaqa. Und jetzt gewährt mir die Freude, dem Templer Auge in Auge gegenüberzutreten. Er soll wissen, durch wessen Messer er heute Nacht bei Euch stirbt und wer seinen Henker bezahlt hat. Das dürfte wohl nur recht und billig sein!«

»Ganz wie es Euch beliebt«, sagte Amir ibn Sadaqa mit einem gleichgültigen Schulterzucken. Und während Malik in dem Privatgemach zurückblieb, geleitete er Tarik hinunter zu den Zellen, wo er die aufsässigen seiner Sklavenkämpfer hinter Schloss und Riegel hielt.

Dort begegneten sie Harun. Der junge Mann hatte eine kränklich bleiche Gesichtsfarbe und vermutlich war ihm übel vor Aufregung, stand doch auch für ihn viel auf dem Spiel. Doch zum Zeichen, dass alles in Ordnung und vorbereitet war, nickte er Tarik kaum merklich zu, als sein Herr ihnen kurz den Rücken zukehrte.

McIvor saß mit vor der Brust verschränkten Armen am Gitter seiner Zelle, als Tarik hinter Amir ibn Sadaqa vor seinem Kerker auftauchte. Er trug um den rechten Oberarm einen blutigen Verband und hatte am Kopf eine schon verschorfte Platzwunde. Doch bis auf diese Verletzungen schienen die bald anderthalb Wochen seiner Versklavung spurlos an ihm vorbeigegangen zu sein.

»Das ist Eisenauge, der ungläubige Kreuzritter, gegen den Ihr nachher Euren Mann in die Arena schickt!«, sagte Amir ibn Sadaqa verächtlich.

McIvor starrte zu Tarik hinauf. Sein Gesicht war völlig ausdruckslos. Nicht ein Muskel regte sich in seinen Zügen, als er seinen Ordensbruder erblickte. Jeden noch so kleinen Hinweis auf die Freude, die er in diesem Moment des Wiedersehens empfinden musste, verbarg er in seinem Inneren.

»Du hast vor zwei Nächten einen guten Kampf gegen Abuna den Wolf geboten. Ich habe ihn mit angesehen«, sagte Tarik zu ihm und gab seiner Stimme einen höhnischen Klang. »Aber du hast Glück gehabt, dass der Mann nicht seinen besten Tag hatte und dich ungeschoren davonkommen ließ. Heute Nacht wirst du nicht wieder hochmütig aus dem Ring schreiten, Eisenauge!«

»Und wer seid Ihr, dass Ihr die Gabe zu besitzen glaubt, einen Blick in die Zukunft werfen zu können, Fremder?«, fragte McIvor sarkastisch. »Seid Ihr vielleicht ein später Nachkomme der Kassandra*, dessen Ruf seltsamerweise noch nicht bis in meine Kreise gedrungen ist?«

»Ich sage dir meinen Namen nur zu gerne, weil du dich vielleicht an ihn als Letztes erinnern wirst, wenn du in den Dreck sinkst und verblutest, Eisenauge! Salak Musallim ibn Kathir, so lautet der Name des Mannes, der dich heute in den Tod schickt!«

»Findet Ihr nicht, dass es ein allzu gewichtiger Name für einen Mann von Eurer doch sehr bescheidenen Statur ist?«, erwiderte McIvor.

»Dir wird die Lust am Spotten schnell vergehen, Eisenauge!«, zisch-

---

* Eine Gestalt der griechischen Sagenwelt. Kassandra hatte die Sehergabe, doch wenn sie Unglück prophezeite, sollte ihr niemand Glauben schenken.

te Tarik scheinbar hasserfüllt. »Denn heute wird dein ruchloses Leben sein Ende finden und das *Bayt al-Dhahab* ist dafür der angemessene Ort! Bald wirst du meinem Kämpfer Malik al-Ablak, dem unübertroffenen Meister im Messerkampf, ins Auge blicken! Seine Klinge wird das Blut aus deinem Herzen spritzen lassen wie aus der Kehle eines geschächteten Hammels! Und kein Grab, schon gar nicht in geweihter Erde, wird nach deinem schmachvollen Ende auf dich warten, sondern die Krokodile im Nil werden sich an deinem Kadaver gütlich tun und ihn in Stücke reißen, bis nichts mehr von dir übrig ist, Ungläubiger!«

McIvor verzog den Mund. »Davor steht aber erst noch mein Messer! Und schon manches Mal brach ein schnellfüßiges Pferd zusammen, während der lahme Esel das Ziel der Reise lebend erreichte«, antwortete er mit einer arabischen Spruchweisheit, mit der ihn Tarik einmal in Akkon aufgezogen hatte.

»Damit genug der gegenseitigen Schmeicheleien«, mischte sich Amir ibn Sadaqa nun bissig ein. »Ich habe Dringenderes zu tun, als die Zeit hier mit Geschwätz zu vergeuden. Ich muss die Wettquoten kontrollieren und noch einiges andere mehr! Also lasst uns gehen!«

»Setzt nicht zu hoch auf meinen Tod, Salak Musallim ibn Kathir!«, schickte McIvor ihm noch hinterher, als Tarik sich mit Amir ibn Sadaqa entfernte. »Der Verlust Eures sauer verdienten Geldes könnte Euch zu sehr betrüben, und darüber wäre ich nun wirklich untröstlich!«

»Gönnt dem Ungläubigen nicht ein Wort der Erwiderung, er ist es nicht wert, verflucht soll dieses Lästermaul sein!«, schimpfte der Halbmongole und versicherte sich dann, dass Tarik nicht auf seinen eigenen Kämpfer zu wetten gedachte. Er fürchtete um eine empfindliche Schmälerung seines Profites.

Tarik wusste ihn zu beruhigen. Dabei juckte es ihn sehr wohl in den Fingern, genau das zu tun und sich auf diese Weise wieder ein gut Teil des unverschämt hohen Handgeldes zurückzuholen, das ihm der Kerl abgepresst hatte.

Um sich die abscheulichen Szenen der vielen Vorkämpfe zu ersparen, bat Tarik darum, sich mit seinem Leibwächter bis zum Hauptkampf in ein stilles Gemach zurückziehen zu können. Angeblich habe er mit ihm noch einiges zu bereden. Das erschien Amir ibn Sadaqa zwar etwas wunderlich, aber er wies ihnen doch einen hinteren Raum zu, in dem sie die Zeit bis zur Hauptattraktion ungestört verbringen konnten.

Das Geschrei der Menge drang auch dort noch sehr vernehmlich zu ihnen. Denn an diesem Abend hatten sich mehr sensationslüsterne Besucher eingefunden als jemals zuvor. Aber der Lärm ließ sich in dem Hinterzimmer immer noch besser ertragen als in einem der Verschläge des Obergemachs oder gar unten im Innenhof.

Tarik war, als tröpfelte die Zeit nur so dahin und als wollten die Vorkämpfe kein Ende nehmen. Die Anspannung wurde für ihn fast unerträglich. Hätte er selbst in den Kampf ziehen müssen, wäre er bedeutend ruhiger gewesen. Doch das Wissen, dass er nun nichts mehr tun konnte und McIvors Freiheit gleich einzig und allein von der Geschicklichkeit des Schaustellers und Gauklers abhing, setzte ihm gehörig zu.

Schließlich hatte aber auch dieses Warten ein Ende und Amir ibn Sadaqa erschien, um Malik al-Ablak den Weg in die Arena zu weisen und sich die restlichen hundert Golddinar aushändigen zu lassen.

»Jetzt gilt es!«, sagte Tarik zu seinem Komplizen.

»Der Templer wird die Arena nicht lebend verlassen, Ihr habt mein Wort!«, versicherte Malik und trat unter dem Gebrüll der Menge durch den Gang in die Arena. McIvor wartete schon im Ring auf seinen Gegner, nur mit einem Messer bewaffnet wie Malik. Diesmal behinderte ihn jedoch kein Fußeisen mit einer Kugel an einer kurzen Kette. Tarik hatte darauf bestanden, damit Waffengleichheit herrschte und der Sieg seines Mannes nicht durch den Makel eines unbilligen Vorteils befleckt wurde. Und an Stelle der leichten Tunika, in der er seinen ersten Kampf ausgefochten hatte, steckte er in dieser Nacht in einem bedeutend dickeren Gewand mit einigen Schmutzflecken. Es zeigte zwar auf der Brust auch das sehr flüchtig mit roter Farbe hingeworfene Tatzenkreuz eines Tempelritters, war jedoch aus zwei Lagen Stoff gearbeitet. Zudem waren seine Arme nicht bis zur Schulter entblößt, sondern die Ärmel reichten bis zu den Ellenbogen hinunter.

Dass McIvor nicht in der Tunika antrat, bemerkte auch Amir ibn Sadaqa. Er winkte Harun herrisch heran und fragte, warum der Ungläubige anders bekleidet in den Kampf ging.

Harun war auf diese Frage vorbereitet. Und so sprudelte er sofort hastig und unterwürfig hervor: »Herr, es ist nicht meine Schuld, Allah ist mein Zeuge! Der Ungläubige hatte wieder einmal einen Wutanfall, gerade als die Vorkämpfe begannen. Dabei hat er sich die Tunika fast in Fetzen gerissen. Ich wollte Euch nicht damit belästigen. Deshalb habe ich schnell zum nächstbesten alten Gewand gegriffen, das Kreuz aufgemalt und es ihm in die Zelle geworfen!«

Amir ibn Sadaqa war beschwichtigt und vergaß die Angelegenheit wieder. Nun gewährte er Tarik die Gunst, mit ihm auf das Podest zu steigen, und verkündete der Menge prahlerisch, welch überragenden Meister der Messerkunst er als Gegner für den Templer hatte gewinnen können. Und nachdem Malik al-Ablak den Applaus des Publikums mit Verbeugungen in alle vier Richtungen entgegengenommen hatte, gab Amir ibn Sadaqa seinen Dienern den Befehl, den Gong zu schlagen und die Sanduhr umzudrehen.

Stumm schickte Tarik ein inniges Bittgebet zum Himmel, dass der Kampf einen glücklichen Ausgang nehmen möge.

McIvor hatte von Harun genaue Instruktionen erhalten, wie er sich im Ring zu verhalten hatte und nach welcher Dramaturgie der Kampf verlaufen sollte. Und so folgte er jetzt auch den Anweisungen, die vorsahen, dass sie einander zu Anfang erst einmal wie lauernde Raubtiere umkreisten und einige halbherzige Finten schlugen, um die Schnelligkeit und das Reaktionsvermögen des Gegners zu prüfen.

»Komm doch! Zeig schon, ob du mehr mit einem Messer anfangen kannst als ein altes Küchenweib, Ungläubiger!«, lockte ihn Malik und ließ es sich nicht nehmen, in diesen ersten Minuten einige seiner erstaunlichen Kunstfertigkeiten zum Besten zu geben. Er wirbelte sein Messer nach bester Gauklermanier um seinen Mittelfinger und warf es dann spielerisch hinter seinem Rücken in die Luft.

Den ersten, scheinbar ernsthaften Angriff sollte McIvor genau in diesem Moment unternehmen. Dieses Kunststück war das verabredete Zeichen. Und kaum hatte Malik seine Waffe in die Luft geworfen, als er auch schon seinen ersten Treffer anzubringen versuchte.

Doch Malik der Buntgefleckte wich blitzschnell zurück, brachte sich mit einem katzengleichen Satz wieder vor das herabfallende und um sich selbst drehende Messer, fing es am Griff in der Luft auf – und wehrte den Stoß ab. Die Klingen trafen aufeinander und McIvor zog sich dabei eine Schnittwunde am rechten Unterarm zu. So war es abgesprochen. Etwas Blut musste schon auf beiden Seiten fließen, damit dieser Kampf auf Leben und Tod glaubhaft wirkte.

Die Menge schrie und johlte vor Begeisterung. Solche atemberaubenden und zugleich höchst riskanten Einlagen, die den verhassten Kreuzritter verhöhnten, waren ganz nach ihrem Geschmack. Dass der Ungläubige die ganze Zeit seinen linken Arm nahe am Körper hielt und stets eine leicht nach vorn gebeugte Haltung bewahrte, fiel dabei keinem auf. Und wenn es doch jemand bemerkt hätte, so hätte er gewiss nicht geahnt, was das zu bedeuten hatte.

»Beim Bart des Propheten, Euer Bursche scheint sich seiner Sache wirklich sehr sicher zu sein, dass er so etwas wagt!«, stieß sogar Amir ibn Sadaqa beeindruckt hervor.

»Hätte ich es mich sonst hundertfünfzig Goldstücke kosten lassen, ihn gegen den Kreuzritter kämpfen zu sehen?«, gab Tarik zurück.

Aber das Blatt wendete sich schnell, wenn auch nur vorübergehend, zu Gunsten von McIvor. Leichtfüßig wehrte er zwei gegnerische Angriffe ab und bewies, dass auch er ausgezeichnet mit einem Messer umzugehen verstand. Seine Klinge fetzte den linken Ärmel von Malik auf, zuckte im nächsten Moment haarscharf an dessen Kehle vorbei und fügte ihm nun ihrerseits eine Schnittwunde an der rechten Schulter zu.

Das schien ihm den Respekt seines Gegners einzubringen, denn danach erweckte Malik den Anschein, nun vorsichtiger zu sein und fortan auf fingerfertige Kunststücke verzichten zu wollen.

»Also gut, genug des läppischen Geplänkels, Kreuzritter! Machen wir endlich Ernst!«, rief er selbstbewusst. »Oder war dieses blinde Herumgestochere in der Luft etwa alles, was du zu bieten hast? Dann fang schon mal an dein letztes Gebet zu sprechen. Denn viel Zeit wirst du Hundesohn nicht mehr haben!«

Tarik hielt den Atem an. Wenn sich Malik an die Absprache hielt, kam gleich der alles entscheidende Moment!

Der Buntgefleckte gewann in den nächsten Minuten deutlich die Oberhand über seinen Gegner. Mit einer Serie von Vorstößen jagte er ihn durch den Ring. McIvor schien in arger Bedrängnis zu sein, sich nur mit Mühe seiner Haut zu erwehren und nicht mehr zu einem Gegenangriff zu kommen.

Und dann geschah es!

Malik stieß eine Finte, die McIvors Kehle zu gelten schien. Als dieser seine Waffe zur Abwehr hochriss, sprang Malik vor und rammte ihm sein Messer in den Unterleib – und zwar genau an jener Stelle, wo auf dem Gewand der Längsbalken des Templerkreuzes endete.

Die Menge brach in einen gellenden Jubelschrei aus. Und tosendes Getrampel kam von den Brettern der Tribünenränge. Der Ungläubige würde die Arena diesmal nicht lebend verlassen! Er würde vor ihren Augen verenden!

Was jedoch nur vier Männer in den Mauern des *Bayt al-Dhahab* wussten, war, dass die Klinge von Maliks Gauklermesser dem Templer nicht bis tief in die Gedärme drang, sondern beim Stoß bis auf eine kleine Spitze nach hinten in das Griffstück zurückglitt. Ein kurzer, schneller Daumendruck auf eine der Messingverzierungen am oberen Knauf hatte die Klinge aus ihrer festen Arretierung gelöst. Eine starke Feder an ihrem Ende ließ sie jedoch sofort wieder hervorschnellen, als er das Messer zurückzog und zum nächsten, endgültig tödlichen Stich ansetzte.

McIvor stieß einen Schrei aus, krümmte sich nach vorn, ließ seine Waffe fallen und presste seine rechte Hand auf die vorgetäuschte Wunde. Blut spritzte zwischen seinen Fingern hervor. Es war nicht sein eigenes, sondern Tierblut aus einer Ziegenblase, die genau unter dem Längsbalken des Tatzenkreuzes zwischen die beiden Lagen Stoff eingenäht war. Eine zweite befand sich genau über dem Herzen, wo der waagerechte Balken des roten Kreuzes endete. Und eine dritte hatte er sich unter die linke Achsel gebunden.

Halb im Fallen stieß Malik ihm nun das Messer in den Beutel über dem Herzen, was augenblicklich auch dort das Gewand blutig färbte. Unter dem ohrenbetäubenden Gebrüll der Zuschauer stürzte McIvor in den Sand der Arena. Dabei griff er sich mit der Rechten an die scheinbar tödliche Wunde und presste gleichzeitig seinen linken Oberarm mit aller Kraft gegen den Blutbeutel in seiner Achselhöhle. Er platzte sogleich und das viele hervorquellende Blut machte die Illusion vollständig, mitten im Herzen getroffen zu sein. Reglos blieb er mit angewinkeltem linkem Arm auf der Seite liegen, während das Blut aus dem reichlich durchtränkten Gewand in den Sand tropfte.

Die Menge feierte den Tod des Templers mit tosendem Geschrei und Applaus. Niemand schenkte Harun und dem alten Yusuf Beachtung, die augenblicklich mit einem einachsigen Karren in der Arena erschienen, McIvor hochzerrten, ihn bäuchlings auf die Ladefläche hievten, eine schmutzige Plane über ihn warfen und ihn fortbrachten.

Noch während Malik die Begeisterungsstürme des Publikums genoss, durch den Ring stolzierte und sich bejubeln ließ, verabschiedete sich Tarik von Amir ibn Sadaqa. Dieser zeigte sich sehr verwundert, dass er es so eilig hatte, und wollte ihn noch zum Bleiben überreden, damit sie den Tod des Kreuzritters bei einem Krug seines besten Weines gebührend feiern konnten.

Doch Tarik entschuldigte sich unter allerlei Schmeicheleien damit, dass er morgen in aller Frühe mit seinem Gefolge aufbrechen müsse. Seinen Leibwächter wolle er seinen Sieg noch ein wenig auskosten lassen. Aber gewiss werde auch er gleich folgen, wohl aber mit einer anderen Mietsänfte in die Herberge im Herzen al-Qahiras zurückkehren.

»Doch habt Dank für die einzigartige Freude, die Ihr mir mit diesem Kampf bereitet habt. Ihr wisst gar nicht, wie sehr Ihr Euch damit um meinen Seelenfrieden verdient gemacht habt«, schloss er seine Ausflüchte hintersinnig. »Ich werde Euer *Bayt al-Dhahab* immer in unvergesslicher Erinnerung behalten, dessen könnt Ihr gewiss sein! Möge Allah Euch vergelten, was Ihr getan habt!«

So ließ Amir ibn Sadaqa ihn denn ziehen und Tarik musste an sich halten, um nicht im Laufschritt über den Innenhof und durch das Tor hinaus in die Nacht zu stürzen. Erst jetzt wurde ihm bewusst, wie durchgeschwitzt sein Gewand war. Doch was machte das schon? Unsägliche Freude schwellte ihm die Brust. Es war gelungen! McIvor war gerettet und in Freiheit!

12

Gleich hinter der alten Landstraße nach Fustat schlug Tarik sich hinter einem Dickicht nach links und rannte nun zu jenem Pfad hinüber, der vom *Bayt al-Dhahab* hinunter zum Nilufer führte. Harun hatte ihm den sandigen Weg am Mittag gezeigt, damit er wusste, wo er nach dem Kampf ihn und den Templer antreffen würde.

Harun wartete schon bei dem Gebüsch, das sie als Treffpunkt vereinbart hatten. Er stand allein neben dem Karren. Der alte Yusuf hatte sich bereitwillig von ihm überzeugen lassen, dass er ihn für die letzte Waschung der Leiche nicht brauchte. Und als er seinen Wohltäter heraneilen sah, sagte er leise zu der noch immer reglos auf dem Karren liegenden Gestalt: »Ihr seid jetzt in Sicherheit und könnt hervorkommen!«

Sofort schlug McIvor die dreckige Plane zurück und sprang vom Leichenkarren.

»Heiliger Lazarus!«, rief Tarik ihm von Freude überwältigt zu. »Nie hätte ich geglaubt, dass ich einmal Zeuge einer Auferstehung von den Toten werden würde! Sei mir gegrüßt, mein Bruder!«

»Tod und Teufel, du durchtriebener Levantiner taugst zu mehr, als ich für möglich gehalten habe!«, frotzelte McIvor. »Lass dich an meine blutige Brust drücken, wenn dir das nicht eine zu große Zumutung ist!«

»Ich dachte mir schon, dass du mir das nicht ersparen würdest, und habe deshalb saubere Gewänder für uns in dem Gebüsch dort versteckt.«

Linkisch und verlegen ob seiner Rührung, schloss McIvor seinen Ordensbruder, dem er seine unverhoffte Freiheit verdankte, in die Arme.

»Entschuldigt, aber mir ist sehr daran gelegen, dass ich den Karren wieder zurückbringe und mich dann aus dem Staub machen kann, solange Amir ibn Sadaqa noch damit beschäftigt ist, die Wetten auszuzahlen«, mischte sich nun Harun ein.

»Natürlich! Auch wir müssen zusehen, dass wir schnellstens von hier wegkommen. Die von mir bestellte Mietsänfte wird schon drüben bei der Schänke warten. Du hast deine Sache gut gemacht, und das verdient einen entsprechenden Lohn«, sagte Tarik, während er sich schnell aus den Pranken des Schotten löste, und zählte dem jungen Mann, der so viel Mut und Umsicht bewiesen hatte, eiligst zehn Goldstücke in die Hand.

Harun strahlte vor Glück, bedankte sich überschwänglich und beeilte sich, den Leichenkarren zurückzubringen und sich dann aus dem Staub zu machen.

Kaum befand sich Harun außer Hörweite, als McIvor auch schon mit höchster Spannung fragte: »Hast du den Heiligen Gral?«

»Ja, ich habe ihn aus dem Kielraum geholt und gut versteckt!«

Wie von einer unerträglichen Last befreit, atmete McIvor auf und schlug das Kreuz. »Gelobt sei Jesus Christus – und nicht zuletzt deine Unerschrockenheit und dein Einfallsreichtum!«

»Aus deinem berufenen Mund ist das ja fast so schmeichelhaft wie ein Ritterschlag!«

»Das Lob hast du dir mehr als verdient, Levantiner!«, bekräftigte McIvor. »Aber sag, wie hast du das nur gemacht?«

»Das ist eine längere Geschichte, die ich dir später in aller Ruhe erzählen werde.«

»Hast du was von Gerolt und Maurice gehört?«

»Nein, nichts. Ich weiß nur, dass der Emir sie im Kerker seines Palastes auf der Nilinsel Rhoda gefangen hält. Aber auch dazu später mehr! Jetzt erst mal runter mit den blutverschmierten Sachen!«, drängte Tarik und zog den Kleidersack aus dem Gebüsch.

McIvor machte ein verständnisloses Gesicht, als Tarik für sich ein ansehnliches Gewand aus bestem jadegrünem Stoff zurechtlegte, ihm aber ein taubengraues Kleidungsstück mit eingearbeitetem Kopfteil und einem dichten Stoffgitter vor dem Gesicht reichte. »Hast du dich in der Eile vergriffen? Was soll ich damit? Das ist doch eine *burkha,* so ein Gewand für ein besonders frommes Muslimweib, das sich vom Scheitel bis zur Sohle verhüllt!«

»Nein, ich habe mich ganz und gar nicht vergriffen, alter Highlander!«, sagte Tarik mit einem breiten Grinsen. »Oder willst du vielleicht mit deinem Nackensporn und der noch auffälligeren Eisenkappe durch die Straßen von al-Qahira laufen? Dann würde es sich in Windeseile herumsprechen, dass du von den Toten auferstanden bist und dich munter deines Lebens erfreust! Und das würde uns eine Menge Ärger einbringen, gelinde ausgedrückt.«

»Das kann nicht dein Ernst sein! Ich soll wie eine wandelnde Mumie herumlaufen? Hol mich doch der Teufel!«

»Eher werden es die Männer von Amir ibn Sadaqa sein, die dich holen«, erwiderte Tarik trocken. »Und nun mach schon und sei vernünftig! Wir haben keine Zeit zu verlieren!«

McIvor fluchte leise, warf sich dann jedoch die knöchellange Burkha über und fuhr in die lederbesohlten Filzpantoffel, die seine kräftigen Füße verbargen.

Die Träger der Mietsänfte, die schon eine Weile vor der einfachen Schänke an der Landstraße warteten und sich inzwischen versetzt glaubten, wollten schon wieder ins Stadtzentrum zurückkehren. Gerade noch rechtzeitig rief Tarik ihnen aus dem Dunkel der Nacht zu, dass sie noch warten sollten. Die Männer warfen sich spöttische Blicke zu, als sie ihn in Begleitung einer Frau heraneilen sahen, die ihn um gut eine Haupteslänge überragte und das Kreuz eines Ochsen besaß.

»Von Euren nächtlichen Abenteuern würde ich gern die eine oder andere Geschichte erfahren, Sihdi«, wagte einer der Träger anzüglich zu bemerken.

Tarik wies ihn scharf zurecht, bedeutete McIvor, in die Sänfte zu steigen, folgte ihm und zog den Vorhang hinter sich zu. »Lass uns schweigen, bis wir keine neugierigen Lauscher mehr zu fürchten haben!«, raunte er seinem Gefährten zu. »Ich habe oben im Norden der Stadt ein kleines Hofhaus gemietet, wo wir ungestört sind und über alles reden können.«

McIvor nickte stumm.

Sie ließen sich vor der el-Hakim-Moschee absetzen, weil sie den Rest des Weges besser zu Fuß zurücklegten. Die Träger brauchten nicht zu wissen, wo sich ihre Unterkunft befand. Deshalb wandte sich Tarik auch erst einmal in die entgegengesetzte Richtung. Als dann die Träger verschwunden waren, drehte er wieder um und führte McIvor hinüber in die Gassen auf der Westseite der Qasaba.

Wenig später hatten sie das heruntergekommene Anwesen erreicht. Tarik schloss das Hoftor hinter ihnen ab, griff zur bereitstehenden Nachtleuchte und führte ihn ins Haus.

Drinnen zerrte sich McIvor sogleich die Burkha vom Leib. »Ich nehme an, du hältst ein anderes Gewand für mich bereit, das einem Gralshüter mehr angemessen ist als dieses! Oder erwartest du vielleicht, dass ich auch im Haus wie ein Weib gekleidet bleibe?«, sagte er grollend.

»Dort drüben auf dem Stuhl liegt schon eine leichte Tunika für dich bereit«, beruhigte ihn Tarik. »Aber wann immer wir das Haus verlassen, wird dir nichts anderes übrig bleiben, als dich mit der Burkha zufrieden zu geben.«

McIvor warf sich die leichte Tunika über und sah sich dann um. »Na, da hast du dir ja ein rechtes Loch als Bleibe ausgesucht! Da waren ja die Ställe unserer Ordensburg in Akkon noch einladender als dieses muffige Gemäuer.«

Tarik stemmte die Fäuste in die Hüften und funkelte ihn an. »Ich habe Höllenqualen um dich gelitten, mir Arme und Beine ausgerissen und ein Vermögen ausgegeben, um dich aus den Klauen dieses Schandkerls Amir ibn Sadaqa zu befreien, und du hast nichts Besseres zu tun, als dich über die Wahl meines Verstecks zu beklagen?«, gab er sich entrüstet. »Also wenn das so ist, führe ich dich nicht hinauf ins Obergemach, wo ich reichlich Wein und alles andere vorbereitet habe, was zu einem ordentlichen Festschmaus gehört!«

Als McIvor die Worte »Wein« und »Festschmaus« hörte, da hellte sich sein Gesicht unverzüglich auf und ein fröhliches Grinsen zog seinen Mund in die Breite. »War doch nur ein Scherz, Kleiner!«, versicherte er, legte Tarik seinen Arm um die Schulter und drückte ihn an sich. »Ich weiß doch, dass du bestimmt gute Gründe für deine Wahl gehabt hast.«

»In der Tat!«

»So, und nun lass mich in Augenschein nehmen, was du unter einem ordentlichen Festschmaus verstehst«, sagte McIvor augenzwinkernd. »Du weißt, wir Schotten haben da unsere eigenen Vorstellungen.«

Als McIvor jedoch sah, was sein Ordensbruder im größten Raum des oberen Stockwerks vorbereitet hatte, da gingen ihm fast die Augen über. Da standen bauchige Krüge Wein in großen, wassergefüllten Tonbehältern, die ihn kühl halten sollten, und unter einem Leinentuch fand sich ein halbes Dutzend Holzschalen, die mit Köstlichkeiten gefüllt waren, darunter auch reichlich Fleisch wie etwa zarte Lenden vom Lamm, Spieße mit scharf gewürzten Bratenstücken und andere Leckerbissen.

Sie füllten die Becher und stießen auf seine Freiheit an. McIvor leerte seinen Becher mit einem Zug. Und nachdem er sich erkundigt hatte, wo Tarik denn den Heiligen Gral verborgen hielt, lautete seine nächste Frage: »Und was hast du jetzt vor? Willst du, dass wir beide allein die Weiterreise antreten?«

Tarik schüttelte heftig den Kopf. »Nein, das kommt für mich nicht in Frage. Ich müsste mir schon ganz sicher sein, dass es keine Möglichkeit gibt, Gerolt und Maurice aus dem Kerker zu holen, um das zu erwägen!«, erklärte er mit großer Entschlossenheit. »Füreinander in fester Treue! Das haben wir uns geschworen und diesen heiligen Schwur gedenke ich zu halten!«

»Ich sehe es genauso!«, pflichtete McIvor ihm bei. »Aber nun berichte schon, was dir nach dem Sprung von der *Calatrava* in den Nil widerfahren ist und vor allem, wie es dir gelungen ist, den heiligen Kelch zu retten!«

Tarik kam seiner Aufforderung gern nach und berichtete ihm, wie ihn seine geheime Kraft als Gralshüter auf seiner Flucht unter Wasser gerettet hatte, wie er weit flussabwärts auf Maslama die Ratte und seine beiden Spießgesellen gestoßen war und was sich seit ihrer Trennung sonst noch in seinem Leben zugetragen hatte. Auch über seine bislang erfolglosen Versuche, über Maslama genaue Informationen über die Palastanlage des Emirs zu erhalten, setzte er ihn ins Bild.

»Hölle und Verdammnis, da ist dir mit dem Brandanschlag auf die Galeere ja ein Meisterwerk der Kriegslist gelungen! Das muss dir erst mal einer nachmachen!«, sagte McIvor anerkennend und mit vollem Mund. »In deiner Haut steckt ein wahrer Teufelskerl! Wie beruhigend, dass wir auf derselben Seite stehen! Und darauf will ich meinen Becher erheben! Füreinander in fester Treue, Levantiner!«

Auch Tarik hob seinen Becher und dachte, wie gut es doch war, dass er nun wenigstens einen seiner Gefährten wieder an seiner Seite wusste. »Füreinander in fester Treue, Highlander!«

Als McIvor erfuhr, wie viel Kaisergold und Edelsteine Tarik hatte versetzen müssen, um ihn vor dem schmachvollen Tod in der Arena des *Bayt al-Dhahab* zu bewahren und zu befreien, verschlug es ihm kurz den Appetit. Zumal er Tarik beichten musste, dass er seine Edelsteine durch eigene Dummheit verloren und Amir ibn Sadaqa ihm seine Goldstücke abgenommen hatte.

Tarik hatte auch nicht erwartet, dass sein Freund etwas davon gerettet haben könnte. Und er versicherte ihm, dass dies nicht die Stunde sei, sich die Freude trüben zu lassen.

»Deine Freiheit ist jeden roten Fils wert, der dafür draufgegangen ist!«, beruhigte er den Schotten, der daraufhin gleich wieder kräftig zulangte und es sich schmecken ließ. »Und da der Abbé uns fürstlich mit Gold und Edelsteinen ausgestattet auf die Reise geschickt hat, befinden sich immer noch reichlich Smaragde und Rubine unten im Versteck beim Heiligen Gral, um auch die Befreiung von Gerolt und Maurice sowie unsere Flucht aus dem Reich der Mameluken finanzieren zu können. Nur fehlt es mir an einem Plan, wie wir sie aus dem Kerker herausholen können!«

Sie zerbrachen sich darüber noch bis tief in die Nacht hinein den Kopf und dabei leerten sie so manchen Becher Wein. Schließlich sanken sie, todmüde und von einem ordentlichen Rausch erfasst, auf ihr primitives Mattenlager. Und mit der Hoffnung, dass Maslama am nächsten Tag endlich gute Nachrichten für sie hatte, fiel Tarik fast augenblicklich in den Schlaf.

Beide erwachten sie am nächsten Morgen mit einem gewaltigen

Brummschädel. Und so wurde es später Vormittag, bis sie sich wieder gefestigt genug fühlten dem neuen, heißen Sommertag tatenfreudig entgegenzutreten.

Wieder einmal machte sich Tarik auf den Weg zum *Midan al-Rumeila,* diesmal mit McIvor, der ihm mit drei Schritten Abstand folgte, wie es sich für eine gehorsame, unterwürfige Ehefrau gehörte. Das gefiel dem Schotten genauso wenig wie die Burkha, die er tragen musste. Nur mit äußerstem Widerwillen hatte er bei ihrem Aufbruch zum Gewand gegriffen und es sich übergeworfen.

»Und vergiss nicht, den Mund zu halten und das Reden mir zu überlassen!«, schärfte Tarik ihm noch einmal ein, als sie auf dem betriebsamen Platz zu Füßen der Zitadelle eintrafen.

»Ganz wie Ihr es wünscht, mein Gebieter!«, flötete McIvor mit hoher Kopfstimme durch das Stoffgitter vor seinem Gesicht.

An diesem Tag hatte Fortuna ein Einsehen. Denn Maslama kam Tarik auch schon mit wehendem Gewand entgegen, kaum dass er ihn bemerkt hatte. Und sein freudiger Gesichtsausdruck verriet, dass er gute Nachrichten hatte. Doch als er die riesenhafte Frau erblickte, die hinter Tarik stehen blieb, runzelte er verwirrt die Stirn.

»Wer ist diese Frau, die du da mitbringst?«, wollte er sogleich mit sofort erwachtem Misstrauen wissen.

»Eine Vertraute, aber das hat dich nichts anzugehen!«, beschied Tarik ihn und kam gleich zur Sache. »Du machst mir den Eindruck, als müsstest du meine Geduld nicht länger strapazieren. Und? Verhält es sich so?«

»Ihr habt richtig vermutet!«, bestätigte Maslama selbstzufrieden, um ihm dann erst einmal lang und breit zu erklären, welche Mühe es ihn gekostet hatte. »Aber nach vielen schweißtreibenden Gängen durch die Stadt und langem Herumfragen ist es mir letztlich gelungen, diesen Mann ausfindig zu machen.«

»Und ist er bereit mir zu liefern, was ich wissen will?«

Maslama nickte. »Ihr werdet es Euch natürlich etwas kosten lassen müssen, denn solche Informationen gibt man nicht für ein freundliches Lächeln heraus . . .«

Tarik verzog das Gesicht. »Du siehst mich nicht im Mindesten erstaunt, dass ein Griff in meinen Geldbeutel vonnöten sein wird, um diesem Mann die Zunge zu lösen«, erwiderte er sarkastisch. »Und jetzt sage mir, wo ich diesen einstigen Hilfskoch des Emirs finde und wie er heißt!« Und damit zog er seine Geldbörse und entnahm ihr schon mal die zwei Dinar, die er Maslama für seinen Dienst versprochen hatte.

»Sein Name ist Ahmed Gawhar und er betreibt mit seinem Sohn auf dem al-Qarafa draußen im Osten vor der Stadt eine kleine Garküche«, teilte Maslama ihm mit und steckte das Geld ein.

Tarik hatte von al-Qarafa, dem weitläufigen Friedhofsgelände vor den Toren der Stadt, schon gehört. Nach dem, was ihm darüber zu Ohren gekommen war, hatte sich das Tal nordöstlich von al-Qahira nach dem prachtvollen Bau eines Grabmals, das zu Ehren des Fatimidenkalifs* Badr al-Dschamali errichtet worden war, mit vielen anderen stattlichen Grabbauten, aber auch mit schlichteren Gräberfeldern gefüllt und zu einer wahren Totenstadt entwickelt.

Dort herrschte seinem Wissen nach keine andächtige Stille wie auf christlichen Friedhöfen, sondern manchmal ein kaum geringeres Treiben als in den betriebsamsten Vierteln von Cairo. Die Menschen gingen gern dort hinaus, um sich an den herrlichen Gebäuden und den Gartenanlagen zu erfreuen, und niemand betrachtete es als Entweihung der Ruhestätten, dass Kinder dort spielten, man sich im Schatten der Palmhaine fröhlich auf einer Decke zusammensetzte und unter munterem Geplauder verspeiste, was man in einem Korb

---

* Fatimiden: islamische Herrscherfamilie, die ihre Herkunft direkt von Mohammed ableitet, nämlich von den männlichen Nachkommen von Mohammeds Tochter Fatima.

mitgebracht oder dort von einem der zahlreichen Händler erstanden hatte. Die vielen reichen Stiftungen der Mamelukenherrscher, die sich auch dort noch alle in Stein verewigen wollten, hatten nämlich zur Folge gehabt, dass für die Pflege der Anlagen ein wahres Heer von Dienern benötigt wurde. Und in ihrem Gefolge waren die Händler, Wasserverkäufer, Bettler und eben auch die Besitzer von kleinen Garküchen gekommen, die sich schnell aufbauen und auch wieder abbauen ließen, wenn das Geschäft nachließ.

»Du kannst Ahmed jederzeit sprechen. Ich führe dich zu ihm!«, erbot sich Maslama.

»Gut, aber nicht sofort«, sagte Tarik. »In einer halben Stunde sind wir wieder zurück, dann kannst du uns zu deinem Ahmed bringen.«

»Warum sind wir nicht gleich mit ihm gegangen?«, wollte McIvor leise wissen, als Maslama sie nicht mehr hören konnte.

»Weil wir erst noch kurz in den Basar müssen«, teilte Tarik ihm mit. »Ich will Pergament, Federkiele und Tinte zur Hand haben und sogleich alles festhalten, wenn wir den Mann nachher befragen.«

Mit einem kleinen Holzkästchen unter dem Arm, in dem sich die Schreibutensilien und einige der teuren Pergamente befanden, begaben sie sich keine halbe Stunde später hinaus in die Totenstadt von al-Qarafa, die fast bis an das Stadttor *Bab an-Nasr* reichte. Die ausladenden Kuppeln der prächtigen Grabmäler glichen aus der Ferne der gewaltigen, im Sonnenlicht funkelnden Helmzier einer Truppe von riesenhaften Kriegern, die dort im Tal für einen bevorstehenden Angriff Aufstellung genommen hatte.

Tarik sah nun mit eigenen Augen, dass es in den Anlagen zwischen den Grabstätten tatsächlich so geschäftig und unbekümmert zuging, wie man es ihm berichtet hatte. Die Händler aller Art und die Besitzer der Garküchen machten mit den vielen Besuchern gute Geschäfte, wie er beobachten konnte.

Zielstrebig steuerte Maslama mit ihnen auf einen kleinen Küchenwagen zu, der vor einem Palmenhain zwischen zwei Mamelukengrabstätten stand. »Das ist dein Mann«, sagte Maslama zu Tarik und deutete auf die Gestalt, die gerade eine neue Lage Fleischspieße auf den Rost seines Kohlenfeuers legte.

Ahmed Gawhar machte seinem Berufsstand als Koch keine große Ehre, was seine äußere Erscheinung betraf, denn er war ausgesprochen mager, als schmeckte ihm sein eigenes Essen nicht. Sein schmales, eingefallenes Gesicht, das den traurigen Ausdruck eines müden Straßenhundes trug, endete in einem zotteligen Kinnbart. Aber es kam augenblicklich Leben in seine trägen Züge, als sein Blick auf Maslama und seine Begleitung fiel. Er überließ die Garküche seinem jugendlichen Sohn, der ihm wie aus dem Gesicht geschnitten schien, entbot Tarik einen ehrerbietigen Gruß und zog sich mit seinen Besuchern ein gutes Stück in den Palmenhain zurück, damit er dem Fremden ungestört sein Wissen über den Palast von Emir Turan el-Shawar Sabuni verkaufen konnte. Dass auch die ungewöhnlich kräftige, vermummte Frau in den Schatten der Palmen folgte und sich wie selbstverständlich mit ihnen auf den sandigen Boden setzte, irritierte ihn zwar kurz, aber wenn der Fremde es zuließ, würde er schon seine Gründe dafür haben.

Bevor Ahmed Gawhar jedoch sein Wissen preisgab, feilschte er nach bester Basarmanier um einen angemessenen Preis. Maslama ließ es sich nicht nehmen, ihm dabei kräftig Beistand zu leisten und mehr als einmal darauf zu verweisen, wie gefährlich es doch sei, solche Kenntnis auszuplaudern.

Tarik nahm es geduldig hin, vermochte aber schließlich eine Summe auszuhandeln, die um einiges von der ersten Forderung des Garkochs abwich.

Er holte Federkiel, Tinte und Pergament aus dem Holzkästchen und nahm den Deckel als Schreibunterlage. »Nun, fang also an!«, sagte er, tunkte den Federkiel in das Tintenfässchen und hielt ihm das zugespitzte Rohr hin. »Zeichne mir einen möglichst genauen Plan von den Räumen des Palastes und von der Anlage des Gartens!«

»Damit verstehe ich nicht umzugehen, Sihdi«, sagte Ahmed Gawhar und wies den Federkiel zurück. »Das übernehmt Ihr besser selbst. Ich würde Euch das kostbare Pergament nur mit hässlichen Flecken versehen.« Damit griff er zu einem kleinen Stöckchen und begann eine Skizze in den Sand zu malen.

Es zeigte sich im Verlauf seiner Erklärungen, dass er gut daran getan hatte, nicht nach Federkiel und Pergament gegriffen zu haben, sondern seine Linien in den Sand zu kratzen. Denn auf Tariks beständige Nachfragen hin fielen ihm immer weitere Einzelheiten ein, die mehrfache Korrekturen und Erweiterungen seiner Skizze nötig machten. Und erst als der Koch beteuerte, dass der Plan nun richtig war, übertrug Tarik ihn auf das Pergament.

»Was ist mit den Kerkern?«, wollte Tarik wissen, als er die Skizze im Sand sorgfältig abgezeichnet hatte. »Kannst du uns auch darüber genaue Angaben machen?«

»Ja, Sihdi, sogar aus eigener, schmerzlicher Erfahrung!«, sagte Ahmed Gawhar und setzte eine kummervolle Miene auf. »Dieser Tyrann von Oberkoch hatte mich einst beschuldigt ein halbes Dutzend Hammelkeulen gestohlen zu haben, worauf man mich in den Kerker warf. Zu meinem großen Glück, Allah sei für sein barmherziges Eingreifen gepriesen, stellte sich jedoch schnell heraus, dass ein anderer Bediensteter der Dieb war.«

»Dann lass dich nicht lange bitten mir auch davon eine Skizze zu machen!«, forderte Tarik ihn auf. Und als er mit sauberen Tintenstrichen diese auf ein zweites Pergament gezeichnet hatte, stellte er ihm noch eine ganze Reihe von Fragen, die den gewöhnlichen Tagesablauf im Palast zum Inhalt hatten. Er wollte alles wissen, denn jede kleine Information konnte ihnen von Nutzen sein, wenn sie sich später den Kopf darüber zerbrachen, wie sie die Befreiung von Gerolt und Maurice am besten angehen sollten. Und die wichtigsten Fragen betrafen die Bewachung, ihre Stärke und die Gewohnheiten der Leibgardisten des Emirs.

Ahmed Gawhar sagte ihnen, was er darüber wusste, und schloss mit den beiläufigen Worten: »Aber ein Großteil der Leibgarde wird wohl bald mit dem Emir abrücken.«

»Woher willst du das wissen?«, fragte Tarik und vermochte seine Erregung kaum zu verbergen.

»Von meiner Frau, deren Schwester in der Wäscherei des Palastes arbeitet«, antwortete Ahmed Gawhar. »Sie hat ihr berichtet, dass der Emir in drei Tagen zur Jagd in die Berge zieht.«

»Und wie lange wird er wohl fort sein?«

Der hagere Garkoch zuckte die Achseln. »Bisher ist er nie unter einer guten Woche auf Jagd gegangen. Meist bleibt er sogar für zwei oder gar drei Wochen fort, vor allem in der heißen Jahreszeit, wenn es oben in den Bergen besser auszuhalten ist.«

Tarik dankte Ahmed Gawhar für seine genauen Auskünfte, ließ Maslama bei ihm zurück und machte sich mit McIvor auf den Weg zurück in die Stadt.

Auf den belebten Straßen wagten sie nicht, miteinander über das zu reden, was sie im Palmhain von al-Qarafa erfahren hatten. Erst als sie in ihrem Hofhaus eingetroffen waren, wo sie sich unbelauscht wussten, tauschten sie ihre Gedanken und vagen Überlegungen aus und vertieften sich in die beiden auf Pergament gebannten Skizzen.

»Eines ist klar«, stellte Tarik fest. »Wie der Plan zur Befreiung unserer Gefährten auch aussehen mag, der uns hoffentlich bald einfällt, wir sollten mit der Ausführung warten, bis der Emir mit seinem Gefolge zur Jagd aufgebrochen ist. Denn in seiner Abwesenheit ist der Palast vielleicht weniger streng bewacht.«

McIvor pflichtete ihm bei. »Und noch etwas anderes ist so klar wie Quellwasser: Wir brauchen Waffen, und zwar von bester Qualität!«

Tarik dankte Gott für den segensreichen Umstand, dass er von seinem Äußeren her leicht als Muslim durchging. Denn auf den Verkauf von Waffen an Christen stand im Mamelukenreich für alle an solch einem Geschäft Beteiligten die Todesstrafe.

13

Mahmud schnürte noch zur selben Mittagsstunde, als er das zweite Fünfeck Kaisergold erhalten und Beatrice wieder unbemerkt in den Harem zurückgebracht hatte, sein Bündel und stahl sich davon. Denn als Said ihnen am Abend den Wasserkrug auffüllte und ihnen zwei Brotfladen in den Kerker warf, verfluchte er seinen einstigen Gefährten lauthals dafür, dass dieser sich einfach klammheimlich davongemacht und ihn mit der Drecksarbeit im Kerker allein gelassen hatte.

Natürlich schloss er die beiden Gefangenen gleich in seine unflätigen Verwünschungen mit ein.

»Kannst du mir mal verraten, von welcher Drecksarbeit er gesprochen hat?«, fragte Maurice, als Said grollend wieder abgezogen war. »Bis auf die miesen Rationen, die er uns an Wasser und zähen Brotfladen bringt, hat er doch nichts zu tun! Nicht mal neues Stroh hat er uns gebracht!«

Gerolt zuckte die Achseln. »Was kannst du von so einem Kerl erwarten?«, erwiderte er und ihm kam eine Spruchweisheit aus der Bibel in den Sinn. »Ein Taugenichts ist ein Ofen des Unheils!«

Welche Wahrheit in dieser uralten Weisheit lag, sollten sie schon am folgenden Vormittag erfahren. Denn die beiden Männer, die mit dem watschelnden Kafur zu ihnen in das Kerkergewölbe herunterstiegen, waren nicht Said und ein neuer Kerkerwächter, sondern zwei kräftige Leibgardisten des Emirs, wie ihre schwarzen, goldgesäumten Gewänder verrieten. Sie nahmen mit blank gezogenem Krummsäbel neben dem Zellengitter Aufstellung.

»Hoch mit euch! Auf die Beine, ihr ungläubigen Ratten!«, herrschte der feiste Eunuch sie an und in seinen Augen funkelte ein bedrohliches Feuer aus Hass und Genugtuung. »Der Emir befiehlt euch zu sich und wünscht das besondere Vergnügen eurer Gegenwart! Er hat Nachrichten für euch Hundesöhne, die euch sicherlich unter die Haut gehen werden!«

Maurice verzog das Gesicht und murmelte: »Wäre dein Bild an eine Mauer gemalt, Kafur, niemand würde sich ihr auch nur auf zehn Schritte nähern!«

Gerolt warf seinem Freund einen mahnenden Blick zu. »Ich glaube nicht, dass dies der rechte Zeitpunkt ist, den Burschen zu reizen«, raunte er ihm zu. »In meinen Ohren klingt das nämlich ganz und gar nicht nach guten Nachrichten, die der Emir für uns bereithält!«

Wie sehr er mit seiner dunklen Vorahnung Recht hatte, sahen sie sofort, kaum dass sie unter strenger Bewachung auf den hinteren Innenhof hinaustraten. Ein Blick auf Mahmud und Beatrice genügte, um ihnen den Schreck in die Glieder fahren zu lassen und mit einem Schlag alle Hoffnungen zunichte zu machen, die insbesondere Maurice auf Beatrice gesetzt hatte.

Leise wimmernd kniete der Kerkerwächter in der prallen Sonne mit auf den Rücken gefesselten Händen vor dem schattigen Baldachin, den vier Bedienstete im Hof vor den Stallungen über Emir Turan el-Shawar Sabuni hielten. Man hatte dem Wärter das Gewand in Fetzen gerissen und dutzende von langen, klaffenden Wunden zogen sich kreuz und quer über seinen Rücken. Und seine nackten Fußsohlen waren nicht weniger entsetzlich zugerichtet. Mahmud hatte viel mehr als die übliche Bastonade über sich ergehen lassen müssen, die schon schlimm genug war.

Neben ihm kniete Beatrice auf dem Steinboden. Sie zitterte am ganzen Körper und schien sich vor Angst kaum noch auf den Knien halten zu können. Ihr Oberkörper schwankte wie ein Halm im Wind. Sie schluchzte mit erstickter Stimme und Tränen strömten ihr über das leichenblasse Gesicht.

»Allmächtiger!«, entfuhr es Maurice, der wie Gerolt natürlich sofort wusste, was das zu bedeuten hatte.

»Auf die Knie, verfluchtes Rittergesindel! Werft euch vor dem Emir in den Dreck, wenn euch eurer elendes Leben lieb ist!«, schrie Kafur und schlug ihnen seinen Rohrstock in den Nacken.

Kaum waren Gerolt und Maurice zu Boden gegangen, als der Emir auch schon mit zornesrotem Gesicht von seinem Sitz aufsprang. »Ihr habt mich hintergangen!«, schrie er außer sich vor Wut und schleuderte ihnen die Edelsteine vor die Füße, die Maurice der jungen Kaufmannstochter zugesteckt hatte. »Ich habe in meiner Großmut Euer Leben verschont und zum Dank dafür habt Ihr mit Mahmud, diesem widerwärtigen Auswurf einer Hure, ein Komplott geschmiedet!«

Ich wusste doch, dass das nicht gut gehen würde!, schoss es Gerolt durch den Kopf. Hätte ich Maurice nur davon abgehalten! Auch um den Preis eines Streits!

»Der Teufel mag wissen, wie es Euch gelungen ist, das Gold und die Edelsteine einzuschmuggeln!«, fuhr der Emir schrill und mit hochrotem Gesicht fort. »Ihr habt euch wohl für sehr gerissen gehalten, Ihr Herren Tempelritter! Aber Ihr habt in Eurer schändlichen Hinterlist die Rechnung ohne die Treue einer meiner Dienerinnen gemacht. Und noch weniger habt Ihr wohl mit der Einfalt dieser Ratte Mahmud gerechnet! Als ob es mir nicht sofort zugetragen würde, wenn sich einer meiner Bediensteten aus dem Staub macht und dann auch noch so schwachköpfig ist in einer Schänke großspurig mit Geld um sich zu werfen! Wie anders klangen da die Töne, die er vorhin unter der Bastonande von sich gegeben hat! Nun, er wird den rechten Lohn für den heimtückischen Verrat erhalten!« Damit wandte er kurz den Kopf und rief: »Asaad, walte deines Amtes!«

Hinter dem Baldachin, von dessen oberen Querstangen Vorhänge aus goldenem Damast herabfielen, trat nun ein groß gewachsener, breitschultriger Negersklave mit nackter Brust hervor. Der Mann hielt einen Krummsäbel mit besonders breiter Klinge in seinen Händen. Welches Amt er im Dienst des Emirs inne hatte, nämlich das des Henkers, bedurfte keiner Erklärung.

Mahmuds schmerzerfülltes Wimmern wurde nun zu einem lauten Flehen. Er rief das Erbarmen Allahs und des Emirs an. Doch Turan el-Shawar Sabuni ließ sich nicht erweichen.

»Beug den Kopf und stirb wenigstens wie ein Mann, du Hund!«, brüllte er ihn an. »Es liegt ganz bei dir, wie du dein elendes Leben aushauchst. Stirb schnell oder lass dich von Asaad in Stücke hauen!« Der Henker nahm seitlich von dem zum Tode Verurteilten Aufstellung und hob den im Sonnenlicht funkelnden Scimitar.

Nun gab sich Mahmud in sein unabwendbares Schicksal und beugte mit einem gequälten Laut den Kopf. »Allah ist mein Zeuge, dass die . . .«

Weiter kam er nicht. Denn da schnitt schon die rasiermesserscharfe Klinge des Henkers durch die Luft und Assad trennte ihm mit einem wuchtigen Schlag den Kopf vom Rumpf.

Beatrice schrie vor Entsetzen auf, als ihr der Kopf vor die Füße rollte.

»Wage nicht dich von der Stelle zu rühren, du Schlange!«, herrschte der Emir sie an und gab dem Henker ein Zeichen. »Führe aus, was ich diesem hinterhältigen Weibsstück als Strafe zugedacht habe!«

Als Asaad den noch immer auf den Knien ruhenden Torso mit einem Fußtritt auf die Seite stürzen ließ und zu Beatrice trat, da vermochte sich Gerolt nicht länger zurückzuhalten. »Herr, verschone ihr Leben und besudelt Euch nicht mit dem Blut einer Christenfrau!«, rief er in der Hoffnung, den Emir bei seiner Ehre packen zu können. »Sie hat nur getan, was wir ihr befohlen haben! Wenn Ihr noch mehr Blut fließen sehen wollt, dann soll es das unsrige sein!«

»Seid unbesorgt, auch Euer Blut wird fließen!«, versicherte der Emir eisig. »Aber wenn ich auch nicht schlecht Lust habe, Euch alle einen Kopf kürzer zu machen, so denke ich doch nicht daran, Euch und Eure Familien so billig davonkommen zu lassen! Ich weiß, dass Ihr den Tod nicht fürchtet. Und deshalb werde ich Euch nur auspeitschen lassen. Das wird Eurer hochmütigen, ritterlichen Ehre gewiss mehr zusetzen als die schnelle Klinge meines Henkers. Und jetzt tu, was ich dir aufgetragen habe, Asaad!«

Der Schwarzafrikaner packte das lange, lockige Haar von Beatrice mit der Linken, riss es mit einem groben Ruck hoch, sodass sie einen schrillen, von Schmerz und Todesangst erfüllten Schrei ausstieß, und schnitt ihr die honiggoldene Flut ganz kurz über der gespannten Kopfhaut ab. Dann stieß er ihr sein Knie in den Rücken, sodass sie nach vorn auf die Steinplatten fiel, und schleuderte das dichte Haarbündel mit angewiderter Miene neben sie auf den Boden.

»Wirf sie mit ihrer Schwester in den Kerker, aber getrennt von den Rittern!«, trug der Emir seinem Obereunuchen mit scharfer, drohender Stimme auf. »Die bringst du in einer anderen Zelle unter! Und dann wirst du ihren bisherigen Kerker bis auf den letzten Winkel und die kleinste Ritze absuchen lassen, ob sie dort noch irgendetwas versteckt halten! Du bürgst mir mit deinem Kopf dafür, dass es ihnen nicht noch einmal gelingt, mich zu hintergehen!«

»Ja, erhabener Emir! Es wird keine weiteren Zwischenfälle mit dem Rittergesindel geben!«, versicherte Kafur, bleich wie eine frisch gekalkte Wand.

»Aber zuerst sorgst du dafür, dass unsere beiden Edelmänner an den Balken der Stallwand gehängt werden und die Peitsche zu spüren bekommen!«, befahl Emir Turan el-Shawar Sabuni. »Zwanzig Schläge! Nicht mehr und nicht weniger! Also halte dich daran und versage dir jede Eigenmächtigkeit!« Mit dieser scharfen Ermahnung, seine kostbaren Geiseln nicht zu Tode peitschen zu lassen, verließ er den Hinterhof und verschwand durch einen der Rundbögen in den angrenzenden Garten.

Das Leben eines Tempelritters war voller Härten und Gerolt hatte im Laufe der Jahre schon manche Wundschmerzen ertragen. Aber die Aussicht, gleich die Peitsche auf seinem Rücken zu verspüren, ließ ihn doch heftig schlucken. Und in seinem Groll auf Maurice konnte er sich jetzt nicht verkneifen, ihm mit grimmigem Sarkasmus zuzuflüstern: »Wirklich ein großartiger Plan, den du da gehabt hast!«

»*Inshallah!* Man kann nun mal nicht immer gewinnen. Aber das nächste Mal werde ich auf dich hören, das verspreche ich dir«, erwiderte Maurice, doch auch ihm war anzumerken, wie sehr er seine Idee inzwischen bereute. Aber die Einsicht kam zu spät und machte das Unglück nicht ungeschehen und so würden sie jetzt beide mit ihrem Blut für seine Dummheit bezahlen. Ein Preis, der aber auch sehr viel höher hätte ausfallen können, wie Mahmuds abgeschlagener Kopf und ausgebluteter Rumpf auf dem Hof bezeugten.

14

Gemächlich trieb das Ruderboot mit der Strömung flussabwärts. Das Bild, das die beiden Männer in ihren ärmlichen Gewändern in dem alten Fischerkahn zu dieser abendlichen Stunde boten, verleitete niemanden am Ufer oder auf einem der anderen Fischerboote, Lastkähne oder Nilsegler, ihnen auch nur einen zweiten flüchtigen Blick zu schenken. Arme Schlucker, die in der Hoffnung auf einen bescheidenen Fang noch in der Stunde vor Einbruch der Dunkelheit in solchen halb verrotteten Kähnen immer wieder ihre Netze auswarfen, waren überall auf dem Nil ein gewöhnlicher Anblick.

»Pass auf, gleich kommt der Palast in Sicht!«, sagte Tarik, der im Heck hockte und wieder einmal das löchrige Netz einholte, während McIvor auf der Ruderbank das Boot auf Kurs hielt. »Halte ausreichend Abstand zum Ufer der Insel! Und lass den Kopf gesenkt, damit die Wachen deine Augenklappe nicht sehen können, wenn sie mal zufällig zu uns herüberblicken!«

»Ich pass schon auf«, versicherte McIvor, der die lästige Burkha in einem Schilfgürtel gegen ein schäbiges Gewand und eine *kufiya,* ein übergroßes Fellachenkopftuch, ausgetauscht hatte. Auch hatte er über die verkratzte Eisenkappe ein Stück Tuch gebunden, sodass sie sich nicht schon von weitem auffallend dunkel vom Rest seines Gesichtes abhob.

In einem Abstand von etwa vierzig, fünfzig Schritten trugen die

Fluten des breiten Stroms, der jetzt zur Zeit der beginnenden alljährlichen Überschwemmung eine rötliche Trübung angenommen hatte, sie am Westufer der Nilinsel Rhoda mit ihren vielen herrschaftlichen Anwesen vorbei. Die hohen Mauern des Palastes von Emir Turan el-Shawar Sabuni tauchten Augenblicke später hinter einer Gruppe von Palmen auf.

Verstohlen spähten sie hinüber, während sie so taten, als flickten sie an ihrem Netz herum. In Wirklichkeit galt ihr aufmerksamer Blick der steinernen Landungsbrücke, dem Stichkanal und den Wachposten. Der private Kai des Emirs erstreckte sich am südlichen Ende der Anlage. Er maß gute fünf Schritte in der Breite und schätzungsweise zwanzig in der Länge und erstreckte sich parallel zur Palastmauer. Neben einer schmalen Tür, die jeweils nur einer Person Durchlass gewährte und von oben bis unten mit Eisenblech beschlagen war, stand ein mit Palmenzweigen gedecktes Wachhäuschen. Im Schatten dieses an den Seiten offenen Unterstandes lungerten vier bewaffnete Wachposten, die in die typischen schwarzen, mit Goldborte gesäumten Gewänder der Leibgarde des Emirs gekleidet waren, und vertrieben sich den ereignislosen, langweiligen Wachdienst mit Würfelspiel. Ihr Lachen drang zu ihnen über das Wasser. Auf der Mauerkrone selbst war jedoch kein Posten zu entdecken.

Das stromaufwärts weisende Ende der Landungsbrücke stieß gegen das Mauerwerk des Stichkanals, der auf der Höhe der umlaufenden Mauer von einem doppelseitigen, hohen Tor verschlossen wurde. Über die Balken beider Torflügel liefen sowohl horizontal wie senkrecht brustbreite Eisenbänder. Jenseits des Tores ragte die Spitze eines Mastes in den Himmel. Er gehörte zu dem schnellen Nilsegler, der so prunkvoll wie der Palast ausgestattet sein sollte und mit dem der Emir gelegentlich mit seinen Lieblingsfrauen und einer Schar Gäste Lustfahrten auf dem Nil unternahm. Laut Ahmed Gawhar endete der Stichkanal etwa fünfzig Schritte hinter dem Wassertor vor einem Pavillon.

Gerolt und McIvor beließen es nicht dabei, sich nur einmal an der Uferseite vorbeitreiben zu lassen. Schon vor der Nordspitze der Nilinsel griffen sie zu den Rudern, lenkten das Boot in den breiten Strom hinaus und trieben es mit kräftigen Schlägen wieder stromaufwärts, um ein zweites und dann ein drittes Mal einen prüfenden Blick auf die Westseite des Palastes werfen zu können. Und nachdem die Nacht fast schlagartig hereingebrochen war, setzten sie ihre Erkundungen vom Boot aus fort. Besonders wichtig war ihnen dabei, herauszufinden, ob die Zahl der Wachen nachts verstärkt oder reduziert wurde. Doch nichts dergleichen war der Fall. Es blieb bei den vier Posten, die nun im Schein von Pechfackeln ihren eintönigen Dienst versahen.

Zurückgekehrt in ihr verwahrlostes Hofhaus nahe der el-Hakim-Moschee, tauschten sie ihre Beobachtungen des Tages aus.

»Du hast Recht gehabt, Tarik. Der schwächste Punkt der Palastanlage ist zweifellos die Uferseite«, sagte McIvor, der vor dieser Erkundung noch mit anderen Möglichkeiten geliebäugelt hatte. »Darauf müssen wir unseren Plan konzentrieren. Die vier Posten zu überrumpeln und außer Gefecht zu setzen dürfte nicht allzu schwer sein.«

»Nein, aber das wird uns nichts nützen«, wandte Tarik sofort ein, der diesen Gedanken auch schon gehabt hatte. »Denn das Geschrei und der Waffenlärm werden uns verraten und die Wachen im Palast alarmieren, bevor wir auch nur einen Schritt hinter die Tür in der Mauer gesetzt haben. Deshalb sollten wir überlegen, ob wir unbemerkt durch das Wassertor des Stichkanals eindringen können.«

McIvor legte die Stirn in Falten. »Durch das Wassertor? Wie willst du das denn anstellen? Das lässt sich doch offensichtlich nur aus dem Innern der Anlage öffnen!«

»Ja, aber hast du nicht auch bemerkt, wie rostig schon viele der Eisenbeschläge sind?«, erwiderte Tarik. »Das Wassertor scheint schon sehr alt zu sein und hätte vermutlich längst ersetzt werden müssen. Aber al-Qahira ist nun mal nicht eine vorgeschobene Festung in feindlichem Grenzland, sondern das Herz des Mamelukenreichs. Welche Art von Angriff sollte da ein Mann wie der Emir schon fürchten? Sollte bei einer Revolte gegen den jetzigen Sultan auch einmal sein Kopf auf dem Spiel stehen, werden sich seine Feinde kaum die Mühe machen, seinen Palast zu stürmen, sondern ihn bei einer günstigen Gelegenheit aus dem Weg schaffen, etwa durch einen Meuchelmörder. Darum kann ich mir gut vorstellen, dass der Teil des Tores, der unter Wasser liegt und wohl bis knapp über den Grund reicht, sich in einem noch viel schlechteren Zustand befindet. Mit ein wenig Glück und dem richtigen Werkzeug müsste es daher möglich sein, aus dem morschen Holz zwischen den Metallbändern ein genügend großes Loch herauszubrechen, um unter Wasser auf die andere Seite zu gelangen, ohne dabei von oben bemerkt zu werden. Zumal die Fluten ja zu dieser Jahreszeit schlammig trüb sind.«

McIvor machte ein verblüfftes Gesicht. »Eine fabelhafte Idee! So könnte es gehen! Und du bist mit deiner besonderen Gabe dafür auch bestens befähigt!« Doch schon im nächsten Moment wich seine Begeisterung einem skeptischen Ausdruck. »Aber warte! Einen nicht ganz unwesentlichen Schönheitsfehler hat die Sache doch!«

»Und welcher sollte das sein?«

»Wie soll ich auf die andere Seite kommen? Das Wasser ist nun wahrlich nicht mein Element«, gab McIvor zu bedenken und gestand: »Unter Wasser gerate ich leicht in Panik! Aber das bleibt unter uns, verstanden?«

Tarik lachte belustigt auf. »Du hast mein Ehrenwort! Aber zerbrich dir darüber nicht den Kopf. Uns wird schon etwas einfallen, wie auch du hinüberkommst, ohne dass du dabei wie eine Ratte ersäufst! Und jetzt lass uns erst einmal den Heiligen Gral aus seinem Versteck holen und davor die Komplet beten!«

Als Tarik mit dem alten Segeltuchbeutel aus der Vorratskammer der Küche zu ihm ins Obergemach zurückkehrte und den schwarzen, kostbar verzierten Ebenholzwürfel hervorholte, fiel McIvor zum ersten Mal die achteckige Scheibe in die Hand, die Tarik dem Halbmongolen abgekauft hatte.

»Was ist denn das für ein seltsames Ding?«, fragte der Schotte verwundert. »Vorne Silber und hinten Gold? Kannst du mir mal verraten, was du damit willst? Stammt das von deinen beduinischen Vorfahren und ist es gar dein heimlicher Talisman?«

»Weder noch«, sagte Tarik und berichtete ihm, wie er im »Haus des Goldes« zu dem merkwürdigen Objekt gekommen war.

McIvor besah es sich eingehend von allen Seiten. »Was für ein Wirrwar von Linien und Zeichen, die überhaupt nicht zusammenpassen! Nichts, was auch nur entfernt irgendein Bild ergeben könnte. Die Scheibe scheint aus vielen verschieden großen Teilen zusammengesetzt zu sein. Und sieh mal hier!« Er deutete auf die achteckige, umlaufende Kantenlinie. »Da sind überall kleine Spalten im Metall, als gehörte da noch etwas hinein.«

Tarik zuckte die Achseln. »Kann sein, doch ich habe nicht den blassesten Schimmer einer Ahnung. Und nun leg dieses heidnische Amulett wieder in den Beutel zurück und lass uns zum Gebet niederknien. Den restlichen Wein gibt es erst hinterher!«

»Ganz wie der hochwohlgeborene Novizenmeister meint«, spottete McIvor, legte das Amulett weg und kniete mit seinem Freund vor dem Würfel mit dem Heiligen Gral nieder, um sich dem vertrauten Abendgebet zu widmen.

Am folgenden Morgen verließen sie noch vor Anbruch des Tages das Haus, eilten durch die Gassen zum Hafen von al-Maks, stiegen wieder in ihr kleines Boot und ruderten auf den Fluss hinaus. Die Sonne verbarg sich noch hinter dem Mokattam und warf ihr erstes Licht gerade erst an den Himmel über den Bergkämmen, als McIvor die Burkha wieder gegen sein zerschlissenes Gewand ausgetauscht hatte und sie das Ruderboot ein gutes Stück oberhalb der Insel Rhoda mit dem Bug stromabwärts richteten.

»Mach dich bereit!«, flüsterte McIvor, obwohl sie weit und breit keiner hören konnte. Doch die Stille des jungen Morgens gab ihm das Gefühl, seine Stimme dämpfen zu müssen.

Tarik löste die Sandalen von seinen Füßen, zog das Gewand über den Kopf und glitt nur mit einem fest verknoteten Lendenschurz um die Hüften, in dem eines seiner Messer steckte, neben dem Boot ins Wasser. McIvor verhinderte mit seinem Körpergewicht, dass ihr schmaler Kahn dabei kenterte.

»Jetzt gilt es, Levantiner! Aber sei um Gottes willen vorsichtig! Ich hasse es, gleich allein im Boot zu sitzen und nicht zu wissen, wie es dir ergeht!«

»Da sei der barmherzige Herr vor!«

Dunkel und unergründlich lag der Nil unter den sich allmählich aufhellenden Schatten der Nacht, als die Palmengruppe vor dem Südende des Palastes wie ein schwarzer Scherenschnitt ins Blickfeld trieb und Tarik das Ruderboot losließ. Die Fackeln auf der bewachten Landungsbrücke wiesen ihm den Weg zur Öffnung des Stichkanals. Und obwohl er wusste, dass die Wachen ihn unmöglich im Wasser herannahen sehen konnten, achtete er darauf, dass sein Kopf nur so weit herausragte, dass er noch durch die Nase atmen konnte. Sein Herzschlag beschleunigte sich bei dem Gedanken, dass er gleich all sein Gottvertrauen brauchen würde, um seine besondere Gabe als Gralshüter erfolgreich einsetzen zu können. Obwohl ihm das schon zweimal gelungen war, kostete es ihn dennoch große Überwindung, das Wasser in seine Lungen strömen zu lassen, wie ein Fisch zu atmen und fest darauf zu vertrauen, nicht augenblicklich einen Erstickungsanfall zu bekommen. Wenn das geschehen, er in panischer Todesangst auftauchen und wild um sich schlagend Wasser aus der Lunge würgen würde, dann wäre sein Schicksal besiegelt!

Wenige Bootslängen vor dem Eingang des Stichkanals holte Tarik noch einmal tief Luft, um dann abzutauchen und mit kräftigen Bewegungen in den Kanal zu schwimmen. Die Sicht in den Fluten betrug kaum mehr als eine Armlänge und er musste sich völlig auf sein Gefühl verlassen. Er hielt sich ganz nahe an der Mauer des Kanals. Und dann zeichneten sich plötzlich die ins Wasser herabreichenden Flügel des Tores als dunkle, fast schwarze Wand vor ihm ab.

Bevor Tarik Zeit fand, das Holz der Flügel zu untersuchen, wurde ihm die Luft knapp. Nun musste er es wagen, das Wasser in seine Lungen einzulassen, wenn er nicht gezwungen sein wollte, so rasch wie möglich an die Oberfläche zu kommen.

»Herr, schenke mir auch diesmal wieder deinen göttlichen Beistand und entfache in mir die geheime Kraft, mit der du mich gesegnet hast!«, betete er in Gedanken und konzentrierte sich darauf, seine Kraft mit seinem Willen zu verschmelzen, damit das Wunder geschah. »Dein göttlicher Wille geschehe!«

Ihm war, als säße plötzlich ein glühender, nadelfeiner Dorn hinter seiner Stirn, der sich jeden Augenblick durch seinen Schädelknochen brennen musste. Doch die feurige Spitze hinter seiner Stirn bereitete ihm keine Schmerzen. Er öffnete den Mund und sog das Wasser in seine Lungen. Deutlich spürte er, wie sie sich füllten. Und eigentlich hätten sie jetzt mit entsetzlichen Krämpfen reagieren müssen. Stattdessen erfüllte ihn eine geheimnisvolle Kraft und seine Lungen erhielten die Luft, die er brauchte, um unter Wasser bleiben zu können.

Dass er wie ein Fisch unter Wasser atmete, empfand er auch diesmal als ein unglaubliches Wunder, das ihn mit Staunen und Ehrfurcht erfüllte.

Tarik untersuchte nun die in den Kanal herabreichenden Flügel des Tores. Er befühlte die Eisenbänder, fand einige hoffnungsvolle Stellen, wo die Nägel schon gänzlich durchgerostet waren und sich die Beschläge vermutlich ohne allzu viel Kraftaufwendung aufbiegen ließen. Mithilfe des Messers prüfte er das Holz auf seine Festigkeit. Als die Klinge an einer Stelle bis ans Heft in mehrere übereinander liegende Balken fuhr, wusste er, dass es ihm möglich sein würde, unter Wasser ein genügend großes Loch herauszubrechen, um ihnen Durchlass zu gewähren. Er ließ das Messer oberhalb der morschen Stelle in einem Balken stecken, damit er nächstes Mal sofort wusste, wo er mit seiner Arbeit beginnen musste. Dann stieß er sich vom Tor ab und beeilte sich, dass er aus dem Stichkanal und wieder hinaus auf den Fluss kam. Denn er spürte, dass mit jedem Atemzug immer weniger Luft in seine Lungen gelangte. Seine geheime Kraft begann ihn langsam zu verlassen.

McIvor hatte das Boot indessen wieder flussaufwärts gerudert und darauf geachtet, es möglichst in Höhe des Kanals zu halten. Tarik schwamm unter dem Kahn hinweg und tauchte auf der anderen Seite wieder auf. Er ließ sich bis hinter die Insel mitziehen und schwang sich erst dann zu McIvor ins Boot.

»Und? Wie sieht es aus?«, fragte der Schotte. »Ist das Tor nun morsch genug oder nicht?«

Tarik lachte ihn an. »Und ob es morsch ist! Ich brauche nur das richtige Werkzeug. Wir müssen ein Spalteisen, einen Reifhaken und eine grobe Zange besorgen, damit ich die Stücke leichter herausbrechen kann. Aber das ist im Basar schnell besorgt.«

»Zeit genug dürften wir ja haben, wenn der Emir morgen oder

übermorgen mit seinem Gefolge zur Jagd in die Berge aufbricht. Ich wünschte nur, du müsstest die ganze Arbeit nicht allein bewältigen«, sagte McIvor. »Aber unter Wasser bin ich dir nun mal keine Hilfe.«

»Mach dir darüber keine Gedanken. Das schaffe ich schon. Du kannst es dann ja wettmachen, wenn wir in den Palast eindringen und es zum Kampf kommen sollte. Dann lasse ich dir den Vortritt!«

»Worauf du dich verlassen kannst! Ich warte nur darauf, endlich wieder eine ordentliche Klinge in der Hand zu halten und es den Muselmanen zu zeigen! Aber da wir gerade von Waffen reden: Ich kann unmöglich mit umgeschnalltem Schwertgehänge ins Wasser springen und mich dann auch noch mit dir durch ein enges Loch im Wassertor zwängen!«, erklärte er. »Das schaffe ich nicht, Tarik! Dann gehe ich unter wie ein Stein!«

Tarik beruhigte ihn. »Ich habe mir überlegt, dass ich ausreichend Waffen für uns und unsere beiden Freunde auf die andere Seite schaffe. Wenn ich das Loch aus dem Tor gebrochen habe, werde ich mich im Schutz der Nacht drüben nach einem Versteck für die Waffen umsehen. Notfalls schnüren wir alles in Segeltuch und lassen die Waffen jenseits des Tors auf dem Grund liegen.«

»Das gibt mir Hoffnung, dass ich auch lebend hinter dem Wassertor wieder hochkomme«, sagte McIvor. »Aber dann sollten wir uns auch gleich solche Gewänder beschaffen, wie sie die Leibgarde des Emirs trägt. Genau dieselben werden wir zwar nicht kaufen können, ohne sofort Argwohn zu erregen. Aber es reicht doch, wenn sie aus schwarzem, glänzendem Stoff sind. Die Goldborten können wir auch selber an die Säume nähen. Ich bin zwar mit der Nadel nicht gerade ein Künstler, aber dafür wird es wohl reichen. Was hältst du davon?«

»Das ist eine ausgezeichnete Idee!«, sagte Tarik. »Und für die Gewänder besorgen wir uns eine kleine Tonne, damit sie trocken bleiben. Mit Steinen beschwert und gut abgedichtet, binden wir sie dann an die Waffen. Denn triefend nass sollten wir uns nicht in den Palast wagen.«

Sie verbrachten einen Großteil des Tages damit, in den Basaren der Stadt das nötige Werkzeug, schwarzen Seidenstoff, zwei Rollen mit Goldborte, eine kleine Tonne, einen groben Sack, Nähutensilien und Waffen zu kaufen. Bei einem Klingenschmied wählte Tarik vier solide gearbeitete Schwerter und drei Dolche aus. Auf McIvors Wunsch hin erstand er dann bei einem anderen Waffenhändler noch eine Armbrust sowie ein halbes Dutzend Pfeile. Ein solider Bogen samt Köcher, den Tarik mit vier gefiederten Pfeilen füllte, schloss ihre Waffenkäufe ab.

Später suchten sie einen Schlossmacher auf. Unter dem Vorwand, ein größeres und schon älteres Anwesen erstanden zu haben, für dessen Schlösser die Schlüssel verloren gegangen seien, kauften sie anderthalb Dutzend verschieden große Dietriche. Sie versicherten, umgehend wieder zu kommen und ihn mit der Fertigung der benötigten Schlüssel zu beauftragen. Ob der Mann ihnen glaubte oder nicht, war weder seinen sparsamen Worten noch seiner Miene zu entnehmen. In ihrem Haus banden sie die vielen Dietriche mit Stoffstreifen fest zusammen, damit sie nicht klirrten und sie verrieten, wenn sie sich in den Palast schlichen und in den Kerkerkeller hinabstiegen.

Bei Einbruch der Dunkelheit setzten sie sich wieder in ihr Ruderboot und Tarik begann wenig später damit, unter Wasser ein Loch aus dem linken Torflügel zu brechen. Damit die Holzstücke nicht nach oben trieben und durch einen unglücklichen Zufall die Aufmerksamkeit eines Wachpostens auf der Landungsbrücke auf sich ziehen konnten, stopfte er sie in den mitgeführten Sack, den er sich an seinen Ledergürtel gebunden hatte.

Die Arbeit erwies sich als erheblich schwerer, als er am Morgen angenommen hatte. Und da ihn die Kräfte unter Wasser bei der Anstrengung schneller verließen, als wenn er nur geschwommen wäre, musste er die Arbeit ein halbes Dutzend Mal unterbrechen und jedes Mal den Stichkanal verlassen. In diesen immer länger werdenden Erholungspausen kauerte er oberhalb der Palastanlage bei der Palmengruppe im seichten Wasser hinter einem Uferfelsen, bis er wieder Kraft geschöpft hatte.

Zu mitternächtlicher Stunde war das Loch zwischen den Eisenbändern, von denen er zwei mithilfe eines Stemmeisens weit zurückgebogen hatte, groß genug, dass auch McIvor mit seinem breiten Kreuz hindurchpasste. Für eine erste Erkundung jenseits des Tores fehlte ihm in dieser Nacht jedoch die Kraft. Völlig erschöpft ließ er sich von McIvor ins Boot hieven.

Nach einer herzhaften Mahlzeit und einigen Bechern Wein in ihrem Haus kamen sie wieder einmal auf jene Punkte ihres Plans zu sprechen, die bisher noch ungelöst waren.

»Die Frage, wie wir unbemerkt in den Palast kommen, ist mittlerweile ja beantwortet. Aber wir wissen noch immer nicht, wie wir unsere Flucht bewerkstelligen können, ohne gleich wieder von unseren Verfolgern eingeholt zu werden, die sich uns sofort an die Fersen heften dürften«, stellte McIvor mit brütender Miene fest. »Das bereitet mir noch mächtige Kopfschmerzen.«

»Natürlich müssen wir zu Wasser flüchten. Und mit den vier Wachen auf dem Kai werden wir schon fertig.«

McIvor verzog das Gesicht. »Das sehe ich auch so. Aber mit einem plumpen Ruderboot werden wir nicht schnell genug wegkommen!«

Tarik nickte. »Das ist mir auch klar. Wir brauchen deshalb einen von diesen schlanken, schnellen Nilseglern. *Djerma* werden sie genannt. Damit können wir im Schutz der Nacht al-Qahira rasch hinter uns lassen und vielleicht noch vor Tagesanbruch das Delta erreichen, wo wir unsere Verfolger in den vielen sich auffächernden Flussarmen des Mündungsgebietes abhängen können.«

McIvor nicke bedächtig. »Das klingt schon besser als die Flucht in einem Ruderboot.«

»Und es dürfte nicht allzu schwierig sein, so eine Djerma zu kaufen«, fuhr Tarik fort. »Irgendjemand wird schon bereit sein uns seinen Segler zu verkaufen, wenn nur der Preis stimmt. Es kann ja ruhig ein alter, heruntergekommener Kahn sein, wenn er nur einen schlanken Rumpf hat und schnell ist.«

»Schön und gut, aber bist du vielleicht zur See gefahren und kennst dich aus, wie man so einen Nilsegler fachmännisch unter Segel hält? Ich traue es mir notfalls zu, am Ruder zu stehen und Kurs zu halten, aber alles andere ist mir fremd!«, wandte McIvor ein. »Außerdem: Wo sollen wir diesen Segler verankern? Oder glaubst du vielleicht, dass die Wachen am Kai des Palastes es uns erlauben, das Boot dort zu vertäuen?«

»Das Leben ist zwar reich an Wundern, aber daran glaube auch ich nicht«, stimmte Tarik ihm zu. »Obwohl es natürlich das Beste wäre, wir könnten mit dem Segler dort anlegen! Vielleicht fällt uns ja noch etwas ein. Du hast allerdings Recht, dass wir für dieses Unternehmen die Hilfe einiger verschwiegener Männer brauchen.«

»Und wer soll das sein?«

»Ich dachte an Maslama die Ratte und seine beiden Spießgesellen«, erklärte Tarik.

»Gut, aber sehr viel weiter bringt uns das auch nicht.«

»Uns wird schon noch die zündende Idee kommen!«, erwiderte Tarik zuversichtlich.

Stundenlang zerbrachen sie sich den Kopf darüber, wie sie die Wachen auf dem kleinen Kai des Palastes wohl dazu bewegen konnten, sie dort mit einem Segler anlegen zu lassen und die Männer so lange abzulenken und zu beschäftigen, wie sie für die Befreiung von Maurice und Gerolt brauchten.

»Dass sie in der Abwesenheit des Emirs ihren Dienst nicht mehr ganz so ernst nehmen werden, davon können wir ausgehen«, überlegte McIvor laut und nahm einen kräftigen Schluck Wein. »Aber das Einzige, womit man sie meiner Einschätzung nach ködern könnte, wären Wein und Weiber!«

»Genau das ist es!«, rief Tarik begeistert. »Wer könnte bei so einem todlangweiligen Wachdienst wohl der Versuchung von Wein, Weibern und Musik widerstehen? Und der Wein muss besonders berauschend sein!«

McIvor runzelte über die Begeisterung seines Freundes irritiert die Stirn. »Und wie stellst du dir das vor?«

»Wir brauchen doch nur ein paar von diesen aufreizenden Straßentänzerinnen für eine abendliche Vergnügungsfahrt auf dem Nil zu verpflichten. Das kostet nur ein paar Dinar. Und die Musik dazu können Ali Omar und Zahir Namus machen. Dazu einige große Krüge Wein und wir haben alles, was wir brauchen, um die Posten auf dem Kai zu bewegen, uns anlegen lassen!«, spann Tarik den Faden weiter, den McIvor ihm gereicht hatte.

Sie sprachen noch eine ganze Weile darüber und bald war auch McIvor von der Idee überzeugt. Mit dem erleichterten Gefühl, dass ihr Plan nun immer konkretere Formen annahm, legten sie sich schließlich schlafen.

Sie brauchten noch drei volle Tage, bis alle Vorbereitungen abgeschlossen waren. Tarik machte sich zweimal des Nachts mit dem Gartengelände rund um das innere Teilstück des Kanals vertraut, deponierte bei diesen Gelegenheiten auf dem Grund unter dem Kiel des Vergnügungsseglers von Emir Turan el-Shawar Sabuni die mit Segeltuch umwickelten Waffen sowie die kleine, gut abgedichtete

Tonne mit ihren falschen Gardistengewändern und den dazu passenden Turbanen. Dabei blockierte er auch gleich das Ruderblatt des Schiffes mit mehreren Keilen und einem Seil, sodass es wohl einige Zeit dauern würde, bevor man mit dem Segler ihre Verfolgung aufnehmen konnte.

Als Nächstes versicherte er sich der Hilfe von Maslama und seiner beiden Kumpane, ohne sie jedoch in den Grund ihres Ablenkungsmanövers und ihres Eindringens in den Palast des Emirs einzuweihen, der tags zuvor mit einem großen Tross an Freunden, Leibwachen und Bediensteten zur Jagd in die Berge aufgebrochen war.

Tarik brauchte sie auch nicht lange zu überreden, als sie hörten, was er für diese besonderen Dienste zu zahlen bereit war. Und sie wollten auch gar nicht so genau wissen, worum es bei diesem Unternehmen ging. Maslamas schlüpfrige Bemerkungen wiesen nämlich darauf hin, dass er annahm, es ginge um eine Frau, die aus dem Harem entführt werden solle, und Tarik ließ ihn nur zu gern in dem Glauben.

Maslama wunderte sich auch nicht, dass er noch einmal zwei große Behälter mit Naphta* besorgen sollte. »Du bist ein Mann vieler Geheimnisse, der offensichtlich eine große Leidenschaft für brenzlige Unternehmungen hat! Und ich habe schon vom ersten Tag an gewusst, dass du kein einfacher Bursche vom Land bist«, sagte er mit einem breiten Grinsen. »Aber mir gefällt es, wie du die Dinge angehst und den Mächtigen, die unsereins wie den letzten Dreck behandeln, das Feuer ordentlich unter die Haut treibst! Und ich will dir das Teufelszeug nur zu gern besorgen!«

Einen der schlanken Nilsegler zu finden und zu erwerben machte jedoch bedeutend mehr Mühe. Zum einen war ihnen nicht daran ge-

---

* Eine dem »griechischen Feuer« ähnliche, brennbare Substanz, die mit Wasser nicht zu löschen war. Man könnte sie als Vorläufer des Napalms bezeichnen.

legen, eines der größeren Flussboote zu kaufen, für deren fachmännische Handhabung ihnen die Kenntnisse und die nötigen Männer fehlten. Und zum anderen hätte ein solcher Segler ein zu großes Loch in ihre schon arg zusammengeschmolzene Reisekasse gerissen. Sie suchten einen kleineren Segler, der vielleicht nicht mehr in bestem Zustand war, aber schlanke Linien besaß und sie rasch hinunter ins Mündungsdelta bringen würde.

Endlich stieß Tarik bei seiner Suche auf den Besitzer einer Djerma, die seinen Vorstellungen entsprach. Das Schiff mit dem typischen dreieckigen Lateinsegel besaß einen schlanken Rumpf, was Schnelligkeit versprach, und verfügte am Heck über einen geräumigen Decksaufbau mit gerundetem Dach, was für ihr Vorhaben von größter Wichtigkeit war. Die *Fachit*[*], wie Karim Masud seinen Nilsegler getauft hatte, war jedoch im Laufe ihres Lebens schon durch viele Hände gegangen und, ähnlich wie ihr knochiger, ergrauter Besitzer, sehr in die Jahre gekommen. Die Planken waren verwittert und grau geworden, das Segel zerschlissen und mit großen Flicken notdürftig ausgebessert und der Rumpf zog reichlich Wasser.

Natürlich lobte der alte Schiffer, der die *Fachit* nur mit seinen beiden jungen Neffen segelte, seine Djerma in höchsten Tönen, als er merkte, dass Tarik ernstlich an ihr interessiert war. Das Gefeilsche im Schatten der Deckskajüte zog sich bei zahllosen Bechern süßlichem Tee schier endlos hin, bis sie sich endlich auf einen Preis geeinigt hatten, mit dem sie beide zufrieden sein konnten. Karim Masud erklärte sich gegen eine sehr bescheidene Summe auch bereit ihn in die Handhabung der *Fachit* einzuweisen und bei der kleinen Feier mit an Bord zu sein, mit der Tarik am nächsten Abend seinen Kauf gebührend begehen wollte.

---

[*] Eine Taubenart mit einem unverwechselbaren Ringmuster um den Hals, die wegen ihres herrlichen Gesangs gern in Käfigen gehalten wurde.

Der nächste Gang führte Tarik zu einem Segelmacher, bei dem er ein gebrauchtes Segel aus schwarzem Stoff kaufte, das sich jedoch in einem guten Zustand befand. Dies ließ er in einen Sack wickeln, den er nicht auf die *Fachit* brachte, sondern den er McIvor zurück in ihr Hofhaus schleppen ließ. Karim Masud sollte keine Gelegenheit erhalten, einen Blick in den Sack zu werfen. Dort umwickelte Tarik auch die vier Bogenpfeile mit dünnen Stoffstreifen. Bogen und Pfeilköcher schob er dann in den Sack mit dem schwarzen Segel.

Drei Straßentänzerinnen, die sie bei ihrer Vergnügungsfahrt auf dem Nil am nächsten Abend mit ihren aufreizenden Darbietungen unterhalten sollten, waren wenig später auch gefunden. Und als Tarik wissen wollte, ob sie für einige Dinar auch bereit seien, sich die eine oder andere handgreifliche Zudringlichkeit gefallen zu lassen, da hatten sie nichts dagegen einzuwenden. Tarik sagte ihnen, wo sie sich zwei Stunden vor Einbruch der Nacht am Hafen einzufinden hatten.

Als all das geschehen war, suchte er ein letztes Mal den Schmuckhändler Mohammed el-Maluk in seinem Laden auf, um durch den Verkauf eines weiteren Edelsteins für eine gefüllte Reisekasse zu sorgen. Denn er wusste nicht, wann er wieder Gelegenheit haben würde, einen der Rubine oder Smaragde für eine angemessene Summe in Gold- und Silberdinar zu verkaufen. Auch diesmal verabschiedeten sie sich beide mit dem beruhigenden Wissen, ein gutes Geschäft gemacht zu haben.

»Erst jetzt glaube ich wirklich daran, dass unser Plan gelingen kann!«, sagte McIvor wie von einer erdrückenden Last befreit, als Tarik zu ihm ins Hofhaus zurückkehrte und ihm mitteilte, dass nun alle Vorbereitungen getroffen waren. »Ich wünschte, es wäre schon so weit!«

Tarik nickte, obwohl er von den vielen Gängen, die er an diesem

Tag in der Sommerhitze kreuz und quer durch die Stadt zurückgelegt hatte, reichlich müde war. »Mir wäre es auch lieber, wir bräuchten nicht noch einen langen Tag zu warten und könnten schon heute zuschlagen«, pflichtete er ihm bei. »Aber Eile kommt vom Teufel, würde mein Vater jetzt sagen. Und dass die Geduld der Schlüssel für alles ist!«

Dass ihm sofort noch ein anderes Sprichwort einfiel, behielt Tarik jedoch für sich, denn es lautete: »Der Planer plant und das Schicksal lacht über ihn!«

15

Die frühen Morgenstunden des folgenden Tages verbrachten Tarik und McIvor auf der *Fachit*. Und während sein Freund sich von Karim Masud und dessem wortkargen Neffen in die Eigenheiten des leichten Nilseglers und die Bedienung des Segels einweisen ließ, hockte McIvor in seiner Burkha an Deck. Er gab sich den Anschein, an diesen Dingen, die nun mal Männersache waren und eine Frau daher nichts angingen, nicht interessiert zu sein. In Wirklichkeit lauschte er jedoch jedem Wort und verfolgte jeden Griff, den der Alte und seine beiden jungen Gehilfen seinem Freund zeigten. Denn später würde es von ihnen beiden abhängen, ob sie die *Fachit* zu segeln und auf Kurs zu halten vermochten, damit ihre nächtliche Flucht auf dem Nil gelang.

Die brütend heißen Mittagsstunden verbrachten sie in ihrer schäbigen Unterkunft. Sie versuchten zu schlafen, doch ihre innere Unruhe war einfach zu groß. Das Warten zerrte an ihren Nerven, und um sich zu beschäftigen und auf andere Gedanken zu kommen, vertieften sie sich eine Weile ins Gebet und gingen schließlich noch mehrmals ihren Plan Stück für Stück durch. Auch beugten sie sich noch einmal über die beiden Skizzen, die Tarik nach den Angaben des Kochs in der Totenstadt angefertigt hatte. Sie wollten sicher sein nichts übersehen zu haben, was wenige Stunden später möglicherweise zu einem Scheitern führen konnte.

Als die Sonne am Himmel endlich ein gutes Stück gen Westen gesunken war, verließen sie das Hofhaus und kümmerten sich im Basar darum, dass man ihnen gleich ein Fass schweren Weins, mehrere Krüge, ein Dutzend einfache Tonbecher sowie allerlei Früchte, Backwaren und andere Köstlichkeiten auf die *Fachit* brachte. Auch bestellten sie bei einem anderen Händler ein halbes Dutzend verschnürte Strohbündel, die der Gehilfe später zum Schiff bringen sollte. Dann holten sie den schweren Sack mit dem schwarzen Segel, in dem auch der Bogen und der Köcher mit den vier Pfeilen steckten. Und während McIvor ihn sich über die Schulter legte, hängte sich Tarik den alten Beutel um, in dem sie den Ebenholzwürfel mit dem Heiligen Gral sowie die vier Siegel aus ihren Schwertern, das Schreiben des Abbé an die Eingeweihten der Bruderschaft und das seltsame Amulett aufbewahrten.

Fast gleichzeitig mit den bestellten Strohbündeln und den Waren traf auch Maslama mit seinen Kumpanen ein. Er schleppte zwei bauchige, sorgsam verschlossene Tonbehälter, die mit dem gefährlichen Naphta gefüllt waren. McIvor nahm sie sofort an sich und trug die Gefäße in die Deckskajüte.

Ali Omar hatte sich seine Trommel unter den Arm geklemmt und Zahir Namus wedelte schon von weitem mit einer Flöte.

Tarik hoffte, dass er das Instrument auch zu spielen verstand. Als er den spindeldürren, einstigen Derwisch vorsichtig darauf ansprach, antwortete dieser ihm vage: »Allah gehören die Heerscharen der Himmel und der Erde; und Allah ist mächtig und allweise. Kein Missgeschick trifft ohne Allahs Willen ein. Wer an ihn glaubt, dessen Herz leitet er! Spruch des Propheten!« Und mit diesen Worten steuerte er schnurstracks auf das Weinfass zu, aus dem der Händler zum Beweis seiner Qualität gerade den ersten großen Krug füllte.

»Möge Allah auch deine Lippen und deine Finger auf der Flöte leiten«, murmelte Tarik, wurde dann aber von anderen, wichtigeren Dingen in Anspruch genommen. Der Händler wollte sein Geld und auch Maslama bestand darauf, schon die Hälfte des versprochenen Lohns ausgezahlt zu bekommen.

Den einen der beiden Neffen von Karim Masud schickte Tarik von Bord. Er begründete es damit, dass er ja nun selbst mit Hand anlegen könne, wenn es nötig sei, und er darauf brenne, das am Morgen Gelernte nun auch anzuwenden.

Der alte Nilschiffer hatte nichts dagegen einzuwenden, da es ihn ja jetzt nichts mehr anging, wenn das Segel nicht richtig getrimmt war und die *Fachit* durch irgendeine Dummheit ihres neuen Besitzers zu Schaden kam.

Augenblicke später tauchten auch schon die drei Tänzerinnen auf. Sie kamen wie gewünscht leicht geschürzt und sichtlich froh gestimmt, an diesem Abend für ihre Künste und körperlichen Reize endlich einmal angemessen bezahlt zu werden. Sie nahmen ihren Lohn entgegen, wie Tarik es ihnen versprochen hatte, und machten große Augen, als sie sahen, wie reich der Tisch vor der Heckkajüte mit Köstlichkeiten gedeckt war. Und als sie von ihrem Auftraggeber hörten, dass auch sie sich daran gütlich tun und sich die Becher mit Wein füllen durften, konnten sie ihr Glück kaum fassen.

Die Leinen wurden losgeworfen und das ausgebleichte, flickenreiche Segel hochgezogen, das sich sofort unter dem beständigen Nordwind blähte. Karim Masud legte das Ruder herum und mit dem Ruderboot im Schlepptau löste sich die *Fachit* von der Anlegestelle und nahm Kurs auf die Flussmitte. Auf Tariks Anweisung hin steuerte er den Segler flussaufwärts, und die Tänzerinnen, von einem ersten Becher Wein schon gut in Stimmung gebracht, begannen auf dem Deck sich zur Musik in den Hüften zu wiegen. Ali Omar und sogar der dürre Albino machten ihre Sache besser, als Tarik vermutet hatte. Und da zwei der Tänzerinnen sich noch kleine blecherne Klappern an die Hände gesteckt hatten, die sie rhythmisch erklingen ließen, ergab das ein sehr harmonisches Zusammenspiel. Selbst Maslama schien sich zu vergnügen und völlig vergessen zu haben, dass diese Fahrt anderen Zwecken diente, als den Erwerb der *Fachit* zu feiern.

»Lass uns eine Weile vor Rhoda kreuzen!«, schlug Tarik dem alten Schiffer scheinbar spontan vor und drückte ihm dabei einen vollen Weinbecher in seine freie Hand. »Die Paläste geben im Abendlicht eine wunderbare Kulisse für unsere kleine Feier ab!«

Karim Masud zuckte gleichmütig die Achseln. »Was immer Ihr wollt, Sihdi. Ihr bezahlt und ich tue, was Ihr mir sagt.« Und so lenkte er die *Fachit* wieder flussabwärts, damit Rhoda an Steuerbord vorbeiziehen konnte.

Als der Segler das erste Mal mit mehreren Bootslängen Abstand am bewachten Kai des Palastes von Emir Turan el-Shawar Sabuni vorbeiglitt, wurden die vier Posten sofort auf sie aufmerksam. Sie traten aus ihrem primitiven Unterstand hervor, deuteten auf sie und riefen etwas, was auf die Entfernung jedoch nicht zu verstehen war. Aber der Klang ihrer Stimmen wies darauf hin, dass es Spöttereien waren und sie ihre wahre Freude an den Darbietungen der leicht bekleideten Tänzerinnen hatten.

»Gebe Gott, dass die Burschen in den Köder beißen, den wir ihnen unter die Nase halten«, murmelte McIvor.

»Ich denke, sie haben ihn schon im Maul und werden ihn nicht mehr loslassen, wenn wir es nur geschickt anstellen und es so aussehen lassen, als wäre es ihre Idee gewesen, dass wir bei ihnen anlegen«, erwiderte Tarik leise.

Er ließ sich Zeit damit, mit dem Segler wieder nach Rhoda zurückzukehren. Diesmal jedoch bat er sich von Karim Masud aus einmal selbst das Ruder zu übernehmen und zu sehen, wie der Segler auf Ruderdruck reagierte. Und dabei brachte er den Segler im rechten Moment viel näher an das Ufer heran als beim ersten Mal.

Mittlerweile war die glutrote Sonnenscheibe bis auf zwei Handbreiten über dem westlichen Horizont herabgesunken. Jetzt war der richtige Zeitpunkt gekommen, um dafür zu sorgen, dass die vier Wachen den Köder schluckten!

Kaum näherte sich die *Fachit* der steinernen Landungsbrücke unterhalb der Palastmauer, als die Wachen ihnen auch schon bis an die Kante entgegenliefen, um einen guten Blick auf die Tänzerinnen zu erhaschen. Und nun flogen die anzüglichen Zurufe vom Ufer zur *Fachit* und von dort zu den vier Männern zurück.

»Das lasse ich mir gefallen! Ein Fass Wein, ein überquellender Tisch und drei schöne Frauen, die zeigen, was sie haben!«

»He, du Schöne mit dem roten Kopftuch! Zeig uns deinen prächtigen Hintern!«

»Nein, der schwarze Lockenkopf soll noch mal mit den saftigen Birnchen vor der Brust wackeln!«, grölte ein anderer und machte eine obszöne Geste. »Lasst vier arme Wächter mit euch feiern!«

»Ja, und dazu einen Becher Wein!«, schrie der vierte Wärter.

»Ihr könnt auch einen ganzen Krug haben. Wir haben mehr, als wir trinken können! Aber ihr müsst ihn euch schon holen!«, rief Tarik ihnen spöttisch zu.

»Gib mir ein Paar Flügel und ich komme, Sihdi!«

Tarik und McIvor fürchteten schon, die *Fachit* könne den Kai gleich passiert haben, ohne dass man ihnen die Aufforderung zuschrie, auf die sie inständig hofften.

Doch schon im nächsten Moment kam der erlösende Zuruf. »Wenn Ihr wirklich so großzügig seid, wie Ihr vorgebt, Sihdi, dann kommt mit Eurem Segler längsseits, damit wir uns den versprochenen Wein holen und auch ein wenig Vergnügen mit Euren Musikanten und Tänzerinnen haben können!«

»Ja, legt bei uns an!«, forderte sie nun auch ein zweiter Wärter auf, sogleich unterstützt von seinen Kameraden. »Damit tut Ihr ein gutes Werk, das Allah Euch vergelten wird!«

»Also gut, ich werde euch den Gefallen tun. Ein Mann muss zu seinem Wort stehen«, rief Tarik lachend zurück. »Auch weiß ich zu schätzen, welch wichtigen Dienst ihr für einen so geringen Lohn verrichtet. Da soll es mir nicht auf ein paar Krüge mehr oder weniger ankommen! Karim Masud, wir bringen die *Fachit* längsseits, aber lasst mich am Ruder. Ihr könnt notfalls ja eingreifen!«

Die Wärter johlten begeistert und unter Karim Masuds wachsamen Augen wendete Tarik die *Fachit* oberhalb der Nilinsel. Wieselflink holte der Neffe des Alten das Segel ein.

»Zu früh!«, rief Karim Masud alarmiert, als das Schiff nur noch zwei Längen vom oberen Kaiende entfernt war und Tarik das Ruder schärfer nach Steuerbord legte. »Ihr bringt die *Fachit* viel zu früh an den Kai! Ihr werdet die Mauer rammen!« Damit beugte er sich auch schon über ihn und nahm hastig eine Korrektur vor. Sie erfolgte jedoch zu spät, wie Tarik insgeheim auch gehofft hatte. Zwar rammten sie nicht die Mauer, aber der Bug schrammte doch unter lautem Knirschen daran vorbei. Augenblicklich sprang der Neffe des Alten mit der Bugleine auf die Landungsbrücke und legte sie um einen der dicken Pfähle, um den Stoß abzufangen und noch mehr Schaden zu verhindern. Das hatte zur Folge, dass der Segler nicht die ganze Länge des Kais zum Anlegen nutzte, sondern mit dem Heck ein Stück in den Stichkanal ragte. Und besser hätten Tarik und McIvor es sich gar nicht wünschen können.

»Ihr müsst achtsamer sein und noch einiges lernen, wenn Ihr die *Fachit* nicht schon in ein paar Tagen verlieren wollt!«, brummte Karim Masud und sah sein Schiff wohl schon in Trümmern auf dem Grund des Nils liegen.

Unbekümmert ging Tarik darüber hinweg. »Ach, das ist nicht weiter schlimm! Ich brauche sie ja nur, um ein wenig Erfahrung zu sammeln, bevor ich mir eine große Djerma zulege!« Und dann redete er ihm gut zu, mit seinem Neffen schon jetzt vom Schiff zu gehen, da es über die Insel zurück nach al-Qahira nicht sehr weit sei. Es könne nämlich gut sein, dass die Feier sich noch bis spät in die Nacht hinziehe und sie dann gleich hier an Bord ihren Rausch ausschlafen würden, wenn ihnen die Wärter das erlaubten.

Das musste Tarik dem Alten nicht zweimal sagen und ohne ein weiteres Wort machte er sich mit seinem Neffen vom Schiff, folgte dem gut begehbaren Uferstreifen bis hinter den Palast und dann der Straße, die quer über die Insel zur Brücke führte, über die man von Rhoda aufs Festland gelangte.

Indessen hatte Maslama schon Becher an die Wachen verteilt und schenkte ihnen großzügig Wein ein. Und angefeuert von den Männern, zeigten die Tänzerinnen zur wieder einsetzenden Musik, was sie an aufreizenden Bewegungen zu bieten hatten. Die Wächter auf dem Kai waren hingerissen von den zunehmend wollüstiger werdenden Tänzen der Frauen und ließen sich immer wieder ihre Becher füllen. Und als sie merkten, dass die Tänzerinnen nichts dagegen hatten, sich von ihren rauen Händen begrabschen zu lassen, sondern sich auf dieses Spiel sogar bereitwillig einließen, standen sie völlig in deren Bann.

Als die Sonne im Westen verglühte und die dunkle Flut der Nacht nahte, ließ McIvor unter der Burkha einen schweren Seufzer vernehmen und erhob sich von dem Strohbündel, auf dem er die ganze Zeit gesessen hatte, ohne ein einziges Wort von sich zu geben.

Sofort war Tarik an seiner Seite. »Ich bring dich in die Kajüte.

Macht nur ohne mich weiter«, rief er den Männern zu. »Es kann eine Weile dauern!«

»Nehmt Euch nur Eures müden Weibes an, Sihdi!«, sagte Maslama laut, der wusste, was er nun zu tun hatte, und füllte schon einen weiteren Krug vom Weinfass ab. »Ich kümmere mich um unsere Gäste!«

Kaum hatte Tarik die Tür der Achterkabine hinter sich geschlossen, als McIvor sich auch schon die Burkha vom Leib zerrte. »Nun wird es sich zeigen, was unser Plan taugt!«, murmelte er und vergewisserte sich, dass sein Messer fest im Gürtel seines Lendenschurzes steckte.

Augenblicke später hatte auch Tarik seine Gewänder abgeworfen. Er schob nun an Backbord die seitliche Fensterluke auf und spähte auf den Fluss hinaus. Nächtliche Dunkelheit lag schon über dem breiten Strom. »Die Luft ist rein!«, flüsterte er, ergriff das bereitliegende Seil und knotete sich ein Ende an seinen Gürtel. McIvor nahm das andere Ende auf. Dann schwang Tarik sich aus dem Fenster, machte sich ganz lang und glitt mit einem leisen Plätschern ins Wasser. Sofort griff er nach dem Ruderblatt, um von der Strömung nicht fortgetrieben zu werden, und wartete auf seinen Gefährten.

McIvor hielt sein Ende des Seils zwischen den Zähnen, als nun er aus der Fensterluke kletterte und sich bäuchlings am Rumpf hinabließ. Tarik streckte ihm seine Hand hin und zog ihn zu sich ans Ruder. Und während der Schotte sich daran festhielt, knotete Tarik ihm das Seil an den Gürtel.

»So, jetzt kann dir nichts mehr passieren!«, raunte er.

»Dein Wort in Gottes Ohr!«, flüsterte McIvor.

Oben vom Kai kamen Musik und ausgelassenes, weinseliges Gelächter, während die beiden Männer nun schwimmend in den Stichkanal vordrangen, wobei McIvor seine Mühe hatte, nicht unterzugehen. Er wurde mehr von Tarik gezogen, als dass er schwamm. Aber für die kurze Strecke bis zum Tor reichten seine kümmerlichen Fähigkeiten, mit dem Kopf mehr oder weniger über Wasser zu bleiben.

»So, und jetzt hol noch einmal tief Atem!«, wies Tarik ihn an, als sie das Wassertor erreicht hatten und sich mit den Fingerspitzen an einem halb umgebogenen Eisenband festhielten. »Ich bringe dich durch das Loch! Du musst nur die Arme hindurchstecken, die Schultern anziehen und die Beine eng anlegen. Den Rest besorge ich! Vertrau mir!« Dann packte er seinen Freund mit der Linken am Gürtel. »Also, bei drei tauchen wir! . . . Eins . . . zwei . . . drei!«

Gleichzeitig ließen sie das Eisenband los und sanken unter Wasser. Sofort begann McIvor wie wild zu strampeln und Tarik musste all seine Kraft aufbringen, damit er mit ihm hinunter an das herausgebrochene Loch gelangte. Als McIvor die Öffnung unter seinen Händen fühlte, besann er sich gottlob darauf, wie er sich jetzt zu verhalten hatte, streckte sich und wurde steif wie ein Brett.

Tarik brachte sich hinter ihn, umfasste seine Hüfte und drückte ihn mit einem kraftvollen Stoß durch die Öffnung. Er selbst glitt sofort behände wie ein Fisch hinter ihm durch das Loch, fasste auf der anderen Seite das Seil kurz und tauchte im nächsten Augenblick mit McIvor im schwarzen Schatten der Vergnügungsbarke des Emirs auf.

McIvor rang nach Atem. »Bei der geweihten Pisse des heiligen Bernhard, auf so etwas lasse ich mich nie wieder ein!«, keuchte er, während Tarik ihn auch schon zur Steintreppe zog, die an der Anlegestelle tief ins Wasser hinabreichte. »Ich dachte, jeden Augenblick ersaufe ich! Da lobe ich mir den ehrenvollen Tod auf dem Schlachtfeld!«

Tarik befreite sie beide hastig vom Seil und lachte leise auf. »Das Amt eines Gralshüters verlangt nun mal gewisse Opfer. Und was willst du? Du lebst und bist auf der anderen Seite! Und jetzt warte hier, bis ich unsere Waffen und die Tonne vom Grund hochgeholt habe!«

Zuerst brachte Tarik die kleine Tonne zu McIvor, damit dieser mit seinem Messer schon den gut abgedichteten Deckel lösen und ihre Gewänder und Turbane bereitlegen konnte, während er nach den Waffen tauchte. Um sie nach oben zu bringen, brauchte er wegen ihres Gewichtes zwei weitere Tauchgänge.

Als McIvor ihm die Waffen abgenommen und sie vorsichtig auf die oberen Steinstufen gelegt hatte, trockneten sie sich rasch mit einem großen Leinentuch ab, das sie vorsorglich mit in die Tonne gestopft hatten, fuhren in die schwarzen, goldgesäumten Gewänder, setzten die Turbane auf und schnallten sich ihre Schwerter um. Die beiden Schwertgehänge für ihre Freunde klemmte sich Tarik unter den Arm. Er wollte sie in einem Gebüsch vor der Terrasse verstecken, weil er sich beim Eindringen in den Palast nicht mit ihnen abschleppen konnte. So beladen würde er augenblicklich den Argwohn einer Wache wecken, die ihnen über den Weg lief.

McIvor nahm den Bund Dietriche an sich, griff zur Armbrust, legte einen Pfeil auf und steckte sich die anderen Pfeile griffbereit hinter seinen Gürtel. »*Beauséant alla riscossa!*[*] «, stieß er leise hervor.

Tarik nickte ihm mit derselben Entschlossenheit zu. »Holen wir unsere Brüder aus dem Kerker!«

---

[*] Dieser ursprüngliche Hilferuf in Bedrängnis geratener Templer »Her zum Entsatz und auf zur Rückeroberung!« war der Schlachtruf der Kriegermönche.

16

Mit der genauen Skizze der Gartenanlage vor ihrem inneren Auge stiegen sie die restlichen Stufen der Treppe an der Kaimauer hoch und schlichen über einen der gewundenen Gartenwege, der ihnen mit seinen blühenden Sträuchern und kunstvoll zugeschnittenen Hecken am meisten Deckung gewährte, auf den Palast zu. Da der Emir sein herrschaftliches Inseldomizil verlassen hatte, brannten im Garten selbst keine Lampen. Und die von Säulen getragenen Rundbögen der Terrassenfront lagen nur im schwachen Schein von zwei weit voneinander getrennt hängenden Leuchten. Nirgendwo war ein Wachposten zu sehen. Und wenn doch einer Dienst hatte, so musste er es sich wohl irgendwo gemütlich gemacht haben.

Kurz vor den abgerundeten Stufen, die zur Terrassenanlage mit ihrer lang gestreckten Vorhalle hochführten, legte Tarik die beiden Schwerter für Gerolt und Maurice zwischen zwei Jasminsträuchern ab. Dann wagte er sich mit McIvor aus der Deckung.

Mit angehaltenem Atem und wild schlagendem Herzen huschten sie die Stufen hoch. Ihre größte Sorge war, dass man sie jetzt schon bemerkte und es zum Kampf kam, bevor sie eine Chance hatten, auch nur in die Nähe der Kerker im Kellergewölbe zu gelangen. Dann würde ihr Befreiungsversuch vermutlich kläglich scheitern.

Aber kein Zuruf und kein alarmierender Schrei einer misstrauisch gewordenen Wache, die ihren forschenden Blicken verborgen geblieben war, ließ sie zusammenfahren und schreckte Dienerschaft und Leibgardisten auf. Ungehindert erreichten sie eine der Seitentüren, durch die man direkt in jenen Gang gelangte, an dessen Ende ein Vorraum lag, von dem zwei weitere prunkvolle Gänge abzweigten. Von dort aus führte eine Treppe hinunter in das Kerkergewölbe. Auch im spärlich beleuchteten Gang des Seitentraktes begegnete ihnen kein Posten.

Wortlos und nur mit einer knappen Kopfbewegung bedeutete McIvor seinem Gefährten, auf der Kellertreppe voranzugehen. Wenn sie unten auf Wachen stoßen sollten, würde Tarik im ersten Moment noch eher als ein Leibgardist des Emirs durchgehen als ein so rotgesichtiger Klotz wie er, der auch ohne seine Augenklappe nie und nimmer den Anschein arabischer Herkunft erwecken konnte.

Tarik nickte und stieg auf Zehenspitzen die Treppe hinunter. Der gelbliche Schein einer Ölleuchte fiel am Ende des steilen Kellergangs auf die unteren Steinstufen. Und im nächsten Moment hörten sie Geräusche, als rollten Kieselsteine über den Boden, sogleich gefolgt von einem schadenfrohen Auflachen und dem Ausruf »Das nenne ich Pech, mein Freund! Diese Runde geht an mich!«.

Wachen! Mindestens zwei!, schoss es Tarik durch den Kopf. Damit war ein Kampf unvermeidlich. Er hoffte, dass es McIvor und ihm gelang, die Männer zu überraschen und sie ohne viel Kampflärm zu überwältigen.

Die beiden Leibgardisten, die sich im Vorraum die Zeit mit einem Würfelspiel vertrieben, hockten auf dem Boden und kehrten ihren Rücken der Treppe zu. Doch noch bevor Tarik und McIvor die letzten Stufen hinuntergeschlichen waren, hob einer beim Aufnehmen der Würfel den Kopf, bemerkte sie und stand auf.

Sofort blieb McIvor hinter Tarik stehen, damit das Licht der Öllampe nicht auf sein Gesicht fiel. Gleichzeitig hob er die Armbrust und legte den Finger schussbereit um den Abzugsbügel.

»Was wollt ihr?«, rief der Leibgardist verdutzt.

»Wir sind die Ablösung«, antwortete Tarik mürrisch.

Der Mameluke schöpfte augenblicklich Verdacht, dass etwas faul sein musste. »Das kann nicht sein! Wir sind doch noch keine Stunde hier! Und wer bist du überhaupt? Dein Gesicht habe ich noch nie gesehen.« Seine Hand fuhr instinktiv zum Scimitar.

McIvor zielte mit der Armbrust über die Schulter von Tarik hinweg und drückte ab. Der Pfeil traf den Wächter in die linke Brust und schleuderte ihn mit einem erstickten Aufschrei zu Boden.

Der zweite Leibgardist kam mit einem Satz auf die Beine und riss seinen Krummsäbel aus der Scheide. Doch Tarik hatte noch schneller blank gezogen und stürzte vor, noch bevor der Mann seine Waffe ganz heraus hatte. Er stieß ihm die Klinge in die Kehle und mit einem gurgelnden Geräusch sackte der Wächter in sich zusammen und fiel über die Beine seines niedergestreckten Kameraden. Klirrend schlug der ihm entglittene Krummsäbel auf den Steinplatten auf.

»Das war ein gelungener, schneller Streich, Tarik!«, sagte McIvor mit grimmiger Genugtuung, spannte die Armbrust rasch wieder und legte einen neuen Pfeil in die Abschussrinne.

»Tarik? . . . McIvor? Heilige Muttergottes, seid ihr es wirklich?«, kam da die ungläubige Stimme von Maurice aus einer der hinteren Kerkerzellen.

»Ja, wir hatten leider keine Turkopolen, die wir hätten schicken können, um euch hier herauszuholen«, antwortete Tarik. »Deshalb sind wir nun persönlich gekommen. Ich sehe, ihr habt inzwischen die Gastfreundschaft des Emirs genossen.«

»Gott segne euch für euren Mut! Ich wusste, dass du Himmel und Hölle in Bewegung setzen würdest, um uns zu befreien, Tarik!«, meldete sich nun auch Gerolt. »Rasch! Bringt die Schlüssel! Der Bund hängt am Haken neben der Wassertonne!«

»Hast du das gehört, Heloise? Wir sind gerettet! Die beiden anderen Tempelherren sind gekommen, uns aus unserem Elend zu befreien!«, stieß Beatrice mit zitternder Stimme aus dem hintersten Kerker hervor. »Endlich hat unsere Qual . . .«

»Still! Kein lautes Wort mehr!«, zischte McIvor, während Tarik sein Schwert in die Scheide fahren ließ und nach dem schweren Schlüsselbund griff. Dass sie nicht erst lange die Dietriche ausprobieren mussten, sparte kostbare Zeit. »Wollt Ihr, dass man Euch oben hört und die Wachen Alarm schlagen? Noch ist keiner von uns gerettet!«

Tarik riss das Zwischengitter zum Mittelgang des Kerkertraktes auf, lief zur vorletzten Zelle auf der linken Gangseite, wo Gerolt und Maurice schon am Gitter standen, sperrte die Tür auf und suchte hastig nach dem passenden Schlüssel, um sie von den Fußeisen zu befreien.

Gerolt zeigte ihm, welcher passte. Doch als er sich bückte, entfuhr ihm unwillkürlich ein Laut des Schmerzes, als eine der frisch verschorften Wunden auf dem Rücken aufplatzte.

Nun bemerkte Tarik die langen Blutflecken auf dem Rücken der Gewänder seiner Freunde. »Seid ihr verletzt?«, fragte er besorgt.

»Es geht schon«, wehrte Gerolt schnell ab und öffnete dabei die Fußklammern von Maurice. »Unser Bruder hier hatte eine fabelhafte Idee, wie wir uns aus eigener Kraft befreien könnten. Doch an Stelle der Freiheit hat uns das unser Gold und alle Edelsteine gekostet und uns als hübsche Draufgabe noch zwanzig Peitschenhiebe eingebracht.«

»Ja, tisch es ihnen nur brühwarm auf!«, knurrte Maurice und stieß die Eisen von seinen Füßen.

»Das könnt ihr alles später erzählen, wenn wir in Sicherheit sind!«, drängte McIvor und nahm ihnen die Schlüssel ab. »Nehmt schon mal die Krummsäbel der beiden toten Wachen an euch. Richtige Schwerter haben wir im Garten am Fuß der Treppe für euch bereitliegen. Ich hole indessen schon mal die Granvilles aus ihrer Zelle.«

»Der Allmächtige segne Euch!«, flüsterte Beatrice, als der Schotte ihr und ihrer kleinen Schwester Heloise das Zellengitter aufschloss. »Sehr viel länger hätten wir es an diesem grauenvollen Ort auch nicht mehr ausgehalten!«

»Tod und Teufel, wie seht Ihr denn aus?«, stieß McIvor hervor, als er ihren kurzen, hässlich verstümmelten Haarschopf bemerkte. »Wer hat Euch so übel zugerichtet?«

»Der Henker des Emirs!«

»Nichts wie raus hier!«, rief nun Maurice im Vorraum und winkte mit einem der Krummsäbel in der Rechten. »Nun kommt schon!«

»Wartet! Den da müssen wir auch noch befreien«, sagte Gerolt und wies auf den Beduinen, der sich halb aufgerichtet, aber nicht ein Wort von sich gegeben hatte.

Erst jetzt nahmen McIvor und Tarik diesen Gefangenen wahr. »Wer ist das?«, wollte Tarik wissen.

»Ein Beduine namens Dshamal Salehi«, sagte Gerolt. »Der Emir will wohl, dass er in der Zelle elendig zu Grunde geht, so wie er ihn durch die Wärter hat behandeln lassen. Wir können ihn nicht zurücklassen, denn das wäre sein sicherer Tod!«

»Wie stellst du dir das vor? Der Mann kann sich bestimmt kaum auf den Beinen halten!«, wandte Maurice ein. »Sollen wir ihn vielleicht aus dem Palast tragen? Wenn es zum Kampf kommt . . .«

Gerolt ließ ihn nicht ausreden. »Der Beduine kommt mit, ob es dir nun gefällt oder nicht!«, beharrte er und nahm McIvor auch schon den Schlüsselbund ab, um die Zelle aufzusperren. »Ein Templer lässt keinen Gefangenen seines Feindes im Kerker zurück, wenn er die

Möglichkeit hat, ihn zu befreien! Beatrice und Heloise können ihn stützen, wenn er zu schwach ist, um auf eigenen Beinen zu stehen!«

McIvor hob überrascht die Augenbrauen. Zwischen Gerolt und Maurice schien es mehr als nur diese eine Unstimmigkeit zu geben. Aber um jetzt danach zu fragen, fehlte ihnen die Zeit. »Gerolt hat Recht! Wir können ihn unmöglich zurücklassen!«

Der zerlumpte, dreckstarrende Beduine blickte Gerolt mit einem stummen Blick voller Dankbarkeit ins Gesicht, als dieser sich vor ihn kniete, um ihn von seinen Ketten und Fußeisen zu erlösen.

Er versuchte, aus eigener Kraft aufzustehen, doch die Beine versagten ihm den Dienst, wie Maurice vermutet hatte, und er sackte gegen die Kerkerwand.

»Versucht es nicht mit Gewalt! Wir bringen Euch schon heraus! Habt Vertrauen!«, redete Gerolt ihm zu, legte sich seinen rechten Arm um die Schulter und trug den Beduinen, der fast nur noch aus Haut und Knochen bestand, aus der Zelle. Dort übergab er ihn an Beatrice und Heloise. »Sagt, wenn Ihr ihn nicht alleine die Treppe hochtragen könnt. Aber Ihr müsstet es eigentlich schaffen, so abgemagert, wie er ist!«

»Es wird schon gehen«, versicherte die kleine Heloise, noch bevor ihre große Schwester etwas sagen konnte, und packte sofort beherzt zu, wie es ihre Art war. Sie hatte sich auch in der Zeit ihrer Einkerkerung als überaus tapfer und klaglos erwiesen. Dagegen sah man es Beatrice an, dass sie sich überwinden musste, auf so enge Tuchfühlung mit der zerlumpten, stinkenden Gestalt zu gehen. Doch sie tat es und stützte den Beduinen auf der anderen Seite.

Maurice wartete schon mit verkniffener Miene am Fuß der Treppe und reichte Gerolt nun einen der Krummsäbel, die er den toten Wachen abgenommen hatte. »Hoffentlich ist deine Idee mit dem Beduinen nicht noch verhängnisvoller für uns als das, was ich mir ausgedacht hatte!«, raunte er ihm bissig zu. »Diesmal dürfte es ganz sicher unseren Tod bedeuten!«

Gerolt ersparte es sich, ihm darauf zu antworten. Denn Tarik und McIvor schlichen schon die Treppe hoch und sie mussten sich beeilen, um den Anschluss nicht zu verlieren. Hinter ihnen mühten sich Beatrice und Heloise mit Dshamal Salehi ab, aber sie machten ihre Sache gut. Die Angst, die ihnen im Nacken saß, trieb sie die steile Treppe hoch.

Oben angelangt, wollten Tarik und McIvor schon nach rechts in den Gang laufen, als Gerolt hinter ihnen leise rief: »Nicht da entlang! Wir müssen erst noch unsere geweihten Schwerter holen! Wir wissen, wo sie hängen! Das müssen wir einfach riskieren!«

»Ja, die lassen wir dem verfluchten Emir nicht als Beute!«, stimmte Maurice ihm zu.

Augenblicklich kehrten die beiden Männer zu ihnen zurück. Wieder in den Besitz ihrer Gralsschwerter zu gelangen erschien auch ihnen ein vertretbares, zusätzliches Risiko wert zu sein.

Maurice und Gerolt führten sie in einen der beiden anderen Gänge, der sie zu dem großen Vorraum brachte, von dem aus man in das Prunkzimmer des Emirs gelangte. Erst hier stießen sie wieder auf zwei Wachen, die sich über etwas stritten und die nahende Gefahr viel zu spät bemerkten. Und wieder war es McIvor, der mit einem Pfeil seiner Armbrust einen davon niederstreckte, noch bevor der Mann zu seiner Waffe greifen konnte.

Der zweite Wachposten schaffte es zwar noch, sich ihnen mit blanker Klinge entgegenzustellen. Doch blieb ihm der Schrei in der Kehle stecken, mit dem er seine Kameraden in anderen Teilen der Palastanlage noch hätte alarmieren können.

Tarik schlug die aufblitzende Klinge des Krummsäbels zur Seite, begleitet von einem lauten Klirren der aufeinander treffenden Waffen, und Maurice sprang sofort vor, um ihn auch schon mit einem Hieb zu fällen.

»Wie sehr habe ich darauf gewartet, für all das Vergeltung zu üben, was sie mit uns gemacht haben!«, stieß Maurice grimmig hervor, ließ den Scimitar fallen und stürzte auch schon in den großen Raum, in dem der Emir seine besonderen Beutestücke aufbewahrte. Seine Ordensbrüder folgten ihm auf den Fersen und griffen nach den geweihten Gralsschwertern und den dazugehörigen Schwertgehängen. Jeder wusste, welches ihm gehörte, wich doch bei jeder Waffe die kunstvolle Wickelung des Griffstücks ein wenig von den anderen ab.

Gerolt drückte einen Kuss auf die Damaszenerklinge seiner Waffe und seine Gefährten taten es ihm gleich. Das kostbare Schwert wieder in den Händen zu halten, das Abbé Villard ihnen im unterirdischen Heiligtum bei ihrer Aufnahme in die geheime Bruderschaft der Gralshüter anvertraut hatte, stärkte in ihm die Kraft und die Zuversicht, gemeinsam mit seinen Ordensbrüdern jeder Gefahr ins Auge sehen zu können. Und er wusste, dass seine Gefährten in diesem bewegenden Moment nicht anders empfanden.

»Jetzt wird es aber allerhöchste Zeit, dass wir aus dem Palast kommen!«, trieb Tarik seine Freunde zur Eile an. »Allmählich wird mir das Glück, das wir haben, unheimlich! Wir sollten es wirklich nicht länger auf die Probe stellen! Jemand könnte das Klirren der aufeinander treffenden Klingen gehört haben!«

Niemand widersprach und in großer Hast kehrten sie auf dem Weg zurück, den sie gekommen waren. Diesmal nahmen sie die beiden Granville-Schwestern, die den entkräfteten Beduinen mehr trugen als stützten, in ihre Mitte. Tarik und McIvor eilten vorweg, während Gerolt mit Maurice die Nachhut bildete.

Gerade hatten sie die Seitentür der Terrasse erreicht, als hinter ihnen im Haus Türen schlugen und Rufe laut wurden.

»Jetzt gebt Fersengeld und lauft, was ihr könnt! Gleich wird hier die Hölle los sein!«, stieß Tarik hervor. Und während sie nun so schnell durch den Garten zur uferseitigen Palastmauer rannten, wie Beatrice und Heloise mit dem Beduinen zu folgen vermochten, rief er Gerolt und Maurice zu, dass sie auf der anderen Seite auf vier hoffentlich betrunkene Wachen stoßen würden und dass dort auch ein Nilsegler für ihre Flucht vertäut lag.

»Was? Ihr haltet einen richtigen Segler bereit?«, rief Maurice staunend.

»Wir wissen doch, was wir einem Edelmann wie dir schuldig sind! Und Mietsänften waren auf die Schnelle leider nicht zu bekommen!«, rief Tarik spöttisch zurück.

Die Rufe im Palast wurden zu gellenden Alarmschreien, als sie das schmale Bohlentor erreichten. Während McIvor die Tür aufstieß und wie ein schwertschwingender Derwisch über die völlig überrumpelten und berauschten Wachen auf dem Kai herfiel, durchtrennte Tarik die dicken Taue über den Trommeln der beiden Seilwinden, mit denen das Wassertor aufgezogen und geschlossen wurde.

Das Gefecht auf dem Kai war kurz und blutig. Und es wurde von dem entsetzten Geschrei der drei Tänzerinnen begleitet, die nun auch um ihr Leben fürchteten. Tarik warf einer von ihnen einen Geldbeutel mit ihrem restlichen Lohn zu und dankte ihnen mit knappen Worten. Als Maslama sich mit seinen beiden Kumpanen auf die *Fachit* retten wollte, trat er ihnen mit seinem Schwert entgegen.

»Auf dieser Fahrt seid ihr leider nicht willkommen! Denn hier trennen sich unsere Wege!«, teilte er ihnen mit, während McIvor schon die mit Naphta gefüllten Krüge vom Segler auf den Kai schleppte und Gerolt ihm die Strohbündel zuwarf, damit er sie vor der Tür aufschichtete und mit der gefährlichen Flüssigkeit übergießen konnte. Zur selben Zeit trugen Beatrice und Heloise den Beduinen auf das

Deck des Seglers. »Ihr könnt zusammen mit den Tänzerinnen das Ruderboot nehmen! Es dürfte zwar etwas eng für euch alle werden, aber wenn ihr Ruhe bewahrt, wird es euch sicher bis zum Hafen bringen!«

Der Albino stimmte ein rechtes Geheul an und schleuderte ihm Verwünschungen entgegen. Doch Maslama war klug genug sich zu fügen und keine Zeit zu verlieren. Sie mussten so schnell wie möglich von hier weg, wenn es sie nicht den Kopf kosten sollte. Und deshalb beeilte er sich, dass er die Leine zu fassen bekam und sie mit seinem Messer vom Heck der *Fachit* trennte.

Inzwischen kehrte McIvor mit einem der Tonbehälter, in dem noch ein wenig Naphta schwappte, zu Tarik zurück, der schon den Bogen und den Köcher mit den vier Pfeilen bereithielt. Neben sich hatte er ein Öllicht stehen. Schnell, aber doch umsichtig tunkte Tarik die stoffumwickelten Pfeilspitzen in das Naphta, setzte sie an der offenen Flamme in Brand und schoss sie in rascher Folge im hohen Bogen über die Mauer auf den Palast. Viel Schaden würden die Brandpfeile kaum anrichten, aber die Bediensteten des Emirs doch einige Zeit mit Löscharbeiten in Atem halten und so ihre Verfolgung hinauszögern.

Als der letzte brennende Pfeil von der Sehne geschnellt war, ließ Tarik den Bogen fallen und lief ans Ruder, während McIvor die Öllampe ergriff und sie auf die mit Naphta getränkten Strohballen vor dem Tor schleuderte. Eine gewaltige Stichflamme schoss empor und leckte nach den Bohlen des Tors und dem umliegenden Mauerwerk.

Gerolt und Maurice hatten in der Zwischenzeit schon Heck- und Bugleine von den Pfählen gelöst. Auf Tariks Zuruf hin warfen sie die Leinen an Deck, stießen den Bug der *Fachit* von der Kaimauer ab und retteten sich mit einem schnellen Sprung auf die Djerma, die von der Strömung sofort erfasst und flussabwärts gezogen wurde.

McIvor hielt derweil schon das Seil des Lateinersegels in seinen Pranken und zog es mit kräftigen Zügen am Mast hoch. Es füllte sich sogleich mit Wind und unter dem Druck legte sich die *Fachit* leicht nach Backbord auf die Seite, während Tarik sie hinaus auf die Strommitte steuerte. Das lodernde Feuer vor der Mauer und auf dem Dach des Palastes fiel hinter ihnen zurück und verkümmerte rasch zu einem fernen, unruhigen Flackern in der Nacht.

Tarik schickte ein kurzes Dankgebet zu den Sternen, die über ihnen funkelten. Gerolt, Maurice, Beatrice, Heloise und dieser Beduine waren befreit und der erste Teil ihrer Flucht gelungen. Aber noch war nicht die Zeit für großen Jubel gekommen, umschloss sie doch noch immer das mächtige Reich der Mameluken in allen Himmelsrichtungen. Ihre endgültige Freiheit und das Wissen, dass dem Heiligen Gral keine Gefahr mehr drohte, lagen noch viele Tagesreisen entfernt!

17

Die dunklen Fluten teilten sich unter leisem Rauschen am Bug der *Fachit* und strömten am schlanken Rumpf vorbei. Die Djerma ließ al-Qahira hinter sich und folgte wenig später der weiten Biegung, die der Nil ein gutes Stück unterhalb der Stadt machte.

Kaum waren hinter ihnen die letzten Lichter der Vorstadt in der Schwärze der Nacht versunken, als Tarik das Kommando gab, auf das McIvor schon gewartet hatte. »Runter mit dem alten Fetzen!«, rief er ihm vom Ruderstand zu. »Es ist Zeit, der *Fachit* ein anderes Erscheinungsbild zu geben!«

McIvor holte das alte, flickenreiche Segel ein, löste die Leinen aus den Ösen und befestigte sie mit Gerolts Hilfe an dem neueren, pechschwarzen Segeltuch, das wenig später am Mast aufstieg und sich mit warmem Nordwind füllte.

Beim Anblick des neuen Segels wurde sich Beatrice offenbar bewusst, wie dreckig ihre Kleidung war. Denn sofort begann sie zu klagen: »Was für ein großes Elend ist nur über uns gekommen! Und wie wir aussehen! Schlimmer als die dreckigste Marktfrau! Wenn ich doch nur ein neues Gewand hätte!«

»Schwester! Was macht es schon aus, dass wir verdreckt sind? Müssen wir nicht viel mehr unserem Gott und den Herren Rittern auf Knien dankbar sein, dass wir dem Kerker entkommen und in Freiheit sind?«, sagte da Heloise sofort mahnend und mit einem Ernst, der für ein so junges Mädchen ungewöhnlich war. »Alles andere wird schon werden. Hier, nimm noch etwas von den Früchten!« Damit legte sie ihr eine der Holzschalen in den Schoß, in der noch reichlich Datteln sowie einige Traubendolden lagen.

»Ja, ja, das müssen wir natürlich«, murmelte Beatrice, ohne dabei jedoch allzu glücklich zu klingen.

»Ihr könnt Euch sofort Eurer schmutzigen Sachen entledigen!«, teilte Tarik ihnen mit. »Wir haben für saubere Gewänder und Kopftücher gesorgt, Beatrice. Ihr findet sie in der Kajüte in dem karierten Sack. Und es steht auch Wasser bereit, damit Ihr Euch waschen könnt!«

»Wirklich? . . . Gott segne Euch für Eure Umsicht! Komm, Heloise, sehen wir zu, dass wir wieder halbwegs Mensch werden!«, rief Beatrice erlöst, als wäre nun ein unerträgliches Joch von ihr genommen. Dann fasste sie ihre Schwester an der Hand und begab sich mit ihr in die Kajüte, um sich den gröbsten Dreck vom Körper zu waschen und sich in ein sauberes Gewand zu kleiden.

Während der Beduine vor dem offenen Unterstand an der Bordwand lehnte, schweigend ein wenig Hammelfleisch und Brot zu sich nahm und bedachtsam jeden Bissen lange kaute, versammelten sich die Gralshüter bei Tarik am Ruder.

»Wohin soll die Fahrt gehen?«, fragte Maurice. »Habt ihr auch für unseren weiteren Fluchtweg schon einen Plan geschmiedet?«

»Wir haben uns gedacht, dass wir uns mit dem Segler in das Flussdelta flüchten«, antwortete Tarik. »Da gibt es so viele Nebenarme, dass wir bestimmt eine gute Chance haben, unsere Verfolger abzuschütteln, die wohl nicht lange auf sich warten lassen werden. Und dann müssen wir versuchen uns zu einem der Häfen an der Mündung durchzuschlagen, nach Damietta oder besser noch nach Alexandria.«

»Und mit ein wenig Glück sollte es uns dort gelingen, eine Passage über das Mittelmeer zu finden und heimlich an Bord eines Kauffahrers zu gelangen«, warf McIvor ein.

Maurice nickte. »Kein schlechter Plan.«

»Wenn auch mit allerlei unbekannten Gefahren, zumal sich keiner von uns in dem Delta auskennt«, sagte Gerolt einschränkend, zuckte dann jedoch die Achseln. »Aber das Risiko, uns zu verirren oder irgendwo in einem Sumpf stecken zu bleiben, müssen wir wohl auf uns nehmen. Ich wüsste auch nicht, welche andere Möglichkeit zur Flucht aus diesem Land wir sonst hätten.«

»Das sehe ich genauso«, pflichtete ihm McIvor bei.

Zur großen Überraschung vor allem von Maurice und Gerolt brach der Beduine plötzlich sein wochenlanges, eisernes Schweigen, als hätte er verstanden, was die vier Männer gerade in ihrer Sprache beredeten. »Verzeiht, dass ich Eure Unterredung störe und mich in Eure Angelegenheit mische«, meldete er sich mit schwacher Stimme zu Wort. »Aber lasst Euch gesagt sein, dass Ihr einen falschen Kurs steuert, wenn Ihr mit Eurem Leben davonkommen wollt.«

Gerolt löste sich aus der Gruppe und trat zu dem Beduinen. »Wovon sprecht Ihr, Dshamal Salehi?«, fragte er und wechselte dabei mühelos ins Arabische.

»Ihr seid ein tapferer Mann mit geheimnisvollen Kräften, und nach allem, was Ihr für mich getan habt, weiß ich, dass Ihr nicht zu den Dschinni gehört und Eure magische Kraft auch nicht dem Sheitan verdankt«, antwortete der Beduine mit wohlgesetzten Worten.

»Ihr irrt Euch nicht«, bestätigte Gerolt ernst. »Sie ist ein Geschenk unseres himmlischen Gottes.«

Dshamal Salehi nickte. »Ich verdanke Euch mein Leben, Fremder, und stehe in Eurer Schuld«, fuhr er leise fort. »Wer Ihr seid und was Euch zum Feind des Emirs gemacht hat, ist für mich ohne Bedeutung. Mir reicht es, zu wissen, dass Ihr der Feind meines Feindes seid – und dass ich Euch mein Leben schulde. Deshalb lasst Euch von mir raten, dass der Weg, den Ihr eingeschlagen habt, Euch geradewegs in Euer Verderben führen wird!«

»Und was macht Euch so sicher?«, fragte Maurice skeptisch.

Der Blick des Beduinen schweifte nur kurz zu Maurice ab, um sich dann wieder auf Gerolt zu konzentrieren, dem wohl zuallererst sein Dank und sein Respekt galten. »Ihr mögt mit dem Schiff ins Delta entkommen, denn das dürfte Euer Plan sein, wie der eingeschlagene Kurs unschwer erraten lässt. Aber schon lange, bevor Ihr aus dem wirren Netz der Flussarme und Sümpfe herausgefunden und einen der Häfen erreicht habt, werden in allen Küstenstädten längst berittene Boten eingetroffen sein und man wird Euch erwarten. Für lange Zeit wird kein Schiff ohne scharfe Bewachung sein!«

»Das mag sein«, räumte Gerolt widerstrebend ein. »Aber habt Ihr denn einen besseren Vorschlag?«

Dshamal Salehi nickte. »Ihr müsst genau das Gegenteil von dem tun, was Eure Feinde erwarten. Deshalb müsst Ihr die Flucht nicht durch das Delta, sondern durch das *bar bela ma* wagen.«

»Durch das ›Meer ohne Wasser‹?«, kam es verblüfft von Tarik.

»Ja, das ist einer der vielen Namen, die wir Beduinen für die Wüste haben«, sagte Dshamal Salehi.

»Aber da sind wir doch noch viel eher verloren!«, wandte McIvor ein. »Wir verstehen wahrlich wenig von der Handhabung solch eines Nilseglers, aber den Gefahren der Wüste sind wir noch viel hilfloser ausgeliefert.«

»Nicht wenn Ihr Euch meiner Führung anvertraut!«, erwiderte der Beduine.

»Ihr wollt uns durch die Wüste führen?«, stieß Gerolt verblüfft hervor und wusste nicht, was er davon halten sollte.

»Ja, die Wüste im Westen ist meine Heimat und die meines Stammes, und wenn Ihr Euch mir anvertraut, bringe ich Euch sicher durch das ›Meer ohne Wasser‹ und hinauf zu einem der Häfen des Maghreb[*], wo die knechtende Faust des Mamelukenherrschers ohne Kraft ist und Ihr nicht fürchten müsst in die Falle Eurer Verfolger zu laufen! Ich werde Euer *khabir,* der Wegkundige und Führer Eurer Karawane sein.«

»Wir quer durch die Wüste?«, stieß McIvor teils ungläubig, teils fasziniert hervor. »Tod und Teufel, darüber gilt es nachzudenken. Zumal er Recht hat, was die Häfen im Delta angeht!«

»Ich gestehe, dass wir diese Gefahr vielleicht unterschätzt haben!«, gab Tarik ein wenig kleinlaut zu. »Und dass wir ausgerechnet durch die Wüste zu flüchten versuchen, wird man uns bestimmt nicht zutrauen!«

»Langsam!«, rief Maurice ungehalten. »Seid ihr etwa alle mit Blindheit geschlagen? Wie soll er uns denn in dem Zustand, in dem er sich befindet, durch die Wüste führen? Er kann sich ja noch nicht einmal auf den Beinen halten!«

»Gewährt mir nur einige Tage Ruhe, damit ich wieder zu Kräften komme, dann werde ich mit Euch in die Wüste ziehen und Euch sicher in den Maghreb bringen!«, versprach der Beduine.

»Das ist leichter gesagt als getan«, brummte Maurice. »Sollen wir derweil vielleicht munter auf dem Nil auf und ab kreuzen, bis Ihr für solch eine Anstrengung wieder kräftig genug seid? Dann können wir ja gleich wieder zum Palast zurücksegeln und freiwillig in den verfluchten Kerker zurückkehren!«

Dshamal Salehi warf ihm einen nachsichtigen Blick zu. »Nein, daran habe ich nicht gedacht. Aber ich kenne einen Ort, an den ich Euch bringen kann und wo Ihr sicher seid, bis ich mit Euch in die Wüste aufbrechen kann.«

---

[*] Als Maghreb bezeichnet man den gesamten nördlichen Küstenstreifen Afrikas westlich von Ägypten bis an die marokkanische Westküste.

»Und welcher Ort soll das sein?«, wollte Gerolt wissen.

»Ein kleines Dorf namens Kharga, das in der fruchtbaren Oase von al-Fayyum liegt, einem großen Talkessel auf dem Westufer des Flusses«, teilte Dshamal Salehi ihnen mit. »Und in diesem Dorf lebt ein Mann, dem ich vertrauen kann wie meinem eigenen Fleisch und Blut und der mir noch einen großen Gefallen schuldig ist. Abdallah Zawaki ist sein Name. Auf seinem Hof werden wir Unterschlupf finden.«

»Und wie weit ist es bis zu dieser Oase?«, fragte Tarik. »Und wie gelangen wir dorthin?«

»Bis zu der Stelle, wo wir an Land gehen müssen, werden es kaum mehr als zwanzig *farsang** flussaufwärts sein«, antwortete Dshamal Salehi. »Und bei dem kräftigen Nordwind können wir noch vor Morgengrauen in Kharga eintreffen!«

Die vier Gralshüter berieten sich in aller Eile, wogen das Für und Wider von Dshamal Salehis Angebot ab und kamen schließlich zu dem Schluss, dass sie bessere Fluchtchancen hatten, wenn sie seinen Vorschlag annahmen, sich erst einmal einige Tage in diesem Oasental al-Fayyum zu verstecken und dann mit ihm die Durchquerung der Wüste zu wagen. Sogar Maurice gab letztlich seine anfänglichen Bedenken auf und stimmte dafür.

»Dann nichts wie herum mit dem alten Kahn und kehrt gemacht! Haltet euch gut fest!«, rief Tarik und warf beherzt das Steuer herum. Der Mast der *Fachit* ächzte und knarrte, als wollte er gegen das abrupte Wendemanöver protestieren, hielt jedoch stand, zumal das Segel den Druck des Windes verlor und wild hin und her zu flattern begann, bis die Brise es wieder von achtern blähte und damit die Nilbarke gegen die Strömung auf Kurs brachte.

Ob es die Täuschung mit dem dunklen Segel war oder ob ihre Ver-

* Eine Farsang entspricht ungefähr 5 km.

folger erst gar nicht die Möglichkeit in Erwägung zogen, dass die Ungläubigen ihnen entgegenkamen, vermochten sie nicht zu sagen. Doch als sie sich al-Qahira näherten, schenkten ihnen die Besatzungen von drei schnellen, flussabwärts strebenden Schiffen, auf denen eine große Zahl von Soldaten zu sehen war, nicht die geringste Beachtung.

»Bei den heiligen Gebeinen der Märtyrer, die hätten uns noch vor dem Delta eingeholt, so schnell, wie ihre Segler sind!«, stieß McIvor hervor. »Dem Himmel sei Dank, dass wir den Beduinen an Bord haben und auf seinen Vorschlag eingegangen sind!«

Maurice verzog das Gesicht zu einer Grimasse, die eine wortlose Entschuldigung, aber auch vieles andere bedeuten konnte. Und mit den gemurmelten Worten »Ich sehe mal, wie es den Granville-Schwestern geht und ob sie noch irgendetwas brauchen!« verschwand er hinten in der Kajüte.

Gerolt setzte sich zu Dshamal Salehi an die Bordwand, denn er hatte einige Fragen an ihn, für die ihm jetzt die rechte Zeit gekommen zu sein schien.

»Darf ich Euch etwas fragen?«

Der Beduine machte eine einladende Handbewegung.

»Ihr habt im Kerker wochenlang nicht ein Wort mit uns gesprochen, nur einmal habt Ihr uns Euren Namen verraten. Und nun scheint Ihr auf einmal Eure Sprache wieder gefunden zu haben. Gibt es dafür eine Erklärung?«

Dshamal Salehi nickte. »Ja, die gibt es. Ich bin ein Mann der Wüste und nichts ist uns heiliger als unsere Freiheit! Auf unsere Stirn wurde das Gesetz der Freiheit geschrieben. Frei soll der Mensch sein Haupt zum Himmel erheben. Und frei soll er der Stimme seines Herzens folgen«, begann er auf seine bedächtige Art. »Als ich nach der blutigen Schlacht nahe der Oase Siwa in die Gefangenschaft des

Emirs geriet und er mich in seinen Kerker werfen ließ, weil er wusste, dass es für einen Beduinen nichts Schlimmeres gibt, als in einer dunklen Zelle angekettet zu sein, da legte ich den heiligen Schwur ab, mein Los ohne ein Wort der Klage zu ertragen, was immer auch geschehen sollte. Ich wollte ihm nicht auch noch den Triumph lassen, meinen Stolz gebrochen zu haben. Mein Schweigegelübde sollte erst dann ein Ende finden, wenn ich den Weg meiner verstorbenen Vorfahren gegangen war oder durch göttliche Fügung wieder die Freiheit erlangt hatte. Nun ist dank Eurer magischen Kräfte und Eurer Güte von den beiden Möglichkeiten diejenige eingetroffen, an die ich schon nicht mehr zu hoffen gewagt hatte. Damit ist das Gelübde erfüllt!«

»Nun verstehe ich Euer Schweigen, auf das wir uns keinen Reim machen konnten. Auch wir wissen, dass ein Mann von Ehre zu seinen Gelübden steht, wie schwer es ihm auch fallen mag«, sagte Gerolt voller Respekt, um dann sogleich die nächste Frage zu stellen. »Ihr sagt, Ihr habt gegen den Emir gekämpft? Wie kam es dazu?«

»Die Mamelukensultane und ihre Emire führen schon seit Jahrzehnten Krieg gegen die Beduinenstämme, denn wir lassen uns nicht unter ihre Knute zwingen wie die Fellachen und die anderen Sesshaften! Eher sterben wir, als dass wir uns einem fremden Herrscher unterwerfen!«, erklärte Dshamal Salehi stolz. »Seit ich denken kann, hat es daher erbitterte Gefechte mit den Mameluken gegeben. Eigentlich lagen wir immer im Krieg mit den Herrschern Ägyptens, wie sie auch heißen mochten.«

»Und wann kam es zu dem Gefecht mit den Truppen von Emir Turan el-Shawar Sabuni?«

»Vor nicht ganz zwei Monden«, sagte der Beduine. »Der Emir leitete in Begleitung seines Sohns eine Strafexpedition gegen die Bewohner von Siwa, einer großen Oase im Nordwesten. Die Menschen dort hatten sich geweigert dem Abgesandten des Sultans den geforderten jährlichen Tribut zu entrichten. Der Sultan hatte die drückende Last in diesem Jahr wiederholt erhöht und dagegen rebellierten die Leute von Siwa. Mein Stamm und einige andere Beduinenstämme kamen ihnen zu Hilfe und lieferten den Mameluken eine blutige Schlacht. Eine der Truppen wurde von Mehmed, dem Lieblingssohn des Emirs, angeführt. Und mein Stamm hatte nicht nur die Ehre, dem hochmütigen Mehmed und seinen Kriegern entgegenzutreten, sondern mir schenkte die Vorsehung den Ruhm, mit Mehmed die Klingen zu kreuzen, ihn vor den Augen seines Vaters in einem Kampf Mann gegen Mann zu schlagen und ihm die Brust zu spalten.«

»Das erklärt den besonderen Hass des Emirs auf Euch!«, sagte Gerolt.

»Aber auch unsere Leute haben in dem Gefecht für ihre Tapferkeit einen hohen Blutzoll gezahlt und von meinem Stamm ist nur wenigen die Flucht gelungen, nachdem die Übermacht des Feindes letztlich die Oberhand gewann«, gab Dshamal Salehi unumwunden zu. »Doch der Tod im Kampf ist ehrenvoll und nichts gegen das, was mir der Emir als Rache zugedacht hatte. Dass es nun nicht dazu gekommen ist, wird mich auf immer in Eurer Schuld stehen lassen.«

Gerolt schüttelte den Kopf. »Ich bitte Euch, sprecht nicht von Schuld! Aber wenn Euer Ehrgefühl es Euch so sehen lässt, so seid versichert, dass Ihr mit Eurem klugen Rat, den anderen Weg einzuschlagen und nach al-Fayyum zu segeln, schon jetzt einen Großteil davon beglichen habt!«

Ein schwaches Lächeln huschte über die eingefallenen Züge des wettergegerbten Gesichtes von Dshamal Salehi. »Euer Großmut ehrt Euch so, wie er mich beschämt. Großmut schmückt einen Menschen, heißt es bei uns.«

Verlegen wollte Gerolt das Lob des Beduinen abwehren, als plötzlich ein heftiger Ruck durch die *Fachit* ging und ihn zusammen mit dem Beduinen auf die Seite warf.

»Verdammt!«, fluchte Tarik.

Der Segler saß auf einer Sandbank fest.

Maurice, Beatrice und Heloise stürzten sofort an Deck und fragten erschrocken, was passiert war.

»Nichts, was sich nicht mit Muskelkraft wieder ins Lot bringen ließe!«, beruhigte sie McIvor, nachdem er am Bug einen Blick auf die Sandbank geworfen hatte. »Also dann, machen wir uns an die Arbeit, Männer!« Und damit sprang er schon ins seichte Wasser.

Gerolt und Maurice folgten ihm sofort. Zu dritt stemmten sie sich mit aller Kraft gegen den Bug der *Fachit,* um den gottlob schlanken Rumpf freizubekommen. Und da die Barke keine schwere Fracht geladen hatte, dauerte es auch nicht lange, bis der Sand sie freigab.

Als sie rasch wieder an Bord kletterten, fasste Gerolt Maurice am Arm und hielt ihn zurück. »Warte einen Augenblick, ich muss mit dir reden«, sagte er leise.

»So?«, fragte Maurice kurz angebunden.

»Es tut mir Leid, dass ich vorhin im Kerker diese dumme Bemerkung wegen der Auspeitschung gemacht habe«, entschuldigte er sich. »Das war nicht richtig von mir. Denn dass die Sache mit Mahmud und Beatrice so kläglich scheitern würde, weil der Kerl sich so idiotisch verhalten hat, konnte wirklich keiner wissen. Und natürlich hätte es auch böse ins Auge gehen können, dass ich darauf bestanden habe, diesen Mann da mitzunehmen, über den wir doch nicht das Geringste wussten. Ich habe mit meiner Entscheidung einfach nur Glück gehabt. Also sieh mir meine unbedachten Worte nach, die ich in der Hitze des Gefechts von mir gegeben habe. Ich hoffe, du nimmst meine Entschuldigung an, Bruder.« Und damit streckte er ihm seine Hand hin, um den Groll zwischen ihnen aus der Welt zu schaffen, bevor er sich im Herzen festsetzen konnte.

Schon nach den ersten Worten hatte sich die verschlossene Miene des Franzosen gelöst und war immer mehr einem erleichterten Ausdruck gewichen, als hätte ihr gereizter Wortwechsel im Kerker auch ihn bedrückt.

Nun ergriff Maurice sofort die ihm dargebotene Rechte seines Gefährten und besiegelte ihre Versöhnung mit einem kräftigen Händedruck.

»Es war schon ganz richtig, dass du mich an die Tugenden eines Templers erinnert hast«, erwiderte er. »Denn ich weiß, dass ich mich hinterher geschämt hätte, den Beduinen nicht auch befreit zu haben. So, und damit soll die Sache erledigt sein!«

Beatrice und Heloise begaben sich auch schon bald, nachdem die *Fachit* aus der Umklammerung der Sandbank freigekommen war, wieder unter Deck. Erschöpft von der ausgestandenen Angst der letzten Stunden und den zermürbenden Wochen der Gefangenschaft, verlangte es sie nach Schlaf. Sie begnügten sich mit den alten Bastmatten als Lager, die sie unter Deck vorfanden.

Für die Männer war an Schlaf jedoch nicht zu denken. Gewarnt, dass der Nil zahlreiche Tücken bereithielt, insbesondere des Nachts, wechselten sie sich als Ausguck am Bug ab, der den Mann am Ruder früh genug vor weiteren Untiefen warnen sollte. Dennoch schrammten sie noch mehrmals gefährlich nahe an Sandbänken entlang, doch bis auf diese Momente kurzen Erschreckens verlief der Rest der Fahrt stromaufwärts ohne nennenswerte Zwischenfälle.

Dshamal Salehi wusste, dass sie noch viele Stunden auf dem Nil unterwegs sein würden, und überließ sich zwischenzeitlich einem tiefen Schlaf. Auf der letzten Strecke jedoch war er wach und ließ das westseitige Ufer nicht aus den Augen. Etwa zwei Stunden vor Anbruch der Morgendämmerung teilte er ihnen mit, dass sie ihr Ziel nun erreicht hätten und die nächste günstige Stelle am Ufer anlaufen sollten. Gewöhnliche Reisende gingen zwar ein, zwei Farsang weiter oberhalb in einer kleinen Hafenstadt namens al-Wasita an Land. Aber das kam trotz der nächtlichen Stunde für sie nicht in Frage, wenn sie nicht unnötige Aufmerksamkeit erregen wollten.

»Es wäre nicht gut, wenn wir die *Fachit* einfach hier am Ufer liegen lassen«, sagte Gerolt, nachdem Tarik die Barke in einer von Schilf zugewachsenen Ausbuchtung des Ufers an Land gebracht hatte.

»Ja, am besten wäre es, sie würde spurlos verschwinden, damit sie niemandem verrät, dass wir nicht ins Delta, sondern flussaufwärts gesegelt sind!«, pflichtete Maurice ihm bei.

»Also gut, dann lasst uns sie versenken!«, griff McIvor den Vorschlag auf. »Ein paar große Lecks in den Unterwasserrumpf dieses alten Kahns zu schlagen dürfte nicht allzu schwer sein! Fangt ihr schon mal damit an, den Mast umzulegen. Ich steige mit der Lampe hinunter in den Kielraum und mache mich da zu schaffen.«

»Ja, lass deine rohe Gewalt mal ordentlich walten!«, rief Tarik ihm zu. »Aber reiß nicht gleich so riesige Löcher, dass sie uns schon hier im Schilf absäuft! Es muss Zeit genug bleiben, damit ich sie noch hinaus in die Flussmitte bringen kann. Sonst ist alle Mühe vergeblich.«

»Wird gemacht, mein Kapitän!«, versicherte McIvor mit breitem Grinsen und begab sich unter Deck.

Eine gute Viertelstunde später schoben McIvor, Gerolt und Maurice die leckgeschlagene *Fachit* aus dem Schilf in tieferes Wasser. Tarik blieb als Einziger an Bord. Er steuerte die rasch voll laufende Barke in tiefes Fahrwasser, wartete noch, bis die einströmenden Fluten schon in der offenen Frachtluke gurgelten, und sprang dann vom sinkenden Segler, um ans Ufer zurückzuschwimmen. Als er aus dem

Wasser stieg und sich nach der *Fachit* umsah, hatte der Nil sie schon verschlungen.

Beladen mit ihren Waffen, den wenigen Habseligkeiten, die in zwei Kleidersäcke passten, und dem Beutel mit dem Heiligen Gral, machten sie sich auf den Weg in den weiten, fruchtbaren Talkessel von al-Fayyum, hinter dem sich das endlose Sandmeer der Wüste erstreckte.

Gerolt empfand Beklemmung bei dem Gedanken, dass sie sich bald dort hineinwagen würden und wohl wochenlang der Unbarmherzigkeit der Wüste ausgeliefert sein würden, um auf dieser Route die Küste des Maghreb zu erreichen.

Würde sich diese sonnendurchglühte, lebensfeindliche Einöde für sie wirklich als Tor zur Freiheit erweisen?

Zweiter Teil

Durch die Wüste

1

Die hohen Dattelpalmen reichten bis an die Umfassungsmauer von Abdallah Zawakis Gehöft und warfen ihre langen abendlichen Schatten schon über das Wohnhaus und bis hin zum Brunnen, als Gerolt sich im Palmenhain Bewegung verschaffte. In Gedanken versunken, folgte er dem Trampelpfad, der zum nördlichen Saum der kleinen Dattelplantage führte. Dort ging das Gelände in einen Hang über, wo der Fellache einige dutzend Weinstöcke angepflanzt hatte. Der kleine Weinberg gehörte schon zu den abgestuften, teilweise recht steilen Hügeln des Djebel[*] Qatrani, der unweit des Nilufers aufstieg, den ovalen Talkessel des al-Fayyum mit seinen Dörfern und dem lang gestreckten Qarun-See nach Norden hin durch einen weiten, sichelförmigen Bogen vom Umland abgrenzte und dessen westliche Ausläufer bis an die Wüste reichten.

Als Gerolt das hangseitige Ende der Plantage erreicht hatte, hörte er vertraute Stimmen, fuhr aus seinen Gedanken auf und blieb stehen. Sein Blick fiel durch die letzten Baumreihen auf Maurice und Beatrice, die sich am Fuß des Weinbergs niedergelassen hatten. Beatrice, bekleidet mit einem einfachen Gewand aus indigoblau gefärbtem Stoff, hatte den Schleier ihres Kopftuches zurückgeschlagen und lachte über etwas, was Maurice soeben zu ihr gesagt hatte.

Von dem Gespräch, das die beiden führten, bekam Gerolt nur Satz-

[*] Berg, Bergzug.

fetzen mit. Denn über ihm bewegten sich die Palmwedel raschelnd im Wind, der über den Djebel Qatrani kam und durch die Baumkronen fuhr.

»... wünschte, ich könnte Euch Glauben schenken, Maurice.«

»... nichts Eure Anmut zu schmälern ... Euer Haar schon bald wieder in voller Schönheit zu bewundern sein ...«, hörte er Maurice mit einschmeichelnder Stimme sagen.

Worauf Beatrice errötete und ihm einen koketten Blick zuwarf. »Ach, wenn Ihr wüsstet, wie gut es mir ... eine verwandte Seele ... und keiner weiß wie Ihr ... Trost in dieser schweren Zeit ... und mein Herz mit Hoffnung ...«

Was ihm der Wind zu hören versagte, vermochte sich Gerolt leicht im Geist zusammenzureimen. Und er verspürte plötzlich einen feinen Stich des Neides in seiner Brust, als er sah, wie vertraut Maurice mit dieser jungen, bildhübschen Frau war und wie unverhohlen sie seinen Gefährten anhimmelte. Fast hätte man sie für Liebende halten können.

Doch schon im nächsten Moment schämte er sich seiner unritterlichen Gedanken und der Ungehörigkeit, einen Freund und Ordensbruder zu belauschen. Er sollte doch vielmehr froh sein, dass Maurice sich um sie kümmerte und sie durch seine schmeichelhafte Aufmerksamkeit in diesen langen Tagen des Wartens auf andere Gedanken brachte. Denn bei allen Vorzügen, die Beatrice Granville zweifellos besaß, fehlte ihr doch das geduldige, klaglose Wesen ihrer kleinen Schwester. Während Heloise sich so still und geduldig in das Unabwendbare schickte, dass man ihre Gegenwart manchmal völlig vergessen konnte, neigte Beatrice leider allzu oft zu jammervoller Klage und Mäkelei an ihrer primitiven Unterkunft, dem eintönigen Essen und den Strapazen, die ihnen in der Wüste bevorstanden. Und wenn sie sich zwischendurch auch immer wieder zusammenriss und sich erneutes Lamentieren verkniff, so war doch an ihrer trübseligen Miene unschwer abzulesen, wie sehr sie sich selbst bedauerte und mit ihrem Schicksal haderte.

Gerolt wandte sich nun ab und zog sich so unbemerkt zurück, wie er sich ihnen genähert hatte. Maurice würde schon wissen, was er tat und wie weit er das Getändel mit Beatrice treiben konnte, ohne folgenschwere Konsequenzen für sich und seine Ordensbrüder heraufzubeschwören. Es lag wohl in seiner Natur, dass er in Gegenwart hübscher Frauen nicht widerstehen konnte, seinen Charme und seine Kunst der Schmeichelei herauszukehren. Und außerdem – was zerbrach er sich über Maurice den Kopf? Es gab viel Wichtigeres zu bedenken.

Die frühe Morgenstunde, zu der sie auf dem Hof von Abdallah Zawaki eingetroffen waren, lag mittlerweile elf lange Tage zurück. Der Fellache hatte nicht eine Sekunde gezögert, sie bei sich aufzunehmen und ihnen seine Gastfreundschaft zu gewähren. Und das verdankten sie Dshamal, den sie auf dem nächtlichen Marsch vom Nil in das al-Fayyum abwechselnd getragen hatten.

Wie überrascht sie alle waren, als Abdallah Zawaki, ein stämmiger Mann mittleren Alters, beim Anblick seines Nomadenfreundes mit einer Mischung aus Freude und Bestürzung rief: »Sheikh Salehi? Beim Barte des Propheten, Ihr seid es wirklich! . . . Allah, der gnädige Vergeber aller Sünder, sei gepriesen, dass er mir nach so langer Zeit wieder die Ehre Eures Besuches macht! Doch in welch schrecklichem Zustand führt er Euch zu mir! Was ist Euch widerfahren? Kommt, kommt ins Haus und lasst Euch ein Lager bereiten!« Dass Dshamal ein hoch geachteter Sheikh und Anführer seines Stammes war, hatte der Beduine ihnen verschwiegen.

Abdallah bestand darauf, sein Wohnhaus, ein einfacher Lehmkasten mit nur einem großen Raum und einer einzigen schmalen Fensterluke, für seine Gäste zu räumen. Noch am selben Morgen schickte er seine breithüftige und mondgesichtige Frau Fatima mit der vierköpfigen Kinderschar zur Familie seiner Schwiegereltern, die auf der anderen Seite des Sees in Medinet al-Fayyum lebten, der größten der Siedlungen im Talkessel.

Dshamal erholte sich erstaunlich rasch von den Entbehrungen seiner Kerkerzeit. Die zähe Konstitution eines Nomaden, den das harte Leben in der Wüste von Kindesbeinen an geformt und gestählt hatte, kam ihm bei seiner Genesung zustatten. Schon nach zwei Tagen vermochte er wieder aus eigener Kraft aufzustehen und ein wenig im Hof herumzugehen. Und nach einer Woche erinnerte kaum noch etwas an die ausgezehrte, kraftlose Gestalt, die sie aus dem Kerker des Emirs befreit hatten.

Dennoch war an einen Aufbruch in die Wüste noch längst nicht zu denken. Zwar begann Dshamal zu Beginn der zweiten Woche schon damit, die ersten Vorbereitungen für ihre Wüstendurchquerung zu treffen und mithilfe Abdallahs Vorräte einzukaufen. Doch keiner der Händler, die im al-Fayyum Kamele verkauften und ihm ihre Tiere vollmundig anpriesen, fand vor seinen kritischen Augen Gnade.

»Sie taugen alle nichts für die Strecke, die wir bewältigen müssen«, teilte er ihnen mit und bezeichnete die Händler, die ihm das Gegenteil weiszumachen versucht hatten, verächtlich als *haramiya,* was so viel wie »Diebesgesindel« bedeutete. »Sie werden noch auf der Weide gehalten und nicht eines der Tiere ist ausreichend entwöhnt, um lange genug ohne Wasser durchzuhalten.«

»Was versteht Ihr unter entwöhnt?«, wollte Maurice sofort wissen.

»Ein Kamel, das nicht entwöhnt ist, hält kaum länger als drei Tage ohne Wasser durch«, erklärte ihnen der Beduine. »Das reicht für Karawanenwege, auf denen man alle paar Tage auf Oasen oder Wasserlöcher trifft. Aber wer tief in die Libysche Wüste vordringen will, der braucht Tiere, die im Notfall auch zehn Tage und mehr ohne einen Tropfen auskommen, ohne zu verenden. Und um diese Ausdauer zu erreichen, muss man die Kamele vorher von der Weide nehmen und sie auf die lange wasserlose Zeit vorbereiten, indem man sie entwöhnt. Das macht man gewöhnlich vier Wochen vor Beginn eines Wüstenmarsches. Und erst in der Nacht des Aufbruchs führt man sie zur Tränkung, damit sie die Wasserspeicher im Innern ihres Körpers bis an die Grenze auffüllen können. Und je langsamer man ihnen zu saufen erlaubt, desto mehr können sie in sich aufnehmen. Deshalb wird jeder erfahrene Beduine die Tränkung seiner Tiere über mehrere Stunden hinziehen. Nein, mit den Kamelen, die ich bisher zu sehen bekommen habe, erreichen wir niemals die *Darb el-Arbain!*«

»Was hat es mit dieser ›Straße der vierzig Tage‹ auf sich, die wir erreichen müssen, wie Ihr sagt?«, fragte Gerolt.

»Das ist der Name eines uralten Karawanenwegs, der über die Oase Siwa in den fernen, westlichen Maghreb führt und seit unzähligen Generationen von Salz- und Sklavenkarawanen benutzt wird«, antwortete Sheikh Salehi. »Wobei man der Zahl vierzig keine sonderliche Bedeutung beimessen sollte. Sie ist nichts weiter als eine grobe Annäherung an die Tagesreisen, die einen auf der *Darb el-Arbain* erwarten. Wir werden wenn möglich bei der Oase Siwa auf sie stoßen und ihr gut einen halben Mond lang folgen, bis wir zur Küste abbiegen.«

»Aber wenn in den Dörfern dieses weiten Talkessels keine Kamele zu finden sind, wie wir sie dringend brauchen, woher wollt Ihr sie dann bekommen?«, warf McIvor besorgt ein.

»Uns bleibt nichts anderes, als auf Selim Mabruk zu warten«, teilte Sheikh Salehi ihnen mit einem bedauernden Achselzucken mit. »Er ist ein erfahrener Beduine vom Stamm der Magabra und versteht sich wie kaum ein anderer darauf, seine Kamele zu pflegen und sie für weite Wüstenmärsche zu entwöhnen. Er soll in den nächsten Tagen von einem Karawanenzug ins südliche Land der Bischarin hierhin ins al-Fayyum zurückkehren. Ich kenne ihn gut und ich werde sicherlich mit ihm handelseinig werden.«

»Dann gebe Gott, dass er mit seinen Kamelen auch wirklich bald eintrifft, am besten noch heute«, brummte Maurice mit sorgenvoller Miene. »Allmählich wird mir hier nämlich der Boden unter den Füßen zu heiß!«

»Ich weiß, was Euch Sorgen macht«, sagte der Beduine verständnisvoll und fügte dann noch mit einem feinen Lächeln hinzu: »Aber nur ein Dummkopf schüttelt einen Baum, an dem keine Frucht hängt. Dagegen lässt die Süße des Erfolgs die Bitterkeit der Geduld vergessen!«

Auf seinem Weg zurück zum Hof Abdallahs ging es Gerolt durch den Sinn, dass sie die Bitterkeit der Geduld mittlerweile reichlich ausgekostet hatten. Denn seit jenem Gespräch mit Dshamal waren schon fünf Tage vergangen, ohne dass dieser Selim Mabruk mit seinen Kamelen in der Oase eingetroffen war. Allmählich wuchs ihre Sorge, dass man die Suche nach ihnen inzwischen auch auf das Gebiet flussaufwärts von al-Qahira ausgeweitet hatte. Und ihre Unruhe und Anspannung machten jeden neuen Tag untätigen Wartens zu einer schweren Prüfung ihrer Selbstbeherrschung. Es lag eine gereizte Stimmung in der Luft. Und da Dshamal ihnen geraten hatte sich möglichst nicht vom abgelegenen Gehöft Abdallahs zu entfernen, um unnötige Begegnungen mit den Dorfbewohnern zu vermeiden, gab es auch wenig Möglichkeiten, einander aus dem Weg zu gehen.

Tarik war wohl der Einzige von ihnen, der ruhig blieb und nicht unter der Eintönigkeit ihres schier endlosen Wartens zu leiden schien. Entweder beschäftigte er sich stundenlang mit irgendwelchen Schnitzarbeiten oder er spielte Schach mit Heloise, der er dieses

Spiel schon gleich nach ihrem Eintreffen in Kharga beigebracht hatte. Dabei malte er das Schachbrett einfach in den Sand und benutzte als Ersatz für die Figuren kleine Steine, die er mit seinem Messer markiert hatte. Und den Rest der Zeit verschlief er irgendwo an einem schattigen Platz.

Dagegen wurde McIvor mit jedem Tag einsilbiger, setzte kaum einen Fuß vor die Tür und saß brütend im Halbdunkel des primitiven Wohnraums. Zwar sprach er nicht darüber, doch Gerolt ahnte, dass der Schotte in seinen Gedanken bei seiner verlorenen Jugendliebe war und sich mit der finsteren Schuld quälte, die er damals auf sich geladen hatte.

Ja, es wurde allerhöchste Zeit, dass diese zermürbende Untätigkeit ein Ende fand! Sie mussten weg von hier und sich den Herausforderungen der Wüste stellen. Dort in der Einöde würden sie genügend damit zu tun haben, den Gefahren zu trotzen. Das würde all ihre Kraft und Konzentration in Anspruch nehmen und sie sowohl von selbstquälerischem Brüten als auch von riskantem Liebesgetändel abhalten!

Als Gerolt in der hüfthohen Umfassungsmauer durch die türlose Öffnung schritt, die aus dem Hof hinaus in die Dattelplantage führte, sah er kurz nach rechts. Sein Blick fiel auf die Gestalt Abdallahs, der gerade sein kleines Feld bewässerte, auf dem er Durrha* angepflanzt hatte. Unweit von ihm, im Schatten des Schöpfrads mit seinen kastenförmigen Behältern, saßen Tarik und Heloise über ihr Schachspiel gebeugt. Gerolt dankte Gott im Stillen dafür, dass wenigstens der Levantiner und das tapfere, kleine Mädchen sich zu beherrschen wussten.

Die Brettertür des Wohnhauses stand halb offen, und als Gerolt in

---

* Eine Art von Mais.

den Raum trat, fiel sein Blick sofort auf McIvor. Er traf den Schotten jedoch nicht wie sonst brütend in der hintersten Ecke an, sondern mit dem Ebenholzwürfel in den Händen. Neben ihm auf der Bastmatte lagen das rätselhafte Amulett und die versiegelte Pergamentrolle, die Abbé Villard ihnen mit auf die Reise gegeben hatte. Völlig versunken in sein Tun, glitten seine Fingerkuppen forschend über die fünfblättrige Rose aus Elfenbein und tasteten über die edelsteinverzierten Beschläge der Kanten, als suchten sie nach etwas.

»Was machst du da?«, stieß Gerolt erschrocken hervor, befiel ihn doch sogleich der Verdacht, dass McIvor nach dem geheimen Mechanismus suchte, mit dem der Würfel zu öffnen war. Sollte McIvor wirklich die Absicht gehabt haben, diesem Geheimnis auf die Spur zu kommen, um den Heiligen Gral herausholen zu können?

McIvor fuhr zusammen und beinahe wäre ihm der Würfel aus den Händen gerutscht. Mit verstörtem Blick starrte er Gerolt an, als hatte ihn dessen Stimme aus einem Wachtraum gerissen.

»Was tust du da?«, fragte Gerolt erneut.

»Ich . . . ich musste ihn einfach . . . einfach noch einmal in meinen Händen halten und . . . und ihn bewundern«, kam es abgehackt und schuldbewusst über McIvors Lippen. Doch dann fasste er sich sofort wieder. »Es ist nicht so, wie du denkst!«

»So? Was denke ich denn?«, fragte Gerolt und hatte Mühe, keinen scharfen Ton anzuschlagen.

»Du weißt schon, was ich meine! Das sehe ich dir doch an. Aber dem ist nicht so, glaube mir!«, beteuerte McIvor, und obwohl nur wenig Licht durch die offen stehende Tür und die hochgeklappte Fensterluke in den niedrigen Raum fiel, sah Gerolt deutlich, wie seinem Ordensbruder das Blut ins Gesicht schoss. »Ich gebe dir mein Wort! Bei der heiligen Gottesmutter und meiner Ehre, ich habe nicht versucht den Würfel zu öffnen! Ich hatte nur das starke Verlangen, ihn anzuschauen und wieder einmal in meinen Händen zu halten. Wir können ihn ja sonst nie herausholen, nicht einmal zu unseren Gebetszeiten, weil wir doch den Raum mit allen anderen teilen und fast immer einer in der Nähe ist, der ihn nicht zu sehen bekommen soll! So war es und nicht anders, das schwöre ich bei allem, was mir heilig ist!«

Gerolts böser Verdacht wich so schnell, wie er gekommen war. Wenn McIvor ihm sein Ehrenwort gab, nichts dergleichen im Sinn gehabt zu haben, musste er ihm einfach glauben. Denn er wusste, was dem Schotten seine Ehre galt.

»Aber klug war es nicht«, sagte er nun versöhnlich. »Obwohl auch ich wünschte, wir könnten wenigstens unsere Gebete in seinem Angesicht verrichten.«

»Weißt du, was ich mich schon oft gefragt habe?«

»Nein, denn mit dem Gedankenlesen habe ich noch meine Schwierigkeiten«, sagte Gerolt freundschaftlich. »Also hilf mir ein wenig auf die Sprünge, Eisenauge.«

»Seit Abbé Villard uns die zweite Weihe erteilt und uns den Heiligen Gral an den Mund geführt hat, frage ich mich immer wieder, ob wir durch den göttlichen Trank auch die Vergebung unserer Sünden erlangt haben, die wir bis zu diesem Tag auf uns geladen hatten«, grübelte er. »Was meinst du, haben wir dadurch unser Seelenheil gerettet?«

Es überraschte Gerolt nicht, dass McIvor sich mit dieser Frage quälte. Und er erinnerte sich noch gut an jenen Morgen in Akkon, als der Schotte ihm in den Stallungen der Zitadelle seine schwere Schuld und Seelenqual gebeichtet hatte. Kaum etwas beschäftigte ihn mehr als die Sorge, sein ewiges Seelenheil verwirkt zu haben, was immer er danach auch getan hatte, um Sühne zu leisten.

Er nahm sich Zeit, über die Frage seines Freundes gewissenhaft nachzudenken. Denn er wollte ihn nicht mit einer oberflächlich gefälligen Antwort abspeisen. Schließlich sagte er mit tiefer Überzeugung: »Nicht einer von uns ist wirklich würdig, Hüter des Heiligen Grals zu sein, McIvor. Jedenfalls nicht, wenn es nach der Schuld geht, die wir nun mal alle auf uns geladen haben, jeder auf seine Art. Aber dennoch tragen wir das Schwert des geweihten Gralsritters! Sagt das nicht genug? Und denke daran, woran uns der Abbé erinnert hat. ›Gilt Gottes Großmut und Liebe nicht schon immer ganz besonders den scheinbar Schwächsten und Unwürdigsten und wählt er nicht gerade unter ihnen diejenigen, die er zu einem herausragenden, verantwortungsvollen Dienst beruft?‹ Das waren seine Worte gewesen. Und dass nur derjenige, der reinen Herzens und bis ins Innerste von wahrer Gläubigkeit erfüllt ist, das Gralsschwert aus dem Felsen des Wasserbeckens zu ziehen vermag. Also quäl dich nicht weiter mit den Schatten der Vergangenheit. Wir haben ein heiliges Amt übertragen bekommen, und das führen wir so gewissenhaft aus, wie wir können!«

Ein schwaches Lächeln stahl sich auf McIvors Gesicht. »Danke für deinen Zuspruch, mein Freund. Damit hast du mir sehr geholfen. Ich werde künftig versuchen daran zu denken, wenn mich der Strudel der Vergangenheit wieder einmal in die Tiefe zu ziehen droht«, versprach er und griff nach dem Segeltuchbeutel, um den Ebenholzwürfel mit dem Heiligen Gral wieder darin zu verstauen.

In dem Moment stieß Dshamal die Tür auf und rief noch im Eintreten: »Ich habe . . .« Er brachte den Satz jedoch nicht zu Ende, sondern brach schon nach diesen ersten Worten ab.

Ob McIvor den quadratischen Würfel noch schnell genug in den Beutel geschoben oder ob ihn der Beduine noch gesehen hatte, darüber herrschte hinterher Uneinigkeit zwischen ihm und Gerolt.

Jedenfalls schien Dshamal dem Beutel mit seinem Inhalt keine Beachtung zu schenken. Etwas ganz anderes hatte ihn mitten im Satz abbrechen lassen.

Fassungslos starrte er auf das achteckige Amulett, das noch immer vor McIvor auf der Bastmatte lag. »Woher habt Ihr das?«, stieß er hervor, war mit zwei schnellen Schritten bei ihnen und hob die halb mit Silber, halb mit Gold überzogene Scheibe geradezu andächtig auf.

Verblüfft sahen sich die beiden Gralshüter an. Und dann drängten auch schon Tarik und Heloise durch die Tür. Sie hatten gesehen, mit welcher Eile der Beduine von einem seiner Erkundungsgänge zurückgekehrt und im Wohnhaus verschwunden war, und ihr Schachspiel sofort unterbrochen, um den Grund für seine Eile zu erfahren.

»Die Frage nach dem heidnischen Talisman kann Euch Tarik besser beantworten«, erwiderte McIvor.

Tarik berichtete nun, wie er Amir ibn Sadaqa im *Bayt al-Dhahab* das Amulett abgekauft hatte, um ihn mit seinem Geld zu beeindrucken. »Sagt nur, es gehört Euch!«

»Ja, die *Ikhawan al-Sama* ist seit Generationen im Besitz meiner Familie«, bestätigte Dshamal und strich fast zärtlich über die Scheibe.

»›Brüder des Himmels‹ – kein schlechter Name für so ein Amulett mit zwei so unterschiedlichen und doch so ähnlichen Seiten«, sagte McIvor.

»Mein Großvater hat sie meinem Vater auf seinem Sterbelager anvertraut und dieser in der Stunde seines Todes mir. Der Emir hat sie mir bei meiner Gefangennahme abgenommen«, sagte der Beduine bewegt. »Nie hätte ich geglaubt, dass ich sie jemals wieder in meinen Händen halten würde.«

»Dann war der Eunuch, von dem du uns erzählt hast, ja kein anderer als der fette Wanst Kafur, der uns am liebsten hingerichtet gesehen hätte!«, stieß Gerolt überrascht hervor, denn Tarik hatte den Namen des Mannes, der das heidnische Stück bei Amir ibn Sadaqa in

Zahlung gegeben hatte, bislang mit keinem Wort erwähnt, weil er ihm entfallen oder unwichtig erschienen war. »Dieser Mistkerl hat doch wahrlich seinen Emir bestohlen, um seiner Wettleidenschaft zu frönen!«

Dshamal achtete kaum auf das, was um ihn herum gesprochen wurde. Er hatte nur Augen für das Amulett. »Erlaubt Ihr, dass ich es wieder an mich nehme?«

»Gewiss, es ist doch Euer Eigentum, das Euch der Emir geraubt hat!«, sagte Tarik. »Wir wüssten auch gar nichts damit anzufangen.«

Damit stand die nächste Frage schon im Raum und Maurice sprach sie aus. »Hat es mit dieser Scheibe mit all den wirren Linien und Zeichen eine besondere Bewandnis? Uns hat sie jedenfalls nur Rätsel aufgegeben.«

Dshamal zögerte kurz. »Wir achten sie in unserer Sippe als kostbaren Glücksbringer, allein schon weil unsere Vorfahren sie getragen und stets an den ältesten Sohn des Sheikhs weitergegeben haben. Aber es verbinden sich mit ihr auch einige Wüstenlegenden«, antwortete er vage, während er sich die Schnur aus geflochtenem Kamelhaar um den Hals legte und das Amulett unter seinem Gewand verschwinden ließ. »Aber das sind Geschichten, für die wir bald an einem Feuer in der Wüste Zeit haben. Denn ich komme mit guten Nachrichten!« Er machte eine kurze Pause und sagte dann in die erwartungsvolle Stille die erlösenden Worte: »Selim Mabruk ist mit seinen Kamelen eingetroffen!«

2

Nur Gerolt und Tarik begleiteten Dshamal am nächsten Morgen zu Selim Mabruk, in einfache Wüstengewänder gekleidet, den Kopf mit einem locker herabfallenden Tuch bedeckt und ohne um die Hüften gegürtetes Schwertgehänge, das ihnen ein zu kriegerisches Aussehen verliehen hätte. Auch Maurice und McIvor, geschweige denn die beiden Schwestern, zu dem Besuch bei Selim Mabruk mitzunehmen hielt er nicht für klug.

»Seht mir meine offenen Worte gütig nach«, sagte Dshamal zu McIvor. »Aber Eure wilde Erscheinung dürfte nicht dazu beitragen, ihn vertrauensvoll zu stimmen und ihn für das Vorhaben zu gewinnen, zu dem ich ihn bewegen will.«

McIvor nahm es mit Humor. »Ich weiß, mein Anblick ist etwas gewöhnungsbedürftig«, sagte er mit breitem Grinsen und klopfte sich auf die Eisenklappe. »Mir liegt auch nichts an dem Palaver. Seht Ihr nur zu, dass Ihr den Burschen dazu kriegt, uns seine Kamele zu überlassen, alles andere soll uns nicht kümmern.«

Und zu Maurice gewandt sagte Dshamal: »Auch Ihr bleibt besser hier, denn es reicht, wenn ich zwei von Euch mitnehme. Und über Eure weibliche Gesellschaft werde ich erst einmal kein Wort verlieren. Frauen sind nicht die Begleiter, die ein Mann wie Selim Mabruk auf einem gefährlichen Marsch durch die Wüste gerne in seiner Karawane weiß, schon gar nicht weiße Frauen.«

Selim Mabruk und die beiden Treiber, die in seinen Diensten standen, hatten ihr Lager außerhalb der Siedlungen in der südwestlichen Öffnung des Talkessels aufgeschlagen, wo sie ihre Kamelherde fern von anderen Tieren gut im Auge behalten und vor Dieben sicher sein konnten. Ein einfaches Zelt, dessen rechteckige Tücher aus Kamelwolle über in den Boden gerammte Pfähle gelegt waren und das sich schnell errichten und wieder abbauen ließ, diente ihnen als Schutz vor Wind und Sonne.

Bei ihrem Eintreffen war das morgendliche Kochfeuer vor dem Zelt schon erloschen. In seiner Asche stand ein rußgeschwärzter Topf. Neben der zurückgeschlagenen Bahn vor dem Zelteingang lehnten drei Lanzen. Links davon lagen im Sand hölzerne Tragegestelle für Lasten sowie eine Zahl von Sätteln, die in einem Halbkreis aufgereiht waren. Dazwischen fanden sich zahlreiche *djirbas,* Wasserschläuche aus Ziegenleder.

Gerolt zählte vierzehn Kamele mit unterschiedlicher Färbung ihres Fells. Braune waren in der Überzahl, aber es gab auch einige mit rötlichem und grauem sowie je eines mit schwarzem und mit gescheckten Fell. Auf ihre Hinterhand war das *wasm* eingebrannt, das Zeichen ihres Besitzers. Sie trugen an den Vorderläufen *agale,* Fußfesseln aus Hanfseil, in deren Schlingen ein hölzerner Knebel eingeflochten war. Die Agale verhinderten, dass sie sich allzu weit vom Lager entfernen konnten.

Einige der Tiere reckten bei ihrem Nahen neugierig ihre langen Hälse, äugten aus dunklen, sanftmütigen Augen unter hohen Brauen zu ihnen herüber und hielten kurz im Wiederkäuen inne. Die gespaltenen, bärtigen Oberlippen zuckten, während sie den Geruch der Herannahenden in ihre Nüstern zogen. Doch ihr Interesse an den drei fremden Männern erlosch schnell, die vollbackigen Köpfe mit den kleinen, affenartigen Ohren schwenkten weg und dann setzten auch schon wieder die Mahl- und Kaugeräusche ihrer Kiefer ein. Das waren sie also, die »Schiffe der Wüste«, die sie durch die glutheiße Einöde der Sandmeere tragen sollten!

Selim Mabruk erschien im Zelteingang, ein hoch gewachsener Mann von ebenmäßigem Wuchs mit dunkler bronzefarbener Haut und einer scharf geschnittenenen Nase im ovalen Gesicht. Aus den markanten, kühnen Zügen des Khabirs sprach das ruhige Selbstbewusstsein eines Mannes, den die Wüste hervorgebracht hatte und der sich dem harten Leben dieser Wildnis gewachsen wusste. Er trug ein schlichtes grauweißes Gewand und einen mit vielen Windungen um den Kopf geschlungenen Turban aus demselben Tuch. Das Unterteil der Stoffbahn lief um sein Kinn herum und ließ sich als Schutz vor Sonne und Sand wie ein Schleier über Mund und Nase ziehen, sodass aus dem Turbanstoff dann nur noch die Augen hervorschauten.

Ein freundliches, doch vornehm zurückhaltendes Lächeln erschien auf seinem Gesicht, als er Dshamal in der kleinen Gruppe der Männer erkannte. »Friede sei mit Euch, Sheikh Salehi!«, grüßte er in der rauen Mundart seines Stammes und legte dabei seine rechte Hand nach Beduinenart erst auf die Brust, führte sie dann an seine Lippen und berührte schließlich seine Stirn.

»Und Euch schenke Allah Gesundheit, Gnade und Segen, Khabir Selim Mabruk«, erwiderte Dshamal den Gruß, während auch seine Rechte mit einer flüssigen Bewegung Brust, Lippen und Stirn berührte.

»Euer Tag sei glücklich!«

»Und Eurer reich an Segen!«

Die Begrüßung voll blumiger Wünsche in feierlicher Wechselrede zog sich noch eine ganze Weile hin, bis der beiderseitigen Ehrerbietungen Genüge getan war und Dshamal ihm nun seine Begleiter vorstellte.

»Ihnen und Ihren tapferen Gefährten, Männern von aufrechtem

Wesen und großmütiger Gesinnung, verdanke ich mein Leben«, vergaß er nicht zu erwähnen und brachte damit unausgesprochen zum Ausdruck, wie sehr er ihnen verpflichtet war.

Selim Mabruk sprach Gerolt und Tarik nun zum ersten Mal direkt an. »Allah segne Euer Kommen! Ihr seid fern Eurer heimatlichen Weidegründe!«

Worauf Gerolt mit der Hand auf der Brust eine Verneigung andeutete und fließend in der Mundart des Beduinen erwiderte: »Und möge der allmächtige Herr über Himmel und Erde, der Ewige und Wahre, stets seine schützende Hand über Euch halten, Khabir! Und möge er den Reichtum Eurer Kamele mehren, deren Anblick ein Fest für die Augen eines jeden Mannes ist, der das Herz auf dem rechten Fleck hat und nicht mit völliger Blindheit geschlagen ist.«

Selim Mabruk konnte seine Überraschung nicht verbergen. »Ihr versteht die Sprache meines Stammes und sprecht sie auch noch so gut, als wärt Ihr in unserer Mitte aufgewachsen?«, stieß er verblüfft hervor.

Dass die Fähigkeit, jede Schrift und Sprache fließend lesen und sprechen zu können, zu ihren göttlichen Segensgaben als Gralshüter gehörte und ihnen bei ihrer zweiten Weihe zuteil geworden war, konnte Gerolt ihm schlechterdings nicht sagen. Deshalb rettete er sich in eine vage Antwort, die der Wahrheit zumindest recht nahe kam.

»Meine Gefährten und ich hatten, der Allmächtige sei in seiner grenzenlosen Güte und Vorausschau gepriesen!, einen überaus weisen, weit gereisten Lehrer, dem wir unsere Kenntnisse in vielen fremden Sprachen verdanken.«

»Wahrhaftig, Euer Verstand ist großer Worte wert, Franke!«, sagte der Beduine beeindruckt und bat sie nun in sein Zelt. Dass er ihn für einen Franken hielt, war nicht verwunderlich. Einem Araber galt jeder weiße Mann als Franke. Dshamal nickte Gerolt kaum merklich zu, um ihm zu verstehen zu geben, dass er den Khabir durch seine verblüffenden Sprachkenntnisse und die Wahl seiner Worte ein gutes Stück für sich eingenommen hatte. Das würde für die bevorstehenden Verhandlungen von großem Vorteil sein.

Im Zelt hockten die beiden Treiber des Kamelbesitzers, die sich in ihrer Beduinenkleidung in nichts von ihrem Herrn unterschieden. Sie waren damit beschäftigt, durchgescheuerte Sattelseile zu ersetzen. Hassan und Gharib, so hießen die beiden dunkelhäutigen Männer von sehniger Gestalt und kaum weniger kühnem Aussehen, erwiderten respektvoll den Gruß der drei Besucher und wandten sich dann wieder ihrer Arbeit zu.

Es wurde eine lange Unterredung. Denn bevor Dshamal auf den Grund ihres Besuches zu sprechen kam, ergingen sich die beiden Männer in langen, ausschweifenden Gesprächen über Weidegründe, Wasserstellen und Kamele, wobei sie sich lang und breit über die Vorzüge und Nachteile gewisser Rassen ausließen.

Tarik und Gerolt übten sich derweil in Geduld und bemühten sich bei diesen leidenschaftlichen Diskussionen über die richtige Stärke der Fetthöcker und die schonendste Behandlung wund gelaufener Kamelfüße aufmerksam und interessiert zu erscheinen. Doch nur die Geschichte über den Diebstahl von vier Kamelen, die Selim auf dem Rückweg aus dem Land der Bischarin geraubt worden waren, erweckte wirklich ihr Interesse.

»Die Diebe schlichen sich zwei Tagesreisen nördlich der Oase Farafra in unser Nachtlager und entführten vier meiner besten Tiere«, berichtete Selim.

»Aber wie konnte das geschehen?«, fragte Tarik sofort. »Soviel ich weiß, legt man den Kamelen einer Karawane nachts Fußfesseln an, damit sie sich nicht entfernen können. Und zudem drängen sie sich doch bei der Kälte, die mit der Dunkelheit hereinbricht, immer eng zusammen, um sich gegenseitig zu wärmen. Wie konnten die Diebe sie aus der Herde holen, ohne dass es dabei erheblichen Lärm gab, der Euch alarmieren musste?«

Ein Lächeln huschte über Selims Gesicht. »Das ist sehr leicht zu bewerkstelligen, wenn man nur geschickt genug vorgeht. Denn Diebe führen ihre Beute nicht einfach am Seil aus der Herde, das würde sogleich zu großer Unruhe führen. Nein, sie stellen es viel geschickter an, indem sie sich anschleichen und einigen Tieren die Agale lösen. Dann ziehen sie sich schnell wieder weit vom Lager zurück und warten.«

»Und was geschieht dann?«, wollte Gerolt wissen.

»Das, was immer geschieht, wenn sich ein Kamel von der Fessel befreit weiß. Über kurz oder lang erhebt es sich nämlich und entfernt sich vom Lager, um nach Futter zu suchen«, erklärte Selim. »Die Diebe brauchen dann nur geduldig zu warten, bis die Tiere weit genug vom Lager gewandert sind, um sie vorsichtig einzufangen und kein Schnauben der Kamele sie verraten kann.«

»Dann habt Ihr also vier Eurer edlen Tiere verloren!«, stellte Sheikh Salehi fest, doch in seiner Stimme schwang ein fragender Unterton mit, als könnte er das nicht so recht glauben.

Der Beduine lachte grimmig auf. »Oh nein, Allah hätte mich gestraft, wenn ich nichts unternommen hätte, um meine Tiere diesen ruchlosen Gesellen wieder abzunehmen! Wir konnten die Spur der Diebe aufnehmen, obwohl sie sich alle Mühe gegeben hatten, sie zu verwischen, und die Kamele wieder zurückholen. Und als gerechten Ausgleich für die Mühe, die uns ihre Verfolgung gekostet hat, haben wir gleich ein fünftes Reittier mitgenommen!«

»Dann wird es wohl zum Kampf mit den Räubern gekommen sein«, nahm Gerolt an.

Selim schüttelte belustigt den Kopf. »Nein, nicht ein Tropfen Blut ist geflossen. Nicht dass wir den Kampf scheuen: Wenn es nicht anders geht, muss die Klinge sprechen. Aber was das Diebesgesindel konnte, das konnten wir noch besser. Und da sie uns vier meiner besten Stuten gestohlen hatten, wählten wir von ihren Tieren einen Hengst aus, dem wir zuerst die Fußfessel lösten und dem unsere Stuten dann willig folgten.«

Sheikh Salehi zollte, wie auch Gerolt und Tarik, dem Khabir und seinen beiden Treibern die gebührende Bewunderung. Und dann war endlich der Moment gekommen, um über das zu reden, was der Grund ihres Besuchs war.

Schweigend hörte Selim sich an, was Dshamal mit seinen beiden Begleitern zu ihm geführt und was er ihm vorzuschlagen hatte. Daraus entsponn sich nun eine weitere, langatmige Unterredung, zumal der Khabir nicht bereit war ihnen seine entwöhnten, ausdauernden Kamele zu verkaufen. Schließlich erklärte er sich aber bereit ihnen seine Tiere zu vermieten und sie mit seinen beiden Gehilfen auf diesem langen Wüstenmarsch als Khabir zu begleiten.

Letztlich ging es nur um den Preis, den sie dafür zu zahlen hatten. Und obwohl Dshamal wusste, dass seine Lebensretter über eine prall gefüllte Reisekasse verfügten und jeden Preis zu zahlen bereit waren, ließ er es sich nicht nehmen, mit Selim über jeden halben Silberdinar zu feilschen. Alles andere hätte die Ehre des Magabra-Beduinen wie auch seine eigene verletzt, fühlte er sich doch verpflichtet eine möglichst günstige Vereinbarung auszuhandeln.

Nachdem sie sich handelseinig geworden waren und sie das Geschäft per Handschlag besiegelt hatten, nahm Selim den obligatorischen *arbun* entgegen, den Vorschuss auf den Mietpreis, mit dem der Handel rechtskräftig wurde. Der Einfachheit halber übernahm er auch gleich gegen entsprechendes Entgelt die Aufgabe, für alles zu sorgen, was eine zehnköpfige Reisegruppe für einen mehrwöchigen Marsch durch die Wüste an Djirbas, Proviant, Feuerholz und Futter für die Tiere benötigte. Als Zeitpunkt für ihren Aufbruch vereinbarten sie die übernächste Nacht.

Mit großer Erleichterung, den Khabir für den langen Marsch quer durch die Libysche Wüste gewonnen und dafür bestens entwöhnte Kamele zur Verfügung zu haben, kehrten Gerolt und Tarik mit Dshamal zum Gehöft Abdallahs zurück.

Kaum hatten sie Maurice, McIvor und den Granville-Schwestern die gute Nachricht überbracht, als auch Abdallah auf seinem Hof eintraf. Er war mit seinem Esel schon beim ersten Licht des Tages aufgebrochen, um seine ausquartierte Familie in Medinet al-Fayyum auf der anderen Seite des Talkessels zu besuchen und in der Siedlung dabei gleich einige Geschäfte zu tätigen.

Als Abdallah von dem baldigen Aufbruch seiner Gäste hörte, versicherte er ihnen wortreich sein Bedauern, ihnen nicht noch länger seine Gastfreundschaft gewähren zu können. Doch insgeheim war er wohl froh, dass seine Frau und seine Kinder nach nun mehr als zwei Wochen endlich wieder zu ihm zurückkehren konnten.

Gerolt und seine Ordensbrüder wandten sich schon ab, um Abdallah und Dshamal ihrem Gespräch zu überlassen, bei dem es um allerlei Dorfklatsch und um Preise für Hirse, Datteln und Durrhamehl ging. Und beinahe wäre ihnen die Geschichte des Streites entgangen, dessen Zeuge Abdallah an einem Brunnen am Ausgang von Medinet al-Fayyum geworden war und in den er um ein Haar verwickelt worden wäre.

»... ja, drei Fremde, die einen Dorfbewohner am Brunnen mit Fragen bedrängten und recht dreist wurden, als der Mann sich weigerte ihnen Auskünfte zu erteilen, und immer ärgerlicher wurde. Aufdringlichen Fremden wie ihnen würde er nicht einmal sagen, welche Farbe der Schwanz seiner Ziege habe, warf er ihnen kühn an den Kopf«, hörte Gerolt gerade noch rechtzeitig, machte seinen Freunden ein Zeichen und kehrte mit ihnen zu den beiden Männern zurück.

»Und wer waren diese Fremden?«, fragte er und bemühte sich seine Stimme nicht alarmiert klingen zu lassen. »Waren es Mameluken? Und wonach haben sie gefragt?«

»Nein, seid unbesorgt, es waren keine Soldaten. Und auch keine Männer des Emirs, dafür habe ich ein Auge!«, sagte Abdallah. »Sie trugen reichlich verstaubte, hässlich dunkle, schwarz-grau gestreifte Reisegewänder und sie kamen schon gar nicht aus al-Qahira oder dem Delta, das hätte ich herausgehört! Aus welchem arabischen Landstrich sie stammten, kann ich jedoch nicht sagen. Aber es ging ein ganz übler Geruch von ihnen aus, als hätten sie sich eben erst als Grabräuber betätigt und dabei verweste Leichen aus dem Weg geräumt.«

Als Abdallah den üblen Geruch der Männer erwähnte, warfen sich die vier Gralshüter sofort erschrockene Blicke zu. Konnte es sein, dass Iskaris ihre Spur aufgenommen und sie bis ins al-Fayyum verfolgt hatten?

»Ihr sagt, es waren drei?«, vergewisserte sich Maurice mit gepresster Stimme.

Abdallah nickte. »Ja, aber als ich mich davonmachte, war mir, als kehrten sie zu einer größeren Gruppe von ähnlich gekleideten Männern zurück, die sich weiter unterhalb der Straße aufhielten. Ganz sicher bin ich mir jedoch nicht, denn ich hatte es eilig, nicht auch von ihnen belästigt zu werden.«

Während Abdallah nun seinen Esel in den Stall führte, um ihn zu versorgen, berieten sich die vier Gralshüter, was sie von der Sache halten sollten. Sie waren sich schnell einig, dass es sich bei den Männern tatsächlich um Iskaris handeln konnte. Zumindest mussten sie diese Möglichkeit in Betracht ziehen. Der Fürst der Finsternis hatte in jedem Land seine Anhängerschaft, die sich ihm mit Leib und Seele verschrieben hatte, wie sie von Abbé Villard wussten.

»Wir können hier nicht einen Tag länger bleiben!«, erklärte Maurice beunruhigt. »Wenn wir erst morgen Nacht aufbrechen, kann es schon zu spät sein! Sogar wenn es uns gelingt, die Iskaris im Gefecht zu besiegen, sind die Folgen nicht auszudenken. Die Nachricht, dass es hier einen blutigen Kampf zwischen zwei Gruppen von Fremden gegeben hat, wird in Windeseile die Runde machen. Und davon werden nicht nur alle Bewohner im al-Fayyum erfahren, sondern auch die Männer des Emirs, die nach uns suchen!«

»Ja, dazu darf es auf keinen Fall kommen!«, pflichtete ihm McIvor mit finsterer Miene bei. »Und deshalb müssen wir noch heute Nacht von hier verschwinden!«

Als Dshamal wenig später von ihnen erfuhr, dass er Selim Mabruk um jeden Preis dazu bringen müsse, mit ihnen schon in dieser Nacht zum Wüstenmarsch aufzubrechen, zeigte er keine Überraschung.

»Mir scheint, Ihr habt noch mehr Feinde als ich und nicht nur die Rache des Emirs zu fürchten«, sagte er, stellte jedoch keine Fragen und versicherte, dass er sofort zu Selim Mabruk zurückkehren und ihm bei den Vorbereitungen helfen werde, damit ihrem Aufbruch schon in der kommenden Nacht nichts im Wege stehe.

3

Der Mond hatte seinen höchsten Punkt am Nachthimmel schon vor gut zwei Stunden überschritten, als die siebenköpfige Gruppe mit Dshamal an der Spitze im Lager von Selim Mabruk eintraf. Der Khabir und seine beiden Treiber hatten schon damit begonnen, ihr Zelt abzubrechen, die Reitkamele zu satteln und den anderen Tieren die Wasserschläuche sowie die Säcke mit den Vorräten auf die Lastengestelle zu binden. Das unwillige Grunzen und Schnauben der Kamele wies ihnen in der Dunkelheit den Weg.

Selim Mabruk war nicht wenig überrascht, als er sah, wen der Sheikh außer den beiden ihm bekannten weißen Männern noch im Gefolge hatte.

Er stutzte sichtlich beim Anblick von McIvor, der mit Gerolt gleich hinter Dshamal schritt, diesen um mehr als Haupteslänge überragte und in seinem Nomadenaufzug wie ein kantiger Felsklotz wirkte, über den man ein Tuch geworfen hatte. Doch als sein Blick dann auf die Frau und das Mädchen fiel, nahm sein Gesicht einen deutlich verärgerten Ausdruck an.

»Ihr habt mir einiges verschwiegen, Sheikh Salehi!«, sagte er grimmig. »Mit keinem Wort habt Ihr erwähnt, dass zwei Frauen mit auf den Marsch gehen!«

Dshamal gab sich verblüfft. »Sollte ich das wirklich vergessen haben, Khabir?« Er schüttelte den Kopf, als könnte er sich nicht erklären, dass ihm das passiert war. »Aber wenn Ihr es sagt, mein Freund, will ich Eure Worte nicht in Zweifel ziehen. Also seht mir meine Vergesslichkeit gütigst nach.«

»Ich glaube nicht, dass Allah Euch schon mit der Vergesslichkeit alter Männer straft, Sheikh Salehi!«

»Dann müsst Ihr es wohl meiner großen Freude über unser Wiedersehen zuschreiben, dass ich bei unserem Gespräch vergaß diese Nebensächlichkeit zu erwähnen«, schmeichelte ihm Dshamal und bedachte ihn mit einem entwaffnenden Lächeln.

»Worum geht es?«, fragte Beatrice leise, die von dem Wortwechsel kaum etwas mitbekam. Sie hatte in den Jahren, die sie mit ihren Eltern und ihrer Schwester in Akkon verbracht hatte, nur einige wenige arabische Brocken aufgeschnappt. »Streiten sie sich? Was hat das zu bedeuten?«

»Ihr seid besser still!«, flüsterte Maurice an ihrer Seite zurück. »Ich erkläre es Euch nachher! Betet zu Gott, dass die Sache ein gutes Ende nimmt!«

»Ihr nennt zwei weiße Frauen auf einem Karawanenzug eine Nebensächlichkeit?«, warf Selim Mabruk dem Sheikh vor. »Ihr geht mit Euren Worten reichlich sorglos um. Der Mensch ist unter seiner Zunge verborgen! Somit müsste ich Euch für einen Narren halten, wenn ich es nicht besser wüsste. Nein, Ihr habt mich geschickt hinters Licht geführt!«

»Glaubt mir, dass ich nichts Unrechtes im Sinn hatte, als ich die weiblichen Begleiter meiner Lebensretter nicht erwähnte!«, beteuerte Dshamal schlitzohrig. Mit diesen Worten gab er dem Khabir noch einmal zu verstehen, in welch großer Schuld er bei den Männern stand und dass ihm nichts anderes übrig geblieben war, als so zu handeln.

Selim Mabruk schwieg, als wüsste er nicht, welcher inneren Regung er nachgeben sollte – seinem Unmut oder seinem Verständnis, dass er in einer ähnlichen Situation kaum anders vorgegangen wäre.

Beatrice, Heloise und die vier Gralsritter hielten den Atem an und wagten nicht ein Wort von sich zu geben. Jeder von ihnen spürte, dass sich in diesem Moment ihr Schicksal entscheiden konnte. Weigerte sich der Khabir, den Wüstenmarsch mit Beatrice und Heloise anzutreten, und hatten die Iskaris sie tatsächlich im al-Fayyum aufgespürt, sah es düster für sie alle aus.

Auch Dshamal wusste, dass der Augenblick der Entscheidung gekommen war. Und um die Waagschale zu ihren Gunsten zum Kippen zu bringen, legte er nun scheinbar entschuldigend seine Hand auf die Brust, überwand seinen Stolz und neigte leicht den Kopf. »Ihr habt das gute Recht, mir mein Verschweigen zu verübeln, Selim Mabruk. Nur lasst Euer großmütiges Herz, das an vielen Lagerfeuern gerühmt wird, davon nicht verhärten, sondern übt Nachsicht mit einem Freund. Gedenkt des weisen Spruchs: ›Großmut ist ein Baum des Paradieses, dessen Zweige in die Welt herabhängen, und denjenigen, der einen dieser Zweige ergreift, bringt der Zweig ins Paradies!‹«

Dshamal hatte die rechten Worte zur rechten Zeit gefunden. Denn die grimmige Miene des Khabirs löste sich nun unter einem breiten Grinsen auf. »Ihr seid wahrlich klug wie der Teufel, Sheikh Salehi! Nun denn, ich will den Zweig ergreifen, den ihr mir da vor die Nase haltet.«

Dshamal überzeugte den Khabir auch noch davon, dass es für ihre Sicherheit von großem Vorteil sei, wenn sie erst einmal einige Tagesreisen nach Süden zogen, um dann einen weiten Bogen zu schlagen, der sie schließlich auf den üblichen Karawanenweg nach Siwa im Westen zurückbrachte.

Selim Mabruk verzog das Gesicht. »Wollt Ihr mir damit zu verstehen geben, dass wir mit Verfolgern zu rechnen haben?«

Dshamal hob die Hände gen Himmel. »Darauf weiß allein Allah die Antwort.«

Der Khabir seufzte schwer und sagte dann ergeben: *»El qisma ma'arif rahma!* . . . Das Schicksal kennt kein Erbarmen!«

»Tod und Teufel, das stand aber höllisch auf des Messers Schneide!«, raunte McIvor seinen Kameraden zu und schlug verstohlen das Kreuz, während Selim Mabruk sich nun wieder um die Beladung der Kamele kümmerte. Und Maurice erklärte den Schwestern mit gedämpfter Stimme, worum es gerade gegangen war und wie glücklich sie sich schätzen durften, dass Dshamal die drohende Katastrophe gerade noch hatte abwenden können.

Der Aufbruch der kleinen Karawane zog sich noch eine ganze Weile hin. Denn so sanftmütig und geduldig, wie die Kamele sonst auch sein mochten, so widerspenstig zeigten sie sich beim Beladen. Sie bleckten die Zähne und gaben bei jedem Sack und jeder Djirba, die ihnen an das Gestell auf ihrem Höcker gehängt wurde, zorniges Gebrüll von sich. Und wenn die Seilschlingen um ihre Vorderbeine sie nicht niedergehalten hätten, wären sie schon längst auf und davon gestürmt.

Selim, Hassan und Gharib kannten sich mit ihren Tieren aus und wussten, wo derbe Stockschläge auf Hals und Flanken und wüste Flüche nötig waren, um die Widerspenstigen zu zähmen, und welches Kamel eher durch leises, einschmeichelndes Zureden fügsam wurde.

Schließlich war alles verstaut und festgezurrt. Nun wurden die Agale an den Vorderläufen gelöst, wobei auf sicheren Abstand geachtet wurde. Die noch immer gereizten Tiere, die nur darauf warteten, ausschlagen zu können, durften sich beim Erheben nicht zu nahe kommen. Sonst bestand die Gefahr, dass sie zusammenstießen und dabei Wasserschläuche zum Platzen brachten.

»Jetzt müsst Ihr besonders achtsam sein!«, warnte Dshamal. »Presst die Beine fest an die Flanken und haltet Euch gut am Satteljoch fest, sonst katapultiert Euch das Kamel gleich in hohem Bogen von seinem Rücken!«

»Ich weiß nicht, ob ich das kann!«, jammerte Beatrice, als Maurice ihr erklärte, was sie zu tun hatte. »Seht, wie das Tier die Zähne fletscht! Es wartet doch nur darauf, mich abzuwerfen! Ich werde mir den Hals brechen!«

»Dann wirst du wohl hier allein zurückbleiben müssen«, bemerkte Heloise trocken und ließ sich von Gerolt in den Sattel einer braunen Stute heben, die auf den Namen *Farha* hörte, was in der Sprache der Beduinen »Freude« bedeutete. Der Khabir hatten ihnen allen Stuten als Reitkamele zugewiesen, weil sie sanftmütiger und leichter zu beherrschen waren als seine Hengste.

Beatrice warf ihrer kleinen Schwester, die sie mit ihrer Unerschrockenheit beschämte, einen bösen Blick zu, presste dann jedoch die Lippen zusammen und ließ sich von Maurice in den Sattel ihres Kamels helfen.

Selim, Hassan und Gharib hielten die Tiere an der Kopfleine, während sie ihnen nacheinander das Erheben erlaubten. Und obwohl einige der unerfahrenen Kamelreiter bei dem jähen Rucken der sich aufrichtenden Stuten bedrohlich in den Sätteln schwankten, so verlor doch keiner den Halt.

Die Treiber schnürten die Agale zu Bündeln zusammen, hängten sie an die Tragegestelle und verbanden mit locker durchhängenden Hanfseilen ein Tier mit dem anderen, sodass ihre Karawane eine geordnete Einzelreihe bildete.

Selim Mabruk bestieg als Letzter seinen schwarzen Hengst, dem er den für einen Wüstennomaden recht sinnigen Namen *Matara* – Regen – gegeben hatte. Er übernahm die Spitze des Karawanenzugs, sogleich gefolgt von Sheikh Salehi.

Ein letzter prüfender Blick über die Reihe der miteinander verbundenen Kamele, dann gab Selim Mabruk das Kommando zum Aufbruch. Mit laut schnalzender Zunge und kehlig rauen »Ho! Ho!«-Rufen trieb er seinen Hengst an, der auch sofort mit stolz gerecktem Hals in einen wiegenden Gang fiel und die Karawane hinaus in die tiefschwarze Nacht der Wüste führte.

4

Die Nacht war empfindlich kühl und sternenklar. Und sowie sie den schützenden Talkessel von al-Fayyum mit seinem heißen Oasenklima hinter sich gelassen hatten, nahm die Nachtkälte spürbar zu. Die brütende Hitze des Tages erschien wie eine Erinnerung an einen Traum. Sie verflüchtigte sich in der Wüste bei Einbruch der Dunkelheit so schnell und überließ die Einöde der Herrschaft bitterer Kälte, als hätte die Sonne das Land nicht noch wenige Stunden zuvor in einen Glutofen verwandelt.

In gemächlichem Tempo und mit fast schwerelos erscheinender Gangart zog die kleine Karawane in südwestlicher Richtung über karges, steiniges Gelände, das den Tieren kaum Schwierigkeiten bereitete. Tiefe Stille umfing sie in der totenstarren Landschaft aus Sand und Stein. Ganz selten einmal wurde sie von gedämpften, menschlichen Tönen gebrochen. Denn keinem stand der Sinn nach Reden, wenn auch aus den unterschiedlichsten Gründen. Und so waren fast nur das gleichmäßige Schaben und Schleifen der tellergroßen Kamelfüße, das Knirschen des Sandes unter ihren weich gepolsterten Sohlen, das rhythmische Glucksen des Wassers in den Djirbas, das Knarzen der Sättel und das leise Klappern der Agalbündel zu hören.

Gerolt erschauerte unter der glitzernden Pracht des Himmels, der sich über ihnen mit eisiger Schönheit und unendlicher Tiefe erhob. Und als er zu den funkelnden Sternbildern im tiefschwarzen Meer des Himmels aufschaute, war es ihm, als gewährte Gott ihnen auf diese Weise einen Blick in die Ewigkeit.

Wie gering und doch wie groß zugleich ist der Mensch, dass Du seiner gedenkst und Dich seiner annimmst, Herr! Angesichts der überwältigenden Herrlichkeit der Schöpfung ging ihm diese Lobpreisung aus den Psalmen durch den Sinn. Und seine Lippen formten stumm ein Gebet, dass der wochenlange Wüstenmarsch, der nun vor ihnen lag, für sie alle ein gutes Ende finden und sie in eine sichere Hafenstadt im westlichen Maghreb führen möge.

Nachtstunde um Nachtstunde folgte die Karawane dem Leithengst und die Kälte drang ihnen bis in die Knochen. Zusammengekauert hockten sie in den Sätteln. Dann brach endlich der neue Tag an.

Der erste helle Lichtstreifen, lang und schmal wie ein Lanzenschaft, nahm kurzzeitig einen grünen Schimmer an und ging rasch in immer kräftiger werdende Schleier aus Rot und Gold über. Es war, als wollte die aufsteigende Sonne vor sich einen Teppich aus prachtvollen Farben ausbreiten. Und dann zeigte sie sich in all ihrer Strahlkraft über der Wüste und jagte die letzten dunklen Heerscharen der Nacht über den westlichen Horizont.

Mit welcher Erleichterung und Dankbarkeit Mensch und Tier die ersten, wärmenden Strahlen begrüßten! »*Salat el subh!*«, rief der Khabir, als die ersten Strahlen nach ihnen griffen. »Zeit für das Morgengebet!«

Die Karawane legte eine kurze Rast ein. Die vier Nomaden nahmen die vorgeschriebenen Waschungen mit Sand vor, weil Wasser in der Wüste eine törichte Verschwendung gewesen wäre, für die auch Allah kein Verständnis gehabt hätte. Dann rollten sie an Stelle von Gebetsteppichen abgescheuerte Ziegenfelle aus und knieten darauf nieder. Und während ihr eigentümlicher, berührender Singsang, mit dem sie den Allmächtigen fünfmal am Tag priesen, sich in die morgendliche Stille erhob, sprachen auch die vier Gralsritter ihr Gebet, jedoch etwas entfernt von den Beduinen. Beatrice und Heloise schlossen sich ihnen an. Und dann ging es auch schon weiter.

Das Wohlgefühl, das ihnen die aufsteigende Sonne bereitete, war nur von kurzer Dauer. Schnell kletterte der Feuerball höher und höher und der belebenden Wärme der frühen Morgenstunde folgte die Hitze, die sich immer mehr zu einem feurigen Himmelsbrand entwickelte. Das grelle Licht fraß bald alle Farben, die der Morgen dem Wüstenreisenden wie eine trügerische Verheißung schenkte, und die steinige Wildnis verschwamm in einem Meer blendender Helle.

Die Landschaft bestand auf diesem Teil ihres Marsches überwiegend aus weiten Schotterflächen und steinigen Hügeln. Nur in der Ferne, wo die Luft wie flüssige Glut flirrte, zeichneten sich verschwommen die ersten Dünenkämme ab. Sie bewegten sich hin und her, als würden sie wie Inseln aus Sand auf einer kabbeligen Dünung treiben.

Die zunehmende Hitze setzte allen, die nicht an das unbarmherzige Wüstenklima gewohnt waren, gehörig zu. Das drängende Verlangen nach einem kräftigen Schluck Wasser stellte sich ein. Aber da keiner der Nomaden nach einem Wasserschlauch griff, bezwangen auch die anderen ihren Durst.

Das ausgebleichte Gerippe eines verendeten Kamels tauchte zu ihrer Linken auf der Kuppe einer kleinen Anhöhe auf. Neben dem Schädel erhob sich eine kniehohe Pyramide aus dutzenden von sorgfältig aufeinander geschichteten Steinen.

»Hat das eine besondere Bedeutung, Dshamal?«, fragte Maurice, als sie daran vorbeizogen.

»Das ist ein *alam!«,* antwortete der Beduine. »Ein Wegzeichen, wie man sie überall entlang der Karawanenwege findet. Eine Opfergabe und ein Zeichen, dass man der Unsichtbaren gedacht hat, dem Geistervolk, deren Heimat die Wüste ist.«

»Von welchen Geisterwesen sprecht Ihr?«, kam es da sogleich von McIvor.

Der Sheikh zögerte kurz, als scheute er sich, darüber zu reden, tat es dann aber doch. »In der Wüste gibt es viele heulende Dschinni, dazu zornig brüllende Ghule von riesenhafter Gestalt, die an einsamen Wasserstellen ihr Unwesen treiben, und tückische Usare, die die Gestalt tanzender Sandwirbel annehmen. Um diese unberechenbaren Wüstengeister freundlich zu stimmen, errichtet man solche Alamate. Ihr mögt daran Eure Zweifel haben, aber wer länger in der Wüste lebt, wird ihre Existenz nicht mehr in Frage stellen.« Und dann kehrte wieder Stille ein.

Gerolt schätzte nach dem Stand der Sonne, dass es zwischen zehn und elf Uhr sein mochte, als Selim Mabruk die Karawane zu einer Hügelgruppe lenkte, aus deren Nordflanke Felsgestein aufragte. Im spärlichen Schatten eines der mannshohen Felsvorsprünge endete ihr erster Halbtagesmarsch. Mit steifen Gliedern und ausgedörrter Kehle stiegen sie von den Kamelen, nachdem Hassan und Gharib die Tiere niedergezwungen hatten.

»Von jetzt an werden wir uns an die *tartib* aller Karawanenreisen halten«, teilte Selim Mabruk ihnen mit und meinte damit die Zeiteinteilung bei einem Wüstenmarsch. »Sechs Stunden Marsch, sechs Stunden Ruhe!«

»Ruhe? Wo sollen wir denn in dieser mörderischen, schattenlosen Hitze Ruhe finden?«, entfuhr es Beatrice, als Tarik ihr die Worte des Khabirs übersetzte. »Heißt das, wir werden uns die nächsten sechs Stunden nicht von dieser öden Stelle bewegen? Kann er denn nicht eine Oase oder wenigstens ein paar Bäume finden?«

»Er würde sie sicherlich finden, wenn es irgendwo welche gäbe, werte Beatrice«, sagte McIvor, dem ihre ständige Wehleidigkeit schon seit Tagen gegen den Strich gegangen war und der nun seine Zurückhaltung vergaß. Denn noch bevor sie etwas darauf sagen konnte, fuhr er bissig fort: »Die Wüste hat es nun mal so an sich, dass sie nur wenige einladende Orte für eine erholsame Rast bietet. Hätte der Allmächtige jedoch gewusst, dass Ihr einmal Euren zarten Fuß in diese Einöde setzen würdet, er hätte gewiss eine Kette wunderschöner Palmenhaine mit plätschernden Brunnen entlang unseres Weges aufgereiht wie Perlen an einer Kette!«

Das Blut schoss ihr in den Kopf. Entrüstet sah sie ihn an und schnappte nach Luft. Sie wusste jedoch nicht, was sie dem ätzenden Spott des Schotten entgegensetzen sollte.

Schnell ging Maurice dazwischen. »Lass sie gefälligst in Ruhe und bezähme deine lockere Zunge, du grober Klotz!«, herrschte er ihn an. »Nicht jeder ist von so derber Natur wie du!« Damit fasste er Beatrice am Arm und lenkte sie ab, indem er ihr einen irdenen Becher in die Hand drückte und ihn aus einer der Djirbas füllte.

Heloise zwinkerte indessen dem Schotten zu. »Was meint Ihr, hätte Gott das vielleicht auch für mich getan, McIvor?«, scherzte sie, obwohl auch ihr die Anstrengung und Müdigkeit ins Gesicht geschrieben standen.

McIvor fuhr ihr mit seiner Pranke in einer ungelenken Geste über den Kopf. »Ach was, das wäre bei dir doch gar nicht nötig gewesen! Du bist aus ganz anderem Holz geschnitzt als deine große Schwester!«

Nun wurden die Tiere abgeladen, Sättel und Säcke in einem Halbkreis aufgereiht, die Agale angelegt und dann die Futtersäcke geöffnet, damit die Kamele zu ihrer knapp bemessenen Stärkung kamen. Die größte Aufmerksamkeit beim Abladen der Reit- und Lasttiere galt den Wasserschläuchen, die sie vorsichtig über die Sättel legten und an die Holme der Gestelle hängten. Selim, seine beiden Männer und auch Dshamal achteten mit scharfem Auge darauf, dass nicht eine der Djirbas den Boden berührte. Und als Gerolt verwundert nach dem Grund fragte, antwortete ihm Dshamal mit großem Ernst: »Weil sonst die Erde das Wasser trinkt!«

Die Abfolge der Arbeiten am Ende eines Halbtagesmarsches bildete ein festes Ritual, das fortan bei jeder Rast strikt eingehalten wurde. Erst erhielten alle ihre genau bemessene Ration Wasser zugeteilt, die gerade nur den gröbsten Durst stillte. Und während sich Gerolt und McIvor mit dem Aufbau ihres einfachen Zeltes abmühten, trugen Hassan und Gharib einige Steine herbei, fügten sie zu einer runden Feuerstelle zusammen und schichteten ein wenig von dem mitgeführten Feuerholz auf. Dann schlugen sie mit einem Feuerstein Funken, wobei sie die Klinge ihres Gürtelmessers als Schlagstahl benutzten. Als Zunder dienten ihnen einige zusammengerollte Wollfäden, die sie aus den Säumen ihrer Gewänder zogen.

Schnell züngelten kleine Flammen auf und setzten das Reisig in Brand. Einer ihrer rußgeschwärzten Kessel kam auf das Feuer und rasch war ein Linsen- oder Bohnengericht fertig, in das sie in den ersten Tagen noch einige Stücke Dörrfleisch warfen. Man schlürfte die Suppe aus einem irdenen Becher und die Fleischstreifen fischte man sich mit den Fingern aus dem Topf, nahm sie zwischen die Zähne und schnitt sich mit seinem Messer dicht vor den Lippen ein Stück ab.

Danach wurde nach Beduinenart Brot gebacken, ohne das keine Mahlzeit vollständig war. Der Khabir hatte den Teig dafür schon kurz vor der Mittagsrast im Sattel sitzend durchgeknetet. Und während Hassan den Teig zu einer großen, flachen Scheibe auswalzte, strich Gharib die glühende Asche des niedergebrannten Feuers zu einer ähnlich großen Kreisfläche auseinander. Darauf wurde der daumendicke Teigfladen gelegt und kurz von beiden Seiten angebacken. Anschließend grub der Treiber eine Höhlung unter der Glut in den Sand, legte den Fladen hinein und bedeckte ihn mit Sand und Glut. Blasen und herrlicher Duft stiegen aus dem Sand und der heißen Asche, während der Brotfladen noch eine Weile in seinem heißen Bett lag, bis er ganz durchgebacken und knusprig braun war. Sand und Asche wurden mit dem Messer abgekratzt. Das Brot in gleich große Stücke unter der Reisegruppe aufzuteilen war allein dem Khabir vorbehalten.

Selim und seine beiden Treiber lachten schallend auf, als sie sahen, dass die weißen Männer im Stehen ihr Wasser abschlugen. »Habt Ihr körperliche Gebrechen, dass Ihr nicht in die Hocke gehen könnt? Kein gesunder Mann verrichtet so sein Geschäft!«, rief Hassan ihnen spöttisch zu. Dann erklärte er ihnen, dass ein Mann der Wüste sich bei seinem Geschäft hinhockte oder sich in den Sand kniete. Jede Art der Entblößung widerstrebte ihnen. Und niemals verrichteten sie ihr Geschäft in Marschrichtung, sonders stets ein gutes Stück abseits davon.

Während Beatrice und Heloise nach dem Essen im Zelt erschöpft zu Boden sanken, zogen es die vier Ordensbrüder vor, sich wie die Beduinen in den schmalen Schattenstreifen des Felsvorsprungs zu legen. Denn die Luft erschien ihnen im Zelt noch drückender und heißer zu sein als im Freien.

Nach einigen Stunden unruhigen Schlafs begann das lange Warten, dass die Sonne endlich tiefer sank und sie ihren Marsch fortsetzen konnten. Gegen vier Uhr am Nachmittag, nach einem zweiten Stück frisch gebackenen Brotes als Wegzehrung, war die Zeit endlich gekommen. Die Kamele wurden wieder gesattelt und beladen, die Agale gelöst und dann setzte die Karawane ihren Zug in die Wüste fort. Sie stiegen jedoch nicht in die Sättel, sondern der Marsch wurde nun zu Fuß und auf der Schattenseite der Kamele fortgesetzt, um möglichst wenig der noch immer heißen Sonne ausgesetzt zu sein. Seine Lanze in der Linken und die Kopfleine seines Hengstes in der Rechten, so schritt Selim Mabruk an der Spitze des Zuges voran.

Kurz vor Einbruch der Dunkelheit galt es, die ersten größeren Dünenzüge zu überqueren, die sich wie die sandbedeckten Rücken einer gestrandeten Herde Wale ausnahmen. Als der Nordwind ein wenig an Kraft gewann, stiegen von den Kämmen Sandschleier auf und erweckten den Eindruck, als würde Rauch von den Dünen aufsteigen und vom Wind verweht werden.

Gerolt und seine Freunde waren überrascht, als sie feststellten, dass der Khabir die Dünen nicht in direkter Linie ihrer Marschrichtung anging, sondern sie in einem Zickzackkurs überquerte. Selim Mabruk schnitt jeden Hang in einem spitzen Winkel an. Das widersprach der Natur der Kamele, die stets den kürzesten und damit den steilsten Weg hinauf einschlagen wollten. Ständig mussten sie die Tiere zwingen in Reih und Glied zu bleiben und sich an die schräge Linie zu halten, die der Khabir vorgab.

Es war eine mühsame, Schweiß treibende Arbeit, zumal sie in dem weichen Sand oftmals bis über die Knöchel einsanken. Und die Schritte wurden ihnen immer schwerer.

»Ich weiß nicht, wie wir das wochenlang durchstehen sollen«, stöhnte Maurice, als sie sich wieder einmal auf den Kamm einer Düne hochgequält hatten.

Dshamal wandte sich kurz zu ihm um und sagte: »Wisst Ihr, warum Gott die Wüste schuf?«

»Nein, aber Ihr werdet es mir sicherlich verraten«, brummte Maurice und rang nach Atem, während die Sonne im Westen unterging. Ihr Licht war wie geschmolzenes Rotgold und verwandelte die Dünenketten in brennende Wogen.

»Gott schuf die Wüste, um den Menschen an seine eigenen beschränkten Fähigkeiten zu erinnern!«, teilte der Beduine ihnen mit. »Wer in die Wüste geht, wird niemals der bleiben, der er vorher war! Die Wüste tötet, führt in den Wahnsinn oder macht süchtig.«

»Die letzte der drei Möglichkeiten kann ich für mich schon ausschließen«, keuchte McIvor und wischte sich Schweiß und den feinkörnigen Sand mit dem Zipfel seines Kopftuchs aus dem Gesicht.

Mit der Dämmerung fiel auch die Kälte schon bald wieder über sie her. Gegen zehn Uhr fand ihr zweiter Halbtagesmarsch schließlich in einer Senke sein Ende.

Bis auf die zähen Beduinen verspürte kaum einer von ihnen Hunger, nur Durst und das Verlangen nach Schlaf.

Gerolt machte es den Männern der Wüste nach und suchte Schutz und Wärme bei seinem Reittier, einer rotbraunen Stute namens *Zahra,* was »Blume« bedeutet. Das gleichmäßige Geräusch des Wiederkäuens hatte eine beruhigende Wirkung auf ihn. Und als er mitten in der Nacht einmal kurz aufwachte, spürte er die haarigen Lippen des Tieres, das behutsam an seinem Ohr schnupperte und den Kopf dann neben seiner Schulter ruhen ließ. Es war, als wüsste Zahra, dass sie für den Rest der Wüstenreise zusammengehörten und für ihr Überleben aufeinander angewiesen waren.

Die vertrauliche Nähe der Stute tat ihm gut. Sie ließ ihn die Unermesslichkeit und das unendliche Schweigen der Wüste sowie seine eigene menschliche Zerbrechlichkeit leichter ertragen.

Sein Blick verlor sich am glitzernden Sternenhimmel, während ihm noch einmal kurz jene Fremden in den Sinn kamen, von denen Abdallah ihnen am Tag ihres Aufbruchs berichtet hatte. Er war sich mittlerweile sicher, dass es sich bei ihnen um Judasjünger, um Iskaris gehandelt haben musste. Und er hoffte wie seine Gefährten, dass sie ihre Todfeinde durch ihren unverzüglichen Aufbruch und durch ihren Umweg nach Süden abgeschüttelt hatten. Mit dieser Hoffnung sank er wieder in den Schlaf.

Doch diese Hoffnung erfüllte sich nicht, wie sich am dritten Tag ihres Wüstenmarsches zeigen sollte.

5

Schon in der Nacht hatten sie ihren Marsch nach Süden abgebrochen und einen weiten Bogen geschlagen, um so schnell wie möglich Anschluss an den Karawanenweg zu finden, der sie auf westlichem Kurs zur Oase Siwa bringen würde.

Bei Anbruch des Tages wies das Gelände nur noch an wenigen Stellen Schotterflächen mit scharfkantigem Gestein auf. Lange, gestaffelte Dünenketten, die sich scheinbar endlos in allen Himmelsrichtungen erstreckten und bis zu zweihundert Ellen hoch anstiegen, beherrschten das Bild. Sie hoben und senkten sich wie eine ewige Dünung. Nirgendwo eine Spur von Leben. Nichts als flirrende Einöde. Höchstens dann und wann einmal ein einsames Alam aus Knochen und Steinen, dem ihr Khabir gelegentlich einen weiteren Stein als Opfergabe an das Geistervolk der Wüste hinzufügte.

Auch an diesem Tag empfand Gerolt in der ersten, magischen Morgenstunde, während sich ihre Körper erwärmten, Momente tiefer Andacht und Gottesnähe. Denn die Bilder, die sich ihnen im Licht der aufgehenden Sonne boten, waren von fast schmerzhafter Schönheit und Vollkommenheit. Die Wanderdünen, die ewig ihre Gestalt veränderten, wirkten grandios und erhaben. Und mittendrin ihre kleine Karawane, die sich mit wiegendem Gang unter dem gewaltigen Dom eines tiefblauen Himmels durch die ockerfarbe Endlosigkeit des Sandmeeres bewegte.

Doch schon bald zeigte die Wüste wieder ihr hässliches, abschreckendes Gesicht, verhöhnte das beharrliche Vordringen der Reisenden mit sengender Hitze und strafte sie mit bleierner Benommenheit.

»In manchen Gegenden der Wüste ist es so heiß, dass Allah ihre Bewohner nach ihrem Tod ohne Umwege ins Paradies schickt, weil sie die Hölle bereits auf Erden erlitten haben«, hatte Dshamal am Vortag erklärt, als McIvor bei der Mittagsrast die Hitze als unerträglich bezeichnet hatte. »In eines dieser Gebiete, das wir *Rub al-Khali,* das ›Leere Viertel‹ nennen, sind wir unterwegs. Es liegt im Südwesten von Siwa.«

Maurice spuckte Sandkörner aus. »Ihr Männer der Wüste habt einen seltsamen Humor!«, brummte er, während er seinen Blick über die eintönige, menschenleere Ödnis schweifen ließ. »Leerer als leer kann es ja wohl kaum werden. Mir scheint, wir haben die Pforten der Hölle längst passiert!«

Ein sparsames Lächeln glitt über das vermummte Gesicht von Dshamal. »Ihr seid ein Mann starker Leidenschaften«, antwortete er hintersinnig und wohl in Anspielung auf die besondere Aufmerksamkeit, die Maurice der weißen Frau schenkte. »Aber die Wüste gibt sich nicht für eine flüchtige Liebschaft her.«

Etwa zweieinhalb Stunden nach Sonnenaufgang ließ Selim Mabruk die Karawane plötzlich anhalten, was alle überraschte. Denn weder war ein Alam zu sehen, noch war die Zeit für die sechsstündige Mittagsrast gekommen.

Die vier Gralshüter hatten sofort ein ungutes Gefühl, als sie sahen, wie sich der Khabir in seinem Sattel reckte und mit verkniffenen Augen an der Kette der Kamele entlang nach Südosten spähte. Sein Blick folgte der Richtung der Spuren, die sie im Sand zurückgelassen hatten. Dann löste er sich gar aus der Reihe und führte sein Reittier an ihnen vorbei auf den höchsten Punkt des Dünenkamms.

»Was ist los, Khabir?«, rief Tarik ihm zu und sein Gesicht verriet den anderen Gralshütern, was ihn beunruhigte.

»Ich sehe Reiter, die unserer Spur folgen!«

McIvor reckte den Hals, beschattete sein Auge mit der flachen Hand und suchte den südlichen Horizont ab. »Wo seht Ihr Reiter? Ich sehe nichts als ein Meer rauchender Dünen! Aber vielleicht braucht man dafür ja zwei Augen!«

»Daran kann es nicht liegen«, brummte Maurice. »Denn ich kann auch keine Reiter ausmachen!«

Gerolt und Tarik erging es ebenso. Doch Dshamal, der sich indessen an die Seite von Selim Mabruk begeben hatte, bestätigte nun die Beobachtung des Khabirs. »Bei den heiligen Suren des Korans, Ihr habt Recht! Jetzt sehe ich sie auch! Ihr habt wirklich die scharfen Augen eines Falken, Khabir!«

»Handelt es sich vielleicht um eine Handelskarawane?«, fragte Gerolt in der Hoffnung, dass es für das Erscheinen der Reiter in ihrem Rücken eine harmlose Erklärung gab.

»Ausgeschlossen!«, rief Selim Mabruk. »Sie bilden keine geordnete Kette, sondern gleich drei von ihnen reiten vorneweg. Sie sind so töricht, sich jeder seinen eigenen Weg zu suchen. Und kein halbwegs erfahrener Khabir würde das zulassen.«

»Könnt Ihr ausmachen, wie viele es ungefähr sind?«, wollte McIvor wissen.

»Mindestens sieben, es können aber auch einige mehr sein!«

»Und sie folgen uns?«

Der Khabir nickte. »Zumindest sieht es so aus. Es wird sich jedoch bald zeigen, ob sie nur zufällig dieselbe Richtung eingeschlagen haben oder ob sie ganz gezielt unserer Spur folgen.« Damit kehrte er wieder an die Spitze der Karawane zurück und gab das Zeichen zum Weitermarsch. Hinter dem nächsten Dünenzug wich er jedoch von ihrem nördlichen Kurs ab und schlug einen scharfen Haken nach Westen.

Als sie ihre Mittagsrast einlegten, hegte er nicht mehr den geringsten Zweifel, dass die fremde Reitergruppe ihnen folgte. Denn auch sie hatte den Schwenk nach Westen vollzogen, blieb jedoch noch immer außer Sichtweite. Zumindest gingen die Reiter wohl davon aus, dass man sie noch nicht entdeckt hatte, weil sie nicht wissen konnten, wie scharf die Augen der beiden Beduinenführer waren.

»Was hat das zu bedeuten?«, fragte Beatrice angstvoll. »Ist es ein Trupp Mamelukensoldaten, die der Emir hinter uns hergeschickt hat?«

»Nein, Soldaten sind es nicht. Dessen ist sich der Khabir ganz sicher«, teilte Maurice ihr mit.

»Wer sind sie dann?«

»Womöglich viel gefährlichere Feinde, als Mameluken es sein können«, murmelte McIvor mit düsterer Miene.

Bei Beatrice wuchsen Angst und Verstörung, wie ihr Gesicht verriet. »Von wem sprecht Ihr?«

»Tempelrittern hat es noch nie an einer Vielzahl von Feinden gemangelt, werte Beatrice«, antwortete Maurice ausweichend. »Aber fragt jetzt nicht weiter! Wir müssen uns mit dem Khabir und Dshamal beratschlagen, was wir tun können, um der Gefahr zu begegnen.«

Selim Mabruk und Dshamal hatten dem kurzen Wortwechsel, der in der Sprache der Franken geführt worden war, schweigend zugehört. Nun fragte der Khabir: »Ihr glaubt, dass es sich bei der Reitergruppe um jene Männer handelt, deretwegen wir schon eine Nacht früher als geplant aus al-Fayyum aufgebrochen sind, nicht wahr?«

Gerolt zuckte die Achseln. »Das wissen wir wohl erst, wenn sie uns angreifen.«

»Sind es gefährliche Männer? Männer des Schwertes?«, lautete die nächste Frage des Khabirs.

Tarik nickte. »Wenn es die sind, an die wir denken, sind sie gefährlicher als ein Nest Vipern, in das man tritt. Sie sind schreckliche Kämpfer und töten ohne Gnade!«

Die beiden Beduinen verzogen keine Miene. Ihr Leben war eine einzige Kette extremer Gefahren und jeder von ihnen wusste Lanze und Scimitar im Kampf zu gebrauchen.

»Stets dreht sich das Rad des Schicksals, um zu verwirren, zu prüfen und zu trösten«, sagte der Khabir. »Wer heute aus goldenem Becher trinkt, hält morgen einen hölzernen in seinen Händen.«

»Wenn es unsere Todfeinde sind, dann ist ein Kampf unvermeidlich!«, warf McIvor nun ein, weil er glaubte, die Beduinen hätten den Ernst ihrer Lage noch nicht ganz begriffen. Er täuschte sich.

»Davon bin ich schon bei Euren ersten Worten ausgegangen, Eisenauge«, sagte der Khabir, der den Spitznamen schon in der ersten Nacht ihres Wüstenmarsches von Sheikh Salehi gehört hatte und ihn seitdem benutzte, wann immer er den Schotten ansprach. »Also lasst uns überlegen, wie wir die Unerfahrenheit Eurer Verfolger zu unseren Gunsten nutzen können.«

»Vermutlich werden sie uns nachts angreifen wollen«, meinte Maurice, »wenn wir unser Lager aufgeschlagen haben und im Schlaf liegen. Diese Teufel, die sich dem Bösen verschrieben haben, sind ehrlose Gesellen, die Heimtücke stets einem offenen Kampf vorziehen!«

»Dann wollen wir sie in dem Glauben lassen, wir hätten sie noch nicht bemerkt, und ihnen Gelegenheit bieten, unser Nachtlager zu überfallen«, sagte der Khabir ruhig. »Wenn sie dann bemerken, dass sie in eine Falle geraten sind, wird es für sie zu spät sein, um sich vor unseren Klingen zu retten!«

»Und wie wollt Ihr hier in der Wüste, wo es weit und breit nichts gibt, um unbemerkt einen Hinterhalt legen zu können, den Reitern eine Falle stellen?«, fragte Gerolt verwundert.

»Erfahrung ist die Mutter des Wissens, junger Franke«, antwortete Selim Mabruk mit einem belustigten Lächeln und strich sich dabei über seinen schwarzen Bart, aus dem nun feiner Sand rieselte. »Die Wüste birgt tausend Hinterhalte.«

»Sagt, was Ihr im Sinn habt!«, drängte Tarik.

»Kurz nach Einbruch der Nacht werden wir mehrere *churda* überqueren«, teilte ihnen Selim Mabruk mit und erklärte, dass eine *churd* eine besonders große Wanderdüne sei. »Dahinter wartet auf uns ein Stück *serir*, also Stein- und Geröllwüste, etwa eine halbe Farsang breit. Dort, gut in Sichtweite der letzten Churd, schlagen wir unser Lager auf. Für jeden, der einen nächtlichen Angriff im Sinn hat, muss das eine unwiderstehliche Verlockung zum Zuschlagen sein.«

»Schön und gut, aber ich muss dabei den wichtigsten Teil Eures Planes überhört haben, nämlich den mit der Falle«, bemerkte Maurice mit skeptischer Miene.

Selim Mabruk bedachte ihn mit einem leicht tadelnden Blick. »Geduld ist der Schlüssel für alles, hitziger Franke! Wer sich zu gedulden weiß, wird gewinnen, selbst wenn er lange warten muss. Und es wird sich zeigen, wie viel Geduld und Selbstbeherrschung Ihr heute Nacht aufzubringen wisst!« Dann erklärte er ihnen, wie er sich das mit der Falle gedacht hatte.

6

Hassan lag auf der drittletzten Churd vor der Schotterebene knapp unterhalb des Dünenkamms bäuchlings im Sand, sodass er gerade noch darüber hinwegschauen konnte. Angestrengt blickte er in die Richtung, aus der die Reitergruppe kommen musste. Doch keiner von ihnen rechnete wirklich damit, dass ihre Verfolger sich schon im letzten Abendlicht bis auf Sichtweite heranwagen würden. Damit hätten sie das Moment der Überraschung, das sie noch auf ihrer Seite wähnten, zunichte gemacht. Erst im Schutz der Nacht würden sie ihr Marschtempo steigern und nahe heranrücken, sofern sie einen Angriff planten. Und dass der Angriff kommen würde, galt als sicher. Ihr ganzes Verhalten wies darauf hin, dass sie mit den Gesetzen der Wüste nicht vertraut waren und daher wohl kaum die Absicht hatten, sich ihren Gefahren allzu lange auszusetzen.

Hinter Hassan, im tiefen Tal zwischen den beiden Churda, waren derweil die anderen damit beschäftigt, die letzten Vorbereitungen für den Hinterhalt zu treffen. Die Männer brachten mehrere Säcke, gefüllt mit Feuerholz und Futter für die Kamele, mithilfe einiger Zeltstangen in den Sätteln der vier Gralshüter in eine aufrechte Stellung und zurrten sie mit Hanfseilen fest. Aus zwei Säcken ragte oben der runde Boden eines Kochkessels heraus, bedeckt mit einem Kopftuch, das von einem Agal an seinem Platz gehalten wurde. Aus der Entfernung und zumal bei Nacht musste man diese Attrappen für Männer halten. Und so würden die Beduinen später am Lagerplatz in der Schotterebene die Säcke gegen die Sättel lehnen, damit deren Umrisse in der Dunkelheit die volle Zahl ihrer Reisegruppe vortäuschten.

Indessen hatte Dshamal schon damit begonnen, am Hang der Wanderdüne, auf deren Kamm Hassan postiert war, eine tiefe Grube mit seinen Händen auszuheben. Dabei achtete er darauf, den Sand gleichmäßig in der Umgebung zu verteilen.

»Das dürfte reichen! Ihr könnt kommen!«, rief Dshamal ihnen schließlich zu und winkte sie heran. »Und für die anderen wird es Zeit, weiterzuziehen. Gleich bricht die Dunkelheit herein!«

»Ich kann es gar nicht erwarten, mich da im heißen Sand wie ein Brotfladen backen zu lassen«, grummelte Maurice, packte sein Schwert und nahm von Gharib ein großes Stück Plane entgegen, das der Treiber aus einer der Zeltbahnen geschnitten hatte.

»Gebe Gott und die selige Jungfrau, dass alles ein gutes Ende nimmt!«, stieß Beatrice mit bleichem Gesicht hervor.

»Ob es ein gutes Ende findet, bleibt abzuwarten«, murmelte Gerolt so leise, dass sie und Heloise es nicht hören konnten. »Blutig wird es in jedem Fall werden!«

Nur mit blankem Schwert und Messern bewaffnet, begaben sich die vier Gralsritter zu Dshamal. Bäuchlings, das Schwert an ihren Leib gepresst, legten sie sich nebeneinander in die flache Höhlung, die der Beduine geschaffen hatte.

»Denkt daran, Euch so wenig wie möglich zu bewegen!«, schärfte ihnen Dshamal ein. »Eure Selbstbeherrschung wird darüber entscheiden, ob der Hinterhalt gelingt oder nicht!« Dann breitete er die Zeltbahn über sie aus und bedeckte sie mit einer handdicken Schicht Sand. Nur vorn am Kopfende ließ er die Plane einen Spaltbreit offen.

Dann bewegte er sich rückwärts zur Karawane zurück und verwischte alle Spuren, die auf das Versteck der vier Männer hinweisen konnten. Kurz darauf setzte sich die Karawane wieder in Bewegung, erklomm im letzten, verlöschenden Licht des Tages in schräger Linie den Hang der vorletzten Wanderdüne und verschwand aus ihrem schmalen Blickfeld. Der Khabir würde gleich hinter der letzten Churd das Nachtlager aufschlagen, und zwar einladend genug für einen nächtlichen Überfall. So war es ausgemacht.

»Ich hätte nie geglaubt, dass ich mich einmal bei lebendigem Leib begraben lassen würde – und dann auch noch in solch einem Wüstenbackofen!«, stöhnte Maurice, während ihm wie auch seinen Gefährten der Schweiß aus allen Poren brach. Der Sand strahlte die tagsüber gespeicherte Hitze ab und gab ihnen das Gefühl, in einem Bett aus glühenden Kohlen zu liegen.

»Ja, das hat schon was von einem verdammten Bratrost!«, sagte McIvor gepresst. »Seid ihr euch sicher, dass wir nachher, wenn wir gar gekocht sind, noch das Schwert halten können?«

»Du wirst dir bald wünschen, dass es dir noch eine Weile länger vergönnt gewesen wäre, auf diesem Bratrost zu liegen«, erwiderte Tarik. »Warte nur ab, bis es sich abgekühlt hat und uns die Kälte in die Knochen kriecht!«

»Ich glaube nicht, dass ich das noch erleben werde. Bestimmt bin ich vorher schon verglüht oder erstickt!«, sagte Maurice. »Ich kriege ja schon jetzt kaum noch Luft!«

»Wir haben schon ganz anderes ertragen und werden auch das hier überstehen«, ermahnte Gerolt sich und seine Freunde.

»Ja, denk an das, was der Khabir zu dir gesagt hat, Maurice. ›Geduld ist der Schlüssel für alles!‹ Jetzt kannst du zeigen, wie es um deine Geduld bestellt ist!«, sagte McIvor spöttisch. »Und wenn es dir ganz schwer wird, denk an das holde Antlitz von Beatrice! Das wird dich auf andere Gedanken bringen!«

»Hol dich doch der Teufel!«, brummte Maurice gereizt.

»Das kann bald so kommen«, erwiderte McIvor grimmig. »Wenn auch nur in Gestalt seiner verfluchten Knechte!«

Ihr Gespräch wurde von immer größeren Pausen gequälten Schweigens unterbrochen und verstummte schließlich ganz.

Schweißdurchtränkt lagen sie in der Dunkelheit, atmeten schwer und spürten jeden zuckenden Muskel ihres Körpers, der danach zu schreien schien, endlich die Last auf dem verspannten Rücken abzuwerfen, sich aufzurichten und die steifen Glieder zu lockern. Doch diesem Verlangen durften sie nicht nachgeben!

Die Nachtkälte ließ noch endlos lange auf sich warten. Doch als sie dann endlich kam, begrüßten sie die Abkühlung anfangs mit Erleichterung. Aber schon bald setzte sie ihnen so zu, wie es zuvor die Hitze getan hatte. Sie drang ihnen durch Mark und Bein. Und nun galt es, das Zittern zu unterdrücken und nicht mit den Zähnen zu klappern.

»Und ich habe gedacht, bei lebendigem Leib geröstet zu werden wäre das Schlimmste, was mir hier passieren kann!«, sagte Maurice bibbernd. »Wie man sich doch täuschen kann. Ich glaube, mir gefriert das Blut in den Adern!«

»Es wird schon wieder in Wallung kommen, wenn du die Iskaris mit gezückter Waffe auf dich losgehen siehst!«, versicherte McIvor leise, aber auch seiner Stimme war anzuhören, wie sehr er mit der Kälte zu kämpfen hatte. »Möchte bloß wissen, wo die verdammte Bande bleibt! Sie müsste doch längst hier sein!«

»Es gibt keinen gerisseneren Harlekin als die Zeit, Schotte. Sie führt jeden an der Nase herum!«, murmelte Tarik. »Die Iskaris werden schon noch kommen, verlass dich drauf!«

Die Judasjünger stellten ihre Geduld und Selbstbeherrschung jedoch noch auf eine harte Probe. Und fast hätten sie deren Eintreffen nicht rechtzeitig bemerkt. Denn die Iskaris hatten einen ihrer Reiter als Späher vorausgeschickt. Lautlos wie ein Schatten kam er zu Fuß den Hang der Düne hinunter. Sein Reittier hatte er wohl bei seinen Kameraden zurückgelassen.

»Da!«, wisperte Gerolt.

»Ich sehe aber nur einen!«, kam es leise von Maurice.

Sie verständigten sich durch Zeichen, so lange im Versteck zu bleiben und zu warten, bis auch die anderen Verfolger vorbeigezogen waren und sich im letzten Dünental vor der Schotterebene versammelt hatten. Denn wenn sie das Nachtlager der Karawane angreifen wollten, dessen Feuer längst erloschen war, würden sie dort ihre Kamele zurücklassen, um sich lautlos anschleichen und über die Schlafenden herfallen zu können. Angespannt warteten die vier Gralshüter, dass auch der Rest der Reitertruppe nachrückte. Der vorausgeschickte Iskari folgte der Spur der Karawane über die nächste Wanderdüne und war im nächsten Moment von der Nacht verschluckt. Kurz darauf kehrte er wieder zurück. Wahrscheinlich hatte er vom Kamm der letzten Düne aus das Lager entdeckt. Denn er hatte es jetzt sehr eilig, zu seinen Männern zu kommen und zu melden, was er beobachtet hatte. Und zweifellos würde er ihnen mitteilen, dass es keine besseren Voraussetzungen für einen vernichtenden Überfall geben könne, weil das Karawanenlager doch von der letzten Wanderdüne aus schneller zu erreichen sei, als die Schlafenden aufspringen und nach ihren Waffen greifen könnten.

Wenige Minuten nachdem der Späher über die Düne verschwunden war, an deren Fuß die vier Gralsritter versteckt lagen, stiegen die Iskaris den Hang zu ihnen ins Dünental hinab. Alle führten sie ihr Reittier an einer kurzen Kopfleine. Sie hatten den Kamelen das Maul zugebunden, damit sie ihr Nahen nicht durch Grunzen oder andere Laute verraten konnten.

Sie zählten nicht sieben Männer, wie der Khabir zu sehen geglaubt hatte, sondern elf. Und damit wussten sie, dass ihnen ein schwerer

Kampf bevorstand. Sie vertrauten jedoch darauf, dass sie die Überraschung auf ihrer Seite hatten, sofern ihr Plan aufging.

Wie erhofft ließen die Iskaris ihre Kamele nicht schon in diesem Dünental zurück, sondern folgten ihrem Späher hinüber ins letzte Tal vor der Schotterebene.

Kaum war der letzte Mann hinter dem Kamm verschwunden, als die vier Ordensbrüder unter der Zeltbahn hervorkrochen, ihre Schwerter aus dem Sand zogen und sich aufrichteten. Sie wussten, was sie zu tun hatten und dass es jetzt darauf ankam, den richtigen Zeitpunkt für *ihren* Angriff abzupassen, um unter ihren Feinden eine möglichst große Verwirrung zu stiften – und um den vier Beduinen, die hinter den Sätteln und Säcken lauerten, Gelegenheit zu geben, rechtzeitig genug in den Kampf einzugreifen.

In einer Front und tief geduckt, schlichen sie den Hang hinauf. Das letzte Stück zum Kamm bewältigten sie auf dem Bauch kriechend. Die Nacht war klar und Mond und Sterne warfen ausreichend Licht über die Wüste, sodass man sie leicht bemerken konnte, wenn sie nicht höchste Vorsicht walten ließen. Sie schoben sich nur so weit vor, dass sie die letzte, obere Sandschicht vor ihren Köpfen mit den Händen teilen mussten, um in das unter ihnen liegende Dünental blicken zu können.

Die Iskaris wussten, was für sie auf dem Spiel stand. Nicht ein Wort wurde gesprochen, während sie sich für den Überfall vorbereiteten. Sie verzichteten darauf, jedes ihrer Kamele niederknien zu lassen und ihnen Agale anzulegen. Sie beschränkten sich darauf, einfach alle Kopfleinen miteinander zu verbinden. Offensichtlich gingen sie fest davon aus, schnell wieder zurück zu sein. Dann lösten sie vorsichtig die Gurte ihrer Schwertgehänge, ließen sie am Hang in den Sand sinken und nahmen nur die blanke Waffe an sich. Ihr Anführer sammelte sie kurz um sich. Der kräftige Mann, der als Einziger nach

Beduinenart einen hellen sandfarbenen Turban mit herabhängendem Gesichtstuch trug, sprach leise mit ihnen. Die Antwort der Männer bestand aus stummem Kopfnicken. Dann erklommen sie den Hang der letzten Churd.

Kaum hatten sie den Kamm erreicht und auf der anderen Seite mit dem Abstieg begonnen, als die vier Gralshüter augenblicklich wie von der Feder geschnellt aufsprangen. Jetzt galt es, so rasch wie möglich hinunter ins Tal und über die letzte Churd zu kommen, damit sie den Iskaris in den Rücken fallen konnten, lange bevor sie sich ans Lager angeschlichen hatten. Nur wenn sie die Männer schon kurz hinter der Düne auf freiem Gelände angreifen konnten, hatten sie im Zusammenspiel mit dem Khabir, Dshamal und den beiden Treibern eine echte Chance.

Mit kurzen, schnellen Schritten kämpften sie sich die Wanderdüne hoch. Als sie über deren höchsten Punkt kamen, befreiten sich drei Nachzügler der elfköpfigen Gruppe Judasjünger gerade unten am Fuß der Churd aus dem weichen Sand der Dünenausläufer. Sehr viel weiter kamen sie auch nicht. Denn da stürmten auch schon die vier Ordensbrüder schwerterschwingend und unter lautem Gebrüll den Hang hinunter. In der Stille der Nacht klang ihr markerschütterndes Geschrei, als greife eine ganze Truppeneinheit Templer an.

Sie hätten den Iskaris keinen größeren Schrecken einjagen können. Eben noch hatten sie sich in dem festen Glauben gewähnt, nichts zu befürchten zu haben und die Schlafenden im Lager ohne jede Gegenwehr in einem kurzen Gemetzel töten zu können. Und nun griff der Feind im Rücken an!

Zu Tode erschrocken und einen kostbaren Moment lang vollkommen verstört über die unerwartete Wendung, fuhren die Knechte des Schwarzen Fürsten zu ihnen herum.

Einer von ihnen bezahlte es sogleich mit seinem Leben. Denn

McIvor, der sich beim Sturmlauf den Hang hinunter an die Spitze der Gralshüter gesetzt hatte, spießte ihn mit seinem Schwert auf, das er mit beiden Händen und ausgestreckt wie einen Rammsporn hielt. Der gewaltige Stoß warf den Mann mit solcher Kraft nach hinten, dass er im Sturz einen seiner Hintermänner mit zu Boden gehen ließ. Sofort trat McIvor über den Toten hinweg, schwang sein Schwert mit beiden Händen und schlug dem am Boden liegenden Judasjünger, als er sich gerade von der Last seines niedergestreckten Kameraden befreien wollte, den Kopf mit einem Streich glatt vom Rumpf. Fast gleichzeitig stürzte neben ihm ein weiterer Iskari tot in den Schotter. Ihm waren Tariks Wurfmesser zum Verhängnis geworden.

Nun fassten sich die anderen Judasjünger und nahmen hastig Kampfaufstellung ein. Doch kaum hatten sie den ersten Schrecken überwunden, als sich in die gellenden Schreie der Gralsritter vor ihnen ein nicht weniger lautes und schrilles Kreischen und Trillern mischte, das hinter ihnen aus dem nur noch dreißig, vierzig Schritte entfernten Lager kam. Und im selben Augenblick stürzten auch schon die vier Beduinen hinter dem Halbkreis aus Sätteln und Säcken hervor, um die Zange um sie zu schließen. Jeder der Nomaden rannte mit einer Lanze in der erhobenen Hand und mit dem Krummsäbel im Gürtel auf sie zu.

Hassan und Gharib schleuderten ihre Waffen zu früh, sodass den Iskaris, auf die sie gezielt hatten, genügend Zeit blieb, den Wurfgeschossen auszuweichen. Doch die Lanze von Dshamal, der auf so ein Ausweichmanöver nur gewartet hatte, fand ihr Ziel und tötete den Judasjünger.

Auch der Khabir vermochte mit seiner Lanze einen Treffer anzubringen, wenn auch keinen tödlichen. Doch die Verwundung des Mannes sollte sich als schwer genug erweisen, um ihn so zu schwächen, dass er wenig später unter dem Säbel des Khabirs fiel.

Schreie, Flüche und lautes Waffengeklirr erfüllten die Nacht auf der Schotterebene. Und immer mehr Blut tränkte den steinigen Boden. Denn Gnade wurde nicht gegeben und auch von keinem erwartet.

Die Iskaris kämpften mit brennendem Hass und Todesmut. Furcht im Angesicht eines Gegners kannten sie nicht und Schmerzen ertrugen sie weit über das gewöhnliche menschliche Maß hinaus. Was immer ihnen der Schwarze Fürst dafür versprochen hatte, wenn sie für ihn ihr Leben ließen und damit zur Erringung seiner Weltherrschaft beitrugen, es musste so verlockend sein, dass sie dafür bereitwillig in den Tod gingen. Aber nicht, ohne vorher bis zum Letzten gekämpft zu haben! Nie gaben sie ein Gefecht verloren, solange noch einer von ihnen mit einer Waffe in der Hand auf den Beinen stand. Und wer gegen sie gewinnen wollte, musste nicht nur ein Schwert vorzüglich zu führen wissen, sondern auch schnell auf den Beinen sein. Und er musste ein scharfes Auge für jede Nachlässigkeit in der Deckung des Judasjüngers haben, um sie für einen blitzschnellen Vorstoß nutzen zu können. Mit leichten Verwundungen war ihnen nicht beizukommen.

Hassan war tapfer und konnte gut mit dem Krummsäbel umgehen, aber dem Iskari, mit dem er die Klinge kreuzte, war er nicht gewachsen. Der Judasjünger trieb ihn mit höhnischen Schmähungen wie einen Anfänger vor sich her, schlug ihm schließlich den Säbel aus der Hand und tötete ihn mit einem Hieb, noch bevor der Nomade Zeit fand, zu seinem Dolch zu greifen.

Augenblicke später geriet Gerolt in arge Bedrängnis, da der Mann, der Hassan getötet hatte, seinem Kameraden zur Seite sprang und ihn zusätzlich an seiner linken Flanke angriff. Sich zwei Knechten des Schwarzen Fürsten zur selben Zeit zu erwehren, verlangte von ihm all seine Kraft und Schnelligkeit. Er musste zurückweichen, um der Klinge seines Gegners zur Linken zu entkommen. Und zweimal entkam er nur knapp einem geschickten Angriff, den die beiden Iskaris fast gleichzeitig ausführten. Zwei leichte Schnittwunden blieben ihm jedoch nicht erspart. Beim dritten gemeinsamen Angriff der Judasjünger überraschte er die Iskaris, indem er dem Mann zu seiner Linken entgegensprang, noch bevor dieser zuschlagen konnte.

Gerolt hieb mit aller Kraft auf das Schwert des Mannes ein. Der Zusammenprall der beiden Klingen war so hart, dass Funken stieben. Gleichzeitig fuhr ihm ein scharfer Schmerz durch das Handgelenk und schoss ihm durch den Arm hoch in die Schulter. Doch der wuchtige Hieb erfüllte seinen Zweck, schleuderte er den Schwertarm seines Feindes doch weit nach hinten zurück, sodass dessen Brust für einen kurzen Moment ohne Deckung war. Und diese Chance ließ er sich nicht entgehen. Er rammte dem Iskari seine Schwertspitze ins Herz, riss augenblicklich die Waffe zurück, fuhr dabei nach rechts herum und bekam gerade noch das Schwert hoch, um den Schlag des anderen Feindes zu parieren, der geglaubt hatte, ihm seine Klinge in den Nacken schlagen zu können.

Doch da Gerolt sich noch in der Drehung befunden hatte, fehlte ihm der feste Halt, um den Schlag in den Beinen abfedern zu können. So ließ ihn der mörderische Hieb straucheln. Sofort setzte der Iskari nach, um ihm den Todesstoß zu versetzen.

Aber in dem Moment flog von der Seite ein Schatten heran. Es war Maurice, der ihm geistesgegenwärtig zu Hilfe kam und dem Iskari das Schwert nach unten schlug.

»Du musst noch einiges lernen, vor allem die Regeln eines redlichen Zweikampfes, du stinkender Balg!«, schrie er dabei. »Aber ich fürchte, dafür hast du nun keine Zeit mehr!« Und mit der gleichzeitig hochfahrenden Klinge sorgte er dafür, dass dem Judasjünger im nächsten Augenblick der Kopf fehlte.

Sofort war Gerolt wieder auf den Beinen. »Verbindlichen Dank für deinen Beistand, Edelmann!«, rief er ihm zu.

»Stets zu Diensten, Herr Raubritter!«, rief Maurice spöttisch zurück und sah sich nach einem neuen Gegner um. Aber für ihn blieb nichts mehr zu tun. Auch McIvor, Tarik und die drei Beduinen hatten sich tapfer geschlagen. Alle Angreifer lagen tot auf dem Schotterfeld, aber auch Hassan. Und Gharib hatte sich eine böse Verwundung über der linken Hüfte zugezogen, während alle anderen mit mehr oder weniger leichten Schnittverletzungen davongekommen waren.

Sofort nahmen sich der Khabir und Dshamal des Verwundeten an und verbanden die Verletzung. Mehr konnten sie im Augenblick nicht für ihn tun. Für Hassan gruben sie am Fuß der Wanderdüne ein flaches Grab, legten ihn dort hinein, sprachen ein kurzes Gebet, bedeckten ihn dann mit Sand und schichteten Steine darüber. All das geschah mit der unsentimentalen Art der Beduinen, für die der Tod in der Wüste eine alltägliche Bedrohung war.

»Das Gesindel lassen wir hier liegen!«, erklärte der Khabir hinterher mit Blick auf die toten Iskaris. »Um die wird sich die Wüste kümmern, so wie sie es verdient haben!«

Von deren Kamelen nahmen sie nur zwei mit. Denn eine rasche Prüfung der Vorräte und Wasserschläuche ergab, dass ihre Verfolger nur mit leichtem Gepäck in die Wüste aufgebrochen waren und nicht die Absicht gehabt hatten, ihnen lange zu folgen. Deshalb beschloss der Khabir, nur die zwei kräftigsten Tiere sowie einige Wasserschläuche mitzunehmen, die anderen Tiere, denen sie aus den restlichen Djirbas zu saufen gaben, jedoch sich selbst zu überlassen.

»Wenn sie einigermaßen entwöhnt sind, werden sie ihren Weg zurück schon finden. Und wenn nicht . . .« Er zuckte gleichmütig die Achseln. *»Inshallah!«*

Erlöst von der Angst um ihr Leben, pries Beatrice die List und Tapferkeit der Männer in den höchsten Tönen. Aber dass sie so viele Kamele einfach in der Wüste zurückließen und damit einem ungewissen Schicksal aussetzten, empörte sie. »Wie könnt Ihr so etwas tun, Khabir?«, fragte sie und bestand darauf, dass Maurice alles wörtlich übersetzte. »Sie werden verdursten!«

Doch der Khabir drängte zum Aufbruch. Er wollte nicht in unmittelbarer Nähe von so vielen Toten die Nacht verbringen. »Dann ist es Allahs Wille!«, beschied er sie knapp. »Zudem verdursten Kamele nicht! Sie verhungern!« Und mit diesen kühlen Worten, die den Gedanken an ein Nachfragen erst gar nicht aufkommen ließ, wandte er sich ab und begann die Kamele zu satteln.

Es sollte Tarik sein, der sie später darüber aufklärte, dass Kamele als Wiederkäuer sich erst Wasser aus ihren inneren Speichern zum Verdauen in den mit Futter gefüllten Vormagen pressen mussten. Waren diese Speicher leer, klumpte sich die Masse zusammen und verstopfte die Speiseröhre. So musste ein Kamel verhungern, auch wenn sein Vormagen gut gefüllt war.

Schweigend ritten sie wenig später in die Nacht hinaus, nur das mühsam unterdrückte Stöhnen von Ghabir war gelegentlich zu hören. Schmerzgekrümmt saß er in seinem Sattel und hielt sich die verwundete Seite. Dennoch ließ der Khabir erst gute zwei Stunden später Halt machen, als sie die Schotterfläche hinter sich gebracht hatten, und zwischen zwei Dünenketten ein neues Nachtlager aufschlagen.

»Die scharfen Augen des Khabirs haben uns gerettet, der Allmächtige möge es ihm danken!«, sagte Tarik leise, als Beatrice und Heloise schon in tiefem Schlaf lagen und er mit seinen Ordensbrüdern noch einmal die dramatischen Ereignisse am Fuß der Wanderdüne besprach. »Hätte er die Iskaris nicht bemerkt, lägen jetzt wir dort auf der Steinebene!«

»Und der Heilige Gral wäre verloren!«, flüsterte McIvor. »Der Gedanke jagt mir noch nachträglich einen eisigen Schauer durch den Körper!«

»Ich denke, damit sind wir der größten Gefahr entkommen!«, seufzte Maurice dankbar.

»Ja, aber auch jetzt müssen wir noch die Widrigkeiten der Wüste bestehen, wenn wir einen sicheren Hafen an der Küste des Maghreb erreichen wollen«, gab Gerolt leise zu bedenken.

Keiner von ihnen ahnte, dass es nicht die unbarmherzige Natur der Wildnis sein würde, die sie vier Nächte später der nächsten tödlichen Gefahr aussetzte, sondern dass die Wölfe der Wüste sich ihrer Überlegenheit so sicher waren, dass sie sich dreist zu ihnen ans Feuer setzten!

7

Gharibs Wunde hatte sich im Laufe der vier glühend heißen Tage und eiskalten Nächte böse entzündet, sodass es ihm immer schwerer fiel, sich im Sattel zu halten. Sie mussten nun mehrmals am Tag und auch auf den Nachtmärschen halbstündige Rasten einlegen, um ihm zumindest für eine kurze Zeitspanne ein wenig Erleichterung von den Schmerzen zu gewähren, die ihm die schaukelnden Bewegungen auf dem Rücken seines Reittiers bereiteten.

Hatte sich Beatrice bisher fast ausschließlich durch Missmut und Wehleidigkeit hervorgetan, so zeigte sie sich nun von einer anderen Seite. Denn sie war es, die sich in der kurzen Zeit der Rast mit erstaunlicher Hingabe und Behutsamkeit um Gharib kümmerte. Sie wusch ihm den Eiter aus der Wunde und legte ihm einen frischen Verband an. Diese Fürsorge versöhnte nicht nur Gerolt, Tarik und McIvor mit ihr, die die Verantwortung für sie schon manchmal als Last betrachtet hatten, sondern brachte ihr auch den Respekt von Selim und Dshamal ein.

Am Nachmittag des vierten Tages nach dem Gefecht mit den Iskaris, als sie nach ihrer langen Mittagsrast zur zweiten Tagesetappe aufbrachen, kam ein heißer Südwind auf, den die Beduinen *qibli* nannten und fürchteten wie keinen anderen.

»Gebe Allah, dass er sich nicht zu einem *samum* auswächst«, sagte Dshamal besorgt. »Denn so ein Sandsturm kann Tage andauern. Einmal habe ich es erlebt, Allah sei Dank in einer Oase, dass er volle fünf Tage getobt hat! Wenn man dann fern vom nächsten Brunnen ist, ergeht es einem schlecht. Dann ermatten die Kamele und man verliert viel Wasser.«

»Wieso das?«, wollte Gerolt wissen.

»Weil ein Samum die schreckliche Kraft hat, Djirbas völlig austrocknen oder sogar platzen zu lassen. Dann braucht man Tonkrüge, um sein Wasser zu retten«, erklärte Dshamal. »Und weil man es in solch einem Sturm kaum länger als zehn Minuten ohne einen Schluck Wasser im Mund aushalten kann!«

Der Khabir warf beschwichtigend ein: »Da sei Allah vor! Aber so schlimm wird es bestimmt nicht kommen, Sheikh Salehi. Es ist nur ein milder Qibli! Der legt sich bald wieder!«

Der Wind nahm auch tatsächlich nicht an Kraft zu. Dennoch setzten ihnen die Sandschleier, die er von den Kämmen der Sicheldünen wehte, gehörig zu. So gut wie möglich schützten sie Mund und Nase mit ihren Kopftüchern vor den wirbelnden Sandfahnen. Erst gegen Einbruch der Dunkelheit legte sich der Wind wieder etwas. Doch noch immer ähnelten die Dünenketten einem wogenden, rauchenden Meer.

In dieser Nacht schlugen sie früher als sonst ihr Lager in einem Korridor zwischen zwei hohen Churdaketten auf. Während Beatrice im Windschutz der Kamele Gharibs Wunde versorgte, machte Dshamal Feuer und Selim bereitete indessen die Linsensuppe vor. In dieser Nacht kamen die letzten Stücke Dörrfleisch in den rußgeschwärzten Kessel.

Gerade hatte der Khabir den ersten Brotfladen aus der Glut geholt und unter ihnen aufgeteilt, als Dshamal zusammenfuhr und den Kopf ruckartig nach links wandte.

»Fremde!«, zischte er alarmiert.

Wie aus dem Nichts gezaubert tauchten aus den sandigen Schleiern sechs Gestalten hinter einer Bodenwelle auf. Eine von ihnen warf jedoch nur einen kurzen Blick auf die Gruppe, die im Halbkreis um das Feuer saß, und verschwand gleich wieder im trüben Dunkel der Nacht.

Die Gralshüter vergewisserten sich sofort, dass ihre Schwerter griffbereit neben ihnen im Sand lagen.

Doch da raunte ihnen Dshamal auch schon warnend zu: »Wartet! Tut bloß nichts Voreiliges, was Ihnen Anlass geben könnte, über uns herzufallen! Vielleicht haben wir Glück und können die Gefahr ohne Blutvergießen abwenden!«

»Was redet Ihr da? Die Kerle sind nur zu fünft!«, raunte Maurice. »Wenn sie irgendwas gegen uns im Schilde führen, werden wir schon mit ihnen fertig!«

»Ihr irrt!«, zischte Dshamal. »Es müssen noch viel mehr von ihnen in der Nähe sein, sonst würden sie nicht so selbstsicher auftreten. Auch hätten sie dann ihre Kamele dabei. Der sechste Mann ist gewiss schon auf dem Weg zum Rest der Bande, um zu melden, was er gesehen hat.«

»Wisst Ihr denn, wer diese Männer sind?«, fragte Gerolt bestürzt.

»Es sind Wölfe der Wüste!«, stieß Dshamal zwischen den Zähnen hervor. Aus seiner Stimme hörte man die Verachtung heraus, die er ihnen entgegenbrachte, aber auch einen Anflug von Furcht. »Maghrebinische Sklavenhändler, die sich wohl auf dem Rückweg in ihre Heimat befinden, dessen bin ich mir sicher.«

Der Khabir nickte. »Es ist typisch für diese Kerle, dass einige von ihnen sich immer wieder einmal kurz von ihrer Karawane trennen und nach einem schnellen *ghazwa,* einem Raubzug, Ausschau halten!«

»Und diese Bande reist immer nur in großen Karawanen«, fuhr Dshamal hastig fort. »Versteht Ihr nun, warum wir alles unternehmen müssen, um einen Kampf zu vermeiden? Diesen würden wir nicht gewinnen! Also seid still und überlasst das Reden dem Khabir und mir!«

»Sklavenhändler? Tod und Teufel, die haben uns gerade noch gefehlt!«, fluchte McIvor.

Beatrice und Heloise pressten sich aneinander und brachten vor Angst keinen Ton heraus.

Und dann waren die fünf Wölfe der Wüste auch schon heran. Im Bewusstsein ihrer Stärke traten sie in die Öffnung ihres Halbkreises und setzten sich dreist ans Feuer, ohne Gruß und ohne eine Einladung abzuwarten. Es waren finster blickende, hartgesichtige Männer, deren Anblick das Schlimmste befürchten ließ.

Sie trugen Beduinenkleidung, doch der Stoff ihrer Gewänder und Kopftücher war zum Teil schwarz gefärbt. Alle waren sie mit breiten Krummsäbeln und langen, machetenartigen Messern bewaffnet. Einer von ihnen hatte auch noch eine *kurbash,* eine Peitsche aus Nilpferdleder im Gürtel stecken. Diesem Mann, dessen dunkles Gesicht von mehreren hellen Narben gezeichnet war, baumelte eine Kette auf der Brust, auf deren Lederschnur ein gutes Dutzend daumenlanger Raubtierzähne aufgereiht war. Bei einem anderen fiel der Blick sofort auf die handlange Manschette aus schwarzem Leder, die seinen rechten Unterarm umschloss und mit Eisendornen gespickt war. Ihm fehlten an der linken Hand zwei Finger.

Der Khabir hieß die fünf Männer mit dem traditionellen Beduinengruß an ihrem Feuer willkommen, als wäre es ihm völlig entgangen, dass sie seine Einladung erst gar nicht abgewartet hatten.

»Erspar uns dein Gewäsch!«, fuhr ihm der narbengesichtige Mann mit der Kette aus Raubtierzähnen schroff über den Mund. »Sag uns lieber, was du uns anzubieten hast!«

Selim schluckte, doch sein Gesicht verbarg die Furcht, die auch ihn erfasst haben musste, und er bedauerte: »Für die Suppe und das Fleisch kommt ihr leider ein wenig zu spät.«

Die Sklavenhändler lachten höhnisch auf.

»Ist dieser dreckige Kameltreiber wirklich so dumm, wie er tut, oder will er sich über uns lustig machen, Sabir?«, fragte der Mann mit der dornengespickten Ledermanschette um den rechten Unterarm.

Sabir hieß offenbar der Sklavenhändler mit der Zahnkette, denn die Frage hatte ihm gegolten. »Natürlich ist er ein ausgemachter Hohlkopf, Kadar!«, antwortete er. »Würde er sich sonst mit stinkenden Franken abgeben und sie durch die Wüste führen? Allein dafür hat das Nomadengewürm den Tod verdient!« Dabei glitt sein stechender Blick über die vier Gralsritter, die in höchster Anspannung am Feuer saßen, sich jedoch eisern an Dshamals eindringliche Aufforderung hielten, das Reden ihm und dem Khabir zu überlassen. Schließlich blieb sein Blick auf Beatrice und Heloise liegen und ein bösartiges Lächeln verzog seinen Mund. »Aber immerhin haben sie uns zwei reizende Geschenke mitgebracht, wie ich sehe! Ich werde euch die unwürdige Last abnehmen, Kameltreiber! Bei mir ist die weiße Weiberhaut in noch besseren Händen!«

Auch die anderen Männer grinsten, bis auf Kadar, der hämisch sagte: »Die Freude wird wohl nur sehr kurz sein, Sabir. Denn wie ich Tibu el-Din kenne, wird er sie dir gleich abnehmen und selbst in Dohfa verkaufen!«

Gerolt bemerkte, wie Dshamal an seiner Seite bei der Nennung des Namens Tibu el-Din kaum merklich zusammenzuckte.

»Wir werden sehen!«, knurrte Sabir gereizt. »Aber bevor wir uns die weißen Weiber nehmen, wollen wir erst einmal sehen, was sie uns sonst noch zu bieten haben. Vielleicht können sie uns ja gnädig stimmen.« Damit wandte er sich wieder den vier Gralshütern zu und fuhr sie mit kalter, schneidender Stimme an. »Ihr weißen Schweine habt doch Geld! Ihr Franken habt immer Geld! Also, rückt es raus, ihr Hunde! Wir holen es uns so oder so!«

Gerolt hatte fieberhaft überlegt, was sie tun konnten, um der tödlichen Gefahr ohne Kampf zu entkommen. Dabei machten ihm die Sklavenhändler, die bei ihnen am Feuer saßen, die geringste Sorge. Mit ihnen würden sie schon fertig werden. Aber jetzt hörte man schon den leisen Klang vieler Kamelschellen, der das Nahen einer Karawane ankündigte und bei der mittlerweile der sechste Mann eingetroffen sein musste. Und dass die Tiere Schellen trugen, damit man sie im Notfall leichter wieder fand, war ein klarer Hinweis darauf, dass es sich um eine große Karawane handelte, wie Dshamal vermutet hatte. Und gegen einige dutzend von gut bewaffneten und sicherlich auch kampferprobten Sklavenhändlern würden sie auf verlorenem Posten stehen. Aber es ging nicht allein um ihr Leben, sondern mehr noch um den Heiligen Gral. Er durfte auf keinen Fall zur Beute der Sklavenhändler werden. Denn niemand wusste, ob er dann nicht doch noch in die Hände der Iskaris gelangte!

Plötzlich kam ihm ein Einfall, von dem er hoffte, dass er ihnen die Rettung brachte. Er musste seine göttliche Gnadengabe als Gralshüter einsetzen, um die Katastrophe abzuwenden! Darin lag ihre einzige Chance, und er betete zu Gott, dass es gelang.

»Wir werden euch alles geben, was wir an Gold und Silber besitzen, ihr Krieger der Wüste«, sagte er nun und achtete nicht auf den erschrockenen Blick von Dshamal, sondern fuhr sogleich spöttisch weiter: »Aber nehmt doch erst einmal ein Stück von unserem frisch gebackenen Brot! Ihr werdet die Stärkung sicherlich nötig haben!« Damit wies er auf den großen Fladenstreifen, den McIvor beim Eintreffen der Sklavenhändler aus der Hand gelegt hatte, und konzentrierte all seine Kraft und Willensstärke darauf.

Augenblicklich erhob sich das Brot vom Boden, schwebte langsam über das Feuer hinweg auf die andere Seite und pendelte dann zwischen Sabir und Kadar hin und her.

»Nun, wer von euch will zuerst zugreifen?«, fragte Gerolt.

Beatrice gab einen erstickten Aufschrei von sich.

Die fünf Sklavenhändler saßen vor Schreck wie gelähmt, ebenso der Khabir sowie die Granville-Schwestern, und starrten mit weit aufgerissenen Augen ungläubig auf den Brotstreifen, der in der Luft schwebte und vor ihnen, wie von Geisterhand bewegt, hin und her segelte.

McIvor begriff sofort, was Gerolt zu erreichen versuchte, und er wusste, wie er die Wirkung noch steigern konnte. »Das wird nicht reichen, um unsere neuen Freunde zu sättigen! Also lasst uns schnell noch einen zweiten Fladen backen!«, rief er und griff mit beiden Händen unbekümmert in das Feuer. Er wühlte es regelrecht auf, füllte beide Hände mit der feurigen Glut, die jedem anderen sofort schwerste Verbrennungen und unerträgliche Schmerzen zugefügt hätte, und hielt sie hoch wie einen Haufen kalter Asche.

Allein Gerolt bemerkte, wie der Schotte einen winzigen Moment zögerte und dass ihm Schweißperlen auf die Stirn traten. Dann griff sich McIvor ein walnussgroßes Glutstück heraus – und steckte es sich in den Mund. Dort rollte er die glühend heiße Kugel wie ein Stück Zuckerwerk herum, bevor er sie mit einem zufriedenen Nicken wieder auf seiner Zungenspitze auftauchen ließ – und sie lässig zurück auf die Feuerstelle spuckte.

»Ja, die Glut ist noch prächtig heiß! Oder wollt ihr euch lieber selbst davon überzeugen?« Er streckte ihnen seine Hände, gefüllt mit feuriger Glut, freundlich lächelnd entgegen.

Allen, die mit den Kräften der Gralshüter nicht vertraut waren, quollen die Augen fast aus den Höhlen. Sogar Dshamal gab einen Laut des Staunens von sich.

»Aber vielleicht legt ihr erst mal eure Waffen ab. Sie zwängen euch im Sitzen ja den Magen ein. Am besten fangen wir mit der Kurbash an«, sagte Gerolt, ließ das Brotstück in den Schoß von Sabir fallen und richtete seine Konzentration auf dessen Nilpferdpeitsche. Und zu seiner Freude, dass seine geheimen Kräfte immer stärker wurden, je öfter er von ihnen Gebrauch machte, gelang es ihm, die schwere Peitsche mit einem Ruck aus dem Gürtel des Sklavenhändlers herauszuziehen und sie geradewegs ins Feuer zu werfen. Und mehr war auch nicht nötig, um ihren unliebsamen Besuchern endgültig den Schrecken ihres Lebens einzujagen. Denn nun sprangen die fünf Männer wie von einem Skorpion gestochen unter wildem Geschrei auf.

»Dschinni! . . . Es sind Dschinni!«

»Der Sheitan!«

»Rachsüchtige weiße Ghule!«

»Kel essuf! . . . Geister der Scheinwelt!«

In panischer Angst, Fleisch gewordene Geisterwesen vor sich zu haben und ihnen gleich zum Opfer zu fallen, stürzten sie davon. Sie mochten gefährliche Wölfe der Wüste sein, doch ihr Aberglaube sagte ihnen, dass man die Geister der Scheinwelt niemals ungestraft herausforderte. Schon so manch furchtlosen Mann hatten diese fürchterlichen Geisterwesen in den Wahnsinn und in den Tod getrieben! Und ihr Entsetzen war so groß, dass sie sich gegenseitig fast über den Haufen rannten, um so schnell wie nur möglich vom Lager der Ghule und Dschinni fortzukommen.

»Beim . . . beim Namen Gottes, des himmlischen Meisters des . . . des richtigen Urteils!«, stammelte der Khabir, der ebenfalls aufgesprungen und von den vier Gralsrittern zurückgewichen war, bleich im Gesicht wie das Alam eines verblichenen Kamelskeletts. »Was . . . was . . . war das? . . . Wer hat . . . Euch die Macht zu solch unglaublichem Tun gegeben? . . . Wer seid Ihr wirklich?«

»Teufelswerk! . . . Das kann . . . nur Teufelswerk gewesen sein!«, keuchte Beatrice und wusste nicht, ob sie sich erlöst fühlen oder nun noch größere Angst haben sollte. »Heilige Muttergottes, stehe uns bei!«

»Beruhigt Euch, Khabir! Und auch Ihr Frauen!«, griff Dshamal hastig ein, der sich sofort wieder in der Gewalt hatte. »Allah hat ein gnädiges Wunder der Güte an diesen Männern vollbracht und ihnen magische Kräfte geschenkt. Ich habe davon gewusst, zumindest von einigem, was sie vermögen. Aber in ihnen steckt weder ein Dschinn noch der Sheitan. Ihre Magie dient nur zum Guten, dafür bürge ich mit meinem Leben.«

»Es ist so, wie der Sheikh sagt!«, bestätigte Gerolt.

Beatrice starrte ihn an, als würde sie ihn auf einmal mit völlig anderen Augen sehen.

Maurice fügte in Richtung von Beatrice jetzt eiligst hinzu: »Euch zu erklären, wie es dazu gekommen ist und in welchem Dienst unsere besonderen Kräfte stehen, ist uns leider nicht erlaubt. Doch seid versichert, dass Ihr nicht Zeuge von Teufelswerk geworden seid, sondern von dessen genauem Gegenteil. Der Allmächtige hat seine schützende Hand über uns gehalten! Ihr habt mein heiliges Ehrenwort, dass Ihr nichts Böses zu befürchten habt! Von keinem von uns!«

»Und auch wenn der Sheitan seine Hand im Spiel gehabt hätte, würde ich mich nicht darüber beklagen. Wichtig ist allein, dass wir dem Tod durch die Bande entkommen sind«, sagte Dshamal trocken.

»Recht habt Ihr«, murmelte der Khabir. Er schien jedoch noch immer reichlich verstört, was er von dem unglaublichen Geschehen und den vier weißen Männern halten sollte. Sie waren ihm unheimlich, dessen konnten sich die Gralshüter gewiss sein.

»Aber nun genug geredet!«, drängte Dshamal und griff zu seinem Sattel. »Sehen wir zu, dass wir so schnell wie möglich das Lager abbrechen und von hier wegkommen, bevor die Bande neuen Mut schöpft und mit fünffacher Verstärkung zurückkehrt. Wir werden von unserer Marschroute abweichen und sicherheitshalber die Nacht hindurch einen scharfen Haken nach Westen schlagen. Ich glaube nämlich nicht, dass ein grausamer Mann wie Tibu el-Din, dessen Name zwischen dem Maghreb und dem tiefen Sudan so gefürchtet ist wie kein anderer, den Männern Glauben schenken wird! Er wird sich mit seinen Getreuen eine Weile beratschlagen, die Geschichte von Sabir und dessen Gefährten als Unsinn verwerfen und dann zurückkommen!« Sein Blick ging kurz nach Süden, von wo der heiße Wind kam. »Möge Allah in seiner Gnade dafür sorgen, dass der Qibli bald noch ein wenig kräftiger weht, damit er unsere Spuren verwischt!«

8

Dshamals Wunsch nach einem stärkeren Wind, der ihre Spuren auslöschte und den Sklavenhändlern die Verfolgung ihrer kleinen Karawane unmöglich machte, sollte in Erfüllung gehen . . .

Die Nacht brachte diesmal keine merkliche Abkühlung, denn der Qibli nahm beständig an Kraft zu und fiel mit lähmender Hitze über sie her. Der Wind wurde immer stärker. Um sie herum wogte schon bald ein dichter Sandnebel, der die Orientierung immer schwieriger machte. Es war Gerolt und seinen Freunden ein Rätsel, wie Selim und Dshamal bei diesem Sandtreiben noch sicher sein konnten, nicht in die Irre zu laufen. Doch die Beduinen machten keine Anstalten, vor dem Wüstensturm zu kapitulieren und irgendwo Schutz zu suchen.

Der feine Flugsand tanzte in wilden Sandwirbeln wie rasende Derwische um sie herum, fand seinen Weg unter ihre Kleidung und drang auch durch die Tücher, die sie sich vor das Gesicht gebunden hatten. Wolken aus Myriaden von Sandpartikeln hüllten sie ein, in denen das Gewoge der Kamele sich nur noch schemenhaft abzeichnete. Und mit zunehmender Kraft verwandelte sich der Flugsand, der ihnen ins Gesicht wehte, zu einer Geißel aus nadelspitzen Körnern, die ihnen die Haut auf den Armen blutig riss und es ihnen kaum noch ermöglichte, die brennenden Augen offen zu halten. Auch setzten bohrende Kopfschmerzen ein. Und ihre Djalabejas flatterten und knatterten im Wind wie die Fetzen eines zerrissenen Segels.

Schließlich gab es beim besten Willen kein Weiterkommen mehr, wurde der tosende Sand doch immer mehr zu einer Flutwelle, die sie fortzureißen drohte. Die Beduinen gaben den ungleichen Kampf mit den Naturgewalten auf und brachen den Marsch durch das aufgewühlte Sandmeer ab.

In einem Dünenkorridor quälten sie sich aus den Sätteln. Schweiß tropfte aus dem nassen Fell der Tiere. Die Kamele von ihren Lasten zu befreien, ihnen Fußfesseln anzulegen, die Wasserschläuche in Sicherheit zu bringen und die beiden Zelte aufzuschlagen kostete ihre letzte Kraft.

Gerolt und Tarik schleppten den vor Schmerzen halb bewusstlosen Gharib in das Zelt der Beduinen. Es war nicht daran zu denken, ihm die Wunde noch einmal auszuwaschen und einen neuen Verband anzulegen. Damit hätten sie ihm bei dem dichten Sandtreiben, vor dem sie auch im Zelt nur notdürftig geschützt waren, mehr Schaden zugefügt als Gutes getan.

Heloise war dermaßen entkräftet, dass sie im Zelt, das sich die vier Ordensbrüder mit ihr und Beatrice teilten, aus den Armen ihrer Schwester glitt, wie ein nasser Sack zu Boden fiel und auf der Stelle einschlief. Alle anderen, wie übermüdet sie auch waren, fanden noch lange keinen Schlaf.

Der Gibli hatte sich mittlerweile zu einem fürchterlichen Samum entwickelt. Er umtobte ihr Lager, schleuderte Sandwolken wie schwere Meeresbrecher gegen die Zeltwände, zerrte an den im Wind singenden Spannseilen und heulte wie von maßloser Wut erfüllt.

Beatrice kauerte zusammengerollt neben ihrer schlafenden Schwester, wimmerte vor Angst und betete zur Muttergottes um Beistand, während der Sand wie dichter Hagel auf die Zeltwände trommelte.

Manchmal klang das Brüllen des Sturms, als verhöhnte er sie, weil sie sich vor ihm verkrochen und glaubten ihm so entkommen zu können. Und dann wiederum umgab sie ein beängstigendes, lang gezogenes Heulen, als erfüllten verstoßene, irrende Seelen aus dem Reich der Geister die Nacht mit ihren Wehklagen.

Stunde um Stunde verging, ohne dass sich der Sturm legte. Der Samum steigerte sich bei Anbruch des Tages sogar noch, als wäre er wild entschlossen, auch noch das Letzte an Kraft aufzubringen, um Menschen und Tiere zu vernichten, die es gewagt hatten, ihm zu trotzen.

Was Dshamal prophezeit hatte, nämlich dass man es während eines Samum kaum länger als zehn Minuten ohne einen Schluck Wasser ertragen könne, bewahrheitete sich. Die erdrückende Hitze und der Sand, der sie auch im Zelt in Wolken umwirbelte, verbanden sich zu einer entsetzlichen Tortur. Immer wieder mussten sie zu den Djirbas greifen, um ihren ausgedörrten Mund mit ein wenig Wasser zu füllen. Und im Bewusstsein, wie weit die nächste Wasserstelle entfernt war, versuchten sie jeden Schluck, den sie sich zubilligten, so lange wie nur möglich im Mund zu halten.

»Hölle und Verdammnis!«, keuchte McIvor fast verzweifelt, als er wieder einmal nach einem der Wasserschläuche greifen musste, weil ihm die Zunge wie ein Brett im Mund lag und er zu ersticken glaubte. »Wenn ich jetzt die Wahl hätte zwischen zwanzig bis an die Zähne bewaffneten Sklavenhändlern und diesem verfluchten Sturm, ich wüsste sofort, wofür ich mich entscheiden würde!«

Wie betäubt lagen sie im Zelt, mühsam durch ihre Mundtücher nach Atem ringend. Die Minuten und Stunden wurden zu Ewigkeiten aus Sand und Durst.

Plötzlich durchbrach lautes, angsterfülltes Kamelgebrüll das Jaulen des Sturms, gefolgt von anderen schrillen Tierlauten, die der Samum fast augenblicklich wieder mit seinem Geheul erstickte.

Alarmiert sprangen die Gralshüter auf. Gerolt und Maurice waren zuerst am Eingang. Die Zeltbahn wurde ihnen fast aus den Händen gerissen, als sie die Lederriemen aufgezogen hatten und sich hinaus in den Sturm wagten. Sie vermochten sich kaum auf den Beinen zu halten. Fast blind taumelten sie aus dem Zelt. Die Welt um sie herum schien ein einziges brodelndes Sandmeer zu sein. Obwohl es schon längst Tag war, fehlte der Sonne die Kraft, die wirbelnden Sandwolken mit ihren Strahlen zu durchdringen. Es herrschte Dämmerlicht. Wären die entsetzliche Hitze und der Flugsand um sie herum nicht gewesen, Gerolt hätte den Eindruck haben können, an einem nebeligen Wintermorgen in einem dichten Waldstück der Eifel vor das Zelt getreten zu sein.

»Kannst du etwas sehen?«, brüllte er gegen das Toben an.

»Nein!«, schrie Maurice zurück.

Links von ihnen löste sich ein schemenhafter Umriss aus den sie umtosenden Sandmassen. Erst auf zwei Schritte Entfernung sahen sie, dass es der Khabir war.

»Zurück ins Zelt!«, gellte Selim. »Noch fünf . . . Schritte weiter und . . . Ihr seid verloren, weil Ihr . . . nicht mehr zurückfindet!«

»Was ist mit den Kamelen?«, schrie Gerolt ihm mit trockener, schmerzender Kehle zu.

»Auf und davon! . . . Fünf . . . oder sechs . . . vielleicht auch mehr! . . . Müssen mit Matara . . .«, brüllte Selim zurück. Der heulende Wind riss ihm die Worte von den Lippen, sodass nur Satzfetzen die Ordensbrüder erreichten. »Agale . . . zerrissen . . . Können jetzt nichts . . . später nach ihnen suchen . . . Allahs Gnade . . . Zurück ins Zelt! . . . Zurück! . . . Wasser . . . sparsam . . .!«

Mit einem Gefühl der Ohnmacht und der quälenden Ungewissheit, wie viele Kamele und Vorräte ihnen wohl geblieben waren und ob sie es damit nach dem Sturm noch bis zur nächsten Wasserstelle schaffen würden, zogen sie sich wieder in den armseligen Schutz der Zelte zurück.

Sie mussten noch viele Stunden die Zumutungen des Samum ertragen, denn erst in den frühen Abendstunden verlor er endlich spürbar an Wut. Doch noch die ganze Nacht hindurch trieb so viel Flugsand durch die Luft, dass an eine Suche nach den ausgebrochenen Kamelen nicht zu denken war.

Der Verlust war erschreckend, wie sie schon jetzt feststellen konnten. Der Großteil der Herde war durchgegangen. Nur noch vier Kamele waren ihnen geblieben. Auch hatten sie erschreckend viel Wasser verbraucht. Ihre Lage war bedrohlich.

Als endlich der neue Tag heraufdämmerte und die Sicht allmählich etwas besser wurde, machten sich die vier Gralsritter mit Dshamal und Selim auf die Suche nach den verlorenen Tieren. Gharib, der hohes Fieber hatte und immer wieder in die Bewusstlosigkeit fiel, ließen sie im Lager in der Obhut von Beatrice und Heloise zurück.

»Können nicht wenigstens zwei der Herren Ritter bei uns bleiben?«, fragte Beatrice flehentlich, fürchtete sie sich doch davor, für Stunden ohne jeden Schutz zu sein. Sie war sogar bereit, lieber mit ihnen auf die Suche zu gehen, als mit Heloise und dem fieberkranken Gharib allein zurückzubleiben.

»Unmöglich!«, sagte Dshamal hart. »Wir brauchen jeden Mann. Und Ihr würdet uns keine Hilfe, sondern nur eine Behinderung sein. Es ist auch in Eurem Interesse, dass wir schnell vorankommen und möglichst viele Tiere wieder einfangen. Sonst sieht es für uns alle übel aus und wir werden die nächste Wasserstelle nicht erreichen! Also schickt Euch in das, was nun mal nicht zu ändern ist!«

»Es kann lange dauern, bis wir wieder zurück sind, möglicherweise bis zum Einbruch der Nacht«, sagte der Khabir noch, bevor sie aufbrachen. »Die Tiere hatten viel Zeit, sich weit vom Lager zu entfernen. Und in dem Samum sind sie wohl kaum als Herde zusammengeblieben. Also habt Geduld!«

Die beiden Beduinenführer und die vier Gralsritter bildeten eine weit auseinander gezogene Linie, um ein möglichst großes Stück Gelände überblicken zu können. Jeweils zwei von ihnen ritten außen, sodass sie die beiden Männer in der Mitte immer im Blick hatten und sich nicht aus den Augen verlieren konnten. Und nach einer gewissen Zeit stiegen zwei von ihnen ab und überließen denjenigen die Kamele, die sich zu Fuß über die Dünen hatten kämpfen müssen.

Sie folgten der Richtung, in die der Samum geweht und die flüchtenden Tiere wohl vor sich hergetrieben hatte. Da die Sicht auch mehrere Stunden nach Sonnenaufgang immer noch von Sandschleiern getrübt war, gestaltete sich die Suche nach den Kamelen in der drückenden Hitze schwieriger und langwieriger, als sie gehofft hatten. Es war, als stocherte man auf der Suche nach den kleinen Perlen einer zerrissenen Kette in einem riesigen Heuhaufen herum.

Gegen Mittag stießen sie endlich auf eines der entlaufenen Kamele. Es war die Stute Farha, die Gerolt geritten hatte. Mit wachsender Besorgnis, dass die anderen Tiere sich in alle Himmelsrichtungen verstreut hatten und sich kaum noch rechtzeitig finden ließen, zogen sie ihre Suchkette noch weiter auseinander.

Einige Stunden später entdeckte Maurice drei Kamele in einem Dünental. Zu ihnen gehörte der schwarze Hengst Matara, dem zwei Stuten gefolgt waren. Sie schöpften neue Hoffnung, in der näheren Umgebung noch eine weitere Gruppe zu finden. Doch diese Hoffnung erfüllte sich nicht. Die anderen Tiere blieben verschwunden. Schließlich gab der Khabir die Suche auf. »Wir könnten noch tagelang eine Dünenkette nach der anderen absuchen, ohne sie zu finden. Die Zeit haben wir nicht und schon gar nicht genug Wasser! . . . *Inshallah!* . . . Kehren wir um!«

Das letzte Tageslicht reichte gerade noch, um vor Einbruch der Nacht das Lager zu erreichen. Dort bot sich ihnen ein grauenvolles Bild, das ihnen einen eisigen Schauer durch ihre müden, erhitzten Körper jagte. Ihr Lager war überfallen worden. Gharib lag mit durchgeschnittener Kehle und verrenkten Gliedern in einem wilden Durcheinander aus zertrümmerten Lastengestellen, durchwühlten Satteltaschen, aufgeschlitzten Proviantsäcken, zerfetzten Zeltbahnen und ausgeleerten Wasserschläuchen. Beatrice und Heloise waren verschwunden – und mit ihnen der Stoffbeutel mit dem Heiligen Gral.

9

»Kein Zweifel, es waren die Sklavenhändler, die Gharib umgebracht und die beiden verschleppt haben!«, stellte Dshamal fest, nachdem er sich mit Selim die Spuren rund um ihr Lager angesehen hatte. »Eine Karawane ist hier durchgezogen, mindestens vierzig bis fünfzig Kamele. Es kann nur Tibu el-Din mit seiner Bande gewesen sein.«

»Aber wie um alles in der Welt haben sie unsere Spur gefunden?«, fragte Maurice fassungslos.

Selim zuckte die Achseln. »Das weiß allein Allah! Doch ich glaube nicht, dass unsere Spuren sie zu unserem Lager geführt haben, denn die hat der Samum verweht. Eine böse Laune des Schicksals muss sie ausgerechnet in die Nähe des Lagers gebracht haben. Eine andere Erklärung gibt es nicht.«

»Wären doch wenigstens einige von uns zurückgeblieben!«, sagte McIvor, nachdem sie Gharib begraben hatten.

»Und was wäre dann gewesen?«, fragte Tarik bitter. »Dann lägen sie jetzt auch dort tot im Sand und nichts wäre anders gekommen. Du hast doch gehört, dass die Bande von diesem Tibu el-Din mindestens zwanzig, dreißig Mann stark ist!«

»Mehr, eher dreißig bis vierzig, den Spuren nach zu urteilen«, sagte Dshamal mit düsterer Miene.

»Wir müssen die Karawane unbedingt einholen, Beatrice und Heloise befreien und . . .« Maurice stockte, biss sich kurz auf die Lippen und fuhr dann fort: ». . . und zurückholen, was uns gehört! Allzu groß kann ihr Vorsprung nicht sein!«

»Eine halbe Tagesreise, schätze ich mal«, sagte Selim und schüttelte den Kopf. »Aber ebenso gut könnten sie auch schon zwei oder drei Tagesreisen weiter sein. Denn weder werden wir sie einholen noch die beiden Frauen aus ihrer Gewalt befreien können. Schlagt Euch das also besser gleich aus dem Kopf, Franke! Denn mit . . .«

Maurice funkelte ihn an. »Ich denke nicht daran! Wir haben einen heiligen Schwur geleistet! Und solange auch nur ein Funke Leben in uns steckt, werden wir . . .«

»Warte, Maurice!«, fiel ihm Tarik ins Wort. »Es bringt nichts, jetzt den Kopf zu verlieren. Lass den Khabir ausreden!« Und Selim forderte er auf: »Bitte entschuldigt die Erregung meines Gefährten und sprecht weiter!«

Selim warf Maurice einen gereizten Blick zu und sagte dann zu den anderen gewandt: »Ihr mögt tollkühne, kriegserfahrene Ritter mit magischen Kräften sein, aber gegen die Truppe der Sklavenhändler werdet Ihr nichts ausrichten können, denn auch Tibu el-Din und seine Männer wissen zu kämpfen. Außerdem haben wir zwar acht Kamele, aber die Tiere sind ermattet. Seht doch selbst! Sie jetzt zu einem Gewaltmarsch zu zwingen, um die Karawane einzuholen, würde letztlich unseren sicheren Tod bedeuten. Denn wir haben einfach zu wenig Wasser in den Djirbas, die uns geblieben sind.«

»Das ist wahr«, räumte Gerolt mit einem Stirnrunzeln ein. »Aber was hat das mit dem Einholen der Karawane zu tun? Ihr Vorsprung beträgt doch nur einen halben Tag, wie Ihr gerade selbst gesagt habt.«

»Um sie einzuholen, würden wir mindestens einen vollen Tag, wenn nicht gar anderthalb Tage benötigen – und das dürfte genau der eine Tag ohne Wasser sein, der uns den Tod bringt!«, erklärte der

Khabir. »Denn die Route, auf der die Karawane reist, ist nicht die, die wir nehmen müssen.«

»Das verstehe ich nicht«, sagte McIvor verblüfft. »Wir haben doch noch gestern Nacht darüber gesprochen, dass die Sklavenhändler auf ihrem Weg hinüber nach Dohfa auch über die Oase Siwa müssen! Und das ist doch auch unsere Marschrichtung!«

»Nein, das ist sie *gewesen!«,* meldete sich nun Dshamal zu Wort, der das Reden bis dahin dem Khabir überlassen hatte. »Denn Siwa liegt noch gute fünf, sechs Tagesreisen entfernt, und mit den paar Djirbas, die uns geblieben sind, werden wir die Oase nie und nimmer erreichen. Der Khabir hat völlig richtig erkannt, dass wir unser Leben nur dann retten, wenn wir unsere alte Marschroute sofort verlassen und nach Osten ziehen. Dort gibt es eine Wasserstelle namens Bir Gamal*, die wir in etwa drei Tagen erreichen können. Dafür wird das Wasser wohl gerade noch reichen.«

»Ihr sagt es, Sheikh Salehi«, bekräftigte Selim. »Bir Gamal ist unsere einzige Rettung! Ich jedenfalls denke nicht daran, blindlings in den Tod zu ziehen! Ob Ihr mir nun folgt oder nicht, soll Eure Entscheidung sein. Ich rette mich mit meinen restlichen Kamelen nach Bir Gamal und kehre dann ins al-Fayyum zurück!«

Allmählich wurde den vier Ordensbrüdern die ganze Aussichtslosigkeit ihrer neuen Situation bewusst. Wenn sie sich darauf versteiften, der Karawane zu folgen, bedeutete das ihren sicheren Tod. Maurice sackte wie von aller Kraft verlassen in den Sand und schlug die Hände vors Gesicht, als fürchtete er, jemand könnte sehen, dass ihm Tränen der Hilflosigkeit und des Schmerzes in den Augen standen.

Auch McIvor, aschfahl im Gesicht, suchte einen festen Halt bei einem Tragegestell.

---

* *Bir* bedeutet »Brunnen«. *Bir Gamal* meint »Brunnen des Gamal«.

Tarik starrte mit leerem Blick ins Nichts. Seine Lippen bewegten sich zitternd. »Verzeih uns, Herr!«, flüsterte er mit erstickter Stimme. »Verzeih uns unser Versagen, Abbé! Nie . . . nie hätten wir ihn auch nur für einen Moment aus unseren Augen lassen dürfen! Niemals werde ich mir das verzeihen! . . . Wie sollen wir jetzt mit dieser Schuld leben?«

»Es darf nicht sein!«, murmelte Gerolt in grenzenloser Verzweiflung darüber, dass ihre heilige Mission nun gescheitert sein sollte. »Es darf einfach nicht sein!«

»Euch geht es nicht allein um die beiden Schwestern, denen jetzt ein schreckliches Schicksal droht, nicht wahr?«, fragte Dshamal leise. »Es geht Euch um den schwarzen Würfel, den Ihr all die Zeit wie Euren Augapfel gehütet habt. Ist das richtig?«

»Ja, er ist uns heilig und wir würden unser Leben für ihn geben, um ihn dort zu wissen, wo er seinen rechtmäßigen Platz hat«, sagte Gerolt mit matter Stimme.

»Von welchem schwarzen Würfel redet Ihr?«, fragte Selim und blickte verständnislos in die Runde.

Dshamal machte ein abwehrende Handbewegung, die er mit einem um Nachsicht bittenden Lächeln verband. »Ich weiß selbst nichts Genaues darüber und es tut auch nichts zur Sache. Wie Ihr gerade gehört habt, ist ihnen dieser Gegenstand jedenfalls so heilig, dass sie dafür ihr Leben geben würden.« Sein Gesicht nahm nun einen ernsten, grüblerischen Ausdruck an. »Entscheidend ist jetzt nur die Frage, ob es nicht doch eine Möglichkeit gibt, diese Männer, denen ich mein Leben schulde, zur Karawane zu bringen, ohne dass wir damit unser eigenes Todesurteil aussprechen.«

»Es gibt keine!«, erklärte Selim unwillig. »Darüber sind wir uns doch gerade einig gewesen!«

»Recht habt Ihr, werter Khabir«, räumte Dshamal ein, während seine Hand nach dem Halsband griff und das Amulett herauszog. »Aber da habe ich nicht hieran gedacht!«

Selim machte große, ungläubige Augen. »Bei Allahs himmlischen Wahrheiten, täusche ich mich oder ist das wirklich eine *Lauhat alf Suwar*?«, stieß er hervor.

Dshamal nickte. »Nein, Ihr täuscht Euch nicht, Khabir.«

Die Gralsritter machten nun ihrerseits verwunderte Gesichter. Und Tarik fragte: »›Tafel der tausend Bilder‹?« Denn so ließ sich die Bezeichnung *Lauhat alf Suwar* übersetzen. »Aber der Name, den Ihr uns im al-Fayyum für Euren Talisman genannt habt, lautete doch ›Brüder des Himmels‹, wenn ich mich recht erinnere!«

»Das eine ist so richtig wie das andere«, sagte Dshamal. »Zwei Namen für ein und dasselbe, so wie die Scheibe auch zwei verschiedene Gesichter hat.«

»Kein schlechter Name«, sagte Maurice mit verkniffener Miene. »Obwohl ›Tafel der tausend wirren Striche und Zeichen‹ vielleicht noch zutreffender wäre.«

»Aber wie sollte uns dieses Amulett in unserer katastrophalen Lage denn helfen?«, wollte Gerolt wissen.

Dshamal zögerte kurz, während sein Blick auf dem achteckigen Amulett der ›Brüder des Himmels‹ und der ›Tafel der tausend Bilder‹ ruhte. »Mit dieser Scheibe, die Segen bringen und Unheil von ihrem Träger abwenden soll, wie ich Euch erzählt habe, hat es in Wirklichkeit noch eine ganz andere Bewandtnis. Denn es ist auch eine Art Wegweiser und Schlüssel zu einem Geheimnis der Wüste.«

Selim streckte in einer Geste jäher Abwehr beide Hände aus. »Hört auf! Kein Wort mehr!«, rief er verärgert. »Unser Leben steht auf dem Spiel! Und da wollt Ihr uns mit diesen Legenden kommen? Bei der Offenbarung, die Allah seinem Propheten hat zuteil werden lassen! Das kann nicht Euer Ernst sein, Sheikh Salehi! Bir Gamal ist unsere

Rettung, nichts anderes! Und schon gar nicht diese alten Geschichten, die man sich abends am Feuer erzählt, wenn man seiner Phantasie freien Lauf lassen kann!«

»Um welche Legenden geht es hier überhaupt?«, mischte sich McIvor jetzt aufgeregt ein. Jeden kleinsten Halm der Hoffnung war er zu ergreifen bereit, selbst wenn es sich dabei auch nur um ein heidnisches Amulett handelte. »Und was haben sie mit der Tafel der tausend Brüder . . .«

». . . der tausend Bilder. Oder Brüder des Himmels!«, verbesserte ihn Maurice.

Der Schotte hörte kaum hin. »Meinetwegen auch Tafel der tausend Himmel oder wie auch immer das Ding nun heißen mag! Wie könnten uns diese Scheibe und eine Legende helfen?«

»Ihr müsst ein wenig Geduld haben, denn so einfach lässt sich das nicht erzählen!«, mahnte Dshamal. »Ich bin mir jedoch sicher, dass es sich dabei keineswegs nur um eine der vielen phantastischen Legenden handelt, an denen unser Wüstenvolk so reich ist und die wir Beduinen von Generation zu Generation weitergeben.«

Selim schnaubte. »Da müsst Ihr aber einem besonders raffinierten Geschichtenerzähler in die Hände geraten sein, mein lieber Sheikh! Von wegen goldene Städte, verschollene Oasen von paradiesischer Vollkommenheit und Täler, in die dutzende von kostbaren Messingtoren führen! All das ist nichts als Windhauch, Hirngespinst wie auch das riesige Heer, das einst angeblich spurlos in der Wüste, irgendwo dort draußen im Leeren Viertel, verschwunden sein soll!«

Dshamal ließ ihn geduldig ausreden. »So zu denken ist Euer gutes Recht, Khabir«, erwiderte er dann. »Und Ihr habt nun gesagt, was Ihr meintet, sagen zu müssen. Doch nun gebt mir Gelegenheit, meinen Rettern vorzutragen, was ich zu wissen glaube.«

Die vier Gralshüter rückten näher, von neuer Hoffnung erfüllt, dass

Dshamal etwas zu erzählen wusste, das ihnen einen Weg zur Rettung von Beatrice und Heloise und des Heiligen Grals wies.

»Erzählt schon!«, drängte Maurice.

»Es stimmt, was der Khabir gerade gesagt hat«, begann Dshamal. »Die Geschichten, die wir von unseren Vorfahren erfahren haben, sind reich an Legenden über verschollene Oasen und geheimnisvolle Täler, die irgendwo in dem gewaltigen, kaum bezwingbaren Sandmeer im Südwesten von Siwa verborgen sein sollen. Eine der Legenden erzählt von den unsichtbaren Toren einer Messingstadt, die sich nur jenen öffnen, die zu den Auserwählten unter den Nachkommen des Propheten gehören. In einer Sammlung märchenhafter Erzählungen, die mehr als tausend Geschichten[*] umfassen soll, heißt es, der Statthalter von Damaskus, ein Mann namens Musa ibn Nusair, habe als einer dieser Auserwählten die Stadt mit den unsichtbaren Messingtoren in der Wüste gefunden. Alle Einwohner waren verdurstet.«

»Eine schöne Oase!«, warf Selim sarkastisch ein.

»Musa ibn Nusair soll die ungeheuren Schätze, die dort in den Mauern der Wüstenstadt aufbewahrt worden waren, mitgenommen haben«, fuhr Dshamal ungerührt fort. »Nach ihm soll kein anderer mehr den Weg zu dieser Wüstenstadt gefunden haben. Das ist eine der Legenden. Eine andere handelt vom persischen König Kambyses, der vor hunderten von Jahren[**], und noch lange vor der Offenbarung des Propheten, Ägypten eroberte. Als er den Oberlauf des Nils erreicht hatte, schickte er ein Heer von fünfzigtausend Mann durch die Wüste nach Siwa, um dessen Bewohner, die Ammonier, zu unterwerfen.

---

[*] Hierbei handelt es sich um die Sammlung der Geschichten »Tausendundeine Nacht«, die in einer frühen Urschrift schon zu jener Zeit existierte.

[**] Laut den Schriften des Herodot, der von 490 bis ca. 425 v. Chr. lebte und als Vater der Geschichtsschreibung gilt, soll sich das Ereignis um das Jahr 525 vor Christi Geburt zugetragen haben.

Doch dieser gewaltige Heereszug hat die Oase nie erreicht. Die Wüste soll sie verschluckt und unter Bergen von Sand auf ewig begraben haben. Das Heer sei Opfer eines fürchterlichen Samum geworden, wie es ihn nie zuvor und nie wieder danach geben habe. So erzählt man sich.«

»Fünfzigtausend Krieger mit Schwertern aus Silber und Helmen aus Gold samt ihrem riesigen Gefolge spurlos verschwunden! Eine schöne Geschichte!« Selim lachte trocken auf. »Gewiss, Karawanen verschwinden immer wieder, ohne dass man jahrzehntelang auch nur eine Spur von ihnen findet. Aber irgendwann gibt die Wüste dann doch die Gerippe der Toten frei. Nur von den fünfzigtausend toten Kriegern des Kambyses hat man nie etwas gefunden, schon gar nicht ihre silbernen Schwerter und goldenen Helme!«

Gleichmütig zuckte Dshamal die Achseln. »Dafür wird es Gründe geben, auch wenn wir sie nicht kennen. Aber dass es dieses Heer gegeben hat und dass es spurlos im Leeren Viertel verschwunden ist, daran besteht für mich kein Zweifel.«

»Was hat diese Geschichte denn nun mit Eurer Scheibe zu tun?«, fragte Gerolt ungeduldig.

»Ich habe Euch das erzählt, um Euch zu verdeutlichen, wie unermesslich und gewaltig die Wüste ist und dass sie es versteht, jahrhundertelang Geheimnisse zu verbergen, auch vor uns Beduinen, die wir doch glauben, sie besser als jeder andere zu kennen«, erklärte Dshamal. »Und nun will ich zu den verschollenen Oasen kommen, die der Khabir erwähnt hat. Derer gibt es viele wie etwa das legendäre Zarzura – und das *Wadi*[*] *Hamra*. Und aus diesem verschollenen Roten Tal kommt die Tafel der tausend Bilder!«

Selim schüttelte den Kopf. »Seht es mir nach, Sheikh Salehi, aber

---

[*] *Wadi* bedeutet »Tal« und *hamra* »rot«.

ich habe keine Zeit für derlei märchenhafte Geschichten. Und selbst wenn es dieses Wadi Hamra tatsächlich irgendwo geben sollte, ändert das nichts daran, dass nur der Bir Gamal uns retten kann!«, beharrte er. »Denn dieses Oasental mit so wenigen Kamelen und nur ein paar Djirbas zu suchen, würde den sicheren Tod bedeuten. Ich jedenfalls habe vor, schon bald nach Bir Gamal aufzubrechen und für den schweren Marsch möchte ich gerüstet sein.« Damit entfernte er sich einige Schritte, um Feuer zu machen und Brot zu backen und um zusammenzusuchen, was er von den Resten mitzunehmen gedachte, die die Sklavenhändler zurückgelassen hatten.

Die Gralsritter waren einen kurzen Moment verunsichert, schenkten dann ihre ungeteilte Aufmerksamkeit und Hoffnung wieder Dshamal. Erst wollten sie hören, welche Bedeutung die achteckige Scheibe hatte, bevor sie eine Entscheidung trafen.

»Ihr sagt also, dass es dieses Oasental Wadi Hamra tatsächlich gibt und dass Eure Himmelsscheibe uns dorthin führen kann?«, fragte Gerolt gespannt.

»Ich bin mir sicher, dass es die Oase gibt«, antwortete Dshamal nachdrücklich. »Und wenn es stimmt, was mein Großvater meinem Vater berichtet hat, muss sie etwa vier bis fünf Tagesreisen südwestlich von hier inmitten des Leeren Viertels liegen.«

»Angenommen, es stimmt, was Ihr sagt, und angenommen, unser Wasser reicht für diese Zeit. Wie sollte uns das helfen, die Karawane der Sklavenhändler einzuholen?«, wollte Tarik wissen. »Ich meine, Tibu el-Din zieht mit seiner Bande doch geradewegs nach Siwa, marschiert also auf nordwestlichem Kurs. Und wenn wir jetzt erst einmal dieses Wadi Hamra im Südwesten suchen, wird uns das, auch wenn wir dort genügend Wasser finden, mit Hin- und Rückweg acht bis zehn Marschtage kosten. Und bei solch einem gewaltigen Vorsprung werden wir sie nie mehr einholen können.«

»Das ist auch nicht nötig, denn wir werden sie nicht einholen müssen, sondern wir werden lange vor ihnen auf dem Karawanenweg eintreffen, der westlich von Siwa nach Dohfa abzweigt – sofern wir das Wadi Hamra finden«, sagte Dshamal zu ihrer Überraschung. »Ich will es Euch anhand einer Skizze erklären.«

In höchster Erwartung beugten sich die vier Gralshüter vor, als Dshamal zu einem kleinen Stock griff und Linien in den Sand zu ihren Füßen zu ziehen begann.

»Hier ist unser Lager. Und etwa fünf bis sechs Marschtage im Nordwesten liegt Siwa.« Er markierte die beiden Positionen. Dann malte er ein großes Oval westlich ihres Lagers, dessen obere, schmal gerundete Spitze fast bis an den Punkt reichte, der die Oase Siwa darstellen sollte. »Es gibt keinen Karawanenweg, der mitten durch die Wüste mit dem Leeren Viertel führt. Alle Handelswege umgehen das große Sandmeer mit der wasserlosen Einöde. Von Siwa aus führt der Karawanenweg erst einmal ein gutes Stück weiter nach Westen. Hinter der kleinen Wasserstelle Bir Hamid, gute zwei Tagesreisen hinter Siwa, zweigt dann hier ein Weg in den Maghreb ab und führt erst in einem südwestlichen Bogen und dann in genau südlicher Richtung hinunter nach Dohfa. Was bedeutet, dass man erheblich weniger Zeit braucht, um hinter Bir Hamid auf den Karawanenweg nach Dohfa zu kommen, wenn es einem gelingt, das Leere Viertel zu durchqueren!«

»Schön und gut, aber wo nun soll das Wadi Hamra liegen?«, fragte Maurice.

»Etwa hier!« Dshamal machte ein Kreuz in die Skizze im Sand. »Das Wadi soll aus zwei schmalen Schluchten bestehen, die in einem spitzen Winkel aufeinander treffen. Und dort, wo sie zusammenstoßen und sich das Wadi weitet, befindet sich der Überlieferung nach die Oase. Wenn wir sie erreichen, können wir dort unsere Wasserschläuche auffüllen, das Wadi durch die nordwestliche Schlucht verlassen und in weiteren vier, fünf Marschtagen den Karawanenweg südwestlich von Bir Hamid erreichen, bevor Tibu el-Din mit seiner Bande dort eintrifft. Nur fragt mich nicht, was dann geschehen soll!«

»Darüber können wir uns später noch den Kopf zerbrechen!«, meinte McIvor. »Hauptsache, es gibt die Möglichkeit, der Karawane aufzulauern!«

»Das mit dem Wadi Hamra klingt ja wirklich viel versprechend. Aber all das ist doch nur Überlieferung und nicht Wissen aus eigener Erfahrung, wenn ich Eure Worte richtig verstanden habe«, meldete sich Maurice sogleich wieder mit skeptischer Miene zu Wort.

»Ihr habt Recht, ich habe nie ernsthaft den Versuch unternommen, das Wadi Hamra zu finden, obwohl ich mich schon mehrfach tiefer in dieses Gebiet gewagt habe«, räumte Dshamal ein. »Aber was ich über das Wadi Hamra und die ›Tafel der tausend Bilder‹ weiß, ist mehr als nur Überlieferung, wie man sie an den Feuern der Beduinen hört. Ich habe ein Großteil meines Wissens von den Lippen meines Großvaters und alles andere von meinem Vater gehört.«

»Und was haben sie Euch erzählt?«, fragte Gerolt sofort. »Welche Bewandtnis hat es mit dieser seltsamen Scheibe? Und wie kann sie uns zu dieser legendären Oase führen?«

Dshamal schwieg einen langen Moment, als hätten sie alle Zeit der Welt. Dann sagte er: »Die ›Brüder des Himmels‹ sind nicht wirklich ein Wegweiser zum Wadi Hamra, eher ein Schlüssel zu seinen geheimen Eingängen und eine Art Khabir zu einem seiner Ausgänge in der nordwestlichen Schlucht«, sagte Dshamal schließlich. »Es gab einmal acht von ihnen. In früher Zeit, viele Generationen zurück, gehörten sie den *Wadi al-Harasa.*«

»Und wer waren diese ›Wächter des Tals‹?«, fragte Tarik.

»Es waren ausgewählte Krieger meines Stammes«, antwortete

Dshamal. »Mein Großvater wusste selbst nicht mehr viel darüber zu berichten, weil jene Zeit schon weit zurücklag, nur dass unser Stamm die Aufgabe hatte, dieses versteckt gelegene Tal zu bewachen. Bis dann irgendein Ereignis eingetreten ist, bei dem unser Stamm von dort vertrieben wurde und sich gezwungen sah sich ein neues Stammesgebiet zu suchen. Er nannte diesen Ort, den die ausgewählten Männer unseres Stammes bewachen sollten, auch die *Wahat al-Nufus al-Sa'iha.*«

»›Oase der reisenden Seelen‹?«, wiederholte McIvor murmelnd den Namen. »Das klingt nicht gerade verheißungsvoll!«

»Fragt mich nicht, was er damit gemeint haben könnte«, fuhr Dshamal fort. »Ich könnte es Euch beim besten Willen nicht sagen. Denn als er meinen Vater in das Geheimnis der ›Tafel der tausend Bilder‹ einweihte, lag er auf seinem Sterbebett und war schon so matt, dass ich nicht alles verstand, was er sagte. Eigentlich hätte ich bei diesem Gespräch auch gar nicht zugegen sein dürfen. Doch die beiden Männer haben nicht bemerkt, dass ich sie beobachtet und heimlich belauscht habe. Damals war ich nicht älter als das kleine Mädchen, das Ihr mit Euch gebracht habt. Und als mein Vater Jahrzehnte später den Weg zu unseren Ahnen ging, da hatte er selbst schon vieles von dem vergessen, was ich noch in Erinnerung behalten hatte. Vermutlich weil es für mich ein aufregendes Erlebnis war, das meine Phantasie über viele Jahre hinweg beschäftigt hat. Dagegen hat mein Vater die Geschichte wohl wie der Khabir für eine Legende gehalten, die es nicht wert ist, dass man sich alle Einzelheiten sein Leben lang einprägt.«

»Was habt Ihr denn sonst noch von dem Gespräch, das Ihr damals belauscht habt, in Erinnerung behalten?«, fragte Maurice. »Gibt es mehr als diese wenigen, dürren Andeutungen, die mehr Fragen aufwerfen, als dass sie handfeste Antworten bieten?«

Dshamal nickte. »Wer die ›Tafel der tausend Bilder‹ als Schlüssel und Khabir benutzen will, muss das Geheimnis kennen, wie man sie zu den einzig richtigen Bildern zusammensetzt. Denn nur mit dem ›vom Himmel stürzenden Falken‹ lassen sich die geheimen Tore öffnen und nur als ›die gestreckte Schlange auf dem Grat‹ zeigt sie einem den einzig gangbaren Weg durch die nordwestliche Schlucht.«

»Jetzt verstehe ich gar nichts mehr!«, rief Gerolt verwirrt. »Wie, in Gottes Namen, soll man mit der Scheibe irgendwelche Bilder zusammensetzen? Meint Ihr damit vielleicht, man muss aus diesen wirren Linien und Zeichen Bilder *herauslesen?«*

»Nein, man muss die Bilder wahrhaftig *zusammensetzen!«,* betonte Dshamal noch einmal und fasste die achteckige Scheibe mit beiden Händen an ihren äußeren Kanten. »Und zwar so!«

In sprachloser Verblüffung sahen die Gralsritter, wie sich die Scheibe unter dem kräftigen Zug seiner Finger in viele unterschiedlich große und unterschiedlich geformte Einzelteile auflöste. Insgesamt waren es sechzehn kleine Teile. Sie wiesen an allen Seiten schmale Öffnungen auf, wie sie sie auch schon an der Außenkante des Amuletts bemerkt hatten. Kleine, rechteckige Steckplättchen aus hartem Zedernholz hatten die einzelnen Teile bisher zusammengehalten.

»Beim blutgefleckten Dornenkranz unseres Heilands!«, entfuhr es Maurice. »Jetzt begreife ich, warum die Scheibe auch ›Tafel der tausend Bilder‹ heißt! Das Ding ist ja ein ... ein raffiniertes Rätselsteckspiel!«

Ein Lächeln huschte kurz über Dshamals Gesicht. »So ist es, Franke! Und mit so vielen Teilen kann man vielleicht nicht gerade tausend Bilder zusammenfügen, aber vermutlich doch einige hundert. Doch nur zwei davon sind die richtigen: ›der vom Himmel stürzende Falke‹ und ›die gestreckte Schlange auf dem Grat‹«.

Aufgeregt nahm Gerolt einige der verschieden großen und unterschiedlich geformten Stücke in die Hand und hielt sie aneinander. »Ihr habt doch sicherlich schon oft versucht sie zu diesen beiden einzig richtigen Bildern zusammenzusetzen!«, sagte er und in seiner Stimme schwang die Frage mit, die sie in diesem Augenblick wohl alle beschäftigte.

»Gewiss, aber diese sechzehn Teile lassen sich nun mal zu zahllosen Bildern zusammenfügen«, gab der Beduine zu bedenken und lachte kurz auf. »Manchmal sah das Ganze schon sehr überzeugend aus, nur waren dann immer zwei oder drei Teile übrig geblieben, die nicht mehr hineinpassen wollten. Und dann ergaben die Linien und Zeichen auf dem Bild natürlich keinen Sinn.«

»Was bedeutet, dass Ihr zwar den Schlüssel zu den geheimen Zugängen und den Wegweiser durch die hintere Schlucht in Euren Händen haltet, aber nicht wisst, wie man ihn richtig zusammensetzt!«, stellte Gerolt nüchtern fest. »Immer vorausgesetzt, es gibt das Wadi Hamra wirklich und wir finden es!«

Der Beduine nickte. »So könnte man es zusammenfassen. Wobei ich mir jedoch sicher bin, dass es das Wadi dort draußen gibt – und dass ich es finden kann.« Er machte eine kurze Pause, bevor er mit feierlichem Ernst fortfuhr: »Nicht dass ich Euch dazu überreden wollte. Da sei Allah vor! Wenn ich Euch nicht mein Leben verdanken würde, wäre es mir nie in den Sinn gekommen, Euch in das Geheimnis der ›Tafel der tausend Bilder‹ einzuweihen und mich bereit zu erklären, die Suche zu wagen und mit Euch in das Leere Viertel zu ziehen. Doch ich schulde Euch mein Leben und meine Ehre verlangt von mir, dass ich Euch nichts verwehre, was Euch helfen kann. Ob Ihr darauf eingeht, liegt nun ganz bei Euch!«

Die vier Ordensbrüder sahen sich einen Moment lang schweigend an, während sie es sich noch einmal durch den Kopf gehen ließen, was sie von Dshamal über das verschollene Wadi und das Amulett erfahren hatten.

McIvor ergriff als Erster das Wort. »Tod und Teufel, ich bin dafür! Setzen wir alles auf eine Karte! Was haben wir schon groß zu verlieren?«

Gerolt nickte. »Recht hast du! Lieber vertraue ich unserem Sheikh und gehe notfalls in der verdammten Wüste zu Grunde, als dass ich mich geschlagen gebe und diese letzte Chance, so gering sie auch sein mag, nicht nutze!«

Tarik pflichtete ihnen bei. »Lieber mit wehendem Banner in den Tod, als für den Rest des Lebens mit dieser unerträglichen Schande unseres Versagens leben!«, erklärte er mit fester Stimme. »Noch ist nicht die Stunde gekommen, um uns geschlagen zu geben!«

Maurice zwang nun ein Grinsen auf sein Gesicht. »Ob ihr es mir nun glaubt oder nicht, aber es war schon immer mein größter Herzenswunsch, einmal eine verschollene Oase inmitten einer Wüste zu finden, in die sich sonst keiner traut!«, sagte er mit Galgenhumor und streckte seine Rechte aus. »Also los, lasst uns diese einladende Oase der reisenden Seelen suchen und finden! . . . Füreinander in fester Treue, Kameraden!«

Alle legten sie ihre Hände aufeinander und wiederholten mit todesmutiger Entschlossenheit im Chor: »Füreinander in fester Treue!«

10

Gerolt hing mehr am Hanfstrick, als dass er sein Kamel an der Kopfleine führte. Der geringe Halt, den ihm das geduldige Tier in dem weichen Sand der hohen Sicheldünen bot, war ein Geschenk und minderte ein wenig die Qual.

Immer nur an die nächsten zehn Schritte denken! Immer nur eine elende Düne nach der anderen in den Blick nehmen! Bloß nicht in die flirrende Ferne blicken!, ermahnte er sich in Gedanken. Und er wiederholte diese Sätze wie die Zeilen einer endlosen Litanei.

Drei sengend heiße Tage waren mittlerweile vergangen, seit sie sich von Selim getrennt hatten und in das Herz des Leeren Viertels eingedrungen waren. Der Khabir hatte ihnen anfangs nicht sieben, sondern nur fünf Kamele für ein entsprechendes Entgelt überlassen wollen. Erst nach langem Verhandeln und Zureden hatte er sich endlich bereit erklärt, ihnen doch noch zwei weitere zu überlassen. Um Geld war es ihm dabei nicht gegangen. Den Ausschlag hatte schließlich eine noch halb volle Djirba gegeben, die Dshamal ihm zusätzlich zu dem Geld angeboten hatte. Eigentlich hätten sie das nicht tun dürfen, war dadurch doch ihr eigener Wasservorrat auf nur drei Ziegenschläuche geschrumpft, die zudem nicht einmal ganz gefüllt waren.

Die vier Ordensbrüder hatten sich besorgte Blicke zugeworfen, als Dshamal dem Khabir die Djirba überlassen hatte. Aber sie hatten nichts getan, um ihn davon abzubringen. So bedrohlich knapp ihr Wasservorrat auch sein mochte, so wichtig war es doch auch für sie, dass ihnen sieben Kamele zur Verfügung standen. Denn wenn ihr Vorhaben gelang, über das Wadi Hamra hinüber auf den Karawanenweg zwischen Bir Gamal und Dohfa zu kommen und wenn sich ihnen dann mit Gottes Hilfe eine Möglichkeit bot, nicht nur den Heiligen Gral zu retten, sondern auch Beatrice und Heloise zu befreien, dann hatte ihre Flucht nur mit sieben Reittieren Aussicht auf Erfolg.

Aber inzwischen kreisten ihre Gedanken längst nicht mehr darum, wie sie die Sklavenhändler überlisten und ihnen ihre Beute wieder abnehmen konnten. Das lag in noch weiterer Ferne als der hitzeflirrende Horizont. Mittlerweile kroch mit den immer leerer werdenden Wasserschläuchen die Furcht in ihnen hoch, dass sich das Rote Tal doch als Legende ohne wahren Kern herausstellte und ihnen der Tod durch Verdursten drohte.

Ein breiter Dünengürtel nach dem anderen lag vor ihnen, ohne dass sich am Horizont irgendwo etwas abzeichnete, das auf ein verschollenes Tal hinwies. Nichts als ineinander fließende Linien welliger Einöde boten sich ihren brennenden, entzündeten Augen. Und der Sand schien sich unter ihren Füßen immer mehr zu verflüssigen, ließ sie bei jedem Schritt tief einsinken und machte das Fortkommen zu einer ermüdenden, kräftezehrenden Strapaze. Doch im Sattel war es auch nicht besser. Dort waren sie der glühenden Sonne schutzlos ausgesetzt.

»Die Wüste verzeiht keine Fehler!« Gerolt erinnerte sich an die Worte des Khabirs und quälte sich mit der Frage, ob es wohl ein Fehler gewesen war, Dshamals Geschichte Glauben zu schenken. Aber welche andere Wahl hatten sie denn gehabt? Hätten sie wirklich den Heiligen Gral und die Granville-Schwestern verloren geben und mit Selim nach Bir Gamal ziehen sollen? Unmöglich! Sie hätten es sich nie verziehen, diese Chance, so winzig sie auch sein mochte, nicht ergriffen und die Suche nach dem Wadi Hamra nicht gewagt zu haben!

Gerolt blickte zu seinen Kameraden und Dshamal hinüber. Auch ihnen war die Ermüdung anzusehen. Ein jeder von ihnen hielt sich im armseligen Schatten seines Tieres und schleppte sich mit hängendem Kopf und müdem Schritt durch den Sand. Lange hatten sie schon kein Wort mehr miteinander gesprochen. Sogar dazu fehlte ihnen die Kraft.

McIvor strauchelte, hielt sich am Strick seines Kamels fest, machte drei, vier wankende Schritte und sank dann in den Sand des Dünenhangs.

Sofort gab Dshamal das Zeichen, eine kurze Rast einzulegen, und griff zum Ziegenschlauch, der ihr restliches Wasser enthielt. Die Djirba hing schlaff und zusammengefallen in seinen Händen. Sie konnte kaum mehr als ein halbes Dutzend Becher voll Wasser enthalten. Für jeden von ihnen gerade mal ein kräftiger Schluck, doch bei weitem nicht genug, um den entsetzlichen Durst auch nur annähernd zu stillen. Und was kam dann?

»Hier, trinkt!« Dshamal reichte McIvor den Wasserschlauch, als sie sich dicht gedrängt im Schatten der Kamele hatten zu Boden sinken lassen, dankbar für die Rast, die der Sheikh ihnen gewährte.

Der Schotte schüttelte störrisch den Kopf. Zum Sprechen fehlte ihm die Kraft. Er schämte sich sichtlich seiner Schwäche und wollte nicht derjenige sein, der schon jetzt einen weiteren Schluck brauchte und damit ihr weniges Wasser noch mehr reduzierte.

»Jeder von uns nimmt einen Schluck!«, verkündete Dshamal mit krächzender, aber energischer Stimme. »Ich bin Euer Khabir und es wird getan, was ich sage!« Damit öffnete er den Wasserschlauch und setzte ihn an die Lippen.

Gerolt hatte den Eindruck, als gab sich Dshamal nur den Anschein, sich den Mund zu füllen und zu schlucken. Denn er hielt die Djirba gar nicht hoch genug, damit das Wasser unten aus dem Boden steigen und in seinen Mund fließen konnte.

Dshamal reichte die Djirba an Tarik weiter und dann war die Reihe an Gerolt. Dessen Hände zitterten, und als er das Wasser auf seiner Zunge spürte, das bitter nach der Gerbsäure des Leders schmeckte, musste er seine ganze Willenskraft aufbringen, um das köstliche Nass nicht einfach durch seine ausgedörrte Kehle fließen zu lassen, bis nichts mehr im Ziegenschlauch war.

Nachdem nun alle anderen ihren Anteil genommen hatten, weigerte sich auch McIvor nicht länger den ihm zustehenden Rest zu trinken. Und damit war auch der letzte ihrer Djirbas leer. Auf einmal kam aus der Ferne ein seltsamer Ton. Er schwoll an, wurde immer lauter und deutlicher. Erst klang es wie ein unheimliches Wimmern und Klagen, dann hallte es wie dumpfe Rufe über die Dünenketten.

Gerolt sprang auf und wollte hoch auf den Kamm der Sicheldüne. »Da ruft jemand!«, stieß er heiser und mit schmerzender Kehle hervor.

Dshamal packte ihn an der Djalabeja und hielt ihn zurück. »Da ist niemand. Das sind die Dünen, die singen!«

Verständnislose Blicke trafen ihn.

Der Beduine nickte. »Ja, es sind die Sirenen der Wüste*!«, versicherte er. »Das Singen der Dünen ist schon vielen halb verdursteten Wüstenreisenden zum Verhängnis geworden, die geglaubt haben, da wäre jemand und würde rufen. Wer den Sirenen der Wüste folgt, verliert schnell die Orientierung, irrt im Kreis und stirbt.«

Viel zu kurz erschien ihnen die Rast, als Dshamal sich wenig später

---

* Für das Singen der Dünen gibt es eine einfache physikalische Erklärung: Die Sandkörner laden sich durch Reibung elektrostatisch auf, während der Wind sie durch die Luft weht. Gerät der Sand durch die Einwirkung des Windes an der Spitze einer Düne ins Rutschen, kommt es zu einer kleinen Lawine, bei der sich Milliarden einzelner Sandkörner entladen. Dabei scheint der ganze Dünenkörper in Schwingungen zu geraten und zu vibrieren und es entstehen diese merkwürdigen, nach Sirenengesang und Klagen klingenden Geräusche. Die Wüstenbewohner hielten diese selten auftretende Naturerscheinung für die Laute von Dämonen und anderen Geisterwesen, die in den Dünen leben.

wieder erhob und sie ihren Marsch nach Westen fortsetzten. Stunde um Stunde schleppten sie sich dahin, ohne dass sich das Bild vor ihren Augen veränderte. Keuchend rangen sie nach Atem. Die Zunge war ihnen angeschwollen und lag ihnen wie ein dicker Lappen im Mund, als wollte er sie gleich ersticken. Der kleine Schluck Wasser hatte nur für einen flüchtigen Moment Erleichterung gebracht. Und das Wissen, dass sich in ihren Ziegenschläuchen nicht ein einziger Tropfen Wasser mehr befand, machte den Durst noch unerträglicher.

Wie lange haben wir noch?, fragte sich Gerolt mit wachsender Verzweiflung, während er sich zu erinnern versuchte, was ihnen Dshamal und der Khabir auf den langen Tages- und Nachtmärschen darüber erzählt hatte. Waren es nun acht oder elf Stunden, die ein Mensch in diesem Teil der Wüste ohne Wasser überleben konnte? Wie viele Stunden bis zu unserem Tod bleiben uns dann noch? Vier? . . . Fünf?

Der Glutofen am Himmel ließ die Dünenketten zu einem grellen, wabernden Weiß verschmelzen. Der Horizont flirrte wie ein Zerrspiegel vollkommener Leere.

»Da!«, rief Maurice plötzlich mit zitternder Stimme, die wie ein Reibeisen klang, und deutete aufgeregt in die Ferne. »Wasser! . . . Ein See! . . . Dort muss die Oase sein!«

»Nein, da ist nichts! Was Ihr seht, ist nur *bacher el-alfrid*«, erwiderte Dshamal sofort. »Wasser des Satans! Ein Trugbild durch Luftspiegelung.«

Es war in der Tat nur eine Fata Morgana, die ihnen die wabernde Luft am Horizont vorgaukelte. Denn je näher sie der vermeintlichen Wasserstelle kamen, desto ferner rückte sie.

Taumelnd ging es weiter. Gegen Nachmittag waren sie fast am Ende ihre Kräfte. Immer öfter mussten sie eine Rast einlegen.

Als sie wieder einmal nicht weiterkonnten und am Fuß eines kleinen Hügels zu Boden sanken, der sich im Korridor zwischen zwei Dünenketten erhob, fuhr Dshamal mit der Hand durch den Sand – und zuckte plötzlich zusammen, als sei er von einer Viper gebissen worden.

»Hier ist Wasser!«, rief er aufgeregt.

Die Gralsritter sahen ihn erschrocken an, fürchteten sie doch, er müsse den Verstand verloren haben.

»Glaubt mir! Hier wohnt eine Sickerquelle!«, beteuerte der Beduine. »Wir sind gerettet!«

Gerolt glaubte sich in seinem elenden Zustand verhört zu haben. »Hier *wohnt* was?«, krächzte er.

»Eine Sickerquelle!«, wiederholte der Beduine noch einmal. »Allah sei Lob und Preis, dass er sie uns geschickt hat.« Und hastig begann er am Hang zu graben.

»Er muss wirklich den Verstand verloren haben«, sagte Maurice schwer atmend. »Wenn es hier eine Quelle gäbe, würde man doch etwas davon sehen. Eine feuchte Stelle oder so etwas.«

Dshamal ließ sich jedoch nicht beirren. Er schaufelte weiter den Sand beiseite, bis er eine Grube geschaffen hatte, die gut anderthalb Ellen breit und eine Elle tief war.

»Und wo ist jetzt das Wasser?«, fragte McIvor mit glasigem Blick in das Loch. »Ich sehe nichts.«

»Ihr müsst Geduld haben und das Loch vergessen, das ich gegraben habe! Und Ihr dürft auch nicht an das Wasser denken, sonst gibt die Quelle es nicht her! Das ist eine alte Beduinenweisheit!«, beschwor Dshamal sie. »Und erwähnt das Wasser auch nicht mit einem einzigen Wort! Wenn Ihr tut, was ich Euch sage, wird sie uns in gut einer Stunde mit ausreichend Wasser belohnen, damit wir alle unseren Durst stillen können!«

Die vier Ordensbrüder waren viel zu erschöpft, um weitere Fragen zu stellen. Dass sie sich nicht weiter über die Sandberge quälen mussten, sondern einfach liegen bleiben durften, reichte ihnen. Und wenn sie nie wieder aufstehen und hier den Tod in der Wüste erleiden würden, dann sollte es eben ihr Schicksal sein. Wenigstens hatten sie alles versucht, was in ihrer Macht stand, und ihr Leben todesmutig in die Waagschale geworfen, um den Heiligen Gral zu retten sowie Beatrice und Heloise zu befreien. Alles andere lag nun in Gottes Händen, der ihnen ihr Versagen in seiner großen Barmherzigkeit verzeihen möge!

Sie fielen in eine Art Dämmerzustand, der irgendwo zwischen fiebrigem Wachen und Schlaf lag.

Niemand vermochte zu sagen, wie viel Zeit verstrichen war, als Dshamals triumphierender Ruf sie hochfahren ließ. »Allah ist gepriesen! Es steht Wasser in der Grube!«

Hastig krochen sie zu ihm ans Loch und starrten ungläubig in die Grube, stand sie doch tatsächlich voll Wasser.

»Allmächtiger, es stimmt! ... Wasser! ... Das ist ... ein ... Wunder!«, keuchte McIvor fassungslos. »Es muss ein Wunder sein, denn eigentlich kann doch hier überhaupt kein Wasser sein!«

Der Beduine lachte. »Ja, diese Sickerquellen* der Libyschen Wüste gehören wahrlich zu Allahs großen Wundern!«

Vorsichtig schöpften sie das Wasser mit einem Becher aus der Gru-

---

* Bei dieser scheinbar wundersamen Sickerquelle handelt es sich nicht um eine Erfindung des Autors, diese Quellen existieren tatsächlich. Sie entstehen an Stellen, wo eine Wasser führende Schicht auf dem sandigen Wüstenboden zu Tage tritt. Der Wüstenforscher Hansjoachim von der Esch beschreibt das Phänomen der Sickerquellen wie folgt: »Die Bodenfeuchtigkeit in unmittelbarer Nähe der Quelle bindet den Wandersand, und wenn das umliegende Gelände im Laufe der Jahrtausende vom Wind abgetragen wird, bleibt der durchfeuchtete Bereich allein für sich als Hügel stehen. Um einer Sickerquelle Wasser zu entlocken, werden zunächst die obersten Sandschichten fortgescharrt, bis eine leichte Feuchtigkeit an den Fingern fühlbar wird. Weiterzugraben ist meist zwecklos. Die frische Grabungsstelle wird nun sich selbst überlassen; ungeduldiges Stochern würde nur schaden. Und nach einer halben Stunde oder Stunde ist dann das Wunder geschehen.«

be und tranken reihum. Das tiefe Loch hatte sich mit reichlich Wasser aus der Sickerquelle gefüllt, sodass ihre Lebensgeister bald wieder geweckt und sie mit neuer Zuversicht erfüllt waren. Wenn die Wüste sie so kurz vor dem Verdursten mit einer Quelle beschenkte, warum sollte sie dann nicht auch das Wadi Hamra preisgeben?

Als auch der letzte Rest in ihre Becher geflossen war, warteten sie auf eine Wiederholung dieses Wunders, hofften sie doch mit dem Wasser eine ihrer Djirbas füllen zu können.

Zu ihrer großen Freude wurden sie nicht enttäuscht. Nur dauerte es diesmal viel länger, bis genug Wasser aus dem Sand nachgesickert war. Aber das nahmen sie bereitwillig in Kauf, als sie sahen, wie der Wasserspiegel langsam, aber beständig stieg. Und jetzt kehrte auch ihr Interesse an dem Amulett und den zahllosen Möglichkeiten wieder, wie man seine sechzehn Teile zusammenstecken konnte. Sie hatten in den vergangenen Tagen und Nächten schon viel Zeit damit verbracht, mit den Teilen Formen zu bilden, die Ähnlichkeit mit einem Falken und einer gestreckten Schlange besaßen. Aber noch immer ergaben die Linien und Zeichen kein wirklich zusammenhängendes Bild.

Als das Nachsickern aufhörte, reichte das Wasser gerade, um einen der Schläuche zu einem Drittel zu füllen, aber damit hatten sie die Gewissheit, dass sie mit diesem Wasservorrat zumindest die restlichen Tagesstunden und wohl auch die Nacht überstehen würden.

Bei Einbruch der Dunkelheit legten sie eine Rast von zwei Stunden ein, um die erste, noch angenehm milde Zeit zum Schlafen zu nutzen. Sie hatten diese Erholung auch bitter nötig. Viel zu früh holte Dshamal sie wieder aus dem Schlaf. Er wollte die kalten Nachtstunden nutzen, um eine möglichst weite Strecke zurückzulegen. Zudem ließ sich die Kälte besser ertragen, wenn sie in Bewegung blieben.

Dem Stand des Mondes nach zu urteilen, musste es kurz nach Mitternacht sein, als Dshamal an der Spitze ihres Zuges plötzlich hastig vom Kamm der Düne zurückwich, die er gerade erklommen hatte, und sein Kamel wieder hinunter ins Tal zerrte.

»Was habt Ihr?«, stieß McIvor alarmiert hervor, der hinter ihm in der Spur gefolgt war.

»Eine Karawane!«, gab der Beduine gedämpft zur Antwort und deutete schräg nach links. »Mindestens dreißig, vierzig Kamele!«

»Eine Karawane? Hier?«, flüsterte Gerolt ungläubig. »Mitten im Herzen des Leeren Viertels? Täuscht Ihr Euch auch nicht? Ich denke, hier gibt es keine Karawanenwege?«

»Gibt es auch nicht! Und dennoch zieht dort eine Karawane über die Dünen!«

»Und was jetzt?«, raunte Maurice. »Geben wir uns zu erkennen?« Dshamal schüttelte den Kopf. »Das halte ich für keine gute Idee! Versuchen wir erst einmal, näher heranzukommen und zu sehen, wer das ist.«

Schnell legten sie den Kamelen Agale an, schnürten ihnen das Maul zu und folgten dann Dshamal. Sie hielten sich im Schutz des schmalen Tals, erklommen etwa zweihundert Schritte von ihrer Herde entfernt die Düne zu ihrer Rechten, schoben sich bäuchlings über die Anhöhe, erhaschten einen ersten kurzen Blick auf die Silhouette der Karawane, rutschten auf der anderen Seite den Hang hinunter und rannten noch dreihundert, vierhundert Schritte im Schutz der zu beiden Seiten hoch ansteigenden Sandberge. Dann führte sie Dshamal wieder einen Hang hinauf.

»Näher dürfen wir uns nicht heranwagen! Und haltet bloß Euren Kopf unten!«, schärfte er ihnen ein.

Augenblicke später lagen sie flach im Sand des Dünenkamms und starrten zur Karawane hinüber, die in Rufweite über die vor ihnen liegende Dünenkette kam. In der Stille der Nacht drangen kehlige Stimmen, das vertraute Schleifen der tellerförmigen Kamelhufe, das Klappern von Hölzern sowie einige metallische Geräusche zu ihnen. Und das Licht des Halbmondes war hell genug, um aus der Entfernung Einzelheiten erkennen zu können. Aber nicht mehr lange, denn die Karawane entfernte sich in südlicher Richtung von ihrem Beobachtungsposten.

»Ich habe einundzwanzig Reiter gezählt«, wisperte Tarik. »Und fast vierzig Kamele.«

»Aber die Lasttiere haben außer ihren erstaunlich großen Gestellen fast nichts zu tragen«, bemerkte Gerolt. »Kann mir einer verraten, was sie hier bloß verloren haben? Sieht mir nicht so aus, als hätten sie sich verirrt. Und an allen Tieren hängen gut gefüllte Djirbas! Wo haben sie das viele Wasser her?«

Niemand wusste darauf eine vernünftige Antwort – bis auf die eine, die jedoch keiner auszusprechen wagte.

Dshamal kniff die Augen zusammen und spähte angestrengt zu den Lasttieren hinüber. »Beim Bart des Propheten!«, stieß er dann leise hervor.

»Habt Ihr etwas bemerkt?«, flüsterte McIvor.

Der Beduine nickte. »Seht Euch die ersten fünf Lasttiere an!«

»Auf ihre Gestelle sind lange, klobige Hölzer gebunden«, stellte Gerolt mit kaum vernehmbarer Stimme fest. »Und?«

»Das sind *sheba!*«, kam es ebenso leise von Dshamal. »Doppelte Gabelhölzer! Damit schließen Sklaventreiber je zwei starke Männer zusammen, damit sie sich nur eingeschränkt bewegen und ihre Wärter nicht angreifen können. Und von diesen verfluchten Dingern haben sie einige dutzend auf den Gestellen!«

»Noch eine Karawane Sklavenhändler?« Tarik wollte es so wenig glauben wie seine Gefährten. »Aber was zum Teufel treiben sie hier im Leeren Viertel? Wenn sie auf menschliche Beute aus sind, ist dies doch wohl der allerletzte Ort, wo sie fündig werden können!«

»Es gibt zwei Möglichkeiten«, sagte der Beduine. »Entweder haben sie Sklaven gebracht – oder sie sind auf dem Weg, um sich Sklaven zu beschaffen.«

»Gebracht wohin?«, stieß Gerolt erregt hervor. Und die Antwort traf ihn wie ein Blitz, noch bevor Dshamal die Worte aussprechen konnte. Auf den Gesichtern von Maurice, Tarik und McIvor zeigte sich derselbe Ausdruck jähen Begreifens.

»Ins Wadi Hamra!«, sagte Dshamal in die Stille der Nacht und seiner Stimme war der Schauer anzumerken, der ihm und auch den vier Gralshütern in diesem Moment durch den Körper ging. »Folgen wir auf ihrer Spur dem Weg, den sie gekommen sind. Ich bin sicher, dass wir dann auf die verschollene Oase stoßen!«

11

Die Spannung wuchs mit jeder neuen Erhebung, die vor ihnen in der Dunkelheit der Nacht Gestalt annahm. Führte sie die Spur der Karawane tatsächlich zum Roten Tal? Oder gab es für ihr rätselhaftes Erscheinen eine andere Erklärung, die nichts mit der verschollenen Oase zu tun hatte? Jeder behielt seine Zweifel und seine Hoffnung für sich. Kaum ein Wort fiel in den folgenden zwei Stunden. Und dann, ganz unerwartet und ohne dass die vor ihnen liegende Wüstenlandschaft ihnen schon aus der Ferne einen ersten Hinweis gewährt hätte, geschah es. Wie aus dem Nichts gab die Wüste ihr Geheimnis preis.

»Da ist es!«, stieß Dshamal plötzlich hervor, als sie wieder einmal über die Anhöhe einer Dünenkette kamen. »Das muss das Wadi Hamra sein! Allah ist groß!«

»Allmächtiger! Es gibt sie wirklich, diese verschollene Oase mitten im Leeren Viertel!«, rief McIvor überwältigt. Jetzt war wieder alles möglich!

Dass die Felshänge der Berge, die das Wadi umschlossen, nicht schon längst vor ihnen zu sehen gewesen waren, hatte eine einfache Erklärung, wie sie jetzt feststellten. Sie erhoben sich nämlich unter ihnen in einer weiten, tief liegenden Senke. Ihre von Flugsand bedeckten Grate ragten kaum über die Dünen des Sandmeeres heraus, in dem die Oase lag. Und das Gestein war zudem von ähnlich ockerfarbener Tönung. Nur wenn man genau wusste, wo man zu suchen hatte, konnte man die Oase in dieser gewaltigen Einöde finden.

»Müssen wir mit Wachen rechnen, Dshamal?«, fragte Gerolt und spähte angestrengt zu den Felsgraten hinüber.

»Ich weiß es nicht, nehme es jedoch nicht an«, antwortete der Beduine.

Maurice zuckte die Achseln. »Außerdem bleibt uns gar nichts anderes übrig, als dieses Wagnis einzugehen. Denn da unten im Gelände vor den Felswänden gibt es nirgendwo etwas, was man beim Anschleichen als Deckung benutzen könnte. Wenn es Wachposten gibt, werden sie uns so oder so bemerken.«

Maurice stimmte ihm zu. »Also los, riskieren wir es!«, drängte er. »Wir haben schon ganz andere Gefahren auf uns genommen!«

Voller Aufregung, was nun geschehen würde, folgten sie der Spur der Karawane hinunter in die Senke. Es blieb jedoch still. Kein Alarmruf schallte durch die Nacht und auch sonst drang kein Geräusch an ihre Ohren. Die Fährte führte geradewegs auf eine Felswand zu, die gute dreißig bis vierzig Ellen hoch war und steil aufragte.

»Die Spuren enden direkt vor der Wand. Und da ist nichts als blanker Fels!«, murmelte Tarik irritiert. »Wenn es hier irgendwo ein Tor gibt, dann muss es unsichtbar sein!«

Doch als sie sich der Wand auf etwa zwanzig Schritte genähert hatten, sahen sie, dass sie einer Täuschung erlegen waren. In der Felswand klaffte ein gut sieben, acht Schritte breiter Durchgang, der als scheinbare Sackgasse in einer Felsrundung endete. Und dort zeichnete sich im Mondlicht ein etwa drei Ellen breites, oben gerundetes Tor ab. Aber auch das hätte man leicht übersehen können, denn es war mit Platten aus demselben Gestein belegt, aus dem auch die Felswände bestanden. Nur aus unmittelbarer Nähe sah man, dass sich zwischen den Steinplatten Ritzen entlangzogen. Aus ihnen ragten flache Eisenhaken hervor, deren kurze Enden sich um die Kanten krümmten und die Platten fest an ihrem Platz hielten. Einen Türknauf oder einen schweren Eisenring wies das Tor jedoch nicht auf, sondern nur eine Vertiefung in Brusthöhe, in die man hineinfassen konnte. Im Innern stieß die Hand auf einen senkrecht eingefügten Eisenstab, den man zum Aufdrücken und Zuziehen benutzen konnte.

Rechts vom Tor wölbte sich die Wand nach innen und bildete eine Felsnische von doppelter Armlänge, die sich weit nach oben erstreckte. In Brusthöhe befand sich eine kleine, ovale Holzplatte, die durch ein Eisenscharnier mit der Wand der Nische verbunden war.

»Seht doch!«, rief Gerolt und wies nach oben. »Da ist der Umriss eines Vogels in den Fels gemeißelt!«

Alle Blicke richteten sich sofort auf das Abbild eines Vogels, dessen verwitterte, grobe Linien das Gestein der Wölbung durchzogen. Einer seiner weit ausgebreiteten Flügel ließ sich nur noch erahnen. Doch der angedeutete, stark gebogene Schnabel deutete darauf hin, dass das Relief einen Greifvogel, einen Falken darstellen sollte.

Dshamal trat nun in die Nische und klappte den Holzdeckel hoch. Darunter kam ein seltsames, dreieckiges Feld aus dünnen, fingerlangen Eisenstäben zum Vorschein, die senkrecht aus dem Fels aufragten. Es mochten gut dreißig Stäbe sein, die mit genau gleichem Abstand zueinander das Dreieck ausfüllten. Seine Fläche hatte annähernd die doppelte Fläche des Amuletts.

Der Beduine berührte einige der Stäbe, die ohne Spuren von Rost waren und unter dem vorsichtigen, tastenden Druck seiner Finger leicht nachgaben, und nickte dann. »So also wird der vom Himmel stürzende Falke zum Schlüssel des Tores!« Er klang beeindruckt.

Auch die Gralsritter begriffen, welche Aufgabe die Eisenstifte offensichtlich hatten.

»Ihr meint, dass man die ›Tafel der tausend Bilder‹ richtig zusammengesetzt und mit Druck auf die Stäbe legen muss, um den verborgenen Öffnungsmechanismus zu betätigen?«, vergewisserte sich Gerolt.

Dshamal nickte. »Aber der Falke muss nicht nur die richtige Form haben, sondern man muss auch wissen, wo genau man ihn auflegen muss«, stellte er klar. »Denn es ragen mehr Stäbe auf, als der Schlüssel abdecken kann.«

»Und wenn man auch nur einen einzigen falschen Eisenstift erwischt, wird der Mechanismus vermutlich blockiert!«, folgerte Tarik.

McIvor lachte kurz auf. »Ich kenne jemanden, dem solch ein raffiniertes System auch hätte einfallen können!«

Seine Gefährten wussten, wen er damit meinte, nämlich Abbé Villard.

»Tja, jetzt ist guter Rat teuer«, sagte Maurice. »Denn wir haben noch immer nicht das richtige Falkenbild gefunden. Vielleicht sollten wir es mal mit dem da oben versuchen.« Er deutete auf das Relief hoch oben in der Felswölbung.

Während sich Gerolt und Tarik um die Kamele kümmerten und ihnen Agale anlegten, damit sie sich nicht vom Zugang entfernen konnten, bemühte sich Dshamal, aus den Einzelteilen der Scheibe eine Form zu bilden, die dem Bild in der Felswölbung nahe kam. Doch jede Kombination, die er auf die Eisenstifte legte und immer wieder leicht versetzt gegen den Felsen drückte, brachte keinen Erfolg. Schließlich schüttelte er den Kopf und sagte: »Ich glaube nicht, dass wir das Tor damit öffnen können.«

Über eine Stunde lang hockten sie zusammen vor dem Tor, das sich einfach nicht öffnen wollte, und versuchten immer neue Steckkombinationen. Doch nichts fruchtete.

»Wir Hohlköpfe!«, rief Tarik plötzlich und schlug sich mit der flachen Hand vor die Stirn. »Das kann ja alles gar nicht funktionieren!«

Verwundert sahen ihn die anderen an und wollten wissen, was sie denn die ganze Zeit falsch gemacht hatten.

»Es sind die Flügel!«, sagte Tarik. »Es heißt doch, das Amulett wird als ›vom Himmel stürzender Falke‹ zum Schlüssel! Und wenn ein Falke vom Himmel stürzt, um ein Beutetier zu schlagen, dann hat er seine Flügel nicht ausgebreitet, sondern ganz eng angelegt! So und nicht anders müssen die Teile zusammengesteckt werden! Das Relief im Fels ist nur ein Hinweis, nicht aber das genaue Abbild des Schlüssels! Wer würde auch so dumm sein, das Geheimnis der richtigen Zusammensetzung in Stein zu meißeln?«

»Tod und Teufel, das ist es!«, stieß McIvor mit einem breiten Grinsen hervor und schlug Tarik seine Pranke auf die Schulter. »Ich habe schon immer gewusst, dass du es ganz faustdick hinter den Ohren hast, kleiner Levantiner!«

Gemeinsam bemühten sie sich nun, die sechzehn Teile so zusammenzusetzen, dass sie den Umriss eines Falken mit eng anliegenden Flügeln ergaben. Und plötzlich fügte sich alles zusammen. Dass sie endlich die richtige Gestalt gefunden hatten, bewiesen auch die Linien auf der vergoldeten Oberfläche. Sie bildeten jetzt ein Oval mit einem Dreieck in seiner Mitte.

»Das ist der Schlüssel!«, rief Maurice und sprang auf die Beine. »Jetzt muss sich das Tor öffnen!«

Dshamal versuchte es, doch nichts tat sich.

»Versucht es doch einmal so, dass die Schnabelspitze des Falken genau mit der linken Spitze des Dreiecks der Stifte übereinstimmt, die auf das Tor weist!«, schlug Gerolt vor.

Der Beduine tat es, richtete den Falken genau im Winkel des Dreiecks aus und drückte ihn dann nach unten.

Diesmal stieß er auf keinen Widerstand, sondern die Eisenstifte unter dem Falken glitten wie geölt in die Wand hinein. Im nächsten

Moment kam von hinter dem Tor eine rasche Abfolge von gedämpften, aber doch deutlich zu vernehmenden Geräuschen. Es klang, als sprangen Hölzer zurück, die unter Spannung gestanden hatten, in der nächsten Sekunde gefolgt von einem harten, metallischen Ton.

Im selben Augenblick bewegte sich das Tor und schwang eine Armlänge weit auf. Dann schlug auf der anderen Seite des Zugangs etwas dumpf zu Boden.

»Halleluja!«, flüsterte Maurice fast andächtig. »Wir haben es tatsächlich geschafft!«

12

Sie überließen Dshamal den Vortritt, dem die starke innere Bewegtheit anzusehen war. Alles, was ihm von seinem Großvater und Vater über die verschollene Oase des Wadi Hamra und das Geheimnis des Amuletts überliefert worden war, gehörte nicht ins Reich phantasievoller Legenden, sondern hatte sich nun als wahr herausgestellt. Und nach wer weiß wie vielen Generationen war es nun ihm als spätem Nachfahren der einstigen Wächter des Tals vergönnt, seinen Fuß in diese legendäre Oase zu setzen!

Jenseits des schweren Bohlentores sahen sie sofort, was es mit dem dumpfen Laut beim Aufschwingen auf sich gehabt hatte. Ein dickes Seil, das innen am oberen Balken an einem Eisenring befestigt war, führte drei, vier Schritte weit schräg nach hinten zu einem Felsvorsprung, lief über eine dort angebrachte hölzerne Rolle und endete als Knoten an einem Hanfnetz, das einen schweren, runden Stein umschloss. Das von der Rolle nach unten ziehende Gewicht hatte das Tor aufschwingen lassen, als seine Riegel im Felsen aufgesprungen waren.

Auf der anderen Seite des Tores verbarg sich im ausgehöhlten Fels der einfache, aber zugleich raffinierte Mechanismus, der keiner großen Wartung bedurfte. Nur auf den ersten Blick wirkte das System aus armdicken Balken, gezackten hölzernen Zahnrädern, mit Blech beschlagenen Wippen und Eisenstiften verwirrend.

Die Eisenstifte in der Felsnische ruhten alle auf schmalen, aber kräftigen Holzstangen. Alle führten zu einer Anzahl von Zahnrädern, die sie blockierten. Nur wenn man die richtigen Eisenstäbe betätigte, hoben sich all jene Stangen auf ihrer Wippe, sodass die Räder entriegelt wurden. Die kurze Drehung der Zahnräder bewirkte, dass ein unter Spannung stehendes Zugseil, das an einer armlangen, senkrechten Eisenstange befestigt war, die drei eisernen Torriegel zurückzog. Den Rest erledigte das Seil mit dem schweren Stein im Netz. Zog oder drückte man die Tür wieder zu, berührten die drei Zapfen an der Innenseite der Riegelöffnungen drei lange Eisenhebel. Ihr Druck, auf eine Seilrolle übertragen, reichte aus, damit sich die Zahnräder durch eine Vierteldrehung wieder in ihre alte Stellung zurückbewegten und die Holzstangen der Wippen in den Kerben einrasteten. Und genau das geschah, als sie die Tür wieder zudrückten, nachdem sie die Kamele geholt hatten.

»Einfach, aber zugleich auch genial!«, sagte Tarik beeindruckt.

»Sehen wir jetzt erst mal zu, dass wir die Wasserstelle finden!«, rief Maurice. »Ich bin so verflucht durstig, dass ich einen ganzen See leer trinken könnte!«

»Lasst uns aber auf der Hut sein!«, warnte Dshamal und rückte seinen Krummsäbel zurecht, um ihn notfalls blitzschnell ziehen zu können, falls ihnen Gefahr drohte.

Aber nicht ein Laut störte die totenähnliche Stille, die diesen Ort zu umfangen schien, während im Osten schon der neue Tag heraufdämmerte. Und es gab auch sonst keinen Hinweis darauf, dass sich außer ihnen noch ein menschliches Wesen im Wadi Hamra aufhielt. Der Torbereich lag geschützt in einer kleinen Felsausbuchtung. Dahinter erstreckte sich eine kleine, schmale Schlucht, die sich jedoch nach etwa hundert Schritten öffnete. Dort erhoben sich Dattelpalmen und bildeten einen ansehnlichen Hain. Der Weg vom Tor führte mitten durch ihn hindurch. Und dann lag das Herz des Roten Tals vor ihnen.

Sie hatten mit einer Quelle und ein paar fruchtbaren Feldern gerechnet, nicht jedoch mit dem, was sich ihren Augen hinter dem Palmenhain bot.

Vor ihnen im weiten Dreiviertelrund des Talkessels, der von den steil aufsteigenden Felswänden wie von einer Mauer aus Stein auf drei Seiten eingefasst wurde, erhoben sich drei tempelartige Gebäude, die aus rötlichen Steinquadern errichtet waren. Auf einem mannshohen, rechteckigen Sockel ruhte jeweils ein völlig verschlossener Steinbau, der gute zwanzig Ellen in die Höhe reichte und halb so breit und doppelt so lang war. Nirgendwo gab es einen Zugang zu den Gebäuden. Nur seitlich führte eine Steintreppe ohne Einfassung in das obere Viertel hinauf. An dieser Stelle klaffte bei allen eine große Öffnung in der Wand, der anzusehen war, dass man sie mit roher Gewalt in die Wand geschlagen hatte. Von einem vierten Gebäude stand nur noch ein Teil der hinteren Mauer, die Steinquader bildeten davor ein großes Trümmerfeld. Und als sie sich den tempelähnlichen Bauten näherten, bemerkten sie die vielen farbigen, teilweise verblassten Hieroglyphen* und Malereien auf ihren Wänden. Ein Motiv kehrte überall wieder, und zwar eine merkwürdige Gestalt, die zwar eindeutig einen Menschenkörper hatte und auch wie ein Mensch bekleidet war, jedoch einen Tierkopf mit langer Schnauze und nach oben stehenden, langen Ohren aufwies.

Dshamal erkannte sofort, wen das Mensch-Tier-Wesen darstellen sollte. »Das ist Anubis!«, rief er. »Der schakalköpfige Totengott der Pharaonen!«

»Natürlich!«, bestätigte nun auch Tarik. »Anubis war bei den Pharaonen für die Mumifizierung der Toten zuständig und Schutzherr der Gräber! Und das bedeutet, dass dieses Wadi eine Nekropole ge-

* Altägyptische Schriftzeichen.

wesen ist, eine Totenstadt aus der Zeit der alten Ägypter! Erbaut vor bestimmt fünfzehnhundert oder noch mehr Jahren!«

Wer diese Grabstätten ausgerechnet an diesem unzugänglichen Ort mitten in der Wüste errichtet hatte, wann das geschehen war und aus welchen Gründen, auf diese Fragen würden sie nie eine Antwort erhalten, wie sie wussten. Dieses Rätsel würden sie niemals lösen können, aber es hatte für sie auch keine besondere Bedeutung.

Dshamal stimmte Tariks Einschätzung zu. »Falls es hier einmal Schätze gegeben hat, die zu den Grabbeigaben gehört haben, wird davon nichts mehr zu finden sein.« Er deutete auf die klaffenden Löcher in der Außenwand der Tempel, die auf das rücksichtslose Eindringen von Grabräubern schließen ließen. »Aber das interessiert mich jetzt auch gar nicht. Das Wasser der Oase dort hinten ist für uns jetzt kostbarer als eine Karawane von hundert mit Gold beladenen Kamelen! Und Ihr seht, dass unsere Tiere kaum noch zu halten sind. Also kümmern wir uns erst einmal darum. Die Tiere müssen langsam getränkt werden, am besten über mehrere Stunden hinweg. Denn je langsamer sie trinken, desto mehr können sie in ihren Speichern aufnehmen.«

Der Weg zur Oase führte an zumeist vernachlässigten Bewässerungskanälen entlang, die offenbar nur für einen geringen Teil der Anbaufläche genutzt wurden. Aber dass Menschen hier lebten, davon zeugten mehrere kleine, bestellte Felder und Äcker.

Die Quelle der Oase füllte einen großen Teich, dessen Durchmesser gute fünfzig Schritte betrug. Zur Öffnung des Talkessels und zu einem der Abflüsse hin, der die mit Holzschiebern zu regulierenden Bewässerungskanäle speiste, war das Ufer des Teichs mit Bruchsteinen eingefasst. Ein Stück rechts davon stand ein hässliches, niedriges Haus zwischen einigen hohen Palmen. Es war eindeutig aus den Trümmern des vierten, eingestürzten Mausoleums errichtet worden. Dahinter reihten sich sechs brusthohe Stapel mit Lehmziegeln aneinander. Allerlei Werkzeug wie Spitzhacken, Schaufeln, Äxte sowie mit Ledergurten versehene Holzkiepen und vieles andere mehr lagen vor dem Haus herum. Und ganz hinten im Talkessel entdeckten sie im Dämmerlicht ein hohes Gerüst aus Balken und Brettern, das einen Großteil der steilen Felswand bedeckte.

»Hier ist noch vor kurzem gearbeitet worden«, stellte Gerolt beklommen fest, als der Beduine schon mit den Kamelen vorging. »Und ich habe das dunkle Gefühl, schon zu wissen, wer sich hier eingenistet hat!«

Maurice nickte mit finsterer Miene. »Ja, ich auch. Die verfluchten Iskaris! Mir ist, als könnte ich ihre fauligen Körperausdünstungen riechen!«

»Aber wo sind sie?«, fragte Tarik leise.

»Mit der Karawane nach Süden!«, warf McIvor ein.

»Alle? Ohne auch nur ein, zwei Wachen zurückzulassen?«

»Wozu? Das Wadi Hamra ist sicherer als so manche Kreuzfahrerfestung! Ohne solch ein Amulett kommt niemand herein. Zudem liegt es ja auch nicht gerade an einer verkehrsreichen Straße, oder?«, spottete Maurice. »Sie müssen sich hier völlig sicher fühlen. Jedenfalls sind sie alle weg.«

»Und ich bin froh darum! Denn nach dem Höllenmarsch, der hinter uns liegt, ist mir wirklich nicht nach einem Gefecht mit einer Bande Judasjünger zu Mute«, gestand McIvor offen ein. »Ich danke Gott, wenn wir vorerst keinen von diesen Teufelsknechten zu sehen und zu riechen bekommen! Und wir sollten so schnell wie möglich das Amulett richtig zusammensetzen, um hier wieder herauszukommen!«

»Recht hast zu«, pflichtete Gerolt ihm bei. »Aber jetzt erst mal zum Wasser!«

Gierig und unter lustvollem Stöhnen und Seufzen stillten sie ihren Durst. Das Wasser des kleinen Sees schmeckte ihnen köstlicher als alles andere. Dann jedoch trieb sie die Neugier in den hinteren Teil des Kessels, wo das Baugerüst an der Felswand klebte. Zeit genug dafür hatten sie. Denn die Tränkung der Kamele, die Dshamal überwachte, würde immer noch eine gute Stunde dauern.

Als sie sich dem hinteren Ende des Talkessels näherten, wurde der Himmel über ihnen heller und im Licht der Morgenröte machten sie eine Entdeckung, die bei ihnen Erstaunen und Beklemmung auslöste. Denn vor der Wand mit dem hohen und gut zwanzig Schritte breiten Gerüst öffnete sich im Boden ein halbrunder Trichter. Er reichte mindestens zwanzig Ellen in die Tiefe. Nahe der Felswand stieg eine Säule aus dem bühnenähnlichen Trichterende empor, errichtet aus den schweren Trümmerblöcken der Mausoleumsruine. Sie reichte ein wenig über den oberen Rand des Trichters hinaus. Unterhalb ihrer Spitze umliefen die Säule sieben kreisrunde, hölzerne Plattformen. Ihre Kreisfläche nahm mit jeder Etage nach oben hin ab, sodass sich auf ihrer letzten und kleinsten nur wenig Platz befand. Drei Bretterstege führten von den Seiten auf die oberste Plattform der Säule.

»Heiliger Bidenhänder!«, entfuhr es McIvor. »Was soll denn das sein?«

»Vermutlich soll es so etwas wie ein Amphitheater werden«, antwortete Tarik.

Maurice gab ein verächtliches Schnauben von sich. »Du meinst, die Iskaris wollen hier irgendwann antike Tragödien oder Lustspiele aufführen?«, höhnte er. »Dann sollten sie am besten das abscheuliche Stück ihres eigenen Lebens als Knechte des Schwarzen Fürsten zur Aufführung bringen!«

»Ich nehme eher an, dass dies ein Ort der Versammlung und Anbetung werden soll«, vermutete Gerolt. »Seht euch doch nur diesen thronähnlichen Sitz oben auf der Säule an!«

»Ein seltsamer Thron«, meinte McIvor. »Das sieht mir mehr nach einer zersprungenen Schüssel aus.«

»Schaut mal genau hin, dann erkennt ihr, was das ist!«, forderte Tarik sie auf. »Für mich sieht das nämlich nach einem Totenkopf aus, dem die Schädeldecke mit Stirn- und Augenpartie und der gesamte Unterkiefer fehlen, damit Platz für den Thron ist. Aber die untere Zahnreihe kann man schon recht deutlich erkennen!«

»Jesus, Maria und Josef, das stimmt!«, rief McIvor erschrocken und schlug hastig das Kreuz. »Und dreimal dürft ihr raten, wer da mal eines Tages Platz nehmen soll!«

»Du meinst, der Fürst der Finsternis?« Maurice erschauderte bei der Vorstellung und schüttelte sich. »Die Burschen müssen wirklich größenwahnsinnig sein!«

»Nicht größenwahnsinniger als so manche Baumeister, die es sich in den Kopf gesetzt haben, eine majestätische Kathedrale zu errichten, obwohl sie sehr wohl wissen, dass sie nie ihre Fertigstellung erleben werden, weil noch Generationen nach ihnen daran bauen werden«, erwiderte Gerolt und es erschreckte ihn zutiefst, dass die Iskaris eine derartige Entschlossenheit und Zuversicht in ihrem teuflischen Plan zeigten, eines Tages die Welt im Namen des Bösen zu unterwerfen. »Nicht viel anders wird es bei den Teufelsknechten sein, die hier in der Wüste den richtigen Platz für eine geheime Versammlungs- und Anbetungsstätte zu finden geglaubt haben. Erinnert euch doch nur, was uns der Abbé erzählt hat! Nämlich dass es nicht nur irgendwo diese Schwarze Abtei gibt, die den Iskaris als ihr größtes Heiligtum gilt und wo der Fürst der Finsternis sein fürchterliches Großes Werk vollbringen will, sowie ihm der Heilige Gral in die Hände gefallen ist. Sondern dass es auch in einigen anderen Teilen der

Welt solche geheimen Orte der Zusammenkunft und Anbetung des Teufels gibt!«

Maurice starrte zum Baugerüst hinüber, mit seinen Gedanken schon wieder woanders. »Kann einer von euch erahnen, was sie da an der Felswand vorhaben?«

Niemand vermochte etwas Genaues zu erkennen, nur dass die Judasjünger offensichtlich damit begonnen hatten, irgendein riesiges Relief aus dem Gestein zu meißeln. Doch die noch sehr klobigen Umrisse, die sie aus der Wand gearbeitet hatten, ließen keinen Rückschluss auf das zu, was dort eines Tages einmal zu sehen sein sollte.

»Hier sind drei Höhlen! Kommt her und seht euch das an!«, rief McIvor ihnen da zu und erging sich im nächsten Moment in einer Flut von Flüchen. Der Schotte war auf der rechten Seite um den Trichter herumgegangen und stand vor drei Höhlen, deren Öffnungen sich in dem noch schwachen Morgenlicht nur als dunkle Flecken in der Felswand ausnahmen. »Ich glaube, die stinkende Brut hat eingesehen, dass sie Hilfe braucht, wenn sie ihr verfluchtes Teufelsheiligtum nicht erst in einer halben Ewigkeit fertig stellen will!«

Gerolt, Tarik und Maurice liefen schnell zu ihm hinüber. Abscheu und Entsetzen trat auf ihre Gesichter, als sie sahen, was McIvor dort entdeckt hatte. In zwei der Höhlen, die über mannshoch waren und tief in den Berg zu reichen schienen, waren drei Schritte hinter dem Eingang schwere Balkengitter eingelassen. Die Türen standen offen. Dahinter fanden sich auf dem Boden nur einige völlig zerlumpte Kleider sowie mehrere Holzschalen und irdene Krüge. Die andere Höhle, bei der ein Gitter fehlte, bot dagegen einen grausigen Anblick. Denn hinten an der Wand türmten sich Knochen und zertrümmerte Schädel auf. Von wie vielen Menschen diese Überreste stammten, konnten sie nur grob schätzen. Aber einige dutzend mussten es schon sein.

»Diese ruchlosen, dreimal verfluchten Hunde!«, zischte Maurice und ballte die Faust. »Fast wünschte ich, wir hätten doch noch einige von ihnen angetroffen, um sie für ihre Verbrechen büßen zu lassen!«

»Jetzt verstehe ich, was es mit ihrer Karawane nach Süden und den vielen Gabelhölzern auf sich hat«, murmelte Gerolt, erschüttert über das Leid, das die ins Wadi Hamra Verschleppten hatten erdulden müssen, bis der Tod sie von ihren grausamen Gebietern erlöst hatte. »Sie holen sich Sklaven, damit sie mit dem Bau ihres Heiligtums vorankommen. Und vermutlich werden die Armen am Ende hier in dieser Höhle landen wie all die anderen vor ihnen, die den Isakaris in die Hände gefallen sind!«

Abrupt wendete sich Tarik von diesem entsetzlichen Anblick in der Höhle ab. »Auf ewig verflucht sollen sie sein!«

»Aber beim Verfluchen dürfen wir es nicht belassen!«, stieß McIvor zornig hervor. »Wir können doch nicht einfach weiterziehen, ohne etwas zu unternehmen!«

»Was sollen wir denn deiner Meinung nach unternehmen, Highlander? Etwa hier wochenlang auf die Rückkehr der Iskari-Karawane warten, ihnen eine Falle stellen und uns mit ihnen ein Gefecht liefern, dessen Ausgang sehr zweifelhaft sein dürfte?«, fragte Maurice erbittert. »Dann ist der Heilige Gral für immer verloren – und Beatrice und Heloise auch. Kannst du das verantworten? Ich nicht!«

»Aber irgendetwas müssen wir tun!«, sagte McIvor. »Die Teufelsbande soll sich hier wenigstens nicht mehr sicher fühlen, sondern wissen, dass ihr Geheimnis nicht länger ein Geheimnis ist. Vielleicht geben sie dann die Arbeiten an ihrem teuflischen Heiligtum auf.«

Gerolt nickte. »McIvor hat Recht. Damit können wir vielleicht so manches Leben retten. Zumindest sollten wir ihnen so etwas wie eine unmissverständliche Botschaft hinterlassen.«

Maurice zuckte die Achseln. »Dann werden sie sich einen anderen geheimen Ort suchen und da wieder von vorn anfangen. Ihr wisst doch selbst, wie fanatisch die Iskaris sind! Aber wenn ihr eine vernünftige Idee habt, bin ich gern mit von der Partie.«

»Ganz einfach, wir zerstören so viel wie möglich von dem, was sie hier aufgebaut haben«, schlug Tarik vor. »Seile, um das Baugerüst und vielleicht auch die Säule mit dem Teufelssitz einzureißen, liegen doch genug herum.«

Tariks Gefährten waren begeistert von seinem Vorschlag. Das würde für die Judasjünger einen herben Rückschlag bedeuten und zugleich ein deutliches Zeichen sein, dass sie sich im Wadi Hamra nicht mehr sicher fühlen durften!

»Ich wünschte nur, wir hätten Weihwasser dabei«, sagte Maurice. »Dann hätten wir es hier überall versprengen und ihnen diesen Ort endgültig verleiden können. Ihr wisst doch, wie qualvoll es für sie ist, mit irgendetwas in Berührung zu kommen, auf das auch nur ein Tropfen Weihwasser gefallen ist.« »Wo liegt da das Problem?«, erwiderte Gerolt. »Wir sind doch alle geweihte Mönche! Und damit steht es in unserer Macht, so viel Wasser, wie wir nur wollen, selbst zu segnen und zu Weihwasser zu machen!«

»Natürlich! Wie konnte ich das nur vergessen?« Maurice lachte erleichtert auf. »Also, an die Arbeit, Brüder! Sorgen wir dafür, dass den stinkenden Knechten des Schwarzen Fürsten dieser Ort gründlich verleidet wird! Und fangen wir mit dem Einreißen der Säule an!«

Sofort begannen sie damit, mehrere Seile zusammenzuknoten, und Tarik kletterte mit dem Ende über einen der drei Bretterstege zur Säule hinüber, um die Schlinge unterhalb des Totenschädelthrons um die Säule zu legen. Dann spannten sie vier ihrer Kamele vor das andere Seilende. Erst schien es, als könnte die mächtige Säule der Zugkraft widerstehen. Doch dann wankte sie, stürzte donnernd in sich zusammen und der Thron zerschellte am Grund des Trichters.

Dann nahmen sie sich das große Baugerüst an der Felswand vor. Dreimal mussten sie das Seil anlegen, um es vollständig herunterzureißen und in einen Haufen zerborstenener Balken und Bretter zu verwandeln. Aus dem Trümmerberg ragte unten im Trichter nur noch der Stumpf der Säule heraus.

»Und jetzt das Weihwasser!«

Sie trugen mehrere große Tonkrüge zusammen, füllten sie mit Quellwasser und sprachen den Segensspruch, mit dem sie es kraft ihrer Weihe als Mönche zu geweihtem Wasser machten. Großzügig versprenkelten sie es auf dem ganzen Gelände, vergossen es über den Rand des Trichters, schleuderten es hinunter auf die Trümmer, verteilten es in den Höhlen und warfen es innen wie außen gegen die Wände des Hauses, das sich die Iskaris als Unterkunft errichtet hatten. Zusätzlich malten sie auch überall das Kreuz mit halb verkohlten Holzstücken, die sie in der Feuerstelle vor dem Haus fanden, an die Wände und besprenkelten das christliche Zeichen mit Weihwasser.

Am Schluss kehrten sie zum Tor zurück. Sie tränkten es von beiden Seiten mit geweihtem Wasser und malten auch hier schwarze Kreuze auf. Dann griffen sie zu Axt und Schwert, um den Öffnungsmechanismus zu zerstören.

Dshamal hatte sie gewähren lassen. Ein Blick auf den abstoßenden Thron auf der Säulenspitze und in die Höhlen hatte ihm gereicht, um zu wissen, dass es richtig war, so viel wie möglich davon zu zerstören. Er hatte auch nicht lange danach gefragt, was das alles zu bedeuten hatte. Ihm genügte die vage Erklärung der Gralsritter, dass hier gewissenlose Menschen ihr Unwesen trieben, die das Böse anbeteten und sich dem Teufel verschrieben hatten. Und während die vier Ordensbrüder sich dem Werk der Vernichtung gewidmet hatten, war er zu einem ersten Erkundungsgang in die Schlucht aufgebrochen, die sich in nordwestlicher Richtung erstreckte.

»Ich glaube, ich habe endlich die Lösung des zweiten Bilderrätsels gefunden«, teilte er ihnen mit, als sie wieder am Ufer des Teichs zusammenkamen.

»Erleuchtet uns, Sheikh Salehi, denn wir haben ein wenig Erleuchtung dringend nötig«, forderte Maurice ihn auf.

»Nicht nur hier im Talkessel, sondern auch in der hinteren Schlucht finden sich überall diese alten Bildzeichen in den Stein geritzt«, teilte ihnen der Beduine mit. »Viele davon haben bestimmt eine Bedeutung, die mit dem Totenkult der alten Ägypter zusammenhängt. Aber andere dürften den Zweck haben, jemanden zu verwirren und in die Irre zu führen, der zwar weiß oder ahnt, dass es dort irgendwo ein zweites Tor gibt, aber nichts von der ›gestreckten Schlange‹ gehört hat, die den Weg dorthin weist.«

McIvor nickte. »So weit kann ich Euch noch folgen. Aber nun sagt schon, was Ihr entdeckt habt.«

»Ein Zeichen unter vielen, das eine gestreckte Schlange andeuten könnte und dem ich ein Stück den westlichen Hang hinauf gefolgt bin«, berichtete Dshamal. »Von einem richtigen Pfad ist zwar nichts zu sehen, aber so zerklüftet und unzugänglich das Gelände von unten auch aussah, so erwies er sich doch beim Aufsteigen als breit genug, damit auch Kamele dem Pfad folgen können. Und das Zeichen, dem man folgen muss, ist dieses hier!« Mit raschen Bewegungen steckte er die Teile der Bildertafel zusammen. Heraus kam eine lange Linie, deren Enden ganz leicht gebogen waren wie bei einem angedeuteten S.

»Tod und Teufel, das könnte es wirklich sein!«, stieß McIvor freudig hervor. »Eine Schlange kann auf einem Grat weder ganz gestreckt noch mehrfach gekrümmt sein, um sich darauf fortzubewegen!«

Dshamal nickte. »Und jetzt fügen sich auch die Linien auf den einzelnen Teilen zu sinnvollen Wegzeichen zusammen.«

Maurice warf nur einen kurzen Blick darauf, dann sprang er auch schon tatenhungrig auf. Ihm genügte es zu wissen, dass der Beduine mit den reichlich seltsamen Linien und Zeichen auf der Bildertafel etwas anzufangen wusste. »Ihr habt es gehört, wir haben den Khabir! Also worauf warten wir noch? Brechen wir auf, Freunde!«

Wenig später zogen sie los. Die Kamele waren getränkt, einigermaßen ausgeruht und mit über einem Dutzend vollen Djirbas beladen. Denn auf ihrem Marsch in das Leere Viertel hatten sie auch die leeren Wasserschläuche mitgenommen, die die Sklavenhändler bei ihrem Überfall auf ihr Lager ausgegossen und zurückgelassen hatten. Das zahlte sich jetzt aus, führten sie nun doch einen Vorrat mit sich, der sie für gut eine Woche unabhängig von der nächsten Wasserstelle machte.

Als sie Dshamal in die enge, ansteigende Schlucht folgten und er schon nach wenigen dutzend Schritten mit seinem Kamel an der kurzen Leine den Hang erklomm, wollten sie erst nicht recht glauben, dass es dort ein Weiterkommen geben sollte. Denn von unten sah es so aus, als würden die Tiere in dem steilen und zerklüfteten Gelände nie und nimmer ausreichend Tritt finden.

Aber als sie ihm folgten, stellten sie zu ihrer Verwunderung fest, dass der Pfad durchaus gangbar war. Streckenweise hatten sie allerdings den Eindruck, sich wie eine Schlange über gefährlich schmale Grate winden zu müssen. Die Wände der Schlucht rückten immer näher zusammen.

Plötzlich sah es so aus, als wären sie doch in die Irre gelaufen. Denn der Pfad schien in einer Sackgasse zu enden. Vor ihnen wölbte sich der Fels aus der Wand, als streckte ein versteinerter Riese seinen Rücken heraus. Davor wucherten hohe Sträucher, die sich trotz der Kargheit des Bodens in einer erdgefüllten Mulde vor dem Felsbuckel behaupteten.

»Das war es dann wohl!«, stöhnte McIvor.

Maurice verzog das Gesicht. »Da hat uns das Amulett aber ganz schön zum Narren gehalten! Und wir dachten schon die richtige Lösung gefunden zu haben!«

»Das haben wir auch! Wartet!«, rief Dshamal, griff zu seinem Krummsäbel und schlug auf das Dickicht ein. Augenblicke später erschien dahinter eine Öffnung. »Hier ist ein Durchgang! Und so musste es auch sein! Denn auf dem Khabir findet sich ein Bogen! Gleich dahinter muss das andere Tor liegen!«

Der Spalt war anfangs hoch und schmal, bot jedoch auch für ein Kamel ausreichend Raum für eine Passage. Nur bedurfte es einigen guten Zuredens, um die Tiere dazu zu bringen, ihnen in den dunklen Felsengang zu folgen.

Der Spalt öffnete sich schon nach wenigen Schritten und wurde zu einer Art von bauchigen Höhle, in deren Decke am hinteren Ende ein großes Loch klaffte. Helles Morgenlicht fiel durch die Öffnung – und auf das zweite geheime Tor des Wadi Hamra!

Es ließ sich genauso bedienen wie jenes, durch das sie in die Oase gekommen waren.

Nachdem sie das Tor passiert hatten, zerstörten sie auch hier den Mechanismus, durchtrennten das Zugseil mit dem schweren Stein im Hanfnetz, malten überall Kreuze auf Balken und Felsen und versprengten Weihwasser, das sie für diesen Zweck mitgenommen hatten. Dann zog McIvor das schwere Tor hinter sich zu und vergewisserte sich, dass die Riegel eingerastet waren. Der Weg hinter dem Tor führte wie auf der anderen Seite der Oase durch eine kurze, schmale Seitenschlucht, die am Fuß der Senke auslief. Dann lagen vor ihnen wieder die bis zum Horizont reichenden, tief gestaffelten Dünenketten der Wüste.

Nun begann die letzte entscheidende Etappe durch das sonnendurchglühte Sandmeer. Nach Dshamals Berechnung mussten sie in etwa drei bis vier Marschtagen südlich von Bir Hamid auf die Handelsstraße stoßen – und damit lange bevor Tibu el-Din mit seiner Karawane in dem Gebiet eintraf. Doch was dann geschehen sollte, um den Heiligen Gral und die Granville-Schwestern zu retten, war ihnen allen ein Rätsel. Ein Rätsel, das ihnen noch viel schwerer zu lösen schien als das der »Tafel der tausend Bilder«.

13

Der neue Tag erhob sich und belebte die Wüste mit zarten rosa Tönen. Gleich durchsichtigen Schleiern aus feinstem Gewebe glitten sie lautlos über die Dünenkämme hinweg. Die Luft war kühl und leicht und ein tiefer Friede lag über dem ewigen Sand. Keine Stunde besaß einen größeren Zauber in der Wüste als die der Morgenröte.

Gerolt gab sich ganz der erhabenen Stille und dem Anblick betörender irdischer Schönheit hin, den der Anbruch des Tages den Sinnen für eine kurze Zeit gewährte. Er saß auf einem der Dünenkämme ein wenig abseits von ihrem Lager, das sie vor zweieinhalb Tagen ein gutes Stück nordwestlich der Handelsstraße zwischen Bir Hamid, wo es eine kleine Ansiedlung gab, und der Oasenstadt Dohfa im Süden aufgeschlagen hatten.

Als ein dunkler Punkt am nordöstlichen Horizont aus den blassroten Lichtschleiern hervortrat und an Größe gewann, beobachtete ihn Gerolt eine Weile mit angestrengtem Blick. Schließlich gab es für ihn keinen Zweifel, dass sich ein einzelner Reiter auf der Karawanenstraße näherte, der ein Lasttier an der Leine hinter sich herführte. Es konnte eigentlich niemand anders als Dshamal sein.

In geduckter Haltung zog er sich von seinem vorgeschobenen Wachposten zurück, eilte ins Lager und weckte seine Kameraden. »Ein Reiter mit einem Lasttier aus Richtung Bir Hamid!«, rief er. »Ich glaube, es ist Dshamal.« »Hoffentlich bringt er gute Nachrichten und hat vielleicht sogar einen Blick auf Beatrice erhascht!«, sagte Maurice und rückte sein im Schlaf verrutschtes Kopftuch zurecht. »Ich will mir gar nicht vorstellen, was sie in den vergangenen Wochen gelitten haben muss!«

»Lieg uns doch nicht ständig mit deiner Beatrice in den Ohren!«, brummte McIvor, dem das Warten und die Ungewissheit auf seine eigene Art zu schaffen machten. »Nicht dass mich ihr Schicksal und das ihrer wirklich tapferen, kleinen Schwester nicht berührt. Aber stell dir lieber mal vor, was passiert, wenn wir es nicht schaffen, den Heiligen Gral wieder an uns zu bringen!«

»Was heißt hier ›deine Beatrice‹, Schotte?«, fuhr Maurice ihn gereizt an. »Man wird sich ja wohl noch um die beiden Gedanken machen dürfen, oder? Also spar dir deine dummen Bemerkungen!«

McIvor musterte ihn mit spöttischem Blick. »Was gehst du denn gleich so in die Luft? Habe ich vielleicht eine wunde Stelle berührt?«, fragte er süffisant.

Das Blut schoss Maurice ins Gesicht. »Noch so eine Anspielung und ich gebe dir die passende Antwort!«, drohte Maurice und legte die Hand auf den Griff seines Schwertes.

McIvor zog die Braue seines gesunden Auges hoch, was den spöttischen Ausdruck seines kantigen Gesichts noch verstärkte. »Soll das eine Aufforderung sein, dir mal zu zeigen, wie . . .«

Gerolt sprang zwischen die beide Streithähne und fiel dem Schotten schnell ins Wort. »Seid ihr noch recht bei Verstand? Offenbar nicht, denn sonst würdet ihr euch nicht so benehmen!«, rief er sie mit harscher Stimme zur Ordnung. »Willst du wirklich wegen einer läppischen Neckerei gegen deinen Gralsbruder blank ziehen, Maurice? Ist es das, was du unter ›Füreinander in fester Treue‹ verstehst?« Und dann wandte er sich mit nicht weniger schneidenden Worten an McIvor. »Und welcher Teufel hat dich geritten, Maurice mit solchen Sticheleien zu reizen? Weißt du denn nicht, was für ein Hitzkopf er ist und wie schnell er sich in seiner Ehre verletzt fühlt? Himmelherrgott, wir stehen vor unserer schwersten Bewährungsprobe als Gralshüter und ihr Schwachköpfe brecht einen Streit vom Zaun, den ihr auch noch mit der Klinge austragen wollt! Nicht nur dem Abbé, sondern auch dem Allmächtigen muss ein Irrtum unterlaufen sein, als er euch für würdig gehalten hat das Schwert des Gralsritters zu tragen und Hüter des heiligen Kelches zu sein!«

Kleinlaut und schuldbewusst wie blutjunge Novizen unter der Strafpredigt ihres Oberen, standen die beiden Männer da. Beschämt über das, was sie gesagt hatten und beinahe zu tun bereit gewesen waren, wichen sie dem Blick ihres Gefährten aus.

»Na los, gebt euch die Hand und schafft den Zwist aus der Welt!«, forderte Gerolt sie auf.

»Schon vergessen«, murmelte McIvor und streckte Maurice seine Pranke hin.

»War nicht so gemeint, Schotte«, sagte Maurice und schlug ein, vermied es jedoch, ihn anzublicken. »Es wird höchste Zeit, dass wir aus dieser verfluchten Wüste kommen! Die macht mich allmählich fertig!«

Gerolt begab sich kopfschüttelnd zu Tarik, der die Glut unter der Asche ihrer Feuerstelle freilegte, um ein Kochfeuer zu entfachen.

»Tja, aus jedem Kessel sickert etwas von dem, was in ihm ist«, sagte der Levantiner leise vor sich hin. »Und die Rose ist zwar schnell gepflückt, doch vom tiefen Stich ihrer Dornen hat man oftmals länger als von ihrer Blüte und ihrem betörenden Duft!«

»Fang du jetzt nicht auch noch an!«, warnte Gerolt ihn.

Tarik grinste ihn an. »Mein Vater hat immer gesagt: ›Halt deine Augen geschlossen, wenn du dein Herz in Sicherheit wissen willst!‹ Vielleicht gibst du diesen Rat ja gelegentlich mal an unseren heißblütigen Maurice weiter, was meinst du?«

»Ich meine, dass auch du besser deine Zunge in Zaum halten solltest!«, beschied Gerolt ihn. »Bring das Feuer in Gang, aber ohne hier Rauchwolken aufsteigen zu lassen! Ich sehe indessen nach, ob es wirklich der Beduine ist.«

Es war Dshamal. Er brachte sein Kamel und das Lasttier ins Lager und kehrte dann schnell zu der Stelle zurück, wo er die Karawanenstraße verlassen hatte, um seine von dort abzweigende Spur zu verwischen.

»Es ist so weit!«, berichtete er. »Die Karawane der Sklavenhändler ist gestern Nacht in Bir Hamid eingetroffen!«

Den Gralsrittern fiel ein gewaltiger Stein vom Herzen. Die Berechnungen des Beduinen hatten sich also als richtig herausgestellt und bald würden sie auf diesem Streckenabschnitt auf die Sklavenhändler stoßen.

»Ihre Karawane wird gegen Mittag ein, zwei Farsang nördlich von hier eintreffen und dort ihr Lager während der heißen Stunden aufschlagen«, fuhr Dshamal fort. »Ihr zweiter Halbtagesmarsch bringt sie dann zu der Wasserstelle von Bir al-Falak, wo sie einen Teil der Nacht verbringen werden.«

»Und dort schlagen wir zu!«, ergänzte Maurice.

Der Beduine nickte mit ernster Miene. »Ja, so sieht es unser Plan vor. Jetzt bleibt nur zu hoffen, dass er sich auch ausführen lässt!«

»Habt Ihr Beatrice und Heloise gesehen?«, fragte Gerolt.

»Flüchtig, denn ich wollte mich nicht näher heranwagen, um nicht von einem der Männer erkannt zu werden, die bei uns am Feuer saßen«, sagte Dshamal.

Maurice atmete tief durch, behielt seine Erleichterung aber ansonsten für sich.

Nach einer schnellen Mahlzeit löschten sie das Feuer, deckten die Stelle gut mit Sand zu und tilgten auch alle anderen Spuren. Dann brachen sie nach Bir al-Falak auf. Ihr Vorsprung vor der Karawane der Sklavenhändler betrug mindestens drei Stunden, wie Dshamal ihnen versicherte. Das gab ihnen Zeit genug, um lange vor Tibu el-Din und seinen Männern die Wasserstelle weiter im Süden zu erreichen und sich einen Überblick über das Gelände zu verschaffen.

Bir al-Falak machte seinem Namen als »Brunnen des Himmels« nicht gerade viel Ehre, stellte er sich doch als eine recht armselige Wasserstelle mit nur einigen wenigen, kümmerlichen, akazienähnlichen Bäumen und Büschen heraus.

Für ihr Lager wählten sie einen schmalen Korridor aus, der sechs Dünenreihen nordwestlich der Wasserstelle lag und damit weit genug von ihr entfernt, dass sie aus dieser Richtung keine Entdeckung zu befürchten brauchten. Sie bereiteten das wenige vor, das sie später für die Ausführung ihres Plans benötigten. Während einer von ihnen den Karawanenweg und den Bir al-Falak im Auge behielt, legten die anderen drei Feuerstellen an, die sie nach Südosten hin durch eine schräg gespannte Zeltplane schützten. Nicht der geringste Glutschein sollte sie in der Nacht verraten. Dshamal hatte in Bir Hamid darauf geachtet, möglichst viel dickes Feuerholz zu erstehen, das sie nun auf die drei Feuerstellen aufteilten. Den leeren Sack legten sie zu ihren Waffen, wurde er doch nachher noch gebraucht. Neben die Feuerstellen setzten sie drei flache Tonschalen in den Sand, die Dshamal ebenfalls aus Bir Hamid mitgebracht hatte.

»Dass mir der Krug mit der Hengstpisse zufällt, habt ihr ja großartig hingekriegt!«, maulte Maurice, nachdem sie ausgelost hatten, wer in der Nacht welche Aufgabe übernehmen sollte.

Tarik grinste. »Du hast nun mal das kleinste Hölzchen gezogen, Maurice. Und sag bloß nicht, du hättest keine gute Chance gehabt. Immerhin hast du als Vorletzter ziehen können!«

Viel gab es nicht zu tun. In weniger als einer Stunde waren alle Vorbereitungen getroffen und alles lag bereit. Nun hieß es nur noch warten und hoffen, dass die Karawane des Tibu el-Din auch wirklich am Bir al-Falak ihr Nachtlager aufschlug. Die Sonne verglühte schließlich im Westen und schlagartig warf die Nacht ihr schwarzes Tuch über die Wüste. Der Mond, der in seinem ersten Viertel stand, erklomm den Himmel.

Es vergingen noch einmal drei Stunden, bis die Karawane endlich auf der Handelsstraße auftauchte und am Bir al-Falak Halt machte. Aus sicherer Entfernung beobachteten die vier Gralsritter und Dshamal vom Kamm einer Düne aus, wie die Sklavenhändler ihr Lager aufschlugen. Während die einen die Tiere von ihren Lasten befreiten, sie versorgten und sie bei den wenigen Bäumen zusammenhielten, errichteten einige andere sechs Zelte. Eines davon, das zweifellos dem Führer Tibu el-Din gehörte, war ein Rundzelt und etwas größer als die anderen. Es bildete die Mitte des Halbkreises der Unterkünfte, der sich zum Brunnen und den Kochfeuern nach Süden hin öffnete.

»Da!«, raunte Maurice aufgeregt, als sein Blick für einen kurzen Moment auf die beiden Gefangenen der Sklavenhändler fiel. Ein hoch gewachsener Mann von kräftiger Statur stieß sie grob vor sich her und durch den zurückgeschlagenen Eingang des Rundzeltes. »Da sind sie! . . . Beatrice und Heloise!«

»Das sehe ich sogar mit nur einem Auge«, kam es bissig, aber ganz leise von McIvor.

Tarik stieß den Schotten an. »Komm, kümmern wir uns um die Feuer! Langsam können wir damit beginnen!«, forderte er ihn auf und zog sich mit ihm zurück, während die anderen das Lager im Auge behielten.

Es dauerte quälend lange, bis die Sklavenhändler die Kochfeuer ausgehen ließen, ihre Unterhaltungen beendeten und sich zum Schlafen in ihre Zelte begaben.

»Sie begnügen sich mit nur einer Wache bei der Herde!«, flüsterte Gerolt dem Beduinen an seiner Seite zu.

Dshamal nickte. »Was hat eine so große Meute Wüstenwölfe auch zu fürchten«, raunte er zurück.

»Uns!«, murmelte Gerolt grimmig.

»Geben wir ihnen noch eine gute Stunde, um tief in den Schlaf zu fallen. Dann wird auch der Wachposten mit der Müdigkeit zu kämpfen haben«, wisperte der Beduine.

Schließlich war es so weit, ihren riskanten Plan in die Tat umzusetzen. Die drei Feuer hinter der Zeltbahn hatten inzwischen die Sandmulden reichlich mit Glut gefüllt. Schnell schoben sie die Glutstücke mit Hilfe ihrer Messer in die drei Tonschüsseln und bedeckten sie mit einer Schicht Asche. Auch der Krug mit dem Urin des Hengstes stand neben Maurice bereit.

Dshamal blickte in die Runde der Männer, deren verkniffene Mienen ihre große Anspannung verrieten. »Jeder weiß, was er zu tun hat! Also dann, versuchen wir unser Glück! Möge Allah mit uns sein!«

14

Sie schlugen einen weiten Bogen um das Nachtlager der Karawane und näherten sich ihm schließlich von Osten her. Mit höchster Vorsicht schlichen sie über die Düne. Dabei behielten sie unablässig den Wachposten im Auge, der vor der Kamelherde mit müden Schritten auf und ab ging.

Die Tiere lagen mit angelegten Agalen im Sand. Hier und da war ein Schnauben und das gleichmäßige Geräusch des Wiederkäuens zu vernehmen.

Immer näher schlichen sie sich heran. Dann lag nur noch eine mäßig hohe Düne zwischen ihnen und dem Lager.

»Die Wache überlasst Ihr mir!«, wisperte Dshamal und zog nun seinen Dolch. »Das bin ich dem Khabir und vor allem Gharib schuldig! Er wird jetzt seine Rache bekommen!«

Er wartete, bis ihnen der Mann wieder einmal den Rücken zukehrte. Dann glitt er barfuß und lautlos wie ein Schatten über die Düne. Der Mann bemerkte die tödliche Gefahr in seinem Rücken zu spät. Gerade wollte er sich umdrehen, als der Beduine schon hinter ihm war. Blitzschnell legte Dshamal ihm seinen linken Arm vor den Mund, zog ihn an sich, um jeden Laut zu ersticken, und stach im selben Augenblick auch schon zu.

Gerolt verzog das Gesicht und wand sich innerlich. »Ich wünschte, das wäre nicht notwendig gewesen«, flüsterte er.

»Jeder von ihnen hat den Tod verdient!«, sagte McIvor ungerührt.

»Ja, das ist wohl richtig«, pflichtete Gerolt ihm bei. »Aber in einem offenen Kampf!«

»Das wäre mir auch lieber gewesen, aber es ging nicht anders! Man kann sich nun mal nicht einem Mühlstein entgegenstellen, der den Berg herunterrollt!«, flüsterte Tarik, packte seine Tonschüssel mit Glut und sprang auf.

Gerolt und McIvor folgten ihm mit ihrer Glutschale, während Maurice den leeren Sack und den Krug voll Hengsturin aufnahm und dicht hinter ihnen blieb.

Augenblicke später waren sie bei Dshamal. Leise setzten sie die Tonschalen in der Nähe des Zeltes, das sich am westlichen Ende des Halbkreises erhob, in den Sand. McIvor blieb dort zurück.

Maurice stellte den Krug ab, ließ den leeren Sack fallen und packte die Beine des Toten. Er zog ihn von der Herde weg, um ihn hinter der Düne hastig mit Sand zu bedecken und dann die Schleifspuren zu verwischen.

Seine nächste Aufgabe war es, den tagsüber im Krug aufgefangenen Hengsturin über den Boden zu versprenkeln und in südöstlicher Richtung eine Duftfährte bis über die nächsten zwei, drei Dünenketten zu legen. Dann sollte er den Krug in einen der Sandkorridore werfen und zu ihrem Lagerplatz zurückeilen, damit ihre schon gesattelten Kamele gleich für ihre Flucht bereitstanden, ohne dass sie erst noch die Agale lösen mussten.

Indessen nahm Gerolt den leeren Sack an sich und schlich sich mit Dshamal zwischen die Tiere, um ihnen vorsichtig die Fußfesseln abzunehmen und die Agale dann vorsichtig in den Sack zu stecken. Die Stricke einfach mit ihrem Messer durchzuschneiden, wäre zwar um einiges schneller gegangen. Aber das hätte den Sklavenhändlern schon auf den ersten Blick verraten, dass jemand aus Fleisch und Blut in ihr Lager eingedrungen war. Ihre Verstörung würde, wie sie hofften, jedoch um einiges größer sein, wenn sich die Agale scheinbar in Luft aufgelöst hatten.

Die Kamele reagierten mit gelassener Neugier. Das eine oder andere Tier beschnupperte sie und schnaubte ein wenig. Doch keines gab Laute von sich, die einen der Schlafenden hätten alarmieren können. Nur zu gern ließen sie sich die Fußfesseln abnehmen. Zudem stieg ihnen schon der Uringeruch des fremden Hengstes in die Nüstern. Die ersten Kamele kamen ruckartig auf die Füße und reckten ihre langen Hälse in die Richtung, in der Maurice die Duftspur gelegt hatte.

»Das genügt«, flüsterte Dshamal, nachdem sie gut zweieinhalb Dutzend Tieren die Agale abgenommen hatten. Und mehr Fußfesseln passten auch nicht in den Sack.

Hastig verschnürte Gerolt den Sack und legte ihn Augenblicke später zwischen zwei der Lastengestelle, die zwischen dem Herdenplatz und dem ersten Zelt aufgereiht standen. So schnell würde keiner der Sklavenhändler bemerken, dass der Sack nicht zu ihnen gehörte, und auf die Idee kommen, ihn aufzuschnüren und nachzusehen, was er enthielt.

Gerolt und Dshamal huschten an die Seite von McIvor. Die ersten beiden Kamele lösten sich aus der Herde und entfernten sich langsam vom Lager. Nun begannen auch die anderen Tiere unruhig zu werden. Damit war der kritische Moment gekommen, der über Erfolg oder Scheitern entschied.

Die drei Männer verständigten sich mit Zeichen, nahmen die drei Tonschüsseln und schlichen hinter den Zelten entlang zum Rundzelt des Anführers der Bande.

Dshamal und Gerolt kauerten mit gezücktem Messer an der Hinterwand des Zeltes, in dem Beatrice und Heloise gefangen gehalten wurden – und in dem sie auch den Heiligen Gral zu finden hofften.

McIvor zögerte kurz. Dann fuhren seine Hände in die Glut der ersten Schüssel. Er griff sich so viele Glutstücke, wie es ihm möglich war. Die ersten drei Hände voll schleuderte er unter die Kamelherde, die auf den Glutregen augenblicklich mit schmerzerfülltem Kreischen und Gebrüll reagierte.

Die von den Fußfesseln befreiten Tiere galoppierten sofort los, als ihnen die Glutstücke das Fell verbrannten. Panik brach unter der Herde aus. Die noch gefesselten Kamele wälzten sich hin und her, traten um sich und versuchten sich von den Agalen zu befreien.

Indessen hatte McIvor damit begonnen, so schnell wie möglich auch die beiden anderen Tonschalen bis auf eine Hand voll zu leeren. Er schleuderte die Glut rasend schnell hoch in die Luft, damit sie über die Zelte, aber auch auf das freie Gelände davor herabfiel.

Das Gebrüll der Kamele und das Trommeln der Glut auf die Zelte rissen das Lager der Sklavenhändler jäh aus dem Schlaf. Ein Tumult brach los, als die Männer aus den Zelten stürmten, deren staubtrockene Stoffbahnen in Windeseile Feuer fingen, und die ersten noch schlaftrunken auf Glutstücke traten. Die Männer schrien in ihrer Angst und Verstörung wild durcheinander und liefen kopflos hin und her.

»Hier liegen überall glühende Kohlen!«

»Es regnet Feuer vom Himmel!«

»Die Herde geht durch!«

»Die Zelte haben Feuer gefangen!«

»Die Kamele! . . . Erst die Kamele!«

»Allah straft uns mit Glutregen!«

»Das Ende der Welt!«

Als der Tumult losbrach, spannte Gerolts Messerspitze schon in Kopfhöhe die Zeltbahn. Jetzt stach er zu und schlitzte sie mit einem schnellen Schnitt bis unten auf. Sofort zwängte er sich hindurch, augenblicklich gefolgt von Dshamal, während sich McIvor an das Zelt presste, um nicht gesehen zu werden. Gleichzeitig sorgte er dafür, dass ein wenig Mondlicht durch den langen Schlitz ins Innere fiel, wusste er doch, dass Gerolt und dem Beduinen nicht viel Zeit blieb, um Beatrice und Heloise herauszuholen und den Heiligen Gral zu finden.

Gerolt stolperte fast über die Granville-Schwestern. Sie lagen gleich rechts von der Öffnung, an Händen und Füßen gefesselt. »Still! Wir sind es! Ganz ruhig!«, raunte er ihnen warnend zu, als sie sich mit einem Laut des Erschreckens aufzurichten versuchten. »Dshamal schneidet euch die Fesseln durch. Sagt, wo hat er unseren Stoffbeutel mit dem schwarzen Würfel versteckt? Schnell! Wir haben nicht viel Zeit!«

Heloise hatte sich schneller gefasst als ihre große Schwester. »Links von Euch!«, stieß sie mit zitternder Stimme hervor. »Der Beutel liegt zwischen einigen Teppichrollen und der Truhe!«

»Gott segne dich, Heloise!«, flüsterte Gerolt, tastete sich im Dunkel zu den Teppichrollen hinüber und suchte nach dem Beutel mit dem Ebenholzwürfel – und stieß im nächsten Augenblick auch schon mit der Hand gegen etwas Hartes, Kantiges. Kurz tastete er den Gegenstand ab, um auch ganz sicher zu sein, dass er den Heiligen Gral gefunden hatte. Und er war es! Er warf sich den Lederriemen des Beutels über die Schulter und beeilte sich aus dem Zelt zu kommen.

Dshamal hatte inzwischen Beatrice und Heloise von den Fesseln befreit. McIvor kippte gerade die restliche Glut auf die im Sand auslaufende Zeltbahn, als Gerolt wieder zum Vorschein kam. Dann schob er die zusammengestellten Schüsseln schnell durch die Öffnung ins Zelt, damit sie in den nächsten entscheidenden Minuten niemand bemerkte.

»Ich trage dich, kleine Prinzessin! Halte dich nur gut an mir fest!«, flüsterte der Schotte Heloise zu und klemmte sie sich mit einem schnellen Griff unter seinen Arm, als ginge es nur darum, einen leichten Sack Reisig wegzutragen.

Geduckt flüchteten sie in die Nacht – und zwar genau entgegengesetzt zu der Richtung, in der die Kamele losgestürmt waren und der im Augenblick die ganze Aufmerksamkeit der Sklavenhändler galt.

Als Gerolt mit seinen Gefährten die erste Sanddüne erklomm, warf er einen kurzen Blick zurück auf das Lager. Vier der Zelte, unter ihnen das des Anführers, standen lichterloh in Flammen. Und noch immer herrschten am Bir al-Falak wildes Geschrei und chaotisches Durcheinander, das von Hilflosigkeit und abergläubischer Angst bestimmt wurde.

Niemand bemerkte sie und nahm ihre Verfolgung auf. So schnell, wie es ihnen möglich war, jagten sie auf ihren Kamelen im Schutz des Dünentals, in dem sich ihr Lager befunden hatte, nach Nordosten. Sie nutzten jede Möglichkeit, in einen anderen, weiter nach Norden führenden Korridor zu gelangen, die ihnen die Dünenketten boten.

Sie gönnten sich und den Tieren keine Atempause, sondern trieben die Tiere zu höchster Eile an und ritten die restlichen Nachtstunden durch. Und auch am Tag erlaubten sie sich nur eine kurze Rast, weil die Kamele diese unbedingt brauchten, wenn sie sie nicht zu Schanden reiten wollten. Doch sowie Dshamal es für vertretbar hielt, stiegen sie wieder in die Sättel und setzten ihre wilde Flucht nach Norden fort.

Immer wieder blieb einer von ihnen zurück, um ihre Fährte unkenntlich zu machen. Sollten die Sklavenhändler ihnen noch in der Nacht zu folgen versuchen, würden sie an diesen Stellen viel Zeit verlieren, um bei dem schwachen Licht des Viertelmondes ihre Spur wieder aufzunehmen.

Dennoch fürchteten sie den ganzen Tag über hinter sich am südlichen Horizont eine Gruppe Verfolger auftauchen zu sehen. Diese Angst trieb sie ruhelos weiter und erwies sich stärker als die sengende Hitze und die Schmerzen, die sie quälten.

Erst am Morgen des dritten Fluchttages, nachdem in der Nacht zuvor ein starker Wind aufgekommen war und sie stundenlang in dichte Sandschleier gehüllt hatte, verflogen ihre letzten Sorgen. Jetzt endlich hatten sie Gewissheit, dass ihre Flucht gelungen war und sie die Rache der Sklavenhändler nicht länger zu fürchten brauchten.

Ihr Plan war gelungen. Beatrice und Heloise befanden sich in Freiheit – und der Heilige Gral war gerettet!

15

Wie tot lagen sie in der Senke.

Erst als die sengende Sonne ihren Zenit erreicht hatte, war von Dshamal das erlösende Zeichen gekommen, nun endlich eine längere Rast einzulegen. Fast hatte ihnen die Kraft gefehlt, die nicht weniger erschöpften Tiere von ihren Lasten zu befreien, sie zu versorgen, ihnen ein wenig Wasser zu geben und ihnen die Fußfesseln anzulegen. Dann waren sie völlig entkräftet neben ihren Sätteln in den Sand gesunken und sogleich in einen tiefen Schlaf gefallen.

Der Glutball stand schon weit im Westen und die Höcker der Kamele warfen lange Schatten über den Rastplatz, als Gerolt mit schmerzenden Knochen erwachte. Wie benommen lag er da. Es kam ihm wie ein wirrer Traum vor, was sie in den vergangenen Wochen erlebt und durchgestanden hatten und dass ihr nächtlicher Überfall auf das Lager der Sklavenhändler wahrhaftig gelungen war.

Als er die Augen öffnete, fiel sein Blick geradewegs auf Beatrice. Sie lag nur zwei Schritte von ihm entfernt im Sand ausgestreckt. Ihr Haar war in den Wochen seit ihrer Flucht aus dem Palast des Emirs kräftig gewachsen und fiel ihr mittlerweile schon wieder bis über die Ohren. Und ihr Gesicht hatte während ihres langen Wüstenmarsches eine tiefe Bräune angenommmen. In ihren Kreisen galt sonnengebräunte Haut bei einer Frau zwar als anstößig und als sichtbares Zeichen unfeiner, niederer Tätigkeiten im Freien. Doch er fand, dass ihr die bronzefarbene Bräune ganz wunderbar zu Gesicht stand.

Ihr Gewand sah jedoch übel zugerichtet aus, war verdreckt und an den Ärmeln und vor der Brust eingerissen. Sie hatte offensichtlich einige grobe Handgreiflichkeiten der Sklavenhändler über sich ergehen lassen müssen. Zum Glück war ihr aber die Schändung erspart geblieben, wohl weil es ihren Preis in Dohfa erheblich gemindert hätte.

Beatrice lag auf der rechten Seite und er konnte nicht umhin, zu bemerken, dass im tiefen Riss ihres Gewandes die helle Haut ihrer Brust zu sehen war. Ganz deutlich nahm er die Wölbung wahr, die der drei Finger breite Spalt entblößte. Er wusste, dass es sich nicht gehörte, darauf zu starren, und dass er seinen Blick hätte abwenden sollen. Doch er konnte einfach nicht anders, als auf die zarte Haut der Brust zu schauen und es seiner Phantasie zu überlassen, sich den Rest ihrer schlanken, verführerischen Figur auszumalen. Er war wie gebannt von dem Anblick und sein Körper reagierte mit Gefühlen, wie sie ihn schon lange nicht mehr in dieser Stärke heimgesucht hatten.

Plötzlich schlug sie die Augen auf – und ihr Blick begegnete dem seinen. Sie rührte sich nicht von der Stelle. Keine Hand fuhr zu ihrer Brust hoch, um ihre Blöße zu bedecken. Und dann erschien ein feines Lächeln auf ihrem Gesicht. Es war, als wüsste sie, was in ihm vorging, und als gäbe sie sich seinem Blick bereitwillig preis. Das Blut rauschte ihm in den Ohren und er hatte das Gefühl, als dauerte dieser magische Moment eine halbe Ewigkeit.

Dann richtete sich McIvor mit einem lauten, lang gezogenen Stöhnen auf. Und schnell zog Beatrice ihren linken Arm vor die Brust und schloss wieder die Augen, als schliefe sie noch.

Mit jagendem Herz warf Gerolt sich auf den Rücken und rang nach Atem. Bestürzung und Scham überfielen ihn. »Herr, verzeih mir diesen Moment schändlicher Schwäche! Ich weiß nicht, was in mich gefahren ist!«, flüsterte er erschrocken und fragte sich, wie ihm das nur hatte passieren können.

Bei Maurice hätte ihn das nicht verwundert, der hatte diese Schwäche in all den Jahren als Ordensbruder nicht einen Tag abgelegt. Aber dass nun auch er in die Versuchung geriet, weiblichem Zauber zu erliegen und sich Dinge auszumalen, die sich für einen Kriegermönch und Gralsritter nicht gehörten, das erschreckte ihn. Solch eine Entgleisung seiner Selbstbeherrschung durfte ihm nie wieder unterlaufen!

Gerolt registrierte es mit Erleichterung, dass Beatrice nachher weder durch eine versteckte Anspielung noch durch einen verstohlenen Blick auf diesen kurzen Moment ihrer beider Selbstentblößung einging. Er hielt sich aus ihrer unmittelbaren Nähe fern, so gut es ging, und vermied es auch, ihr ins Gesicht zu sehen. Nur allmählich wich die Bestürzung von ihm. Es dauerte jedoch viele Stunden, bis er sich wieder einigermaßen gefasst hatte und sich im Nachtlager am Kochfeuer in der Lage sah, wieder einige belanglose Worte mit ihr zu wechseln.

Mit den Tagen, die sie weiter nach Nordosten zur Küste des Maghreb zogen, wuchs in ihm allmählich die Überzeugung, dass er vermutlich viel mehr in den kurzen Augenblick hineingedeutet hatte, als ihm an Bedeutung zukam. Bestimmt hatte Beatrice gar nicht richtig bemerkt, dass er so schamlos auf ihre Blöße gestarrt hatte. Und damit gab es auch keinen Grund, ihr gegenüber befangen zu sein.

Sie benötigten zehn lange Tage, bis endlich die Mauern der kleinen Hafenstadt Sephira Magna vor ihnen auftauchten und das Ende ihrer abenteuerlichen Wüstendurchquerung gekommen war.

»Dort habt Ihr den Arm der Mameluken nicht zu fürchten«, versicherte Dshamal. »Ich danke Allah, dass er mir die Gnade erwiesen hat, Euch wohlbehalten an diesen Ort zu führen und damit meine große Schuld bei Euch abzutragen. Möge auch der Rest Eurer Heimreise unter seinem gütigen Segen stehen, meine Freunde!« Denn Freunde waren sie in den vielen Wochen wahrhaftig geworden.

Die vier Gralshüter bestanden darauf, ihm nicht nur alle Kamele zu überlassen, sondern ihm ihre tiefe Dankbarkeit und Verbundenheit auch noch dadurch zu zeigen, dass sie ihn mit zweien von ihren letzten vier Edelsteinen beschenkten. Er würde sicherlich in Siwa einen Händler finden, der sie ihm gegen einen schönen Batzen Golddinar abkaufte. Ihre eigenen restlichen Goldstücke brauchten sie, um sich auf einem Handelsschiff, das sie in Sephira Magna schnell zu finden hofften, eine Passage hinüber nach Europa zu erkaufen.

Der Beduine, der nun in sein Stammesgebiet nordöstlich von Siwa zurückzukehren und nach den wenigen Überlebenden seines Stammes zu suchen gedachte, machte beim Abschied nicht viel Worte.

Eines jedoch gab er ihnen noch mit auf die Weiterreise. Denn als Maurice ein Dankgebet gen Himmel schickte, dass sie nun endlich der Wüste entkommen und in die Zivilisation zurückgekehrt waren, prophezeite er ihnen mit einem feinen Lächeln: »Eines Tages werdet Ihr anders darüber denken. Kein Mensch kann in der Wüste leben und davon unberührt bleiben. Er wird fortan, vielleicht kaum merklich, das Zeichen der Wüste, des Nomaden in sich tragen. Und er wird immer wieder leises oder brennendes Heimweh nach jenem Leben verspüren. Denn dieses unerbittliche Land übt einen Zauber aus, dem ein gemäßigtes Klima nichts entgegenzusetzen hat. Salam, meine Freunde!«

Und mit diesen Worten schwang er sich auf sein Kamel, band die Führungsleine der restlichen, miteinander verbundenen Kamele an sein Satteljoch, hob noch einmal die Hand zum Gruß und kehrte im wiegenden Gang seines Reittieres in die Wüste zurück, ohne die er sich kein erfülltes Leben vorstellen konnte.

»Verlangen, ja gar brennendes Heimweh nach der Wüste? Niemals, Beduine!«, widersprach Maurice mit einem fröhlichen Lachen. »Mich wird die Wüste nie wieder sehen! Da sei die heilige Gottesmutter und alle anderen Heiligen und Märtyrer vor! Und schon gar nicht wird es mich freiwillig dorthin zurückziehen!«

So sah es auch McIvor, der jetzt seiner Hoffnung Ausdruck gab, in Sephira Magna nicht nur eine komfortable Unterkunft zu finden, sondern auch eine ordentliche Schänke, wo es guten Wein gab. Er versicherte launig, dass sie ja einiges nachzuholen hätten und er einen derart höllischen Durst habe, dass dieser wohl nur durch ein halbes Fass zu stillen sei.

In Gerolt regte sich jedoch ein anderes Gefühl. Er spürte in sich die Ahnung, dass sich die letzten Worte von Sheikh Salehi eines Tages sehr wohl bewahrheiten würden.

Dritter Teil

Frankreich
oder
Das Netz zieht sich zu

1

Wie ein sturzbetrunkener Zecher, der sich nach einem wüsten Gelage kaum noch auf den Beinen zu halten vermochte, so wankte Gerolt mittschiffs über das nasse, rutschige Deck des französischen Kauffahrers *Marie Céleste*. Mit einer Hand hielt er den dicken Wollumhang vor der Brust geschlossen, um sich vor Gischt, Regen und Wind zu schützen. Mit der anderen griff er nach allem, was ihm auf dem schwankenden Deck des Schiffes festen Halt bot.

Er wünschte, er hätte noch eine dritte Hand gehabt, um das schwere Schwertgehänge an seiner Seite zu bändigen. Es pendelte bei seinen unsicheren Schritten wild hin und her und drohte ihn mehr als einmal zu Fall zu bringen. Nur zu gern hätte er sein Gralsschwert in der Kabine gelassen. Aber seine Kameraden und er waren übereingekommen, ihre Waffe stets umgeschnallt zu tragen, um zu jeder Zeit kampfbereit zu sein.

Nicht dass sie der Mannschaft der *Marie Céleste* misstrauten, aber nach dem Raub des Heiligen Grals durch die Sklavenhändler hatten sie sich geschworen fortan auch mit dem scheinbar Unmöglichen zu rechnen und nicht mehr das geringste Risiko einzugehen. Deshalb hatten sie auch den Entschluss gefasst, den Ebenholzwürfel mit dem heiligen Kelch nicht aus den Augen zu lassen. Einer von ihnen wachte seitdem immer in seiner unmittelbaren Nähe über ihn. An diesem Morgen hatte McIvor diese Aufgabe übernommen.

Gerolt gab sich den Anschein, die spöttischen und schadenfrohen Blicke der Seeleute nicht zu bemerken. Insgeheim wurmte es ihn, dass sie sich der Mannschaft des Handelsschiffes nicht als Tempelritter zu erkennen gegeben hatten. Dann hätte man ihnen sicherlich den gebührenden Respekt gezollt, wie er den Kriegermönchen dieses ruhmreichen Ordens zustand.

Aber es war ihnen klüger erschienen, auf diesen Vorteil zu verzichten und sich eine falsche Identität zuzulegen. Und so waren sie für die Matrosen und für Mathieu Termes, den sehr von sich eingenommenen Kapitän der *Marie Céleste,* zu Glücksrittern und Söldnern von sehr zweifelhaftem Charakter geworden, die angeblich im Auftrag eines reichen Toulouser Kaufmanns dessen verschleppte Töchter Beatrice und Heloise aus der Gewalt eines maghrebinischen Provinzfürsten befreit hatten. Maurice hatte diese abenteuerliche Lügengeschichte bei ihrem ersten Zusammentreffen mit Kapitän Mathieu Termes im Hafen von Sephira Magna sehr überzeugend vorgetragen.

Wankenden Schrittes bewegte sich Gerolt über das Deck und zwang sich, nicht an die wenigen Bissen trockenen Brotes zu denken, die er vorhin in der Messe* mühsam hinuntergewürgt hatte. Sie rumorten schon jetzt bedrohlich in seinem Magen, sodass er fürchtete auch dieses Essen nicht lang bei sich behalten zu können. Er versuchte die aufsteigende Übelkeit zu ignorieren und sich abzulenken, indem er sich auf den Ausgleich der unberechenbaren Schiffsbewegungen konzentrierte.

Während sie bis auf den glücklichen, seefesten Tarik seit dem vergangenen Abend alle mehr oder weniger stark unter dem entsetzlichen Rollen und Schlingern des Kauffahrers litten, machte der Mann-

* Seemännische Bezeichnung für den Speiseraum der Besatzung. Bei größeren Schiffen gibt es jeweils eine Messe für die Mannschaft und eine für die Offiziere. Passagiere nehmen ihre Mahlzeiten am Tisch des Kapitäns und seiner Offiziere ein.

schaft die schwere, raue See nicht das Geringste aus. Gar von Sturm zu reden fiel keinem der barfüßigen und wettergegerbten Matrosen ein. Die *Marie Céleste* war nach einer Reihe von prächtig sonnigen und windbeständigen Segeltagen, die sie rasch über das östliche Mittelmeer und durch die Straße von Sizilien gebracht hatten, nun südwestlich von Korsika in eine ganz gewöhnliche Schlechtwetterfront geraten. Nicht mehr und nicht weniger. Immerhin ging der Oktober schon in seine zweite Woche und zu dieser Jahreszeit musste man in dem Seegebiet zwischen Korsika und dem Golf von Lion nun mal jederzeit mit solch einem unangenehmen Schmuddelwetter rechnen. Aber Grund zur Besorgnis gab es nicht, wie man ihnen abschätzig zu verstehen gab, auch wenn sie sich als Landratten dem Tod durch Übelkeit noch so nahe glaubten. Und der bärbeißige Bootsmann hatte es sich nicht nehmen lassen, ihnen am Morgen noch einmal mit sarkastischem Tonfall zu versichern, dass sie von einem handfesten Sturm noch so weit entfernt wären wie der gewöhnliche Kreuzritter von der Heiligsprechung. So viel zu dem Respekt, der ihnen an Bord des Schiffes entgegengebracht wurde!

Aber auch wenn sie es nicht mit einem Sturm zu tun hatten, so machten die ständig wechselnden Winde und die kurzen, harten Kreuzseen der *Marie Céleste* und insbesondere ihren seekranken Kabinenpassagieren doch schwer zu schaffen. Masten und Takelage ächzten, während das Segelschiff Stunde um Stunde in der aufgewühlten See von einer Seite auf die andere rollte, stampfte und schlingerte. Und wenn die Wogen nicht weiße Schaumkronen getragen hätten, wäre das triste Grau des Meeres kaum von dem fleckigen Grau des Himmels zu unterscheiden gewesen.

Gerolt hatte geglaubt, dass er sich an der frischen Luft besser fühlen würde als in der stickigen Enge unter Deck. Aber nicht nur das fortwährende Rumoren in seinem Magen, sondern auch der böige

Wind, der ihm Regenschleier und salzige Gischt ins Gesicht wehte und an seinem Umhang zerrte, belehrte ihn schnell eines Besseren. Es half auch nicht viel, dass er in Lee an die Reling trat und sich dort am Schanzkleid festhielt. Es blieb weiterhin höchst mühsam, das Gleichgewicht zu wahren.

Den Kopf zwischen die Schultern gezogen, starrte er auf die graue See hinaus. Die langen und heißen Monate, die sie in al-Qahira und mit Dshamal Salehi in der Wüste verbracht hatten, erschienen ihm bei diesem klammen, nass-kalten Wetter wie Erinnerungen an ein anderes, fernes Leben. Flüchtig dachte er an die fast drei Wochen, die sie in Sephira Magna zugebracht hatten. Es waren nervenzermürbend träge und bange Wochen des Wartens auf das Eintreffen eines Handelsschiffes gewesen, dessen Kapitän von dort einen Hafen in Griechenland, Italien oder Frankreich anlief und dem sie sich mit ihrem geheimen Schatz anvertrauen konnten. Denn auf dem Meer tummelten sich nicht weniger schurkische Halsabschneider als auf den Landwegen.

In diesen Wochen hatten die Tavernenwirte am Hafen ein blendendes Geschäft mit ihnen gemacht, waren in der Zeit doch so einige Dutzend Krüge Wein durch ihre Kehlen geflossen. Wobei ganz besonders Maurice und McIvor immer wieder darum gewetteifert hatten, wer wohl wen zuerst unter den Tisch zu trinken vermochte. Beide hatten sich nichts geschenkt und am Ende hatte der Schotte die Nase deutlich vorn gehabt, was Maurice jedoch heftig bestritten hatte. Zum Glück war dann endlich die *Marie Céleste* eingelaufen und sie waren schnell mit Kapitän Mathieu Termes handelseinig geworden. Und jetzt waren es nur noch wenige Segeltage bis in den Hafen von Marseille!

Mit sehr gemischten Gefühlen dachte Gerolt daran, dass die heiligen Stätten und das christliche Königreich in Qutremer mit dem Fall von Akkon vor wenigen Monaten verloren waren und es für sie nun wieder zurück in die Heimat ging. Nach den Jahren in der Fremde, in der er sich wohler gefühlt hatte als irgendwo sonst, würde es nicht einfach sein, sich wieder an das ganz andere Leben im Abendland zu gewöhnen. Seinen Freunden erging es nicht viel anders, wie er wusste. Zudem beschäftigte sie die Ungewissheit, wie stark die Iskaris in Frankreich vertreten waren und welche Gefahr die Knechte des Schwarzen Fürsten für ihre Reise von Marseille nach Paris darstellten. Und nur zu gern hätten sie gewusst, welche besonderen Aufgaben sie wohl als Gralshüter übernehmen würden, wenn der heilige Kelch erst einmal sicher im Versteck der Templerburg von Paris ruhte.

Als Gerolt nach achtern blickte, sah er Tarik beim Ruderstand stehen. Der Levantiner unterhielt sich angeregt mit dem Steuermann. Er stand so sicher auf den Beinen, als wäre er sein Leben lang zur See gefahren und als wüsste er genau, wie sich die *Marie Céleste* gleich bewegen würde. Und Probleme mit dem Magen hatte er auch keine. Ganz im Gegenteil! Er biss gerade ein Stück von einem Streifen Dörrfleisch ab und kaute es genüsslich. Dank seiner besonderen Segensgabe war das Element Wasser in jeder Form sein Freund. Wie sehr Gerolt ihn seit den frühen Abendstunden, als das Wetter umgeschlagen war, darum beneidete!

Gerade überlegte er, ob er sich zu seinem Freund auf das Achterdeck begeben sollte, als der Wind ihm seinen Namen zutrug. Jemand rief nach ihm. Es war McIvor. Der Schotte stand auf der Treppe des Niedergangs und streckte den Kopf aus der Luke. Was hatte er da zu suchen? Er sollte doch den Heiligen Gral in ihrer Kabine bewachen!

»Gerolt! . . . Komm schnell!«, rief er und winkte ihn in sichtlicher Aufregung zu sich.

»Du hast gut reden! Das ist auf dem rutschigen Deck leicht gesagt!«, rief Gerolt zurück, ließ das Schanzkleid los und beeilte sich, so gut es die schwankenden Planken unter seinen Füßen zuließen. Verwundert fragte er sich, was es denn bloß so Eiliges gab. Vermutlich war wieder etwas mit Beatrice, die besonders stark unter der Seekrankheit litt. Sogar in den ersten Tagen bei fast spiegelglatter See war ihr ständig elend geworden und Maurice hatte an ihrer Koje sitzen, ihre Hand halten und ihr Trost zusprechen müssen. Aber seinen Freund hatte es nun selber schwer erwischt. Jedenfalls hatte Maurice sich heute noch nicht außerhalb seiner Kabine blicken lassen und somit auch Beatrice keinen Besuch abgestattet, wie er es sonst all die anderen Tage getan hatte. Allein das sagte schon genug darüber aus, wie schlecht er sich fühlen musste.

»Also wenn es wegen Beatrice ist, dann . . .«, begann Gerolt, als er den Niedergang erreicht hatte und sich dort am Lukenrand festhielt. Keinen Augenblick zu früh, denn im selben Moment schlingerte die *Marie Céleste* über einen Wellenkamm und krängte stark nach backbord.

»Das ist es nicht! Mit Maurice stimmt etwas nicht!«, fiel McIvor ihm sogleich ins Wort.

»Ich weiß, auch ihn hat die Seekrankheit fest in den Klauen, aber das ist doch kein Grund, dass du . . .«

Erneut ließ ihn der Schotte seinen Satz nicht beenden. »Vergiss die verdammte Seekrankheit! Die macht mir auch zu schaffen!«, stieß er hervor. »Aber es geht um etwas ganz anderes. Ich habe nämlich die böse Ahnung, dass Maurice irgendeine Riesendummheit vorhat!«

Verständnislos sah Gerolt seinen Ordensbruder an. »Wovon, um Himmels willen, redest du?«

»Maurice war gerade bei uns in der Kabine. Und da habe ich die Gelegenheit genutzt, um kurz nach Heloise und Beatrice zu schauen, während er bei uns in der Unterkunft Wache halten sollte. Doch als ich zurückkam, war er nicht mehr da. Ich habe aber noch einen flüchtigen Blick auf ihn erhascht, wie er in seiner Kabine verschwand und die Tür hastig hinter sich zustieß und verriegelte!«

»Und?« Gerolt verstand immer noch nicht, worauf McIvor hinauswollte. Maurice hatte in der Abwesenheit des Schotten die Wache übernommen und sich dann wieder in seine Koje gelegt. Was war daran so bemerkenswert?

»Er hatte sich den Beutel mit dem Ebenholzwürfel unter dem Arm geklemmt!«, sprudelte er hervor. »Ohne ein Wort der Erklärung ist er damit in seiner Kabine verschwunden! Und das gefällt mir gar nicht, Gerolt. Er war entsetzlich bleich im Gesicht und ihm stand der Schweiß auf der Stirn. Ich habe das erst der Seekrankheit zugeschrieben und mir nichts weiter dabei gedacht. Aber jetzt im Nachhinein mache ich mir ernstlich Sorgen, ob mit ihm etwas nicht in Ordnung ist!«

Jetzt verstand Gerolt seine Aufregung und er erschrak. Maurice hatte den heiligen Kelch heimlich an sich genommen und war damit in seiner Kabine verschwunden!

Den Würfel mit dem Heiligen Gral hatten sie in der Kabine versteckt, die Gerolt sich mit McIvor und Tarik teilte. Maurice hatte bei ihrer Einschiffung die Einzelkabine bezogen. Sie hatten erst das Los darüber entscheiden lassen wollen, wer eine Kabine ganz für sich allein bekam. Aber Maurice hatte all seinen Charme und seine beachtliche Redefertigkeit aufgebracht, um sie davon zu überzeugen, dass er noch etwas bei ihnen gut hatte. Immerhin sei er doch in der Nacht ihres Überfalls auf die Sklavenhändler mit dem Krug voll Kamelurin losgezogen und habe diese übelst stinkende Spur über die Dünen gelegt. Und sie hatten es nicht übers Herz gebracht, ihm seine Bitte abzuschlagen.

Gerolt wollte den schlimmen Verdacht, der in McIvors Worten lag und der sich auch ihm sofort aufdrängte, nicht wahrhaben. Unmöglich! Maurice war ihr Ordensbruder und wusste um seine Verantwortung als geweihter Gralshüter! Und deshalb sagte er: »Vermutlich gibt es für sein Handeln eine ganz harmlose Erklärung, McIvor. Vielleicht erhoffte er sich im Gebet vor dem Heiligen Gral eine Linderung seiner Übelkeit.«

»Und wenn es nicht so ist und . . .«, McIvor stockte kurz, bevor er das eigentlich Undenkbare aussprach, ». . . und er etwas ganz anderes vorhat?«

Gerolt hatte plötzlich einen Kloß ihm Hals und er schluckte heftig. »Male bloß nicht den Teufel an die Wand!«, stieß er hervor. »Aber gut, sehen wir nach, warum Maurice den Würfel einfach an sich genommen hat, ohne dir etwas zu sagen!«

Hastig stiefelten sie den steilen Niedergang hinunter, der in den dunklen Gang zu den Kabinen im Achterschiff führte. Augenblicke später klopfte McIvor gegen die Tür der Einzelkabine und wollte sie öffnen. Doch sie war von innen verriegelt.

»Maurice?«, rief der Schotte. »Wir sind es! Mach auf!«

Maurice reagierte nicht.

»Nun mach endlich die Tür auf!«, forderte ihn nun auch Gerolt mit lauter, ungeduldiger Stimme auf. »Wir haben mit dir zu reden, Maurice!«

Auch er erhielt von ihrem Freund keine Antwort.

McIvor warf Gerolt einen ernsten Blick zu. »Ich habe dir doch gesagt, dass da etwas faul ist!«

Im nächsten Moment drang ein heller Lichtschein durch die Ritze über der Türschwelle aus der Kabine.

Den beiden Gralshütern fuhr augenblicklich ein eisiger Schreck in die Glieder. Dieses intensive Licht konnte unmöglich von einer Kerze oder einer Öllampe kommen. Nicht einmal dutzende von Lampen hätten ein solch strahlendes Licht ergeben können. Und sie wussten sofort, dass es dafür nur eine Erklärung geben konnte: Die Quelle dieses ungewöhnlich klaren hellen Scheins war der Heilige Gral!

»Allmächtiger!«, stieß Gerolt hervor. »Er hat das Geheimnis herausgefunden, wie der Würfel zu öffnen ist, und holt den Kelch heraus!«

»Um Gottes willen, das müssen wir verhindern!«, rief McIvor entsetzt. »Abbé Villard hat es uns verboten! Maurice muss den Verstand verloren haben! Das Licht wird ihn blenden und Gott allein weiß, was dann noch an Unheil geschehen wird!«

Gerolt wusste, dass jetzt keine Zeit zu verlieren war. »Brich die Tür auf! Schnell!«

Der Aufforderung hätte es nicht bedurft, denn McIvor hatte denselben Gedanken gehabt und warf sich auch schon mit ganzer Kraft gegen die Tür. Das Holz um den Riegel brach berstend unter dem brutalen Ansturm seiner Schulter und die Tür schlug nach innen auf.

Mit einem schnellen Blick erfassten sie, was in der Kabine vor sich ging. Maurice kauerte in seiner Koje mit dem Rücken an der Bordwand. Vor ihm zwischen seinen Beinen befand sich der schwarze Ebenholzwürfel. Er hatte jedoch nicht herausgefunden, wie der geheime Öffnungsmechanismus funktionierte, er versuchte vielmehr, den Kelch mithilfe seiner göttlichen Segensgabe aus dem Würfel zu ziehen! Offenbar beschränkte sich seine besondere Fähigkeit als Gralshüter nicht allein auf Gestein, sondern ließ ihn auch andere feste Stoffe durchdringen. Denn die Finger seiner rechten Hand steckten schon bis zur Handfläche im Würfel und schienen den Hals des Kelches erfasst zu haben, ohne ihn jedoch, trotz größter Anstrengung, ganz herausziehen zu können. Schneeweißes, immer stärker anschwellendes Licht strömte zwischen seinen Fingern hervor, erfüllte die schmale Einmannkabine mit blendender Helligkeit, sodass sich alle festen Konturen darin aufzulösen schienen, und ließ das verzerrte, schweißbedeckte Gesicht von Maurice wie blutleer erscheinen.

»Im Namen des Allmächtigen, des Schöpfers allen Seins! Gib sofort den Kelch frei und nimm die Hand aus dem Würfel!«, schrie McIvor ihn an.

»Verschwindet! . . . Wagt es nicht, mir zu nahe zu kommen!«, keuchte Maurice und riss mit der linken Hand seinen Dolch aus der Scheide. In seinen Augen stand ein wirrer, flackernder Blick, als hätte er vergessen, wer er war, welch heiligen Schwur er als geweihter Gralshüter geleistet hatte und was ihn mit McIvor und Gerolt verband. »Ich . . . ich will nur einen kleinen Schluck aus dem Kelch trinken! . . . Nur einen Schluck vom göttlichen Quell! . . . Gleich habe ich ihn! . . . Gott, du wirst mich nicht verlassen! . . . Ein Schluck und ich bin gerettet!«

Ein Schauer lief Gerolt durch den Körper und ihm stellten sich die Nackenhaare auf. Er konnte nicht glauben, was er da sah und hörte. Konnte es sein, dass ihr Freund den Einflüsterungen des Teufels erlegen war? Wovor wollte Maurice sich retten? Gab es an Bord vielleicht Iskaris? Angesichts der erschreckenden Szene vor seinen Augen jagten ihm die verrücktesten Gedanken durch den Kopf.

Im selben Moment tauchte Tarik hinter ihnen auf der Treppe des Niedergangs auf. »Was geht hier vor?«, rief er alarmiert, die Hand auf dem Griff seines Schwertes.

»Maurice ist von Sinnen! Er versucht den Kelch aus dem Würfel zu holen!«, rief Gerolt ihm mit gedämpfter Stimme zu. »Pass auf, dass keiner von der Mannschaft uns jetzt überrascht! Niemand darf sehen, was hier geschieht!«

Gleichzeitig ging die Tür hinter Gerolt auf und Heloise steckte mit bleichem Gesicht und verstörter Miene den Kopf in den Gang hinaus. Schnell und ohne eine Erklärung schob Gerolt sie in die Kabine zurück.

Indessen hatte McIvor sein Schwert aus der Scheide gerissen. Maurice mochte sein Freund und Ordensbruder sein, doch das würde ihn nicht vor seiner Klinge bewahren, wenn er den Heiligen Gral und sie alle in Gefahr brachte!

»Zum letzten Mal, zieh deine Hand aus dem Würfel, Maurice! Sonst muss ich Gewalt anwenden!«, befahl er. »Und es ist mein blutiger Ernst! Lass es nicht darauf ankommen, hörst du? Zum letzten Mal: Weg da mit der Hand!«

»Wage es nicht!«, kreischte Maurice und fuchtelte drohend mit dem Dolch durch die Luft. »Gleich . . . gleich habe ich ihn. Und dann . . . dann nur ein kleiner Schluck!«

McIvor sprang mit einem Satz vor, schwang das Schwert – und schlug ihm den Dolch aus der Hand. Unglücklicherweise hatte sich Maurice im selben Augenblick jedoch mit dem Kopf nach vorn gebeugt, sodass die Schwertklinge seine Wange auf der linken Seite aufschlitzte. Sofort quoll Blut, das im gleißenden Licht wie verwässert wirkte, aus der daumenlangen Schnittwunde. Mit einem erstickten Aufschrei zuckte er vor der breiten Klinge zurück. Doch schon im nächsten Moment griff er nach seinem Schwert, das am Kopfende seiner Bettstelle an einem Haken hing, und wollte aufspringen, die Finger der anderen Hand dabei noch immer im Würfel.

Es war ein törichter Versuch, den McIvor mit einem raschen und wuchtigen Fausthieb an das Kinn seines Ordensbruders schon im Ansatz vereitelte. Der Schlag schleuderte Maurice auf die Koje zurück und raubte ihm die Besinnung. Seine rechte Hand wurde augenblicklich von einer geheimnisvollen Kraft aus dem Ebenholzwürfel gestoßen und jäh erlosch das blendende Licht.

Schnell ließ McIvor sein Schwert zurück in die Scheide gleiten, griff nach dem schwarzen Würfel und ließ ihn im Leinenbeutel verschwinden, der am Fußende der Koje lag.

Gerolt atmete stoßartig aus und bekreuzigte sich. Erst jetzt wurde ihm bewusst, wie sehr sein Herz raste. Nicht auszudenken, was hätte geschehen können, wenn sie zu spät gekommen wären und Maurice es doch noch geschafft hätte, den Kelch aus dem Holzwürfel zu zerren! Und dass Maurice dies tatsächlich versucht hatte, wurde ihm immer unbegreiflicher. Was war nur in ihn gefahren?

Tarik trat in die Tür. »Heilige Muttergottes, würdet ihr mir mal verraten, was hier gerade vorgefallen ist?«, fragte er verstört. Er konnte nicht glauben, dass Maurice den heiligen Kelch mit Gewalt aus seinem hölzernen Schutzmantel holen wollte. »Hat er es wirklich versucht? . . . Sagt, dass das nicht wahr ist!«

McIvor schüttelte den Kopf. »Ich wünschte, ich könnte dir den Gefallen tun, aber es ist so, wie Gerolt gesagt hat. Und ich habe es mit meinem eigenen Auge gesehen. Wie konnte er nur! Er war wie besessen davon, aus dem Kelch zu trinken, und hat mich mit dem Dolch bedroht! Ich verstehe es nicht! Ausgerechnet Maurice!«

Gerolt zwängte sich an McIvor vorbei, beugte sich über ihren bewusstlosen Ordensbruder und bemerkte, dass Maurice nicht nur ein schweißüberströmtes Gesicht hatte, sondern dass ihm das Gewand auch nass am Leib klebte. Er legte ihm seine Hand auf die Stirn und zuckte sogleich zurück, als hätte er sich verbrannt.

»Allmächtiger!«, stieß er hervor. »Maurice glüht ja! Er hat hohes Fieber! Und wir dachten, er wäre nur seekrank!«

McIvor und Tarik überzeugten sich schnell davon, dass Gerolt sich nicht irrte.

»Jetzt ergibt das Ganze einigermaßen Sinn. Er ist am Sumpffieber erkrankt!«, sagte McIvor und klang fast erleichtert. »Maurice war tatsächlich nicht bei Sinnen, als er den Würfel heimlich an sich genommen und versucht hat den Kelch herauszuholen!«

Gerolt nickte. »Und er ist keiner diabolischen Einflüsterung gefolgt, sondern in seinem Fieberdelirium auf diese wahnwitzige Idee gekommen! Und wir alle wissen nur zu gut, was solch ein gefährliches Sumpffieber bewirken kann!«

Tarik blickte mit bestürzter Miene auf Maurice, dem ein dünner Blutfaden über die linke Gesichtshälfte rann. »Ja, es verwirrt den Geist – und tötet die meisten in wenigen Tagen!«

2

Als Maurice aus der Bewusstlosigkeit erwachte, erhielten sie den letzten Beweis, dass er im Fieberdelirium gehandelt hatte. Denn er erkannte keinen von ihnen und zeigte sich nicht ansprechbar. Er redete wirres Zeug, zitterte wie Espenlaub und schien Mühe mit dem Atmen zu haben. Seine Brust hob und senkte sich in einem schnellen, stoßartigen Rhythmus. Wenige Stunden später fiel er in einen Dämmerzustand, der seinen Gefährten die erschreckende Nähe des Todes offenbarte.

Die Nachricht, dass Maurice an Sumpffieber erkrankt war und mit dem Tode rang, hatte auf die seekranke Beatrice eine wundersame Wirkung. Sie vergaß ihr eigenes Elend, eilte sofort an die Seite von Maurice und bestand darauf, seine Pflege zu übernehmen und zu bestimmen, was zu tun war, um den Kampf mit dem heimtückischen Feind im Körper des Erkrankten aufzunehmen.

»Ich kenne mich mit dieser schrecklichen Krankheit aus!«, versicherte sie. »Auch unsere Mutter litt darunter und ich weiß wohl besser als jeder an Bord dieses Schiffes, wie solch einem Fieberkranken zu helfen ist!«

»Wird ... wird Maurice auch sterben wie unsere Mutter?«, fragte Heloise mit leiser, zitternder Stimme hinter ihrer großen Schwester. Sie hielt das kleine Kreuz, das Tarik ihr in Sephira Magna aus einem Stück Holz geschnitzt hatte und das sie seitdem wie ein kostbares Schmuckstück hütete, in ihrer zierlichen Faust, als suchte sie daran Halt.

Es war, als hätte Heloise ihr mit der bangen Frage einen Schlag versetzt. Denn augenblicklich fuhr Beatrice mit blitzenden Augen, aus denen die Angst um das Leben des von ihr angehimmelten Ritters sprach, zu ihr herum.

»Nein! Er wird nicht sterben, Heloise!«, stieß sie schrill hervor und funkelte sie erzürnt an, als hätte sich Heloise einer ungeheuerlichen Entgleisung schuldig gemacht. »Maurice wird leben, hörst du? Und wage nicht noch einmal, mich so etwas Dummes zu fragen, verstanden?«

Erschrocken über die heftige Reaktion ihrer großen Schwester, wich Heloise von ihr zurück. »Ja, Beatrice!«, sagte sie schnell gehorsam und verstört zugleich. »Aber ich wollte doch damit gar nicht . . .«

Beatrice ließ sie nicht ausreden, sondern fuhr hastig fort: »Unsere Mutter war schon von anderen Leiden geschwächt, als sie das Fieber befiel. Doch Maurice ist ein starker Mann und hat die Kraft, der Krankheit zu widerstehen! Also stelle keine törichten Fragen, sondern mache dich gefälligst nützlich!« Und dann wies sie ihre Schwester an, ihr frische Tücher für Waden- und Brustwickel zu bringen.

Gerolt wurde von ihr zu Kapitän Termes geschickt, damit dieser ihm einen Krug von seinem besten Wein aushändigte, den er unter Verschluss hielt. Denn sie wollte die Tücher für die Umschläge mit einem Gemisch aus Wasser und Alkohol tränken. Auch sollte Gerolt dem Kapitän ausrichten, dass es sich nicht um eine ansteckende Krankheit handele und daher keiner an Bord etwas zu fürchten habe. Eine Behauptung, die beruhigend klang, aber in Wirklichkeit doch nichts als eine Hoffnung, bestenfalls eine Vermutung war, weil weder ihr Vater noch Heloise und sie sich bei ihrer Mutter angesteckt hatten. Und Tarik beauftragte sie damit, den Schiffskoch zu bitten, eines der letzten Hühner zu schlachten und für den Kranken eine kräftige Brühe aus dem Fleisch des Tieres und allerlei Kräutern zu kochen.

»Gebe Gott in seiner großen Güte, dass er auch all diese vielen Kräuter an Bord hat, die Ihr in der Brühe haben wollt!«, murmelte Tarik. Wenig später kam er jedoch freudestrahlend mit der Nachricht zurück, dass dem wirklich so war und sich der Koch sogleich an die Arbeit gemacht hatte.

Während die *Marie Céleste* weiter Kurs auf den Golf von Lion hielt und schon am Abend desselben Tages wieder in besseres Wetter geriet, wich Beatrice nicht von der Seite des Kranken. Nur wenn menschliche Bedürfnisse sie dazu zwangen, verließ sie kurz die Kabine. Auch in den quälend langen Nachtstunden harrte sie bei ihm aus. Nichts und niemand konnte sie dazu bewegen, sich wenigstens für einige Stunden in ihre Koje zu legen und die Pflege des Kranken einem seiner Ordensbrüder zu überlassen. Sie ließ sich nicht von der Überzeugung abbringen, dass nur sie allein wusste, was wann zu tun war und dass Maurice sterben würde, wenn sie nicht über ihn wachte.

Und das galt auch für die beiden folgenden Tage und Nächte, in denen Maurice den schwersten Kampf seines Lebens kämpfte und sein Leben an einem seidenen Faden hing. Das Fieber wütete in ihm und in manchen Stunden schien es, als wollte der Tod in diesem verzweifelten Ringen die Oberhand gewinnen und der dünne Lebensfaden reißen.

Unermüdlich wechselte Beatrice die in Wein und Wasser getränkten Umschläge, um das Fieber zu senken. Und mehrmals am Tag tauschte sie sein völlig durchgeschwitztes Untergewand durch ein trockenes aus. Dasselbe machte sie mit dem Bettzeug und wachte darüber, dass er stets unter warmen Decken lag und sich im Delirium nicht von ihnen freistrampelte. Sie wusch ihm immer wieder Gesicht und Arme mit kühlem Alkohol ab und flößte ihm mit unglaublicher

Geduld einen Löffel Kräuterbrühe nach dem anderen ein, damit sein vom glühenden Fieber ausgelaugter Körper neue Kräfte erhielt. Und während sie ihn pflegte und an seiner Seite saß, redete sie leise mit ihm, als wollte sie die dunklen Kräfte des Todes auch mit ihren Worten endlich zum Nachgeben zwingen.

Für Gerolt, Tarik und McIvor gab es in diesen bangen Tagen und Nächten, in denen ihr Gefährte zwischen Leben und Tod hing, nichts anderes zu tun, als zu hoffen, für ihn zu beten und zu warten, welchen Verlauf das gefährliche Sumpffieber nahm. Nur zu gern hätten auch sie sich um Maurice gekümmert, aber Beatrice wehrte jedes derartige Angebot harsch ab. Sie ließ auch nicht zu, dass sie immer wieder in der Kabine erschienen und sich nach seinem Zustand erkundigten. Dem schob sie schon am ersten Tag einen Riegel vor. Sie erlaubte ihnen nur am Morgen, zur Mittagsstunde und bei Anbruch der Nacht einen kurzen Krankenbesuch. Wie der Cerberus aus der Sagenwelt, der das Tor zur Unterwelt bewachte, so verbissen verteidigte sie das Krankenlager. Allein Heloise durfte ihr gelegentlich zur Hand gehen und hatte dafür zu sorgen, dass ihr immer frisches Wasser, genügend Wickeltücher, ein voller Krug Wein und warme Brühe zur Verfügung standen.

In der frühen Morgenstunde des vierten Tages, noch bevor der Himmel im Osten graute, stand Beatrice plötzlich in der Tür ihrer Kabine und holte sie aus ihrem unruhigen Schlaf. Tränen liefen ihr über das Gesicht, das eingefallen und fast grau vor Übermüdung war.

»Heiliger Christophorus, nein!«, stieß Gerolt bei ihren Tränen unwillkürlich hervor.

»Es ist vorbei!«

Augenblicklich hellwach, sprangen sie aus ihren Kojen und Tarik rief beschwörend: »Um Gottes willen, Beatrice! Sagt nicht, Maurice sei . . . sei gestorben!«

Beatrice schüttelte den Kopf und ein Lächeln trat auf ihr tränennasses Gesicht. »Nein, Gott hat seine schützende Hand nicht von ihm genommen«, teilte sie ihnen mit erstickter Stimme mit. »Es ist alles gut. Maurice lebt. Das Fieber ist endlich gesunken. Und er hat sogar schon mit mir gesprochen und einen ganzen Becher Brühe getrunken. Er hat das Schlimmste überstanden und ist über den Berg. Bestimmt wird er schon bald wieder auf den Beinen sein!«

Ohne dass es dafür einer Absprache bedurft hätte, schlugen die drei Gralsritter das Kreuz und sanken auf die Knie, um Gott dafür zu danken, dass er ihren Ordensbruder und Freund vor dem Fiebertod bewahrt hatte.

3

Nach ihrem innigen Gebet wollten sie sofort zu Maurice und sich mit eigenen Augen davon überzeugen, dass er sich auf dem Weg der Besserung befand. Auch wollten sie einige Worte mit ihm wechseln und ihm sagen, wie froh sie waren, dass er den Kampf gegen das gefährliche Sumpffieber gewonnen hatte und sie weiterhin zu viert ihre heilige Aufgabe als Gralshüter erfüllen konnten.

Aber das Gespräch mit ihm musste bis später warten. Denn als sie sich in seine Kabine drängten, lag er in tiefem Schlaf. Sein ruhiger, gleichmäßiger Atem verriet ihnen jedoch, dass es ihm wirklich besser ging.

Maurice schlief bis weit in den Mittag hinein. Dann jedoch fühlte er sich kräftig genug, um sich eine Weile mit ihnen zu unterhalten. Seine Freunde berichteten ihm, wie nahe er dem Tod gewesen war und dass er sein Leben wohl Beatrice verdankte, die ihn Tag und Nacht gepflegt und umsorgt hatte und nicht von seinem Krankenlager gewichen war. Sie überboten sich gegenseitig mit ihren Lobeshymnen auf Beatrice. Aber jeder von ihnen wusste, dass sie irgendwann auch auf das zu sprechen kommen mussten, was Maurice mit dem schwarzen Würfel zu tun versucht hatte. Keiner wollte jedoch derjenige sein, der dieses unangenehme Thema zuerst ansprach.

Schließlich war es Maurice, der sie dazu zwang, als er mit der Hand über die inzwischen verschorfte Wunde auf seiner Wange fuhr und verwundert fragte: »Sagt mal, wobei habe ich mir das denn geholt?«

Für einen kurzen Moment herrschte betretenes Schweigen in der Kabine, während Gerolt, Tarik und McIvor sich verstohlene Blicke zuwarfen. Und jeder hoffte, einer von den anderen würde es auf sich nehmen, Maurice zu antworten und dabei die richtigen Worte finden.

Maurice merkte sofort, dass seine Frage die Freunde in Verlegenheit gestürzt hatte. »Was habt ihr? Was druckst ihr so herum, als hätte ich irgendetwas Peinliches gefragt?«

Gerolt räusperte sich. »Du kannst dich nicht mehr daran erinnern?«

»Woran soll ich mich denn erinnern?«, fragte Maurice mit gefurchter Stirn zurück. »Habe ich im Fieber vielleicht um mich geschlagen und musstet ihr mich bändigen? Ist es das?«

»Er weiß es wirklich nicht«, murmelte Tarik.

Maurice verdrehte die Augen. »Mein Gott, nun macht es doch nicht so spannend! Also los, was hat es mit diesem Kratzer auf sich! Heraus damit!«

»Sag du es ihm, Gerolt!«, schlug McIvor vor.

Gerolt verzog das Gesicht. »Danke, dass du die Freundlichkeit hast, mir den Vortritt zu überlassen!«, erwiderte er, warf ihm einen grimmigen Blick zu und wandte sich dann wieder Maurice zu. »Es stimmt, dass wir dich bändigen mussten und du dabei diese Schnittwunde erhalten hast. Aber nicht weil du im Fieber um dich geschlagen hättest, sondern weil du dir heimlich den Ebenholzwürfel aus unserer Kabine geholt, dich damit hier eingeschlossen und versucht hast den heiligen Kelch herauszuholen und aus ihm zu trinken!«

Maurice wurde blass. »Sagt, dass dies nur ein schlechter Scherz ist!«, presste er hervor.

»Nein, ist es leider nicht«, erwiderte Tarik. »So und nicht anders ist es gewesen. McIvor musste die Tür aufbrechen und dir mit seinem Schwert den Dolch aus der Hand schlagen, um das Unheil im letzten Moment zu verhindern. Du hattest die Finger deiner anderen Hand schon so tief im Würfel, dass gleißendes Licht herausgeströmt ist und uns allen beinahe das Augenlicht gekostet hätte.«

McIvor nickte. »Und unglücklicherweise hast du im selben Moment deinen Kopf genau in die Bahn meines Schwertes bewegt, und da habe ich dich mit der Klinge dort an der Wange erwischt. Tut mir Leid, Kamerad, wenn du davon eine Narbe zurückbehalten solltest, aber ich hatte wirklich keine andere Wahl. Es ging auch alles so schnell.«

Maurice wich das Blut noch mehr aus dem Gesicht, als er begriff, was er getan hatte und was geschehen wäre, wenn Gerolt und McIvor nicht rechtzeitig eingegriffen hätten. Er schloss kurz die Augen, um seiner schweren Erschütterung Herr zu werden. Als er die Lider wieder öffnete, schimmerten seine Augen feucht, als kämpfte er mit den Tränen.

»Ich kann mich an nichts von dem erinnern«, sagte er mit erstickter und vor Scham bebender Stimme. »Aber das ändert nichts daran, dass ich ... versagt und unverzeihliche Schande über mich und mein heiliges Amt als Gralshüter ... .«

Gerolt fiel ihm hastig ins Wort. »Sag so etwas nicht! Du hast nicht versagt und auch keine Schande auf dich geladen!«, widersprach er nachdrücklich. »Du warst auf den Tod krank, Maurice! Das hohe Fieber hat deinen Geist verwirrt und dich dazu getrieben! Da ist nichts, dessen du dich schämen oder weshalb du dich als unwürdig empfinden müsstest!«

Tarik und McIvor pflichteten ihm bei und betonten, dass das Schlimmste ja noch rechtzeitig verhindert worden und keiner zu Schaden gekommen sei.

»Na ja, nicht ganz«, warf McIvor daraufhin noch ein und versuchte einen scherzenden Tonfall in das Ganze zu bringen, indem er mit gespielter Zerknirschung fortfuhr: »Denn wenn du von der Verletzung womöglich eine Narbe auf der Wange zurückbehältst, muss ich fortan mit der schweren Bürde leben, dass meine Hand es gewesen ist, die deinen anmutigen Zügen auch noch eine verwegene Note verpasst hat. Und dann wirst du dich vor weiblichen Verehrerinnen gar nicht mehr retten können!«

»Da sei der Allmächtige vor!«, rief Tarik. »Dann verblassen wir ja völlig an seiner Seite!«

Auch Gerolt rang sich einige scherzhafte Bemerkungen ab, um Maurice von seiner tiefen Erschütterung abzulenken und ihm zu verstehen zu geben, dass er sich nicht mit unsinnigen Selbstvorwürfen zu quälen brauchte. Doch es dauerte eine ganze Zeit des Zuredens, bis Maurice den ersten, schweren Schock überwunden hatte und ihnen glaubte, dass sich an ihrer innigen, freundschaftlichen Verbundenheit zu ihm nichts geändert hatte.

»Wir alle können in Situationen kommen, wo wir auf den unverbrüchlichen Beistand der anderen angewiesen sind!«, erklärte Gerolt noch, als sie merkten, dass Maurice erschöpft war und Mühe hatte, die Augen noch länger offen zu halten. »Und denk daran, was wir einander geschworen haben: Füreinander in fester Treue! Und so wird es auch in Zukunft sein!«

McIvor und Tarik nickten bekräftigend.

»Also mach dir keine trüben Gedanken mehr. Und jetzt schlaf, damit du schnell wieder zu Kräften kommst. Wir werden schon bald in Marseille einlaufen und es wäre es gut, wenn du dann wieder einigermaßen reisefähig bist.«

»Ich danke euch«, murmelte Maurice, sank in die Kissen zurück und schlief schon, noch bevor der letzte seiner drei Kameraden seine Kabine verlassen hatte.

»Ich hoffe, er nimmt sich unsere Worte auch wirklich zu Herzen«, sagte Tarik draußen im Gang mit sorgenvoller Miene. »Er war doch mächtig erschüttert über das, was er im Fieber beinahe angerichtet hätte.«

»Es wird bestimmt noch eine ganze Weile dauern, bis er darüber hinweg ist, auch wenn er sich bald schon nichts mehr anmerken lässt«, mutmaßte McIvor. »Das steckt er nicht so leicht weg. Ihr kennt doch seinen übersteigerten Stolz und sein Ehrgefühl und wisst, wie eingenommen er bisher immer von sich und seinen Fähigkeiten gewesen ist. Den bitteren Schlag zu verdauen, dass er um ein Haar Verrat an seinem heiligen Amt begangen hätte, das dürfte für ihn zu einer großen Prüfung werden, lasst euch das gesagt sein!«

4

Laute Segelkommandos schallten über das Deck der *Marie Céleste,* augenblicklich gefolgt vom eiligen Fußgetrappel der Seeleute, als Gerolt am Nachmittag des folgenden Tages den Niedergang zu den Kabinen hinunterstieg, um Maurice und Tarik, der über den Gral wachte, die freudige Nachricht zu überbringen. Wegen des Lärms an Deck blieben seine Stiefelschritte unbemerkt, als er sich der Tür zu Maurices Kabine näherte, die zwei, drei Handbreiten offen stand. Er wollte die Tür schon aufstoßen und eintreten, als er Beatrice sagen hörte: »Wie oft wollt Ihr mir denn noch dafür danken, dass ich Euch in der schweren Zeit Eurer Krankheit gepflegt habe, Maurice?«

»Ihr habt mehr Dank verdient, als ich jemals aussprechen kann, Beatrice. Ich verdanke Euch mein Leben. Und ich wüsste keinen, dem ich lieber zu ewigem Dank verpflichtet sein möchte als Euch!«, gab Maurice zur Antwort.

Leises, verlegenes Lachen drang aus der Kabine. »Seid versichert, dass es mir alles andere als ein schwerer Dienst war, wenn ich auch aus Sorge um Euer Leben tausend Ängste ausgestanden habe!«

»Seht Ihr! Allein schon für diese tausend Ängste, die ich Unwürdiger Euch verursacht habe, werde ich auf ewig in Eurer Schuld stehen! Verlangt von mir, was immer Ihr wollt, und ich werde Himmel und Erde in Bewegung setzen, um Euch den Wunsch zu erfüllen, holde Beatrice!«

»Hört endlich auf Euch über mich lustig zu machen! Ihr sollt mich ernst nehmen, Maurice! Ihr habt es nicht mit einem kleinen Mädchen wie meiner Schwester zu tun!«, tadelte Beatrice ihn mit leicht schmollender Stimme.

»Aber das tue ich doch.«

»Nein, tut Ihr nicht! Immer scherzt Ihr und weicht mir geschickt aus, wenn . . .« Sie stockte und ließ den Satz unbeendet.

»Wenn was?«, fragte Maurice.

Gerolt rang mit sich selbst, ob er sich vernehmbar machen und ihrem Getändel, das ihn mit jedem Augenblick unruhiger werden ließ, durch sein Eintreten ein rasches Ende bereiten sollte. Aber die Neugier, was Beatrice auf die Frage seines Ordensbruders wohl antworten würde, hielt ihn dann doch zurück. Er schämte sich dieser Schwäche, konnte jedoch nicht dagegen an. Und vielleicht war es ja sogar für sie alle wichtig, dass er endlich erfuhr, wie weit die Dinge zwischen Maurice und Beatrice schon gediehen waren. Bisher hatte er darüber ja nur Mutmaßungen anstellen können.

»Ihr wisst ganz genau, was ich meine«, gab sie zur Antwort und in ihrer Stimme schwang nun unüberhörbar innige Zärtlichkeit mit. »Ich jedenfalls habe den Kuss nicht vergessen, den Ihr mir dort draußen am Palmenhain dieses Fellachen in al-Fayyum am Abend vor unserem Aufbruch in die Wüste gegeben habt. Aber Ihr vielleicht schon!«

»Wie könnt Ihr annehmen, ich könnte diesen wunderbaren Augenblick vergessen haben!«

»Weil es bei diesem einen Kuss geblieben ist. Dabei war es das . . . das Wunderbarste und Süßeste, was ich in meinem ganzen Leben gekostet habe. Und ich wünschte, Ihr . . . Ihr würdet es wieder tun und mir sagen, welcher . . . nun welcher Art Eure Gefühle für mich sind. Seit jener Stunde lässt mich diese Frage in meinem Herzen nicht ruhen.«

Nun hielt es Gerolt nicht länger im Gang. Was er gehört hatte, war mehr als genug, um seine geheime Sorge zu bestätigen. Jetzt erschien es ihm geboten, das Zwiegespräch der beiden durch sein Erscheinen schnell zu unterbrechen, bevor Maurice Gelegenheit bekam, sich zu einer folgenschweren Antwort auf ihre Frage hinreißen zu lassen. Er trat zweimal laut mit seinen Stiefeln auf, um Schritte vorzutäuschen, klopfte dann kurz an die Tür und stieß sie sofort auf, ohne ein »Herein!« abzuwarten.

»Maurice, ich bringe . . .«, setzte er noch im Eintreten an, brach dann aber scheinbar überrascht ab, als hätte er nicht damit gerechnet, Beatrice an der Koje seines Freundes zu sehen, und sagte mit Blick auf sie: »Oh, Ihr seid auch hier!« Er tat so, als hätte er nicht bemerkt, dass sie eben noch die Hand seines Ordensbruders gehalten und sie bei seinem Eintreten schnell zurückgezogen hatte.

Beatrice fuhr hastig vom Schemel hoch, auf dem sie gesessen hatte, und errötete, als hätte er sie in einer höchst unschicklichen Situation ertappt.

Gerolt gab sich jedoch den Anschein, nichts Außergewöhnliches bemerkt zu haben, und fuhr sogleich fort: »Nun, das trifft sich gut. Denn so könnt Ihr es auch gleich erfahren.«

Maurice hatte sich besser in der Gewalt als Beatrice. »Was gibt es denn so Aufregendes, Gerolt?«, erkundigte er sich.

»Die gute Nachricht, dass die Seereise schon bald ein Ende hat! Der Ausguck im Masttopp hat nämlich die Küste von Frankreich gesichtet«, teilte Gerolt ihnen mit. »Bis Marseille schaffen wir es vor Einbruch der Nacht zwar nicht mehr, aber morgen werden wir kurz nach Sonnenaufgang in den Hafen einlaufen und dann haben wir endlich wieder festen Boden unter den Füßen!«

»Das höre ich gern!«, sagte Maurice und fügte mit einem breiten Grinsen hinzu: »Obwohl ich es bei der vorzüglichen Krankenpflege auch noch einige Tage länger hier an Bord ausgehalten hätte.«

Die Röte auf Beatrices Gesicht wurde bei diesen hintersinnigen Worten noch um einen Ton dunkler. »Dem Himmel sei Dank, dass diese qualvolle Seereise morgen endlich vorbei ist!«, stieß sie mit belegter Stimme hervor. »Weiß Heloise schon davon? . . . Nein? Dann muss ich ihr diese gute Nachricht sofort überbringen. Auch sie wird sehr erleichtert sein, dass wir morgen endlich an Land kommen!« Und mit gesenktem Blick und brennenden Wangen eilte sie aus der Kabine.

Gerolt schob die Tür hinter ihr zu und setzte sich dann zu Maurice an die Koje. Nach dem, was er draußen im Gang mit angehört hatte, hielt er die Zeit für gekommen, um Maurice einige unangenehme Fragen zu stellen. Er tat es nicht gern, aber er fühlte sich dazu verpflichtet, für Klarheit zu sorgen und diese nötige Aussprache nicht weiter hinauszuschieben. »Du siehst schon sehr viel besser aus, mein Freund.«

»Ja, fast wie das blühende Leben, nicht wahr?«, spottete Maurice. »Die Fürsorge einer hübschen jungen Frau kann wirklich Wunder wirken.«

Damit hatte Maurice ihm das Stichwort gegeben. »Da du gerade von Beatrice sprichst: Meinst du nicht, dass du dir allmählich Gedanken darüber machen musst, wie sehr du mit dem Feuer spielst?«, fragte er vorsichtig.

Maurice hob überrascht die Brauen. »Wie soll ich deine Frage verstehen?«

»Ich denke, du weißt sehr wohl, wovon ich rede«, erwiderte Gerolt. »Oder glaubst du vielleicht, mir wäre es entgangen, dass Beatrice dir mehr als nur schöne Augen macht und du dich dafür überaus empfänglich zeigst?«

»Du hast gerade unser Gespräch belauscht!«, sagte Maurice. »Gib es zu!«

Gerolt wollte nicht lügen und zuckte die Achseln. »Ich habe euch nicht belauscht, sondern zufällig einige Satzfetzen eurer Unterhaltung aufgeschnappt. Aber ohnehin habe ich schon seit langem gemerkt, dass da etwas zwischen euch ist, was . . .« Er zögerte auszusprechen, was ihm auf der Zunge lag.

Maurice sprach es für ihn aus. ». . . was sich für einen Kriegermönch und Gralshüter nicht geziemt? Das hattest du doch sagen wollen, nicht wahr?«

Gerolt nickte. »Ja, so etwas in der Art«, gab er zu und fuhr schnell fort: »Versteh mich nicht falsch, Maurice. Ich kann es gut verstehen, dass eine so bildhübsche Frau wie Beatrice dich nicht kalt lässt und du . . .«

»So, kannst du das?«, warf Maurice spöttisch ein. »Verrätst du mir auch, wie gut?«

Gerolt ignorierte den Einwurf, weil er etwas in ihm berührte, das er lieber tief in seinem Innern bewahrt wissen wollte. »Aber wir haben nun mal als Gralshüter ein schweres und heiliges Amt übernommen, das all unsere Kraft und Hingabe verlangt, wenn wir ihm gerecht werden wollen. Und da könnte es für dich und für uns gefährlich werden, wenn du nicht genau weißt, wem und welcher Aufgabe du dich mit Leib und Seele verpflichtet fühlst. Nur das ist es, was mir Sorge bereitet. Wäre es anders, hätte ich mir nicht die Freiheit herausgenommen, dich darauf anzusprechen. Nichts liegt mir ferner, als dir Vorwürfe zu machen und dich zu verletzen. Dafür bedeutet mir deine Freundschaft einfach zu viel.«

Maurice schwieg für einen langen Moment. Dann sagte er mit bedrückter Stimme: »Ich nehme es dir auch nicht krumm, dass du mich zur Rede stellst. Und es ist gut, dass wir darüber sprechen. Ich hatte in den letzten Tagen viel Zeit, mir Gedanken über all das zu machen. Und ich muss gestehen, dass ich plötzlich ernste Zweifel habe, ob ich meinem Amt als Gralshüter wirklich gewachsen bin.«

»Was redest du denn da für einen Unsinn! Natürlich bist du das!«, beteuerte Gerolt und bemühte sich seine Bestürzung vor ihm zu verbergen. »Und wenn du auf die Sache mit dem Würfel anspielst, so lass dir noch einmal gesagt sein, dass dieser Vorfall nichts zu bedeuten hat! Du musst das schlichtweg vergessen, Maurice!«

»Wirklich? Bist du dir dessen so sicher? Ich weiß nicht«, antwortete der Freund mit grüblerischer Miene. »Vielleicht bin ich ja doch nicht aus dem harten Holz geschnitzt, aus dem ein standhafter Gralsritter gemacht sein sollte. Und du weißt ja selbst, dass ich schon immer eine große Schwäche für das weibliche Geschlecht gehabt habe. Diese Anfechtung hat mich auch als Templer nicht losgelassen.«

»Keiner von uns ist frei von dergleichen Anfechtungen!«, erklärte Gerolt und dachte sofort an jenen Morgen in der Wüste, als er den Blick nicht von Beatrices halb entblößter Brust hatte nehmen können und von Gefühlen überwältigt worden war, die sein Blut in Wallung gebracht hatten. »Entscheidend ist allein, dass wir uns ihrer bewusst sind und ihnen nicht nachgeben!«

»Richtig, aber seit ich Beatrice begegnet bin, frage ich mich immer öfter, ob ich die Kraft dazu habe, mein Gelübde als Kriegermönch auf Dauer auch einzuhalten«, entgegnete Maurice. »Die Verpflichtung zur Armut ist mir recht leicht gefallen, nachdem ich mein gesamtes Erbe in kurzer Zeit versoffen, verspielt und mit leichten Frauen durchgebracht hatte.« Ein kurzes, freudloses Lächeln huschte über sein Gesicht. »Mit dem Gehorsam meinen Ordensoberen gegenüber habe ich dagegen schon einige ernstere Probleme gehabt. Deshalb hat man mich ja auch aus dem Kloster geworfen, noch bevor ich mein Noviziat beendet hatte. Aber das Gebot der Keuschheit hat mir von Anfang an die allergrößten Schwierigkeiten bereitet. Und jetzt haben mich meine . . . meine starken Gefühle für Beatrice in die allergrößte Verwirrung gestürzt.«

Gerolt schwieg. Was sollte er dazu sagen?

Maurice holte tief Luft und blickte Gerolt offen ins Gesicht. »Mein Bruder in Christo, ich muss ehrlich gestehen, dass ich nicht weiß, was ich tun und wofür ich mich entscheiden soll! Ist es mir nun bestimmt, mein Glück an der Seite von Beatrice zu finden – oder will Gott mich noch immer in seinem Dienst als Templer und Gralsritter wissen? Kennst du darauf die Antwort? Wenn ja, dann lass sie mich bitte wissen!«

Gerolt schüttelte den Kopf. »Nein, nur du allein kannst die richtige Antwort finden, Maurice«, antwortete er ernst. »Und dafür musst du auf deine innere Stimme hören. Sie wird dir sagen, was deine Bestimmung ist. Aber wenn du mich fragst, dann sage ich dir, dass du nie die Kraft besessen hättest, im unterirdischen Heiligtum von Akkon das Gralsschwert aus dem Felsen zu ziehen, wenn Gottes Segen nicht auf dir gelegen hätte.«

»Zwei Punkte für dich«, räumte Maurice ein, aber der gequälte Ausdruck des Zweifels stand noch immer auf seinem Gesicht.

»Wir vier sind zusammen zu Gralshütern berufen worden, Maurice!«, fuhr Gerolt beschwörend fort. »Das hat uns mit Demut zu erfüllen, aber auch mit der Kraft und der Zuversicht, allen menschlichen Schwächen und Anfechtungen zum Trotz dieser großen Aufgabe gewachsen zu sein! Wir mögen gelegentlich straucheln und mit der Nase im Dreck landen, aber das ist keine Schande. Eine Schande ist es nur, wenn wir uns geschlagen geben und liegen bleiben, anstatt uns aufzurappeln, den Dreck beherzt von uns abzuschlagen und denselben Fehler fortan zu vermeiden.«

Maurice sagte lange nichts, während er die Worte seines Ordensbruders in sich einsinken ließ. Dann zeigte sich ein zaghaftes, hoffnungsvolles Lächeln auf seinem Gesicht. »Wirklich seltsam! Du bist der Jüngste von uns, doch irgendwie gibst du mir und auch den anderen immer wieder das Gefühl, der große Bruder zu sein, der stets die richtigen Worte findet.« Und als schämte er sich dieses Eingeständnisses plötzlich, fügte er schnell noch spöttisch hinzu: »In der Welt ist doch wirklich nichts gerecht verteilt!«

Gerolt überspielte seine Rührung ob dieser ungewöhnlichen Anerkennung von Seiten seines Freundes, indem er in demselben leichtherzigen Tonfall erwiderte: »Du kannst ja auch nicht alle Vorzüge in dir vereinigt haben! Also gönne mir meine lichten Momente. Sie sind selten genug.«

»Aber immer zur rechten Zeit!«

Gerolt winkte verlegen ab und erhob sich. »Genug. Ich muss jetzt wieder hoch.«

»Warte noch!«

Fragend sah Gerolt ihn an.

»Tu mir den Gefallen und behalte erst einmal für dich, was wir gerade beredet haben!«, bat Maurice.

»Nichts anderes hatte ich im Sinn«, versicherte Gerolt ihm. »Aber auch du kannst dir und uns einen Gefallen tun.«

»Und der wäre?«

»Dass du fortan erst einmal nichts tust und sagst, was Beatrice in ihrem Werben um dich ermutigen und ihr Hoffnung machen könnte, es gäbe für euch beide eine gemeinsame Zukunft. Halte dich möglichst von ihr fern und vermeide es, mit ihr allein zu sein! Zumindest bis du dir Klarheit darüber verschafft hast, was dir wichtiger ist – ihre Liebe, um die du sicher zu beneiden wärest, oder dein Amt als Gralshüter!«, forderte Gerolt ihn auf. »Ich denke, das bist du nicht nur dir selbst, sondern auch ihr schuldig.«

Maurice nickte mit ernster Miene. »Das werde ich, du hast mein Wort, Gerolt! Und ich werde euch nicht im Stich lassen. Wie immer ich mich auch entscheiden werde, so könnt ihr doch gewiss sein, dass ich zumindest so lange bei euch bleibe, bis wir den Heiligen Kelch sicher nach Paris in den Tempel gebracht haben.«

»Gut, dann lass uns nicht mehr darüber sprechen, bis du endgültig Gewissheit hast, wo deine Bestimmung im Leben liegt«, sagte Gerolt, schenkte ihm ein aufmunterndes Lächeln und ließ ihn mit seinen Gedanken allein.

Aber auch er, Gerolt, trug schwer an den Gedanken, die ihn nach dieser Aussprache mit Maurice bewegten. Er vertraute jedoch darauf, dass Maurice genug Größe und Reife besaß, um seine Selbstzweifel zu besiegen und letztlich gestärkt aus dieser zweifellos bitteren Erfahrung herauszukommen. Er hoffte es von ganzem Herzen. Denn bei all den Gefahren, die womöglich noch vor ihnen lagen, konnte ihr aller Leben und das Schicksal des heiligen Kelches davon abhängen, dass Maurice nicht an seiner göttlichen Bestimmung und seinen besonderen Fähigkeiten als Gralshüter zweifelte.

5

Am späten Abend, während die *Marie Céleste* einige dutzend Seemeilen vor der französischen Küste in sicheren Gewässern kreuzte, versammelten sich die vier Ritter und die beiden Granville-Schwestern in der größten der drei Kabinen, die sie auf dieser Überfahrt belegt hatten. Was es zu besprechen gab, betraf sie alle. Denn sie mussten sich darüber einig werden, wie die Reise morgen nach der Landung in Marseille weitergehen sollte.

»Maurice ist inzwischen ja gottlob schon gut von seiner Krankheit genesen«, begann Gerolt die Unterredung. »Aber er ist immer noch nicht kräftig genug, um die Weiterreise zu Pferd durchzustehen.«

»Ach was, so kraftlos bin ich nun auch wieder nicht!«, widersprach Maurice sofort. »Ich werde mich schon im Sattel halten. Zumindest will ich es versuchen. Irgendwie wird es schon gehen.«

Sofort schüttelte Tarik energisch den Kopf. »Das halte ich für keine gute Idee. Denn wenn du dich übernimmst und einen Rückfall bekommst, ist damit keinem von uns gedient. Gerolt hat Recht, du bist noch weit davon entfernt, den ganzen Tag im Sattel sitzen zu können.«

»Das sehe ich auch so«, pflichtete ihm McIvor bei. »Immerhin liegt vor uns eine Reise von gut zwei Wochen, vermutlich werden wir sogar noch länger brauchen. Denn um diese Jahreszeit müssen wir mit Regen, Nebel und aufgeweichten, schlammigen Straßen rechnen. Und so eine Wegstrecke im Spätherbst quer durch Frankreich verlangt viel Kraft von Pferd und Reiter! Nein, das lässt du besser bleiben.«

Auch Beatrice gab durch ein nachdrückliches Nicken zu verstehen, dass sie Maurice noch nicht für fähig hielt sich schon morgen dieser Strapaze auszusetzen.

Maurice verzog das Gesicht und gab einen Seufzer der Kapitulation von sich. »Mir scheint, ich bin überstimmt.«

Heloise zwinkerte ihm verschmitzt zu. »Und wie! Fünf zu eins, höher könnt Ihr gar nicht verlieren, Herr von Montfontaine!«

»Und was habt ihr euch vorgestellt, wie wir dann weiterreisen sollen?«, wollte Maurice wissen.

»Mit einer Kutsche, die einer von uns dreien lenkt, während die beiden andern sie zu Pferd begleiten«, schlug Gerolt vor. »Und die Kutsche ist allein schon wegen Beatrice und Heloise nötig.«

Dass sie die Granville-Schwestern in Marseille nicht sich selbst überlassen konnten, sondern sie nach Paris mitnehmen mussten, das stand für sie schon seit ihrer Flucht aus al-Qahira außer Frage. Denn der einzige Verwandte, bei dem die verwaisten Schwestern Aufnahme finden konnten, war ein Onkel mütterlicherseits, der als Kaufmann in Paris lebte. Es war ihre heilige Christenpflicht, sie dort wohlbehalten abzuliefern. Alles andere stand dann in der Barmherzigkeit ihres Onkels.

»Daran habe ich auch schon gedacht«, sagte Tarik. »Mit einer Kutsche müssen wir zwar auf den Landstraßen bleiben und können nicht auf Seitenwege ausweichen, aber dafür dürften wir auch weniger Aufmerksamkeit erregen. Denn wenn man in Frankreich nach uns Ausschau hält, wird man wohl eher nach vier allein reisenden Tempelrittern zu Pferd suchen und nicht nach einer Kutsche mit zwei Begleitern.«

»Richtig«, bestätigte McIvor. »Deshalb sollten wir auch davon absehen, in Marseille die Komturei unseres Ordens aufzusuchen und uns dort neue Templergewänder zu besorgen, sondern uns weiterhin als gewöhnliche Ritter ohne Ordensbindung ausgeben.«

»Gut, dann ist das also geklärt«, sagte Tarik.

Beatrice hatte dem kurzen Wortwechsel aufmerksam, aber mit sichtlicher Beunruhigung zugehört. Und nun fragte sie besorgt: »Warum wäre es Euch denn lieber gewesen, die Reise nach Paris nicht auf Landstraßen, sondern auf viel beschwerlicheren Seitenwegen zu machen? Was oder wen genau fürchtet Ihr, meine Herren Ritter?«

Die vier Männer warfen sich unsichere Blicke zu. Bisher war es ihnen recht gut gelungen, die wahre Natur ihrer Mission und die Bedeutung des schwarzen Ebenholzwürfels vor den Granville-Schwestern geheim zu halten. Über die Hintergründe des Überfalls der Iskaris wenige Tage nach ihrem Aufbruch in die Wüste hatten sie nicht viele Worte verloren und auch jetzt wollten sie von ihrem Geheimnis nur so wenig wie möglich preisgeben. Aber völlig im Dunkeln lassen konnten sie Beatrice und Heloise wiederum auch nicht. Denn wenn es zu einer Begegnung mit den Knechten des Schwarzen Fürsten kam, stand auch ihr Leben auf dem Spiel. Und das mussten sie wissen, bevor sie sich entschieden, dieses Risiko einzugehen oder sich in Marseille nach einer anderen Reisegruppe umzuhören, deren Ziel Paris war und der sie sich anschließen konnten.

»Nun, das ist eine zu lange und zu komplizierte Geschichte, um sie Euch jetzt auseinander zu legen, Beatrice«, antwortete Maurice. »Auch sind wir durch heilige Gelübde gebunden, mit Eingeweihten nicht darüber zu sprechen. Ich kann nur so viel sagen, dass wir damit rechnen müssen, von skrupellosen Männern verfolgt zu werden, die sich dem Bösen mit Leib und Seele verschrieben haben.«

»Ihr solltet es Euch deshalb gut überlegen, ob Ihr die Weiterreise auch wirklich mit uns antreten und diese Gefahr auf Euch nehmen wollt«, warf Gerolt nun ein. »Vielleicht zieht Ihr es ja vor, Euch in den Schutz einer großen Reisegruppe von Kaufleuten oder heimkehrenden Pilgern zu begeben, die auf dem Weg nach Paris sind. Am Geld, das Ihr dafür benötigt, soll das nicht scheitern. Wir werden dafür sorgen, dass Ihr Eure Reise bezahlen könnt und nicht auf Barmherzigkeit angewiesen seid.«

»Verfolgen Euch diese bösen Männer, um Euch den kostbaren schwarzen Würfel abzunehmen?«, wagte Heliose nun zu fragen und ihre Stimme klang überhaupt nicht verängstigt, sondern voll brennender Neugier.

McIvor, der das kleine Mädchen tiefer als jeder andere seiner Kameraden in sein Herz geschlossen hatte, lächelte ihr zu und nickte. »Ja, den wollen sie uns um jeden Preis abjagen, denn es handelt sich bei dem Würfel um eine sehr wertvolle Reliquie. Ich glaube, so viel darf ich dir und deiner Schwester verraten.« Und mit einem schnellen Blick in die Runde seiner Freunde versicherte er sich, dass er nicht zu viel ausgeplaudert hatte.

»Und noch etwas solltet Ihr bedenken«, fuhr Gerolt nun fort. »Wir können nicht ausschließen, dass unseren Verfolgern inzwischen bekannt ist, dass Ihr Euch uns angeschlossen habt. Vielleicht ist es daher wirklich besser, wenn Ihr getrennt von uns nach Paris reist.«

»Angeschlossen? Ihr habt uns mehr als einmal das Leben gerettet!«, stellte Beatrice sofort richtig. »Ohne Euch wären wir entweder vor Akkon ertrunken, im Harem des Emirs geschändet worden, in der Wüste zu Tode gekommen oder von den Sklavenhändlern verkauft worden! Wir waren nichts als eine Last für Euch! Und das wird auch so bleiben, bis wir in Paris sind! Denn ich denke nicht daran, auf Euren Großmut und Euren Schutz zu verzichten! Wir bleiben bei Euch, ganz gleich, welche Gefahren uns auch drohen mögen. Ihr werdet sie schon zu meistern wissen. Und mit ein wenig

Glück wird unsere Reise ja ganz ohne unliebsame Zwischenfälle verlaufen.«

Gerolt hatte insgeheim gehofft, dass Beatrice sich anders entscheiden und sich mit ihrer Schwester in Marseille von ihnen trennen würde. Denn für Maurice wäre es ein Segen gewesen. Diese Wochen der erzwungenen Trennung hätten bei ihm zweifellos zu einer heilsamen Abkühlung seiner Gefühle für sie geführt. Und er hegte den Verdacht, dass Beatrice sich in erster Linie wegen Maurice für ein Verbleiben bei ihnen entschlossen hatte. Aber aus einem unerfindlichen Grund war er gleichzeitig doch auch froh, dass ihnen die Gesellschaft der Granvilles noch einige Wochen vergönnt war. Das irritierte ihn sehr, doch er verdrängte es schnell und konzentrierte sich wieder auf das, was er ihr noch zu sagen hatte.

»Ihr seid womöglich etwas voreilig mit Eurem Entschluss, Beatrice. Denn Ihr habt mich nicht ganz ausreden lassen und wisst nicht, was diese Entscheidung noch für Euch bedeutet. Wenn Ihr nämlich mit uns weiterreisen wollt, könnt Ihr und Eure Schwester das nur in sehr einfachen Männerkleidern – und mit einigem Schmutz im Gesicht, um die weibliche Anmut Eurer Züge darunter verschwinden zu lassen!«

»Wie bitte?«, stieß sie hervor, als hätte sie sich verhört. »Heloise und ich sollen Männerkleidung tragen? Und auch noch Schmutz im Gesicht? Um Himmels willen, wozu soll denn diese . . . diese Zumutung gut sein?«

Gerolt machte eine bedauernde Geste. »Leider muss das sein. Wir müssen jeden kleinen Vorteil nutzen, den wir uns verschaffen können. Und dazu gehört nun mal diese Maskerade. Denn falls man uns in Frankreich schon erwartet und wir unterwegs irgendwo auf Späher treffen, dann halten sie, wie schon erwähnt, entweder Ausschau nach vier allein reisenden Tempelrittern oder nach vier Männern in

Begleitung einer jungen, hübschen Frau und eines nicht weniger reizvollen Mädchens – nicht jedoch nach fünf Männern und einem Jungen. Zumindest ist das unsere Hoffnung.«

»Muss das wirklich sein?«, vergewisserte sich Beatrice mit gequälter Miene und blickte Maurice um Hilfe heischend an.

Tarik verstand ihren Widerstand nicht. »Was macht es schon aus im Bild des Ganzen?«, gab er leicht ungehalten zu bedenken. »Ein paar Wochen des Unbehagens und der Unansehnlichkeit werden Eurer Schönheit keinen Abbruch tun.«

Und auch Maurice antwortete ihr nun: »Ja, es muss leider sein! Wir dürfen nicht das geringste Risiko eingehen, das wir durch diese Unannehmlichkeit vielleicht ausschließen können. Also, seid Ihr damit einverstanden?«

»Aber natürlich!«, rief Heloise begeistert. »Von einem bisschen Dreck stirbt man nicht! Darf ich dann auch auf den Kutschbock, Herr von Conneleagh?«

»Sicher doch!«, versprach McIvor ihr mit einem vergnügten Auflachen.

Beatrice ließ geschlagen den Kopf sinken. »So sei es denn«, murmelte sie verdrossen und warf Maurice einen vorwurfsvollen Blick zu, weil er sich nicht für sie eingesetzt hatte.

»Gut, dann wären damit ja die wichtigsten Dinge geklärt!«, stellte Gerolt fest.

Sie saßen noch eine Weile zusammen, um andere Details wie die Beschaffung von Kutsche, Pferden, Proviant und Kleidung sowie die Route zu besprechen, auf der sie nach Paris reisen wollten. Beatrice verlor schon bald das Interesse an diesem Gespräch und kehrte mit Heloise in ihre Kabine auf der anderen Seite des Achtergangs zurück.

»Tja, wer mit Katzen spielt, muss auch ihr Kratzen ertragen«, bemerkte Tarik spöttisch, um dann noch mit einem kurzen Blick auf

Maurice hintersinnig hinzuzufügen: »Und wer alles haben will, verliert alles.«

Schnell brachte Gerolt ihr Gespräch auf ihre Reisekasse, um zu verhindern, dass Tarik noch weitere spöttische Bemerkungen von sich gab und Maurice sich zu einer Erwiderung provozieren ließ, die ihn hinterher womöglich reute. Sein französischer Ordensbruder war in seiner angegriffenen seelischen Verfassung sicherlich noch empfindlicher für wahre oder auch nur vermeintliche Kränkungen. Zudem mussten sie auch wirklich über ihre arg zusammengeschmolzene Barschaft reden, die ihnen nach dem Verkauf der letzten Juwelen in Sephira Magna noch geblieben war. Und in Gegenwart von Beatrice hatte er dieses Thema nicht ansprechen wollen.

Nachdem sie Kassensturz und eine Liste der notwendigen Ausgaben gemacht hatten, fiel das Ergebnis recht niederschmetternd aus.

McIvor war drauf und dran, sich die Haare zu raufen. »Es ist nicht zu fassen! Mit einem wahren Schatz an Gold und Juwelen sind wir von Akkon aufgebrochen – und was ist jetzt davon geblieben? Nach den Einkäufen morgen wohl gerade noch genug, um unterwegs die Wirte der Gasthöfe und Tavernen bezahlen zu können!«

»Das mit den Tavernen solltest du besser gleich vergessen!«, mahnte ihn Gerolt. »Teure Zechgelage sind nicht drin. Aber es dürfte reichen, um uns und die Pferde ohne Hunger nach Paris zu bringen.«

»Nur Brot und Wasser, ja? Allmächtiger, dass ich das noch erleben muss! Wir werden eine Schande für jeden anständigen, trinkfreudigen Templer sein!«, wetterte McIvor.

»Daran bist du selbst nicht ganz unschuldig«, sagte Tarik mit einem spöttischen Grinsen. »Während jeder von uns einige Goldstücke oder Juwelen nach al-Qahira gerettet hat, hast du deine Smaragde und Rubine in die stinkende Latrine einer Karawanserei befördert!«

Gerolt und Maurice mussten über das verdutzte Gesicht, das

McIvor machte, schallend lachen. Und nach einem kurzen Stirnrunzeln und Zögern entschied er sich, in ihr Gelächter einzustimmen.

»Aber wartet nur!«, rief er, nachdem sie sich wieder beruhigt hatten. »Irgendwie werde ich es schon deichseln, dass wir nicht wochenlang mit staubtrockener Kehle durchs Land ziehen müssen. Der Teufel soll mich holen, wenn nicht gelegentlich der eine oder andere Krug mit süffigem Roten für uns herausspringt!«

»Nur zu! Lass deiner Phantasie freien Lauf, Highlander! Uns soll es recht sein!«, meinte Tarik belustigt.

Wenig später war es Zeit, auf die Knie zu gehen und die Komplet zu beten, bevor sie in ihre Kojen krochen. Jeder von ihnen sank in dieser letzten Nacht auf See einerseits mit dem froh stimmenden Wissen in den Schlaf, dass sie am Morgen in Marseille vor Anker gehen würden – aber andererseits auch mit der bangen Frage, wie leicht oder wie schwer es ihnen die Iskaris auf der Weiterreise machen würden.

Keiner von ihnen hegte nämlich den leisesten Zweifel daran, dass ihre Feinde die langen Monate ihrer Flucht quer durch halb Nordafrika dazu genutzt hatten, um Boten in alle Himmelsrichtungen zu schicken und überall die Knechte des Fürsten der Finsternis zu ihrer Ergreifung zu mobilisieren. Und ganz sicher hielt man längst auch schon in Frankreich nach ihnen Ausschau und hatte reichlich Pläne geschmiedet und Vorbereitungen getroffen, um ihnen eine tödliche Falle zu stellen und ihnen den Heiligen Gral zu entreißen!

6

»Da ist sie, die Königin des Mittelmeers!«, rief Maurice mit patriotischer Begeisterung, als die *Marie Céleste* im milden Glanz der frühen Morgenstunde in die weite Bucht von Marseille einlief und die Hafenstadt vor ihnen mit ihrem bergigen Hinterland aus der kalten, klaren See emporwuchs.

Die vier Gralsritter drängten sich an der Steuerbordreling, um diesen lang ersehnten Augenblick ihrer Ankunft im christlichen Abendland nicht zu verpassen. Und das beeindruckende Panorama, das ihnen Marseille dank des kühlen, aber sonnigen Wetters unter einem fast wolkenlosen Himmel bot, erfüllte ihre hohen Erwartungen. Für eine kurze Zeit waren all ihre Sorgen vergessen. Die Heimat hatte sie wieder!

Die dicht bebaute Hafenstadt wurde zu beiden Seiten flankiert von mächtigen, zinnengekrönten Festungen. Hinter dem Meer von Schiffsmasten ragte, schon von weitem gut sichtbar, der stolze Turm der Kathedrale aus dem Häusermeer, als wollte er die Wolken aufspießen. Im Rücken der Stadt erstreckte sich ein halbrunder Riegel öder Kalkhügel, deren Hänge im Sonnenlicht wie weiß bemalt leuchteten. Jenseits der Bergkette Chaine de l'Étoile schlossen sich die dunklen, tiefen Gebirgswälder der Ste. Baume an. Auf der Butte-des-Moulins drehten sich die Flügel mehrerer Mühlen, die diesem Hügel ihren Namen gegeben hatten.

Ein gutes Stück vor der Hafeneinfahrt lagen mehrere kleine Felseninseln. Sie boten einen vortrefflichen Schutz vor Überfällen von Piraten und anderen Feinden. Auf der kleinsten von ihnen, der Ile d'If, hatte die Obrigkeit von Marseille ein Gefängnis erbauen lassen, dessen finstere, feuchte Kerkerzellen als die berüchtigsten von ganz Frankreich galten.

Wenig später glitt die *Marie Céleste* in das Hafenbecken und legte an einem der lang gestreckten, steinernen Kais an, auf denen zu dieser frühen Morgenstunde schon ein laut lärmendes Treiben herrschte. Überall wurden Schiffe be- oder entladen und die einheimischen Fischer, die vom nächtlichen Fischfang zurückgekehrt waren, feilschten schon mit Händlern, Marktfrauen und Dienstmädchen.

Gerolt war mit seinen Kameraden übereingekommen, dass es sicherer war, wenn erst einmal nur Tarik und er an Land gingen, um die nötigen Einkäufe für ihre Weiterreise zu tätigen. Und um unter all den Seeleuten, Fuhrmännern, Händlern, Boten und Reisenden möglichst nicht aufzufallen, hatten sie sich entschlossen ihre Schwerter in der Obhut ihrer Kameraden zu lassen und sich den Anschein zu geben, einfache Matrosen zu sein. Deshalb trugen sie beide auch schon die abgetragene Seemannskleidung, die sie sich bei der Mannschaft für ein bescheidenes Entgelt zusammengekauft hatten.

Zusammen mit jenen fünf Männern der Besatzung, die nach dem Vertäuen des Schiffes schon Erlaubnis zum Landgang erhalten hatten, gingen sie eine gute Stunde nach ihrer Ankunft in Marseille von Bord. Alle fünf Seeleute hatten abgeheuert, sich ihren kläglichen Lohn auszahlen lassen und brannten nun darauf, die hart verdienten Silbermünzen mit Wein, Weibern und Glücksspiel zu verprassen. Kaum einer von ihnen würde am nächsten Morgen noch einen Sou in der Tasche haben. Und dann würden sie mit brummendem Schädel und reuiger Miene auf die *Marie Céleste* zurückkehren oder sich ein anderes Schiff suchen, um eine neue Heuer zu finden. Das ewige Los des einfachen Seemanns!

Während sie mit der fröhlich gestimmten Gruppe zielstrebig die nächste Hafentaverne ansteuerten und sich an den derben Scherzen beteiligten, sahen sich Gerolt und Tarik verstohlen nach Personen um, die nichts anderes zu tun zu haben schienen, als die einlaufenen Schiffe wachsam zu beobachten. Doch wenn sich auf den Kais Späher der Iskaris herumtrieben, so blieben diese ihren Blicken verborgen. Zumindest vermochten sie trotz aller Aufmerksamkeit nichts Verdächtiges in ihrer Umgebung zu bemerken.

»Vielleicht ist uns das Glück ja hold«, raunte Gerolt seinem Freund zu, als sie den Seeleuten in eine der ersten Schankstuben mit dem sinnigen Namen *Loup-de-Mer*[*] folgten.

Tarik warf ihm einen skeptischen Blick zu und erwiderte: »Dein Wort in Gottes Ohr! Aber dass wir nichts Verdächtiges bemerken können, hat nicht viel zu sagen. Du weißt: Nur wenn die Katze still liegt, erjagt sie fette Beute! Und die Iskaris sind nicht auf den Kopf gefallen!«

»Hör auf zu unken, alter Schwarzmaler!«, sagte Gerolt, der gern an seiner Hoffnung festhalten wollte, dass ihr Eintreffen ihren Feinden verborgen geblieben war. »Sehen wir zu, dass wir durch die Hintertür schnell wieder aus dieser üblen Taverne kommen!«

Sie brauchten bis zum Mittag, um in der Stadt all das zu besorgen, was auf ihrer Liste bestand. Die Sachen, die sie für die Verkleidung von Beatrice und Heloise benötigten, waren schnell bei einem glubschäugigen Krämer erstanden, der in einer dunklen Gasse mit abgetragenen Kleidern aller Art handelte. Es kostete sie jedoch viel Zeit und viel Gerenne kreuz und quer durch die Stadt, bis sie endlich

---

[*] *»Meerwolf«*

eine gebrauchte Kutsche gefunden hatten, die sie sich leisten konnten und die zudem noch gut genug in Schuss war, um mit ihr eine weite Reise unternehmen zu können.

Es war ein recht unansehnliches, klobiges Gefährt, auf das ihre Wahl letztlich fiel. Das Holz war arg verkratzt und die kastanienbraune Lackierung stumpf und an vielen Stellen aufgeplatzt. Im Innern sah es nicht viel besser aus. Dort sahen die beiden Sitzbänke so aus, als wären ausgehungerte Ratten oder ein Mottenschwarm über die Polsterung hergefallen. Aber Räder und Fahrgestell machten einen annehmbaren Eindruck.

Beim Feilschen um den Preis überließ Gerolt seinem Freund bereitwillig das Feld. Und Tarik stellte dabei einmal mehr sein levantinisches Talent unter Beweis, stets den bestmöglichen Preis auszuhandeln. Dasselbe galt auch bei ihrem Geschäft mit einem der Pferdehändler, dessen Gerissenheit Tarik bestens gewachsen war. Sie erstanden als Gespann für die Kutsche zwei kräftige Rotfüchse, deren Körperbau zwar keine Schnelligkeit, aber doch Ausdauer versprach, und als Reittiere zwei Falben.

Als der Pferdehändler mit Tarik nach langem Hin und Her handelseinig geworden war, versuchte er sie beim Herausgeben des Wechselgeldes doch noch übers Ohr zu hauen.

»Pardon!«, sagte Tarik sofort, als sein Blick auf die vier Münzen fiel, die der Mann ihm zurückgab. »Mir scheint, Ihr habt Euch in Eurer Börse vergriffen!«

Der bullige Pferdehändler gab sich verständnislos. »Was habt Ihr? Könnt Ihr nicht zählen? Vier Silberstücke bekommt Ihr zurück, so haben wir es ausgemacht! Und die habe ich Euch gegeben!«

»In der Tat, es sind vier Silberstücke«, bestätigte Tarik ruhig. »Aber Eure Sehkraft muss arg geschwächt sein, wenn Ihr nicht seht, dass die Ränder dieser Münzen großzügig abgeschnitten sind.«

Gerolt sah genauer auf die vier Silberstücke in der ausgestreckten Hand seines Freundes und bemerkte den Beschnitt nun auch. Münzen an den Rändern zu beschneiden und damit das Gewicht an Edelmetall erheblich zu mindern war nicht nur in Frankreich ein von schlitzohrigen Kaufleuten gern praktizierter Trick. Auf diese Weise konnte man seinen Gewinn beträchtlich steigern, wenn man damit durchkam. Man ließ sich mit schweren Silberlingen und Goldstücken bezahlen, so wie sie aus der königlichen Münze kamen, und zahlte selbst jedoch mit den viel leichteren Münzen, deren Ränder man sorgfältig beschnitten hatte.

»Das Gewicht dieser vier Geldstücke hier wiegt gerade mal das von drei regulären Münzen auf!«, stellte Tarik hartnäckig fest. »Bei allem, was recht ist, mein Bester, aber Ihr schuldet uns noch einen von diesen schwindsüchtigen Silberlingen. Ich bin sicher, Ihr findet noch einen in Eurer Börse!«

»Was Ihr nicht sagt!« Der Pferdehändler furchte die Stirn und beugte sich vor, als wüsste er nicht selbst, dass er da gerade manipuliertes Wechselgeld herausgegeben hatte.

»Holt eine Waage, wenn Ihr es nicht selber seht, und lasst uns ihr Gewicht mit dem von vier unbeschnittenen Silberstücken aus unserem Geldbeutel vergleichen, die ich gern in die Waagschale legen will!«, bot Tarik ihm an.

Da der Pferdehändler wohl erkannte, dass Tarik nicht klein beigeben würde, lenkte er nun mit vorgetäuschter Überraschung ein.

»Teufel auch, Ihr scheint mir wirklich Recht zu haben! Pest und Krätze über den Halunken, der mir diese Silberstücke angedreht hat. Aber niemand soll sagen, mit mir könnte man kein anständiges Geschäft machen!« Und dann fand er erstaunlich schnell eine fünfte beschnittene Silbermünze in seiner Börse.

»Das hast du ganz ausgezeichnet gemacht, Tarik! Ich hätte nicht darauf geachtet«, lobte Gerolt ihn, als sie den Hof des bulligen Schlitzohrs mit den vier Pferden samt Sattelzeug, Decken und Geschirr verließen. »Du hast uns heute bei den Einkäufen eine Menge Geld erspart! An dir ist wirklich ein begnadeter Kaufmann verloren gegangen!«

Tarik lachte vergnügt. »In meiner Heimat sagt man: ›Denk immer an den Wolf und halte stets deine Rute für ihn bereit!‹ Und Pferdehändler sind manchmal schlimmer als Wölfe.«

Nun machten sie sich mit den Pferden auf den Weg zurück zum Hof des Kutschenmachers, um die beiden robusten Rotfüchse vor ihr altes, ramponiertes Gefährt zu spannen und dann mit ihren Einkäufen zur *Marie Céleste* zurückzukehren. Dort würden ihre Gefährten schon ungeduldig auf sie warten.

Plötzlich lachte Tarik leise auf.

»Worüber lachst du?«, wollte Gerolt wissen.

Tarik warf ihm einen vergnügten Blick zu. »Ich habe mir gerade vorzustellen versucht, was für ein Gesicht Beatrice machen wird, wenn sie sieht, was für Sachen wir für sie und ihre Schwester mitgebracht haben.«

»Wir werden froh sein können, wenn sie uns nur eine fürchterliche Szene macht und uns nicht den Kopf abreißt!«, antwortete Gerolt mit einem breiten Grinsen.

Beatrice war in der Tat außer sich vor Empörung, als sie in ihrer Kabine die gebrauchten Kleidungsstücke aus gröbstem Stoff zu Gesicht bekam, die sie auf ihrer Reise nach Paris tragen sollte. Und es würde in der Zeit auch nichts zum Wechseln geben, wie sie erfuhr.

»Was soll das? Das sind keine Kleider, sondern unförmige, raue Säcke!«, schimpfte sie und schleuderte ein Kleidungsstück nach dem anderen durch die Kabine. »Und wenn Ihr das Beinkleider nennt, dann müsst Ihr mit Blindheit geschlagen sein! Ich habe noch nie in meinem Leben so ausgebeulte, kratzige Strümpfe in der Hand gehabt wie dieses Zeug!«

»Beruhigt Euch, gute Frau«, versuchte Gerolt sie zu besänftigen. »Es müssen nun mal Armeleutekleider sein. Ihr wisst doch, warum das unumgänglich ist!«

»Mit Armeleutekleidern habe ich mich ja schon abgefunden, aber dieses vielfach geflickte Gelumpe verdient nicht mal diesen Namen!«, rief sie und bekam vor Zorn rote Flecken im Gesicht. »Und diese löchrigen, ausgefransten Strohhüte, die ihr wohl irgendwo aus einem Abfallhaufen gezogen habt, sehen ja erbarmungswürdiger aus als so mancher Hut, den das ärmste Bauernvolk auf dem Feld trägt! Das ist eine Zumutung, meine Herren Ritter!« Sie ballte dabei die hoch erhobenen Fäuste, als stände sie kurz davor, von ihnen Gebrauch zu machen.

»Viele fromme, arme Pilger, die nach einer langen Wallfahrt nach Rom oder anderswo in ihre Heimat zurückkehren, trifft man auf den Landstraßen in solch armseliger Kleidung. Und als solche werden wir Euch ausgeben, wenn jemand sich nach Euch erkundigt«, teilte Gerolt ihr achselzuckend mit.

Tarik, der hinter ihm in der Tür stand und die Szene mit fröhlich blitzenden Augen verfolgte, merkte süffisant an: »Ja, die Süßigkeit der Welt ist gelegentlich mit bitterer Galle durchsetzt. Und wer mit Schmetterlingsflügeln zum Mond fliegen will, kommt nicht weit. So liegen die Dinge nun mal.«

Beatrice funkelte ihn aufgebracht an. »Bleibt mir bloß mit Euren Sprüchen vom Leib, Tarik el-Kharim!«, zischte sie. »Ich bin nicht zum Scherzen aufgelegt!«

Nun griff Maurice ein, der sich an Tarik vorbei zu ihnen in die Kabine geschoben hatte. Sein Gesicht trug einen harten, entschlossenen Ausdruck. »Machen wir es kurz! Gerolt und Tarik haben für

Euch und Heloise die Sachen besorgt, die wir als Verkleidung für nötig erachten! Keiner zwingt Euch sie anzuziehen. Aber wenn Ihr mit uns nach Paris wollt, habt Ihr keine andere Wahl. Andernfalls trennen sich hier unsere Wege und Ihr müsst sehen, wie Ihr Eure Weiterreise gestalten wollt!« Und ohne eine Antwort abzuwarten, machte er kehrt und verschwand so schnell wieder, wie er gekommen war.

Beatrice stand einen Moment lang wie vom Donner gerührt. Dann sank sie auf ihre Koje, schlug die Hände vors Gesicht und gab sich ohnmächtigem Weinen hin.

»Jeder lernt nur auf eigene Kosten«, bemerkte Tarik trocken zu Gerolt, als sie die Granville-Schwestern allein gelassen hatten und im Gang standen.

»Na ja, ein bisschen tut sie mir schon Leid«, sagte Gerolt nachsichtig. »Für eine verwöhnte Kaufmannstochter wie sie sind all diese Strapazen nun mal nicht leicht.«

Der Levantiner hielt diese Nachsicht für nicht angebracht. »Es gibt in meiner Heimat ein altes Sprichwort, das mir dazu in den Sinn kommt, mein Freund. ›Wer mit seinem Unglück nicht zufrieden ist, den überkommt ein noch schlimmeres.‹ Aber ich bin sicher, das wird sie schnell genug begreifen, wenn sie sich wieder beruhigt hat.« Damit war die Sache für ihn erledigt.

Und es kam, wie Tarik gesagt hatte. Beatrice dachte nicht daran, sich mit ihrer Schwester von ihnen zu trennen. Und so schickte sie sich in das Unabänderliche, legte die hübschen Gewänder ab, die ihre Beschützer in Sephira Magna für sie und ihre Schwester gekauft hatten, zog die abgetragenen, groben Männerkleider und kratzigen Strümpfe an, kämmte das Haar streng nach oben und band es dort zu einem festen Knoten zusammen, damit unter dem Hut keine blonden Haarsträhnen hervorlugen konnten, und schmierte sich wie verlangt, wenn auch mit bitterster Leidensmiene, Dreck ins Gesicht. Ein breiter, löchriger Schal aus schwarzer Wolle vervollständigte ihre Verkleidung. Er diente sowohl zum Schutz vor dem nass-kalten Wetter, mit dem zu rechnen war, als auch dazu, ihre weichen Gesichtszüge unkenntlich zu machen.

Bei der schmächtigen und noch nicht fraulich entwickelten Heloise wirkte die Verkleidung äußerst überzeugend. Sie konnte auch auf einen zweiten und dritten Blick gut für einen mittellosen Straßen- oder Bauernjungen durchgehen. Und sie freute sich diebisch über die gelungene Maskerade.

»Heiliger Franziskus, das sind ja zwei prächtige Jammergestalten, die da mit uns auf die Reise gehen!«, sagte der Schotte belustigt, aber leise zu seinen Gefährten, als er die beiden zum ersten Mal so zu Gesicht bekam.

Mit dem Aufbruch ließen sie sich noch einige Stunden Zeit. Falls jemand die *Marie Céleste* und ihre Passagiere beobachtete, so sollte der Spion den Eindruck bekommen, als dächten sie nicht daran, in Marseille von Bord zu gehen, sondern würden ihre Reise auf dem Schiff fortsetzen. Deshalb hatten sie auch Kutsche und Reitpferde nicht zur Anlegestelle gebracht, sondern sie in einem Mietstall einige Straßen hinter dem Hafenviertel eingestellt.

Erst als die Sonne schon weit nach Westen gesunken war und es bis zum Einbruch der Nacht gerade noch zwei Stunden waren, verließen sie das Schiff. Kurz davor setzten Gerolt und McIvor ihre weiblichen Begleiterinnen davon in Kenntnis, dass sie sich für die Dauer der bevorstehenden Reise andere Namen, nämlich männliche ausdenken mussten.

»Die Namen Beatrice und Heloise dürfen keinem von uns mehr über die Lippen kommen, wenn wir nicht absolut sicher sind, dass niemand uns hören kann!«, schärfte Gerolt ihnen ein.

»Also, wie sollen wir Euch ansprechen?«, fragte McIvor betont munter.

»Ich möchte Hector heißen!«, platzte Heloise sofort heraus und lachte ihn keck an, den alten Strohhut verwegen in den Nacken geschoben.

»Hector? Nun, das ist ein trefflicher Name für ein so tapferes Kind wie dich! Du wirst ihm sicherlich alle Ehre machen!«, sagte McIvor und zwinkerte ihr zu.

»Und Ihr, Beatrice? Bitte entscheidet Euch. Wir müssen gleich los!«, drängte Gerolt.

Sie ließ sie noch einen Moment auf ihre Antwort warten. Dann presste sie knapp und mürrisch hervor: »Gustave – zu Ehren unseres seligen Vaters!«

McIvor klatschte vergnügt in die Hände, als wäre ihm völlig entgangen, wie sehr Beatrice noch immer mit ihnen zürnte. »Gustave und Hector! . . . Gut! Dann wäre das auch geklärt!«

»Halt, da ist noch etwas!«, sagte Gerolt.

»Was?«, fragte Beatrice argwöhnisch.

»Ihr müsst auf der Reise strengstes Schweigen einhalten!«, teilte er ihnen mit.

Beatrice sah ihn ungläubig an. »Ihr verlangt, dass wir wochenlang stumm sein sollen?«

»Nur wenn wir in ein Gasthaus einkehren oder sonst wo mit anderen Menschen zusammenkommen, dürft Ihr nicht ein Wort von Euch geben!«, stellte Gerolt schnell klar. »Eure Stimmen würden sofort verraten, wer wirklich in diesen Männerkleidern steckt. Deshalb werden wir auch sagen, dass Ihr ein Schweigegelübde abgelegt habt, wenn man uns fragt, warum ihr so stumm seid. Aber wenn wir unter uns sind und Gewissheit haben, dass niemand uns hören kann, dürft Ihr natürlich reden, soviel Ihr wollt.«

»Und dass sich Pilger in einer Kutsche mitnehmen lassen, findet Ihr nicht verdächtig?«, fragte sie spitz.

Auch dass diese Frage ihnen einmal gestellt werden könnte, hatten sie bedacht und sich eine Erklärung zurechtgelegt. »Ihr habt eben schrecklich wunde Füße und braucht ein, zwei Tage Schonung, das ist nichts Ungewöhnliches für Pilger.«

Ein langer, leidvoller Seufzer entrang sich ihrer Kehle, doch sie nickten zum Zeichen, dass sie sich an das halten würden, was Gerolt ihnen vorgeschrieben hatte.

Als sie sich wenige Minuten später auf dem Oberdeck versammelten, um gemeinsam vom Schiff zu gehen und sich auf den Weg zum Mietstall zu machen, gönnte Beatrice ihrem vor kurzem noch so angehimmelten Maurice nicht einen Blick. Und sie wahrte zu ihm so viel Abstand, wie es ihr möglich war. Noch hatte sie ihm offenbar nicht verziehen, dass er nicht für sie Partei ergriffen hatte.

Auf dem Hof des Mietstalls machte Tarik leise einen sehr klugen Vorschlag. »Ich glaube, wir gehen weniger Gefahr ein, erkannt zu werden, wenn ich die ersten Tage auf dem Kutschbock sitze und McIvor zusammen mit Maurice . . .«, er stockte kurz, ». . . und Gustave und Hector in der Kutsche bleibt. Denn unser Eisenauge fällt ja leider so sehr auf wie ein Kamel in einer Herde Ochsen.«

McIvor verzog das narbenreiche Gesicht zu einem breiten Grinsen. »Wenn ihr die Ochsen seid, will ich Kamel es mir gern bequem machen!«

Tariks Vorschlag fand auch Gerolts Zustimmung – auch aus einem zweiten Grund. Denn wenn der Schotte mit in der Kutsche saß, würde es zwischen Maurice und Beatrice zu keinen verfänglichen Gesprächen kommen. Die kleine Heloise würde auf den langen, strapaziösen Fahrten sicher oft von Müdigkeit überwältigt werden und in einen tiefen Schlaf fallen, was den beiden dann reichlich Gelegenheit geben würde, ihr gefährliches Liebesgetändel wieder aufzunehmen. Wenn dies durch McIvors Anwesenheit unterbunden würde, wäre das für ihren Ordensbruder nur hilfreich, schnell mit sich und seinen Gefühlen ins Reine zu kommen.

Sie banden den zweiten Falben, der als Reittier vorerst nicht gebraucht wurde, hinten an die Kutsche, und brachen dann auf. Schon bald hatten sie die Vorstadt von Marseille hinter sich gelassen und befanden sich auf der Landstraße nach Aix-en-Provence. Ihr Ziel war ein Gasthof, den sie vor Einbruch der Nacht erreichen konnten und der ihren Erkundigungen nach den Ruf genoss, sauber, preiswert und respektabel zu sein.

Gerolt ritt vorneweg. Wachsam hielt er nach verdächtigen Personen Ausschau und ließ seinen Blick über das vor ihnen liegende Gelände schweifen. Die bergige und wälderreiche Wegstrecke bot unzählige ideale Stellen für einen Hinterhalt. Auch Tarik war auf der Hut. Ständig tauschten sie warnende Blicke oder Zeichen aus, etwa wenn die Landstraße in einen dunklen Hohlweg führte oder ein dunkles Waldstück sie argwöhnisch machte.

Doch der Überfall, den sie befürchteten, blieb aus, und niemand der anderen Reisenden, Fuhrleute und Dörfler schenkte ihnen mehr als nur einen flüchtigen Blick.

Das Gasthaus *Coq d'Or*[*] erreichten sie gerade noch rechtzeitig, bevor die Nacht hereinbrach. Sie fanden alles so, wie man es ihnen in Marseille gesagt hatte. Die Kammern waren schlicht, aber sauber, das Essen reichhaltig, gut und preiswert, und der stämmige Wirt führte zusammen mit seinen beiden erwachsenen Söhnen sowie seiner resoluten Frau sein Haus mit sichtlicher Strenge. Man belästigte sie auch nicht mit neugierigen Fragen nach ihren Namen oder ihrem

---

[*] *»Goldener Hahn«*

Woher und Wohin. Dem Wirt genügten die klingenden Münzen, mit denen Gerolt Kost und Logis gleich bei ihrem Eintreffen im Voraus bezahlte. Das Einzige, was er sich erlaubte, war ein wacher Blick auf die kostbaren Schwerter, die sie trugen.

Gerolt und seine Gefährten nahmen an, dass der Gastwirt und seine Söhne selbst auch gut mit einer Klinge umzugehen verstanden.

Sie waren übereingekommen, dass nachts immer einer von ihnen bei der Kutsche und den Pferden blieb, die ersten Stunden schlief und dann Wache hielt. Sie mussten mit allem rechnen und wollten gewappnet sein, falls Iskaris versuchen würden sich im Schutz der Nacht anzuschleichen und sie im Schlaf zu überfallen. Als Kriegermönche waren sie es gewöhnt, in Kriegszeiten mit wenig Schlaf auszukommen, und mit den Knechten des Schwarzen Fürsten lagen sie ja wahrlich im Krieg.

In dieser ersten Nacht übernahm Gerolt die Wache im Stall. Doch sie verlief so ruhig und ereignislos wie ihre erste Wegstrecke von Marseille zu diesem Wirtshaus.

»Mir scheint, unser Täuschungsmanöver ist gelungen!«, sagte Maurice am nächsten Tag bestens gelaunt, als sie sich kurz nach Morgengrauen wieder auf den Weg machten. »Wenn es in Marseille Iskaris gegeben hat, die unter den Passagieren einlaufender Schiffe nach uns gesucht haben, dann haben wir dieses Gesindel ordentlich an der Nase herumgeführt!«

Tarik war da etwas vorsichtiger mit seiner Einschätzung. »Erst wenn der Schnee schmilzt, kommt der Mist zum Vorschein«, sagte er zurückhaltend. »Oder noch besser gesagt: Zähle die Kücken nicht, bevor sie aus dem Ei sind!«

Maurice lachte nur und stieg in die Kutsche.

Auch Gerolt hielt die Zuversicht von Maurice für reichlich verfrüht. Er traute dem Frieden ganz und gar nicht.

7

Drei anstrengende Tage später waren sie schon eine beachtliche Wegstrecke das Rhonetal flussaufwärts gereist und nun begann auch Gerolt zaghaft zu glauben, dass es ihnen womöglich gelungen war, ihre Landung in Marseille vor ihren Todfeinden geheim zu halten.

Aber Paris lag noch in weiter Ferne, befanden sie sich doch erst auf halbem Weg zwischen Avignon und Valence. Es lagen also noch viele hundert Meilen vor ihnen. Und da sie vorsorglich um alle größeren Städte einen weiten Bogen schlugen, weil sie dort an den Stadttoren am ehesten von wachsamen Iskaris entdeckt werden konnten, kosteten sie diese Umwege zusätzlich Zeit. Zudem begann das anfangs noch sonnig trockene Wetter launisch zu werden. Ein ungemütlicher Wind kam auf, der vor allem in den frühen Morgenstunden den eisigen Atem des nahenden Winters mit sich trug und das Laub von den Bäumen zerrte. Auch gingen die ersten schweren Regenschauer über das Land nieder und verwandelten die Landstraßen in schlammige Bahnen. Und da das Regenwasser große Pfützen bildete und auch die vielen Bodenrillen und Schlaglöcher füllte, war es kaum noch möglich, vom Kutschbock aus diese gefährlichen Stellen früh genug auszumachen, um den übelsten von ihnen auszuweichen. Die vielen Schläge setzten dem Fahrgestell der alten Kutsche gehörig zu und gingen auch an ihren Insassen nicht spurlos vorbei, die auf den Sitzbänken hin- und hergeworfen wurden.

Am wolkenverhangenen Morgen dieses vierten Reisetages hatte es wieder einen heftigen Regenschauer gegeben, der sich aber gottlob nach einer knappen Stunde gelegt hatte. Dafür behinderten immer noch Nebelschleier die Sicht, die aus den Flussniederungen und den dichten Wäldern waberten, durch welche die Landstraße führte.

Kurz vor der Mittagsstunde überholte sie ein Reiter auf einem prächtigen Schimmel. Der Mann hatte es offensichtlich sehr eilig. Tief über den Hals seines Pferdes gebeugt, trieb er sein Tier trotz der schlechten Beschaffenheit des Weges zu einem scharfen Galopp an. Rücksichtslos und ohne auch nur einen Blick zur Seite zu werfen, preschte er an Gerolt vorbei, obwohl er ihn mitten in einer scharfen, unübersichtlichen Biegung überholte. Ein Zipfel seines dunklen, wehenden Wintermantels traf Gerolt am linken Ellenbogen, als der Reiter fast hautnah an ihm vorbeigaloppierte. Und die trommelnden Hufe des Schimmels schleuderten ihm den Schlamm der Straße ins Gesicht.

Am liebsten hätte Gerolt diesem Kerl einen lästerlichen Fluch hinterhergeschickt, ließ es jedoch bleiben, weil es nur zu Unannehmlichkeiten hätte führen können. Und dann war der Reiter auch schon außer Hörweite.

Als sie eine gute halbe Stunde später einen Gasthof mit mehreren vernachlässigten Nebengebäuden erreichten, der an einem großen Teich lag, sahen sie den Schimmelreiter wieder. Er stieg bei ihrem Nahen jedoch sogleich wieder auf sein Pferd und ritt davon, sodass Gerolt erst gar nicht in die Versuchung geriet, ihn zur Rede zu stellen.

Sie legten an diesem Ort ihre übliche Mittagsrast ein, die sie sich alle redlich verdient hatten. Jeder war froh sich für eine Weile vor dem Feuer der Wirtsstube aufwärmen und den schmerzenden Knochen Erholung von dem ständigen Gerüttel und Geschüttel gönnen zu können.

»Heilige Muttergottes, bis vor ein paar Tagen habe ich überhaupt nicht gewusst, wie viele Knochen ich im Leib habe, die schmerzen können!«, stöhnte Tarik, als sie vor dem prasselnden Kaminfeuer saßen und sich mit dem dickflüssigen, herzhaften Eintopf stärkten, den der Wirt als einziges Gericht anzubieten hatte.

»Morgen steige ich wieder in den Sattel!«, teilte ihnen Maurice grimmig mit. »Von dieser Art von Schonung habe ich genug!«

Beatrice verzog das Gesicht und warf ihm einen verdrossenen Blick zu, als wollte sie vorwurfsvoll sagen: »Aber dass meine Schwester und ich diese Rüttelpartie noch eine halbe Ewigkeit ertragen müssen, kümmert Euch wohl wenig!« Aber sie hielt sich eisern an ihr Schweigen, so schwer es ihr auch fallen mochte.

Sie dehnten ihre Mittagsrast an diesem nass-kalten Tag länger als gewöhnlich aus, fiel es ihnen doch schwer, sich von der behaglichen, wohltuenden Wärme der Schankstube zu trennen und sich wieder der klammen Kälte und der Beschwerlichkeit der Landstraße auszusetzen. Aber schließlich wurde es höchste Zeit, sich wieder auf den Weg zu machen. Denn sie hatten vom Wirt erfahren, dass sie bis zum nächsten Gasthof, der am Rand eines größeren Dorfes namens Sanriol lag und wo sie das nächste Nachtquartier finden konnten, noch gute vier Stunden unterwegs sein würden. Sie mussten sich also beeilen, wenn sie vorher nicht von der Dunkelheit überrascht werden wollten.

Sie hatten erst eine gute Stunde der Wegstrecke nach Sanriol hinter sich gebracht, als das Unglück auf bergigem, dicht bewaldetem Gelände passierte. Gerade hatten sie eine lang gezogene Steigung erklommen, als die Kutsche auf der Kuppe der Anhöhe in ein ungewöhnlich tiefes Schlagloch krachte. Und unter dem schlammigen Wasser verbarg sich auch noch hartes Felsgestein, auf welches das linke Hinterrad mit voller Wucht krachte.

Als Gerolt das unverkennbare Geräusch berstenden Holzes hörte, wusste er schon, was passiert war, noch bevor er Tariks Fluch und die erschrockenen Schreie aus der Kutsche vernommen hatte und im Sattel herumgefahren war.

»Verflucht sollen die Straßenbaumeister der Ardèche und der Dauphiné sein oder wer immer für diese saumäßigen Straßen zuständig ist!«, stieß Tarik voller Ingrimm hervor, während er hastig die Leinen um den Griff der eisernen Bremsstange wickelte und vom Kutschbock sprang. »Die verdammte Achse ist zu Bruch gegangen!«

Die Kutsche saß, gefährlich zur Seite geneigt, mit dem linken hinteren Ende tief in dem Schlammloch. Das eisenbeschlagene Wagenrad lag halb unter dem Wagen festgeklemmt.

Der Kutschenschlag flog auf und Maurice und McIvor kletterten mit bestürzten Gesichtern ins Freie, gefolgt von Heloise und Beatrice.

»Was . . . was ist passiert?«, fragte Beatrice verstört.

Heloise verdrehte die Augen. »Natürlich ein Achsenbruch! Das sieht doch ein Blinder!«

Beatrice beachtete sie gar nicht. »Und was soll jetzt werden?«, fragte sie und zu all ihrem Ungemach setzte nun auch wieder der Regen ein. Fein nieselte er aus der grauen Wolkendecke.

»Ja, das dürfte die Frage der Stunde sein«, sagte Maurice bitter.

Wütend trat Tarik mit dem Stiefel gegen das im Schlamm liegende Wagenrad und besah sich den Schaden. »Da können wir nichts tun, Kameraden! Das kann nur ein Wagenmacher wieder in Ordnung bringen.«

»Und der ist weit, vielleicht erst in diesem Nest Sanriol!«, fügte McIvor mit finsterer Miene hinzu. »Heute werden wir jedenfalls keinen mehr auftreiben, das ist sicher!«

Gerolt dachte auch an das Geld, das die Reparatur sie kosten würde. Bestimmt riss sie ein ordentliches Loch in ihre auch so schon knappe Reisekasse. Sie würden ihren Riemen wohl noch einiges enger schnallen müssen. Aber ändern ließ sich das alles nicht und er atmete tief durch. Ihr Unglück zu beklagen und im Regen herumzustehen brachte sie keinen Schritt weiter. Und sie hatten keine Zeit zu verlieren, wenn sie den Gasthof in Sanriol noch vor Einbruch der Dunkelheit erreichen wollten.

»Uns wird nichts anderes übrig bleiben, als die Kutsche von der Straße zu ziehen, sie hier zurückzulassen und uns auf die vier Pferde aufzuteilen«, sagte er. »Zwar fehlen uns zwei Sättel, aber es wird schon gehen. Beatrice und Heloise können hinter Tarik und Maurice auf den Falben aufsitzen. McIvor und ich nehmen die sattellosen Pferde.«

McIvor grinste breit. »So machen wir es! Ich habe bisher noch jeden wilden Gaul gezähmt!«

»Ja, die Kutschpferde sehen wirklich so feurig aus, dass sie nur einem grobschlächtigen Highlander und einem Raubritter aus dem Eifeler Land ohne Sattel zuzumuten sind!«, kam es recht bissig von Maurice.

»Genug geredet!«, rief Gerolt. »An die Arbeit, Männer!«

Zuerst holten sie jedoch den Beutel mit dem Heiligen Gral aus dem Hohlraum unter der hinteren Rückbank und banden ihn an Gerolts Sattel. Dann spannten sie die Rotfüchse aus. Und während Tarik, Maurice und Gerolt an der Deichsel zogen, hob McIvor dank seiner enormen Muskelkraft die Kutsche hinten an, damit sie sich leichter ziehen ließ.

Kaum hatten sie das Gefährt mit vereinten Kräften in das niedrige Gestrüpp am Rand der Landstraße bugsiert und das Wagenrad mit dem Rest der geborstenen, verschlammten Hinterachse dazugelegt, als aus der Richtung, aus der sie gekommen waren, Rumpeln und Pferdeschnauben zu hören waren.

»Da kommt jemand! Ein Fuhrwerk!«, rief Beatrice aufgeregt und sichtlich von der Hoffnung erfüllt, dass der Schaden an ihrer Kutsche sich vielleicht doch noch beheben ließ.

McIvor nahm ihre diese Illusion sofort. »Wer immer es ist, es wird wohl kaum ein Wagenmacher sein, der sich gerade mit einem Schwung neuer Achshölzer eingedeckt hat und gleich auch noch all sein Werkzeug für eine Reparatur bei sich hat!«, brummte er und wischte sich den Dreck von den Pranken.

Ein klobiges Fuhrwerk mit zwei Männern auf dem Bock tauchte hinter ihnen aus den Regenschleiern auf und erklomm mit gemächlichem Tempo die Steigung.

Gerolt trat schnell zu Beatrice und Heloise. »Denkt daran, keinen Ton!«, erinnerte er sie.

»Wir schweigen wie ein Grab!«, flüsterte Heloise.

Als das einfache Fuhrwerk die flache Kuppe der Anhöhe erreicht hatte, brachte der kantige, schwarzbärtige Fuhrmann, der in den Vierzigern sein mochte, das Gespann mit einem knappen Zug an den Leinen zum Stehen. Der Mann an seiner Seite, ein dicklicher, rotgesichtiger Bursche mit mehreren dunklen Warzen im Gesicht, war gut und gern zwei Jahrzehnte jünger. Der Laderaum des Fuhrwerks war mit sorgfältig abgedeckten Körben sowie bauchigen Tonkrügen voll gestellt, die auf einem dichten Bett aus Stroh ruhten. Auch die Zwischenräume waren großzügig damit gefüllt, damit auf der holprigen Strecke nur ja nichts zu Bruch ging. Was sie geladen hatten, nämlich stark duftende Kräuter und Essenzen, verriet die intensive Duftwolke, die sich sogleich um sie herum ausbreitete. Besonders deutlich konnte man den starken, unverkennbaren Geruch von Rosenöl und von Lavendel wahrnehmen.

»Gott zum Gruße, die Herren Ritter!«, sprach der vierschrötige Fuhrmann sie an, dessen erster wachsamer Blick ihren Schwertern gegolten hatte. Seine träge, bedächtige Sprechweise und die fast singende Modulation der Worte verriet, dass er ein Mann der Dauphiné war. Und mit einer knappen Kopfbewegung in Richtung der Kutsche, die schief zwischen dem Gestrüpp ruhte, fuhr er fort: »Mir scheint, Euch ist ein höchst betrübliches Ungemach widerfahren.«

McIvor verzog das Gesicht zu einer Grimasse. »Ich würde es eher ›eine ausgemachte Katastrophe‹ nennen, Fuhrmann«, entgegnete er verdrossen.

Der Fuhrmann seufzte mitfühlend und nickte. »Ja, diese Straße kann man wohl eine Geißel Gottes nennen, zumal bei diesem garstigen Wetter. Doch sagt, wohin des Weges?«

»Valence und dann weiter ins Burgundische«, antwortete Gerolt knapp und vage. In Wirklichkeit würden sie weder die Mauern von Valence noch das liebliche Burgund zu sehen bekommen, weil sie auch um diese Stadt einen großen Bogen schlagen und dann erst mal ein, zwei Tage die Route wechseln und nach Westen ziehen würden.

»Da werdet Ihr aber nicht vor dem morgigen Mittag eintreffen, so wie die Dinge bei Euch liegen«, sagte der Fuhrmann mit bedenklicher Miene. »Ihr solltet zusehen, so schnell wie möglich ein Dach über dem Kopf zu finden, denn die Nacht wird kalt werden und Regen bringen!«

Gerolt zuckte die Achseln. »Es soll einen Gasthof bei dem Dorf Sanriol geben. Mit etwas Glück schaffen wir es bis dahin noch vor Einbruch der Nacht.«

Der Fuhrmann musterte die beiden Falben und die zwei sattellosen Rotfüchse und schüttelte den Kopf. »Der alte Bertin wird sein Wirtshaus schon längst verriegelt und verrammelt haben, bevor Ihr bei ihm eintrefft!«, teilte er ihnen mit. »Und dann wird auch alles Klopfen und Bitten nicht helfen, damit er wieder aufsperrt und Euch ins Haus lässt. Er hat böse Erfahrungen mit spätnächtlichen Reisenden gemacht und seitdem ist er darin sehr eigen. Nein, das mit Bertin Jouberts Gasthof *Le Flore* schlagt Euch besser gleich aus dem Kopf.«

Die vier Gralsritter machten betroffene Mienen und bei dem Gedanken, dass sie die Nacht wohl bei kaltem Wind und Regen im Freien verbringen mussten, fuhr Beatrice sichtlich der Schreck in die Glieder.

»Na, prächtiger hätten wir es wohl kaum treffen können!«, grollte Tarik. »Der Schlag trifft auch wirklich immer das entzündete Auge!«

»Lasst den Mut nicht sinken, meine Herren. Denn eine ungemütliche Nacht im Freien wird Euch erspart bleiben«, sagte der Fuhrmann. »Nicht weit von hier gibt es ein Benediktinerkloster. Dort werden wir die Nacht verbringen. Und ich bin sicher, dass die frommen Kuttenträger auch Euch nicht von ihrer Pforte weisen werden. Zumal ich mich mit dem Prior recht gut stehe und gern ein Wort für Euch einlegen werde. Und unter den Konversen des Klosters, das viele eigene Werkstätten betreibt, wird es sicher einen geschickten Handwerker geben, der sich darauf versteht, Eure Kutsche morgen wieder zu richten.«

Nun hellten sich alle Mienen wieder auf. Ein Kloster, das Werkstätten aller Art in seinen Mauern unterhielt, war die Rettung in ihrer Not!

»Euch schickt der Himmel, Fuhrmann!«

»Chabrol Tullien ist mein Name«, stellte sich der Mann nun vor. »Und dieser maulfaule Bursche an meiner Seite ist Claude, mein Schwiegersohn. Nun ja, meine Tochter hätte eine üblere Wahl treffen können, bei allem, was recht ist.« Und damit versetzte er Claude einen derben Rippenstoß in die Seite, was wohl ein Zeichen von Zuneigung sein sollte.

»Will ich wohl meinen«, brummte Claude und bekam dabei kaum die Zähne auseinander.

Chabrol lachte kehlig. »Nun denn, dann sollten wir uns auf den Weg machen! Die Mönche haben eine gute Küche und im Keller einen noch besseren Wein. Da lohnt es sich, zur rechten Zeit einzutreffen und kräftig zuzulangen.« Ein verschmitztes Lächeln trat auf sein breitflächiges Gesicht. »Dem Herrn und vor allem dem heiligen Benedikt sei Lob und Dank, dass er es seinen Brüdern in die Ordensregel geschrieben hat, durchreisenden Fremden großzügige Gastfreundschaft zu gewähren!«

»Und der Wein ist wirklich vortrefflich?«, vergewisserte sich McIvor. Seine Kameraden konnten es ihm ansehen, wie ihm das Wasser im Mund zusammenlief. Ihnen war schon seit Marseille kein Tropfen Wein mehr durch die Kehlen geflossen.

»Der beste, den Ihr weit und breit finden könnt, Ihr habt mein Wort drauf!«, versicherte Chabrol.

»Was stehen wir dann noch hier herum?«, fragte McIvor und blickte auffordernd in die Runde. »Auf die Pferde, Männer!«

»Wenn es Euch hinten auf dem Wagen zwischen der Ladung nicht zu unbequem ist, nehmen wir zwei von Euch gern mit!«, bot Chabrol ihnen an.

Die vier Gralsritter sahen sich kurz an, ob sie darauf eingehen sollten. Doch es sprach nichts dagegen, das freundliche Angebot anzunehmen. Sie zogen ja gemeinsam zu dieser Abtei. Und da Beatrice und Heloise noch nie wie ein Mann ein Pferd geritten hatten, waren sie es, die hinten auf das Fuhrwerk stiegen und sich zwischen die Körbe und Krüge zwängten.

»Wundert Euch nicht, wenn die beiden Euren Schwiegersohn an Maulfaulheit noch übertreffen«, teilte Gerolt dem Fuhrmann vorsorglich noch mit. »Diese beiden Fußlahmen, die wir heute Morgen am Wegesrand aufgegabelt haben, sind nämlich fromme Pilger, die ein Schweigegelübde abgelegt haben. Der dürre Junge heißt wohl Hector und Gustave sein älterer Bruder. Jedenfalls glauben wir, dies aus den krummen Buchstaben herausgelesen zu haben, die sie für uns mit einem Stock in den Dreck gekratzt haben.«

Gleichmütig zuckte Chabrol die Achseln. »Schweigen ist mein ständiger Begleiter, wenn ich mit Claude unterwegs bin.« Damit nahm er die Leinen auf und setzte sein Gespann zotteliger, kurzbeiniger Schecken wieder in Gang. Und die vier Ritter folgten dicht hinter dem Wagen.

»Das nenne ich Glück im Unglück! Ein großer Weinkeller und brave Mönchlein, die nicht mit einem guten Tropfen geizen!«, sagte McIvor und sah sich schon vor einem bauchigen Krug guten Weins sitzen.

Auch Maurice machte eine fröhliche Miene in Vorfreude auf einen kräftigen Nachttrunk und Tarik sagte zufrieden: »Heute ein Huhn ist besser als morgen eine Ziege!«

Schmunzelnd nickte Gerolt ihm zu. Der Tag schien bei allem Pech doch noch ein etwas versöhnlicheres Ende zu nehmen, als sie vor wenigen Minuten noch geglaubt hatten.

Ihr Irrtum hätte kaum größer sein können.

8

Die Klosteranlage der Benediktinermönche, umgeben von Feldern, Äckern, Obstgärten und Weinbergen, lag etwas abseits, aber gut in Sichtweite der Landstraße. Eine hohe Mauer umgab die Abtei mit der Kirche, dem Konventsgebäude mit dem Kreuzgang, einem separaten Gästehaus sowie den Stallungen, Wirtschaftstrakten und Werkstätten. All das gruppierte sich um einen großen Innenhof, auf dem es bei ihrem Eintreffen kurz vor Beginn der Dämmerung noch geschäftig zuging. Besonders die Konversen hatten noch allerhand zu tun, um alles für die bevorstehende Nacht zu richten. Erst bei Sonnenuntergang endete der lange Arbeitstag der Laienbrüder und auch der vieler einfacher Mönche.

Chabrol Tullien hatte nicht zu viel versprochen. Sie wurden von den Mönchen, denen die Betreuung von Gästen oblag, mit großer Freundlichkeit empfangen. Dass der Fuhrmann ein bekanntes und gern gesehenes Gesicht im Kloster war, mochte einiges dazu beigetragen haben. Denn nicht nur der Prior, ein Mann von stattlicher Gestalt und gewandtem Auftreten, eilte herbei, sondern auch Bruder Donatus, der tonnenrunde Cellerar*, ließ es sich nicht nehmen, sie bei ihrer Ankunft zu begrüßen.

Man wies ihnen die letzten drei freien Kammern im Gästehaus zu. Die anderen Quartiere waren schon von einer elfköpfigen Gruppe

* Ordensbruder, der in einem Kloster für den Wein- und Vorratskeller zuständig ist.

von Kaufleuten aus St. Etienne belegt, die noch vor dem Wintereinbruch über die Alpen und nach Oberitalien wollten. Sie hatten im Kloster Zuflucht vor dem schlechten Wetter gesucht. Da Gerolt in dieser Nacht wieder an der Reihe war, bei den Pferden zu schlafen, wovon sie auch hinter Klostermauern nicht abgehen wollten, reichten die Zimmer gerade für Tarik, Maurice und McIvor sowie für Beatrice und Heloise. Chabrol und sein sauertöpfischer Schwiegersohn mussten dagegen mit zwei kargen Zellen im Wohnhaus der Mönche vorlieb nehmen, worüber sie sich sehr betrübt zeigten.

»Aber zum Essen und Zechen kommen wir gleich zu Euch in die Gaststube!«, raunte ihnen Chabrol noch zu, bevor er mit seinem Schwiegersohn einem der Gastbrüder hinüber zum Konventsgebäude folgte. »Ich werde auch noch ein vertrauliches Wort mit Bruder Donatus reden, damit er gleich in den Keller hinuntersteigt und Euch auch ordentlich was abzapft! Bei dem habe ich einen Stein im Brett, seit ich ihn mit einer edlen Tinktur versorge, die ihm gut gegen die Gicht in den Gliedern hilft!«

Als sie sich wenig später unten in der großen Gaststube einfanden und sich an einen der langen Holztische nahe des Kaminfeuers setzten, waren sie voll froher Erwartungen, wie die abendliche Mahlzeit und das Maß des ihnen zugeteilten Weins wohl nun ausfallen würde. Den Beutel mit dem Heiligen Gral hatte sich Gerolt über die Schulter gehängt. Er setzte sich mit dem Rücken zur Wand auf die Bank, wickelte sich den Lederriemen um seinen linken Fuß und schob ihn so zwischen seine Beine, dass er ihn immer spüren konnte.

Kaum hatten sie Platz genommen, als sich auch schon Chabrol und Claude bei ihnen einfanden, sogleich gefolgt von den Kaufleuten, von denen sich einige zu ihnen an den Tisch setzten.

Das Essen, das wenig später in großen Holzschüsseln aufgetragen wurde, war deftige Kost, wie sie dem kalten, nassen Wetter entsprach. Auch die dazu gereichten Brotlaibe machten dem Klosterbäcker alle Ehre, hatten sie doch eine herrlich knusprige Kruste. Und der Wein, den der Cellerar persönlich in glasierten Tonkrügen anschleppte, erwies sich als so vorzüglich, wie Chabrol behauptet hatte.

Alle ließen es sich schmecken. Sogar Beatrice schien an dem Essen nichts auszusetzen zu haben, wie ihre zufriedene Miene verriet.

Der Wein lockerte die Zungen der Männer und rötete ihre Wangen. Und nachdem sich Beatrice und Heloise schon bald auf ihr Zimmer zurückgezogen hatten, wurde das Gespräch immer lebhafter und lauter. Zumal als McIvor auf Drängen des Cellerars, der sich zu ihnen gesetzt hatte, damit begann von den Abenteuern und Schlachten zu erzählen, die er mit seinen Gefährten im Heiligen Land bestanden hatte. Er war jedoch klug genug, dabei ihre wahren Namen und ihre Zugehörigkeit zum Orden der Tempelritter zu verschweigen. Er gab vor sich mit seinen Kameraden den Hilfstruppen der Johanniter angeschlossen zu haben, da sie alle mit den Gebräuchen dieses Ordens bestens vertraut waren. Und dass ihr Beruf das Kriegshandwerk des Ritters war, sah auch jeder unbedarfte Bauer, Kaufmann oder Mönch ihnen sofort an.

»Habt Ihr auch in der fürchterlichen Schlacht um Akkon gegen die irrgläubigen muslimischen Horden gekämpft?«, fragte Bruder Donatus mit aufgeregt blitzenden Augen.

»Dieses Glück ist uns leider nicht vergönnt gewesen«, antwortete Maurice und machte dabei eine betrübte Miene. »Was hätten wir darum gegeben, zur Ehre Gottes in Akkon unser Leben zu lassen! Doch unsere kleine Truppe hat Outremer schon im letzten Winter verlassen, sodass uns diese ruhmreiche und heldenhafte Schlacht zu unserem großen Kummer entgangen ist. Aber wir standen im Wort unseres damaligen Befehlshabers, ihn auf einem . . . nun ja, mehr privaten Feldzug zu begleiten, über den ich jedoch lieber nicht reden möchte.«

Bruder Donatus nickte eifrig. »Dann wollen wir auch nicht in Euch dringen. Aber erzählt, was Ihr so alles im Heiligen Land erlebt habt!«

McIvor kam dieser Aufforderung bereitwillig nach, zumal der Wein allmählich seine Wirkung tat. Er geriet mächtig in Fahrt und erzählte immer haarsträubendere Geschichten, die wenig mit den tatsächlichen Geschehnissen zu tun hatten – was der Begeisterung seiner Zuhörer jedoch keinen Abbruch tat, sondern sie nur noch aufmerksamer an seinen Lippen hängen ließ.

Auch Tarik und Maurice fanden schnell Gefallen daran, sich an diesen phantasievollen Berichten zu beteiligen. Sie genossen die fröhliche, unbeschwerte Runde und Bruder Donatus sorgte dafür, dass immer wieder ein neuer Krug Wein auf den Tisch kam. Es war, als fürchtete er, all diese wundersamen, aufregenden Geschichten würden ein schnelles Ende finden, sowie seine ritterlichen Gäste in leere Becher schauten.

Dagegen begnügte Gerolt sich damit, nur gelegentlich einen Einwurf zu machen oder eine kurze Beschreibung realer Orte oder lokaler Gebräuche zu geben. Ihm stand nicht der Sinn nach vielem Reden und schon gar nicht wollte er seine Phantasie bemühen, um sich etwas einfallen zu lassen, woran sich die Männer ergötzen konnten. Nach einer Weile wurde er des lärmenden Geschwätzes überdrüssig. Er wusste, dass seine Freunde sich so schnell nicht von der üppig sprudelnden Weinquelle würden trennen können. Ihm jedoch war der Schlaf im Stroh des angrenzenden Stalls wichtiger. Die Nacht würde für ihn ohnehin recht kurz sein.

Und so entschuldigte er sich unter dem Vorwand, von Kopfschmerzen geplagt zu werden und jetzt Ruhe nötig zu haben. Ein kurzer Segensspruch des Cellerars, hier und da ein flüchtig verständnisvolles Nicken und die scherzhafte Bemerkung von Chabrol, dass der Klosterwein ganz sicherlich nicht dafür verantwortlich zu machen sei, das war alles, was sein früher Aufbruch aus dieser Runde bewirkte. Solange der einäugige Ritter mit ihnen am Tisch saß und es nicht an Wein mangelte, waren alle zufrieden. Und dass Gerolt einen schäbigen Beutel unter dem Tisch hervorholte und ihn sich unter den Arm klemmte, schien niemand wahrzunehmen.

Er begab sich in den Stall, wo er sich gleich bei ihrem Eintreffen in der Abtei aufmerksam umgesehen hatte, nachdem er zusammen mit McIvor ihre Pferde trockengerieben und versorgt hatte. Den idealen Ort zum Schlafen und zum Wachehalten hatte er schnell gefunden. Es war der leere Einstellplatz gleich gegenüber der Stalltür. Die anderen Gäste hatten ihn aus offensichtlichen Gründen für ihre Tiere verschmäht, da er der Zugluft am stärksten ausgesetzt war. Hier hatte er sich ein dickes Bett aus Stroh aufgehäuft. Und nach einem Versteck für den Heiligen Gral hatte er auch nicht lange Ausschau halten müssen. Er war am allerbesten in der großen Futterkiste aufgehoben, die gleich links neben dem Brettertor an der Wand stand und fast bis oben mit Hafer gefüllt war.

Nachdem Gerolt sich vergewissert hatte, dass ihm niemand gefolgt war, machte er sich in der pechschwarzen Dunkelheit daran, den Hafer in der hinteren rechten Ecke der Futterkiste mit beiden Händen zur Seite zu schaufeln und dabei den Beutel mit dem heiligen Kelch immer tiefer zu drücken, bis er auf dem Boden der Kiste ruhte, armhoch von Hafer bedeckt.

Als das getan war, gürtete er sein Schwertgehänge auf, zog die Klinge aus der Scheide und legte sie so neben sich, dass der beidseitig geschliffene Stahl nach hinten über seinen Kopf hinausragte und sich der Griff der Waffe auf Brusthöhe im Stroh befand. So konnte er bei Gefahr das blanke Schwert mit einem raschen Griff packen und war sofort kampfbereit.

Er mochte vielleicht gerade fünf Minuten auf seinem Strohlager gelegen haben, als er plötzlich das Knirschen von Sand und kleinen Steinen hörte. Sofort alarmiert, packte er sein Schwert, sprang auf, huschte zur Stalltür und schob sie einen Spalt auf.

Ein schmale Gestalt näherte sich dem Stall. Der Mann hielt in der Linken eine Laterne und in der Rechten einen kleinen Krug. Er ging langsam, sichtlich bemüht, nichts von dessen Inhalt zu verschütten.

Im Licht der Laterne sah Gerolt, dass der Mann einige Jahre jünger war als er selbst und die braune Kutte eines Konversen trug. Darüber hatte er sich eine lederne Schürze gebunden, die völlig verdreckt war. Dass es sich dabei um Stallmist handelte, roch er schon, noch bevor der Konverse vor ihm stand. Beruhigt, dass er von diesem Laienbruder kaum etwas zu fürchten hatte, verbarg er vor ihm sein Schwert. Er wollte dem jungen Burschen keinen Schreck einjagen.

»Das soll ich Euch von unserem Cellerar bringen, mein Herr«, sagte der Konverse und hielt ihm den Krug hin. »Ich soll Euch von Bruder Donatus ausrichten, dass dies Wein von seinem allerbesten Fass ist. Er hat auch den anderen eine Runde ausgeschenkt. Und er meint, dass auch Ihr daran teilhaben sollt.«

Gerolt zögerte. »Sag ihm, ich danke für seine Freundlichkeit, aber ich glaube, ich habe für heute schon genug von seinem vortrefflichen Wein getrunken.«

Der junge Konverse machte ein betroffenes Gesicht. »Das könnt Ihr mir nicht antun, Herr! Der Allmächtige verzeih mir meine Worte, aber diesen Wein hier hütet Bruder Donatus inniger als das kostbare Evangeliar, das er sich in unserem Scriptorium hat schreiben und bebildern lassen! Wenn ihr den verschmäht, wird er nicht nur tief gekränkt sein, sondern mich für Eure Ablehnung verantwortlich machen!«, sprudelte er beschwörend hervor. »Dann wird er seinen Zorn an mir auslassen und dafür sorgen, dass ich mein Leben lang nur Mist kehren und die Felder damit düngen muss! Habt Erbarmen mit mir, mein Herr! Nehmt doch wenigstens zwei, drei Schlucke!«

Gerolt lachte auf. »Deine Sorgen möchte ich haben, Konverse! Also gut, gib schon her!« Er nahm ihm den Krug ab, setzte ihn an die Lippen und ließ einen ordentlichen Schluck Wein durch seine Kehle rinnen. Ein köstlicher Nachgeschmack blieb in seinem Mund zurück, als er den Krug wieder absetzte. »Bei der seligen Jungfrau Maria, das ist wirklich der vollmundigste, süffigste Wein, der mir je auf die Zunge gekommen ist!«

Der Konverse atmete erleichtert auf. »Ich wusste doch, dass er Euch munden würde! Und jetzt kann ich auch mit reinem Gewissen unserem Cellerar ausrichten, dass Ihr seine besondere Gabe zu würdigen wisst!«

»Ja, sag ihm das. Ich werde ihm morgen auch noch selbst danken. Und lass nur, den Krug nehme ich mit hinein«, sagte Gerolt. »Vielleicht gönne ich mir ja noch einen zweiten Schluck. An so etwas Hervorragendes kommt man nun wahrlich nicht alle Tage.«

»Dann wünsche ich Euch eine gute Nacht und den Segen des Herrn«, sagte der Konverse und ging davon.

Gerolt legte den Riegel wieder von innen vor, kehrte zu seinem Strohlager zurück, legte das Schwert an seinen Platz und ließ sich den herrlichen Wein schmecken. So etwas Gutes konnte man wahrlich nicht verschmähen. Zudem war es ja auch nur ein kleiner Krug, der kaum mehr als zwei Becher gefüllt hätte.

Weit davon entfernt, berauscht zu sein, aber mit dem wohligen Gefühl, von Kopf bis Fuß von herrlicher Wärme erfüllt zu sein, streckte er sich im Stroh aus, legte die Arme im Nacken zusammen und blickte in die Dunkelheit über sich. Ein tiefer, innerer Frieden überkam ihn. Nicht einmal der Gedanke an den Achsenbruch ihrer Kutsche vermochte sein Wohlbefinden zu trüben. Zwei Konversen des Klosters würden morgen mit ihnen zur Unglücksstelle zurückkehren und den Schaden fachmännisch beheben, so war es mit dem Prior ausgemacht. Gut, sie verloren dadurch einen Tag und würden das Kloster für die Reparatur bezahlen müssen. Aber sie hatten keinen Grund, mit dem Verlauf ihrer Reise unzufrieden zu sein. Vermutlich lag eine der beiden gefährlichsten Wegstrecken ihrer Mission auf französischem Boden hinter ihnen. Nachdem sie vier Tage unbehelligt vorangekommen waren, durften sie wohl annehmen, dass sie den Iskaris im Raum Marseille durch die Maschen gegangen waren. Und die andere gefährliche Etappe war dann die letzte, nämlich wenn sie sich bis auf ein, zwei Tagesreisen Paris genähert hatten. Aber mit Gottes Beistand, größter Wachsamkeit und ein wenig Glück würden sie ihr Ziel unbeschadet erreichen und den Heiligen Gral in der Templerburg in die Hände von Armand legen, der zur geheimen Bruderschaft der Gralshüter gehörte und wohl schon seit Monaten mit wachsender Sorge auf ihr Eintreffen wartete. Und mit diesem Gefühl von Zuversicht und Gottvertrauen sank er schließlich in die Tiefen des Schlafes.

9

Gerolt hatte einen Traum, der von Sehnsüchten gespeist wurde, die sein Gewissen in die tiefen dunklen Windungen seines Unterbewusstseins verbannt hatte.

Er träumte von Beatrice, und das in einer Weise, wie es ihm schon seit Jahren in dieser Intensität und Bildhaftigkeit nicht mehr widerfahren war. Ihm war, als hätte sie sein Sehnen gespürt und erkannt, dass ihr seine Liebe mehr bedeutete als das, was Maurice in ihr an Gefühlen geweckt hatte. Und nun hatte sie sich zu ihm in den Stall geschlichen, um ihm ihre Liebe zu offenbaren.

Er sah sie im Licht einer schwach brennenden Laterne, die sie bei ihrem Eintreten auf der Futterkiste abgestellt hatte, wo tief unter dem Hafer der Heilige Gral ruhte. Und sie kam zu ihm, nur mit einem zarten, fast durchsichtigen Gewand bekleidet, das sie wie ein Schleier umfloss. Es war aus feinstem safranfarbenem Musselin gearbeitet. Das Licht der Laterne fiel durch das hauchdünne Gewebe, sodass sich die erregenden Formen ihres Körpers unter dem Gewand deutlich abzeichneten. Mit einem verführerischen, wissenden Lächeln kam sie auf ihn zu. Ihr Gewand bewegte sich sanft bei ihrem fließenden Gang, als spielte ein schwacher Windhauch mit dem feinen Gewebe. Mehrmals schmiegte es sich ganz dicht an ihren nackten Leib und gab in diesen kurzen Momenten noch mehr von ihrer weiblichen Schönheit preis. Es legte sich wie eine zweite Haut eng um ihren Busen, sodass sich ihre Brustspitzen deutlich in den Stoff drückten. Und das dunkle Vlies unter ihrem flachen Bauch schimmerte durch das Gewand wie eine Verheißung unsäglicher Wonnen.

»Beatrice!«, murmelte Gerolt und vermochte seinen Blick nicht von ihr zu nehmen. Er verschlang sie förmlich mit den Augen und das Blut wallte wie ein heißer, wilder Strom durch seinen Körper.

»Ja, mein Geliebter«, flüsterte sie zärtlich. »Ich bin gekommen, so wie du es dir schon seit langem erträumt hast. Aber auch ich konnte nicht länger warten, dass endlich geschieht, was dir und mir bestimmt ist.«

Ein seltsames Gefühl der Benommenheit mischte sich in die Erregung, die ihn erfasst hatte. Er richtete sich im Stroh auf. Und plötzlich begriff er, dass er dieses unfassbare Geschehen nicht in seinen Träumen erlebte, sondern dass es Wirklichkeit war und Beatrice tatsächlich so gut wie nackt zu ihm in den Stall gekommen war!

Sein erster Gedanke galt jedoch nicht der nahe liegenden Frage, wie das nur möglich sein konnte, sondern wo Beatrice dieses edle und zart gewebte Gewand bloß herhatte. Dafür konnte es nur eine Erklärung geben. Maurice musste es ihr heimlich in Sephira Magna gekauft haben, um sie eines Tages selbst darin zu sehen und in seinen Armen zu halten! Und dieser Gedanke machte ihn wütend und ließ Eifersucht in ihm aufflammen. Sein Freund hatte sie mit diesem Geschenk verführen wollen, so wie er in seinem Leben schon viele Frauen dazu gebracht hatte, das Lager mit ihm zu teilen!

»Ich weiß, was du jetzt denkst«, flüsterte Beatrice und kniete sich neben ihn ins Stroh. »Aber vergiss, was einmal war. Du hast keinen Grund, eifersüchtig zu sein. Meine Liebe und meine Hingabe gehören nur dir allein. Wäre ich sonst in dieser Nacht zu dir gekommen und hätte mich deinen Augen so schutzlos dargeboten?«

»Du hast es all die Zeit gewusst?«, fragte er ungläubig.

»Wohl nicht von Anfang an, aber Gott hat mir noch rechtzeitig die

Augen geöffnet, wer meiner Liebe und Leidenschaft wert ist. Und das bist allein du, mein Geliebter!« Sie berührte zärtlich seine Wange, glitt mit ihren Fingerspitzen über seine Lippen und ließ ihre Hand verlangend über seine Brust wandern.

Er wollte die Hände nach ihr ausstrecken, um sie zu berühren und ihre glatte Haut zu spüren. Aber so stark sein Verlangen auch war, er wagte es doch nicht. Etwas hielt ihn davor zurück. Doch mit jedem Augenblick wurde sein Begehren drängender, vor der anschwellenden Flut seiner lustvollen Gefühle zu kapitulieren und alle heiligen Gelübde zu vergessen, die er abgelegt hatte.

»Was zögerst du, mein tapferer Ritter?«, lockte sie ihn, nahm seine Hand und führte sie unter ihr Gewand zu ihrem Busen. »Ich gehöre dir. Alles, was du dir wünschst, soll diese Nacht geschehen.«

Ein halb gequälter, halb lustvoller Laut entfuhr seiner Kehle, als sie seine Hand auf ihren Busen presste.

»Es ist nicht richtig, Beatrice!«, presste er mit Mühe hervor. »Ich . . . ich kann es . . . ich darf es nicht zulassen!«

»Was redest du da, mein Gebieter? Sei versichert, dass ich keine Ansprüche stelle und dich an mich zu binden versuche!«, beteuerte sie. »Lass uns nur diese eine Nacht zusammen verbringen, das ist alles, was ich mir ersehne, und ich weiß, dass es dir ebenso ergeht. Und hat Gott uns die Liebe und die lustvollen, körperlichen Freuden denn nicht dazu geschenkt, dass wir sie mit Dankbarkeit annehmen und uns ihnen hingeben? Es kann unmöglich Sünde sein, wenn zwei Menschen, die so sehr nach einander verlangen, wie wir es tun, sich ihren Gefühlen hingeben und einander wunderbare Erfüllung schenken!«

Ja, Beatrice hat Recht!, sagte die Stimme der Lust in Gerolt. So tiefe Liebe und Begehren kann vor Gott keine Versündigung sein! Alle Ordensregeln und Gelübde sind Menschenwerk, und wer weiß schon, ob sie in allem wirklich dem Wunsch des Allmächtigen entsprechen. Doch die Liebe und das Verlangen von zwei Menschen, miteinander eins zu werden, kommen von Gott! Was also wiegt schwerer? Doch wohl Letzteres. Also vergiss, dass du Keuschheit gelobt hast. Wenigstens für diese eine Nacht!

Doch kaum hatte diese Stimme ihre Einflüsterung beendet, als sich augenblicklich eine zweite in ihm zu Wort meldete. Es war die Stimme des Gewissens, die energisch einwandte: Willst du nun Richter über das sein, was gut und richtig ist? Hältst du dich auf einmal für klüger als all die vielen weisen Ordensgründer, die in fast tausenddreihundert Jahren Christentum gute Gründe gefunden haben, warum ein Mönch nicht nur dem Gehorsam und der Armut verpflichtet ist, sondern auch der Keuschheit? Und hast du vergessen, dass du ein heiliges Amt angenommen hast, das dich noch viel mehr in die Pflicht nimmt als das, was du bei deinem Eintritt in den Orden der Tempelritter gelobt hast?

Diese beiden Stimmen lieferten sich in ihm einen erbitterten Wettstreit. Und obwohl die des Verlangens die andere mit Gewalt zu unterdrücken drohte, brachte er doch noch mit allergrößter Willensanstrengung die Kraft auf, sich dagegen zu stemmen und fast verzweifelt hervorzustoßen: »Ich kann es nicht, Beatrice! Ich bin ein geweihter Gralshüter!«

Und kaum waren Gerolt diese Worte über die Lippen gekommen, als sich durch den wilden Tumult seiner Gefühle die erstaunte Frage in sein Bewusstsein bohrte, wie ihm dieses verantwortungslose Bekenntnis bloß hatte entschlüpfen können. Er hatte ihr das Geheimnis seines heiligen Amtes offenbart!

Sorge dich nicht, dein Geheimnis ist bei Beatrice sicher!, drängte sich die Stimme des Verlangens sofort wieder mit aller Macht in den Vordergrund. Du kannst ihr so blind vertrauen wie deinen Gefährten. Was immer du ihr anvertraust, wird sie hüten wie ein Grab! Nicht einmal unter der schrecklichsten Folter wird man es ihr entlocken können!

»Das weiß ich doch schon seit langem, mein geliebter Ritter!«, sagte Beatrice nun mit einem nachsichtigen Lächeln und begann ihn mit ihren Händen zu liebkosen. »Ihr vier bewacht den Heiligen Gral, nicht wahr? Und er ist in diesem schwarzen Würfel verborgen, den ihr nicht aus den Augen lasst, richtig?«

Gerolt hatte Mühe, bei ihren Zärtlichkeiten einen Rest klaren Verstandes zu bewahren. »Ja«, hörte er sich sagen und ihm war, als hätte nicht wirklich er diese Antwort gegeben, sondern ein anderes Ich in ihm, das für den Preis ihres Körpers restlos alles zu verraten bereit war, was ihm bis zu dieser Stunde heilig gewesen war.

»Und verrätst du mir auch, wo ihr den Würfel mit dem Heiligen Gral jetzt versteckt habt?«, flüsterte sie ihm lockend zu und begann sein Gesicht mit Küssen zu bedecken.

»Das ... darf ... ich ... nicht!« Er musste sich jedes einzelne Wort gegen den erbitterten Widerstand dieses verräterischen anderen Ichs förmlich abringen.

»Aber mir kannst du es doch verraten, du Sehnsucht meines Herzens!«, sagte sie zwischen zwei heißen Küssen und verstärkte dabei die Liebkosungen ihrer Hände, die inzwischen unter sein Gewand gewandert waren und wussten, wo er für Zärtlichkeit ganz besonders empfänglich war. »Beweise mir deine Liebe! Sag mir, wo du ihn aufbewahrst. Denn du hast ihn doch vorhin bei dir gehabt. Und dann will ich auch Ruhe geben und nur noch dich spüren. Ich verspreche dir, dass ich dir mit allen Fasern meines Körpers den Himmel auf Erden bereiten werde. Nichts will ich dir verwehren. Ich werde ganz dein sein, mein Geliebter!«

Gerolt glaubte schon ihrem Drängen und seinem unbändigen Verlangen nicht länger widerstehen zu können. Es ging über alle menschliche Kraft, jetzt noch standhaft zu bleiben. Doch als er schon drauf und dran war, ihr das Versteck des Heiligen Grals zu verraten, hörte er plötzlich eine dritte, sehr vertraute Simme in sich. Es war die von Abbé Villard.

»Hütet euch vor dem schwarzen Trank!«, hörte er den alten, weißhaarigen Gralshüter sagen. Dessen Stimme erreichte ihn nur schwach und wie aus weiter Ferne, als hätte sie Mühe, bis in sein Bewusstsein durchzudringen. »Es soll sich um ein wahrhaft diabolisches Gemisch handeln, das köstlich schwer wie der beste Wein die Kehle hinunterfließt!«

»Bitte, sag es mir endlich!«, drängte Beatrice und zerrte sich nun mit einer Hand das hauchzarte Gewand vom Leib, während ihre andere nicht von ihm abließ. Sie schien zu merken, dass der Widerstand gegen ihre Verlockung in ihm wuchs und sie die Gewalt über ihn zu verlieren drohte. »Ich kann nicht länger warten, dass du mich nimmst und zur Frau machst. Nun sag doch bitte, wo du den Heiligen Gral verborgen hast!«

Gerolt wand sich unter ihren Händen, bäumte sich dann jedoch dagegen auf. »Herr, komm mir zu Hilfe!«, brach es verzweifelt aus ihm heraus.

Und sofort war da wieder die Stimme von Abbé Villard und sie dröhnte wie ein Gong durch seinen Kopf.

»Wer den schwarzen Trank trinkt, über den gewinnen die Iskaris kurzzeitig Macht! Wer unter seinem Einfluss steht, in dessen tiefste Seelenregungen vermögen die Iskaris einzudringen, sogar bis in die geheimsten Gedanken und Empfindungen, die einem selbst kaum bewusst sind. Zudem bewirkt der Trank bei dem, der ihn genossen hat, teuflische Illusionen! Je nach charakterlicher Anlage und Willensstärke kann er auch den tapfersten Gralsritter dazu bringen, Verrat zu üben! Also seid wachsam und besinnt euch auf euren Glauben und das Gute in euch, wenn ihr merkt, dass Veränderungen mit euch geschehen. Dann müsst ihr euch mit eurer ganzen Willenskraft gegen diese Einflüsterungen des Bösen zur Wehr setzen!«

Die Worte trafen Gerolt wie Hammerschläge. Und in diesem Moment wusste er, was geschehen war. Er hatte nicht vom besten Wein des Cellerars, sondern vom schwarzen Trank der Iskaris getrunken! Und das bedeutete, dass Beatrice zu ihnen gehörte. Allein Gott mochte wissen, wann und wie es den Knechten des Schwarzen Fürsten gelungen war, sie für ihr Vorhaben zu gewinnen. Aber es war ihnen offensichtlich gelungen! Doch ihr teuflischer Plan würde nicht aufgehen! Er würde ihrer Verführung widerstehen, auch wenn sein Körper ihn auf eine beinahe unerträgliche Weise quälte, sich anders zu entscheiden. Nein, niemals! Gott der Allmächtige würde ihm die Kraft dazu geben!

Kaum hatte sich sein aufbäumender Wille die Oberhand über sein Verlangen verschafft, als die Stimme der Versuchung wie eine wilde Furie in ihm aufschrie.

Derselbe Schrei kam jetzt auch von Beatrice, als sie erkannte, dass sie das heimtückische Spiel der Versuchung verloren hatte und von ihm nicht das Versteck des Heiligen Grals erfahren würde.

Doch zu seinem Entsetzen löste sich plötzlich das Bild der splitternackten Beatrice vor seinen Augen auf – und sie verwandelte sich in einen pockennarbigen Mann, dem das fettig strähnige Haar ins Gesicht fiel!

Sofort erkannte Gerolt ihn als jenen Reiter wieder, der gegen Mittag auf der Landstraße so rücksichtslos an ihnen vorbeigejagt und später in dem Moment davongeritten war, als sie beim Gasthaus eingetroffen waren. Beatrice war nichts anderes als eine diabolische Illusion gewesen, die ihm sein verwirrter Geist kraft des schwarzen Trankes vorgegaukelt hatte!

Ekel stieg ihm in die Kehle, als er sich bewusst wurde, dass es die rauen Hände eines Iskaris gewesen waren, die ihn so erregend berührt hatten. Nun nahm er auch den modrigen Geruch des Judasjüngers wahr! Und er begriff, dass der junge Konverse, der mit dem Pockennarbigen im Bunde sein musste und womöglich gar nicht zum Kloster gehörte, sich die vorgebundene Lederschürze nicht ohne Grund mit stinkendem Mist beschmiert hatte. Und auch die intensiv duftende Ladung des Fuhrwerks und die stark nach Rosenöl riechende Kleidung von Chabrol und Claude bekamen auf einmal eine ganz andere Bedeutung!

Wie ein Blitz schossen ihm diese Gedanken durch den Kopf. Und dann war für weitere Überlegungen keine Zeit mehr, denn da legten sich schon die schwieligen Hände des Iskaris um seine Kehle und drückten mit aller Kraft zu.

»Dann stirb wie ein Hund, wenn du es nicht anders haben willst!«, stieß der Anbeter des Bösen hervor.

Gerolt wollte zu seinem Schwert greifen, doch er kam mit dem rechten Arm nicht über den breiten Rücken des Feindes. Er versuchte den Mann abzuschütteln und sich auf die Seite zu wälzen, doch der Iskari presste ihn mit seinem Gewicht ins Stroh.

Feurige Schmerzen schossen von seiner Kehle aus in seinen Körper und die Luft wurde ihm knapp. Er wusste, dass ihm nur noch wenige Sekunden blieben, um sich aus dem tödlichen Würgegriff zu befreien, bevor ihm die Sinne schwinden würden. Und dann war sein Tod unausweichlich.

Er hämmerte dem Iskari seine Fäuste an den Kopf, doch das schien diesen nicht im Mindesten zu beeindrucken. Jedenfalls lockerte sich der Schraubstock um seinen Hals kein bisschen. In seiner Verzweiflung griff er dem Mann mit beiden Händen ins Haar, packte fest zu und riss ihm mit aller Kraft, die er aufbringen konnte, den Kopf nach hinten.

Der Iskari gab einen schmerzerfüllten Schrei von sich und der Druck um seinen Hals verlor ein wenig an Kraft. Sofort nutzte Gerolt diesen Moment, um das rechte Bein hochzureißen und es seinem Todfeind zwischen die Beine zu rammen.

Ein keuchender Laut aus der Kehle des Iskaris verriet, dass der heftige Kniestoß sein Ziel nicht verfehlt hatte. Jetzt endlich gab der Mann seine Kehle frei.

»Du wirst in deinem Blut ersaufen, du verfluchter Christenhund!«, krächzte er, während seine rechte Hand nach dem Dolch in seinem Gürtel griff.

Gerolt sah die schmale, lange Klinge im Licht der Laterne aufblitzen, warf sich geistesgegenwärtig nach links zu seinem Schwert herum und schlug ihm in der Drehung seine Faust mitten ins Gesicht. Er hörte, wie das Nasenbein unter dem Fausthieb zerbrach.

Der Iskari brüllte auf, taumelte rückwärts aus dem hohen Stroh und stürzte mit dem Rücken gegen die Bretterwand des Einstellplatzes, während ihm das Blut aus der zertrümmerten Nase schoss. Bei dem Sturz entglitt ihm der Dolch, der in das Stroh fiel.

Gerolt bekam nun endlich sein Schwert zu fassen.

Der Judasjünger war nicht so benommen von dem Fausthieb, dass er die Gefahr nicht erkannt hätte, die ihm jetzt drohte. Er reagierte, indem er sich von der Bretterwand abstieß und Gerolt einen Stiefeltritt versetzte.

Der Tritt erwischte Gerolt an der rechten Hüfte und warf ihn ins Stroh zurück. Hätte er dabei sein Schwert verloren, der Judasjünger hätte die Chance wohl für einen erneuten Angriff genutzt. Doch Gerolt hielt das Gralsschwert mit festem Griff auf ihn gerichtet.

Der Iskari gab sich geschlagen und suchte sein Heil in der Flucht. Er rannte zur Futterkiste, packte die Laterne und warf sie mit aller Kraft gegen die Wand des Einstellplatzes. Das Glas zerbrach und der brennende Docht griff sofort nach dem trockenen Stroh. Der Iskari riss die Stalltür auf und stürzte in die Nacht hinaus.

Fluchend, dass er nicht augenblicklich die Verfolgung aufnehmen konnte, trat Gerolt hastig die aus dem Strohbett aufzüngelnden Flammen aus, damit der Stall nicht gleich lichterloh brannte und dann auch noch auf das angrenzende Gästehaus übersprang. Als er sicher sein konnte, diese Gefahr gebannt zu haben, und aus der Stallung stürzte, war von dem Judasjünger schon nichts mehr zu sehen. Er hatte sich wie ein Schatten in der Nacht aufgelöst. Doch dann hörte er von jenseits der Mauer den Hufschlag von zwei Pferden, die sich im gestreckten Galopp vom Kloster entfernten. Der Iskari und vermutlich sein halbwüchsiger Helfer, der sich als Konverse ausgegeben und ihm den Krug mit dem schwarzen Trank gebracht hatte!

In diesem Moment stürmten auch schon seine Ordensbrüder, die von den Schreien und dem Krach im Stall alarmiert worden waren, mit blank gezogener Waffe aus der Tür des Gästehauses, vorsichtig gefolgt von einigen Kaufleuten und Mönchen. Lichter irrten aus allen Richtungen über den großen Hof.

»Keine Sorge, der Kelch ruht sicher in seinem Versteck!«, erklärte Gerolt hastig.

»Was ist passiert? Das klang nach einem Kampf!«, stieß Maurice hervor. »Hat jemand versucht dich zu überfallen?«

Gerolt nickte. »Ja, ein verfluchter Iskari hat sich zu mir in den Stall geschlichen! Er hat . . .« Er brach ab und fuhr sich mit der Hand über die schmerzende Kehle. Aber das Würgen, das ihn nun befiel, hatte einen ganz anderen Grund. Wie sollte er seinen Kameraden sagen, was geschehen war? Wie konnte er ihnen noch in die Augen sehen, wenn sie erst erfahren hatten, welcher sinnlichen Verlockung er um ein Haar nachgegeben hätte? Er brauchte Zeit, um sich zu sammeln, Herr seines inneren Tumultes zu werden und dann die richtigen Worte zu finden, ohne jedoch Beatrice und seine Gefühle zu ihr zu erwähnen.

Die Übelkeit, die ihn plötzlich überkam, erschien ihm wie ein von Gott gesandtes Geschenk. Sie erlaubte es ihm, seinen Gefährten nicht sofort Rede und Antwort stehen zu müssen. »Gleich! . . . Gebt mir . . . etwas Zeit«, presste er mühsam hervor, taumelte an die Ecke des Stalls, sank zitternd auf die Knie und erbrach sich.

10

Bevor Gerolt dazu kam, seinen Freunden an einem stillen Ort den genauen Hergang des heimtückischen Anschlags zu erzählen, verstrich fast eine Stunde. Jeder der herbeigeeilten Mönche und Konversen wollte wissen, was diese lärmende Aufregung zu bedeuten hatte. Sogar der Abt, eine hoch gewachsene Gestalt mit einer weißhaarigen Tonsur, kam und verlangte Auskunft. Als er von dem Überfall auf einen seiner Gäste erfuhr, zeigte er sich so bestürzt wie vor ihm der Prior und der Cellerar.

Gerolt beschränkte sich ihnen gegenüber darauf, den Überfall als einen gewöhnlichen Raubversuch hinzustellen. Der Mann habe wohl versucht Pferde aus dem Stall zu stehlen, und sei von ihm dabei überrascht worden, worauf es zu einem Kampf gekommen sei. Und er bedauerte, seine Schläfrigkeit nicht schnell genug überwunden zu haben, um den Schurken niederzuringen, damit der Mann vor Gericht gestellt werden konnte.

Da die Klosterpforte nicht aufgebrochen worden war, suchten einige der Mönche im Schein von Fackeln und Laternen nach dem Ort, wo der Übeltäter in ihr Kloster eingedrungen war. Sie fanden auch bald auf der Krone der Westmauer einen dreiarmigen, eisernen Wurfanker. Als sie ihn mit einer Mistgabel herunterholten, kam am Ring der kurzen Wurfstange ein langes Seil zum Vorschein, in das ein gutes Dutzend Knoten gebunden war, um den Eindringlingen das Hochklettern zu erleichtern.

Die Sache mit dem jungen Konversen und dem Krug verschwieg Gerolt den Mönchen und Kaufleuten. Auch seinen Verdacht, dass Chabrol Tullien und sein Schwiegersohn, die sich überhaupt nicht blicken ließen, womöglich mit dem Mann unter einer Decke steckten, behielt er für sich. Es war nichts damit gewonnen, sie zu verdächtigen, weil es für ihre Mittäterschaft nicht den geringsten Beweis gab.

Nachdem der Abt drei seiner Mitbrüder damit beauftragt hatte, für den Rest der Nacht auf dem Hof auf und ab zu gehen und Wache zu halten, kehrten schließlich alle anderen Mönche und Konversen sowie die Kaufleute wieder in ihre Zellen und Quartiere zurück.

Erst jetzt konnte Gerolt seinen Gefährten, die sich mit ihm in den Stall zurückzogen hatten, erzählen, was sich wirklich zutragen hatte. Bestürzt lauschten sie seinem stockenden Bericht.

»Du hast den teuflischen schwarzen Trank getrunken, vor dem uns der Abbé noch gewarnt hat?«, stieß McIvor mit hörbarem Schaudern in der Stimme hervor.

Gerolt nickte, noch immer bleich und kaum Herr seines inneren Aufruhrs.

»Und dann? Was geschah dann?«, fragte Maurice. »Was hat er bei dir bewirkt? Nun erzähl schon!«

Gerolt verzog das Gesicht zu einer Grimasse und vermied es, ihn anzusehen, als er darauf antwortete. »Genau das, was der Abbé uns darüber berichtet hat«, sagte er mit belegter Stimme. »Dieser verfluchte Iskari hat meinen Geist verwirrt und mir vorgegaukelt, ich befände mich in einem . . . nun ja, einem Harem und umgeben von makellosen, nur spärlich bekleideten Konkubinen, die . . . die nichts anderes im Sinn hätten, als mich in . . . in den Garten paradiesischer Lüste zu entführen.« Ihm brannten die Wangen vor Scham, dass er seine Freunde in diesem Punkt anlog. Aber die ganze Wahrheit auszusprechen überstieg seine Kräfte.

»Heiliger Bidenhänder!«, entfuhr es McIvor und sein Auge blitzte. »Das ist ein Traum, den ich mir gefallen lasse!«

Auch Maurice machte große Augen und dann stellte sich ein breites Grinsen auf seinem Gesicht ein. »Schau an, Gerolt, tief in deinem Innern hast du also den Wunsch verborgen, dich im Kreis von liebeserfahrenen Konkubinen den fleischlichen Freuden hinzugeben! Denn wenn es stimmt, was wir von Abbé Villard erfahren haben, dann bringt der schwarze Trank doch nur unsere geheimsten Sehnsüchte zu Tage.«

Tarik versetzte ihm einen Stoß in die Rippen. »Lass gefälligst deinen Spott, Maurice!«, herrschte er ihn an. »Er ist hier fehl am Platz, zumal aus deinem Mund! Ich möchte gar nicht wissen, was in dir brodelt, mein Freund!«

Maurice schoss das Blut ins Gesicht, verstand er Tariks Anspielung auf Beatrice doch nur zu gut. Schnell legte er seine Hand aufs Herz, deutete eine Verbeugung in Gerolts Richtung an und murmelte kleinlaut: »Tut mir Leid. Das war wirklich töricht von mir. Vergiss bitte, was ich da geplappert habe!«

»Außerdem ist doch keiner von uns davor gefeit!«, warf McIvor freimütig ein. »Jeder von uns hat immer wieder mit solchen fleischlichen Anwandlungen zu kämpfen. Also lass uns über diese lächerliche Angelegenheit kein Wort mehr verlieren.«

»Ein wahres Wort, Schotte!«, pflichtete Tarik ihm bei. »Außerdem verdient Gerolt unsere allergrößte Bewunderung für das, was ihm gelungen ist. Oder habt ihr vergessen, was Abbé Villard uns über die Wirkung des diabolischen Tranks gesagt hat? Nämlich dass auch der tapferste Gralshüter unter dessen Einfluss zu jedem schändlichen Verrat bereit ist!«

McIvor nickte. »Und nur wer über außergewöhnliche Charakterstärke und Willenskraft verfügt, vermag den teuflischen Bann zu brechen! Und beides hat Gerolt bewiesen! Er hat dem verfluchten Iskari das Versteck des Heiligen Grals nicht verraten. Wer weiß, ob ich oder ein anderer von uns diese Prüfung so grandios bestanden hätte wie er?«

Maurice sah Gerolt ernst an. »McIvor hat Recht«, sagte er leise und mit fast wehmütiger Bewunderung. »Wenn einer von uns jetzt mit Fug und Recht von sich behaupten kann, ein wahrer Gralshüter zu sein, der auch in den schwersten Prüfungen seines Amtes standhaft bleibt, dann bist du es, Gerolt!«

»So ist es!«, bestätigte Tarik. »Nehmen wir uns an ihm ein Beispiel und hoffen wir, dass uns erspart bleibt, was er erlebt hat!«

Gerolt fühlte sich tief beschämt. Zu seiner Erleichterung wandte sich ihr Gespräch dann auch schon der Frage zu, ob der Achsenbruch wohl in irgendeiner Verbindung mit dem heimtückischen Anschlag stand, welche Rolle Chabrol und Claude dabei gespielt hatten und welche Gefahr ihnen nun drohte.

Sie stimmten schnell darin überein, dass es sinnlos war, Chabrol und Claude zur Rede zu stellen. Entweder hatten sie wirklich nichts damit zu schaffen, dann beleidigten sie ausgerechnet die Männer, die ihnen geholfen hatten. Oder aber sie waren bezahlte Handlanger der Iskaris, dann hätten sie handfeste Beweise haben müssen, um sie zur Rechenschaft ziehen zu können.

»Ich sehe die Sache so«, sagte McIvor schließlich. »Wir sind den Spähern der Teufelsknechte in Marseille entkommen. Andernfalls wären wir schon auf dem Weg nach Aix-en-Provence von ihnen angegriffen worden. Die logische Folgerung ist deshalb, dass uns nur dieser eine Iskari unterwegs irgendwo erkannt und die Verkleidung der Granville-Schwestern durchschaut hat, vermutlich gestern. Und da er entweder nicht die Zeit gehabt hatte, noch andere Komplizen zusammenzutrommeln, oder weil er den Ruhm, den Heiligen Gral erbeutet zu haben, mit keinem hatte teilen wollen, hat er sich diesen Plan ausgedacht. Wie die beiden Fuhrleute in dieses Bild passen und ob sie ihm geholfen haben oder nicht, soll uns nicht weiter interessieren, ist aber zu vermuten. Sicher dürfte jedoch sein, dass er mit dem Kloster und den Mönchen gut vertraut ist und aus dieser Gegend kommt. Jedenfalls hat er alles auf eine Karte gesetzt und es bei Gerolt mit dem teuflischen schwarzen Trank versucht. Doch er ist gescheitert. Punkt. Und jetzt dürfte die Not bei dem Hundesohn groß sein!«

»Weil er auf eigene Faust gehandelt und die Sache ganz übel in den Sand gesetzt hat!«, sprach Tarik aus, was McIvor mit seinen letzten Worten angedeutet hatte.

»Was bedeutet, dass er es kaum noch einmal allein versuchen, sondern sich Verstärkung holen wird«, führte nun Maurice den Gedanken fort. »Diesmal wird er sich jedoch nicht der Hilfe einfacher Leute versichern, die uns im Kampf nicht gewachsen sind, sondern mindestens ein gutes Dutzend kampferprobte Iskaris um sich versammeln.«

»Und womöglich muss er auch erst einmal einen ranghöheren Judasjünger alarmieren, weil er sich nicht noch einmal die Finger an uns verbrennen will«, sagte McIvor. »Das könnte uns die Zeit verschaffen, um die Kutsche zu reparieren, bevor die Bande hier eintrifft und über uns herfallen kann. Denn bei der Vorstellung, mit Beatrice und der kleinen Heloise zu Pferd quer durch Frankreich zu jagen, graust es mir. Sie würden das auf keinen Fall durchhalten. Mit der Kutsche sind wir jedenfalls um einiges schneller.«

Gerolt schloss sich der Einschätzung des Schotten an und einmütig beschlossen sie, nicht kopflos die Flucht anzutreten, sondern den Einbau einer neuen Hinterachse abzuwarten. Abt und Prior hatten ihnen versprochen morgen schon in aller Herrgottsfrühe eine Gruppe von tüchtigen Handwerkern mit einem schnellen Gespann zum

Unglücksort zu schicken, damit sie möglichst rasch ihre Weiterreise antreten konnten.

Sie redeten noch eine Weile darüber, welche Route sie nun einschlagen sollten. Weiter das Rhonetal flussaufwärts zu ziehen kam für Gerolt und Tarik nicht in Frage. Doch Maurice wandte ein: »Ist es nicht genau das, was wir tun sollten, nämlich weiter die Rhone entlang ziehen? Denn die Iskaris werden doch vermutlich fest davon ausgehen, dass wir von unserer bisherigen Strecke abweichen werden. Sind wir dann nicht viel sicherer, wenn wir unsere Route scheinbar gegen jeden gesunden Menschenverstand einfach beibehalten?«

»Das klingt einsichtig«, räumte Tarik ein. »Aber wir haben es nicht mit Dummköpfen zu tun, Maurice. Und das, was dir eben durch den Kopf gegangen ist, werden sie bei ihren Überlegungen bestimmt auch berücksichtigen. Was bedeutet, dass sie vermutlich auch weiterhin im Rhonetal nach uns Ausschau halten werden.«

Worauf Maurice seinen Vorschlag schnell wieder fallen ließ und mit einem Achselzucken sagte: »So oder so, es bleibt in jedem Fall ein Glücksspiel, wie weit wir kommen, bis es zu einer erneuten Begegnung mit den Iskaris kommt.«

»Die dann sicherlich mit dem Schwert ausgetragen wird!«, fügte Tarik hinzu.

»Wenn es denn sein muss, ist mir der offene Kampf immer noch am liebsten!«, stieß McIvor grimmig hervor und ballte die Faust, als hielte sie sein Schwert. »Blanker Stahl zwischen die Rippen ist die einzige Sprache, die sie verstehen!«

Maurice verzog das Gesicht zu einer geringschätzigen Miene. »Ein offener Kampf ist das Letzte, worauf sich die feige Bande einlassen wird. Es sei denn, sie befinden sich in mindestens dreifacher Übermacht. Also lasst uns besser damit rechnen, dass ihr Vorrat an heimtückischen Plänen noch längst nicht erschöpft ist!«

»Wir nehmen, was uns der Herr gibt«, sagte Tarik voller Gottvertrauen. »Er wird uns schon den rechten Weg weisen!«

»Amen«, murmelte Maurice und alle bekreuzigten sich.

In den wenigen Nachtstunden, die ihnen noch blieben, fand Gerolt so gut wie keinen Schlaf. Er quälte sich mit seinen Schuldgefühlen – gegenüber seinen Kameraden, aber mehr noch gegenüber Gott, dem er sowohl als Kriegermönch wie auch als Gralshüter treu zu dienen versprochen hatte.

Beim ersten, schwachen Licht des anbrechenden Tages machte sich eine Gruppe von Handwerkerkonversen sofort daran, ein schnelles, vierköpfiges Gespann vor einen robusten Wagen zu spannen und ihn mit Werkzeugen und mehreren Achshölzern zu beladen, um gleich an Ort und Stelle die Kutsche wieder fahrtüchtig zu machen.

Und während Tarik und McIvor sich um ihre Pferde kümmerten, nutzte Gerolt die Zeit bis zum allgemeinen Aufbruch, um den Prior zu bitten, ihm die Beichte abzunehmen, was dieser auch bereitwillig tat.

Im Beichtstuhl sprach Gerolt sich seine Gewissensqual von der Seele, jedoch ohne Namen und Einzelheiten zu nennen.

Der Prior stellte auch keine tiefer gehenden Fragen. Geduldig lauschte er hinter dem Gitter dem, was Gerolt so schwer auf der Seele drückte. Und zu dessen Erstaunen zeigte er, nachdem alles gesagt war, milde Nachsicht mit ihm.

»Niemand von uns ist vor der Versuchung durch das schwache, sündige Fleisch gefeit, mein Sohn. Wir alle sind nur Menschen und geraten deshalb immer wieder ins Straucheln. Nicht einmal den Heiligen ist es anders ergangen. Worauf es allein ankommt, ist die Erkenntnis dieser unserer Schwachheit und der Wille, sie mit allen Kräften zu bekämpfen. Wir gewinnen nicht jede dieser bitteren Schlachten, mein Sohn. Das zu erwarten, wäre vermessen und würde bedeuten, uns mit Jesus Christus gleichzusetzen, der allein in seinem irdischen Leben frei von Sünde war. Aber den Krieg gegen die Einflüsterungen des Teufels dürfen wir nie verloren geben.«

Der Prior gab ihm noch einige gut gemeinte Ratschläge zur Selbstdisziplin mit auf den Weg, die Gerolt schon von seinen Beichtvätern im Orden vertraut waren. Dann trug er ihm als Buße auf, zehn Vaterunser zu beten und zehnmal die selige Gottesmutter im Gebet um ihren Beistand zu bitten, und erteilte ihm die Absolution.

Befreit von einer erdrückenden Last, begab Gerolt sich unverzüglich in die Kapelle, um niederzuknien und in der Stille die Bußgebete zu verrichten.

Wenig später brachen sie mit den Handwerkern des Klosters auf. Beatrice und Heloise fuhren auf dem schweren Wagen mit. Ihnen stand der nächtliche Schrecken noch immer ins Gesicht geschrieben, weil sie wussten, dass es sich nicht um einen gewöhnlichen Pferdedieb gehandelt hatte, der Gerolt beinahe getötet hätte.

Die Wolkendecke hatte sich am Himmel ein wenig aufgezogen, und wenn auch ein frostiger Wind wehte, so war es doch trocken. Zu ihrer aller Erleichterung fanden sie die Kutsche an derselben Stelle wieder, wo sie sie zurückgelassen hatten.

Als einer der Handwerker Dreck und Schlamm vom gesplitterten Ende der Hinterachse wischte, machte er ein verblüfftes Gesicht. »Kein Wunder, dass sie Euch gebrochen ist! Jemand hat sie angesägt!«, verkündete er und wies auf den glatten Einschnitt. »Da muss Euch jemand Böses gewollt haben!«

Für die vier Gralshüter stand nun fest, dass der Iskari auf dem Schimmel vor dem Gasthof *Coq d'Or* nur so getan hatte, als würde er davonreiten. In Wirklichkeit war er wohl sofort auf einem anderen Weg heimlich wieder zurückgekehrt und hatte ihnen die Hinterachse angesägt, während sie sich in der Wirtsstube aufgewärmt und ihr Essen verzehrt hatten. Das schlechte Wetter war dabei sein hilfreicher Komplize gewesen. Dass auch Chabrol und Claude ihren Teil zu seinem Plan beigetragen hatten, hielten sie inzwischen für erwiesen. Es war schon verdächtig genug gewesen, dass sich die beiden in der Nacht nicht auch im Klosterhof eingefunden und nach dem Grund für den Aufruhr erkundigt hatten. Doch dass sie auch am Morgen ihre Gesellschaft mieden, hatte ihren Verdacht in Gewissheit verwandelt.

Um die Mittagsstunde war der Schaden an der Kutsche endlich behoben. Sie dankten den Konversen für ihre schnelle und vorzügliche Arbeit. Dann trennten sich ihre Wege. Während die Handwerker zum Kloster zurückfuhren, wandten sich die vier Gralshüter mit ihren Begleiterinnen für einige Stunden nach Süden, um dann den Fluss zu überqueren und erst einmal für mehrere Tage eine südwestliche Richtung einzuschlagen.

»Gebe Gott, dass sich das Netz der Iskaris nicht zuzieht, bevor wir aus dieser Gegend verschwunden sind und einen großen Vorsprung herausgeschunden haben!«, bat Maurice inständig. »Und möge ihr Netz nicht eng, sondern mit möglichst großen Maschen geknüpft sein!«

»Und gebe er auch, dass wir genau diese Maschen finden!«, fügte Gerolt noch hinzu.

11

Blass und kraftlos wie ein matter Spiegel stand die Wintersonne über dem fruchtbaren Landstrich des Berry, den nicht nur ihre Bewohner voller Stolz als das Herz und die Kornkammer Frankreichs bezeichneten. Der November war in seine letzte Woche getreten und die Felder und Äcker harrten darauf, dass der erste Schnee sie bedeckte und der Frost tief in das Erdreich drang.

»Es wird Zeit, dass wir uns nach einem Nachtlager umsehen!«, rief McIvor, der an diesem Tag die Kutsche lenkte, seinen beiden vorweg reitenden Kameraden zu. Neben ihm saß Heloise, die immer wieder Gefallen daran fand, dort in luftiger Höhe in eine ihrer alten Decken gewickelt zu sitzen und ihren Blick über das wechselnde Panorama der vorbeiziehenden Landschaften schweifen zu lassen. Ganz im Gegensatz zu ihrer großen Schwester, die dem nichts abgewinnen konnte und sich schon gar nicht dem oft eisigen Fahrtwind auszusetzen gedachte. An diesem Novembernachmittag leistete ihr Tarik im Innern der Kutsche Gesellschaft.

»Dort drüben wird sich ein passabler Lagerplatz finden lassen!«, rief Gerolt zurück, der neben Maurice im Sattel eines ihrer Reittiere saß. Dabei deutete er auf die bewaldete Hügelgruppe, die eine knappe Meile vor ihnen lag. Sie zog sich in einem weiten, sanft geschwungenen Bogen um die Felder, Weiden und Äcker, durch die sie die schnurgerade Landstraße führte. Hier und dort fiel der Blick auf kleine Bauerngehöfte. Die niedrigen Wohnhäuser und Nebengebäude schienen sich unter dem winterkalten Himmel förmlich zu ducken, als rechneten sie jede Stunde damit, von der harten Faust des Winters getroffen zu werden.

Maurice gab einen schweren Seufzer von sich, während sie sich dem Waldstück näherten. »Also wieder einmal eine Nacht unter freiem Himmel!«

»Ein winziges Quartier im schäbigsten Gasthof wäre auch mir zehnmal lieber, das kannst du mir glauben! Aber es geht nun mal nicht anders«, gab Gerolt achselzuckend zurück.

»Ich weiß«, sagte Maurice leidgeprüft. »Wir müssen eisern sparen, um mit dem Rest des Geldes bis Paris auszukommen.«

»Und schon das wird nicht leicht sein!«

»Vielleicht hätte es auch gereicht, wenn wir nach dem Überfall im Kloster einen nicht gar so riesigen Umweg auf uns genommen und einige Haken weniger geschlagen hätten«, sinnierte Maurice. »Die haben uns bestimmt zehn, zwölf Reisetage gekostet und ein tiefes Loch in unsere jämmerliche Barschaft gerissen. Wir hätten dann jetzt schon längst in Paris sein können.«

Gerolt warf ihm einen skeptischen Blick zu. »Oder aber des Heiligen Grals beraubt und mit zerstückelten Leibern irgendwo in einem Loch verscharrt! Nein, es war schon richtig, diesen wilden Zickzackkurs durch halb Frankreich zu nehmen, um die Suche der Iskaris nach uns ins Leere laufen zu lassen«, versicherte er. »Und dass wir dafür einige Strapazen mehr auf uns nehmen mussten und uns seit letzter Woche nur noch jede zweite Nacht ein Quartier in einem Gasthaus leisten können, ist wohl ein annehmbarer Preis.«

Maurice schwieg. Er selbst war ja auch dafür gewesen, diesen gewaltigen Bogen zu schlagen, der dazu geführt hatte, dass sie fast drei Wochen brauchten, um den Landstrich des Berry zu erreichen.

Und es war eine traurige Wahrheit, dass sie ihr Geld zusammenhalten und sich jede noch so geringe Ausgabe gut überlegen mussten. Am nächsten Tag würden sie endlich an die Loire kommen, wo der Fährmann sie wohl kaum für Gotteslohn über den Fluss setzen würde. Auch mussten sie genügend Münzen in ihrer Börse zurückhalten, um für den Rest der Strecke ausreichend Futter für ihre Pferde kaufen zu können. Sie bei Kräften zu halten war unvergleichlich wichtiger als ein bequemes Nachtquartier oder eine üppige Mahlzeit, von wässrigem Bier oder einem Krug Wein ganz zu schweigen!

Als sie wenig später in die schon tiefen Schatten des hügeligen Waldgürtels eindrangen, sahen sie sich nach einer geeigneten Stelle um, wo sie ihr Nachtlager aufschlagen konnten. Doch auf der ersten halben Meile standen die Bäume zu beiden Seiten zu dicht, als dass sie mit der Kutsche von der Landstraße hätten abzweigen und einen Weg ins Innere hätten finden können. Kurz bevor sie das Ende des Waldstückes erreichten, entdeckten sie jedoch zu ihrer Linken eine kleine Schneise.

Maurice gab McIvor ein Zeichen und führte ihn durch das Unterholz. An einigen Stellen hatte McIvor Mühe, die Kutsche zwischen den Baumreihen hindurchzulenken. Und er fragte sich schon sorgenvoll, wie er am Morgen bloß drehen und wieder herauskommen sollte. Die Kutsche von Hand in die richtige Fahrtposition zu bringen würde eine Menge Schweiß und Zeit kosten. Zu ihrer aller Erleichterung stießen sie jedoch plötzlich auf eine kleine Lichtung mit viel Windbruch. Auch wand sich ein schmaler Bach durch den oberen Teil der Lichtung. Ein idealer Platz, um die Nacht zu verbringen und am Morgen die Kutsche zu wenden, wenn man denn schon im Freien nächtigen musste!

Beatrice stieß den Schlag der Kutsche auf. Die Strapazen der vergangenen Wochen hatten auf ihrem Gesicht, wie auch bei allen anderen, deutliche Spuren hinterlassen. Es war sehr schmal geworden. Und die nun bitter heruntergezogenen Mundwinkel waren nicht dazu angetan, ihr Aussehen zu verbessern.

»Muss es wirklich sein, Maurice?«, hörte Gerolt sie fragen, als sein Gefährte ihr die Hand reichte, um ihr beim Aussteigen behilflich zu sein.

»Es lässt sich leider nicht anders machen, Beatrice«, bedauerte er. »Oder wollt Ihr morgen Mittag lieber auf eine warme Mahlzeit verzichten?«

Sie bedachte ihn mit einem Blick, als hätte er sie etwas höchst Törichtes gefragt.

»Tut mir Leid, aber so liegen die Dinge nun mal.«

Tarik sprang hinter ihr aus der Kutsche und streckte die müden, durchgerüttelten Glieder. »Bewegt Euch ein wenig, damit Euch warm wird!«, riet er ihr. »Ich suche indessen Feuerholz zusammen, damit wir es uns gleich gemütlich machen können.«

»Ja, bei Wasser, trockenem Brot und einem Stück alten Käse!«, murmelte sie verdrossen. »Das wird wirklich sehr gemütlich werden!«

Tarik ging nicht darauf ein und entfernte sich von der Kutsche. Und nur Gerolt hörte ihn im Vorbeigehen bissig sagen: »Sie ist wie ein Fass Honig mit einem Tropfen Gift darin!« Und dann setzte er noch hinzu: »Der Umgang des Verständigen mit dem Esel ist eine fortwährende Plage!«

Gerolt lachte über Tariks treffliche Kommentare und machte sich daran, sein Pferd abzusatteln, ihm frisches Wasser zu saufen zu geben und ihm dann den Futtersack umzuhängen.

McIvor zog es indessen an den Waldrand, um hinter einem Gebüsch sein Wasser abzuschlagen. Kaum war er dahinter verschwunden, als sie ihn fast jubilierend ausrufen hörten: »Beim heiligen Antonius, dem segensreichen Beistand und Fürsprecher aller Ritter! Er selbst muss uns an diesen Ort geführt haben! Ihm und dem Allmächtigen sei Lob und Dank für das wunderbare Geschenk!«

»Was ist? Hast du mit deinem Strahl vielleicht ein paar dicke Trüffel freigelegt?«, rief Maurice ihm scherzhaft zu.

»Nein, ich bring euch etwas noch viel Köstlicheres! Heute wird es statt Fastenbrot ein wahres Festessen geben, Freunde!«, gab McIvor fröhlich zurück – und hielt einen fetten Hasen in seiner erhobenen Rechten, als er aus dem Gebüsch wieder hervorkam. »Der lag in einer Drahtschlinge, die wohl ein Wilderer hier ausgelegt hat.«

»Was für ein Pech für den armen Burschen!«, spottete Gerolt und ihm lief jetzt schon das Wasser im Mund zusammen, als er an den Braten dachte, der schon bald über ihrem Feuer brutzeln würde.

»Die Schlinge lässt du besser verschwinden!«, meinte Tarik. »Sicher ist sicher.«

McIvor folgte dem Ratschlag auch sofort. Er löste die Falle vom armdicken Stamm, an den ein unbekannter Jäger oder Wilderer die Drahtschlinge gebunden hatte, und ließ sie auf der anderen Seite der Lichtung im Windbruch unter Laub und Erdreich verschwinden.

Während Tarik ein ordentliches Feuer entfachte, zog McIvor dem Hasen das Fell ab, nahm ihn fachmännisch aus und zerteilte ihn in mehrere große Stücke. Die essbaren Innereien, die weniger Garzeit als der Hasenbraten brauchten, spießte er auf einen dünneren Stecken auf, den Gerolt mit seinem Dolch von einem Busch abgeschnitten, geschält und zugespitzt hatte. Diese Köstlichkeiten verzehrten sie zuerst.

Selten hatte es ihnen besser geschmeckt als an diesem Abend, als sie am Rand der Lichtung um das munter prasselnde Feuer saßen und den Hasen restlos verspeisten. Das Fett lief ihnen am Mund herab, und die Knochen flogen erst ins Feuer, nachdem auch der letzte Rest Fleisch von ihnen abgenagt war.

McIvor rülpste vernehmlich und rieb sich satt und zufrieden über den Bauch. »So lässt es sich aushalten! So ein Braten alle Tage und nicht ein Wort der Klage soll mir über die Lippen kommen!«

Tarik grinste. »So ist es recht, Eisenauge! Wenn der Ochse satt ist, verstreut er den Häcksel links und rechts!«

Beatrice und Heloise verbrachten die Nacht wie gewohnt in der Kutsche, die sie zwar nicht vor der Kälte bewahrte, jedoch wenigstens vor dem schneidenden Wind. Die Gralsritter hatten aus zurechtgeschnittenen, langen Ästen einen primitiven Rost zusammengebunden, der die Lücke zwischen den beiden Sitzbänken abdeckte. Damit war es den Granville-Schwestern möglich, sich im Schlafen auszustrecken. Zwar drückten die Zweige durch die alten, muffigen Wolldecken, die sie in einem Dorf in der Auvergne, dem zerklüfteten und mit eigenartigen Vulkankegeln durchsetzten Zentralmassiv Frankreichs, für wenig Geld erstanden hatten. Aber dieses Ungemach ließ sich immer noch besser ertragen, als die Nächte in verkrümmter Haltung auf den viel zu kurzen Sitzbänken zu verbringen.

Die Männer holten den Beutel mit dem heiligen Kelch aus dem Stauraum der Kutsche, rückten so nah wie möglich an die Glut der Feuerstelle heran und wickelten sich, das blanke Schwert auf dem Leib, in ihre Decken. Solange es nicht regnete und auch kein Schnee fiel, wollten sie nicht klagen. Als Krieger waren sie abgehärtet und gewohnt im Freien zu nächtigen. Und bis auf den bösen Zwischenfall im Kloster hatten sie seit ihrer Ankunft in Marseille wahrlich keinen Grund, mit dem Verlauf ihrer Reise zu hadern.

Als sie am nächsten Morgen aus dem Wald kamen, begegnete ihnen auf der Landstraße ein Bauer auf einem einachsigen Wagen, der auf der Ladefläche allerlei landwirtschaftliche Gerätschaften transportierte. Als er sie zwischen den Bäumen auftauchen sah, nahm sein knorriges Gesicht einen erschrockenen Ausdruck an. Wohl aus

Furcht, es mit Straßenräubern zu tun zu haben, ließ er augenblicklich die Zügel hart auf den Rücken seines Pferdes klatschen und machte, dass er davonkam.

Sie mussten in dieselbe Richtung, in der der Mann mit seinem Karren verschwunden war.

»Wir sollten nicht dieselbe Straße wie der Bauer nehmen«, schlug Gerolt vor.

»Wenn du mir eine andere zeigst, auf die wir ausweichen können, soll es mir recht sein«, erwiderte Maurice trocken, der an diesem Tag den Sitz auf dem Kutschbock übernommen hatte. »Nur sehe ich weit und breit keine. Und was sollen wir von diesem schlichten Landmann schon zu befürchten haben?«

Auch McIvor machte sich deswegen keine Sorgen. »Bestimmt ist er mit seinem Kram auf dem Weg zu einem Nachbarn, von dem er sich die Gerätschaften ausgeliehen hat, und wir kriegen ihn nie wieder zu Gesicht. Sehen wir zu, dass wir heute noch zur Loire und über den Fluss kommen!«

Und da auch Tarik keine Bedenken anmeldete, verzichtete Gerolt darauf, wieder einmal ihre Route zu ändern und einen Bogen zu schlagen.

Sie waren der Landstraße noch keine halbe Stunde gefolgt, als das Eisen unter dem rechten Vorderhuf des Falben brach, den McIvor ritt.

»Das hat uns gerade noch gefehlt!«, stöhnte der Schotte, als er feststellte, dass auch noch ein zweites Eisen schadhaft war und der Falbe unbedingt neu beschlagen werden musste. »Jetzt führt kein Weg am nächsten Schmied vorbei!«

Sofort überschlug Gerolt in Gedanken, was sie das wohl kosten würde. Und bei dem Gedanken sank ihm das Herz. Denn wenn er auch noch das Fährgeld und die Ausgaben für Pferdefutter abrechnete, blieb ihnen für die nächsten Tage kaum noch genug, um sich wenigstens einmal am Tag eine warme Mahlzeit zu leisten. Und an eine Übernachtung in einem Gasthof war schon gar nicht mehr zu denken. Für den Rest des Weges nach Paris würden sie fortan jede Nacht unter freiem Himmel verbringen müssen!

Tarik seufzte. »Keiner ist von Sorgen frei, nicht einmal der Stein in der Mauer«, versuchte er sich und seine Ordensbrüder zu trösten. »Und wenn es ganz schlimm kommt, müssen wir eben eins der Pferde verkaufen.«

Sie zogen weiter, und als sie kurz darauf über eine sanft gewellte Hügelkette kamen, sahen sie vor sich eine kleine Ortschaft liegen. Das Dorf, das vielleicht drei Dutzend Häuser sowie eine Anzahl von Schuppen und Scheunen zählte, umschloss in seiner Mitte eine bescheidene Kirche mit schadhaftem Dach und nannte sich Beaujeu.

Gleich in einem der ersten Gebäude auf der linken Seite hatte der Dorfschmied seine Werkstatt. Schon von weitem vernahmen sie das unverkennbare Geräusch eines schweren Hammers, der ein glühendes Eisen auf dem Amboss in seine Form schlug. Als sie vor dem offen stehenden Tor der Schmiede anhielten und Gerolt mit McIvor vom Pferd stieg, sahen sie den Bauern wieder, der ihnen im Wald begegnet war. Der Mann hatte seinen Pferdekarren, dessen Ladefläche nun leer geräumt war, an der Seite des Bretterschuppens abgestellt und sprach gerade mit dem Schmied, während dessen Gehilfe sich am Amboss abmühte. Der stiernackige und kahlköpfige Schmied trug nur eine schwarzfleckige Lederschürze vor dem nackten, mächtigen Brustkorb. Und seine voluminösen, muskelschwellenden Oberarme sahen so aus, als könnte er einem Ochsen mit einem Faustschlag das Kreuz brechen.

Am liebsten wäre Gerolt auf der Stelle weitergezogen, als er den Bauern und den argwöhnischen Blick in dessen Augen sah. Aber das ließen die Umstände leider nicht zu. Niemand von ihnen wusste, wo sie auf den nächsten Hufschmied treffen würden.

Als der Schmied hörte, was die Fremden zu ihm geführt hatte, trat er vor das Tor seiner Werkstatt und sah sich kurz die Hufe des Falben an. Dabei streifte sein Blick auch ihre Schwerter. Er nickte knapp. »Das ist schnell gerichtet. Kommt in etwa einer Stunde wieder, dann habe ich Zeit, mich darum zu kümmern.«

Die vier Gralshüter machten betretene Gesichter, wollten sie doch so schnell wie möglich weiter. Aber schneller würde es nicht gehen, wie der Schmied sie wissen ließ. Er widme sich seinen Kunden ausnahmslos in der Reihenfolge, wie sie ihm Arbeit brächten. Und Philippe, er wies dabei mit einer knappen Kopfbewegung auf den Bauern, sei mit seinen schadhaften Gerätschaften nun mal vor ihnen da gewesen.

»Ihr könnt so lange ins *Le Grand Cerf** gehen und Euch dort aufwärmen«, schlug er ihnen vor. »Unser Gasthof liegt gleich da drüben neben der Kirche. Die Wirtsfrau ist eine tüchtige Köchin, bei der man in seiner Schüssel niemals auch nur einen Löffel voll zurücklässt.« Und mit diesem gut gemeinten Hinweis drehte er ihnen den Rücken zu und kehrte zu seiner Arbeit zurück.

Dem Gasthof blieben sie fern, und sowohl Gerolt als auch Maurice ignorierten den bittenden Blick, den Beatrice ihnen zuwarf. Der köstliche Hasenbraten war längst verdaut und auch sie hätten jetzt nichts gegen eine heiße Suppe einzuwenden gehabt. Aber die einzige heiße Mahlzeit des Tages hatte bis zum Mittag zu warten.

Sie nutzten die Zeit, um frisches Brot und einen kleinen Sack Hafer für die Pferde zu kaufen. Da das schnell getan war und sie nicht auf der Straße herumstehen und sich den Blicken der Dörfler aussetzen

---

* *»Der Große Hirsch«.*

wollten, zogen sie sich in die Kirche zurück. Maurice ging vorher noch kurz zum Schmied, um Brote und Futtersack in die Kutsche zu legen und ihn wissen zu lassen, wo er sie finden könne, wenn er den Falben neu beschlagen habe. Der Mann versprach, ihnen dann seinen Gehilfen zu schicken.

Sie fanden die Kirche menschenleer vor, was nicht verwunderlich war. Denn jeder Dorfpfarrer hatte die Morgenmesse schon beendet, noch bevor die Sonne eine Stunde am Himmel stand. Nach den Gebeten, denen sie sich in der Stille des Gotteshauses mit Andacht widmeten und die zu einem gut Teil der Bitte um Beistand auf dem Rest ihrer Reise galten, wurde ihnen das Warten lang. Die Minuten dehnten sich wie zähes Pech.

Endlich ging hinter ihnen die schwere Tür auf und der Gehilfe des Schmieds steckte den Kopf zur Kirche herein. »Ich soll Euch ausrichten, Euer Falbe ist beschlagen und Ihr könnt bei meinem Meister Eure Rechnung begleichen!« Und damit verschwand er auch schon wieder.

Als sie Augenblicke später aus der Dorfkirche traten, fuhr ihnen ein eisiger Schreck in die Glieder. Es bedurfte nur eines Blickes in die Runde, um zu wissen, dass sie sich in ernsten Schwierigkeiten befanden.

Gut fünf bis sechs Dutzend Dorfbewohner, Bauersleute und Dienstmänner hatten einen Halbkreis um das schmale Kirchenportal gebildet, sodass an Flucht nicht zu denken war. Das halbe Dorf schien zusammengelaufen zu sein, auch Frauen und Kinder befanden sich unter der vielköpfigen Menge. Und nicht wenige der Männer trugen Waffen. Ein gutes halbes Dutzend von ihnen trug rehbraune Umhänge, in die moosgrüne Längsstreifen eingewebt waren und die vor der Brust von einer wappenverzierten Metallschließe zusammengehalten wurden. Schwerter ragten aus den Umhängen hervor. Sie standen alle in der vordersten Reihe und hatten sich über den gesamten Halbkreis verteilt. Als sich einer von ihnen kurz umwandte, sahen sie, dass auf dem Rücken der Umhänge das Wappen eines Adelsgeschlechts prangte. Eine dieser finster blickenden Gestalten war zusätzlich noch mit einer Armbrust bewaffnet. Und sie zielte mit aufgelegtem Pfeil auf sie.

12

»Ja, das sind die Burschen!«, rief ein hagerer, hoch aufgeschossener Bursche mit wild zerzaustem rötlichem Haar, kaum dass sie aus der Kirche gekommen waren und ihren ersten Schrecken beim Anblick der Menge überwunden hatten. Der Mann, der Ende zwanzig sein mochte, kaum noch Zähne im Mund hatte und dreckige, zerrissene Kleider am Leib trug, die ihn umschlotterten, deutete dabei anklagend mit einer verkrüppelten, klauenartigen Hand auf sie. »Das sind die Wilderer, die ich im Wald des Herrn Baron beobachtet habe! Der Herr ist mein Zeuge!«

In diesem Moment wandte sich der Mann, der mit dem Verkrüppelten ein wenig vor den anderen in der ersten Reihe stand, zu diesem herum und fragte scharf: »Bist du dir dessen auch ganz sicher, Lafitte?« Er stellte die Frage in einem Tonfall, der verriet, dass er es gewohnt war, Befehle zu erteilen. Zudem hob er sich von allen vor der Kirche Versammelten schon auf den ersten Blick ab. Nicht nur durch die selbstbewusst aufrechte Haltung, seinen kurz geschnittenen Backenbart und den herrischen Blick seiner hellblauen Augen. Er unterschied sich auch durch seine auffällig gute Kleidung vom Rest der Menge. Und wenn seine äußere Erscheinung auch nicht reichte, um ihn als Mann von Adel zu kennzeichnen, so hatte er doch ohne Zweifel eine rechte hohe Stellung in diesem Bezirk inne.

Die abgerissene, hohlwangige Gestalt nickte eifrig. »Ich habe mir ihre Gesichter ganz genau eingeprägt, mein Herr Corniche! Beim

Grab meiner seligen Mutter, sie sind es!«, beteuerte er und hob die verunstaltete Rechte, als wäre er bereit auf der Stelle jeden heiligen Eid zu schwören, der von ihm verlangt wurde.

»Die du vermutlich durch deinen Suff lange vor ihrer Zeit unter die Erde gebracht hast, du Kretin*!«, rief da eine bissige Frauenstimme von hinten.

»Was hat dieser Aufmarsch zu bedeuten?«, ergriff nun Maurice das Wort und wandte sich an den Herrn Corniche, in dessen Hand wohl ihr Gedeih oder Verderben lag. Und er sprach ihn mit derselben herrischen Art an, die dieser an den Tag legte. Mit stolz gerecktem Kinn und funkelndem Blick verlangte er zu wissen: »Wie kommt Ihr dazu, ehrenhafte Ritter und lang gediente Kreuzfahrer zu belästigen und sie gar der Wilderei zu bezichtigen? Denn wenn ich die Worte dieses Mannes richtig verstanden habe, bezichtigt der Kerl uns der Wilderei, Herr Corniche! Wenn es nicht weit unter meinem ritterlichen Stand läge, würde ich diesem Lügengesicht auf der Stelle den Stahl meines Schwertes zu schmecken geben! Und sagt dem Mann mit der Armbrust endlich, er soll das Ding herunternehmen, mit dem er da herumfuchtelt! Sonst passiert noch ein Unfall und er schießt sich gar in den eigenen Fuß. Mir scheint, ihm flattern schon die Hosen bei dem Gedanken, den Hahn durchzuziehen!«

Hier und da gab es Gelächter in der Menge und der Armbrüstschütze lief dunkelrot an.

Der Herr Corniche zögerte kurz. Dann befahl er: »Nimm sie runter, Pierre!« Dann richtete er seinen Blick auf Maurice und musterte ihn scharf. »Ihr mögt sein, wer Ihr wollt, mein Herr . . .«

»Maurice von Montfontaine! Aus dem alten Geschlecht derer von Coutances, aus dem unter anderen der Erzbischof von Rouen hervor-

---

* Dummkopf, Idiot.

gegangen ist!«, fiel ihm Maurice augenblicklich ins Wort, um dann mit einem leichten Naserümpfen die Frage anzuschließen: »Und mit wem haben wir es zu tun, mein Herr?«

Gerolt, Tarik und McIvor verstanden sofort, warum Maurice seinen wahren Namen genannt hatte. Es war ihm nicht unbedacht herausgerutscht, sondern er hatte es mit Absicht getan.

»Jacques Corniche, Gutsverwalter von Baron Jean-Baptiste von Beaujeu, dem mehr Ländereien im Umkreis von Beaujeu gehören, als Eure Augen am klarsten aller Tage überblicken können!«, stellte sich nun der Mann vor und deutete eine knappe Verbeugung an. Doch beeindruckt oder gar eingeschüchtert zeigte er sich nicht. Das bewiesen auch seine nächsten Worte. »Ihr mögt sein, wer Ihr wollt, Herr von Montfontaine. Das ändert jedoch nichts an der Tatsache, dass erdrückende Beweise gegen Euch vorliegen!«

»Das verleumderische Gerede dieser Vogelscheuche soll ein Beweis sein? Ihr beliebt zu scherzen!«, blaffte Maurice ihn entrüstet an.

»Hütet Eure Zunge!«, warnte ihn sogleich der Gutsverwalter schroff und seine Miene verhärtete sich. »Wir haben mehr als nur das Wort von Lafitte!« Er wandte kurz den Kopf und rief: »Gayant! . . . Nivelle! . . . Tretet vor! . . . Na los, macht schon!«

Die Aufforderung galt keinem anderen als dem Bauern mit dem einachsigen Karren und dem Klotz von einem Schmied, die sich nun durch die Menge nach vorn schoben. Und der Schmied hielt das Fell des Hasen in der Hand, den sie am Abend zuvor auf der Lichtung verzehrt hatten!

Gerolt spürte, wie ihm flau im Magen wurde, als er begriff, dass sie weit mehr als nur das Wort dieses Lafitte aus der Welt schaffen mussten, wenn sie nur mit einem Schrecken davonkommen wollten. Wie dumm von ihnen, dass sie das Hasenfell mitgenommen und zum Austrocknen auf das Fußbrett des Kutschbocks gelegt hatten! Sie hatten gehofft, es dem Fährmann an der Loire als Teil seiner Bezahlung anbieten und so ein paar Münzen sparen zu können.

»Sagt, was ihr zu sagen habt, Männer!«, forderte Jacques Corniche sie auf. »Und sprecht laut, damit euch auch jeder hören kann! Vor allem du, Nivelle!« Damit meinte er den gedrungenen Bauern. »Man soll mir nicht nachsagen können, ich hätte die Sache nicht vernehmlich und in aller Öffentlichkeit verhandelt! Fang an, Gayant!«

Der Schmied hielt das Hasenfell, dem man sofort ansah, dass es dem Tier erst vor wenigen Stunden abgezogen worden war, für alle gut sichtbar in die Luft, und verkündete: »Das ist das Fell eines Hasen, das ich auf der Kutsche der Fremden gefunden habe!«

Einige Männer und Frauen lachten, weil es dieser Erklärung wahrlich nicht bedurft hätte. Jeder wusste, wie ein abgezogenes Hasenfell aussah.

Jacques Corniche brachte das Gelächter jedoch sofort zum Verstummen, als er herumfuhr und seinen stechenden Blick über die Gesichter der Leute fliegen ließ. Jeder von ihnen war der Herrschaft des Barons und damit auch dessen Verwalter ausgeliefert. Da war es gefährlich, auf sich aufmerksam zu machen und ihn zu reizen.

»Und jetzt du, Nivelle!«, erging die Aufforderung an den Bauern.

Dieser räusperte sich umständlich. »Nun, ich bin ein einfacher Mann, der sich nur um seine eigenen Angelegenheiten kümmert. Neugier ist vom Teufel und schlechte Nachrede ist ein übler Zug. Ein aufrechter Christenmensch lässt sich erst gar nicht darauf ein. So sehe ich das und so habe ich es mein Leben lang gehalten. Und Ihr wisst, was ich Euch berichtet habe«, begann er weitschweifig und in den hintersten Reihe hatte man sicherlich Mühe, seine immer wieder herabsinkende Stimme zu verstehen. »Und wenn Ihr die Güte habt . . .«

»Ich weiß, was du mir erzählt hast!«, schnitt ihm der Gutsverwalter das Wort ab. »Aber hast du nicht verstanden, dass es auch alle anderen hören sollen? Also rede schon und berichte, was du beobachtet hast!«

Dem Bauern Nivelle war anzusehen, dass er sich unwohl fühlte, vor so vielen Leuten zu sprechen. »Es war heute Morgen kurz nach Tagesanbruch. Ich hatte mich in aller Frühe auf den Weg zum Schmied gemacht, um mir von ihm mein Werkzeug richten zu lassen. Und da sah ich plötzlich, als ich durch den Wald fuhr, wie diese Männer hier aus dem Unterholz kamen – und zwar von der Lichtung, wo der Sturm im letzten Winter eine ganze Reihe von Bäumen geknickt hat.«

Lafitte nickte bekräftigend und rief vernehmlich: »Seht? Wie ich es Euch gesagt habe, Herr Corniche!«

»Schweig und warte, bis du an der Reihe bist!«, beschied ihn der Verwalter und gab dem Bauern durch eine knappe Geste zu verstehen, dass er fortfahren sollte.

Dieser zuckte mit den Achseln. »Nun, das ist es gewesen, Herr. Sie kamen eben dort aus dem Wald, die beiden Reiter vorneweg und dahinter die Kutsche. Und es sah mir nicht so aus, als wären sie von der Landstraße abgekommen. Denn wie sollte das auch geschehen sein? Und das ist alles.«

Der Verwalter nickte. »Gut, und ich denke, das reicht auch, damit wir uns ein Bild von dem machen können, was Ihr dort im Wald des Barons getrieben habt.«

Gerolt hielt es für geboten, nun seinerseits das Wort an Jacques Corniche zu richten, bevor Maurice ihm zuvorkam und den Mann mit seinem überheblichen Auftreten über Gebühr reizte. »Bei allem Respekt, mein Herr Corniche, aber erlaubt mir, dass ich Eurer Einschätzung heftig widerspreche!«, sagte er. »Nichts von dem, was der Bauer und der Schmied hier vorgetragen haben, will ich in Abrede stellen . . .«

»Ah, Ihr gesteht also!«, rief Jacques Corniche grimmig.

»Wenn es etwas zu gestehen gibt, dann die ganz und gar nicht ehrenrührige Tatsache, dass wir dort auf der Lichtung die Nacht verbracht haben«, fuhr Gerolt ruhig fort und dankte insgeheim Tarik dafür, dass dieser daran gedacht hatte, die Drahtschlinge verschwinden zu lassen. »Doch uns der Wilderei zu bezichtigen ist eine haltlose Verleumdung! Gewiss, wir haben dort einen Hasen gebraten. Aber wir haben ihn nicht gewildert, sondern das Tier am Morgen auf dem Markt von Bourges bei einem Händler erstanden, weil wir ahnten, vor Einbruch der Nacht auf keinen Gasthof mehr zu stoßen.« Sich dieser Lüge zu bedienen war unumgänglich, wenn sie ihren Hals retten wollten. Und ihnen nachzuweisen, dass sie den Hasen nicht in Bourges gekauft hatten, war so gut wie unmöglich. Dafür war diese Stadt und die Zahl der Markthändler einfach zu groß.

»Ja, so und nicht anders ist es gewesen!«, bestätigte McIvor im Tonfall mühsam beherrschter Verärgerung.

»Sie lügen! Sie wollen Euch Sand in die Augen streuen. Ich weiß, was ich gesehen habe!«, geiferte Lafitte sofort.

Tarik warf ihm einen verächtlichen Blick zu. »Dieses Schandmaul hat die Länge einer Palme, aber den Verstand eines Zickleins! Und er ist so ehrlich wie ein Dieb in der Nacht!«

»Dann lass hier noch einmal vor allen Leuten hören, was du gesehen hast, Lafitte!«, befahl Jacques Corniche ungehalten und mit einem Anflug von Verunsicherung. »Und sag uns auch, was du überhaupt vor Morgengrauen im Wald des Barons zu suchen hattest!«

»Nichts Unrechtes, mein Herr!«, beteuerte Lafitte und sprudelte hastig hervor: »Ich wollte seltene Kräuter holen, wie es uns doch erlaubt ist. Und jedes kleine Kind weiß ja, dass man gewisse Heilmittel wie die Wurzel der Alraune nur kurz vor dem ersten Licht des neuen Tages aus der Erde holen darf, wenn sie ihre wundersame

Wirkung behalten soll. Und nach nichts anderem habe ich im Wald gesucht«

»Komm zur Sache, Bursche!«

»Nun ja, bei meiner Suche nach Alraunen bin ich dann zufällig auf das Lager dieser Männer dort gestoßen. Ich hatte Angst, mich ihnen zu erkennen zu geben, aber ich habe sie eine Weile beobachtet!«, fuhr der Verkrüppelte eiligst fort. »Und dabei habe ich das Hasenfell neben ihrem Lagerfeuer gesehen – und auf ihm hat eine Drahtschlinge gelegen! Ich habe sie so deutlich gesehen, wie Ihr vor mir steht, Herr Corniche!«

Für die Gralsritter war diese dreiste Lüge der letzte Beweis, dass Lafitte in Wirklichkeit derjenige gewesen war, der die Schlinge am Saum der Lichtung ausgelegt hatte. Denn zu dem Zeitpunkt, an dem er sie bei ihnen am Feuer gesehen haben wollte, ruhte sie schon seit vielen Stunden gut verscharrt im Windbruch. Aber sie würden es ihm nicht nachweisen können, das war ihr Problem.

Gerolt sah dem Gesicht von Jacques Corniche an, dass die Sache für sie gefährlich auf der Kippe stand. Deshalb mussten sie, sosehr es ihm auch widerstrebte, ihren letzten Trumpf ausspielen, der ihnen in dieser prekären Lage noch zur Verfügung stand.

Und so sagte er nun harsch: »Der Mann lügt! Mehr ist dazu nicht zu sagen! Wir sind keine Wilderer, sondern Ehrenmänner und Ritter des Templerordens! Und es dürfte jedem bekannt sein, dass einem Templer seine Ritterehre heilig ist. Deshalb lasst mich noch einmal und mit heiligem Schwur vor Gottes Angesicht und bei unserer Ehre als Tempelritter beteuern, dass wir den Hasen nicht gewildert haben!«

Diese feierliche Erklärung sorgte ringsum für Verblüffung und Geraune.

Doch dann rief jemand mit beißender Ironie: »Ihr wollt Tempelritter sein? Dann muss ich ja gar nicht mitbekommen haben, dass diese sich einen neuen Habit* zugelegt haben und sich neuerdings wie abgerissene Raubritter kleiden! Sollte bei den Templern wirklich Demut und Bescheidenheit eingekehrt sein? Verzeiht, aber um solch ein gewaltiges Wunder für möglich zu halten, dafür reicht mein Glaube nicht!«

Das wurde mit lautem, zustimmendem Gelächter quittiert.

Jacques Corniche griff diesmal nicht ein, sondern wartete mit gefurchter Stirn, bis sich die Menge wieder beruhigt hatte.

»Der Mann hat Recht!«, sagte er dann kühl. »Ihr seht nicht wie Templer aus. Keiner von Euch trägt die Clamys, wie es Euch doch vorgeschrieben ist! Was habt Ihr dazu zu sagen?«

»Dafür gibt es gute Gründe, über die zu reden uns nicht gestattet ist!«, beschied Maurice ihn von oben herab. »Euch muss unser Wort . . .«

Hastig griff Gerolt ein. »Wir mögen zwar nicht unseren Templermantel tragen, aber jeder von uns vier kann sich durch ein Siegel als Ritter dieses Ordens ausweisen!«, bot er ihm an, und damit waren ihre Mittel erschöpft, das Blatt zu ihren Gunsten zu wenden. Brachte das nicht den gewünschten Erfolg, blieb ihnen nur noch der Griff zur Waffe.

Das Angebot, sich durch die Siegel als Tempelritter auszuweisen, ließ den Gutsverwalter einen langen Moment in nachdenklichem, abwägendem Schweigen verharren. »Man wird Euch beim Wort nehmen und diese Siegel zu sehen verlangen, meine Herren. Aber damit ist die Anschuldigung noch nicht aus der Welt. Überhaupt ist diese Angelegenheit zu kompliziert, als dass ich darüber entscheiden wollte oder könnte. Ich werde sie dem Baron vortragen!«, teilte er ihnen mit. »Soll er entscheiden, wem von Euch mehr Glauben zu schenken

* Ordenstracht.

ist und was geschehen soll! Deshalb werdet Ihr jetzt mit uns auf sein Schloss kommen und dort auf seine Rückkehr warten!«

Tarik runzelte die Stirn. »Und wie lange wird das dauern?«

»Er ist mit seiner Familie bei seinem Schwager in Blois. Wir erwarten ihn morgen im Laufes des Tages zurück«, lautete die Antwort des Verwalters.

»Morgen erst? Unmöglich! Wir reisen in wichtiger Ordensmission!«, entfuhr es Maurice entrüstet. »Es kann nicht Euer Ernst sein, uns so lange festzuhalten! Ihr müsst von Sinnen sein!«

»Ob es Euch gefällt oder nicht, Ihr werdet Euch damit abfinden müssen!«, beschied Jacques Corniche ihn gereizt. »Und das ist mein letztes Wort.«

Gerolt und seinen Gefährten schoss eine Flut von Gedanken durch den Kopf. Wenn sie sich darauf einließen, verloren sie gute zwei Tage – sogar bei gutem Ausgang, der jedoch alles andere als sicher war. Zwei Tage, in denen sich die Nachricht wohl wie ein Lauffeuer weit über diesen Bezirk hinaus verbreiten würde, dass man auf dem Schloss des Barons von Beaujeu vier Männer in Begleitung von zwei anderen merkwürdigen Gestalten festgesetzt hatte, die Tempelritter zu sein vorgaben und der Wilderei beschuldigt wurden. Dass diese Kunde dabei auch den einen oder anderen Iskari erreichen würde, war mehr als wahrscheinlich. Und was das bedeutete, darüber brauchten sie nicht erst lange zu spekulieren!

»Jetzt bleibt uns nichts anderes übrig, als uns mit Waffengewalt zur Flucht zu verhelfen!«, raunte Maurice auf Arabisch. »Es ist unsere einzige Chance, das Unheil abzuwenden!«

»Das ist heller Wahnsinn!«, kam es sofort von Tarik. »Es wird ein fürchterliches Blutbad geben. Das sind doch überwiegend Dörfler und Bauern! Diese Leute haben uns nichts getan, dass wir sie einfach niedermetzeln könnten!«

Jacques Corniche schien zu ahnen, worum es bei dem Geraune in einer ihm unverständlichen Sprache ging. Denn augenblicklich warnte er sie scharf: »Wagt es nicht, zu den Waffen zu greifen! Wir würden schon mit Euch fertig werden, verlasst Euch darauf. Ihr seid hier nicht die Einzigen, die eine Klinge zu führen wissen! So mancher Wachmann des Barons hat als Soldat im Feld gestanden und sich in Schlachten bewährt. Also tut nichts, was Euren sicheren Tod bedeuten würde!«

Und noch während er ihnen drohte, flogen Schwerter aus den Scheiden, richteten sich Spieße auf sie und legte der Armbrustschütze wieder auf sie an.

»Es ist aussichtslos«, flüsterte McIvor. »Fügen wir uns erst einmal und lasst uns hoffen, dass sich uns später auf dem Weg zum Schloss oder dortselbst eine reelle Chance bietet das Blatt zu wenden!«

Widerstrebend nahm Maurice die Hand vom Schwertgriff.

»Also gut! Ihr sollt Euren Willen bekommen und wir werden mit Euch auf das Schloss Eures Barons kommen, damit er sich dieser lächerlichen Angelegenheit annimmt!«, rief Gerolt dem Gutsverwalter zu. »Aber wir werden nicht zulassen, dass Ihr uns die Waffen oder sonst etwas abnehmt!« Damit meinte er den Beutel mit dem Heiligen Gral, den McIvor bei sich trug. »Wenn Ihr diese Demütigung unserer Templerehre verlangt, zwingt Ihr uns unsere Ehre mit der Klinge zu verteidigen! Eher sterben wir aufrecht im Kampf, als diese Schmach zuzulassen! Und dann ladet Ihr das entsetzliche Blutbad, zu dem es unabänderlich kommen wird, auf Euer Gewissen! Denn so schnell werdet Ihr vier Tempelritter nicht niederringen, das lasst Euch gesagt sein!«

Jacques Corniche überlegte kurz. Dann zeigte er sich durch ein knappes Nicken einverstanden. »Niemand will, dass es zu einem Blutbad kommt. Deshalb will ich auf Eure Bedingung eingehen und

Euch Eure Waffen lassen. Aber glaubt nicht, mich und meine Männer übertölpeln zu können!«, warnte er sie eindringlich.

»Tod und Teufel, ich fürchte, der Hasenbraten kommt uns jetzt teuer zu stehen! Hätte ich mir doch bloß eine andere Stelle zum Pissen ausgesucht! Dann wäre das alles nicht passiert!«, sagte McIvor leise und bedrückt, während der Gutsverwalter anderthalb Dutzend Dorfbewohner dazu verpflichtete, ihn und seine Wachmänner als Verstärkung auf dem Weg zum Schloss zu begleiten.

»Wenigstens hat Gerolt erreicht, dass wir unsere Waffen behalten können und auch den Beutel. Das ist im Augenblick das Wichtigste!«, sagte Tarik und versuchte sich und seinen Gefährten Mut zu machen. »Es wird uns schon noch etwas einfallen, um unseren Hals früh genug aus der Schlinge zu ziehen und von hier zu verschwinden, bevor die Iskaris Wind von der Sache bekommen haben und uns an die Kehle gehen!«

Gerolt wünschte, er könnte Tariks Zuversicht teilen. Doch ihre Lage erschien ihm düster. Wie sollten sie ihre Freiheit schnell genug wiedererlangen, ohne sich in einen blutigen Kampf mit ihren Bewachern stürzen zu müssen?

13

Der Gutsverwalter ließ die Kutsche vorfahren und die beiden Falben holen, doch in die Sättel ließ er keinen von ihnen. Er wollte nicht riskieren, dass zwei seiner Gefangenen einen plötzlichen Ausbruchsversuch wagten, ihre Pferde angaloppieren ließen und dabei einige der Dörfler über den Haufen ritten, die sie zu Fuß zum Schloss begleiteten. Er bestand darauf, dass sie sich alle in die Kutsche zwängten. In die Sättel der beiden Reitpferde schickte er zwei kräftige, junge Dörfler, denen der Schmied zwei eiserne Spieße als Bewaffnung überlassen hatte.

»Jetzt sind wir verloren!«, wisperte Beatrice, als sich die Kutsche mit einem Ruck in Bewegung setzte und mit ihnen aus dem Dorf ratterte. Zu beiden Seiten des Gefährts ritten Wachmänner des Baron von Beaujeu.

»Sag nicht so etwas!«, flehte Heloise ihre Schwester mit bebender Stimme an, die verriet, wie sehr auch sie sich um ihr Leben ängstigte.

Beatrice schien sie nicht gehört zu haben. »Nichts kann uns jetzt noch retten«, jammerte sie erneut mit schluchzender Stimme. »Nicht einmal, wenn der Baron sich von unserer Unschuld überzeugen und uns ziehen lässt!«

»Ihr redet ausgemachten Unsinn!«, fuhr McIvor sie grob an. »Noch haben wir unsere Waffen! Und Templer geben eine Schlacht so leicht nicht verloren. Wir werden schon einen Weg aus dem Schlamassel finden! Und vielleicht werden ja unsere Siegel den Baron davon überzeugen, dass wir keine Wilderer sind!«

Beatrice mochte leicht in Angst und Schrecken zu versetzen sein, aber sie war doch nicht auf den Kopf gefallen. »Habt Ihr nicht gehört, dass der Baron erst morgen zurückerwartet wird? Und habt Ihr uns nicht erzählt, dass Eure Todfeinde, diese . . . diese Anbeter des Bösen, wohl in ganz Frankreich verstreut sind? Haben wir nach all den Wochen, die wir durch das Land gehetzt sind, plötzlich zwei Tage Zeit, ohne dass wir ihr Auftauchen fürchten müssen?«

»Nein«, antwortete McIvor widerwillig und presste die Lippen zusammen.

»Dann . . .«

»Ihr schweigt jetzt besser, Beatrice!«, schnitt Maurice ihr schnell das Wort ab. Und damit sie es nicht gar so persönlich nahm, richtete er seinen Blick auf Heloise und fügte hinzu: »Das gilt auch für dich! Ihr wisst, was Ihr uns versprochen habt! Wenn jetzt noch herauskommt, wer da wirklich in Euren Kleidern steckt, wird das kaum zu unserem Vorteil sein!«

Heloise senkte schuldbewusst den Kopf und biss sich auf die Lippen. Auch Beatrice wagte nun kein weiteres Wort mehr. Und damit trat wieder Schweigen in der Kutsche ein. Jeder zermarterte sich das Gehirn auf der Suche nach einem Ausweg aus dieser verfahrenen Situation. Aber nicht einer von ihnen hatte auch nur den blassesten Schimmer einer Idee, wie sie schnell genug mit heiler Haut davonkommen konnten.

Derweil führte Jacques Corniche sie mit seiner bunt zusammengewürfelten Wachmannschaft ein Stück weit nach Norden. Eine Viertelmeile hinter dem Dorf ging es von der Landstraße in Richtung Blois nach rechts ab. Diese Straße durchschnitt die Felder und Weiden einiger Bauerngehöfte, führte in einem Bogen am Saum eines

Waldes vorbei und lief dahinter auf das Schloss des Barons von Beaujeu zu.

Gerolt, der am Fenster saß, versuchte einen Blick auf das Chateau zu erhaschen. Allzu viel vermochte er jedoch nicht auszumachen, da die Straße fast schnurgerade auf den Sitz der Familie von Beaujeu zuhielt. Was er jedoch erkennen konnte, war ein burgähnliches Anwesen aus hellgrauem Stein auf einer Anhöhe mit einem hohen, quadratischen Belfried*. Ein Burggraben, der jedoch nicht mit Wasser gefüllt war, wie sie wenig später sehen sollten, und eine Wehrmauer umgaben das Chateau, das keinen allzu stattlichen Eindruck machte. Und wie bei fast allen Burgen und Schlössern, an denen fast ständig und oft über Jahrhunderte hinweg immer irgendwo gebaut wurde, so standen auch auf dieser Schlossburg die Erweiterungs- und Ausbesserungsarbeiten offenbar nicht still. Jedenfalls geriet kurz ein Seitentrakt in Gerolts Blickfeld, der sich auf halber Höhe an den Belfried anschloss und der noch nicht ganz fertig gestellt war. Ein Teil des Dachstuhls harrte noch darauf, abgedeckt zu werden. Auch am wohl schadhaften Dach des Belfrieds wurde gearbeitet, um es noch vor dem Einbruch der schweren Winterstürme wetterfest zu machen. Und dann ratterten die eisenbeschlagenen Räder der Kutsche auch schon über die Bohlen der Zugbrücke und durch das dunkle Torhaus in den mit großen Steinplatten belegten Hof.

Bemüht, sich ihre Beklommenheit nicht anmerken zu lassen, stiegen die Gralsritter aus der Kutsche. Stumm und verängstigt, drückten Beatrice und Heloise sich in ihren Rücken.

»Kommt ja nicht auf die Idee, uns in den Kerker sperren zu wollen!«, meldete sich Maurice sogleich mit kühlem Selbstbewusstsein zu Wort, kaum dass der Gutsverwalter von seinem Pferd gesprungen

* Ein hoher, starker Wehrturm bei Burgen, oft mit einer hohen, aufgesetzten Spitze, die als Ausguck diente.

war. »Wir verlangen, dass man uns mit dem Respekt behandelt, der Männern von ritterlichem Geblüt zusteht!« Und er legte seine Hand demonstrativ auf den Griff seines Schwertes.

Jacques Corniche nahm die Drohung ernst. Er schien mittlerweile keinen Zweifel mehr daran zu hegen, es tatsächlich mit Templern zu tun zu haben. »Euch wird nichts geschehen, was Eure Ehre verletzen und Euch das Recht geben könnte, zur Waffe zu greifen!«, versicherte er. »Ich werde dafür sorgen, dass meine Männer Euch behandeln, wie es Euch zusteht, und dass es Euch in einem annehmbaren Zimmer so bequem gemacht wird, wie es die Umstände erlauben. Aber Ihr werdet bis zur Ankunft des Barons hinter Schloss und Riegel bleiben!« Damit wandte er sich an einen der Wachmänner und trug ihm auf: »Bring sie nach oben in den Belfried, Henri! Aber seid wachsam und lasst sie nicht aus den Augen! Ich will keine böse Überraschung erleben, sonst kostet es euch euren Kopf!«

Unter starker Bewachung führte man sie in den Wehrturm und über eine steinerne Treppe bis hoch unter das Dach. Sie gelangten in einen Vorraum, wo allerhand Werkzeug, aufgerollte Seile sowie zugeschnittene Hölzer für das Dachgebälk ein gut Teil der freien Fläche bedeckten. Von dort führte eine schwere Eichentür von doppelter Mannesbreite und mit einem eisenbeschlagenen Schloss in einen großen, eisig kalten Raum. Zwei hohe Rundbogenfenster gingen zum Hof hinaus. Fensterrahmen und Fensterglas fehlten. Sie konnten nur von Holzläden verschlossen werden, die weit offen standen. Bis auf eine Bank unter jedem Fenster, drei achtlos herumstehende Stühle ohne Schmuck und Polsterung und einen schweren Holztisch, an dem ein Dutzend Personen Platz gefunden hätte, war das Turmzimmer leer. An der Nordwand gähnte das rußgeschwärzte Feuerloch eines Kamins, der groß genug war, um darin einen halben Ochsen braten zu können.

»Macht es Euch nur recht gemütlich hier! Es soll Euch an nichts fehlen, was Euch zusteht!«, rief ihnen der Wachmann Henri noch hämisch zu, während er schon die massive Eichentür hinter ihnen zuzog. Und dann hörten sie, wie sich der Schlüssel zweimal mit lautem Knacken im Schloss drehte.

Gerolt tauschte mit seinen Gefährten einen stummen, jedoch viel sagenden Blick. Sie hatten alle den gleichen Gedanken: Ein Kerker unten in den Gewölben der Schlossburg hätte keine schlimmere Falle sein können als dieser eiskalte, Wind und Wetter preisgegebene Raum im obersten Stockwerk des Wehrturms!

14

Es dauerte Stunden, bis man auf das wütende Hämmern ihrer Fäuste an die Eichentür und ihre lautstarken Proteste reagierte. Endlich jedoch brachte man ihnen das verlangte Brennholz, damit sie im Kamin ein Feuer machen und sich daran wärmen konnten. Der Gehilfe, hinter dem Wachleute mit gezücktem Schwert standen, warf ihnen die Reisigbündel und dicken Holzscheite durch einen Türspalt in den Raum. Offenbar hatte er die Anweisung erhalten, nicht sparsam mit dem Feuerholz zu sein und ihnen genug davon nach oben zu bringen, damit der Vorrat auch über die Nachtstunden reichte.

Das besänftigte ihren Zorn. Und es hob ihre niedergedrückte Stimmung ein wenig, als man ihnen später auch noch einen Korb mit Brot, einer fetten Speckseite und einem halben Rund Käse, dazu je zwei Krüge mit Wasser und mit Wein sowie einen großen Holzkübel mit Deckel brachte, den sie als Abort benutzen sollten. Aber weder das Feuer im Kamin noch das ausreichende Essen oder der recht passable Wein änderte etwas daran, dass ihnen die Zeit zwischen den Fingern zerrann. Stunde um Stunde verstrich, ohne dass sie der Lösung ihres drängenden Problems auch nur einen kleinen Schritt näher gekommen wären.

»Ich elender Schwachkopf! Die Haare könnte ich mir für meine Nachlässigkeit ausreißen! Ich hätte mich auf jeden Fall gründlich vergewissern müssen!«, rief Maurice plötzlich und sprang vom Tisch auf, an den sie sich gerade zum Essen gesetzt hatten.

Eine steile Falte bildete sich auf McIvors Stirn. »Wovon hättest du dich vergewissern müssen?«, fragte er verblüfft.

»Dass sich heute kurz vor Morgengrauen wirklich keiner an unser Lager geschlichen hatte«, erklärte Maurice kleinlaut. »Ich hatte Druck und musste mich dringend erleichtern. Also bin ich in den Wald und habe die Sache hinter mich gebracht. Plötzlich habe ich etwas knacken und rascheln gehört. Als dann ein Eichhörnchen aus einem Dickicht hervorgeschossen, auf den nächsten Baum gesprungen und den Stamm hochgeklettert ist, war ich überzeugt, dass die Geräusche von dem Tier gekommen waren. Jetzt weiß ich, dass es dieser Schweinehund Lafitte gewesen ist!«

»Dir ist kein Vorwurf zu machen«, versicherte Tarik. »Das hätte wirklich jedem von uns passieren können. Wer vom Richter oder vom Weisen kommt, ist immer schlauer als vorher.«

»Es ist aber *mir* passiert, verflucht noch mal!« Wütend schlug Maurice mit der Faust neben einem der Bogenfenster, dessen Läden sie zugezogen hatten, gegen die Wand.

Das Bild der Faust, die Maurice gegen die grauen Mauersteine hämmerte, löste in Gerolt etwas aus. Im ersten Augenblick wusste er nicht, was es war. Doch dann sprang er plötzlich auf. »Das ist es, Maurice! Heiliger Antonius, das kann unsere Rettung sein!«

Fünf verständnislose Blicke trafen ihn.

»Wovon redest du?«, fragte Tarik verblüfft.

»Von seiner . . . besonderen Fähigkeit!«, gab Gerolt vorsichtig zur Antwort, weil auch Beatrice und Heloise an seinen Lippen hingen.

Der Anflug einer Ahnung zeigte sich auf den Gesichtern von Tarik und McIvor. Maurice dagegen wirkte eher erschrocken.

»Kommt zum Fenster!«, forderte Gerolt sie auf. Und zu Beatrice und Heloise gewandt, sagte er entschuldigend: »Tut mir Leid, aber das, was ich mit meinen Ordensbrüdern zu bereden habe, bleibt besser unter uns . . .«

Tarik, McIvor und Maurice traten zu ihm.

»Erzähl!«, drängte McIvor sogleich. »Was kann Maurice dank seiner göttlichen Segensgabe tun, damit wir hier unbemerkt herauskommen?«

»Auf jeden Fall nicht durch diese dicken Wände gehen!«, sagte Maurice, um unerfüllbaren Erwartungen sofort vorzubeugen. »Weiter als bis zu den Gelenken kriege ich meine Hände noch immer nicht in irgendein Gestein, das wisst ihr!«

Gerolt grinste. »Das sollte schon reichen!«

»Wofür?«, fragte Tarik aufgeregt.

»Um nachher im Schutz der Nacht aus einem der Fenster zu steigen, die Wand des Turmes bis zu einem tiefer liegenden Fenster hinunterzuklettern oder auf das noch nicht fertig gestellte Dach des Seitentraktes zu steigen«, sprudelte Gerolt hervor, von seiner eigenen Idee förmlich mitgerissen. »Und um von dort wieder in den Belfried einzudringen, die Wache vor der Tür zu überrumpeln und uns aus diesem Eiskeller herauszuholen! Der Rest wird sich ergeben!«

»Du bist verrückt!«, stieß Maurice erschrocken hervor, als er begriff, was Gerolt mit dem »Hinunterklettern« wirklich meinte.

»Nein, die Idee ist genial!«, rief McIvor begeistert und ließ vor Freude, dass sie endlich einen Fluchtplan schmieden konnten, seine Pranke auf Gerolts Schulter niedersausen. »Du hast wirklich Grips im Kopf, Kleiner!«

Verstört und jäh erblasst, blickte Maurice in die Runde seiner Freunde. »Ihr müsst jetzt alle den Verstand verloren haben! Wisst ihr, dass ihr da Unmögliches von mir erwartet? Ich schaffe es nie und nimmer, mich lange genug in das harte Mauerwerk zu krallen!«, protestierte er. »Das ist der schiere Wahnsinn! Mich werden Kraft und Konzentration verlassen, bevor ich noch halb die Wand hinunter bin!«

»Ich bin sicher, dass du durchhältst, bis du wieder festen Boden unter den Füßen hast!«, sagte Gerolt ernst und mit festem Vertrauen, dass sein Freund zu viel mehr fähig war, als er bislang gezeigt hatte.

»Und es ist unsere einzige echte Chance, noch rechtzeitig von hier zu verschwinden, bevor die Iskaris von unserer Festsetzung erfahren und sich einen Plan ausgedacht haben, wie sie an den Heiligen Gral herankommen können!«, sagte McIvor mit Nachdruck. »Du musst es versuchen, Maurice! Du allein kannst das Blatt für uns alle wenden!«

Noch bevor Maurice zu einem Protest ansetzen konnte, hatte Tarik das Wort ergriffen. »Verzeih mir, dass ich so direkt damit herausplatze, aber du hast gar keine Wahl! Wir haben als Gralshüter den heiligen Schwur geleistet, alles zu tun und zu geben, damit der heilige Kelch dem Fürsten der Finsternis nicht in die Hände fällt. Wenn es sein muss, auch unser Leben!«

Schweigend und wie zu Stein erstarrt, stand Maurice im Kreis seiner Freunde und Ordensbrüder. Gerolt fragte sich, was ihm jetzt wohl durch den Kopf gehen mochte. Dachte er daran, dass auch Beatrice und Heloise dem Tod geweiht waren, wenn sie den Iskaris in die Hände gerieten? Erinnerte er sich daran, dass Tarik und McIvor ihr Leben aufs Spiel gesetzt hatten, um sie beide aus dem Kerker des Emirs zu befreien, obwohl sie die Möglichkeit gehabt hatten, allein mit dem Heiligen Gral weiterzureisen? Oder nährte der Gedanke, dass er auf der *Marie Céleste* im Fieberdelirium den Kelch aus dem schwarzen Würfel zu reißen versucht hatte, seine nagenden Selbstzweifel? Wohin würde sich in Maurice die Waagschale neigen??

Sein Schweigen erschien ihnen unerträglich lang. Schließlich hob er den Kopf, blickte sie an und gab ihnen seine Antwort. Seine Stimme war klar, fest und plötzlich frei von jeder Furcht, als er sagte: »Ja, mein Schwur als Gralshüter bedeutet mir mehr als mein Leben!«

15

Von Mitternacht an ließen sie das Feuer im Kamin niederbrennen. Sowie die Flammen in sich zusammenfielen, eroberte die Kälte, die wie der Atem eines steinernen Eisriesen aus dem Mauerwerk drang, den Raum wieder zurück. Nur sehr widerwillig ließen sie es geschehen, aber es musste sein. Kein noch so schwacher Feuerschein durfte später durch das hohe Bogenfester in die Nacht dringen und die Umrisse von Maurice in der Öffnung erkennen lassen, wenn er auf die Fensterbank kletterte und den Abstieg in die Tiefe wagte. Zwar war die Gefahr äußerst gering, dass ein Wachmann im Hof den Belfried im Auge behielt. Aber schon ein zufälliger Blick zur falschen Zeit konnte ihren Plan zunichte machen, noch bevor Maurice sich über den Sims geschwungen hatte.

Geschlagene zwei Stunden ließen sie verstreichen, nachdem das letzte Holzscheit im Kamin verglüht war. Sie sprachen wenig miteinander. Was es zu besprechen gegeben hatte, war längst gesagt worden. Die starke Anspannung, die sie alle beherrschte, war förmlich mit Händen zu greifen. Doch nicht einmal Beatrice brach dieses angespannte Schweigen. Stumm kauerte sie mit Heloise ganz nahe vor dem Kamin, um wenigstens einen Hauch von Wärme abzubekommen und immer wieder ihre eisigen Hände über das Glutbett halten zu können. Auf ihrem Gesicht spiegelte sich wider, welche Gefühle in ihr miteinander rangen. Die Angst, Maurice werde in die Tiefe stürzen und den Tod finden, und der Wunsch, er möge sich nicht darauf einlassen, kämpften mit der Angst um ihr eigenes Leben und der Hoffnung, dass dieses scheinbar wahnwitzige Unternehmen doch gegen jede Vernunft gelang, ihnen die Freiheit brachte und sie vor der Mordlust jener geheimnisvollen Männer des Bösen bewahrte, die wie ausgehungerte Bluthunde hinter ihnen her waren.

Als endlich der Augenblick gekommen war, von dem ihr aller Schicksal und das des Heiligen Grals abhing, schob Gerolt die Holzläden von einem der Fenster vorsichtig auf und spähte eine Weile angestrengt in den Hof hinunter. Von einer Wache, die dort unten ihre Runden drehte, war zu seiner Erleichterung jedoch nichts zu sehen. Wenn es sie gab, hatte sie sich vermutlich in den Schutz des Torhauses und dort vielleicht sogar in die Wachstube zurückgezogen. Über den Nachthimmel zogen dunkle Wolkenfelder, durch deren vereinzelte Lücken nur wenig Mond- und Sternenlicht fiel. Auch das kam ihrem Vorhaben sehr entgegen.

Gerolt trat vom Fenster zurück und drehte sich zu Maurice um. »Keine Wache weit und breit zu sehen«, sagte er leise. »Du kannst es jetzt wagen.«

Maurice nickte wortlos. Er war bereit, die gefährlichste Prüfung seines Lebens als Templer und Gralshüter zu bestehen. Mit nackten Füßen stand er zwischen Tarik und McIvor. Sie hatten ihm dabei geholfen, sich das Gralsschwert auf den Rücken zu binden. Sein eigener breiter Gürtel führte nun unter den Achseln um seinen Oberkörper herum, sodass der Schwertgriff über seinen Kopf hinausragte. Und damit die schwere Waffe beim Abstieg an der Außenwand des Wehrturms nicht hin- und herpendeln konnte, hatten Tarik und Gerolt das Schwert mit ihren Gürteln gesichert. Einer lief um die Leibesmitte herum, den anderen hatten sie in Hüfthöhe über das untere Schwertende geschnallt.

»Der Allmächtige und alle Schutzheiligen seien mit dir, Bruder!«, sagte Tarik und berührte ihn sanft an der Schulter. Es sah fast so aus, als wollte er Abschied von ihm nehmen.

Auch McIvor war die innere Bewegung anzusehen. »Mach dir keine Sorgen, Franke! Du wirst das schon hinkriegen!«, versicherte er mit rauer Stimme und betont unbesorgt. »Ich sage dir, ein Kletteraffe wird neben dir so unbeholfen aussehen wie ein Ochse, der eine Leiter hochwill!«

Maurice verzog das Gesicht zu einer Grimasse, gab jedoch keine Antwort. Er warf einen schnellen Blick zu Beatrice hinüber und ging dann zu Gerolt ans Fenster.

Sie tauschten einen langen Blick. Gerolt nickte ihm stumm zu. In seinen Augen stand das unerschütterliche Vertrauen, das er in seinen Gefährten setzte, und die wortlose Aufforderung an ihn, auch selber mit aller Kraft daran zu glauben, dass ihn seine besondere Segensgabe in dieser Stunde größter Not nicht im Stich lassen würde.

Ohne dass noch ein Wort fiel, stieg Maurice auf den Stuhl, den Gerolt ihm vor das Bogenfenster schob, und kletterte auf die steinerne Fensterbank. Er blieb in der Hocke, drehte sich vorsichtig zu ihnen herum, um mit dem Schwert nicht an das Mauerwerk zu kommen, und legte sich dann bäuchlings hin. Mit den Füßen voran, schob er sich langsam aus dem Fenster. Dann hing er nur noch mit den Händen an der vorspringenden Kante des Gesims.

Unwillkürlich hielt Gerolt den Atem an. Jetzt galt es! Jeden Moment musste Maurice die Sicherheit der Kante loslassen, seine besondere Fähigkeit als Gralsritter auf die Probe stellen, seine Hände in den harten Stein der Mauer eindringen lassen und sein Leben dieser ihm von Gott verliehenen Kraft überlassen.

Maurice hing in der Luft, spürte den kalten Wind, der ihm in den Nacken blies und nach seinen nackten Füßen griff. Das Gewicht von Körper und Schwert zerrte an seinen Fingerspitzen.

Er zögerte kurz und Panik wollte in ihm aufwallen, als ihn mit voller Wucht das Wissen traf, was er tun musste und wie viel davon abhing, dass er nicht versagte. Sofort bäumte er sich innerlich jedoch gegen das heiße Gefühl der Panik auf und rief sich in Erinnerung, was Abbé Villard ihm bei ihrer zweiten Weihe im Heiligtum von Akkon aufgetragen hatte, als er am Altar zum ersten Mal von seiner Segensgabe hatte Gebrauch machen wollen.

»Konzentriere all deine Kraft und deinen Willen darauf, den Stein mit deiner Hand zu durchdringen!«, hörte er die Stimme des alten Gralshüters in seinem Kopf. »Es muss jedoch dein fester Wille sein, dass der Marmor vor deinen Fingern weichen und dir Einlass gewähren soll! Und du wirst merken, dass du dafür Kraft brauchst. Kraft, die in deinen Willen fließt, um das scheinbar Unmögliche zu vollbringen! Dann und nur dann wird es dir gelingen!«

Maurice schloss kurz die Augen, richtete all sein Sinnen und Trachten auf das, was er tun musste, um diese ungeheure Kraft in sich zu wecken. Und plötzlich überkam ihn eine tiefe Ruhe. Er gab die Simskante mit seiner rechten Hand frei und drückte die Fingerspitzen gegen den kalten Stein.

»Herr, dein göttlicher Wille geschehe!« Dass seine Lippen diese Worte formten, wurde ihm nicht bewusst. Denn in diesem Augenblick höchster Konzentration spürte er, wie sich in ihm körperliche Stärke und unbedingter Wille vereinigten. Etwas völlig Neues, Wundersames erwuchs aus dieser Verschmelzung. Ihm war, als hätte sich tief in ihm eine verborgene Quelle glühender Kraft Durchbruch verschafft. Und diese glühende Kraft stieg wie eine machtvolle Fontäne in ihm auf, drang in seinen Kopf und formte dort einen heißen Dorn, dessen Spitze gegen den Stirnknochen traf, ohne jedoch Schmerzen zu verursachen.

Gleichzeitig verwandelte sich der Stein vor seinen Fingerspitzen.

Er verlor seine Härte, öffnete sich dem Druck der Fingerspitzen und ließ sie immer tiefer eindringen.

Nun nahm Maurice auch die andere Hand vom Sims und griff mit ihr in den Stein, der wiederum sofort nachgab, als wäre er zu einem zähen Brei geworden. Nichts anderes bewahrte ihn jetzt vor einem tödlichen Sturz in die Tiefe als seine Konzentration auf Kraft und Willen. Ließ er nur einen winzigen Augenblick darin nach, würde das Gestein seine Hände sofort zurückstoßen, sich schließen und ihn abstürzen lassen.

Die frostige Nachtkälte nahm Maurice nicht mehr wahr. Er schwitzte und der Schweiß brach ihm aus allen Poren, als er tiefer griff und sich an der Außenmauer des Belfrieds Stück für Stück hinabließ. Nun gelang es ihm auch, die Zehenspitzen in die Quader zu krallen, sodass sein Gewicht nicht länger allein von den Fingern gehalten werden musste. Er war jedoch gewärtig, dass seine Segensgabe in ihm noch längst nicht weit genug gereift war, um diese unglaubliche Anstrengung länger als ein, zwei Minuten durchzuhalten. Dann würden ihn Kraft und Konzentration verlassen und das Gestein wieder undurchdringlich werden.

Das Ziel seines Abstiegs war ein kleiner Erker, der aus dem unteren Stockwerk hervorragte. Dem Gestank nach, der von dort aufstieg, handelte es sich dabei um einen der Aborte, wie sie sich auf jeder Burg fanden. In ihm musste sich ein steinerner Sitz befinden, der ein Loch aufwies, durch welches Urin und Kot in die Tiefe fallen konnten. In die drei vorstehenden Wände des Erkers waren kleine Fenster eingelassen, um frische Luft einzulassen und den Geruch zu mildern, der diesem Ort anhaftete. Die Öffnungen waren zwar nur schmal, aber doch groß genug, um sich hindurchzwängen zu können.

Maurice war in Schweiß gebadet und ihm zitterten die Muskeln in den Armen, während er sich allmählich dem Erker näherte. Die Kraft drohte ihn zu verlassen. Sein Atem wurde immer schneller und ihm brannten die Lungen, als atmete er nicht eisige Nachtluft ein, sondern sengend heiße Dämpfe.

Endlich fand sein linker Fuß Halt auf dem Sims des nächstliegenden Erkerfensters. Er zog den anderen nach, ging mit letzter Kraft in die Knie, griff mit der linken Hand in die Öffnung und bekam ihre Innenkante zu fassen.

Einen Augenblick verharrte er in dieser gekrümmten Haltung. Zwar kostete auch sie ihn Kraft, doch unvergleichlich weniger als ein einziger Griff in die Mauerwand. Als er nach oben zu den Bogenfenstern ihres Gefängnisses schaute und sah, welche Höhe er kraft seiner besonderen Gabe überwunden hatte, vermochte er es kaum zu glauben. Eine Woge des Glücksgefühls und des Stolzes ließ ihn für einen Moment allen Schmerz vergessen, als Gerolt, Tarik und McIvor, die sich aus dem Fenster gebeugt und seinen Abstieg verfolgt hatten, ihm durch Zeichen zu seiner außergewöhnlichen Leistung gratulierten.

Er winkte kurz zurück und zwängte sich dann durch das Fenster in den dunklen, übel riechenden Erker. Dass er dabei mit dem Schwertgriff am Mauerwerk entlangschrammte, konnte er wegen der Enge der Öffnung nicht verhindern.

Er verharrte eine ganze Weile in dem steinernen, vorspringenden Verschlag, um sich von der Anstrengung zu erholen, und atmete nur durch den Mund, um dem stechenden Gestank zu entkommen. Als sein Atem wieder ruhiger ging und die Schmerzen auf ein erträgliches Maß abgeebbt waren, zog er langsam und jedes metallische Geräusch vermeidend das Schwert aus der Scheide, schob leise die Holztür einen Spalt weit auf und spähte hinaus in den Gang.

Er lag ausgestorben und dunkel vor ihm. Nur von seinem Ende, wo der Gang in einen quadratischen Raum mündete, drang von rechts ein schwacher Lichtschimmer in die Dunkelheit. Dort musste die Treppe des Belfrieds weiter nach oben führen. Stimmen oder andere Geräusche konnte er trotz angestrengten Lauschens nicht ausmachen.

Auf Zehenspitzen schlich Maurice den Gang hinunter, gelangte in den rechteckigen Vorraum und sah, dass er mit seiner Vermutung Recht gehabt hatte. Er befand sich jetzt auf einem Absatz der Treppe, die hinauf in den oberen Teil des Wehrturms führte, wo man sie eingeschlossen hatte.

Mit höchster Vorsicht und Wachsamkeit erklomm er tief geduckt die Steinstufen, dem Lichtschein entgegen. Er rechnete damit, dass er auf dem oberen Absatz auf eine Wache oder vielleicht sogar auf zwei stoßen würde. Denn ein Mann wie der Gutsverwalter würde nicht allein darauf vertrauen, dass es unmöglich war, die dicke Eichentür mithilfe ihrer Waffen ohne großen Lärm aufzubrechen.

So und nicht anders verhielt es sich auch. Doch Jacques Corniche hatte sich damit begnügt, nur einen Wachposten vor die Tür zu beordern. Und dieser Mann, eingewickelt in seinen wappenverzierten Umhang und in zwei Decken, lehnte in der Ecke an der Wand und schlief mit offenem Mund.

Lautlos wie ein Schatten glitt Maurice auf ihn zu, ergriff einen herabhängenden Deckenzipfel und stopfte ihn dem Schlafenden rasch in den weit aufstehenden Mund, bevor er ihn bewusstlos schlug. Der erstickte Laut, der dem Mann entfuhr, wäre schon auf halber Treppe nicht mehr zu hören gewesen.

Den Schlüssel zum Türschloss fand Maurice unter den Decken am Gürtel des Wärters. Er nahm ihn an sich, zog dem Mann seinen braun-grün gestreiften Mantel aus und warf ihn sich selbst über die Schultern.

Dann sperrte er so leise, wie es das schwere Schloss nur zuließ, die

Tür auf und stand seinen Kameraden sowie Beatrice und Heloise gegenüber. Er sah mehr als nur Erlösung auf ihren Gesichtern, erfasste mit einem Blick auch die vorbehaltlose Anerkennung, ja Bewunderung, die sie ihm zollten. Er registrierte das strahlende Lächeln bei Gerolt, als wollte der ihm zurufen: »Ich wusste doch, dass du das Zeug dazu hast und dich der Gralsritterschaft würdig erweisen würdest!« Er nahm auch die derb kameradschaftliche Geste von McIvor wahr, der seine rechte Pranke zur Faust ballte und sie hochriss, als wollte er sich selbst einen Kinnhaken versetzen. Er sah das feine Schmunzeln, mit dem Tarik ihn stumm beglückwünschte. Und natürlich bemerkte er auch die Tränen in den Augen von Beatrice, die ihn mit einem Blick ansah, der auch Prinz Löwenherz hätte dahinschmelzen lassen. Wie gut ihm das alles tat!

Maurice erwiderte all das mit einem breiten Grinsen und ganz im Bewusstsein seiner Heldentat. »Ich hoffe, ich habe euch nicht allzu lange warten lassen!«, erlaubte er sich zu spotten und verspürte das Verlangen, jeden von ihnen zu umarmen. »Was meint ihr, sollen wir die zweifelhafte Gastfreundschaft von Baron von Beaujeu noch länger strapazieren oder uns mit dem begnügen, was wir schon genießen durften?«

16

Das Risiko, die Treppe des Wehrturms ganz hinunterzusteigen und ihn durch den unteren Zugang zu verlassen, scheuten sie. Zu groß erschien ihnen die Gefahr, dort unten, wo sich vermutlich Schlafräume befanden, auf weitere Wachmänner zu stoßen. Sie wollten das, was Maurice geleistet hatte, nicht aufs Spiel setzen.

Daher beschlossen sie durch eines der Fenster des Zwischenstockwerks hinüber auf den noch nicht fertig gestellten Dachstuhl des Wirtschaftstraktes zu klettern, der sich auf dieser Seite nahtlos an den Belfried anschloss. Außerdem mussten sie dann nicht erst über den schutzlos offenen Hof, um in die Stallungen zu gelangen. Diese lagen nämlich gleich links vom Wirtschaftsgebäude.

Die aufgerollten Seile, die mit anderem Baumaterial eine der Ecken des Vorraums ausfüllten, leisteten ihnen für die kurze Kletterpartie gute Dienste. Tarik zerbrach drei der Dachlatten in ein Dutzend Einzelstücke, jedes etwa von der Länge seines Unterarms, und fügte sie mit großer Geschicklichkeit und Schnelligkeit durch Knoten in die Seile ein, sodass alles zusammen eine brauchbare Strickleiter ergab. Die hinabzuklettern, erforderte selbst von Beatrice nur wenig Überwindung.

Bald standen sie auch schon alle sicher auf dem Dach des Seitentraktes, fanden die Speicherluke und schlichen leise die steile Holzstiege hinunter. Eine Tür, die von hier direkt in Pferdestall und Remise führte, gab es leider nicht. Dafür war die Tür zum Hof schnell gefunden.

»Die Luft ist rein!«, flüsterte Tarik, der vorsichtig den Kopf zur Tür hinausgesteckt und den Hof nach einem Wachmann abgesucht hatte.

Niemand zeigte sich auf dem Hof, niemand rief sie an oder riss die Bewohner der Burg durch einen gellenden Alarmschrei aus ihrem tiefen Schlaf, als sie sich aus dem Wirtschaftsgebäude wagten und nahe an der Wand zum Doppeltor der Stallungen liefen. Es gab trotz aller Vorsicht ein leises Schaben, als Maurice den Eisenriegel am rechten Torflügel zurückzog. Aber auch das blieb unbemerkt. Und dann huschten sie auch schon durch den Spalt in den Stall und befanden sich wieder außer Sicht.

Hinter der Tür blieben sie erst einmal stehen, um ihre Augen an die pechschwarze Finsternis zu gewöhnen.

»Hier wird es bestimmt irgendwo Feuerstahl und Zunder geben«, flüsterte Gerolt. »Ein schwaches Kerzenlicht ist das Mindeste, was wir brauchen!«

»In der Sattelkammer!«, gab Maurice leise zurück. »Du suchst auf der linken, ich auf der rechten Seite. Die anderen warten besser hier.«

Es war Maurice, der auf seiner Seite auf die Sattelkammer stieß und schließlich fand, wonach sie suchten. Kurz darauf brannte eine dicke, kurze Kerze in einer Blechlaterne. Um ihren hellen Schein zu dämpfen, schmierten sie ein wenig Dreck auf ihre Glasscheiben.

»Sagt, was wir tun können! Lasst Heloise und mich nicht untätig herumstehen!«, bat Beatrice, als die Männer sich absprachen, wer von ihnen welche Aufgabe übernehmen sollte.

»Nur zu gern! Es gibt mehr als genug für uns alle zu tun!«, erwiderte Maurice. »Sucht so viele Decken, Lappen und Stricke zusammen, wie ihr nur finden könnt. Schneidet die Decken in Streifen! Hier ist mein Dolch! McIvor, rück auch deinen heraus! . . . Gut! . . . Und dann geht hinüber in die Remise und beginnt schon damit, die Räder der Kutsche zu umwickeln. Später müssen wir das auch noch mit den Hufen der Pferde tun.«

Tarik nickte. »Wir hoffen, dass sie sich nicht die Mühe gemacht haben, bei Einbruch der Nacht die schwere Zugbrücke hochzuziehen, und nur das eiserne Fallgitter heruntergelassen haben. Falls es uns gelingt, unbemerkt aus der Burg zu kommen, wäre das ein gewaltiger Vorteil für uns.«

»Genug geredet!«, drängte McIvor. »An die Arbeit!«

Zwar waren die beiden Falben, von denen der Schmied den einen doch tatsächlich noch neu beschlagen hatte, schnell gesattelt. Doch die beiden Rotfüchse bei der Enge in der Remise vor die Kutsche und ins Geschirr zu bringen, kostete schon eine Menge Zeit und Geduld. Aber alle Hufe und die Kutschenräder mit Lappen und Deckenstreifen zu umwickeln, hielt sie am längsten auf.

Doch fast hatten sie auch das geschafft, als McIvor plötzlich innehielt und sich aufrichtete.

»Hast du etwas Verdächtiges gehört?«, stieß Gerolt hervor und wollte schon das Kerzenlicht ausblasen.

»Nein, aber mir ist noch etwas Wichtiges eingefallen, was wir nicht vergessen dürfen«, antwortete der Schotte.

Tarik hob die Augenbrauen. »Und das wäre?«

»Hier sind eine Menge Pferde eingestellt und viele von ihnen sind unseren Gäulen an Schnelligkeit weit überlegen. Wenn man gleich im Morgengrauen bei der Wachablösung unsere Flucht bemerkt, wird man sofort die Verfolgung aufnehmen. Und dann dürfte unser Vorsprung von gerade mal anderthalb Stunden so schnell zerrinnen wie ein Stück Butter auf einer heißen Platte«, gab er zu bedenken.

»Und was sollen wir deiner Meinung nach dagegen unternehmen?«, fragte Maurice. »Du denkst doch wohl nicht daran, all die Tiere abschlachten zu wollen!«

McIvor schnaubte und bedachte ihn wegen dieser Unterstellung mit einem gekränkten Blick. »Natürlich nicht! Aber wir können dafür sorgen, dass ihnen die Schnelligkeit ihrer Pferde nichts nutzt, weil sie sie nicht reiten können. Wir müssen dafür nur in der Sattelkammer alle Sattelgurte durchschneiden und auch das Zaumzeug unbrauchbar machen!«

Maurice lachte auf. »Das ist eine verflucht gute Idee, Schotte! Sie hätte glatt von mir stammen können!«

Während Beatrice und Heloise die Umwickelung der Wagenräder beendeten, führten die Gralsritter in der Sattelkammer aus, was McIvor vorgeschlagen hatte. Zur Sicherheit schnitten sie jeden Sattelgurt nicht nur in mindestens drei Teile, sondern sammelten auch noch die Schnallen ein, um sie mitzunehmen und später irgendwo in ein Gebüsch zu werfen. Damit hatten die Stallknechte des Barons keine Möglichkeit, die Gurte schnell provisorisch zu flicken.

»Das wird ihnen den Spaß an einer Verfolgung gründlich verderben!«, sagte Tarik mit grimmiger Genugtuung, als sie mit ihrer Arbeit fertig waren. »Geschieht dem Gutsverwalter recht. Er hätte diesem Lügenbold nicht Glauben schenken dürfen! Soll er nun sehen, wie er das seinem Herrn erklärt, ohne dass der Baron ihn davonjagt!«

Die Rotfüchse standen im Geschirr, die Falben waren gesattelt und alle Hufe sowie die Wagenräder dick umwickelt, sodass sie auf den Steinplatten des Burghofs keinen verräterischen Lärm verursachen würden. Jetzt galt es nur noch, unbemerkt durch das Tor zu kommen.

»Wenn die Zugbrücke unten ist, wird am Fallgitter mit Sicherheit eine Wache sein«, sagte Maurice und klemmte sich einen kurzen

Knüppel unter den Arm. »Ich sehe nach. Und wenn ich auf eine Wache stoße, dann wird sie gleich in tiefem Schlaf liegen! Mit dem Umhang, den ich unserem Bewacher abgenommen habe, wird er mich für einen seiner Kameraden halten. Aber haltet euch bereit. Man kann nie wissen!«

Maurice schlich hinaus in den Hof. Und als er sich dem trutzigen Torhaus mit dem hohen Durchgang näherte, sah er zu seiner Erleichterung, dass sie mit ihrer Vermutung Recht gehabt hatten. Die Zugbrücke war unten und nur das schwere Fallgitter verschloss das Tor.

In der Dunkelheit des Durchgangs bewegte sich etwas. Die vagen Umrisse eines Mannes zeichneten sich vor dem helleren Dunkel jenseits des Tores ab. Und sofort begann Maurice leise vor sich hin zu fluchen. Dabei hielt er sich nach vorn gebeugt und drückte den rechten Arm scheinbar schützend vor die Brust, als machte ihm die Nachtkälte arg zu schaffen. In Wirklichkeit lag seine Hand auf dem Ende des Knüppels, den er ein Stück unter dem Umhang hervorgezogen hatte.

»Was ist, Kamerad?«, fragte der Wachposten überrascht, doch ohne jeden Argwohn.

Maurice gab keine direkte Antwort. »Mitten in der Nacht!«, nuschelte er wütend. »Da kann man ja die Krätze kriegen! Wird Zeit, sich nach einer anderen Herrschaft umzusehen, wo man nicht so mit einem umspringt!«

»Bist du es, Denis?«, fragte der Wachposten. »Um Himmels willen, wer hat denn dich um diese Stunde vom Lager hochgescheucht? Etwa dieser . . .«

Weiter kam er schon nicht mehr. Denn in diesem Augenblick hatte Maurice ihn erreicht. Mit einer blitzschnellen Bewegung presste er ihm seine linke Hand auf den Mund, stieß ihn mit dem Rücken an die Mauer und zog ihm den Prügel über den Kopf. Mit einem kurzen Aufschrei, den Maurice mit seiner Hand erstickte, erschlaffte der Mann und sank bewusstlos zu Boden. Im nächsten Moment lag er schon in der Wachstube. Obwohl die Zeit drängte, zwang sich Maurice ihn gewissenhaft zu fesseln und zu knebeln. Dann lief er zu seinen Freunden zurück.

»Die Wache hat sich für einen längeren Schlaf und gut gewickelt in die Wachstube zurückgezogen!«, teilte er ihnen fröhlich mit. »Der Weg ist frei! Ich brauche nur noch einen, der mir dabei hilft, das Fallgitter hochzuziehen!«

»Das übernehme ich allein!«, sagte McIvor. »Bringt ihr indessen Kutsche und Reitpferde vor das Tor!«

Als das schwere Gitter hochgezogen und die Winde blockiert war, wagten sie sich mit den Pferden und der Kutsche hinaus auf die Zugbrücke. Sie führten die Tiere ganz langsam über die Bohlen, um jeden lauten, dumpfen Schlag zu vermeiden. Auch jenseits der Brücke zwangen sie sich, das langsame Schritttempo beizubehalten. Erst als sie hinter die schwarze Wand des Waldes gelangten und die Schlossburg aus ihrem Blickfeld verschwand, hatten sie die Gewissheit, unbemerkt entkommen zu sein. Gerolt und Maurice stiegen in die Sättel und legten nun einen leichten Trab vor. Die Wickel um Hufe und Räder wollten sie erst entfernen, wenn galoppierender Hufschlag die Burg nicht mehr erreichte.

»Diese Nacht werde ich bis ans Ende meines Lebens nicht vergessen!«, rief Maurice. In seiner Stimme mischte sich Stolz mit der Verwunderung, dass er zu dieser Leistung fähig gewesen war.

»Keiner von uns wird das, Maurice! Und das zu Recht!«, versicherte Gerolt. »Auch der Abbé wäre stolz auf dich, wenn er das erlebt hätte!«

»Noch sind wir nicht in Paris, mein Freund. Allein das wird am Ende zählen!«, dämpfte Maurice seinen eigenen Überschwang der Gefühle.

17

Nach ihrer Flucht aus der Schlossburg mussten sie ihre Pläne wieder einmal den veränderten Umständen anpassen. Sie hatten für zu viel Aufsehen gesorgt, als dass sie es sich noch hätten leisten können, geradewegs nach Norden zu reiten und die Loire oberhalb von Blois zu überqueren. So bitter es ihnen auch wurde, es blieb ihnen gar nichts anderes übrig, als sich nun nach Südwesten zu wenden, um nicht ins Netz ihrer Verfolger zu gehen, zu denen jetzt wohl nicht mehr allein die Iskaris zählten.

Sie umgingen Blois weiträumig und überquerten den Fluss erst kurz vor Tours. Ihre weitere Route führte sie dann eine halbe Tagesreise östlich von Le Mans vorbei, wo sie der erste Schneefall überraschte. Zwei volle Tage hielten sie sich auf der Landstraße, die sie über Lisieux nach Le Havre an die Küste gebracht hätte. Dann erst schlugen sie einen scharfen Haken nach Nordosten und hielten auf das Gebiet zwischen Dreux und Chartres zu, um sich Paris aus westlicher Richtung zu nähern.

An gelegentliche Übernachtungen in Gasthäusern war nicht mehr zu denken. Von nun an verbrachten sie jede Nacht im Freien. Sie mussten sogar auf die tägliche warme Mahlzeit in einem Gasthof verzichten, weil ihnen durch den mehrtägigen Umweg dafür das nötige Geld fehlte. Was ihnen an Münzen noch geblieben war, reichte gerade so für Pferdefutter sowie für Brot und billigen Käse. Und als wäre das alles nicht Ungemach genug, widerfuhr Heloise eines Abends, als sie gerade einen Rastplatz für die Nacht gefunden hatten, noch ein schmerzhaftes Unglück.

Als sie vom Kutschbock stieg, blieb sie mit ihrem Schuh an einer Leiste hängen, die sich vom Fußbord gelöst und hochgebogen hatte. Sie stolperte, verlor den Halt und stürzte vornüber. McIvor griff noch nach ihr und wollte sie festhalten. Doch seine Hand fasste ins Leere.

Heloise stürzte so unglücklich auf den harten Boden, dass sie sich dabei schmerzhafte Verletzungen zuzog. Wie Tariks Untersuchung ergab, hatte sie sich auf der linken Seite mehrere Rippen angebrochen.

»Nichts Gefährliches«, erklärte er Heloise, die tapfer bemüht war, die Tränen des Schmerzes zurückzuhalten. »Aber es tut leider höllisch weh. Wir werden dir einen Verband anlegen, damit deine Verletzungen schneller heilen. Der wird dir auch helfen die nächsten Tage besser zu überstehen. Mehr ist da leider nicht zu machen.«

»Konntest du denn nicht besser aufpassen?«, fragte Beatrice, die fürchtete, dass sie nun noch länger brauchen würden, um nach Paris zu kommen.

McIvor warf ihr einen zurechtweisenden Blick zu. Denn auf seine kleine Heloise, die er wie sein eigen Fleisch und Blut in sein Herz geschlossen hatte, ließ er nichts kommen. »Dieser Sturz hätte jedem von uns passieren können! Und was Eure kleine Schwester in all den Monaten so tapfer und ohne jede Wehleidigkeit ertragen hat, könnte Euch ein Vorbild sein!«

Bei der scharfen Maßregelung wurde Beatrice blutrot im Gesicht, wagte jedoch nicht etwas zu erwidern. Abrupt wandte sie sich um und ging ihnen aus den Augen.

»Sie hat es nicht so gemeint«, sagte Heloise leise. »Ihr dürft nicht so hart mit ihr ins Gericht gehen, Herr von Conneleagh! Sie ist eine gute Schwester, auch wenn sie manchmal solche Sachen sagt.«

Gerührt strich McIvor ihr über den Kopf. »Wenn du ein Junge wärst, würde aus dir bestimmt einmal ein aufrechter Ritter, der seinesgleichen sucht!«

Heloise strahlte ihn an und verschmitzt fragte sie: »Meint Ihr, ich könnte das schaffen, wenn ich meine Männerkleidung nie wieder abgebe?«

Der Schotte lachte. »Dir würde ich es zutrauen, Heloise. Aber es wäre ein herber Verlust für uns Männer. Denn eines Tages wirst du eine Schönheit sein, und das solltest du nicht zu verbergen versuchen.«

Maurice grinste und raunte Gerolt zu: »Hast du das gehört? Der grobe Klotz kann ja richtig Süßholz raspeln!«

»Keine Sorge, es wird dich darin keiner von uns übertreffen«, entgegnete Gerolt trocken. »Und jetzt lass uns so viel Feuerholz zusammentragen, wie wir nur finden können. Würde mich nicht wundern, wenn es heute Nacht wieder schneit.«

Der befürchtete Schneefall blieb zum Glück aus und am nächsten Morgen setzten sie ihre Reise bei schneidend frostigem Wind fort. Als sie nach einem langen Tag, der Heloise in der Kutsche viele Schmerzen bereitete, in die Nähe von Dreux kamen, konnte ihnen Maurice bei der Wahl des Weges zum ersten Mal seit ihrer Ankunft in Marseille mit guten Ortskenntnissen helfen. Und jetzt, wo sie sich Paris bis auf anderthalb Reittage genähert hatten, galt es mehr denn je, vor bösen Überraschungen auf der Hut zu sein.

Deshalb verließen sie zwei Stunden vor Einbruch der Nacht die viel befahrene Landstraße und bewegten sich über schmale, einsame Seitenwege. Es dämmerte schon bedrohlich, als Maurice sie schließlich durch einen sich abwärts neigenden Hohlweg führte, der gerade breit genug war, um der Kutsche Durchlass zu gewähren. Aus den mit zähem Gestrüpp und Mooskissen bedeckten Hängen, die auf beiden Seiten mannshoch über das Dach der Kutsche in die Höhe reichten, trat überall aus dem Erdreich dunkles, scharfkantiges Felsgestein hervor. Manche der vorspringenden Zacken glitten weniger als eine halbe Armlänge an den Seitenwänden der Kutsche vorbei.

»Himmel, weißt du auch wirklich, dass wir hier heil herauskommen?«, rief McIvor vom Kutschbock.

»Wir haben es gleich geschafft!«, antwortete Maurice. »Und am Ende des Hohlwegs gibt es einen guten Platz, wo wir die Nacht verbringen können. Es gibt dort einen Wasserlauf und die Hänge im Rücken werden ein guter Schutz gegen den verflucht kalten Wind sein!«

Maurice hatte nicht zu viel versprochen. Als sie aus dem engen Hohlweg herauskamen, sahen sie zu ihrer Linken einen ebenen Wiesenplatz. Er wurde vom Halbrund eines dahinter steil aufragenden Felshangs umschlossen. Auf der anderen Seiten begrenzte ein Wasserlauf von gut sechs, sieben Schritten Breite den Wiesengrund. Das Wasser war jedoch nicht sehr tief. Es reichte einem Pferd kaum bis an die Knie. Oberhalb dieser breiten Furt, wo das Gelände anstieg, war der Bach jedoch erheblich schmaler und rauschender. Dort musste er sich durch ein enges, mit Felsen durchsetztes Bett zwängen. Auf dem gegenüberliegenden Ufer führte der steinige Weg in einen Wald hinein, dessen Bäume und Dickichte bis an das Wasser vorstießen.

Sie spannten die Zugpferde aus, versorgten die Tiere, entzündeten ein kräftiges Feuer und verzehrten ihr karges Abendmahl, das nur aus Brot und Wasser bestand, das sie auf dem Feuer erwärmten. Dabei fiel kaum ein Wort. Sie waren müde und keiner verspürte das Verlangen nach einem Gespräch.

»Noch anderthalb Tage, dann hat diese Plage ein Ende«, sagte Maurice in dem Versuch, ihre trübe Stimmung ein wenig zu heben und den Tag nicht gar so niedergedrückt ausklingen zu lassen. »Seien wir froh, dass wir so gut vorangekommen sind. Was jetzt noch vor uns liegt, ist kaum mehr als ein Katzensprung!«

In dieser Nacht schlief Gerolt nicht besonders. Unruhig wälzte er sich am Feuer von einer Seite auf die andere. Das führte dazu, dass seine beiden Decken verrutschten, die Kälte ihn an den Beinen traf und er davon erwachte. Dann legte er jedes Mal neues Holz auf die dicke Schicht Glut, damit die Flammen wieder aufloderten und ein wenig mehr Wärme spendeten.

Über dem Wiesengrund lagen noch die tiefen Schatten der Nacht, die der steile Hang in ihrem Rücken über sie warf, doch im Osten über dem Wald zeigte sich schon das erste Grau des anbrechenden Tages, als er wieder einmal aus seinen wirren Träumen hochfuhr. Gerade wollte er dem schon wieder heruntergebrannten Feuer neue Nahrung geben, als etwas in ihm ihn dazu zwang, seinen Blick noch einmal auf den Himmel im Osten zu richten.

Sofort bemerkte er den hellen Punkt, der wie eine Sternschnuppe rasend schnell aus der endlosen Weite des Himmels herabstürzte und schon im nächsten Moment die Konturen eines majestätischen Vogels annahm.

Ein Schauer lief Gerolt durch den Körper, als er erkannte, was für ein Vogel da auf ihn zuflog und plötzlich, wie von einer unsichtbaren Hand gehalten, hoch über den Wipfeln des Waldes mit ausgebreiteten Schwingen in der Luft verharrte.

Es war der geheimnisvolle schneeweiße Greif, den Abbé Villard *Das Auge Gottes* genannt hatte!

18

Etwas Unerklärliches geschah mit Gerolt, das er trotz aller Bemühungen nicht hätte in Worte fassen können.

Sein Blick wurde von dem still in der Luft schwebenden weißen Greif so magisch angezogen wie Metallsplitter von der bezwingenden Kraft eines Magnetsteins. Auch wenn er es gewollt hätte, er hätte nicht vermocht sich dem Anblick des Vogels zu entziehen. Ihm war, als ginge von dem Greif eine unsichtbare und unbezwingbare Macht aus, die ihn buchstäblich ergriff und sein Ich von seiner menschlichen Hülle befreite. Sein Bewusstsein schien seinen Körper zu verlassen und in den Himmel aufzusteigen! Denn auf einmal blieb das Lager unter ihm zurück und er vermochte wie ein Vogel auf die unter ihm liegende Landschaft hinunterzublicken. Es erschien ihm wie ein Traum und er verspürte auch nicht den geringsten Anflug von Angst, als wäre es das Natürlichste von der Welt, dass er der Erdenschwere entfliehen und sich in die Lüfte erheben konnte.

Und dann sah er die Reiter! Aus höchster Höhe und wie mit den scharfen Augen eines Raubvogels blickte er auf sie hinunter und nahm jede Kleinigkeit wahr, sogar dass zwei der Reiter brennende Kerzenlichter in kleinen, windgeschützten Sturmlaternen mit sich führten.

Es handelte sich um zwei Gruppen von jeweils acht schwer bewaffneten Männern in nachtschwarzen Umhängen und auf schnellen Pferden. Die eine Reitergruppe näherte sich ihrem Lagerplatz von

Osten durch den Wald. Die andere erreichte gerade den oberen Eingang des abwärts führenden Hohlwegs und formierte sich wegen der Enge der Schlucht zu vier Zweierreihen.

Iskaris! Sie rückten von zwei Seiten an und in vierfacher Übermacht!

Im nächsten Moment endete sein Ausblick aus luftiger Höhe auch schon. Das Bild aus der Vogelperspektive fiel von den Rändern her zu einem sich schnell verengenden Kreis zusammen, als würde die Landschaft von einem gewaltigen, unsichtbaren Strudel aufgesogen und verschlungen. Dessen Zentrum war der weiße Greif, denn zu ihm strömte alles hin und in ihm löste sich einen Wimpernschlag später alles auf.

Und zugleich endete für Gerolt auch das wundersame Gefühl des Losgelöstseins von allen irdischen Gesetzen. Der weiße Greif stieg, wie kein sterblicher Vogel der Welt es vermocht hätte, pfeilschnell und senkrecht in den Himmel, wurde innerhalb eines Atemzugs zu einem immer kleiner werdenden hellen Punkt, bis das Auge ihm schon ein, zwei Herzschläge später nicht mehr folgen konnte. Und Gerolt nahm wieder seinen Körper wahr – und dass er zwischen seinen noch schlafenden Kameraden am Lagerfeuer stand.

»Alarm!«, brüllte er mit der ganzen Kraft seiner Lungen. »Iskaris! ... Zwei Gruppen von Iskaris sind im Anmarsch!« Sein Schrei schallte weit in die sie umgebenden Wälder hinein und erreichte auch ihre Feinde. Denn sofort hörte er aus beiden Richtungen den Hufschlag von Pferden, die sich nun nicht länger leise zu nähern versuchten, sondern in den Galopp fielen.

Gerolts Kameraden schreckten hoch, befreiten sich von ihren Decken und sprangen mit blankem Schwert in der Hand auf. Der Schrei hatte auch Beatrice und Heloise aus dem Schlaf gerissen und mit schläfrig entsetzten Gesichtern stürzten sie aus der Kutsche.

»Bist du dir sicher, dass es Iskaris sind?«, stieß Maurice hervor. »Woher weißt du das so genau?«

»Der weiße Greif hat sie mir gezeigt!«, gab Gerolt hastig zur Antwort. »Sie rücken jeweils zu acht an! Eine Gruppe kommt durch den Wald dort drüben, die andere ist schon im Hohlweg!«

»Sechzehn Mann? Verdammt, diese harte Nuss wird nicht leicht zu knacken sein!«, presste McIvor hervor. »Ich wünschte, ich hätte einen Morgenstern zur Hand! Dann würde ich diesen Abschaum damit niedermähen wie frisches Gras unter einer Sichel!«

»Die Bande von hinten dürfen wir nicht durch den Hohlweg lassen!«, schrie Maurice und lief schon in diese Richtung. »Wenn sie in voller Stärke durchbrechen, sind wir erledigt!«

»Ich übernehme mit Maurice den Engpass!«, rief der Schotte Gerolt und Tarik zu. »Kümmert ihr euch um das Teufelspack, das durch den Wald kommt!«

Auch Gerolt lief los. »Bietet alles auf, was ihr euch an Waffenkunst angeeignet habt!«, brüllte er Maurice und McIvor noch zu. »Wir müssen sie schlagen, und wenn danach auch nur noch einer von uns am Leben ist! Sonst ist alles verloren!«

Als ob es dieser Erinnerung noch bedurft hätte! Jeder von ihnen wusste, was auf dem Spiel stand.

Auf Beatrice und Heloise, die von Todesangst ergriffen wieder in die Kutsche zurückstolperten, achtete keiner von ihnen. Denn kaum hatten sie sich aufgeteilt und waren losgerannt, um ihre Verteidigungspositionen zu beziehen, als die Knechte des Schwarzen Fürsten auch schon im Licht des heller werdenden Himmels auftauchten.

Die Gruppe aus dem Waldstück erreichte den breiten Wasserlauf ein wenig eher, als ihre Komplizen den Hohlweg heruntergesprengt kamen. Zwei der Iskaris hatten an der Flamme der mitgeführten

Sturmlaternen ihre Pechfackeln entzündet. Im gestreckten Galopp jagten sie auf die breite Furt zu, ihre Lanzen zum Wurf erhoben.

Wie auf ein stummes Kommando hin blieben Gerolt und Tarik einige Schritte vor dem flachen Ufer stehen. Beiden war der Gedanke gekommen, erst einmal ihre besonderen Segensgaben als Gralshüter zu ihrem Vorteil einzusetzen, bevor sie sich mit der Klinge auf ihre Angreifer stürzten.

Doch noch bevor Gerolt sich richtig gesammelt hatte, wurde er Zeuge von Tariks außergewöhnlicher Kraft.

Tarik starrte auf das ruhig dahinfließende Wasser, das auf einer Breite von gut einem halben Dutzend Schritten die beiden Ufer trennte. Das Wasser war sein Freund und hatte sich seinem Willen zu beugen! So hatte es Abbé Villard ihm prophezeit und so war es auch gewesen, als er sich in al-Qahira mit einem Sprung vom Oberdeck der *Calatrava* aus der Gefangenschaft gerettet und seinen Häschern entkommen war, weil das Wunder geschehen war, dass er wie ein Fisch unter Wasser hatte atmen können. Und nun musste sich das Wasser erneut als sein Freund beweisen und seinem Willen gehorchen! Er wusste nicht, ob es ihm gelingen würde, aber er musste es versuchen!

Gerolt sah, wie der Wasserlauf vor ihnen plötzlich erstarrte. In Sekundenschnelle gefror das knöcheltiefe Wasser zu Eis. Erst bildete es direkt vor Tarik einen schmalen, gerade mal armbreiten Streifen, der beide Ufer wie mit einem Steg verband. Doch schon im nächsten Moment dehnte es sich seitlich aus. Es schien, als fiele je ein gefräßiges Monster aus gefrierender Kälte nach rechts und links über das Wasser her und versetzte es in eine Totenstarre aus hartem trübweißem Eis.

Als die heransprengenden Iskaris vor sich keine sanft plätschernde Furt, sondern eine solide Eisdecke liegen sahen, war es für die ersten vier schon zu spät, um ihre Pferde noch zügeln zu können. Und während es den hinteren vier Reitern noch mit viel Mühe gelang, der Gefahr zu entkommen, schossen die vorderen vier schon mit fast unvermindertem Tempo auf die spiegelglatte Fläche hinaus.

Die Wirkung war verheerend für die Judasjünger und ihre Reittiere. Denn die Pferdehufe fanden keinen festen Tritt mehr, rutschten auf dem Eis weg und verloren den nötigen Halt, zumal mitten im Galopp. Drei der vier Tiere glitten aus, stürzten unter schrillem, angsterfülltem Wiehern auf die harte Eisschicht und warfen dabei ihre Reiter aus dem Sattel. Ihre Lanzen flogen ziellos in die Luft und klirrten, ohne Schaden anzurichten, auf das Gestein am Ufer.

Beim Sturz der Tiere überschlug sich der erste Iskari und prallte so unglücklich mit dem Kopf auf, dass er sich dabei das Genick brach und tot liegen blieb. Ein zweiter wurde vom schweren Leib seines wild um sich tretenden Pferdes halb begraben. Und als er sich endlich von dem Gewicht des Tieres befreit hatte und unter ihm hervorkroch, konnte er seine zertrümmerten Beine nicht mehr gebrauchen. Der dritte hatte ein wenig mehr Glück. Er brach sich nur den linken Arm und seine Lanze bohrte sich ihm über der Hüfte in den Körper. Doch er schien weder die eine noch die andere Verwundung zu bemerken. Auch zeigte sein Gesicht keinen unerträglichen Schmerz, was ihn als einen besonderen Iskarikämpfer kennzeichnete. Er rappelte sich sofort auf, riss sein Schwert heraus und schlidderte über das Eis auf das Ufer zu, um den Kampf Mann gegen Mann zu beginnen.

Nun geschah vieles fast zur selben Zeit.

Das Trommeln der Hufe im Hohlweg schwoll an und kündete davon, dass diese Reitergruppe jeden Augenblick das untere Ende des felsigen Durchgangs erreicht haben und auf die Wiese herauspreschen würde.

McIvor stieß mit dröhnender Stimme, die aus einem riesigen Trichter zu kommen schien, den gefürchteten Schlachtruf der Tempelritter aus. *»Beauséant alla riscossa!«* Gefolgt von einem »Heizen wir den stinkenden Bastarden ein, Maurice!«.

Im selben Augenblick zitterten Tarik vor unsäglicher Anstrengung die Beine und er sank in die Knie. Das Eis erhielt sofort Risse, die sich zu immer größeren Spalten weiteten und sich mit Wasser füllten. Er konnte die ungeheure Konzentration von Kraft und Willensstärke nicht länger durchhalten. Immer mehr von dem Eis kehrte zu seinem ursprünglichen Zustand zurück.

Gleichzeitig stürzte Gerolt vor, um den Iskari mit der Lanzenspitze im Leib und dem nutzlos herabbaumelnden Arm gebührend in Empfang zu nehmen. Er parierte einen hastigen Stich des Mannes nach seiner Brust, riss seine Waffe mit aller Kraft hoch und hieb sie ihm unter die offen liegende Achsel der Schwerthand. Die breite Klinge trennte dem Feind den Arm glatt von der Schulter. Der zweite Hieb, den Gerolt führte, brachte ihm den Tod.

Taumelnd kam Tarik auf die Beine. Die Furt war nun wieder frei von Eis und die restlichen vier Teufelsknechte trieben ihre Pferde ins Wasser.

In seinem Rücken hörte Gerolt, wie McIvor ungläubig rief: »Heilige Muttergottes! ... Ja, lass es geschehen! ... Ja, Maurice! ... Zeig es ihnen!«

Gerolt konnte der Versuchung nicht widerstehen, hastig einen Blick auf das Geschehen in seinem Rücken zu werfen.

Maurice stand vor dem Ausgang des Hohlweges. Sein Schwert steckte vor ihm mit dem Griffstück nach oben im Erdreich. Er hatte die Arme ausgestreckt und dabei die Finger der Hände gespreizt. Und während die Iskaritruppe heranjagte und nur noch zehn, zwölf Pferdelängen vor sich hatte, um auf freies Gelände zu kommen, wuchsen rechts und links des Hohlweges dutzende von dünnen Felsfingern aus den steilen Hängen. Sie waren von unterschiedlicher Dicke. Manche hatten den Umfang eines Unterarms, andere den eines Lanzenschaftes. Doch allen war zu eigen, dass sie sich an ihrem Ende zu scharfen Steinnadeln verjüngten. Es waren tödliche Lanzen aus Felsgestein, die von beiden Seiten und über die gesamte Höhe des Hohlwegs aufeinander zustrebten, um den Ausgang mit einer Wand aus Felsnadeln zu verschließen.

Sie wuchsen so schnell aus den felsigen Abhängen, dass die herangaloppierenden Feinde zu spät begriffen, was vor ihnen so Unheimliches geschah. Panisches Geschrei erhob sich. Und plötzlich brachen einige dieser steinernen Lanzen, als wirkte eine starke Gegenkraft auf sie. Doch es blieben noch genug übrig, um das Gitter zu schließen.

Zwei Iskaris gelang es noch, die Sperre zu passieren. Doch der ihnen dicht folgende Reiter entkam den Lanzen nicht mehr. Mensch und Tier wurden von ihnen aufgespießt und waren auf der Stelle tot. Sie blieben in der nun erstarrenden Wand hängen, als wären sie durchwachsen von Felsadern. Es war ein grauenhafter Anblick, den sie boten.

McIvor kreuzte zu dem Zeitpunkt schon mit den beiden Iskaris die Klinge.

Und Gerolt fuhr wieder herum, um sich für den Angriff der vier Feinde zu wappnen, die gerade durch das flache Wasser der Furt sprengten. Die beiden Fackeln hatten sie hinter sich in den Sand geworfen und wie ihre Kameraden zu ihren Lanzen gegriffen.

Unter den Hufen der vier Pferde spritzte das eiskalte Wasser zu allen Seiten weg. Lanzen sirrten durch die Luft, verfehlten jedoch ihr Ziel. Nun rissen die Judasjünger ihre Schwerter heraus. Sie befanden sich hier am Bach noch immer mit zwei Kriegern in der

Überzahl. Und von jenseits der Wand aus steinernen Lanzen kam wüstes Geschrei und der scharfe Befehl, die Hänge zu erklettern, um noch rasch genug in den Kampf an der Furt eingreifen und die Christenhunde trotz der schon erlittenen Verluste niederringen zu können.

Gerolt richtete seine Kraft als Gralshüter auf einen der vorderen Reiter, die auf Tarik und ihn zuhielten. Als dieser sein Schwert ausstreckte, führte Gerolt einen unsichtbaren Stoß gegen den Unterarm des Mannes. Und bevor dieser wusste, wie ihm geschah, schwang seine Klinge mit großer Gewalt zur Seite und traf den neben ihm reitenden Mann. Die Wucht des Schlages riss dem Iskari die Brust auf und schleuderte ihn aus dem Sattel. Er fiel vor die Füße des seitlich hinter ihm folgenden Pferdes, brachte das Tier zu Fall und sorgte damit auch für den Sturz des Reiters. Dieser klatschte ins Wasser, überstand den Sturz jedoch, ohne sich dabei schwere Verletzungen zuzuziehen.

Nur zu gern hätte Gerolt seine geheimen Kräfte noch einen weiteren Iskari spüren lassen. Aber ihm blieb keine Zeit, um in die innere Ruhe und Konzentration zurückzufinden, die dafür notwendig war. Denn schon wurde er von den beiden Reitern angegriffen, die es im Sattel zu ihnen aufs Ufer geschafft hatten.

Ein entsetzlicher Schrei drang aus der Richtung des Hohlwegs über die Wiese. Gerolt hoffte inständig, dass es nicht einen seiner Gefährten erwischt hatte. Doch er konnte seinen Blick nicht für eine Sekunde von seinen Gegnern abwenden. Und schon im nächsten Moment hörte er zu seiner großen Erleichterung, wie Tarik anerkennend rief: »Das nenn ich einen Streich, der einen Mann geradewegs in die Hölle schickt, Schotte!«

Die beiden Iskaris, die ihm zusetzten, waren erfahrene Schwertkämpfer, das merkte Gerolt sogleich. Sie kannten jede Finte und jeden Trick und nahmen ihn geschickt vom Sattel aus in die Zange, während Tarik mit dem Mann kämpfte, der ins Wasser gestürzt war. Einer der Reiter hatte diesem seine Streitaxt zugeworfen.

Die beiden berittenenen Iskaris machten ihre Sache bedrohlich gut. Wann immer Gerolt ausbrechen wollte, schnitt ihm einer von ihnen den Weg ab. So drängten sie ihn immer näher an die Kutsche heran, aus der schrille Angstschreie kamen. All sein Denken kreiste jetzt um die Frage, wie er das Gefecht wenden und aus der Defensive kommen konnte. Denn wenn sie ihn erst bei der Kutsche eingekesselt hatten, konnten sie gleichzeitig auf ihn einschlagen – und er würde dann nur einen Hieb davon abwehren können. Der andere würde sein Tod sein.

Plötzlich registrierte Gerolt, wie auf dem anderen Ufer aus einer der dort lodernden Pechfackeln eine Stichflamme aufstieg. Wie von einem heftigen Windstoß erfasst, beschrieb sie, als sie Manneshöhe erreicht hatte, einen scharfen Bogen und schoss als schmaler, gebündelter Flammenstrahl über den Wasserlauf hinweg zu ihnen herüber. Einem Feuerpfeil gleich raste die Flamme geradewegs auf einen der Iskaris zu, die ihn in die Zange genommen hatten. Schon im nächsten Moment traf sie dessen schwarzen Wollumhang, fächerte sich dabei auf und setzte den Mantel sowie das lang herabfallende Haar des Teufelsknechts in Brand. Der Schrei des Mannes vermischte sich mit dem schrillen Laut seines von Panik erfassten Pferdes, dem die Flammen das Fell versengten. Der Iskari ließ sein Schwert fallen und schlug wild um sich, um die Flammen zu löschen, die ihn umloderten. Er wollte sich den brennenden Umhang vom Körper reißen und verlor den Halt, als sein Tier im selben Moment steil in die Höhe stieg und ihn aus dem Sattel warf.

Gerolt brauchte sich nicht umzusehen, um zu wissen, dass diese rettende Feuerlanze McIvors Werk war und er ihm damit in seiner

Bedrängnis zu Hilfe gekommen war. Nun konnte er der Falle entfliehen, in die ihn die beiden Reiter hatten treiben wollen, und zum Gegenangriff übergehen. Der Judasjünger wich dem Angriff nicht aus. Mit der Todesverachtung, die den Iskaris zu eigen war, sprang er behände von seinem Pferd. Ein schneller Blick hoch zu den Hängen rechts und links des Hohlwegs stärkte seine Zuversicht. Denn dort tauchten jetzt seine Kameraden auf, die ihren Vormarsch durch die Schlucht hatten abbrechen und einen mühsamen Umweg in Kauf nehmen müssen. Gleich war also mit der Verstärkung von fünf Kämpfern zu rechnen.

Die Rechnung des Iskaris ging jedoch nicht auf. Denn noch bevor seine fünf Komplizen zu ihm heruntergestiegen waren, ereilte ihn nach kurzem Schlagabtausch der Tod durch Gerolts Gralsschwert. Und der Teufelsknecht, der sich indessen den lichterloh brennenden Mantel heruntergerissen und sein Schwert wieder aufgehoben hatte, fiel unter einem Streich des Schotten.

Damit lebte nun keiner der Feinde mehr, die es durch den Hohlweg oder die Furt zu ihnen auf die Wiese geschafft hatten. Und zu viert traten die Gralshüter den drei Iskaris entgegen, die zuerst von den Hängen herabgestürmt kamen. Sie liefen geradewegs in den Tod. Als die beiden anderen Judasjünger sahen, dass sie es nicht mit ihnen aufnehmen konnten und die Sache verloren war, brachen sie ihren Abstieg ab und kletterten schnell wieder nach oben zur Hangkante zurück, um zu ihren Pferden im Hohlweg zu gelangen und die Flucht anzutreten.

Und dann endlich verstummte das wilde Geschrei, das den erbitterten Kampf vom ersten Augenblick an begleitet hatte, und das scharfe Klirren von aufeinander treffenden Klingen. Die Stille, die sich über das Gelände an der breiten Furt legte, war beklemmend und ließ sie das dröhnende Rauschen ihres Blutes in den Ohren und das Hämmern ihrer Herzen wahrnehmen. Auch in der Kutsche war es still geworden.

Die Gralsritter ließen ihre Schwerter sinken und rangen heftig nach Atem. Stumm glitt ihr Blick im Licht des heller gewordenen Himmels über die Toten. Doch keiner von ihnen empfand ein Gefühl des Triumphes angesichts des blutigen Schlachtfelds. Sie wussten, dass sie ihren Sieg nicht allein ihrer überragenden Waffenkunst verdankten. Was sie empfanden, war Dankbarkeit, den Heiligen Gral vor dem Zugriff der Teufelsknechte gerettet zu haben. Dazu gesellte sich eine tiefe Erschöpfung, die sich nicht allein auf ihre ausgelaugten Körperkräfte beschränkte.

Lange fiel kein einziges Wort. Dann brach Gerolt das ihm wie dröhnend erscheinende Schweigen. »Brechen wir auf«, sagte er leise und atmete tief durch. »Wir haben noch eine gute Strecke Weges hinter uns zu bringen!«

19

Claireville war eine ansehnliche Kleinstadt, die ihren bescheidenen Wohlstand ihrer Nähe zu Paris verdankte, lag doch die unbestrittene Königin von Frankreichs Städten nur eine knappe Reitstunde im Osten.

Maurice war mit Claireville recht gut vertraut und hatte sie in das beste Gasthaus am Ort, das *Au Lion d'Or*[*], geführt. Dort hatten sie die drei teuersten Zimmer genommen. Sie lagen nebeneinander und gingen alle nach vorn auf die breite Hauptstraße hinaus. Auf der anderen Straßenseite, dem Gasthaus genau gegenüber, lag der große Hof eines Holzhändlers, der sich wie ein Hufeisen aus Lagerschuppen zur Straße hin öffnete.

Beatrice und Heloise trugen seit dem frühen Nachmittag nicht mehr Männerkleidung, sondern ihre guten Gewänder, mit denen die Gralsritter sie in Sephira Magna versorgt hatten. Als sich die vier Freunde zu dieser Abendstunde in einem ihrer beiden Zimmer zu einer Besprechung versammelten, saßen die beiden in zwei großen Holzzubern und genossen ein ausgiebiges Bad, das ihnen die beiden Töchter des Wirtes im Baderaum des Gasthauses mit viel heißem Wasser sowie seifigen und duftenden Zusätzen gerichtet hatten.

Das Geld für diesen Luxus stammte aus dem Erlös vom Verkauf der beiden Falben. Sie hatten die beiden Reitpferde zwei Stunden vor ih-

[*] *»Zum Goldenen Löwen«.*

rem Eintreffen in Claireville in einem größeren Dorf verkauft. Dort hatten sie auch die einzige Rast des Tages eingelegt. Zwar hatten sie die Pferde um einige Silberstücke unter ihrem Wert abgegeben, aber nicht einmal Tarik hatte der Sinn danach gestanden, sich mit dem Großbauern auf ein langes Feilschen einzulassen. Sie waren schon in den frühen Morgenstunden nach dem fürchterlichen Gefecht mit den Iskaris einstimmig zu der Überzeugung gelangt, dass sie ihrer nicht mehr bedurften. Für den Rest der Strecke bis nach Claireville hatte ihnen die Kutsche gereicht.

Sie saßen nun zusammen, um zu bereden, was am nächsten Morgen geschehen sollte.

»Fest steht ja wohl, dass wir keine Chance haben, gemeinsam unerkannt durch eines der Stadttore nach Paris hineinzukommen«, sagte McIvor, während von drüben aus dem Hof des Holzhändlers dumpfe Geräusche zu ihnen ins Zimmer drangen. Dort waren zwei Gehilfen des Holzhändlers damit beschäftigt, ein schweres Fuhrwerk mit auf Maß geschnittenen Balken zu beladen.

Maurice, der am Fenster stand und kurz zu den beiden Männern hinübergeschaut hatte, wandte sich wieder zu seinen Ordensbrüdern um. »Stimmt, denn nach der vernichtenden Niederlage, die wir den Iskaris heute zugefügt haben, wird unser Feind jetzt jeden verfügbaren Mann aufbieten, um doch noch zu verhindern, dass wir die Burg der Templer im Innern der Stadt erreichen.«

»Und das werden nicht wenige sein«, warf McIvor sorgenvoll ein. »Wer immer sie auch anführt, wird alle Kräfte in Paris zusammengezogen haben und wild entschlossen sein, eine weitere bittere Schlappe zu vermeiden.«

Gerolt sah es nicht anders und nickte. »Deshalb werden sie jedes der Stadttore pausenlos im Auge behalten.«

»Also, wie bringen wir den Heiligen Gral trotz allem in die Templerburg?«, fragte McIvor in die Runde. »Uns aufteilen und unser Glück an vier verschiedenen Stadttoren gleichzeitig zu versuchen können wir auf keinen Fall wagen. Denn den Schutz des heiligen Kelches nur einem von uns zu überlassen wäre unverantwortlich. Er wäre zu leicht zu überfallen und zu berauben. Und die Iskaris werden nicht davor zurückschrecken, uns am helllichten Tag anzugreifen, auch wenn noch so viele Leute auf der Straße Zeuge ihres Überfalls werden! Was also können wir tun?«

»Ich denke, das liegt auf der Hand«, sagte Gerolt. »Wir schaffen es nicht allein, sondern brauchen Verstärkung – und zwar von Männern, die zu kämpfen wissen.«

»Richtig, was wir brauchen, ist eine ganze Abteilung von Tempelrittern, die uns schwer bewaffnet Geleitschutz in die Stadt gibt!«, sprach Maurice aus, was auch Gerolt durch den Kopf ging.

McIvor lachte auf. »Das müssten dann schon an die fünfzig Mann sein. Und wo sollen wir so viele Ordensbrüder auf die Schnelle auftreiben?«

»Natürlich in der Templerburg in Paris!«, beantwortete Gerolt seine Frage sofort.

Tarik schlug sich mit der flachen Hand vor die Stirn. »Natürlich, das ist die Lösung! Einem von uns muss es nur gelingen, sich zu Antoine von Saint-Armand in die Burg durchzuschlagen, sich mit dem Siegel und dem Dokument von Abbé Villard als Gralshüter auszuweisen, und dann wird jener schon dafür sorgen, dass solch ein Geleitschutz zusammengestellt und zu uns nach Claireville geschickt wird!« Und sofort bot er sich an diese Aufgabe zu übernehmen.

»Gemach, mein Freund!«, bremste ihn Maurice. »Dieses Ruhmesblatt würde auch mich nicht schlecht schmücken!«

Sie kamen überein, das Los entscheiden zu lassen. McIvor schlossen sie jedoch von vornherein aus. Ihren Gefährten mit der eisernen

Augenklappe und dem silbrig umwickelten Sporn im Nacken würde jeder Iskari gleich auf den ersten Blick erkennen, auch wenn McIvor sich noch so viel Mühe gab, sich zu verkleiden.

Das Los fiel auf Maurice. Und er wusste auch schon gleich, wie er es anstellen konnte, den Spähern der Judasjünger an den Stadttoren von Paris nicht ins Netz zu gehen.

»Ich nehme mal an, der Holzhändler dort drüben wird seine Ladung morgen nach Paris bringen«, sagte er. »Ich werde sofort mit ihm sprechen, ob er gewillt ist, mich auf dem Fuhrwerk mitzunehmen oder mir vielleicht sogar sein Gespann anzuvertrauen. Zum Glück ist unsere Börse wieder gut genug gefüllt, um seiner Bereitschaft mit ein, zwei Silberstücken nachzuhelfen.«

Als Maurice wenig später von seinem Gespräch mit dem Holzhändler zu ihnen zurückkehrte, brachte er gute Nachricht. Wie er berichtete, hatte er den Mann nicht erst lange überreden müssen, als er ihm für den Gefallen zwei Silberstücke angeboten hatte. So einem schnellen und einträglichen Geschäft hatte er nicht widerstehen können. An einer Erklärung, warum es Maurice so wichtig war, bei ihm auf dem Kutschbock Platz zu nehmen und das Fuhrwerk zu lenken, war er nicht mehr interessiert gewesen.

Am nächsten Morgen verfolgten Gerolt, Tarik und McIvor gemeinsam mit Beatrice und Heloise vom Fenster aus den Aufbruch. Maurice hatte sein Schwert in der Obhut seiner Ordensbrüder zurückgelassen, vorher jedoch das geheime Siegel des Gralshüters aus dem Griffstück geschraubt. Auch das versiegelte Dokument von Abbé Villard hatte er eingesteckt, das jeden Komtur und sogar den mächtigen Großmeister des Ordens selbst dazu verpflichtete, ihnen jede verlangte Hilfe unverzüglich zu gewähren. Gekleidet war er wie ein gewöhnlicher Fuhrmann. Ein alter, ramponierter Filzhut, der mit seiner erschlafften Krempe wie ein aufgeweichter Topf auf seinem Kopf saß, ein Mantel mit mehreren aufgenähten Flicken und ein dicker, um den Hals gewickelter Wollschal vervollständigten seine ebenso unansehnliche wie gewöhnliche Erscheinung.

»Warum muss denn immer Maurice die heißen Kohlen für uns aus dem Feuer holen?«, klagte Beatrice leise, als das Fuhrwerk aus dem Hof und auf die Straße in Richtung Paris rollte.

Die Männer konnten nicht umhin, sich bei dieser Klage belustigte Blicke zuzuwerfen.

»Vielleicht weil wir ohne den tapferen Maurice so hilflos gewesen wären wie ein Schiff ohne Mast und Ruder«, gab McIvor mit sanftem Spott zurück.

Tarik grinste. »Ja, das trifft es, Eisenauge. Wir wussten schon, warum wir uns um ihn geschart haben, nicht wahr? Schon mein Vater hat mich mit dem weisen Rat ins Leben geschickt: ›Wähle dir zuerst deine Reisebegleiter, mein Sohn, und erst dann denke über den Weg nach!‹ Und was uns drei hilflose Tröpfe angeht«, er seufzte theatralisch, »so scheint Gott immer dem Nüsse und Mandeln zu geben, der keine Zähne hat. Gottlob, dass Maurice sie für uns knacken kann.«

Beatrice errötete bis in die Haarspitzen, wusste sie doch nur zu gut, was Heloise und sie ihnen *allen* zu verdanken hatten. »So hatte ich es nicht gemeint«, murmelte sie beschämt und beeilte sich mit ihrer geradezu empört blickenden Schwester in ihr Zimmer zurückzukehren.

Das Warten und die Ungewissheit machten Gerolt und seinen Freunden schwer zu schaffen. Sie mühten sich redlich Kraft im Gebet zu finden. Aber lange hielt es sie nicht auf den Knien. Voller Unruhe gingen sie im Zimmer auf und ab. Alle naselang traten sie ans Fenster und spähten die Straße hinunter, obwohl sie genau wussten, dass Maurice noch gar nicht zurück sein konnte.

Geschlagene vier Stunden, die ihnen wie ein endlos langer Tag erschienen, bangten sie um den Ausgang der Unternehmung ihres Ordensbruders. Dann erlöste sie Tariks Ruf, der sich wieder einmal weit aus dem Fenster gebeugt hatte.

»Maurice ist zurück!« Wilder Jubel schwang in seiner Stimme mit. »Da! . . . Da kommt er angeritten!«

20

Gerolt und McIvor hätten sich beinahe gegenseitig über den Haufen gerannt, als sie zu Tarik ans Fenster stürzten, um sich mit eigenen Augen von der Rückkehr ihres Ordensbruders zu überzeugen. Und was sich ihren Augen im nächsten Moment darbot, erfüllte sie mit unendlicher Erlösung. Im sicheren Wissen, dem immer enger gewordenen Netz der Iskaris endgültig entkommen zu sein, schlugen sie sich lachend gegenseitig auf die Schulter und konnten sich an dem Anblick gar nicht satt sehen.

Und was war das auch für ein erhebendes Bild! Denn weit mehr als eine halbe Hundertschaft von schwer bewaffneten, berittenen Tempelrittern zog die Straße hoch. Es mussten gut und gern achtzig Kriegermönche sein, die Maurice nach Claireville brachte! Blank geputzte Streitäxte, Schwerter und dutzende von Lanzen, die alle senkrecht über die Köpfe der Männer hinweg in den klaren, kalten Himmel wiesen, funkelten in der Wintersonne. Die Ritter boten in ihren weißen Mänteln mit dem blutroten Tatzenkreuz einen prächtigen Anblick. Im stolzen Bewusstsein, einer Elitetruppe anzugehören, saßen sie aufrecht im Sattel und blickten weder links noch rechts. Der kühle, gleichmütige Ausdruck auf ihren Gesichtern grenzte fast schon an Hochmut.

Die Menschen auf der Straße stoben auseinander. Jeder machte der im leichten Galopp heraufziehenden Truppe augenblicklich Platz und beeilte sich die Straßenmitte zu räumen, ganz gleich, ob er zu

Fuß, zu Pferd, mit einer Kutsche oder auf einem Fuhrwerk unterwegs war. Tempelritter waren gefürchtet dafür, dass sie es nicht duldeten, wenn man ihnen nicht rechtzeitig Durchlass gewährte. Wer das nicht beherzigte, der handelte sich rasch einen schmerzhaften Stoß mit dem stumpfen Ende eines Lanzenschaftes oder gar einen Hieb mit der Breitseite eines Schwertes ein.

Maurice ritt, wie alle anderen in den weißen Habit eines Tempelritters gekleidet, an der Spitze neben dem Anführer der Truppe, und dieser Mann war kein anderer als Hauptmann Raoul von Liancourt! Der breitschultrige Krieger mit dem kantigen Gesicht stammte aus dem Küstenland der Normandie und hatte sie in den wochenlangen Kämpfen bei der Verteidigung von Akkon bei mehr als einer blutigen Schlacht angeführt. Dass auch er zu den wenigen zählte, die dem fürchterlichen Gemetzel nach der Eroberung der Hafenstadt durch das gewaltige Heer von Sultan el-Ashraf Khalil entkommen waren, erschien ihnen wie ein Wunder. Wie gut es nach den langen Monaten seit dem Fall von Akkon tat, wieder einmal ein vertrautes Templergesicht zu sehen! Und sie wussten, dass Hauptmann Raoul es verstand, eine Truppe zu führen, ihre Schlagkraft richtig einzusetzen und einen gefährlichen Auftrag erfolgreich auszuführen. In seinem Schutz brauchten sie sich um den Heiligen Gral keine große Sorge mehr zu machen.

Zu ihrer Freude hatte Maurice daran gedacht, ihnen aus Paris saubere Templergewänder mitzubringen. »Ich konnte doch nicht zulassen, dass ihr an meiner Seite mit diesen schäbigen Sachen im Ordenshaus eintrefft! Natürlich haben wir auch Pferde für euch dabei. Und zwar Pferde, die eines Templers würdig sind!«, sagte er mit einem breiten, stolzen Grinsen. »Also beeilt euch! Antoine von Saint-Armand kann es gar nicht erwarten, dass wir ihm den Heiligen Gral bringen. Er hat schon das Schlimmste befürchtet, nachdem er so viele Monate vergeblich auf unser Eintreffen gewartet hat. Ihr werdet überrascht sein, wenn ihr ihn seht!« Worin die Überraschung bestand, wollte er jedoch nicht verraten.

Beatrice und Heloise, die bei Erscheinen der Truppe mit Maurice an der Spitze reichlich Tränen der Freude vergossen hatten und sich nun endgültig gerettet wussten, waren längst zum Aufbruch bereit. Der Gastwirt hatte sein Geld für Kost, Logis und Badefreuden auch schon erhalten und die beiden Rotfüchse waren hinten auf dem Hof des *Au Lion d'Or* vom flinken Stallknecht schnell vor die Kutsche gespannt.

Als Gerolt, Tarik und McIvor mit Maurice aus dem Gasthaus kamen und ihren einstigen Kommandeur respektvoll begrüßten, sah dieser mit einem Kopfschütteln auf sie herab. »Ich wünschte, ich würde endlich erfahren, was dieser aufwändige Geleitschutz für euch zu bedeuten hat. Was zum Teufel geht hier vor, dass der Komtur darüber sogar vergessen zu haben schien, dass er zusammen mit dem Schatzmeister vom König erwartet wird?«, fragte Raoul von Liancourt, erwartete offenbar jedoch keine Antwort. Denn sogleich fuhr er grimmig fort: »Aber ich kenne euch zu gut, um zu wissen, dass es zwecklos ist, einem von euch die Zunge lösen zu wollen, damit er mir verrät, welch mächtige Hand hinter eurer geheimnisvollen Mission steht! So werde ich mich wohl mit der Freude begnügen müssen, dass auch ihr die Schlacht um Akkon überlebt habt und weiterhin unserem Orden dienen könnt.«

Gerolt bedachte ihn mit einem halb entschuldigenden, halb belustigten Lächeln. »Euer Zutrauen in unsere Verschwiegenheit ehrt uns, Beau Sire«, sagte er und verwendete die respektvolle Anrede, die einem hochrangigen Templer wie Raoul von Liancourt zustand. »Und die Freude, uns bei guter Gesundheit hier wieder zu sehen, beruht auf Gegenseitigkeit.«

»Schon gut!«, brummte der Hauptmann. »Sitzt auf und lasst uns nach Paris zurückkehren! Aber was diese Frau und das Mädchen in der Kutsche in eurer Gesellschaft zu suchen haben, darüber seid ihr mir bei nächster Gelegenheit eine Erklärung schuldig!«

»Darüber lässt sich reden, Beau Sire«, meinte McIvor, um mit spöttischem Hintersinn hinzuzufügen: »Doch in der Sache wendet Ihr Euch am besten an Maurice.«

Zu beiden Seiten von ihren Ordensbrüdern eskortiert, machten sich die vier Gralshüter und die Granville-Schwestern auf den Weg nach Paris. Nach einer knappen Stunde erreichten sie die mächtige Ringmauer mit den vielen Wehrtürmen, die König Philippe Auguste um die Stadt hatte ziehen lassen.

Gerolt konnte sich einer starken inneren Bewegtheit nicht erwehren, die ihm fast die Tränen in die Augen getrieben hätte, als er die vielen Kirchtürme sah, die wie die Lanzen einer wehrhaften Armee in den kalten Winterhimmel stachen und von denen die der majestätischen Kathedrale von Notre-Dame auf der Seineinsel Ile de la Cité alle anderen an Höhe und Schönheit übertrafen.

Als sie durch das Stadttor ritten, fielen den Gralsrittern zwei Gestalten auf, die dort herumlungerten und jeden Ankommenden beobachteten. Ihnen entging auch nicht, dass die beiden Männer sich beim Anblick der kampfstarken Templertruppe sofort aus dem Staub machten.

»Denen haben wir die Suppe mächtig versalzen«, raunte Maurice voller Genugtuung. »Daran werden sie noch lange zu schlucken haben!«

»Dennoch sollten wir bis zum letzten Moment wachsam bleiben!«, gab Gerolt mahnend zurück. »Womöglich lassen sie sich ja noch zu einer Verzweiflungstat hinreißen.«

»Nur zu! Mir soll es recht sein!«, knurrte McIvor. »Dann werden wir sie in Stücke schlagen und es wird danach einige verfluchte Teufelsknechte weniger geben!«

Raoul von Liancourt und seine Truppe bahnten sich rasch einen Weg durch die belebten Straßen von Paris. Und ohne Zwischenfälle gelangten sie auf das rechte Seineufer und dann vor die Mauern der Templerburg, bei welcher es sich in Wirklichkeit um einen großen, eigenen Bezirk handelte. Die hohe Mauer umschloss ein halbes Stadtviertel mit zahlreichen Gebäuden, von denen jedoch der kantige Klotz der Ordensburg mit seinen vier aufstrebenden Türmen alle anderen weit überragte.

»Da! . . . Das da drüben muss die Bande sein, die uns hier empfangen wollte!«, flüsterte Tarik plötzlich aufgeregt und deutete verstohlen auf eine Ansammlung von etwa siebzehn, achtzehn Männern hin, die sich angeblich für die heißen Gerichte eines Straßenhändlers interessierten, der eine Garküche auf Rädern betrieb. Alle trugen sie dieselben grauschwarzen Umhänge.

Einen von ihnen erkannten Gerolt und seine Gefährten an der hässlichen Hasenscharte, die seine Oberlippe spaltete, sofort wieder. Er hörte auf den Namen Urakib, wie sie sich erinnerten, und war der Anführer jener Iskaris gewesen, die sie in Akkon vor der Kirche des Joseph von Arimathäa überfallen hatten, um zu verhindern, dass sie in das verlassene Gotteshaus und zu Abbé Villard in das unterirdische Heiligtum gelangten.

Neben diesem Urakib stand ein hoch gewachsener Judasjünger, dessen Gesicht von makelloser Schönheit war. Auch der begnadetste Bildhauer oder Maler hätte kein Abbild eines Menschen mit einer größeren Harmonie der Züge und Proportionen erschaffen können.

Gerolt war diesem Mann noch nie begegnet, doch ihm reichte ein einziger Blick, um zu wissen, dass sich hinter dieser Maske der Schönheit das abgrundtief Böse und Schlechte der Welt verbarg.

Denn dieser Mann dort, der mit brennendem Blick zu ihnen herüberstarrte, war kein anderer als Sjadú, der gefährlichste aller Teufelsknechte und ihr Anführer, vor dessen teuflischer Macht der Abbé sie eindringlich gewarnt hatte!

Urakib flüsterte ihm aufregt etwas zu und packte ihn am Arm, als wollte er Sjadú zu etwas drängen, womöglich zum Angriff. Doch dieser stieß den Arm seines Unterführers schroff weg.

Gerolt wich dem hasserfüllten, stechenden Blick des obersten Teufelsknechts nicht eine Sekunde aus und beantwortete ihn mit stummer Verachtung. Seine Hand legte sich dabei auf den Griff seines Schwertes. Auch seine Gefährten taten es ihm gleich, als wollten sie Sjadú und seinen Männern zu verstehen geben, dass sie nur darauf warteten, dass es zu einem Angriff kam.

Doch Sjadú ließ den Moment, der ihm für solch einen Angriff blieb, untätig verstreichen. Denn schon schwang das mächtige Tor zum Tempelbezirk auf. Der Ausdruck ohnmächtiger Wut auf seinem Gesicht und die geballten Fäuste verrieten, dass er erkannt hatte, dass er und seine Männer keine Chance hatten, die Templertruppe zu schlagen und an den Heiligen Gral heranzukommen.

Gerolt bemerkte, dass sich Sjadús Lippen bewegten, als formten sie eine lästerliche Verwünschung oder den Schwur, für diese Schmach eines Tages Rache zu nehmen. Aber was kümmerte ihn das jetzt, da er und seine Ordensbrüder durch das Tor ritten, das sich hinter ihnen sofort wieder schloss? Damit war die Schlacht entschieden und der Heilige Gral gerettet!

21

Da Antoine von Saint-Armand die vier Gralsritter noch auf den Stufen vor dem hohen Portal der Templerburg in Empfang und in Beschlag nahm, ließ Raoul von Liancourt es sich nicht nehmen, Beatrice und Heloise persönlich ins Parlatorium* des Ordenshauses zu geleiten. Er hegte dabei wohl die leise Hoffnung, von ihnen Näheres über die geheimnisvollen Umstände zu erfahren, unter denen seine einstigen Untergebenen ihm an diesem Morgen unverhofft wieder begegnet waren. Eine Hoffnung, die sich jedoch nicht erfüllen würde. Denn Beatrice und Heloise waren von ihren Beschützern eindringlich beschworen worden, den schwarzen Würfel sowie die wilde Flucht vor ihren Verfolgern kreuz und quer durch Frankreich mit keinem Wort zu erwähnen. Sie hatten hoch und heilig versprochen sich daran zu halten. Alles andere durften sie ihm dagegen gern berichten.

Die Überraschung, von der Maurice gesprochen hatte, fiel bei Gerolt, Tarik und McIvor größer aus, als sie erwartet hatten. Denn als sie dem geheimen Gralshüter Antoine von Saint-Armand gegenüberstanden, hatten sie im ersten Moment den Eindruck, einen fast gleichaltrigen Bruder von Abbé Villard vor sich zu haben. Auch ihm reichte ein dichter, völlig ergrauter Bart bis auf die Brustmitte hinab und auch ihm fiel, entgegen der gestrengen Templerregel, das silbrig weiße Haupthaar bis auf die Schultern. Zudem ähnelte auch sein Gesicht, das von zahllosen

* Auch heute noch der Raum in einem Kloster, in dem sich Gäste aufhalten dürfen und wo Mönchen, die dem Gebot des Schweigens folgen, das Sprechen erlaubt ist.

tiefen Furchen und Linien durchzogen war, einem alten, knittrigen Pergament. Die Ähnlichkeit mit Abbé Villard war in der Tat verblüffend!

Antoine von Saint-Armand mochte noch rüstig sein, doch er hatte zweifellos das Greisenalter erreicht. Und das bedeutete für einen Gralshüter wie ihn, der sicherlich mehrfach aus dem heiligen Kelch getrunken hatte, dass hinter ihm ein Leben lag, das die Zeitspanne mehrerer gewöhnlicher Menschenleben umfasste.

Der greise Gralsritter hatte Tränen der Erleichterung in den Augen, als er hörte, dass dem heiligen Kelch auf der monatelangen Irrfahrt von Akkon nach Paris kein Unheil widerfahren war. Er hielt sich nicht mit langen Reden oder Fragen auf, denn dafür war später noch Zeit genug. Er hatte es eilig, den Heiligen Gral an jenen sicheren Ort in der Templerburg zu bringen, wo er von nun an aufbewahrt werden sollte.

Mit eiligen Schritten führte er sie hinauf in den ersten Stock und dort in seine Gemächer, zu denen auch ein nicht sehr großer, holzgetäfelter Raum gehörte, der seine Bibliothek kostbarer Handschriften beherbergte. Bücherwände bedeckten alle vier Wände vom Boden bis unter die Decke. Ein Stehpult vor einem schmalen und vergitterten Bogenfenster sowie ein Scherensessel in einer Ecke bildeten neben den hunderten von Folianten die gesamte Einrichtung.

»Ihr wollt den Heiligen Gral doch wohl nicht an diesem Ort . . .«, hob McIvor ungläubig zu fragen an.

»Wo denkt ihr hin!«, fiel Antoine ihm mit einem kurzen Auflachen ins Wort, während er die Tür hinter ihnen verriegelte. »Wir Gralshüter sind es gewohnt, Geheimnisse zu hüten. Für den Heiligen Gral ist ein sicheres Versteck vorbereitet! Habt noch einen Augenblick Geduld!«

Er zwängte sich am Stehpult vorbei und räumte neben einem dicken Folianten, der am hinteren Regalende zwischen oberem und unterem Bücherbord in das Fach geklemmt zu sein schien, ein gutes Dutzend Bücher zur Seite. Der verblichenen Handschrift auf dem rissigen Buchrücken aus Schweinsleder war zu entnehmen, dass es sich bei dem Buch um die Bekenntnisse des heiligen Augustinus handelte, die in keiner Ordensbibliothek fehlten.

Dies war jedoch eine Täuschung. Denn hinter dem mit Eisenblech verstärkten Deckel befanden sich nicht handbeschriebene Buchseiten, sondern ein Hohlraum mit einem kurzen Hebel. Und als der weißhaarige Gralshüter diesen umlegte, bewegte sich ein mannsbreiter Teil der Bücherwand und entpuppte sich als Geheimtür. Kerzenlicht schimmerte durch den Spalt aus dem dahinter liegenden Raum zu ihnen in die kleine Bibliothek.

Gerolt lachte leise auf. »Eine geheime Kammer! Das hätten wir uns denken können!«

»Es gibt in dieser mächtigen Burg so einige geheime Kammern . . . Aber nun tretet ein!«, sagte Antoine und schob die Geheimtür nach innen auf.

Die vier Gralsritter waren nicht sehr erstaunt, als sie hinter der Tür eine kleine Kapelle vorfanden. Es war jedoch kein grandioses Gewölbe, das wie das unterirdische Heiligtum von Akkon von Säulen getragen wurde. Der recht kleine, gewölbte und von dunkelgrauen Steinquadern umschlossene Raum bot dem Auge des Eintretenden nicht viel. An der Stirnseite befand sich ein kleiner Altar aus hellgrauem Marmor, auf dem zwei brennende Kerzen ein goldenes Kruzifix einrahmten. Über dem Altar hing ein Triptychon. Die drei durch Scharniere miteinander verbundenen Teile des Gemäldes zeigten in der Mitte Jesus mit seinen Jüngern beim letzten Abendmahl, auf der rechten Seite seine Kreuzigung und auf der linken seine Himmelfahrt. An der Wand, die der Geheimtür gegenüberlag, hingen ein Gemälde von Maria, das die Gottesmutter mit Maria Magdalena und Joseph von Arimathäa unter dem Kreuz zeigte, sowie ein Ölbild, das Jesus bei der Versuchung durch den Teufel darstellte.

Vor dem Altar standen noch zwei schlichte Bänke und vor diesen ein einzelner, breiter Betstuhl, dessen Kniebank und Armstütze gepolstert und mit dunkelrotem Samtstoff bezogen waren. Für frische Luft sorgten mehrere fingerbreite Spalten in der niedrigen Gewölbedecke. Ein leichter Geruch von Weihrauch hing im Raum. Alles in allem nichts, was besondere Beachtung verdient hätte. Und doch musste es hier ein gut verborgenes Versteck geben, das auf den Heiligen Gral wartete!

Nachdem Antoine die Geheimtür verschlossen hatte, holte Gerolt nun den schwarzen Würfel aus dem schäbigen Beutel und reichte ihn dem alten Gralshüter.

Der Mann hielt ihn einen Moment lang andächtig in seinen Händen, dann küsste er die fünfblättrige Rose aus Elfenbein in seiner Vorderfront.

»Endlich!«, murmelte er bewegt. »Endlich ist der Heilige Gral hier! ... Mein Gott, was werdet ihr mir nicht alles zu erzählen haben, was euch auf der langen Reise widerfahren ist! Auch über Sjadú und den Schwarzen Fürsten wird zu reden sein. Aber nicht jetzt! ... Jetzt soll euch der Lohn zuteil werden, der solch tapferen Gralshütern zusteht.«

»Werden wir ein zweites Mal aus dem heiligen Kelch trinken?«, stieß Maurice hervor. »Wisst Ihr, wie der Würfel zu öffnen ist? Und können wir diesmal die Augen offen halten und ihn sehen?«

»Auf deine ersten beiden Fragen lautet die Antwort Ja, auf deine letzte Nein. Ihr werdet noch Jahre der Reife als Gralshüter brauchen, bevor ihr der Leuchtkraft des heiligen Kelches gewachsen seid«, teilte er ihnen mit. »Aber zuerst lasst uns das Knie vor unserem Herrn und Gott beugen. Wir wollen ihn preisen, sein Erbarmen auf uns herabrufen und ihn auch für die Zukunft um seinen göttlichen Beistand bitten.«

Als das geschehen war, schlossen sie die Augen und bereiteten sich auf das vor, was gleich geschehen würde.

Und kurz darauf umfing sie wieder das unvergleichlich hell strahlende Licht, das ihnen auch mit geschlossenen Lidern einen aufwühlenden Eindruck von seiner ungeheuren, atemberaubenden Intensität vermittelte.

Antoine von Saint-Armand setzte ihnen der Reihe nach den heiligen Kelch an die Lippen, aus dem ihr Herr und Erlöser am Abend vor seiner Kreuzigung getrunken hatte. Der Grund des Gefäßes hatte sich auf wundersame Weise mit einem Wein gefüllt, der keinem irdischen gleichkam. So süß und köstlich er zuerst auch schmeckte, so enthielt er doch einen verstörend bitteren Beigeschmack. Und kaum hatten sie einen Schluck davon genommen, als sich die Flüssigkeit in Sekundenschnelle wie ein flüssiges Feuer in ihrem ganzen Körper ausbreitete und in jede Faser zu dringen schien. Auch jenes Gefühl von Trance, das sie schon bei ihrem ersten Trank aus dem Heiligen Gral erlebt hatten, stellte sich wieder ein.

Als jeder von ihnen aus dem heiligen Kelch getrunken hatte, wollte Antoine ihn schon wieder im Ebenholzwürfel einschließen, als er sich plötzlich eines anderen besann.

»Nein!«, hörten sie ihn sagen und seine Stimme drang wie durch einen dichten Nebel zu ihnen. »Es wird gut sein, wenn ihr hier und jetzt noch ein weiteres Mal aus dem Heiligen Gral trinkt. Ich fürchte, unsere Bruderschaft wird die Stärkung eurer Kraft und die vielen Jahrzehnte an Lebenszeit, die ein dritter Trank euch zusätzlich bringt, bitter nötig haben.«

Keiner von ihnen wagte nach dem Warum zu fragen. Und so ging der Kelch ein zweites Mal von Mund zu Mund. Erst als das blendende Licht erloschen war, wagte Gerolt den alten Gralshüter zu fragen, was ihn dazu bewogen hatte, sie zweimal aus dem heiligen Kelch trinken zu lassen.

»Weil es nur noch wenige Gralshüter gibt, meine Brüder«, antwortete Antoine mit Trauer in der Stimme. »Unsere Bruderschaft war nie zahlreich gewesen, das verbot schon das Geheimnis, das wir zu hüten haben. Aber in den gut zweihundert Jahren, die ich zusammen mit Abbé Villard die Bruderschaft aufgebaut habe, sind viele von ihnen im Kampf gegen die Knechte des Schwarzen Fürsten gefallen.«

»Wie viele gibt es denn überhaupt noch?«, wollte Tarik wissen.

»Neben euch jetzt kaum noch eine Hand voll. Und zwei von ihnen halten sich in weiter Ferne auf. Der eine in Spanien, das seit Jahrhunderten darauf wartet, endlich die Fremdherrschaft der Muslime abzuwerfen, die einen Großteil des Landes unter ihre Gewalt gebracht haben. Der andere gehört dem Tempel in London an. Und nach dem, was ihr in den vergangenen Monaten vollbracht habt, wird euch zukünftig eine ... nein, *die* entscheidende Rolle in der Bruderschaft der Gralshüter zukommen. Deshalb war es mir so wichtig, eure göttlichen Segensgaben durch einen zusätzlichen Trank zu stärken und eure Lebenszeit zu verlängern. Schon in wenigen Jahrzehnten dürfte einer von euch die Bruderschaft anführen.«

»Und wer wird ihn dazu bestimmen?«, fragte Maurice. »Wird er von den anderen gewählt?«

Antoine lächelte. »Nein, er wird der Erste kraft göttlicher Offenbarung, mein Bruder, und bleibt dennoch Gleicher unter Gleichen. Und nicht anders wird auch jeder Gralshüter zu seinem heiligen Amt berufen, nämlich durch eine Offenbarung unseres Ordensoberen, der bislang Abbé Villard gewesen ist, dem ich nun wohl für kurze Zeit folge.«

Sie hatten noch viele Fragen an Antoine von Saint-Armand, auch was ihre Ordensbrüder in Spanien und in England anging, und hatten auch so einiges von sich zu erzählen. Nach einer guten Stunde zeigte Maurice jedoch Anzeichen von Unruhe. Und schließlich sagte er: »Entschuldigt, aber ich fürchte, alles andere muss bis später warten. Es wäre nicht sehr ritterlich, Beatrice und Heloise noch länger im Parlatorium sitzen zu lassen. Sie haben in den letzten Monaten viel mitgemacht. Und sie werden schon ungeduldig auf meine Rückkehr warten, damit ich sie in die Obhut ihres Onkels bringe.«

Antoine von Saint-Armand zeigte dafür volles Verständnis. »Gewiss doch! Nehmt euch ihrer nur an. Wir werden die nächsten Tage noch viel Zeit miteinander verbringen.«

Bevor sie jedoch gingen, weihte er sie noch darin ein, wo in der Kapelle sich das Versteck für den Heiligen Gral befand und wie der geheime Mechanismus zu betätigen war, der es freilegte.

Gerolt, Tarik und McIvor nahmen vor dem Tor der Templerburg Abschied von Beatrice und Heloise. Er fiel auf beiden Seiten sehr bewegend aus, auch wenn sie gelegentlich etwas aneinander auszusetzen gehabt hatten. Aber das war nun vergessen. Das, was sie zusammen an Gefahren durchgestanden und durchlitten hatten, hatte zwischen ihnen ein Band der Verbundenheit geknüpft, das einiges an Belastung ertrug.

Bei Heloise ging es nicht ohne Tränen ab, zumal als sie sich von McIvor verabschiedete. Sie ließ es sich nicht nehmen, ihn zu umarmen, was bei einem Bär von Mann wie dem Schotten ein lustiges Bild abgab, und drückte ihm auf jede Wange einen Kuss.

Dass allein Maurice sie mit Begleitschutz und durch ein verschwiegenes Hintertor des riesigen Tempelbezirks zum Haus ihres Onkels brachte, das bedurfte keiner vorherigen Absprache. Alles andere wäre einer Kränkung ihres Ordensbruders gleichgekommen.

»Ich hoffe, er kehrt zurück«, seufzte McIvor mit tränenfeuchten Augen, als sie der Kutsche und der mit ihr abrückenden Abteilung von Tempelrittern nachsahen.

»Zurückkehren wird er schon«, erwiderte Gerolt sorgenvoll. »Die bange Frage ist nur, wie lange er dann noch bei uns bleibt!«

22

Die Taverne im Eckhaus der Gasse lag nur einen kurzen Sprung vom Tempelbezirk entfernt und trug, wohl nicht ohne Hintergedanken, den bezeichnenden Namen *Au Chevalier Blanc*[*]. Sie zählte im näheren Umkreis der Ordensburg zu den achtbaren Schänken, die von den Tempelrittern bevorzugt aufgesucht wurden. Und dementsprechend viele Kriegermönche mit dem roten Tatzenkreuz auf ihrer Clamys hatten sich auch an diesem Abend in der großen Schankstube unter der schweren Balkendecke eingefunden. Denn der Wein, der hier ausgeschenkt wurde, war anständig und wie das deftige Essen auch für einen schmalen Geldbeutel erschwinglich.

Gerolt, Tarik und McIvor waren früh genug im *Au Chevalier Blanc* eingetroffen, um noch einen der wenigen kleinen Tische ganz für sich zu ergattern und nicht gezwungen zu sein sich zu ihren Ordensbrüdern an eine der langen Tafeln setzen zu müssen. Das hätte ihrem vertraulichen Gespräch, das nicht für fremde Ohren bestimmt war, ein rasches Ende bereitet.

»Zum Teufel noch mal, wo bleiben denn der Braten und die Spieße, die wir vor einer Ewigkeit bestellt haben? Von den Pasteten will ich erst gar nicht reden!«, rief McIvor dem schlaksigen, blond gelockten Burschen ungeduldig zu, der in ihrem Teil der Taverne für die Bedienung der Gäste zuständig war. »Bring deine Hufe mal in Trab und

[*] *»Zum Weißen Ritter«.*

richte eurem Koch aus, dass er gefälligst aus seinem Halbschlaf erwachen soll, damit endlich was auf unseren Tisch kommt! Wir wollen hier nicht festwachsen und Moos ansetzen!«

»Euer Essen wird gleich kommen, Herr!«, versicherte der Lockenkopf, stellte einen neuen Krug Wein auf ihren Tisch und hastete in Richtung Küche davon.

»Na, so eilig, wie du tust, haben wir es nun auch wieder nicht«, meinte Gerolt, griff zum Krug und schenkte allen die Becher voll. »Der Junge ist doch flink und tut, was er kann.«

McIvor nahm einen kräftigen Schluck Wein, wischte sich mit dem Handrücken über den Mund und erwiderte mit breitem Grinsen: »Und wennschon! Schankleuten muss man immer vor Augen halten, wer ihnen die Taschen mit Münzen füllt! Sonst werden sie träge. So, und jetzt lasst uns auf Antoine anstoßen, weil er wusste, wonach uns jetzt der Sinn steht, und uns diese prächtig schwere Geldbörse zugesteckt hat!« Er hob seinen Becher. »Auf das ehrwürdige Weißhaupt, Freunde!«

»Auf das ehrwürdige Weißhaupt!«, stimmten Tarik und Gerolt in den Trinkspruch ein und alle leerten ihren schweren Steinhumpen mit einem kräftigen Zug.

Während Tarik es nun übernahm, die Becher erneut reihum zu füllen, beugte sich McIvor vor und fragte mit gedämpfter Stimme: »Was, meint ihr, hält Antoine für uns als nächste Aufgabe bereit, nachdem unsere Mission erfüllt ist?«

»Das dürfte bei den Andeutungen, die er heute Nachmittag gemacht hat, wohl nicht schwer zu erraten sein«, antwortete Gerolt. »Ich gehe jede Wette ein, dass wir schon bald auf dem Weg nach Spanien sind, um einen der wenigen anderen ...« Er wollte schon »Gralshüter« sagen, konnte sich jedoch gerade noch zurückhalten, und fuhr dann fort: »... Ordensbrüder kennen zu lernen.«

Tarik nickte. »Diesen Eindruck hatte ich auch. Aber es wird wohl nicht allein darum gehen, diesen Juan Francisco Montoya kennen zu lernen, sondern auch darum, in dem von den Muslimen beherrschten Teil des Landes einen nicht ganz ungefährlichen Auftrag auszuführen.«

»Davon gehe ich auch aus«, pflichtete Gerolt ihm bei. »Antoine wird uns bestimmt nicht zu unserem Vergnügen auf so eine weite Reise schicken!«

»Soll mir nur recht sein!«, meinte McIvor. »Hier in Paris faul herumzusitzen, jeden Tag öden Gefechtsdrill über mich ergehen zu lassen und mein Schwert nur spazieren zu tragen wäre wirklich nicht nach meinem Geschmack!«

Tarik verdrehte die Augen. »Jetzt sind wir noch nicht mal einen ganzen Tag in Paris und dir juckt es schon wieder in den Fingern! Man könnte wirklich meinen, du hättest in den letzten Monaten nicht genug Gelegenheit gehabt, dich im Kampf zu beweisen, Schotte!«

McIvor ließ ein breites Grinsen sehen. »Was einem im Blute liegt, das lässt sich eben nicht mal mit einem großen Fass Wein auswaschen, Levantiner!«

Wieder einmal blickte Gerolt zur Tür. Doch es war nicht Maurice, der gerade die Taverne betrat, sondern drei weitere Templer. Allmählich wurde seine Unruhe zur ernsten Befürchtung, dass ihr Freund auf der wohl bald anstehenden Reise nach Spanien nicht an ihrer Seite reiten würde. Dass er nicht wusste, wo sie den Abend verbrachten, war ausgeschlossen. Denn sie hatten bei Antoine und auch bei der Wache am Ordenshaus eine Nachricht für ihn hinterlassen, wo er sie finden würde.

Tarik schien seine Gedanken erraten zu haben. »Wo Maurice nur bleibt? Er hätte doch schon vor Stunden zurück sein müssen!«

»Man wollte ihn im Haus des Kaufmanns wohl nicht so schnell wieder gehen lassen und hat ihn bestimmt noch zu einem abendlichen Festessen eingeladen«, versuchte McIvor sich und seine Kameraden zu beruhigen. Aber seiner Miene war zu entnehmen, dass auch er schlimme Befürchtungen hegte.

Wenig später kam endlich ihr Essen.

»Mir scheint, ihr habt das arme Schwein erst einfangen und schlachten müssen! Bring uns gleich noch einen Krug!«, sagte der Schotte, während der schlaksige Lockenkopf die flachen Holzschüsseln mit dem fetten Schweinebraten und den Fleischspießen auf dem Tisch stellte. »Die Luft in eurer Schänke ist ja trockener als in der Wüste!«

Als dann der dritte Krug Wein auf dem Tisch der Ritter stand, öffnete sich wieder die Tür der Schankstube und diesmal war es endlich Maurice. Sofort versuchte jeder der drei Gralshüter von seinem ernsten Gesicht abzulesen, welche Nachricht er wohl bringen mochte. Aber in seine Miene konnte man alles legen, ohne jedoch Gewissheit zu haben.

»Ich weiß, ich habe euch weit über Gebühr warten lassen, Kameraden«, sagte Maurice und setzte sich zu ihnen an den Tisch.

Gerolt schob ihm den Becher zu, den sie gleich bei ihrem Eintreffen in der Taverne für ihn hatten kommen lassen, und schenkte ihm ein. »Nimm erst mal einen Schluck!«, forderte er ihn auf und wäre dabei doch am liebsten sofort mit der Frage herausgeplatzt, wozu er sich denn nun entschlossen habe. Aber er wollte ihn nicht bedrängen. Maurice würde ihnen schon sagen, was er zu sagen hatte.

Ohne einen Trinkspruch stießen sie an und tranken. Danach herrschte für einen langen Moment Schweigen an ihrem Tisch. Jeder wartete, dass Maurice mit der Sprache herausrückte.

Schließlich ertrug McIvor die Spannung nicht länger. »Und?«, stieß er ungeduldig hervor.

Maurice hob den Kopf. »Und was, Schotte?«, fragte er zurück.

»Stell dich nicht so dumm! Du weißt genau, wovon die Rede ist, Maurice!«, knurrte McIvor ungehalten. »Was ist? Bist du mit von der Partie, wenn Antoine uns nach Spanien schickt, um da mal gehörig aufzuräumen, oder legst du den Templermantel ab? Raus mit der Sprache! Wir haben schon lange genug darauf gewartet, dass du uns endlich reinen Wein einschenkst.«

»Wein ist ein gutes Stichwort, Eisenauge«, sagte Maurice, hob wieder seinen Becher und sagte dann mit einem breiten Grinsen auf dem Gesicht: »Füreinander in fester Treue, Freunde!«

»Heißt das, du bleibst?«, stieß Gerolt freudig hervor.

Maurice nickte. »So ist es, und zwar ohne Wenn und Aber!«, bekräftigte er mit feierlichem Ernst. »Mein heiliges Amt in der Bruderschaft bedeutet mir mehr als alles andere, das ist mir endlich klar geworden.« Und dann wurde seine ernste Miene von einem spöttischen Lächeln vertrieben. »Außerdem seid ihr ohne mich doch hilflos und verloren. Einer muss doch den Überblick bewahren und die Zügel in der Hand halten!«

Befreiendes Gelächter erhob sich. Und im nächsten Augenblick sah man sich überall an den Tischen der Taverne kurz verwundert nach den vier jungen Männern um, die ihre Becher aneinander krachen ließen und mit kräftigen Stimmen aus voller Kehle brüllten: »Füreinander in fester Treue!«

Epilog

Sjadú zitterten vor Furcht die Knie, als er den sicheren Boden des steinernen Halbrunds unter der riesigen Gewölbedecke verließ und sich hinaus auf den schmalen Granitsteg wagte. Die leicht ansteigende Brücke führte über einen Schwindel erregenden Abgrund, in dessen Tiefe ein lavaähnliches, dickflüssiges Feuer brodelte. Immer wieder bildeten sich dort unten Blasen, die aufplatzten wie riesige Pestbeulen und Wolken schwefelhaltiger Dämpfe nach oben entweichen ließen.

Er versuchte nicht daran zu denken, wie viele Unglückliche dort schon mit gellenden Todesschreien in die Tiefe gestürzt und von der kochenden Glut verschlungen worden waren. Doch das Würgen in der Kehle konnte er nicht unterdrücken. Das Wissen um sein Versagen erfüllte ihn mit kalter Angst vor dem Zorn des Schwarzen Fürsten. Und er wagte es jetzt nicht, den Kopf zu heben und seinen Blick auf die runde Plattform mit dem sich darüber erhebenden Felsenthron seines Gebieters zu richten.

Verzweifelt klammerte sich Sjadú an die Hoffnung, dass es in ihren Reihen keinen gab, der ihn als erhabenen Ersten Knecht so leicht ersetzen konnte. Urakib hatte längst nicht das Zeug, um seinen Platz einzunehmen. So unfähig, wie er sich beim Überfall an der Furt im Wald erwiesen hatte, würde er niemals die Ehre erfahren, vom Atem des Fürsten der Finsternis trinken zu dürfen und damit zum Ersten Knecht aufzusteigen. Ihm fehlte nicht nur ein letzter Rest Rücksichtslosigkeit, sondern auch der scharfe Verstand, in kritischen Situationen rasch die richtigen Entscheidungen zu treffen. Und niemals wäre Urakib auf solch einen genialen Plan gekommen, wie er, Sjadú, ihn sich hatte einfallen lassen, um den Schwarzen Fürsten zu besänftigen und endlich in den Besitz des verfluchten Heiligen Grals zu gelangen. Es war ein Plan von solcher Raffinesse, dass er hoffen durfte, damit vor dem Schwarzen Fürsten Gnade zu finden und für die letzten schmachvollen Niederlagen gegen die Gralshüter nicht mit dem Verlust seines Ranges oder gar mit seinem Leben bezahlen zu müssen.

»Seid gepriesen, Ihr einzig Wahrer, Ihr Schwarzer Fürst der Welt von Nacht zu ewiger Nacht!«, rief Sjadú mit angsterfüllter Demut, als er den Abgrund endlich überwunden hatte, und warf sich auf dem schmalen Rund vor dem Thron der Länge nach zu Boden. Seine zitternde Stimme hallte schauerlich und erbärmlich kraftlos im Gewölbe nach.

Nicht ein einziges Wort fiel vom Thron zu ihm herab.

Sjadú war, als könnte er den wilden Zorn des Schwarzen Fürsten wie einen heißen, sengenden Atem in seinem Nacken spüren. Und mit von Angst getriebener Hast sprudelte er hervor: »Verzeiht, was geschehen ist, mein Gebieter! Ich weiß, dass ich es eigentlich nicht verdiene, von Euch angehört zu werden und Euch weiterhin als Euer Erster Knecht zu dienen! Zu oft haben meine Männer jämmerlich versagt, als der Heilige Gral schon so gut wie in ihren Händen lag. Auch mich trifft schwere Schuld, dass es mir nicht gelang, persönlich vor Ort zu sein, bevor die verfluchten Christenhunde Paris erreicht hatten. Aber ich flehe Euch an, schenkt mir nur kurz Gehör, und dann will ich Euch von meinem Plan erzählen, wie wir uns mit einem einzigen vernichtenden Schlag gleichzeitig aller Templer und Gralshüter entledigen und den Heiligen Gral zu Euch bringen können. Ihr werdet sehen, es ist ein Plan, der Euch gefallen wird!«

Entsetzlich lange Sekunden kalten Schweigens verstrichen, ohne dass er eine Antwort enthielt.

Dann jedoch kam von oben ein scharfes Zischen. Es traf ihn wie ein Peitschenschlag. Und die Drohung, die dieses Zischen in sich trug, ließ ihn sich zusammenkrümmen, als hätte ein schmerzhafter Krampf seinen Körper befallen.

Das Zischen wurde zu einem einzigen Wort: »Sprich!«

Sjadú überkam eine Welle der Schwäche, sodass er froh war, schon ausgestreckt auf dem kalten Stein zu liegen. »Es gibt Männer in mächtigen Positionen am Hofe des Königs, deren Gier und Unbarmherzigkeit sie zu unseren Verbündeten machen!«, begann er eiligst. »Zu einigen von ihnen habe ich Zugang und es wird mir gelingen, ihnen meinen Plan einzuflüstern und sie doch glauben zu machen, sie wären selbst auf diese Idee gekommen. Es wird zwar viel Zeit und einige raffinierte Intrigen kosten, um das Feld für diese letzte entscheidende Schlacht vorzubereiten. Aber wenn das geschafft ist, wird das Ergebnis alle Anstrengungen rechtfertigen, mein Fürst! Denn diese Leute werden uns den Gefallen tun, einen endgültig vernichtenden Schlag gegen den Templerorden zu führen. Und wenn das geschehen und der Heilige Gral von einer Stunde auf die andere seines Schutzes durch die Gralshüter beraubt ist, werde ich mit unseren Männern zuschlagen – und Euch den Heiligen Gral bringen, damit Ihr das Große Werk vollbringen könnt und unbestrittener Herrscher über die Welt von Nacht zu ewiger Nacht werdet!«

Nach kurzem Schweigen waren es diesmal immerhin zwei zischende Worte, die ihm vom Thron gewährt wurden: »Sprich weiter!«

Nun legte Sjadú dem Fürsten der Finsternis ausführlich dar, wie er sich diesen vernichtenden Schlag gegen den mächtigen Orden der Tempelritter vorstellte und wie er ihn in die Wege zu leiten gedachte. Und es war ein wahrhaft überzeugender, teuflischer Plan, der dafür sorgte, dass er wenig später das Gewölbe der Schwarzen Abtei als weiterhin erhabener Erster Knecht und mit dem Auftrag verließ, alles genau so auszuführen, wie er es vorschlagen hatte. Dass der Plan Jahre brauchen würde, bis die Saat schließlich ihre böse Frucht hervorbrachte, war ohne jede Bedeutung im Angesicht von Nacht zu ewiger Nacht!

Der dritte Band der Trilogie mit dem Titel
Das Labyrinth der Schwarzen Abtei
erscheint voraussichtlich im Juli 2007

Nachwort

Ein jeder Roman entspringt der Phantasie seines Autors, auch wenn er in tatsächliche historische Ereignisse gebettet ist, die sozialen wie politischen Lebensumstände der Epoche so getreu wie möglich darzustellen versucht und neben seinen fiktiven Gestalten Personen auftreten lässt, die in jener Zeit gelebt und auf die eine oder andere Weise Geschichte geschrieben haben. Dies trifft selbstverständlich auch auf die Romane meiner Trilogie um *Die Bruderschaft vom Heiligen Gral* zu.

Auch habe ich mir die schriftstellerische Freiheit genommen, kleinere Details, die im Geschichtsverlauf ohne wesentliche Bedeutung sind, geschweige denn den historischen Sachverhalt verbiegen, den Notwendigkeiten meiner Handlung anzupassen. So habe ich etwa der Karawanenstraße von Siwa in den Maghreb den Namen *Darb el-Arbain – Straße der 40 Tage* gegeben. Ähnlich klingende Straßen hat es viele gegeben. Doch die wirklich verbürgte *Darb el-Arbain* war seit der Pharaonenzeit die Fernverbindung von Schwarzafrika zum Niltal in Oberägypten. Zehntausende, wenn nicht gar hunderttausende verschleppte Schwarzafrikaner, von den Sklavenhändlern »zweibeiniges Vieh« genannt, fanden auf diesem fast 2000 Kilometer langen Karawanenweg den Tod. Ähnlich verhält es sich mit der Bezeichnung *Leeres Viertel,* die einer anderen Wüstenregion entliehen ist. Doch da die Beduinen zahllose Namen für die ödesten und lebensfeindlichsten Strecken inmitten der Meere aus Sand kennen, schien es mir gerechtfertigt, diese Bezeichnung auch für das Gebiet rund um mein Wadi Hamra zu benutzen.

Und beim Abschied vor den Mauern der fiktiven Hafenstadt Sephira Magna habe ich mir erlaubt Dshamal Selehi den Ausspruch des berühmten Forschers und Wüstenreisenden Wilfred Thesiger in den Mund zu legen. Aus eigener, wenn auch bescheidener Erfahrung mit den Wüsten Ägyptens, Australiens und Afrikas, kann ich sagen, dass einem die Wüste in der Tat ein unvergessliches Zeichen in Herz und Seele brennt, wenn man sich ihrem Zauber und ihrer Naturgewalt für längere Zeit ausgesetzt hat.

Dennoch habe ich in diesem zweiten Band versucht meine Fabulierfreude auch bei den recht phantastischen Episoden gerade um das Wadi Hamra, das Rote Tal, zumindest auf die märchenhaften Geschichten und Legenden zu gründen, die in den Oasen und an den Lagerfeuern der Beduinen jahrhundertelang von einer Generation an die andere weitergegeben wurden – bis weit in das 20. Jahrhundert hinein.

Der Bericht, dass Musa ibn Nusair die verschollene Stadt in der Wüste mit den unsichtbaren Messingtoren gefunden und den unermesslichen Schatz nach Damaskus gebracht habe, ist vom ägyptischen Geschichtsschreiber al-Maqrizi (1364–1442) überliefert, beruht jedoch auf einem viel früheren Text des arabischen Schriftstellers al-Awhadi.

In einer frühen Überlieferung der arabischen Märchen, die wir in veränderter und reichlich ergänzter Form als die Geschichten von *Tausendundeine Nacht* kennen und die noch vor wenigen Jahrzehnten in keiner Büchersammlung von lesehungrigen Heranwachsenden und vorlesefreudigen Eltern gefehlt haben, findet sich eine dieser Legenden, die mich zu meinem Wadi Hamra inspirierte. In sehr märchenhafter Ausschmückung wird auch dort in der 566. bis 578. Nacht von einer verschollenen Oase berichtet, die irgendwo in der Weite eines unzugänglichen Wüstenabschnitts liegt und deren Tore aus Messing gearbeitet sind. Auch wird in diesen Erzählungen davon gesprochen, dass es dort einen See gibt, der mitten in der Wüste liegt und an dessen Ufer schwarze Menschen in Höhlen hausen, die eine Sprache sprechen, die den Arabern unbekannt ist. Und in den Schriften von Herodot, dem antiken Chronisten, der von etwa 490 bis zirka 425 vor Christi Geburt gelebt hat und als der Vater der Geschichtsschreibung gilt, findet sich eine Stelle (III, 25 und 26), wo er von dem gewaltigen Heer des persischen Königs Kambyses und seinem verhängnisvollen Marsch durch das Sandmeer nach Siwa berichtet. Seiner Chronik nach hat die Wüste diesen Heerzug verschluckt und unter Bergen von Sand auf ewig begraben. Ein Ereignis, das Herodot um das Jahr 525 vor christlicher Zeitrechnung datiert.

Längst sind die letzten weißen Flecken unerforschter Gebiete auf der Oberfläche der Erde von den Weltkarten verschwunden. Und in einer Zeit von immer leistungsfähigeren Satelliten, deren Kameras jeden Ort der Welt aus dem All heraus bis auf wenige Meter heranzoomen können und denen nichts unentdeckt bleibt, mag man über solche Legenden lächeln. Aber es liegt noch keine achtzig Jahre zurück, dass ernsthafte Wissenschaftler und Forscher die Existenz verschollener Wüstenoasen nicht bezweifelt, sondern unermüdlich nach ihnen gesucht haben – und zwar mit Erfolg!

Einer dieser Männer war Richard A. Bermann, der zu seinen Lebzeiten als einer der führenden Journalisten Deutschlands gerühmt wurde und der sich als Schriftsteller das Pseudonym Arnold Höllriegel zugelegt hatte. Im Jahr 1930 veröffentlichte er im *Berliner Tageblatt* einen Artikel, der mit der Aufforderung *Entdecken wir Zarzura!* überschrieben war. In diesem Artikel berichtete Bermann von einer wunderbaren, seit Jahrhunderten verschollenen Oase »im Innersten des

Sandmeeres. Seit vielen Jahren geht die Sage von Mund zu Mund. Man weiß sogar den Namen dieser Oase: Zarzura. Man redet von seltenen Tempelruinen, die es dort geben, von einem Stamm schwarzer Riesen, der dort leben soll ...« So weit der kurze Ausschnitt aus seinem Artikel, der meine Phantasie angeregt hat, daraus mein Wadi Hamra zu machen und aus dem Stamm der schwarzen Riesen Iskaris werden zu lassen.

Und noch eine weitere Quelle elektrisierte mich. In einer alten arabischen Handschrift mit dem Titel *Kitab al Durr al Makmuz – dem Buch der vergrabenen Perlen,* aus der ich hier stark gekürzt zitiere, heißt es: »Sie [die Oase] liegt östlich der Zitadelle Es-Suri. In ihr wirst du Dattelpalmen ... und fließende Quellen finden ... Du wirst ihre Tore geschlossen finden ... Über dem Tor wirst du einen aus Stein gehauenen Vogel finden. Strecke deine Hand zu seinem Schnabel aus und ergreife den Schlüssel und tritt ein in die Stadt.« Dass sich dieser aus Stein gehauene Vogel auch in meiner Geschichte wieder finden müsse, war mir bei der Lektüre dieser Stelle sofort klar.

Auf eine ganz andere Weise angeregt von diesem Zeitungsartikel im *Berliner Tageblatt* wurde ein Zeitgenosse von Richard A. Bermann alias Arnold Höllriegel, nämlich der ungarische Testfahrer, Flugpionier und Wüstenforscher Graf Ladislaus Eduard von Almásy, den seine Beduinenfreunde ehrfürchtig Abu Ramla, Vater des Sandes, nannten. Dieser suchte nach der Lektüre des besagten Artikels nämlich den persönlichen Kontakt mit dem bekannten Journalisten. Die beiden seelenverwandten Männer freundeten sich rasch an und beschlossen sich ihren gemeinsamen Traum zu erfüllen – und zwar die Suche nach der verschollenen Oase Zarzura in der Libyschen Wüste. Mochten andere diese Geschichten für Märchen und Hirngespinste halten, sie beide glaubten an die Existenz von Zarzura!

1932 brach die Expedition auf. Zwar fanden Almásy und seine Begleiter keine Oase mit Messingtoren und Schätzen, aber sie entdeckten doch in einer ausgedehnten Senke eine verschollene Oase aus drei Tälern, bei der es sich für sie eindeutig um das legendäre Zarzura handelte. Eines dieser Täler trägt den Namen Wadi Hamra, Rotes Tal! Sie stießen auf Spuren, die darauf hinwiesen, dass dieser Ort einstmals bewohnt gewesen war. Dort begegnete Almásy auch eine nur handtellergroße Schwalbenart mit schwarz-weißem Gefieder, Zarzur genannt, der die Oase ihren Namen verdankte.

Almásys abenteuerliches Leben machte der Schriftsteller Michael Ondaatje zum Inhalt seines Romans *Der englische Patient,* der zum Weltbestseller wurde. Nicht weniger erfolgreich war die gleichnamige Hollywood-Verfilmung, obwohl oder gerade weil der Film den komplexen Romanstoff auf eine bittersüße Liebesgeschichte reduzierte. Wer aus erster Hand mehr über die abenteuerlichen Forschungsreisen des ungarischen Grafen erfahren möchte, dem sei das von Almásy verfasste Buch *Schwimmer in der Wüste* empfohlen, in dem er ausführlich von seinen Wüstenexpeditionen auf der Suche nach Zarzura und dem Heereszug des Kambyses berichtet. Graf Almásy starb 1951 in Salzburg an einer nicht ausgeheilten Amöbenruhr.

Sein Freund Richard A. Bermann war zu diesem Zeitpunkt schon zwölf Jahre tot. Als die Nazis 1933 in Deutschland an die Macht gelangten, wurde Bermann, der Jude war, geächtet. Da er sich zu diesem Zeitpunkt mit Almásy in der Wüste aufhielt, schickte ihm das *Berliner Tageblatt* das Kündigungsschreiben dorthin nach. Bermann kehrte nach Wien zurück, musste schließlich auch von dort fliehen und ging nach Amerika ins Exil. Er starb als »Journalist ohne Zeitung«, wie er bitter vermerkte, 1939 in New York.

Da ein Autor historischer Romane, der sich der gewissenhaften Recherche verpflichtet fühlt sowie seine Geschichten in immer neuen

Kulturen und Epochen ansiedelt, nicht über ein enzyklopädisches Fachwissen verfügt, sondern nur auf das zugreifen und auf dem aufbauen kann, was Generationen von Forschern und Wissenschaftlern in mühsamer Tätigkeit erarbeitet und veröffentlicht haben, gebührt diesen Verfassern nicht nur mein Dank, sondern auch meine Hochachtung für ihre beeindruckende Arbeit. Die Sachbücher und anderen Publikationen, die für meine Trilogie die fachliche Grundlage bilden und ohne die ich kläglich gescheitert wäre, finden sich im Quellenverzeichnis. Es erfährt bei jedem neuen Roman eine Ergänzung, da ich ständig auf weitere wichtige Veröffentlichungen stoße.

Was die namentliche Danksagung an Personen angeht, deren Hilfe und Ermutigung viel dazu beigetragen haben, dass ich dieses gewaltige Schreibpensum bewältigen konnte, so muss die erste Erwähnung meiner Frau Helga gelten, auch wenn mein Dank schon in der Widmung zum Ausdruck kommt. Sie ertrug es nicht nur ohne Klagen fern von mir in Florida, sondern bestärkte mich sogar darin, einen Großteil des Manuskriptes hier im Zisterzienserkloster Himmerod zu schreiben. So verbrachte ich dann von den vergangenen zwölf Monaten drei in der völligen Abgeschiedenheit des Klosters und konnte mich, frei von alltäglichen Verpflichtungen und Ablenkungen von morgens bis nachts auf die Arbeit am Roman konzentrieren. Ich lebte im jahrtausendealten Rhythmus der kontemplativen Mönche, begann den frühen Morgen bei der Laudes mit ihnen im Chorgestühl, nahm unter Schweigen mit ihnen die Mahlzeiten ein und fühlte mich, wie schon seit vielen Jahren, von ihrer Freundschaft und ihrer Fürsorge getragen, in meiner Kreativität gestärkt und zu einer täglichen Arbeitsleistung befähigt, wie ich sie zu Hause in Florida nie auch nur halbwegs erreicht hätte.

Deshalb sei an dieser Stelle wieder einmal dem ganzen Konvent von Himmerod unter Abt Bruno Fromme von Herzen für ihre Aufnahme, ihren geistlichen Beistand, ihr Verständnis und die vielen kleinen Hilfestellungen gedankt.

Und was wäre ich in den langen Wochen und Monaten ohne die Mühen von Frau Rob und ohne die herzliche Betreuung von Frau Sigrid Alsleben von der *Himmeroder Kunst- und Buchhandlung* gewesen, deren Bürotelefon und Internetanschluss ich stets benutzen durfte, um Verbindung mit der Außenwelt und insbesondere mit meiner Frau zu halten! Danke Ihnen beiden!

Meine persönlichen Ortskenntnisse von Kairo mögen mir beim Schreiben zwar ein hilfreiches Gefühl für die auch heute noch ungeheuer bunte, quirlige, facettenreiche und ebenso faszinierende wie abschreckende Atmosphäre der Stadt am Nil gegeben haben. Und das gilt auch für die Abenteuer, die ich mit meiner Frau in den Wüsten Australiens und Afrikas erleben durfte. Aber um mich im al-Qahira Ende des 13. Jahrhunderts gut gerüstet zu fühlen, um meine Gralsritter dort agieren und die Stadt durch meine Beschreibung hoffentlich lebendig werden zu lassen, waren genaue Pläne und viel Detailwissen über al-Qahira zu jener Zeit unabdinglich. Dieses Material sowie viele unschätzbare Literaturempfehlungen verdanke ich dem Orientexperten Professor Dr. Lutz Wiederhold von der Universität Halle. Er war es auch, der mir in vielen Fällen bei der richtigen Schreibweise arabischer Namen stets hilfreich zur Seite stand, insbesondere was die arabischen Bezeichnungen des geheimnisvollen Amuletts angeht. Sollten sich dennoch Fehler in mein Manuskript eingeschlichen haben, so gehen diese ausschließlich auf das Konto meiner Unzulänglichkeiten.

Eine wichtige Hilfe bei den Recherchen, die Paris und Frankreich zwischen 1290 und 1310 betreffen und überwiegend erst im letzten Band der Trilogie zum Tragen kommen werden, leistete mir der frankophile Doktorand Markus Bodler mit seinen exzellenten Sprachkenntnissen und im Kontakt zu Historikern und Bibliotheken in Paris. Er war so freundlich, seine wissenschaftliche Arbeit über den französischen Historiker Jean-Baptiste Duroselle (1917–1994) immer wieder zu unterbrechen, um mir mit wichtigen Recherchen zur Seite zu stehen. Ihm sei an dieser Stelle herzlich dafür gedankt, auch für seine stets prägnanten Kurzfassungen über politische Neuigkeiten, von denen ich sonst erst sehr viel später erfahren hätte. Von mir erhältst du schon jetzt ein *Summa cum laude!*

Rainer M. Schröder

25. Januar 2006, Abtei Himmerod

Quellenverzeichnis in Ergänzung zu Band 1

Pierre Courthion: Paris – Geschichte einer Weltstadt, Bertelsmann Verlag

Mark Girouard: Die Stadt, Campus Verlag, Frankfurt am Main 1987

Alexander von Gleichen-Russwurm/Friedrich Wencker (Hrsg.): Die Welt der Gotik – Die geistige Entwicklung Europas vom 14. bis 16. Jahrhundert, Band 11 der Kultur- und Sittengeschichte aller Völker, Gutenberg-Verlag Christensen & Co, Hamburg

Günther Haensch/Paul Fischer: Kleines Frankreich-Lexikon, C. H. Beck Verlag, München 1987

Peter C. Hartmann: Geschichte Frankreichs, C. H. Beck Verlag, München 1999

Franz Herre: Paris – Ein historischer Führer vom Mittelalter bis zur Belle Epoque, Kiepenheuer & Witsch, Köln 1972

Ernst Hinrichs (Hrsg.): Kleine Geschichte Frankreichs, Philipp Reclam Verlag, Stuttgart 1994

Hermann Kinder/Werner Hilgemann (Hrsg.): dtv-Atlas zur Weltgeschichte, Deutscher Taschenbuch Verlag, München 1991

Leben in Paris im Hundertjährigen Krieg – Ein Tagebuch, Insel Verlag, Frankfurt am Main 1992

Paul Morand: Paris, Verlag C. J. Bucher, Frankfurt am Main 1970

Wolfgang Schmale: Geschichte Frankreichs, UTB für Wissenschaft, Eugen Ulmer Verlag, Stuttgart 2000

Heinz-Otto Siegburg: Geschichte Frankreichs, Kohlhammer Verlag, Stuttgart 1975

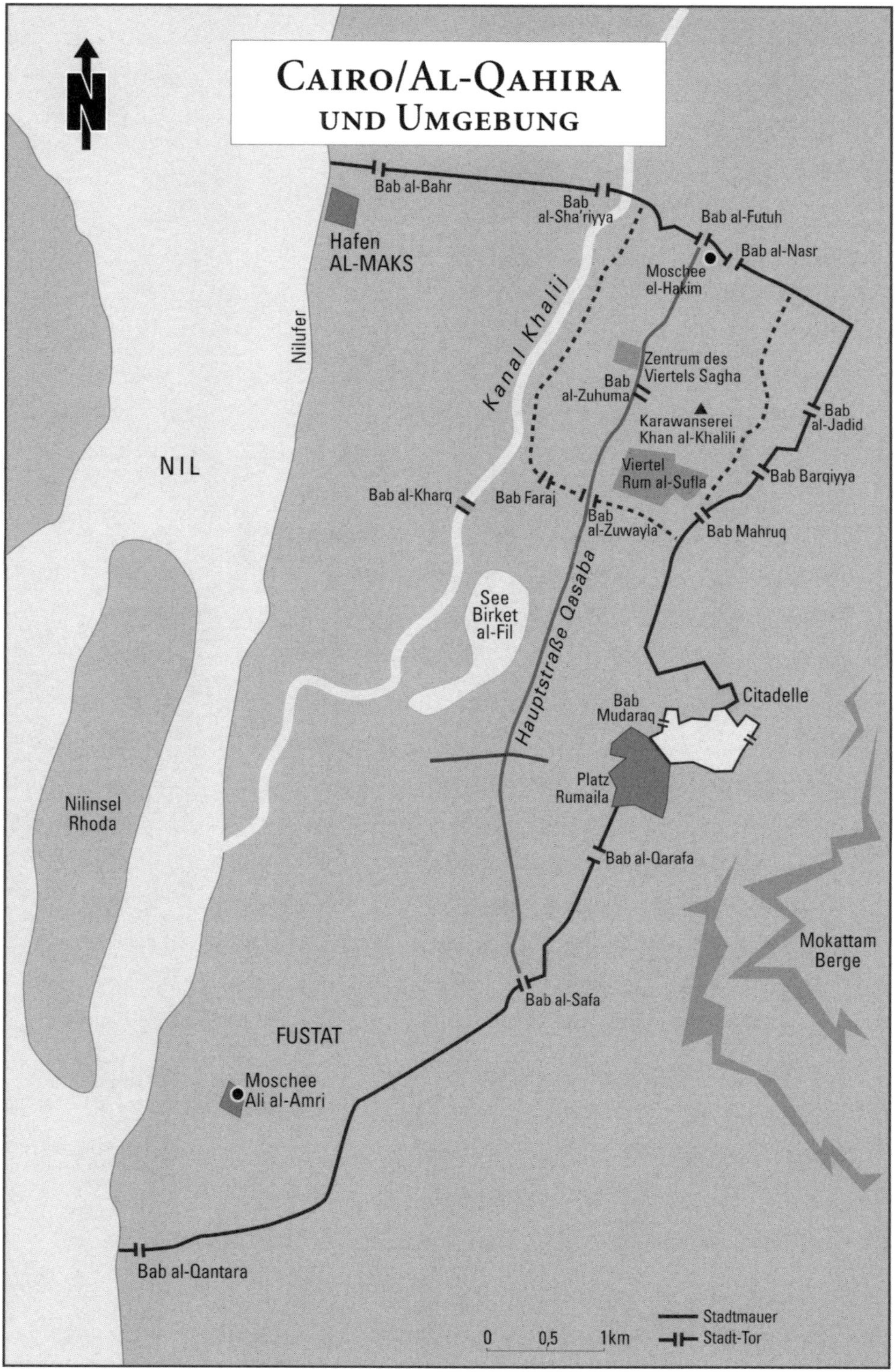

Cairo/Al-Qahira
und Umgebung
N
Bab al-Bahr
Bab
al-Sha'riyya
Bab al-Futuh
Bab al-Nasr
Hafen
AL-MAKS
Moschee
el-Hakim
Nilufer
Kanal Khalij
Zentrum des
Viertels Sagha
Bab
al-Zuhuma
Karawanserei
Khan al-Khalili
Bab
al-Jadid
NIL
Viertel
Rum al-Sufla
Bab Barqiyya
Bab al-Kharq
Bab Faraj
Bab
al-Zuwayla
Bab Mahruq
See
Birket
al-Fil
Hauptstraße Qasaba
Bab
Mudaraq
Citadelle
Platz
Rumaila
Nilinsel
Rhoda
Bab al-Qarafa
Mokattam
Berge
Bab al-Safa
FUSTAT
Moschee
Ali al-Amri
Bab al-Qantara
Stadtmauer
Stadt-Tor
0
0,5
1km

Akkon im Mai 1291

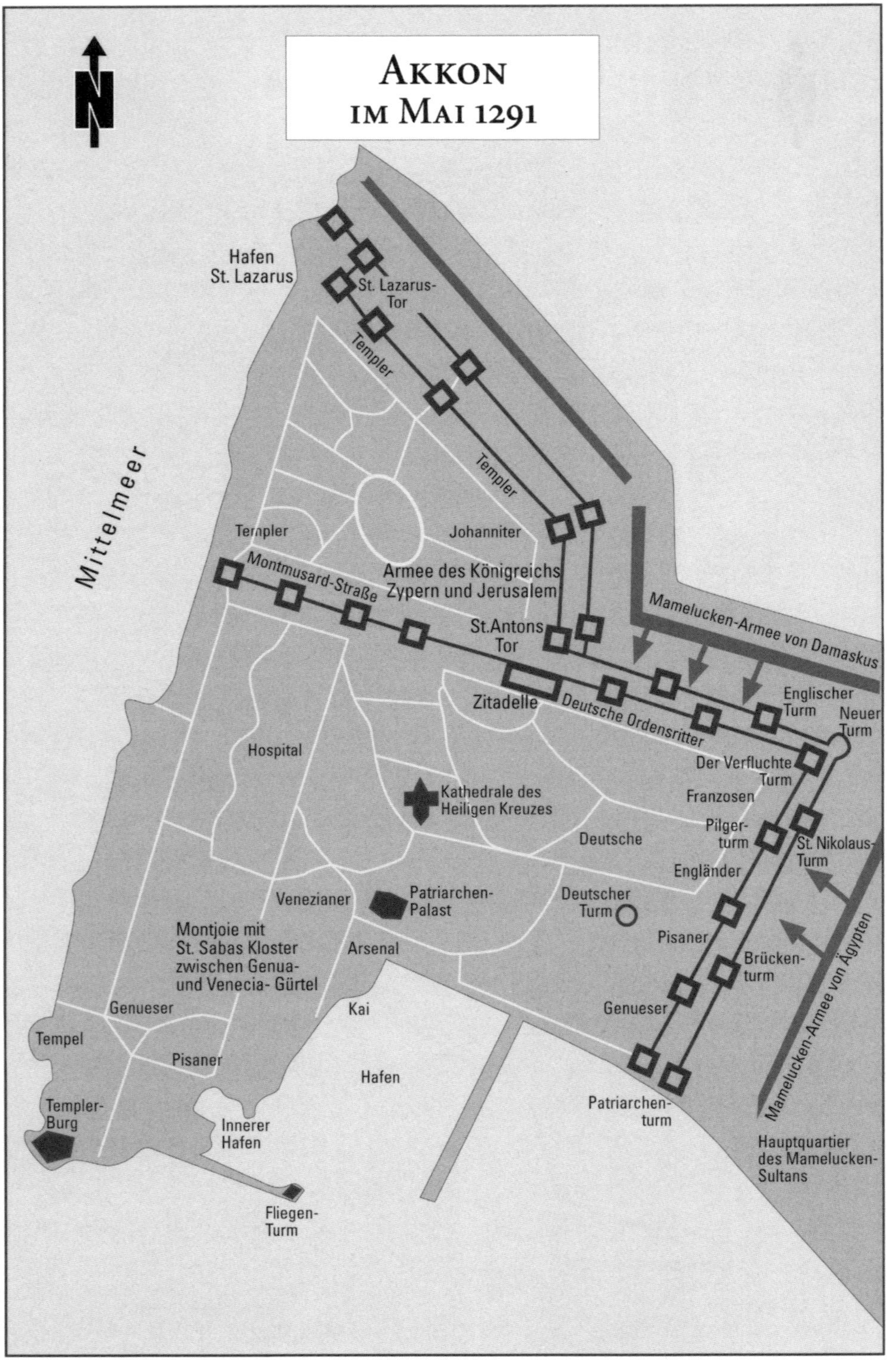

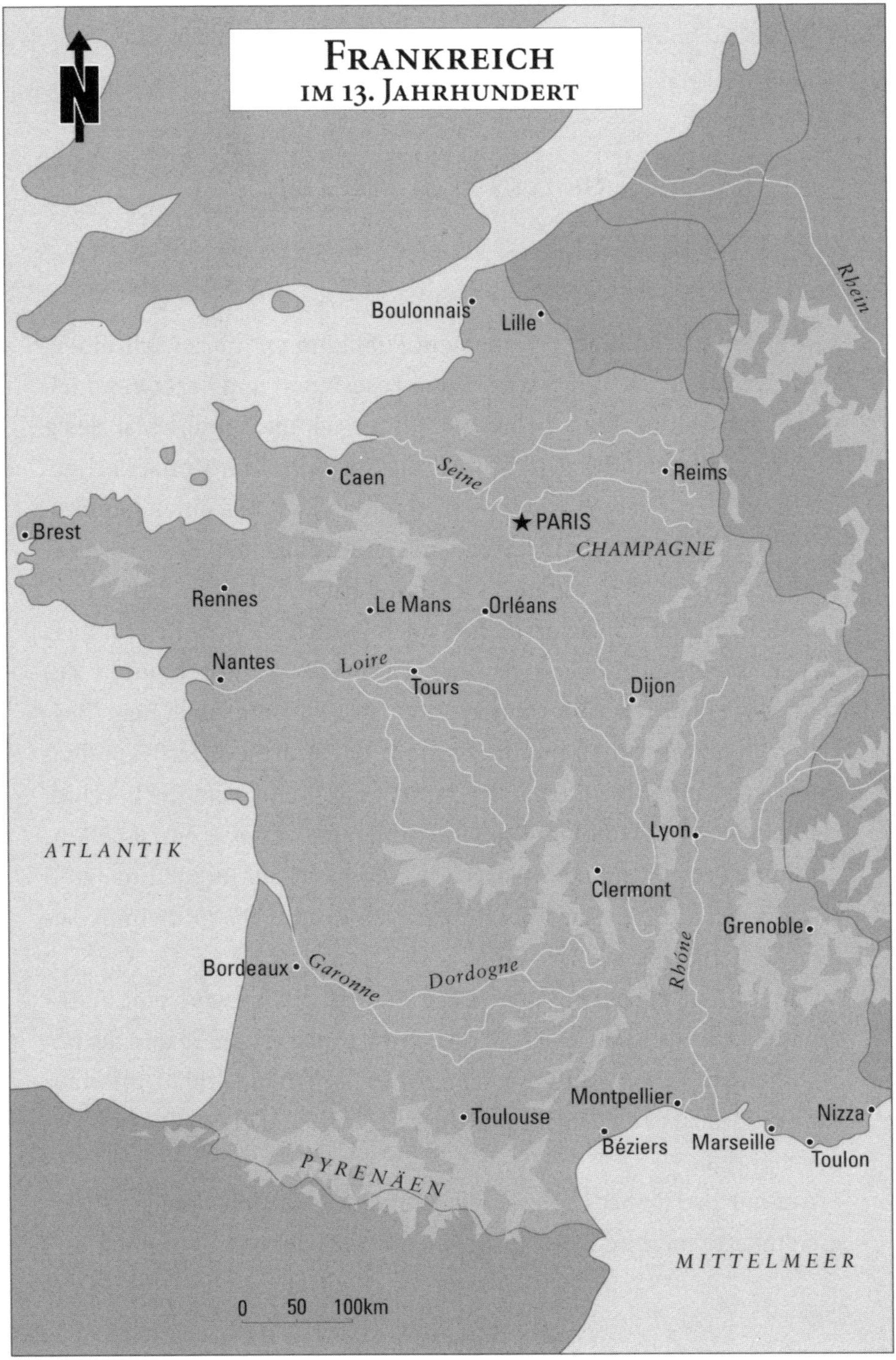
FRANKREICH
IM 13. JAHRHUNDERT
Rhein
Boulonnais
Lille
Caen
Seine
Reims
PARIS
CHAMPAGNE
Brest
Rennes
Le Mans
Orléans
Nantes
Loire
Tours
Dijon
Lyon
ATLANTIK
Clermont
Grenoble
Bordeaux
Garonne
Dordogne
Rhône
Montpellier
Nizza
Toulouse
Béziers
Marseille
Toulon
PYRENÄEN
MITTELMEER
0
50
100km

Liebe Leserinnen, liebe Leser,

seit vielen Jahren biete ich meinem Publikum an mir zu schreiben, weil es mich interessiert, was meine Leserinnen und Leser von meinem Buch halten. Auch heute noch freue ich mich jedes Mal riesig über das Paket mit den Zuschriften, die mir einmal im Monat nachgesandt werden. Dann machen meine Frau und ich uns einen gemütlichen Tee-Nachmittag und lesen beide jeden einzelnen Brief. Und daran wird sich auch in Zukunft nichts ändern.

In den letzten Jahren erreichen mich jedoch so viele Briefe, dass sich in meine große Freude über diese vielen interessanten Zuschriften ein bitterer Wermutstropfen mischt. Denn auch beim besten Willen komme ich nun nicht mehr dazu, diese Briefflut individuell zu beantworten; ich käme sonst nicht mehr zum Recherchieren und Schreiben meiner Romane. Und jemand dafür einzustellen, der in meinem Namen antwortet, würde nicht nur meine finanziellen Möglichkeiten weit übersteigen, sondern wäre in meinen Augen auch unredlich.

Was ich jedoch noch immer tun kann, ist, als Antwort eine Autogrammkarte zurückzuschicken, die ich persönlich signiere und die neben meinem Lebenslauf im anhängenden farbigen Faltblatt Informationen über zirka ein Dutzend meiner im Buchhandel erhältlichen Romane enthält.

Wer mir also immer noch schreiben und eine von mir signierte Autogrammkarte mit Info-Faltblatt haben möchte, der soll bitte nicht vergessen das Rückporto beizulegen (bitte nur die Briefmarke schicken und diese nicht auf einen Rückumschlag kleben!). Wichtig: Namen und Adresse in Druckbuchstaben angeben. Gelegentlich kann ich auf Zuschriften nicht antworten, weil die Adresse fehlt oder die Schrift nicht zu entziffern ist, was übrigens auch bei Erwachsenen vorkommt!

Da ich viel auf Recherchen- und Lesereisen unterwegs bin, kann es manchmal Monate dauern, bis ich die Karte mit dem Faltblatt schicken kann. Ich bitte daher um Geduld.

Meine Adresse:
Rainer M. Schröder
Postfach 1505
D-51679 Wipperfürth

Wer Material für ein Referat braucht oder aus privatem Interesse im Internet mehr über mein abenteuerliches Leben, meine Bücher (mit Umschlagbildern und Inhaltsangaben), meine Ansichten, Lesereisen, Neuerscheinungen, aktuellen Projekte, Reden und Presseberichte erfahren oder im Fotoalbum blättern möchte, der möge sich auf meiner Homepage umsehen.

Die Adresse: www.rainermschroeder.com

Herzlichst
Ihr/Euer

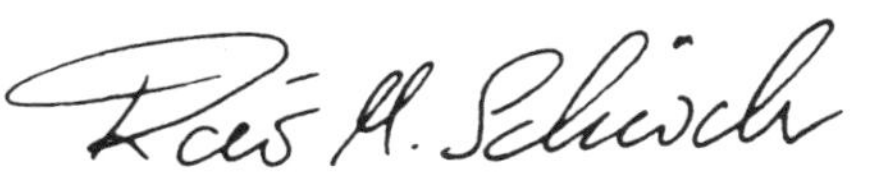